CW01638656

AE
& I

Los días de colores

Autores Españoles e Iberoamericanos

Javier Fesser y Claro García

Los días de colores

Planeta

Ésta es una obra de ficción. Los nombres, personajes, lugares y sucesos que aparecen son producto de la imaginación del autor o bien se usan en el marco de la ficción. Cualquier parecido con personas reales (vivas o muertas), empresas, acontecimientos o lugares es pura coincidencia.
El editor no tiene ningún control sobre los sitios web del autor o de terceros ni de sus contenidos ni asume ninguna responsabilidad que se pueda derivar de ellos.

Primera edición: junio de 2011
Depósito Legal: B. 19.693-2011
ISBN 978-84-08-10291-5
Composición: Víctor Igual, S. L.
Impresión y encuadernación: Cayfosa (Impresia Ibérica)

El papel utilizado para la impresión de este libro es cien por cien libre de cloro y está calificado como **papel ecológico**

1

También el viento parecía haber ido a morir al cementerio de las afueras en el que en ese momento exhumaban el pequeño cuerpo de Camino. A primera hora de la mañana la delgada y húmeda brisa que había dormido en la sierra abandonó la montaña y llegó hasta la ciudad, convertida ya en un viento joven que envejecía y que crecía en intensidad a medida que atravesaba los valles del Norte, los primeros barrios, los cinturones industriales y las autopistas. Era como si el viento ampliase poco a poco su alma llenándola de sabiduría a cada paso, porque cuando llegó al cementerio donde reposaba Camino era ya un viento adulto, educado, respetuoso; un viento sabio que a veces se quejaba a destiempo, como si se negara a seguir creciendo o como si pidiera disculpas por haber interrumpido aquel instante que todos consideraban sagrado.

El viento recién llegado arrastraba hasta el fin del mundo los sonidos de la ciudad y el rumor de las oraciones para luego devolverlas fragmentadas, inexactas, como si ya no pertenecieran a las personas que se agrupaban ante la tumba y a las que Nuria observaba con la mirada ausente que había adoptado tras su regreso de la casa y en la que sus viejos amigos, o los que lo habían sido, parecían reconfortarse intentando descubrir desajustes emocionales y síntomas de desvarío. ¿Cómo si no podría explicarse lo que Nuria había hecho? ¿Cómo era posible que hubiese abandonado la Obra? Desde el día mismo de su regreso a Madrid la mirada de Nuria había desaparecido para todos y, tras ella, la propia Nuria; su nombre incluso había desaparecido. Y su pasado: Nuria no existía aunque sus antiguas amistades le hablaban y le sonreían con la falsa y piadosa naturalidad con la que se sonríe a los muertos, a los condenados o a los traidores. Imaginó a las directoras suprimiéndola de las fotos, borrando su pasado. Nuria se había desvanecido ignorada y excluida para siempre de un mundo cerrado edificado por silencios, cuchicheos, reproches, culpas y secretos. Y puertas. El universo en el que había vivido los últimos años se definía por el sonido de puertas que se abrían y cerraban y que desembocaban en otras puertas que a su vez conformaban un laberinto sigiloso de aberturas vacías y enfermas tras las cuales se ocultaba y florecía una luz deslumbrante y oscura. Nuria, ahora lo sabía, había vivido aplastada por puertas tan pesadas como pecados mortales; puertas que tenían el olor a delaciones no conscientes y que eran capaces de diluir en sus silenciosas bisagras los más íntimos pensamientos, los recuerdos, la voluntad, el sexo, la familia y el alma.

Recreando el laberinto de hierro, perdida otra vez en él, Nuria, integrada en el piadoso grupo que rodeaba la tumba de su hermana, pero sintiéndose a mil años luz de todos, cerró los ojos y tuvo la sensación de que esas oraciones monocordes que dedicaban a Camino sucedían ya en pasado y que, a la vez, eran las mismas que algún día le llegarían nítidamente desde alguna parte del futuro. Oraciones desgastadas, llegó a pensar mientras sonreía imaginando la forma en la que Camino la hubiera reñido por aquel mal pensamiento. Le hubiese gustado tener a su lado a la pequeñaja, volver atrás, regresar a aquellos días largos y felices del pasado a los que Camino una vez, desde sus cinco años, había denominado con absoluta seriedad «los viejos tiempos».

Volvió a sonreír. Cuando abrió los ojos vio que su madre la observaba con su mirada ensayada y sublime. Estaba segura de que Gloria la había practicado cientos de veces para dedicársela de forma exclusiva en caso de que se atreviese a hacer acto de presencia en la exhumación de su hermana. Hacia fuera, la mirada de Gloria parecía abrir los brazos, y lo hacía, pero en su interior se ocultaba un líquido digestivo, amargo y familiar, construido día a día con gotas de sombras y de dolor. Un líquido devorador, común, unitario, preciso en sus enzimas. La mirada que mamá le había ofrecido era la que solía utilizar cuando estaba acompañada. Una mirada piadosa y desconsolada que la convertía en víctima y en exclusiva protagonista.

Acuosa, orgánica y devoradora, la mirada de Gloria traspasó a Nuria como si Nuria no existiese —porque en realidad no existía— y se perdió luego hacia el cielo acompañada por un suspiro de resignación que nacía desde lo más hondo de su pecho. Después, un segundo más tarde, cuando la mirada regresó a la tierra y mamá movía levemente la cabeza balanceándola de derecha a izquierda como hacía siempre que se recreaba en sus desgarros y en sus ofrendas; cuando mamá no dejaba de mover su cuello dándose por vencida ante el cielo e interpretando secamente el tercer acto de su drama; cuando mamá, rota por el dolor, volvía a juntar sus manos para repasar sus plegarias en las que pedía siempre por los presentes y ausentes, Nuria comprendió lo que ya había intuido desde la enfermedad de Camino: que mamá también estaba hecha de amor, que el pequeño féretro que iban a extraer de la tierra era el de su hija y que su madre sentía al igual que ella un sufrimiento profundo que le llegaba hasta los huesos del alma. Acababa de ser injusta con ella y quiso decírselo con los ojos, pero Gloria ya le había dado la espalda y se había unido al coro de oraciones que Nuria oía sin oír, como si le llegasen desde muy lejos, y entonces, apretando el puño dentro de la gabardina, apretando los dientes, siguió los versos de memoria dejándose llevar durante un par de minutos hacia Dios sabe dónde; el tiempo justo en el que, ignorando las plegarias, el viento, los secretos, la culpa y la luz negra que habitaban tras las puertas que Nuria todavía ocultaba en los desolados rincones de su cabeza, los dos operarios del cementerio rozaron con sus palas de forma brutal, inesperada y científica, el ataúd de Camino.

Fue como descubrir un tesoro. Camino lo era. Cuando las palas chocaron bruscamente contra el féretro, Gloria unió otra vez sus manos y volvió a suspirar, aunque Nuria no pudo escucharla, pero los delicados hombros de mamá subieron hasta ocultar su cuello y luego, de golpe, dejaron caer su cabeza, que dibujó en el aire un lamento invisible. Nuria oprimió nuevamente el puño en su bolsillo y se prometió a sí misma que nunca más se iba a dejar engañar. El profundo desgarro de su madre —y ella lo sabía muy bien— era un desgarro no exento de gozo, un arrebato de silencioso júbilo que se extendió por todos los presentes unificándoles en un sentido común de la existencia, haciéndoles fuertes, destilando una alegría gozosa de la muerte y del dolor. Por eso no se sorprendió cuando al emerger de la tumba un sonido de madera fúnebre, húmeda y antigua, toda la comitiva se giró hacia Gloria con una mirada encendida y cómplice, como si hubiera sido cuestión de suerte encontrar entre tanta tierra el pequeño ataúd; ni se sorprendió tampoco cuando vio que mamá les devolvía su mirada familiar, conveniente y unitaria. Tras sus ojos, según llegó a pensar, la llama de la soberbia ardía sin luz en algún lugar de su corazón. Aunque cierto, el sufrimiento de mamá no era de este mundo. Con el paso del tiempo se había ido convirtiendo en una suerte de consuelo que la transformaba en un ser superior: al fin y al cabo ninguno de los presentes había tenido la oportunidad de ofrecer a Dios el sufrimiento por la pérdida de dos hijos, sobre todo cuando uno de ellos, Camino, la pequeñaja, la nena, mi hermanita, mi Camino, pensaba Nuria, había comenzado aquella mañana de viento y de nubes, mientras la desenterraban, su largo viaje hacia los altares.

El viento, tan fibroso hasta entonces, comenzó a detenerse y terminó por desplomarse en lentos goterones inundando el cementerio de un calor molesto y febril hasta que, de forma inesperada, hirviendo con cada paletada de tierra que arrojaban fuera de la fosa los dos operarios, el aire resucitó de pronto y se transformó en un vendaval rectilíneo que se desplazó hasta el Sur barriendo a su paso las flores marchitas y las hojas muertas que bailaban sobre las tumbas. Como si el cementerio quisiera estar limpio para el encuentro con Camino. Como si mamá, al fin y al cabo, tuviera razón.

Tras el viento llegaron nubes desganadas y rectas; nubes sin personalidad que apenas marcaban sombras en las lápidas; nubes pasajeras, fantasmales y vergonzosas que, como invitadas a destiempo, el viento, cada vez más formidable, desdibujó de un manotazo. Las nubes adquirieron entonces formas apresuradas e inexactas. Formas de mano con pequeños y tiernos brazos; dedos de niña llegó a ver Nuria en el cielo porque las nubes se convirtieron en largos dedos, en interminables y exactas siluetas que le recordaron las manos blancas, limpias e infantiles de Camino. Manos desconcertadas.

Las nubes son fantasmas, Yeyé, le había dicho la pequeñaja a sus cinco años una tarde de verano en la terraza mientras Nuria la sostenía en brazos. Era verdad: las nubes tenían forma de elefantes fantasma, de gallinas a la deriva y de barcos hundidos. Tienes razón —le respondió Nuria—; las nubes son fantasmas. ¿Y dónde van las nubes, Yeyé? A ningún sitio, viajan por el cielo. ¿No tienen casa?, preguntó Camino. Tómate el yogur. ¿Tienen casa o no? Sí, la casa de las nubes eres tú, enana. ¿De verdad? Claro, abre la boca, anda. Camino abrió la boca pero, en vez de comer la cucharada que le ofrecía su hermana, echó hacia atrás su hermoso cabello rubio, preocupada, y luego le dijo a Nuria que vale, que sí, que era muy bonito lo que le había dicho, lo de que ella era la casa de las nubes y todo eso, pero que ahora le explicase, por favor, dónde van las nubes cuando mueren; y que no volviese a llamarla enana porque ya tenía nada menos que cinco años; y voy para seis, añadió. Nuria resopló con la cuchara en la mano, impaciente. Te lo pregunto por si hay cementerios de nubes, le aclaró Camino. Nuria la miró con una mirada autosuficiente, vertical; una mirada de hermana mayor. Las nubes no mueren —le respondió—, sólo desaparecen. No te enfades, Yeyé, susurró Camino con una voz desvalida que, sin necesidad de practicarla, le salía del alma. Si no me enfado, ¿no ves que no estoy enfadada? Me lo había parecido. Pues no, no estoy enfadada. Camino permaneció un instante en silencio. Pero ¿hay cementerios de nubes o no?, insistió. No lo sé, ¿puedes abrir la boca de una vez? Ya la abro, pero yo lo que digo es que si hay cementerios de elefantes, que yo sé que los hay, a lo mejor también hay cementerios de nubes; y me extraña que tú no sepas eso, Yeyé, porque eres la mayor y tienes que saberlo todo. ¿Quieres saber lo que sé? Camino le dijo que sí con la cabeza. Pues lo único que sé es que te tienes que comer el yogur. Y yo lo único que quiero saber es por qué no mueren las nubes, le replicó Camino frunciendo los labios, enfadada de verdad. Nuria suspiró moviendo la cabeza con el mismo gesto que había aprendido de su madre. Su prisa se transformó en ternura: las nubes no pueden morir porque cuando desaparecen se transforman en otra cosa, como la energía, que no se destruye, sólo se transforma, que ya te lo he dicho mil veces. Camino imitó la paciencia de su hermana sin saber qué era eso de la energía y le aclaró que lo mejor de las nubes es que eran libres. Seguramente, admitió Nuria, cansada. Claro, me das la razón para que me calle, ¿a que sí? Para que te calles y para que te comas el yogur. ¿Son libres o no? Mira que eres pesada. ¿Y nos parecemos? No, yo no soy tan pesada como tú. Digo que si nos parecemos las nubes y yo, aclaró Camino. Nuria dejó la cuchara sobre la mesa y abrazó a su hermana, tan pequeña, tan preguntona, tan interesada de pronto por aquel cielo de cinco años que iba para seis y que se deslizaba despreocupado y lento sobre la terraza rozando las azoteas de El Corte Inglés, navegando libremente hacia el horizonte y arrastrando en silencio su equipaje de sombras, de energías, de fantasmas y de preguntas.

Con el paso de los años, durante su estancia como numeraria en el centro de la Obra, Nuria llegaría a recordar cada vez con mayor claridad el cielo de aquella tarde. El cielo de Camino. Un cielo que tenía sabor a limón, el del yogur que su hermana nunca llegó a terminar. No quiero más, Yeyé. Claro, porque te has empachado de nubes. Es verdad que las nubes y yo nos parecemos porque algunas veces parece que floto, dijo Camino. Entonces deberías comer un poco más para que no te lleve el viento. La pequeñaja no escuchó a su hermana; bajó los ojos y miró a Nuria con aquella mirada que, desde que Camino había nacido, la hacía sentirse transparente y desarmada. Pero yo no me iré como ellas —dijo Camino señalando las nubes—, aunque me gustaría, ¿y sabes por qué no me iré? Ni idea. Pues no me iré porque tú y yo estaremos siempre juntas, ¿ya no te acuerdas de lo que me prometiste? Camino había utilizado aquel tono de enfado tierno que, a lo largo de su vida, jamás llegaría a dominar del todo. Me prometiste que siempre, siempre, siempre, estaríamos juntas, le recordó a su hermana. Nuria la abrazó aún más fuerte. Es verdad. Pues prométełlo otra vez, le pidió Camino. Y Nuria volvió a prometerle que sí mientras la apretaba contra su pecho, que siempre, siempre, siempre estarían juntas. Te creo —le dijo Camino—, porque tengo cinco años, y ya voy para seis, que no sé si te lo he dicho, y en toda mi vida jamás me has fallado. Ni te fallaré —le dijo Nuria—; tú y yo estaremos siempre juntas, pequeñaja. Siempre es siempre, ¿no? Claro: siempre es siempre, respondió finalmente Nuria.

Siempre, pensó Nuria con el sabor amargo que la palabra le dejaba en la boca. Siempre, repitió en voz alta en el cementerio. Aquel siempre tan fácil de decir, tan acerado, tan sólido, se había ido diluyendo con el paso de los días entre horas que parecían de plomo, tardes interminables, semanas de recogimiento, meses iguales y años que desfilaron con paso de sonámbulo marcando las cada vez más frecuentes ausencias de Nuria. Cuando ella no estaba a Camino le parecía que las fechas del calendario se estiraban o que las semanas se detenían, pero que nunca terminaban de pasar. Luego, al principio de un verano que parecía igual a todos, cuando Camino menos lo esperaba, Nuria desapareció. Y desapareció para siempre.

El viento, tan presente hasta entonces, fue muriendo poco a poco sobre las tumbas hasta que apenas sobrevivió el esqueleto de una brisa pequeña, blanca, delgada. Una brisa de juguete, como Camino. Cálido y titiritero, el viento se desmadejaba temeroso organizándose en estratos de la misma intensidad y movió los cabellos de Nuria empujando hacia el cielo del cementerio oraciones densas, poderosas, inevitables. Luego pareció rendirse, como si supiera que ya no tenía fuerza para disolver los rezos del piadoso grupo. Definitivamente vencido por mamá y por la comitiva del desentierro, el viento desapareció para siempre.

Gloria miró a Nuria, y si Nuria la hubiese visto hacerlo habría descubierto en la mirada oblicua de su madre una luz de victoria y una mueca de poder en su sonrisa. Un triunfo íntimo y sutil sobre ese viento molesto e inconveniente al que ella había derrotado con sus oraciones arrojándolo hacia la otra esquina del universo, pero Nuria no miraba a su madre. Estaba concentrada en las nubes que en ese instante cruzaban el cielo y que eran exactas a las de aquella tarde en la terraza; las que Camino había decidido que eran libres e inmortales. Y no lo eran; las nubes habían muerto, como su hermana, y presentaban en su retirada un aspecto deshilachado, triste y vencido. Buscando un hogar, con su carga de nada, se alejaron definitivamente hacia las llanuras del Sur. Nubes perdidas, nubes sin casa. Nubes como yo, pensó Nuria mientras Gloria dejaba de mirarla.

Se demoró persiguiendo la última cola blanca de vapor de agua que se desvanecía para siempre en un azul desleído y recordó otra vez, casi sin querer, que aquella tarde en la terraza Camino llevaba el vestidito rojo que le había pertenecido a ella, el que le regaló junto con un ángel de peluche por su quinto cumpleaños. Le pareció estar tocando otra vez, después de tanto tiempo, los gruesos hilos de la tela, los botones, los ojales abiertos en los tirantes y la suavidad de la piel de su hermana cuando la pequeñaja extendió su bracito, le rodeó el cuello y le dijo: Yeyé, te quiero, y te querré siempre y para siempre. Y yo a ti —le respondió Nuria—, aunque ahora tienes al bebé, a Alejandro. Sí, lo quiero mucho, pero no es como tú, es sólo un bebé que no sabe ni hablar, concluyó Camino.

No hubo siempre para nadie. Ni hubo reposo para las nubes en el cuerpo de Camino ni existían cementerios donde pudieran ser enterradas. Las nubes se habían deslizado sobre las tumbas como pasaron las de aquella tarde, como se fueron las promesas de una Nuria cada vez más entregada a una adolescencia de luces y sombras y como pasaron las preguntas de Camino, que —con Nuria cada vez más ausente— amontonaba tarde tras tarde en el cajón de su dormitorio escritas con boli rojo y con su letra de avispa para cuando su hermana volviese. Y como pasó también la vida y la muerte de papá, tan en silencio. Y como había pasado Alejandro, el bebé, el hermanito de juguete muerto tan a destiempo mientras Nuria le regalaba a Camino un ángel de peluche, un vestidito rojo con tirantes, el uniforme para comenzar el colegio y sus promesas de no irse nunca.

Se abrían paso las primeras luces de una mañana lluviosa de invierno cuando Camino se despertó sobresaltada por el sonido templado y firme de las voces que llegaban desde el salón. Mamá hablaba con papá. Durante un par de minutos permaneció atenta, concentrada. La conversación le llegaba amortiguada; apenas distinguía alguna palabra y las pausas, que se prolongaban de forma interminable, llegaban a desesperarla. La luz fría del amanecer luchaba contra la de las farolas que aún permanecían encendidas, y esa extraña mezcla de luces se adueñaba de la habitación e introducía en ella los borrosos sonidos de los atascos y los ladridos ocasionales de un perro. Camino forzó el oído intentando concentrarse en el diálogo que moría contra los tabiques. Fue entonces cuando escuchó con claridad la palabra que temía oír.

—Yeyé, despierta.

Nuria dormía perdida en sueños que para Camino eran inalcanzables: sueños de chica mayor.

—Yeyé —repitió Camino como si la estuviera regañando por algo.

Cuando Nuria giró su cabeza en la almohada para mirarla, Camino comprendió que su hermana llevaba despierta mucho tiempo.

—¿Estabas despierta?

—No —mintió Nuria.

—Es el bebé, Yeyé —dijo Camino.

Arrastrando el camisón que también había heredado de su hermana, cogida a su mano, avanzaron por el pasillo. La puerta del dormitorio de mamá y de papá estaba abierta y al fondo, junto a la ventana, la cuna de Alejandro aparecía revuelta y vacía. Las dos hermanas se miraron y luego volvieron a hacerlo más detenidamente, sin hablar, antes de entrar en el salón.

Mamá, de rodillas frente a la imagen del Sagrado Corazón, sostenía al bebé en sus brazos mientras papá observaba inmóvil e hipnotizado la línea de luz lechosa que nacía tras los cristales.

Gloria miró a las niñas con sorpresa y luego les mostró al bebé. La cabeza de Alejandro colgaba desmadejada; colgaba hacia la nada su rostro dormido; colgaban sus brazos.

Sus piernecitas flácidas se movían alegres y obedientes siguiendo el ritmo exacto de los brazos de su madre. Tras el cuerpo de su hermano se adivinaba la sonrisa de mamá, tan amplia y tan misteriosa como la franja gris de luz mojada que se desplegaba sobre el horizonte de la ciudad.

Camino apretó la mano de Nuria y miró a su padre.

—¿Duerme? —preguntó.

José la miró un instante sin verla y luego volvió a perderse en sí mismo y en el cambiante amanecer de ese día que Alejandro ya no podría vivir. A pesar de las tinieblas que llenaban el salón, Camino percibió en los ojos de su padre un mundo que no se extendía más allá de la tierra, que seguramente no alcanzaba el cielo y que ni siquiera llegaba a rozar las puertas del alma. El de papá era un mundo de amor físico, cotidiano y terrenal. Y eso la tranquilizaba. Papá nunca bailaba sobre el dolor; papá era papá: un hombre, y Camino vio que José, papá, el hombre que más la quería del mundo, era una persona que sollozaba con la dignidad del silencio sin poder moverse, roto por la muerte de su hijo. Papá lloraba para él, silenciosamente, como hacía casi todo en su vida, como también muchas veces, sin palabras, expresaba el amor infinito que sentía por Nuria y por Camino, aunque con ese mutismo envuelto en resignación —tibieza, hubiera dicho mamá— había permitido que una sombra poderosa semejante a la de un animal gigante, discreto y letal, fuese ocupando poco a poco su casa. Años más tarde, cuando estaba en el hospital del que ya no saldría con vida, Camino volvió a encontrarse con el hombre de aquella noche, con papá, con José, y al igual que entonces vio a un ser humano que lloraba acariciándole las manos y besando su frente para espantar a la desesperada el terrible dolor que la recorría por dentro mientras mamá los miraba desde la puerta de la habitación, distante; cuando José la buscó con la mirada supo inmediatamente que la había sorprendido haciendo planes, porque mamá siempre tenía otros planes para el dolor.

Gloria volvió a mover el cuerpecito muerto de Alejandro. Desde ese amanecer, y ya para siempre, Camino asociaría la imagen de la muerte a una pequeña pierna moviéndose desmayadamente en el aire sombrío y descompuesto del amanecer.

—Se lo han llevado los ángeles del cielo —dijo Gloria.

Mamá continuaba con los brazos extendidos, exhausta, convirtiendo a Alejandro en una especie de ofrenda que Nuria, a pesar del deseo de abrazar a su hermano, sentía impropia, inadecuada. Dio un paso atrás arrastrando a Camino.

—No tenéis por qué estar tristes —les advirtió Gloria.

—Alejandro está muerto —dijo Nuria.

—Pero hoy es un día alegre.

Gloria miró a José.

—¿No es verdad, José? Hoy es un día de gozo.

José hizo un gesto que terminó en nada y volvió a mirar el amanecer. Camino soltó la mano de su hermana, se acercó a su padre y se abrazó a su pierna. Papá acarició su espalda caliente y confusa de camisón largo.

—¿Cuántos ángeles eran? —preguntó Camino.

—Muchos. Yo creo que vinieron todos —respondió Gloria con los ojos encendidos, contenta por la pregunta.

—¿Y qué dijeron?

—Que venían a por vuestro hermanito para llevárselo al cielo.

—¿Y tú lo dejaste ir? —preguntó Nuria.

En su voz no había ningún reproche. Era una voz limpia y transparente de doce años.

—Claro —respondió Gloria—. Tenía muchas ganas de irse.

—Pero yo quería estar con él, mamá —protestó Camino.

—Ya lo sé, hija. Pero no he podido decirle que no a los ángeles.

Permanecieron en silencio. El ruido del tráfico llegaba con mayor claridad.

—Quería irse y le hemos dejado, ¿verdad José?

La voz de mamá también sonaba sincera. Los ángeles habían venido para llevarse a Alejandro. Eso era todo. Alejandro se había ido con ellos contento y feliz. Por eso mamá lo había dejado irse; por eso hoy era un día de gozo.

—¿Tú también le has dejado ir, papi?

José miró a Camino y luego a Alejandro, que colgaba como un muñeco en las alargadas manos de su madre.

—Claro, papá también ha dejado que se fuera, ¿verdad, José? —le apremió Gloria.

No respondió.

—¿Verdad, José? —volvió a preguntar Gloria—. ¿Verdad que tú también le has dejado ir?

Su voz transmitía una cierta desesperación. Camino miró a su padre.

—Papi, ¿tú también has dejado que se fuera el hermanito?

Desde arriba, los ojos de Camino eran enormes, tristes; ojos de gato tierno y pedigüeño. José no tuvo tiempo de responder.

—Claro que le ha dejado —intervino Gloria—. ¿Cómo iba a decirle que no a ese batallón de ángeles tan divertidos?

Camino mantenía la barbilla pegada a la pierna de su padre. Miró a Nuria, que no apartaba la vista del bebé.

—¿No es verdad, José? —insistió Gloria.

José había vuelto a concentrarse en la ciudad, que crecía bajo una luz triste, difusa, horizontal.

—¿Verdad que tú también le has dejado ir? —volvió a preguntar Gloria.

—Sí —respondió finalmente José mirando hacia ningún sitio—. Yo también he dejado que Alejandro se fuera.

—¿Por qué le has dejado ir, papá? —preguntó Camino—. ¿Por qué?

José no contestó, y Camino nunca llegó a comprender a lo largo de su vida cómo papá no había intentado convencer al Señor de que los ángeles no se llevasen a Alejandro esa noche porque era el único hermanito que tenían, y acababa de cumplir seis meses el pobre, y aunque se hiciera caca y pis, porque Alejandro era un meón, ella le habría enseñado dentro de poco a comportarse como un hombre de verdad.

Gloria miró al bebé con ternura, como si fuera a hacerle una carantoña. Lo ofrecía al aire, al vacío que se extendía ante ella. Sus ojos brillaban.

—Si el Señor le ha llamado, ¿quiénes somos nosotros para decirle que espere? Y no sabéis lo contento que se fue.

—¿De verdad que se fue contento? —preguntó Camino.

—Claro, hija. Siempre hay que responder con alegría a la llamada del Señor.

—¿Y Alejandro no pudo pensar que nosotros le queríamos y que nos íbamos a poner tristes si él se marchaba?

—Nosotros no hemos nacido para ser egoístas.

Camino se abrazó con toda la fuerza de sus cinco años a la pierna de su padre, sin esperar nada excepto el peso de su mano en la espalda, una mano grande que la llenaba de calor y de tranquilidad y que la protegía de un mundo crudo y frío que, sin embargo, comenzaba a abrasarla por dentro. Y pensó, aunque llegó a creer que lo había olvidado con el paso de los años, que cómo era posible que esa mano de papá, tan poderosa, no hubiese hecho un milagro y que la noche hubiese vuelto atrás, hacia sus orígenes: que Alejandro no hubiese muerto, que papá hubiese hablado para espantar las sombras, que no hubiese amanecido, que Nuria no hubiese comenzado a llorar y que los ángeles —o el Señor o el Niño Jesús, o la Virgen, o quien fuese— hubieran retrasado esos planes tan raros que tenían para su hermanito. Lo que más le molestó fue que Alejandro hubiera querido irse. Y el silencio de papá. Y la extraña conformidad de Nuria.

Todo había pasado, pensó Nuria. Pasaron los «para siempre». Pasó papá esquivando la vida, omitiéndola, callándola, ignorándola; consintiendo que la sombra de un insecto monstruoso se instalase en su casa. Pasó ella misma, Nuria, cada vez más hermética, centrada en sus cursos, en sus nuevas amigas y en sus ausencias mientras las preguntas que Camino no podía hacerle se acumulaban en el cajón de la mesilla. Pasó también la propia Camino con sus manos de nube y con una sonrisa que llegó a alcanzar la edad de doce años. Pasaron los días y las oraciones y se sucedieron los años y las pérdidas. Camino, sin saberlo, se fue edificando sobre ausencias y separaciones asomándose a un mundo adulto de luz y de tinieblas y rellenando con su alegría cada casilla vacía, cada verano perdido, cada conversación a solas y cada discusión consigo misma.

Dios de misericordia
que permitiste que ella te siguiera en el camino de la Cruz
y que derramaste sobre tu sierva Camino
gracias abundantísimas
para que viviese con fe y sencillez
los acontecimientos de cada día...

La oración que recorrió el cementerio le llegó a Nuria de forma inesperada. Era un coro desordenado, un indisciplinado ejército de palabras que poco a poco fueron adquiriendo sentido. Comprendió que rezaban a su hermana y, avergonzada, sabiendo que pecaba de amor y de arrogancia, recreándose secretamente en el escalofrío que nacía en su estómago, sintió algo parecido al orgullo cuando se unió al rezo y dijo:

> ... haz que por su intercesión podamos vivir
> la grandeza de las cosas pequeñas...

Las cosas pequeñas. Las cosas de Camino. Nuria comenzó a llorar en silencio. Como hacía papá. Retomó la oración que sabía de memoria y comprendió lo extraña que se sentía rezando a la pequeñaja.

> ... y que se haga realidad también en nosotros
> el milagro que desde niña despertaste en su alma...

Que le rezasen a Camino —sobre todo que ella le rezase— le causaba cierto pudor, aunque se sentía orgullosa. No quiso pensar en cómo se habría reído Camino si se hubiera enterado de lo que su hermana estaba haciendo.

> ... Jesús, si me pides todo debo darte más...

Eran las palabras exactas que Camino había pronunciado una y otra vez a lo largo de su vida. Las que la acompañaron en su corta y terrible enfermedad. Si me pides todo debo darte más. Al oírlas, Nuria lloró más alto y más limpio, de la forma impropia, abierta e inconveniente en la que nunca debería llorar la hermana de una Sierva de Dios. Y no eran sólo aquellas formidables palabras las que la estremecían. Era la forma en la que Camino las había pronunciado. Era el tono, el momento. Aquel momento lluvioso de la mañana en Pamplona en la que Camino se fue para siempre tras la intermitente agonía de las operaciones y Nuria llegó tarde al hospital, ocupada en planchar camisas en la pequeña sala del centro tras haber dejado su corazón, su alma y lo mejor de sí misma en las mangas y en la imposible perfección que exigían los cuellos. Para hacer más ligero el tiempo, Nuria jugaba a adivinar los nombres de los dueños por las iniciales bordadas sobre los bolsillos.

Jesús, creer en ti es más divertido. Nuria pensó que lo auténticamente divertido hubiese sido ver crecer a Camino, tomarle el pelo, responder a sus preguntas, abrazarla, cogerla otra vez de la mano, decirle un «para siempre» que fuese de verdad y volver a hablar con ella de nubes.

> ... Te pedimos que glorifiques
> a tu sierva Camino
> y que por su gracia
> nos concedas el favor que te pedimos.
> Amén...

En un silencio exquisito, respetado incluso por los operarios del cementerio, se solicitaron íntimamente los favores. Un Padrenuestro a media voz comenzó a extenderse gradualmente por el camposanto, llegó hasta Nuria y pasó de largo, como de puntillas, sin querer molestarla porque la vio sagradamente concentrada, inclinada por el peso de su sombra y por los recuerdos sobre los que se asentaban voces que intentaban hacerla sollozar de nuevo: la de Camino recitándole un poema que había aprendido sobre la Divina Pastora o despertándola falsamente aquella noche en que murió Alejandro; la voz de Camino otra vez haciéndole miles de pequeñas preguntas cuando aún dormían juntas; la voz de los piadosos desconocidos que rezaban a su hermana y que ahora le pedían los favores de forma conjunta sin saber que Camino siempre se liaba cuando tenía que hacer más de una cosa a la vez; voces extrañas de personas que no la habían conocido y que hablaban de ella con una familiaridad que exasperaba a Nuria porque parecían hablar en nombre de su hermana y recitaban de memoria su oración para la devoción privada. Tuvo la sensación de que querían inventar a Camino cuando no había ninguna necesidad porque Camino existía realmente. Nuria comprendió que se equivocaba al sentir a la pequeñaja como algo exclusivo, aunque fuese su hermana y aunque nadie, excepto papá y mamá, la hubiesen tenido en brazos, como había hecho ella, discutiendo en la terraza de casa por el yogur de limón que no quiso comerse. Sólo Nuria le había regalado un ángel de peluche, un camisón al que hubo que cogerle los bajos y un vestidito rojo de ojales exagerados. A nadie excepto a ella, a Nuria, Camino le había formulado preguntas imposibles en noches interminables. Las que luego siguió escribiendo con su boli rojo de punta fina. Las que Nuria jamás tuvo oportunidad de responder. Las preguntas de la pequeñaja.

Sacó del bolsillo la pequeña estampa de su hermana. Sobre la oración, en la parte superior, figuraba una fotografía de Camino que Nuria reconoció inmediatamente porque era la que llamaban en broma «la foto oficial», la del colegio. A Camino nunca le había gustado porque, según decía, había salido «muy formal». Nuria estaba segura de que hubiese preferido que imprimieran la que le hizo papá en la playa, en la que se la veía sonreír mirando hacia algo o hacia alguien que se encontraba a su izquierda mientras un sol derretido de tarde cansada, como de caramelo, estallaba contra su pelo envolviéndola en un halo vacacional y salado de verano largo, siestas despreocupadas, carreras por la arena, paellas y apartamento en primera línea de playa. La sonrisa de Camino parecía volar hacia un lugar que solamente ella conocía.

El sol había ido calentando poco a poco la tierra del camposanto, y del suelo, de los senderos de grava y de las lápidas que los flanqueaban ascendía un calor limpio y fragante que anticipaba la primavera. Una bandada de pájaros cruzó el cielo y se perdió tras los cipreses. El aire estaba impregnado de un olor húmedo y mineral: era el olor de la tierra de la tumba, un olor a prisión infinita, a madera helada, a oscuridad. Nuria deseó que Camino se reencontrase cuanto antes con el sol porque si existía algo en el mundo que su hermana pudiese llegar a odiar era precisamente la oscuridad. Las inyecciones y la oscuridad. Muchas noches, antes de dormir, habían discutido por la persiana de la habitación: Camino quería dejarla subida hasta la mitad para que penetrase la luz de la farola. Nuria insistía en bajarla del todo, aunque después de la noche en que Camino se despertó llorando consintió en dormir con la luz de la calle. La pequeñaja se había levantado a oscuras, gritando, encendió la lámpara de la mesilla y se abrazó aterrada a Nuria, hipando, diciéndole con voz entrecortada por los mocos que dormir sin luz era igual que estar muerta.

Volvieron los pájaros en mitad de un Avemaría y como una aparición, como parte de un sueño blanco y limpio, el blanco y limpio ataúd de Camino surgió de las sombras y deslumbró al sol. Recortado contra la tierra oscura el féretro brillaba puro y alegre, emergido del cielo. Brillaba la madera como la sonrisa de Camino, como sus ojos. Resplandecía el mundo bajo un sol sorprendido y confuso, y sobre la blancura del féretro, cegada por la intensa mancha de luz y por los deteriorados crucifijos de metal que centelleaban sobre la tapa, aturdida por el repentino y seco silencio que inundó el cementerio, Nuria creyó distinguir la poderosa y renovada presencia de su hermana, los silencios de papá y la forma diminuta de Alejandro, enterrados con Camino. El aire adquirió de pronto un aroma de vida, de gestos. Olía a Camino, a su forma de ser. Olía a luz. Camino regresaba a la luz que amaba. Una brisa de hueso de pájaro o de Ángel Custodio moviendo las alas atravesó las tumbas y se desvaneció como si nunca hubiera existido. El Avemaría que había quedado interrumpido volvió a escucharse con más fuerza, más alegre, renacido.

Limpiaron el féretro y lo introdujeron en un coche fúnebre. No era la primera vez que a Camino la separaban de papá. Nuria sabía que a la pequeñaja no iba a gustarle nada que la alejasen de su padre y del bebé para llevarla a dormir sola a la iglesia de San Miguel Arcángel, pero a la vez comprendía que su hermana comenzaba una nueva y formidable aventura en la que nadie podía seguirla. Una vez, cuando Nuria estaba a punto de irse, Camino le dijo que la seguiría allá donde fuera, y Nuria le respondió que eso no era posible. A Camino, que estaba haciendo los deberes, se le llenaron los ojos de lágrimas mientras rodeaba las centésimas de los números decimales que copiaba en su cuaderno. Apretó tan fuerte el lápiz que sus dedos se volvieron blancos. Ahora era ella, Nuria, la que no podía seguirla. Camino, como las nubes, no había muerto sino que se había transformado en algo distinto: Camino ya era una Sierva de Dios.

Las oraciones velaron el sol. El cielo se tiñó de un color inexacto. Desapareció el sonido del tráfico y junto a un arbusto, abandonada en el suelo, Nuria descubrió una de las estampas de su hermana. Se preguntó cómo sería ahora Camino si no hubiera muerto, si el tiempo no se hubiera detenido para siempre en su pequeño cuerpo de doce años, pero no pudo imaginársela. Era consciente de que la pequeñaja no le pertenecía. Ni a ella ni a mamá. A nadie. Camino, la Sierva de Dios, ya pertenecía al mundo.

2

Ajena a que estaba viviendo los últimos meses de su vida; ajena a que años más tarde se imprimiría con el permiso del Arzobispado una estampa con su rostro acompañada de una oración para la devoción privada y a que su fama de santidad se extendería rápida y espontáneamente tras su muerte; ajena a la concesión de favores que serían atribuidos a su intercesión y a que su biografía sería traducida a más de quince idiomas; ajena a los miles de cartas que llegarían desde todos los rincones del mundo y a la Causa de Canonización que sería introducida tras su muerte —y a la que Roma le otorgó el Decreto de Validez—; ajena sobre todo a que la Positio super Virtutibus sería consignada en la Sagrada Congregación para las Causas de los Santos; ajena a los miles de folios que constituirían su expediente y que ocuparían más de doce carpetas, y ajena también a que una mañana de primavera la sacarían de su tumba para que sus restos reposaran en la parte más fría de la iglesia de San Miguel, Camino, sentada junto a su amiga Begoña, frotaba en la falda de su uniforme el bolígrafo que, si la profesora estaba en lo cierto, se transformaría en una especie de varita mágica. Sobre los pupitres aguardaba el puñadito de confeti que Dolores, la profesora, había ido repartiendo por las mesas.

—Y ahora, niñas, si ya habéis terminado de frotar, acercad el bolígrafo a los papelitos.

Los ojos de Camino se iluminaron cuando los trocitos de papel se movieron súbita y misteriosamente y quedaron pegados al Bic.

—¿Alguien puede explicarnos la causa de este fenómeno? —preguntó Dolores.

Nadie respondió.

Camino bajó la mirada. Conocía la respuesta, pero prefería que respondiera otra compañera. Dolores lo sabía. No era la primera vez.

—A ver, Begoña, ¿nos lo puedes decir tú?

Begoña dudó un instante. Miró a Camino. Se apretó la oreja izquierda con los dedos, como hacía cuando se ponía nerviosa, y se tapó la boca con la mano para que no se le viesen los aparatos que le sujetaban los dientes.

—¿Nos lo puedes decir o no?

—Yo sé que es cosa de los electrones —respondió Begoña al fin.

Elena, sentada tras ellas, dejó de mascar chicle y soltó una risa que interrumpió de inmediato cuando vio que todas las chicas se giraban hacia ella.

—¿De qué te ríes? —le preguntó Dolores.

—De nada —respondió Elena escondiendo el chicle en el lado izquierdo de la boca.

—Ya —pareció reflexionar Dolores—. Entonces tú no crees que los electrones tengan nada que ver.

Elena miró el bolígrafo que acababa de frotar y se encogió de hombros.

—Yo no los veo por ningún sitio.

Hubo algunas risitas que la maestra cortó levantando su mano derecha, como si quisiera parar un taxi.

—Fijaos —pidió Dolores a la clase tomándose su tiempo—. Elena no ve los electrones. A lo mejor es que necesita gafas.

Nadie rio. Dolores había utilizado el tono neutro que usaba siempre antes de estallar. Se paseó por el aula mientras Elena tragaba saliva. Todas sabían que le tenía ganas; casi todas le tenían ganas. Elena miraba a las demás por encima del hombro con una mirada en la que ya se extendía el desconcierto de una sombra cerrada, definida y adulta. A su lado el resto de niñas parecían más infantiles de lo que en realidad eran. Elena hablaba o callaba o hacía gestos que sólo podían hacer las que habían estado en sitios que las otras chicas ni siquiera podían imaginar, pero que gozaban sospechando. Su forma de masticar, llevando el chicle violentamente hacia la izquierda con la lengua y luego mordiéndolo con furia, como si se estuviera vengando de él, resumía su desprecio por el mundo. Según Camino, a Elena le sentaba bien ese masticar tan despiadado. Era la mejor forma, quizá la única, de justificar ante los demás sus gestos de aspereza y de desprecio, la sensación de estar ya de vuelta, de ser distinta y de haberse instalado en una rebeldía adornada por una inquietud adolescente tan larga como sus piernas. Camino sabía que lo que de verdad mascaba Elena era una insatisfacción intensa con sabor a fresa, a menta o a regaliz.

Dolores miró el suelo y luego se centró en su presa.

—Así que tú no crees que sea cosa de los electrones —quiso saber, paseando arriba y abajo, mirándola de vez en cuando y saboreando por adelantado las infinitas formas que puede adoptar la venganza.

Elena no respondió.

—O sea, que según Elena —dedujo Dolores para la clase, creciéndose— hoy los electrones han hecho pellas porque ella no puede verlos.

Miró a sus alumnas, divertida, pensando que lo que había dicho era realmente gracioso, pero se vio obligada a insistir un par de veces desplomando sobre las niñas una mirada molesta y preguntona hasta que obtuvo unas risitas desganadas que, a pesar de todo, la reconfortaron.

Camino miró a Bego. Afortunadamente, a pesar de no soportar a Elena, Begoña no era de las que se habían reído. A Camino le pareció bien. Por eso, entre otras cosas, era la mejor de sus mejores amigas.

—¿Nos puedes explicar entonces por qué se han movido los papelitos?

El rostro de Elena adquirió el mismo color que un chicle de menta ya masticado. Si hubiera estado en forma habría respondido algo así como que los papelitos se movían porque tenían ganas de fiesta.

—¿Nos lo puedes explicar o no?

Persistía el silencio. Begoña se tocó la oreja. Camino miró la nube trazada con la punta de un compás y repasada a bolígrafo sobre la madera de contrachapado, en la esquina derecha de su pupitre. Era la nube que su hermana Nuria había dibujado años atrás.

—Vamos, Elena, que estamos esperando.

Elena se convirtió de pronto en un ratoncito vulnerable y desamparado sobre el que planeaba la voraz sombra de un águila. Parecía más pequeña. Camino la vio descruzar las piernas y colocarlas juntas, modosas, recatadas. Era la primera vez que hacía algo así. Estaba retrocediendo, encogiéndose. Ya no podía tragar más saliva. Su imagen de chica dura se desmoronaba ante la clase. Camino se sintió triste porque eso era todo lo que Elena era. Todo lo que tenía. Elena estaba perdida. Ni siquiera la salvaría la admiración que había suscitado en las otras alumnas el hecho de que se hubiera atrevido a acortar un poco su falda.

—Venga, Elena, que es para hoy.

Camino recordó la cantidad de veces que Elena se había burlado de ella. Volvió a dolerle el balonazo que le había dado jugando a baloncesto. Queriendo. Volvió a dolerle que le hubiese llamado lo que le había llamado. Recordó también lo que había sucedido la semana anterior, cuando

Dolores había intentado explicarles las leyes de la termodinámica y, al final de la clase, las niñas hicieron el experimento de doblar una y otra vez una varilla de metal.

—Leñe —había dicho Begoña soltando la varilla.

—Quema, ¿verdad? ¿Y a qué conclusión nos lleva eso? —preguntó Dolores encantada.

—¿A que hay que tener cuidado con las cosas calientes?

Elena había formulado la pregunta con toda la intención del mundo. Las mayores se rieron. Dolores puso orden de inmediato levantando las dos manos, como si ya no quisiera parar un taxi sino detener el tráfico entero.

—Muy graciosa, Elena —reconoció Dolores—. A ver, Camino, ¿por qué se ha quemado Begoña?

Camino oyó a su espalda la pompa de desprecio que hizo Elena con el chicle.

—Bego se ha quemado porque la energía que hemos aplicado sobre la varilla se ha transformado en calor —explicó Camino de un tirón.

—Correcto —sentenció Dolores, orgullosa—. ¿Y eso qué significa, Elena?

—Que no hay que doblar varillas.

Dolores la miró, enfadada, pero no quiso ver ni oír el sonoro globo que volvió a hacer Elena con el chicle mientras las chicas reían.

—Camino, dinos tú lo que significa.

Camino no quería responder, pero ante la insistencia de la mirada de la profesora, que parecía pedírselo por favor, terminó diciendo que una energía se había transformado en otra. Dolores respiró aliviada.

—Exacto. Porque la energía no se crea ni se destruye. Sólo se...

—... transforma —respondieron apresuradamente las dos primeras filas.

—Bien. ¿Y qué hemos obtenido al romper los enlaces?

Nadie respondió. Dolores miró otra vez a Camino.

—Calor —respondió Camino sofocada y sin ganas, como pidiendo disculpas sin pedirlas—. La fricción rompe los enlaces y la energía que los mantenía unidos se transforma en otra energía diferente.

—Muy bien.

—Qué sabrá ésta lo que es el calor —dijo Elena levantándose la falda, dándose aire con ella y dejando parte de sus muslos al descubierto.

Hasta Dolores sonrió. No sabía cómo responder al gesto de Elena, y cuando comprendió que lo que tenía en la cara era una sonrisa de rendición innecesaria y conciliadora, la riñó sin ganas, recomendó que repasaran el rozamiento, dio la clase por terminada y abandonó el aula apresuradamente.

—Tú, santurrona.

Camino se giró. Tras el gigantesco globo de chicle estaba el rostro de Elena y, rodeándolo, su público favorito de chicas aburridas.

—Tú no tienes ni idea de lo que es el rozamiento —le dijo Elena a Camino utilizando el tono de chica experimentada que habitualmente copiaba de las películas.

Todas rieron. Disfrutaban. Sabían que lo mejor estaba por venir. Bego tiró del brazo de Camino.

—Vamos —le dijo.

Elena se plantó frente a ellas. Masticaba el chicle con fuerza despertando en la pobre Bego la sensación de que no existía, de que ni siquiera existían los aparatos que llevaba en los dientes.

—No he terminado, gafas, así que no vas a ningún sitio —le dijo a Bego.

—¿Qué quieres? —preguntó Camino.

—Explicarte el rozamiento.

Elena hizo una pausa y levantó las cejas, divertida, ganadora.

—¿Sabes lo que es el rozamiento?

Camino asintió sin saber por qué algunas chicas se reían. Elena había pronunciado «rozamiento» con deleite, con intención, como sólo ella podía hacerlo.

—No, no lo sabes. No tienes ni idea de lo que es el rozamiento, santurrona. ¿Y sabes otra cosa que no sabes? No sabes lo que te pierdes por no saberlo.

—El rozamiento es la fuerza que se opone al movimiento de un cuerpo —explicó Camino, azorada, elevando su voz sobre las risas que la frase de Elena había provocado en un público que ya estaba entregado.

Elena miró al suelo y se tomó su tiempo.

—Eso es la teoría —dijo.

Levantó la vista y le lanzó una mirada que le salió perfecta.

—Ahora imagínate —prosiguió— que dos cuerpos están en contacto y que se rozan. ¿Tú te has rozado alguna vez con algo?

Camino se ruborizó.

—No me dirás que nunca te ha transferido calor otro cuerpo más caliente.

—Déjala en paz —terció Bego.

—Que te calles, Rompetechos.

Elena miró a Camino fijamente.

—¿Qué pasa cuando dos cuerpos se rozan? —le preguntó a un palmo de su cara, masticando.

—Que se desprende calor —respondió Camino como si no estuviera segura.

—Muy bien. ¿Y qué hay que hacer para reducir el calor?

—Evitar el rozamiento.

—Yo lo haría si pudiese, pero es que no puedo, chica. Me encanta el rozamiento.

Estallaron otra vez las risas.

—¿Y entonces qué debo hacer cuando dos cuerpos se rozan y desprenden calor? E imagínate que uno de esos cuerpos es el mío.

Elena suspiró, acalorada. Las chicas volvieron a reír, sobre todo las que se sentaban en las últimas filas.

—¿Puedes decírmelo?

Camino no supo qué responder.

—¿Por qué no nos dejas en paz? —intervino Begoña.

—Ah, pero si estabas aquí —exclamó Elena con gesto de sorpresa.

Bego cerró la boca para que no se le viese el aparato y se tocó la oreja. Elena estaba en su apoteosis. Había triunfado. Sólo restaba el fin de fiesta. Volvió a encararse con Camino.

—¿Qué habría que hacer para reducir el calor del rozamiento? ¿Nos lo puedes decir?

La imitación de Dolores le salió perfecta. Antes de que Camino respondiese se oyeron de nuevo las risas.

—Es conveniente lubricar —respondió Bego sin que casi nadie la oyese.

—No te hemos oído. ¿Puedes repetirlo en voz alta?

—Que hay que lubricar —repitió Camino levantando la voz.

—¿Y a ti qué tal se te da eso?

Entre las risas, Camino sintió un calor profundo que la recorría por dentro.

—Si quieres, otro día te explico la masa. Cómo crece con el calor y cómo disminuye con el frío —dijo Elena.

La observación no resultaba muy científica, pero la carcajada fue unánime. Elena, satisfecha, se hizo a un lado e indicó con la mano a Camino y a Bego que ya se podían ir. No necesitaba más.

Camino no se movió.

—Pediré por ti —dijo.

No todas se rieron. Bego empujó a Camino hacia la salida.

—Encima dale facilidades —le susurró—. ¿Cómo se te ocurre decirle eso de que vas a pedir por ella?

Se dirigieron hacia la puerta, pero la voz de Elena, imitando otra vez a Dolores, las detuvo. Había decidido hacer un epílogo.

—Niñaaaaaas.

Camino y Bego se giraron. Elena sólo tenía ojos para Camino.

—Hablando de Dios, te voy a decir una cosa que seguramente no sabes, santurrona.

Se recreó pronunciando cada sílaba de la palabra. Le salió bien.

—El mundo no lo creó Dios —dijo Elena.

Camino abrió los ojos. Begoña cerró la boca.

—Al principio hubo una gran explosión. El Big Band.

—Big Bang —la corrigió Camino.

—Eso he dicho. Así se creó el mundo, mira. Con una explosión como ésta.

Elena hizo un globo con el chicle, que estalló como un látigo en el interior de su boca.

—Vámonos —dijo Bego empujando a Camino hacia la puerta.

—Aún no he terminado, santurronas.

Toda la clase aguardaba sus palabras.

—El universo está en expansión. Como los dientes de tu amiga Bego y como los cristales de sus gafas. Bueno, no tanto.

Las risas las acompañaron hasta su salida de clase.

En el pasillo, Begoña se soltó la oreja. Camino parecía pensar en otra cosa.

—Vaya repaso que nos ha dado —reconoció Bego.

—Yo creo que sabe más Física de lo que parece.

—De todo sabe más de lo que parece.

—La verdad es que es graciosa.

—¿Elena? Mucho. Yo es que me parto, tía.

—¿Vienes a la Capilla?

—No. Te espero en el patio.

Caminaban despacio, disimulando su huida.

—¿De verdad vas a pedir por ella? —preguntó Bego.

—Claro.

—Pues ya puedes pedir, porque de ésa no hay quien haga vida, como diría mi madre. Vas a tener que pedir un huevo por ella.

—¿Tú crees que soy una santurrona? —preguntó Camino.

—Yo qué sé. Lo malo es que también me lo ha llamado a mí.

—No sé por qué. Tú no eres nada santurrona.

—Ni tú.

—Yo voy a Misa casi todos los días, voy a la Capilla casi todos los días y rezo el Rosario casi todos los días.

—Y comulgas casi todos los días. ¿Y eso qué?

—Que igual sí, que igual hacer todo eso es de santurronas.

—Pues no sé. Igual sí.

—Yo lo veo de lo más normal.

—Porque todas las santas estáis locas.

—Yo no soy santa, Bego.

—Sólo faltaría. Yo creo que es por tu madre, que te come el coco, aunque a mí lo que me parece es que eres buena. Y eso es lo que pasa, que eres buena.

—¿Y ser buena es malo?

—Yo creo que es una desgracia como otra cualquiera.

—¿Tú has tenido alguna vez alguna clase práctica de rozamiento? —le preguntó Camino.

—Yo no, qué va. Pero he visto una masa expandirse.

Igual que el universo.

—¿Dónde?

—En una peli que tiene guardada mi padre.

—¿En serio?

—Es porno. Y no veas cómo expandía aquel tío la masa.

—No me cuentes esas cosas, Bego.

—¿Lo ves como eres una santurrona?

—Y tú tienes unos dientes como las actrices de Hollywood, no te digo.

—Tía, a ver si al final resulta que no vas a ser tan santa.

Ahora, transcurrida una semana, la clase sobre los electrones continuaba y Dolores, el águila, se había lanzado sobre el ratoncito en el que se había convertido Elena. Y todo por culpa de unos confetis que gracias a unas partículas con carga negativa se habían quedado pegados a un boli.

—Estamos en que Elena no ve los electrones por ningún sitio. Tal vez necesite gafas o quizá los electrones hayan hecho pellas —repitió Dolores sin comprender que tanto el chiste como la palabra ya estaban gastados.

Del rostro de Elena había desaparecido incluso el mohín de desprecio. Ya no masticaba.

—Venga, Elena, explícanos por qué se mueven los papelitos.

Elena juntó más las piernas. El resto de la clase la vio tragar saliva otra vez.

—¿Es cosa de los electrones o no?

Desesperada, Elena miró a Bego, que, tras una pausa, negó levemente con la cabeza.

—No —respondió Elena, fiándose del soplo de Bego.

—¿No es cosa de los electrones?

—Pues no, ya digo.

Dolores echó la sonrisa hacia el lado derecho de la cara, la zona mala, la zona de las desgracias.

—Vaya, vaya, vaya. Así que no, ¿eh?

Elena, furiosa, le transmitió a Bego con la mirada todo lo que iba a acontecer a la salida de clase. Bego se encogió de hombros. Dolores se frotó las manos.

—Mira, Elena, hasta aquí hemos llegado.

Dolores comenzó a recrearse en un discurso tras el cual Elena no saldría bien parada. Las notas eran lo de menos; ya eran desastrosas. Lo importante era el ridículo, la esplendorosa y sorprendente falta de recursos que Elena presentaba. Su desconcierto. Su miedo. Y el hecho de que toda la clase estuviese allí, de testigo.

—Y cuando yo digo que hasta aquí hemos llegado...

—Elena tiene razón —intervino Camino inesperadamente.

Todas la miraron. Dolores y Begoña tuvieron el mismo sobresalto. Elena levantó una ceja. Masticó el labio.

—¿Cómo dices? —le preguntó Dolores a Camino.

—Ayer, precisamente, estuvimos hablando Elena y yo de eso a la salida de la clase —respondió Camino.

—¿Y de qué estuvisteis hablando? —quiso saber Dolores, desconcertada.

—De los electrones.

—¿Y?

—Que no se puede decir que sea exclusivamente cosa de ellos. Porque debemos tener en cuenta a los protones y a los neutrones.

Dolores miró a Elena, que asintió convencida y extrañada. Bego miró a Camino como si no la conociera.

—¿Y tú qué dices, Elena?

—Lo mismo, que intervienen los electrones, pero también los otros, los que ha dicho Camino.

—Los protones y los neutrones —aclaró Camino.

—Esos mismos.

Dolores hizo un último intento. Elena se le escapaba y no podía consentirlo.

—¿Tú sabes acaso lo que son los neutrones?

—Los neutrones son los que tienen una carga neutra —respondió Elena, que andaba bien de sentido común.

—¿Y los protones?

—Los protones bien, gracias.

Volvieron las risas. Dolores miró el reloj y agotada, sin saber muy bien qué hacer, miró a Camino y dio por terminada la clase. Elena guardó los libros. El color regresó a su cara. Sentía las miradas de admiración que le lanzaban las chicas. Volvían a estar encantadas.

—Igual es verdad que eres santa —le dijo Bego a Camino en voz baja.

—Qué cosas tienes.

—Si vas a hacer un milagro, arréglame los dientes de una vez y deja de ayudar a esa lagarta.

—Pero Bego, si los tienes bien.

—Las santas no mienten.

—Vale. Se lo pediré a la Virgen.

—¿Te puedo preguntar una cosa?

—No hace falta que me lo preguntes. La he ayudado porque hay que tener grandeza.

—Grandeza es lo que tiene ella.

—¿A qué te refieres?

—A Elena. A sus tetas. Eso sí que es grandeza y no lo nuestro. ¿Tú te has visto?

Cuando Dolores estaba a punto de salir de clase, la Pingüino, la Pingüi como la llamaban todas, la monja que mejor trabajaba en defensa cuando el partido se ponía difícil, la hermana que transformaba su energía encestando como si levitase desde la línea de tres puntos sin que su hábito le molestara lo más mínimo a la hora de mantener la posición, proteger el balón con el cuerpo y robarlo en campo contrario evitando milagrosamente la personal, entró en clase sobre la desgastada estatura de sus inmensos zapatos negros.

—Fernández Usaola —dijo como si Camino tuviera que salir a calentar.

Camino levantó la mano.

—Vienen a por la niña —le dijo la Pingüi a Dolores.

—Ah, sí. Venga, Camino. Que no sea nada.

Begoña la ayudó a recoger.

—Luego te llamo —le dijo.

Camino cogió la mochila y se dirigió a la salida. Elena le hizo un gesto a Begoña.

—Tiene médico —respondió Begoña.

Tras la Pingüi, en la puerta, como un silencioso ángel de la guarda, se dibujaba firme y vertical la figura de Gloria. Las alumnas se quedaron calladas, sumidas en ese silencio especial que se produce a determinadas edades cuando la madre de una compañera aparece en clase para recogerla y llevarla al médico.

3

—No me van a pinchar, ¿verdad, mamá? —preguntó Camino.

—Hija, yo no entiendo de médicos, pero no creo que un traumatólogo tenga que pincharte.

Avanzaban por el pasillo principal. La Pingüi abría la marcha con sus zapatos sobrenaturales, que resonaban sobre las baldosas de flores como un ejército de una sola mujer. Tras ella, Camino apretaba con fuerza la mano de su madre.

—¿Y usted cree que me van a pinchar, hermana?

La Pingüi conocía a Camino igual que había llegado a conocer muy bien a Nuria. Sabía que no soportaba las inyecciones.

—Cómo son las niñas —dijo Gloria.

—Ésta es una maravilla, como su hermana Nuria —dijo la Pingüi con el mismo tono que utilizaba en los exámenes orales.

Gloria no respondió. A cada paso, el aire que existía entre ellas se tensaba. Recorrieron en silencio gran parte del pasillo. Camino tuvo la sensación de que iba a producirse una descarga eléctrica.

—No sé si recuerdo bien su nombre, hermana —dijo Gloria.

—Lo recuerda perfectamente. Soy la Pingüi. —Camino sonrió—. En realidad las niñas comenzaron a llamarme la Pingüino, pero entiendo que es mucho más cómodo para ellas llamarme la Pingüi.

—Me refiero a su nombre auténtico, hermana.

—Me vale con la Pingüi. —Miró a Camino—. Cuando estés bien del todo tenemos que volver al tiro en suspensión.

—Haré lo que pueda.

—Y no se te ocurra llamarme Pingüi delante de las demás o vas a chupar banquillo hasta final de temporada.

—Vamos a llegar tarde, hija —advirtió Gloria, incómoda.

Camino señaló las orlas que se alineaban en la pared del pasillo. Las niñas parecían mariposas clavadas con alfileres.

—¿Has visto, mamá? Ahí está Nuria. En la fila de arriba.

Gloria y la Pingüi intercambiaron una breve mirada. Había dos Nurias muy distintas en sus ojos. La de la Pingüi era la chica hermosa y rebelde abrazada a una guitarra, enamorada, brillante, llena de ideas y de planes. La Nuria que le pedía libros, acordes y consejos. Una muchacha viva que comenzó a secarse en el hipnótico temblor de una diabólica tela de araña. Una Nuria que cambió finalmente la música por el silencio, la familia por la Obra y las amigas por la nada. La Nuria desconocida que, para disgusto de la Pingüi, una noche de verano terminó echándole en cara todos los intentos que la monja había hecho para que se replanteara su ingreso en la Obra. Luego, tras Nuria se cerró una puerta que no había vuelto a abrirse. La Nuria de Gloria era la que ahora habitaba tras esa puerta.

—¿Qué tal está Nuria? —preguntó la Pingüi intentando restarle importancia a la pregunta.

—Bien, gracias a Dios —respondió Gloria secamente mirando su reloj.

—Pero tuvo que dejar la guitarra en casa —dijo Camino.

—Una pena —respondió la Pingüi—. Dele recuerdos.

—Es muy difícil, hermana —intervino Camino—. Yo le escribo, pero Nuria ya no me contesta.

—Siempre sucede.

Gloria aceleró el paso, molesta por el comentario.

La Pingüi le guiñó un ojo a Camino y se perdió hacia el comedor con un par de zancadas, como si fuese a hacer un mate en la canasta contraria.

—Hay que ver, hija mía, cómo nos ha entretenido esa monja.

—¿Me van a pinchar?

—Por Dios, hija. Tampoco me parecería tan grave —respondió Gloria con suavidad.

—Por favor, mamá, que no me pinchen. Me dan miedo las agujas, ya lo sabes.

—No me lo pidas a mí. ¿Por qué no se lo pides a ella?

A Camino se le iluminó el rostro.

El sol de invierno estallaba en blancos puros sobre la imagen de la Virgen ante la que Camino estaba arrodillada. Era una estatua sencilla tallada en piedra clara y situada en mitad del patio del colegio. La luz cruda marcaba la ausencia de sombras y sobre el rostro de la Virgen, sobre su manto de piedra y sobre sus brazos acogedores extendidos hacia las canchas de juego centelleaba una luz pesada, de mármol, de triste visita al médico.

Las rodillas desnudas de Camino se apoyaron en el irregular suelo de cemento salpicado de arena y de diminutas piedras, pero no quiso moverse para mitigar el dolor. Imaginó las marcas blancas y hondas que le quedarían cuando se levantase.

—Quería pedirte algo —le dijo a la Virgen.

Los ojos de la imagen eran inexpresivos a pesar de que

los rayos del sol que rompían en su túnica irradiaban sutilmente un difuso resplandor que a Camino le recordaba el halo de santidad con el que aparecía en muchas estampas.

—Pero antes me gustaría ofrecerte el dolor que me están haciendo estas piedrecitas en las rodillas.

Separada unos metros de Camino, Gloria la observó con una emoción profunda y sincera. Estaba orgullosa del recogimiento de su hija, en el que ella misma se veía reflejada. Camino terminó de hablar con la Virgen. Con las rodillas congeladas y doloridas se vio invadida por un mundo invisible que se convirtió en algo tan real como el mármol en el que había sido esculpida la figura de la madre de Dios o como los árboles sin hojas desnudos por el frío de Madrid. Pensó en las leyes universales que rigen el mundo sin que podamos verlas, en los electrones que habían saltado de su falda para incorporarse a las cargas negativas del bolígrafo con el fin de atraer a los papelitos, en el globo que había frotado contra su pelo una tarde en la cocina mientras mamá estaba en una de sus charlas y en cómo las partículas con carga negativa abandonaron su cabello y se quedaron a vivir en la goma azul de tal forma que su pelo, electrizado, se puso de punta; y luego, en otro experimento, Camino fue capaz de atraer hacia el globo el hilo de agua que caía del grifo, lo que provocó la admiración de papá porque parecía un número de magia. Recordó el asombro que la invadió la primera vez que observó energías que no se apreciaban a simple vista: líneas de campos electromagnéticos reveladas sobre un papel por indiscretas limaduras de metal. Comenzó a creer en cosas que no veía pero que formaban parte de su vida. Como los protones que ayudaban a sostener el mundo. Como Nuria. Se sentía unida a dos mundos que convivían en éste: la ley de la gravedad, Dios, los chicles de Elena, su Ángel Custodio, su amiga Begoña y sus aparatos para los dientes, la pelota de baloncesto, los átomos, el magnetismo, los zapatos de la Pingüi, las tardes de tormenta, las energías contenidas en los cuerpos y que se transforman en calor, en nubes o en personas. Antes de que su madre la reclamase Camino vio átomos danzando en sus manos. Tenía miedo al dolor de las agujas. La energía de su miedo se transformó en electricidad estática que comenzó a bailar en el aire. Camino amaba lo visible y lo invisible. No sabía que pasados unos años muchas personas también creerían en ella aunque para entonces Camino ya no estuviese y su energía se hubiera transformado en algo distinto.

—Vamos —dijo su madre.

Gloria estaba a su lado. Camino había visto su sombra gigante acercándose lentamente. Muchas veces mamá también pertenecía al mundo de lo invisible. Torció la cabeza un poco a la derecha, imitando el gesto de la Virgen, y entonces sintió el pinchazo del cuello.

—¿Otra vez? —preguntó Gloria.

—Sí, pero no me duele mucho.

—Nuria estaría orgullosa de ti. Y Don Miguel Ángel también.

Camino se santiguó y lanzó un beso a la Virgen.

—¿Nos vamos?

—Aún me falta una cosa, mamá.

Gloria no se movió. Camino tampoco.

—¿Qué pasa?

—Nada, mamá, pero prefiero estar sola un momento, si no te importa.

—Qué tontería. Ni que yo pudiera oír los pensamientos.

—Es que no me concentro.

—Bueno —consintió Gloria separándose unos pasos—. Pero date prisa.

Camino juntó sus manos y volvió a orar. Habló con la Virgen como si se tratara de una amiga de siempre, con palabras limpias y sinceras. Palabras de niña. Tras la cristalera del ventanal que se abría en la fachada principal del colegio, la Pingüi vio cómo Camino, al final de su oración, se santiguaba, se levantaba, le lanzaba un beso a la Virgen y se quitaba de las rodillas las pequeñas piedras que habían estado molestándola y que, según había imaginado, le dejaron marcas blancas de dolor. Ni ella ni Gloria podían saber que Camino había pedido a la Virgen que no le pusieran inyecciones, que Elena no fuese tan así y que le colocase un poco mejor los dientes a Bego.

Gloria se acercó a ella.

—Arreglado —le dijo Camino a su madre con una sonrisa.

4

La aguja penetró en la espalda de Camino, y ella creyó oír el metal rompiendo su piel, atravesándola como una estaca de pavor y abriéndose paso entre sus breves músculos hasta que el líquido estalló como una carga de profundidad junto a sus vértebras. El dolor lento y caliente que se extendía junto a su columna le impedía pensar.

—Ay, mamá.

—Si esto no va a ser nada, chata, ya verás —le dijo el traumatólogo, apático y aburrido cuando la niña, nerviosa, se sentó en la camilla.

Las lágrimas, que desbordaban los ojos de Camino, adquirieron mayor velocidad a medida que rodaban por su rostro. Luego desaparecieron en la blusa con la que Gloria le ocultaba pudorosamente el pecho.

—Venga, aguanta, que no nos queda nada —dijo el médico.

En la blanca y delicada espalda de Camino la aguja se revelaba como una especie de profanación obscena, soez, fuera de lugar. Sufrió una convulsión y alargó la mano casi sin querer, buscando la de su madre.

—Mamá.

—Tengo pacientes más pequeños que se quejan menos —protestó el doctor.

—Mamá.

Gloria le cogió la mano. A través de los lagrimones que seguían desembocando en la falda de tablas de su uniforme, y mientras la jeringuilla con la que la infiltraban bombeaba corticoides, Camino veía borrosa a su madre, como desde debajo del agua, salada por las lágrimas. Los visillos retenían la luz de la mañana y tras los cristales se anunciaba una tarde prematura y desapacible.

Echaba de menos a Bego y a Nuria. Se concentró en ellas. Nuria tocaba la guitarra en la habitación, Bego sonreía sin los aparatos de los dientes. El dolor remitió.

Gloria, sorprendida por el silencio de Camino, pensó que su hija había comenzado a rezar.

La aguja penetró un poco más. Camino se enderezó, de golpe, sacudida por un dolor eléctrico. Lanzó la parte inferior de la espalda hacia delante.

—Quieta, quieta, que me vas a partir la aguja —volvió a quejarse el doctor.

Nuria y Bego se borraron de su mente. Desaparecieron a la vez desdibujadas en ondas concéntricas, como si alguien hubiese arrojado una piedra a los reflejos en el agua. Su lugar fue ocupado por la imagen de la aguja hipodérmica que amenazaba las vértebras.

—Ay, mamá.

Gloria apretó aún más fuerte la mano de su hija.

—Ya pasó, ya pasó, vida mía.

—Venga, venga, que ya terminamos —susurró el médico, concentrado.

Regresó el vigoroso calor a su espalda. Volvió Nuria. Estaba sentada en su cama y afinaba la tercera cuerda de la guitarra. Apareció otra vez Begoña, observando en el espejo sus dientes sorprendentemente perfectos. La consulta se inundó de luz. Se reconfortó pensando que dentro de muy poco estaría ya en casa y que le escribiría a su hermana y que mañana le contaría a Bego y a la Pingüi —y tal vez a

Elena— cómo la habían intervenido en vivo, sin piedad, y cómo ella no había soltado ni una lágrima. Sonrió recreándose en los detalles y decidió que no, que a Bego no podía mentirle. Le habían causado dolor y ella había llorado. Eso es lo que iba a contarle. La verdad. No quería entrar en detalles, así que hizo desaparecer de su mente la brutal imagen del metal doblándose contra los huesos.

El médico extrajo la aguja. Camino oyó el sonido, o tal vez no, pero intuyó un ruido sórdido. Ruido de piel rota, de piel que volvía a unirse. El cansancio le borró el miedo. Estaba agotada.

—Ya puedes vestirte —le dijo el doctor, más preocupado por la aguja que por ella.

—¿No convendría hacerle una radiografía? —preguntó Gloria.

El traumatólogo estaba acostumbrado a tratar con madres. Podría haber suspirado, podría haber levantado las cejas, podría incluso haber protestado, pero se limitó a decir con voz seca, como si estuviera dictando, que con la infiltración se le iba a desinflamar la zona que le molestaba.

Gloria soltó la sudorosa mano de Camino y la ayudó a vestirse con un exquisito recato. El doctor se sentó en su sillón, sacó de la funda unas gafas mordidas por la patilla izquierda, se las puso y comenzó a escribir en el ordenador con un solo dedo, tratando de dar sentido a aquel aparato infernal que había invadido su mesa.

En la espalda de Camino se instaló un frío dulce, de otro mundo.

—Pues eso es todo, señora —dijo con el volumen justo para poder oírse a sí mismo, desganado.

—Sigo pensando que convendría hacerle una radiografía —insistió Gloria.

El médico la miró por encima de la montura de sus gafas, molesto.

—Para ver si tiene algo —continuó Gloria sin inmutarse.

La mirada de mamá se oía. Como sus gestos. Gloria no hizo ninguno. Camino advirtió cómo los ojos del médico retrocedían y se hacían más pequeños.

El doctor se quitó las gafas y las dejó caer sobre el teclado. Camino jugó a imaginar qué letra habrían marcado.

Bajo una lluvia diminuta y espaciada, bajo las cuatro gotas que caían, Camino y su madre abandonaron la consulta del médico. Tenía la sensación de que mamá iba a decirle algo importante, pero Gloria comenzó a bajar Príncipe de Vergara, distraída, observando los edificios de siempre con mirada de turista, como si nunca los hubiera visto. Camino colgaba de su brazo. Estaba pálida. Sin saber muy bien el motivo, se sentía avergonzada. La mochila con los pesados libros tiraba de sus hombros. Al salir de la consulta Camino la cogió de la silla y se la colocó en la espalda sin poder disimular un pequeño gesto de dolor. Quería que su madre la viera, pero Gloria no se dio cuenta; en ningún momento percibió el esfuerzo que su hija estaba haciendo al cargar con la mochila ni el miedo que tenía a que ese esfuerzo volviera a resucitar el pinchazo del cuello.

Cuando salieron a Goya las sorprendió un viento helado. Gloria se subió el cuello del chaquetón.

—¿Estás bien?

Camino asintió. No era cierto. No llegaba a sentir el dolor porque se había vuelto invisible, como tantas otras cosas, pero sabía que estaba ahí, en la base del cuello, escondido en algún sitio, aguardándola. Le costaba seguir el paso de su madre. No había sido buena idea sacar hoy casi todos los libros de clase. Para colmo, también se había llevado a casa el diccionario.

—Si yo ya sabía que me iba a doler, mamá.

Estaban frente a una zapatería. Gloria se detuvo y se fijó en unos zapatos de hombre, marrones, probablemente los más feos de la tienda.

—¿Te gustan?

—Lo importante es que le gusten a papá —dijo Camino.

—Lo importante es que duren.

Camino ya había renunciado a que su padre utilizara unos zapatos más modernos. Era cierto que los que le compraba mamá duraban toda la vida, pero eso era lo malo. Con los que papá tenía guardados en casa podía abrir un museo del zapato del horror. Quiso decírselo a su madre, aunque no llegó a hacerlo. Estaba desganada, febril. Las zapaterías siempre la ponían un poco triste, como la tarde de los domingos o las tiendas de ortopedia. O los relojes parados. Además estaba segura de que mamá no se iba a reír con la broma. La espalda volvía a molestarle.

Se quitó la mochila —seguía sin saber por qué no habían comprado aquella con ruedas que vieron en Carrefour— y la dejó en el suelo, bajo la marquesina. Los focos del techo que iluminaban botas, pares desparejados y zapatillas de ocasión, recortaban hacia el exterior las gruesas gotas de lluvia cargadas de arena que batían la calle y que sonaban como insectos contra los coches aparcados.

—Vamos, hija.

—¿No los vas a comprar?

—Otro día que pasemos por aquí.

Caminaron bajo los árboles muertos. También moría la tarde. La gente había ido abandonando las calles, y la ciudad sonaba más inquieta y más amarga que antes. Era un sonido sucio de fábrica insatisfecha, de autobuses repletos, de ventanillas mojadas, de ambulancias y de doble fila.

—Espera, mamá.

Camino arrastró la mochila, se la colocó como pudo y

se acercó a su madre. Gloria se llevó una mano a la cabeza como si hubiera olvidado algo.

—Dame la mochila, anda, que es que parece que hoy estoy tonta.

—Que no, que puedo yo sola.

—Ya lo sé, hija, pero no quiero que te duela la espalda.

—Si sólo me duele un poco.

—Bueno, pues me la dejas un poco y cuando me canse te la doy. ¿Te parece? Y perdona, hija. Si es que hoy no sé dónde tengo la cabeza.

Camino dudó un instante. Volvió a dudar mientras su madre le quitaba la mochila de la espalda.

—Pero, hija, ¿qué llevas aquí? —dijo sopesándola.

—Es el diccionario. Ten cuidado, mamá, que se clava.

Camino se sintió ligera sin el peso de los libros. Ligera y feliz. Hacia poniente, sobre Moncloa, justo donde acababa el cielo, un reactor dejó su estela helada en la última luz del día. Luego se lo tragaron las nubes.

—No te he dicho toda la verdad, mamá.

—Tú sabrás lo que tienes que decirme.

—¿Estás enfadada?

—No, hija. ¿Por qué iba a estarlo?

—Porque he llorado en el médico.

—Es que menudo pinchazo.

—Ya, pero yo creo que podía haber aguantado un poco más.

Gloria no respondió de inmediato. Camino deseó que dijese algo, lo que fuese. Dejó pasar un minuto. Cuando comprendió que su madre ya no iba a volver a hablar entendió que ese silencio significaba que sí, que seguramente tenía que haber aguantado un poco más.

—Tengo que hablar con la Virgen otra vez, mamá.

—Tú verás, pero a lo mejor ya le has pedido mucho hoy.

—¿Quieres saber lo que le pedí?

—Si crees necesario que yo lo sepa...

—Le pedí que le arreglara los dientes a Bego.

—Vaya. Eso sí que sería un milagro.

Sonrieron. Gloria la tomó de la mano.

—Si te cansas me das la mochila, mamá.

—Descuida.

—Y también le pedí por Elena.

—¿La repetidora?

—Ésa, la que come chicle todo el día.

Sortearon zigzagueando los andamios que ocupaban toda una fachada. Hablaban separadas, esquivando tubos de metal amarillo.

—¿Y no le pediste nada más? —preguntó Gloria.

—Bueno, hablé con ella de una cosa. De todas formas, cuando estábamos en la sala de espera del médico ya sabía que me iba a doler. Lo supe por el sillón.

Salieron a la vez del laberinto de tablones y de patas metálicas que ocupaban la acera y volvieron a caminar juntas.

—¿El sillón?

—El del médico. ¿No te fijaste en el sillón?

Gloria se había fijado muy bien. No era un sillón, era un sofá de escay. Plástico desangelado y verde. Remaches de botones sueltos sobre la espuma. Un sofá que ya había sido feo en sus buenos tiempos.

—Pero lo peor era el cuadro oscuro enmarcado en dorados. ¿Lo viste, mamá?

—Sí. Pero eso, ¿qué tendrá que ver?

—Que daba dolor de cabeza. Que en un sitio así seguro que te tienen que hacer daño.

—La verdad es que tienes unas cosas...

—Y había una planta de plástico que era horrible.

—Ya la vi. Y un jarrón de cristal tallado. Muy feo.

Camino no había reparado en el jarrón. Tampoco le habían llamado la atención las sillas tapizadas una y otra vez, pasadas de moda, ni la lámpara de bronce cuya pantalla imitaba desagradablemente la piel, pero sí se había fijado en los desgraciados e imposibles platos de cerámica colgados en la pared y en el reloj de péndulo, parado. En un sitio así hasta los zapatos de su padre y de la Pingüi hubiesen resultado pasables.

—Y todas las revistas de la consulta estaban atrasadas, mamá. Todas.

—¿Y por eso te van a hacer daño?

—Si un médico tiene revistas tan antiguas eso significa que te va a hacer daño.

Iba a decirle que se lo había dicho Begoña, pero se arrepintió.

—¿Me ibas a decir algo?

—No, nada, mamá. Que me dejes la mochila, que, al fin y al cabo, yo ya estoy mal del cuello y tú no.

—Anda, no digas tonterías.

Cruzaron frente a escaparates y quioscos sin detenerse. Camino recordó que mientras esperaban en la salita del médico su madre había cogido una revista en cuya portada aparecía un torero con una chica. Le preguntó quién era y entonces Gloria cerró la revista, la dejó otra vez sobre la mesa y al ver que Camino seguía interesada por la foto, le dio la vuelta.

—Lo siento, mamá. Siento haber llorado. De verdad.

—Deja eso ahora, hija.

—Pero tú siempre me has dicho que el dolor hay que llevarlo con silencio y discreción.

Gloria sonrió.

—No es el momento de preocuparse por eso.

Camino sí se preocupaba. Quizá lo que su madre le transmitía sin decirle una sola palabra era que el Señor le había enviado un dolor que ella no supo entender, que tendría que haber estado a la altura de la tristeza de la tarde, del cálido frío de la aguja, de la ranciedad de la sala de espera con sus flores de plástico, sus revistas atrasadas, su jarrón de cristal tallado y su lámpara de pie con la pantalla de piel.

—¿De verdad que no quieres saber qué más le pedí a la Virgen?

—¿Y no crees que eso debe ser un asunto privado entre la Virgen y tú?

En los bordillos se habían formado pequeños charcos. Nuria le había dicho una vez que si las gotas de lluvia forman pompas al caer es porque va a seguir lloviendo, pero la lluvia había cesado a pesar de que las primeras gotas habían formado globitos sobre los charcos. Camino se sintió defraudada.

—¿Qué te pasa?

—Nada.

Camino pensaba en Nuria. Su madre lo sabía.

—¿Sabes lo que me dijo Nuria una vez?

Camino abrió los ojos.

—No, mamá.

—Me dijo que el dolor no hay que compartirlo.

De la esquina de enfrente les llegó nítidamente la música de un acordeón. En la mochila los libros tiraban hacia atrás de los hombros de Gloria. La tapa dura del diccionario se clavaba en sus riñones.

—Espera, mamá. Vamos a cambiar el diccionario de sitio, que te va haciendo daño.

—No hace falta.

—Podemos ponerlo en el bolsillo de fuera.

—Para lo que queda...

—¿Quieres que la lleve yo?

—Luego.

Llegaron a la parada del autobús. Camino observó cómo su madre hacía el gesto de llevarse la mano a la mochila para dejarla en el suelo, pero, arrepentida, en la misma fracción de segundo retiró su mano y permitió que la pesada mochila siguiera colgando de su espalda, como si hubiera sido el azar y no ella quien la hubiera puesto allí. Gloria soportó su pequeño dolor mientras Camino se sintió mal por haber llorado. No sabía qué decir. El autobús no llegaba. Estaban solas. Gloria le acarició el rostro.

—La labor perfecta es la que ni se ve ni se oye, hija.

Eran palabras de Don Miguel Ángel, las que había pronunciado en la reunión del último fin de semana. Mamá ya le había hecho un pequeño resumen de la charla del sacerdote: que Jesús podía haber pedido que lo salvasen pero que prefirió sufrir hasta la muerte, que el sufrimiento y la santidad no se exponen al público, que no hay que presumir del dolor porque es un asunto privado que tenemos con Dios, que cuando echemos las monedas al cepillo debemos procurar que no hagan ruido y que los santos llevaron su dolor con dignidad, resignación y silencio. Cada uno debe cargar con su cruz, hija mía.

Para Camino la cruz eran las inyecciones, el pico del diccionario, la ausencia de Nuria, el hermanito desaparecido, los pluscuamperfectos, la pescadilla hervida que mamá ponía de cuando en cuando para cenar. La cruz eran Elena y sus chicles, los interminables viajes de papá y las noches en las que tenía que dormir fuera de casa en hostales de pueblos junto a la carretera, vendiendo seguros.

—Hoy podíamos ir caminando a casa, mamá.

—No tienes buena cara. Incluso estaba pensando en coger un taxi.

—Ahora estoy mejor. Y quiero enseñarte una cosa. Es muy importante para mí.

Gloria dudó.

—Si lo consideras necesario...

Camino le arrebató la mochila a su madre sin darle

tiempo a reaccionar. Cargando con ella abandonaron Goya y giraron a la izquierda. Gloria sonreía y suspiraba, embargada por la emoción.

—Por aquí vamos a tardar un poco más, hija.

—Ya, pero es que quiero que veas una cosa.

—¿De verdad que no te duele?

—Casi nada.

Gloria apretó cariñosamente la mano de su hija.

—Dame la mochila, anda. Ya me has mostrado bastante.

—Pero si aún no lo has visto.

—He visto lo que tenía que ver —dijo Gloria con ternura. Su voz era cálida, dulce.

Caminaron en silencio hasta el final de la calle. Camino se detuvo frente a una pequeña tienda en cuyo escaparate brillaba un hermoso vestido rojo. La tarde era húmeda y negra, pero Gloria observó cómo el rostro de Camino se llenaba de luz mientras su hija le mostraba el vestido como si se tratara de uno de sus más íntimos secretos. A los pies del vestido había unas zapatillas Converse del mismo color.

—¿Es esto lo que me querías enseñar? —preguntó Gloria dominando el tono de su voz, convirtiéndolo en neutro, borrando meticulosamente cualquier atisbo de la decepción que sentía.

—¿A que es monísimo? —preguntó Camino—. Y tan sencillo.

Estaba emocionada. Gloria no respondió. Miraba el vestido, pero pensaba en otra cosa. Pensaba en la enorme distancia que existía entre el dolor y los vestidos rojos. Durante el paseo había llegado a imaginar con cierto estremecimiento que tal vez su hija quisiera demostrarle que era capaz de cargar con su propia cruz, convertida en mochila, y que por eso había elegido ir por esa calle que desembocaba en la iglesia, y que seguramente quería entrar un momento para pedirle perdón a la Virgen por haber llorado.

—¿A que parece que el vestido me está mirando?

—Qué cosas se te ocurren.

—Es verdad, mamá —dijo Camino embelesada, acercándose más al escaparate—. Yo creo que se alegra cuando me ve.

La falda del vestido tembló levemente. Fue sólo un instante.

—¿Lo has visto? —le preguntó Camino, maravillada—. Me ha reconocido, mamá. Me ha reconocido.

—Ha sido una corriente de aire, hija.

—No, mamá, es la magia. Es un vestido mágico.

Tras el escaparate unas luces mínimas iluminaban apenas una decoración deslavazada compuesta en su mayor parte por flores de cartulina que parecían hechas por un niño. Y sin embargo, a pesar de todo, el vestido rojo destacaba como si una luz misteriosa brillase en su interior. Y se había movido.

—¿No te gusta?

—Bueno, yo no sé qué tal te sentaría —respondió Gloria sin ganas.

Camino sí lo sabía. No se lo había probado, pero algunas tardes al salir del colegio se situaba frente al escaparate de forma que el reflejo del vestido coincidiese con su cuerpo y entonces se veía con él puesto y sonreía imaginando que un Príncipe aparecería por detrás y que ella le miraría y que se giraría para que la falda levantara un poco el vuelo desprendiendo en cada giro una alegría que se adentraba en un mundo desconocido lleno de posibilidades. La tela parecía normal, y el corte, y el escote, y los tirantes. En eso consistía la belleza. Para Camino el vestido rojo estaba hecho de promesas y habitado por un verano eterno. La felicidad podía ser un simple trozo de tela, algo tan sencillo como un tejido rojo sobre un maniquí sin cabeza. Los delgados tirantes, el escote curvo, el vestido desplomándose sobre sí mismo hasta la cintura y estallando luego, lleno de alegría, en una leve falda.

—Y además no es a mí a la que le tiene que gustar —sentenció Gloria.

Camino comprendió que no era sólo el cristal del escaparate lo que la separaba del vestido rojo.

—¿Nos vamos, hija?

A Camino le hubiera gustado quedarse un poco más. Irse ahora era injusto. También ella había permanecido sin protestar ante la horrible zapatería todo el tiempo que quiso su madre. Se despidió del vestido levantando una mano. Un cielo oscuro y sin relieve las acompañó hasta casa.

—Es bonito, el vestido es bonito. No digo que no, pero debes pensar si es conveniente para ti.

—Sí, mamá.

—Yo, desde luego, no me lo pondría —dijo Gloria antes de entrar en el portal dejando que su voz, ahora sí, transmitiera la profunda decepción que sentía.

5

Camino oyó la pescadilla desplomándose en el aceite de la sartén y se preguntó si había algún motivo para alegrarse por el hecho de que mamá la friese en vez de hervirla. Decidió que no. La pescadilla hervida no le gustaba, y la frita le causaba desazón. La casa olía un poco triste, como el sonido de fritura del pescado. No se trataba del típico olor a cerrado; o quizá sí, pero en ningún caso recordaba el de la humedad. Era más bien un olor que remitía al pasado, a la pintura dorada de los santos. Quizá la culpa la tuviera la noche tan desapacible que se extendía al otro lado de la ventana o no haber comprado el vestido rojo, pero mientras ponía la mesa tuvo la impresión de que el olor de la casa se había acentuado en los últimos meses. Colocó los platos de loza, la ensalada, los cubiertos, los vasos, los cuchillos y los tenedores. Lo hizo con mimo, con un cuidado exquisito, tal y como su madre le había enseñado. Mamá creía que todo podía hacerse siempre un poco mejor, así que procuró no dejarse distraer por nada, ni siquiera por la sopa que hervía en la cocina. Esperaba que no fuese otra vez sopa de lluvia, probablemente la sopa más triste del mundo; prefería la de letras. Le gustaba cenarla con papá, que siempre se animaba a formar palabras en el borde del plato en un juego cómplice que había ido variando a medida que su hija fue cumpliendo años. Si a Camino al principio le divertía ser capaz de escribir palabras correctamente, ahora ambos habían descubierto lo maravilloso que resultaba inventar palabras en idiomas extraños. La última vez que jugaron Camino le preguntó a su padre si sabía cómo se decía en chino «accidente entre dos coches», y luego, cuando su padre se rindió y ella compuso letra a letra SAN DAO, papá se partió de risa, pero se rio mucho más cuando Gloria, al retirar los platos, les preguntó qué Santo era San Dao. También habían descubierto que determinadas letras apenas aparecían mientras que otras se repetían constantemente, e incluso algunas marcas habían incorporado números, así que José le propuso en broma escribir una carta de protesta al fabricante de sopas. La vida con su padre era tan sencilla como un juego, tan simple como un te quiero. Le dolía que papá tuviera que viajar tanto, pero se consoló pensando que de esa forma podía darle la bienvenida muchas más veces y sentir continuamente, semana tras semana, la alegría de su regreso.

—¿Has llenado la jarra?

—Sí, mamá.

Su madre, sin embargo, nunca participaba en sus pasatiempos, aunque Camino sospechaba que podía deberse a que ya tenía un juego privado y secreto que acontecía solamente dentro de su cabeza porque algunas veces su mirada se iluminaba sin motivo alguno y componía entonces un gesto de alegría que a Camino le recordaba el que hacía Nuria cuando le comía una ficha jugando al parchís. Suponía que en esos momentos mamá hacía planes o tomaba decisiones o imaginaba historias que de alguna manera tenían que ver con ella. Siempre había deseado que su madre y ella hablasen más, pero una y otra vez Gloria terminaba refugiándose tras un muro de lugares comunes, de frases hechas y de respuestas que le llegaban transformadas en nuevas preguntas. Con papá era distinto. El silencio que mantenía ante el resto del mundo, y sobre todo con Gloria, desaparecía cuando estaban juntos. Llegaron a hablar de casi todo, y lo poco que llegó a saber Camino sobre su historia de amor se lo había contado él. Papá no tenía que hacer ningún esfuerzo para ser feliz cuando estaba con ella. Papá la comprendía y la quería de una forma natural, y ella lo adoraba. A él y a su forma tan fácil de quererla. En una de las últimas cartas que le escribió a Nuria le decía que papá era como la Física y mamá como la Química. Estaba muy orgullosa de aquella definición, pero, como otras tantas veces, su hermana no respondió.

Gloria comenzó a freír otra pescadilla mientras Camino doblaba los picos de la última servilleta. Le habían quedado totalmente simétricas, tal y como le gustaba a mamá, así que estaba orgullosa. Su casa olía a pescadilla y a orden, al olor que desprenden las tareas realizadas con mimo. Una vez le dijo a Bego que ella era capaz de distinguir el olor de todas las casas en las que había estado. Y era cierto. Había casas que desprendían un olor mezquino y sutil de grasa seca y recalentada; casas por cuyas esquinas navegaba sin naufragar la acidez de caldos concentrados, de persianas bajadas, albornoces viejos, televisores apagados, zapatillas usadas y agua caliente. Casas que olían a aire muerto ya respirado y que olían, además, a las personas que lo respiraron. Y eso era lo peor. Era un olor a fotografías de abuelos en blanco y negro, a lana, a platos apilados, a consultas de médicos y a domingos por la tarde. De su casa, sin embargo, emanaban aromas recogidos y cambiantes difíciles de definir porque a Camino se le mezclaban en el olfato la realidad y los deseos. Su casa olía a lo que faltaba. Echaba de menos el olor de Nuria, aunque muchas noches se le hacía presente en la habitación que compartieron, y añoraba —aunque era capaz de reproducirlo cerrando los ojos— el olor de papá. Le sobraba, eso sí, la primera sensación que transmitía la casa al abrir la puerta: un silencio por el que vagaban sombras largas y sacramentadas con un olor tan penetrante como el del hule de plástico de la mesa.

Gloria sacó la pescadilla de la sartén. Camino imaginó la cara de dolor del pobre pescado frito, inmóvil, con la boca abierta. El aire del salón se impregnó del terror de los peces muertos, así que Camino cerró los ojos y pensó en el verano de tal forma que la tufarada de fritura y de miedo que había sobrevivido a la campana extractora se convirtió de pronto en un aroma de sal, de algas y de luz. Estaba convencida de que tenía poderes mágicos para controlar los olores.

—¿Qué haces?

Camino abrió los ojos y expulsó lentamente el aire.

—Oler a mar. ¿Quieres que te enseñe?

—Para eso estoy yo ahora —respondió Gloria entrando en la pequeña despensa.

—Ten cuidado no vayas a pisarlo, mamá.

Su madre no respondió. Miraba fijamente al ratoncito que había decidido quedarse a vivir bajo las estanterías repletas de latas de conservas y que, desde el suelo, le aguantaba la mirada. Gloria, con el pie, empujó suavemente hacia el ratón la jaula que habían comprado en la ferretería de abajo, pero tras lanzarle una mirada curiosa, tras olisquear los barrotes y el zapato, el ratoncito rechazó la oferta y huyó a su propia casa, una grieta causada, casi con toda seguridad, por las obras que estaba haciendo el vecino. Gloria siempre había sido capaz de encontrar un vecino al que responsabilizar de cada problema.

—No sé lo que vamos a hacer con ese ratón —dijo saliendo de la despensa.

—Se llama Marcelino.

—Sólo falta que le pongas nombre.

—Se lo puso papá

—Vaya. No le pones nombre a tu Ángel Custodio y perdéis el tiempo poniéndoselo a un ratón.

—¿Ha entrado en la jaula?

—Ése no entra ni a tiros. No veas cómo me ha mirado.

Gloria retiró la sopa del fuego y apagó la cocina. Del otro lado de la puerta les llegó un sonido de llaves, y antes de que su padre hubiese terminado de entrar, antes de que dejase en el suelo la pequeña maleta, Camino ya estaba abrazada a él, rebozándose en su gabardina como una pequeña pescadilla.

—¡Papi!

José la estrechó en sus brazos, intentando recuperar una semana de amor perdido. La besó. Volvieron a abrazarse. Papá era Física. Camino respiró profundamente sin poder soltarse de su padre y se dejó llevar por los olores del mundo exterior. Papá olía a su eterno Floyd matinal, a viajes, a encuentros, a hoteles. Olía a carretera, a restaurantes, a conversaciones con desconocidos. Papá no sólo había abierto la puerta: su llegada abría a la vez enormes e invisibles ventanas por las que penetraba el olor de trajes gastados, de llamadas perdidas, de bolígrafos, despachos, teléfonos y trenes. A papá se le podía tocar.

—Bueno, pues esto ya está —dijo Gloria colocando la sopera sobre la mesa.

José no necesitó mirar a su esposa. Su tono transmitía un profundo desinterés por los seguros, por los hoteles, por los restaurantes de carretera, por los ratones, por la sopa de letras, por los juegos, por los abrazos y por la Física.

Gloria se secó las manos con el trapo de la cocina.

—Hala, a cenar.

Cuando se sentaron, José tuvo la impresión de que sobre la sopa, sobreponiéndose al hedor de los cadáveres de las pescadillas, había flotado por un instante el indefinible aroma de los celos.

Gloria juntó sus manos e inclinó la cabeza para bendecir la mesa. Camino la imitó observando de reojo a su padre, que puso la servilleta en sus rodillas, sin orar.

—Señor, te pedimos que no nos dejes nunca de tu mano y que tu amor esté siempre entre nosotros. Haz, Señor, que nuestra casa sea tu templo favorito, y nuestros corazones tu sagrario preferido.

—Y que el Rey de la eterna Gracia nos haga partícipes de su mesa celestial —terminó Camino.

—Amén —sentenciaron al unísono Camino y su madre.

Gloria levantó la tapa de la sopera. La imagen de la sopa de lluvia cayó como un chaparrón sobre Camino y sobre su padre. Era una sopa espesa, recocida, sin alma. Se miraron un instante, de reojo, entendiéndose. Gloria lo percibió.

—No me quedaba la de letras.

—No importa, mamá.

Se sumergieron sin ganas en una pálida sopa que no les llevaba a ningún sitio.

—¿Qué tal el médico? —preguntó José.

—Estupendo. Ha dicho que lo del cuello se le va a pasar pitando —respondió Gloria.

José miró a Camino y le sonrió con una sonrisa nueva, del mundo exterior.

—No te habrán pinchado, ¿no?

—Tenemos una hija que no nos la merecemos, José —intervino nuevamente Gloria—. No veas lo bien que se ha portado.

—¿Sabes qué, papi? Mamá me ha dicho que me va a hacer un vestido copiado de uno chulísimo que hemos visto.

—No sólo lo vamos a copiar, lo vamos a mejorar.

—Vaya, ¿y cómo es ese vestido tan bonito?

—Ah, no puedes saberlo. Mamá, ni se te ocurra decirle nada.

—Descuida —la tranquilizó Gloria.

Camino guiñó un ojo a su padre.

—Le he prometido a la niña que lo tendré terminado para su cumpleaños.

—Todavía queda mucho, entonces —calculó José.

—Es rojo, con tirantes y con una faldita corta —se le escapó a Camino.

—Chisss... —ordenó Gloria.

—Huy, qué tonta.

—Es un vestido mágico, papá.

—¿Mágico?

—Se movió cuando lo miré, ¿verdad mamá?

Gloria sirvió agua.

—Eso es porque el vestido quiere estar contigo —dijo José.

—¿Verdad que sí, papá?

—Desde luego. ¿Y qué te gustaría que te regalase yo?

—Ya lo tengo pensado. Que nos vayamos de excursión. Los cuatro.

Camino continuó comiendo mientras Gloria y José se miraban con la misma intensidad con la que se habían mirado cuando eran novios o cuando aún eran un matrimonio cómplice. Dejaron de sonar las cucharas.

—¿Los cuatro? —preguntó papá.

—Claro. Los cuatro.

El silencio que llegó a continuación fue innecesariamente largo porque a Camino le bastaron dos décimas de segundo para darse cuenta de lo que había dicho. Ya no eran cuatro. Nuria no estaba, y no era la primera vez que Camino se comportaba como si lo hubiera olvidado. Una mañana de primeros de año colocó cuatro tazas de desayuno y luego, antes de que sus padres se sentaran a la mesa, retiró una a toda prisa porque comprendió que, definitivamente, Nuria ya no iba a salir nunca más por la puerta de la habitación, despeinada, bostezando.

Camino removió con la cuchara la sopa de lluvia. Los pequeños puntitos de pasta comenzaban a espesarse. Hablaron de otras cosas, pero la noche ya era tan densa como la sopa, como el silencio en el que se sumergió papá o como la lluvia de verdad que, de pronto, fríamente, como una letanía, comenzó a golpear los cristales de la ventana.

—Buenas noches, Yeyé —dijo Camino a la fotografía de su hermana, enmarcada en un azul pálido semejante a las paredes de la habitación y colocada primorosamente sobre la mesilla, al lado de la lámpara y junto a la imagen de la Virgen. Ya había terminado sus oraciones. Ya se había despedido de papá, que estaba cansado del viaje, y ya Gloria había entrado en la habitación (aunque habitualmente lo hacía cuando Camino ya estaba en la cama) para trazarle la señal de la cruz en la frente y decirle: «Que Dios te bendiga y te haga santa.»

Miró otra vez la fotografía del último verano en el que Nuria y ella estuvieron juntas. Se abrazaban ante la cámara mientras el mar, al fondo, parecía deslumbrado por la luz del mediodía.

—Que duermas bien —susurró Camino mirando a los ojos de su hermana.

Se acostó. También en su habitación reinaba un orden matemático en los libros, en los juguetes que había ido olvidando, en los álbumes de fotos, en la alfombra paralela a la tarima del suelo y en las colchas perfectamente estiradas. La cama vacía de Nuria era como un agujero en su corazón, un recordatorio del vacío al que debía enfrentarse todas las noches, igual que papá, que poco a poco había ido comprendiendo que al regresar de sus viajes ya no le era necesario soltar la maleta para poder abrazarlas a ambas a la vez. Ahora sus brazos estaban dedicados exclusivamente a Camino, aunque algunas noches —sobre todo cuando venía muy cansado—, a papá parecía olvidársele y dejaba caer la maleta y levantaba los dos brazos y luego corregía la postura sobre la marcha como si deseara que nadie notara su error. Y Camino entonces hacía como que no se había dado cuenta.

Su hermana, de alguna forma, seguía durmiendo en aquella cama vacía y eternamente arreglada que tenía al lado y a la que mamá, poco después de que Nuria se hubiese ido, decidió despojarla de sábanas y dejarla sólo en su inutilidad de colchas, lo que a Camino le dolió porque lo interpretó como el gesto de una ausencia definitiva.

Las camas, construidas con madera blanca y adolescente, habían sido testigo de confidencias a media luz. Allí, en susurros, Nuria le había contado su historia de amor con Giuseppe. Allí había llorado por las cartas que no recibía, allí lloró también Camino el día que Nuria se fue, y allí su hermana comenzó a hablarle de otra forma el día que comprendió que a Camino ya no le colgaban los pies de los columpios.

Se durmió pensando en las cartas que Nuria no le respondía, en lo que le hubiese contado esa noche. Le habría dicho que Elena la llamó santurrona, que la había recordado por el dibujo de su pupitre —la nube tallada a punta de compás—, que quería volver a ver con ella las películas de Súper 8 que les hacía papá, que dónde se habían ido a veranear los veranos que pasaron juntas, y que su orla ya estaba en el pasillo del colegio. Llegó a pensar también que Nuria tenía poderes, como le sucedía a ella con los olores. Estaba segura de que su hermana podía verla desde la fotografía de la mesilla.

Recordó algunas de las preguntas sin respuesta escritas

con Bic rojo y guardadas en el cajón. Recordó el día que Nuria se fue, cuando le dijo que lo que más miedo le daba en el mundo era el cariño que papá, mamá y ella le tenían. Fue un día de vacaciones. Había sido el cumpleaños de Nuria. Camino no estaba en casa y, cuando regresó, su hermana se había ido. Para siempre. Nunca más volverían a discutir por la persiana.

Apagó la luz. Una música leve y sutil llegó hasta ella.

El domingo siguiente Camino se enamoró.

6

Las horas en la vida de Camino se deslizaban con monótona simplicidad. Atravesaba los días como si estuviera cruzando un río interminable, saltando con suavidad sobre las piedras que la llevarían hasta la otra orilla, divertida y despreocupada, mirando dónde ponía los pies para evitar caer al agua y deteniéndose un instante en alguna roca grande y estable —de puntillas y haciendo equilibrios con los brazos— para lanzar una mirada furtiva hacia lo que dejaba atrás. La otra ribera era ya una lejana línea marcada por las sombras. Estaba segura de que el río se ensanchaba a medida que lo cruzaba. Al principio había tenido miedo de alejarse de la orilla, pero cuando miró hacia atrás observó que tras ella ya no quedaba nada excepto un cielo descomunal que se había adueñado de la tierra, que la había engullido y que se había bebido las aguas de un sorbo dejando a su espalda un vacío líquido, un esqueleto de aire. Ya no pudo reconocer el lugar del que venía. Incluso las rocas que le habían permitido llegar hasta donde ahora se encontraba habían ido desapareciendo a medida que las pisaba, como si la labor de ese río mágico consistiera sobre todo en borrar sus pasos anteriores, las voces, los paisajes, los recuerdos. El sol estaba alto y Camino avanzaba sin miedo hacia lo desconocido. Las aguas susurraban con voz cantarina doblegando las hierbas del cauce y ella parecía caminar sobre ellas descifrando las salpicaduras —que se secaban de inmediato bajo el sol—, las distintas velocidades de la corriente, las ramas muertas que se dejaban ir río abajo y que desaparecían cegadas por la luminosidad del río. No tenía forma de regresar, así que viajaba hacia la nada sobre una superficie móvil de papel de oro. Eso, lo del papel de oro, fue lo que más le gustó a Bego cuando Camino se lo contó al día siguiente durante la Misa.

—¿Fue un sueño? —le preguntó Bego.

—Yo creo que no.

—Eso del río significa que estás cruzando la vida y que ahora has llegado aquí

—¿A dónde?

—A la preadolescencia —le aclaró Bego convencida de lo que decía, orgullosa de poder ayudar en algo a su amiga.

—¿Y eso qué es?

—La preadolescencia es una enfermedad que tenemos nosotras, pero que la padecen nuestros padres.

Hablaban en voz baja. El padre Faustino, en el altar, elevó los brazos y cerró los ojos, pero no estaba concentrado. Todos sus sentidos se habían consagrado a escuchar el momento en el que el coro de voces infantiles comenzaría a entonar —seguro que a destiempo, como siempre— *El pescador de hombres.*

Tú has venido a la orilla,
no has buscado a sabios ni a ricos.
Tan sólo quieres que yo te siga.

Señor, me has mirado a los ojos,
sonriendo has dicho mi nombre.
En la arena he dejado mi barca,
junto a Ti buscaré otro mar.

El padre meneó la cabeza. Si por él fuera, más de la mitad de las niñas podían coger la barca, buscar otro mar, cuanto más lejano mejor, y que cantasen todo lo que quisieran donde no las oyese nadie. A su espalda, Jesús en su cruz y la Virgen con el corazón atravesado por puñales parecían sufrir menos que él las notas disonantes que llenaban la Capilla. Todo era culpa de la Pingüi —de la madre Petra, quiso decir—, que lo había convencido para que no hiciese una selección de voces porque todas las niñas tenían derecho a cantar. También todos los jugadores y las jugadoras de baloncesto tienen derecho a ir a la selección, hermana —había replicado él—, y eso no sucede. Tiempo al tiempo, le respondió enigmáticamente la Pingüi dejándole con la palabra en la boca y con la casulla a medio poner.

> Tú sabes bien lo que tengo,
> en mi barca no hay oro ni espada,
> tan sólo redes y mi trabajo.

Don Faustino respiró hondo y abrió un ojo, el izquierdo. Se le abrió solo porque las notas fuera de tono le hacían parpadear. Abrir el ojo fue peor porque, para mayor desolación, vio a la Pingüi encantada con la canción, disfrutándola, paseándose arriba y abajo por el pasillo central, entre los bancos de madera y siguiendo con sus zapatos de tambor un ritmo que no existía.

Camino miró a Bego.

—¿Y a ti te ayuda el psicólogo con eso de la preadolescencia? —le preguntó.

—No. Pero dice mi madre que mientras estoy con él no le doy el coñazo a ella.

Elena, sentada tras ellas, dejó de masticar chicle y sonrió. Desde que Camino le había echado una mano en clase de Dolores con el asunto de los electrones, su actitud se había suavizado. Ni siquiera le había vuelto a llamar santurrona, aunque todas sabían que era cuestión de tiempo.

El coro atacó nuevamente el estribillo, y el estribillo atacó de nuevo los deteriorados nervios del padre Faustino. El ojo le comenzó a llorar.

> En la arena he dejado mi barca,
> junto a ti buscaré otro mar.
> Mmmmm...

A Bego le gustaba esa parte de la canción porque no había que cantar, así que nadie podía ver sus aparatos para los dientes. Se trataba únicamente de juntar los labios y hacer «Mmmmm...». Al cura también le gustaba por el mismo motivo, porque las niñas no tenían que cantar. Pero comprobó estupefacto que incluso sin cantar cantaban fatal. Y mira que habían ensayado.

> Mmmmm...

—¿Por qué no vienes conmigo al club? —preguntó Camino a Bego mientras el «Mmmmm» de sus compañeras parecía haber adormilado al padre Faustino, que, a pesar de todo, recitaba el Padrenuestro como si lo hubiera inventado él.

—¿Van chicos? —le preguntó Bego.

—De momento sólo hay niñas, pero lo pasamos fenomenal.

—¿Y qué hacéis en ese club?

—Actividades. Ahora hemos empezado un curso de cocina. Vamos a hacer magdalenas y pollo con tomate.

—Pues vaya marchote.

—También nos leen cosas y nos dan charlas.

—¿Sobre qué?

—Temas espirituales.

—Eso es un comecocos.

—Qué va. Lo que pasa es que somos pocas. Vente, anda. Si te vinieras tú sería más divertido.

—No puedo, es que los miércoles tengo el psicólogo. Y te voy a decir otra cosa muy importante...

La Pingüi, como teletransportada, se materializó junto a ellas. Las miró con una severidad cordial. No la habían oído llegar. Parecía feliz, y Camino y Bego comprendieron que su felicidad se debía sobre todo a que había sido capaz de manejar con sigiloso éxito el peso de sus zapatos y a que conocía de sobra —por eso pudo evitarlas— las partes de la Capilla donde en la última reforma, llevada a cabo curiosamente por los primos del padre Faustino, se había instalado con poco acierto lo que ella denominaba la tarima crujiente.

—Mmmm... —entonaron apresuradamente Bego y Camino cuando la vieron, sabiendo que Dios no les había otorgado a ninguna de ellas el don del disimulo.

La Pingüi miró sobre sus cabezas y observó a Elena, que dejó de masticar. La mirada de la monja, sorprendentemente, se dirigía exclusivamente a ella.

—A ver si te callas —le dijo.

—Pero si yo no he sido —respondió Elena dejando abierta la boca. Lo dijo de una forma tan sincera, tan sorprendida, tan ofendida de verdad, que la Pingüi estuvo a punto de reírse.

—Las que estábamos hablando éramos nosotras, madre —reconoció Camino.

Elena sonrió, satisfecha, masticó otra vez, las señaló con el dedo, levantó los hombros harta de tanta injusticia y resopló buscando con la mirada a las niñas más cercanas. Bego se tocó la oreja, Camino agachó la cabeza y la Pingüi, incrédula, se rascó la barbilla al tiempo que el padre Faustino, abriendo su ojo bueno, decidía que no le molestaba demasiado que las niñas hablasen en Misa; lo que de verdad no soportaba era que cantasen.

La Pingüi se recompuso. No sabía muy bien qué hacer. Miró a Elena, miró a sus admiradoras, que estaban pendientes de la jugada, y decidió que, como en los viejos tiempos, debía remontar un marcador parcial que le era adverso.

—Me da igual las que hayáis sido. Ahora cogéis todas la barca y a cantar —dijo mientras se alejaba.

Tú necesitas mis manos,
mi cansancio que a otros descanse,
amor que quiera seguir amando.

—¿Se ha ido? —preguntó Camino a Bego. Elena la miró estupefacta. Volvía a hablar. La santurrona se atrevía a hablar de nuevo. La había infravalorado.

—Creo que sí, pero cállate, que nos va a oír —susurró Bego.

—¿Qué me ibas a decir antes? —le preguntó Camino.

—Que te calles.

—Como me la cargue yo por vuestra culpa os enteráis —les advirtió Elena desde atrás.

—Me ibas a decir una cosa muy importante, Bego —insistió Camino.

—¿Sobre qué?

—Sobre el club.

—Ah, sí. Que ese club al que vas es del Opus.

—¿Y qué?

—Que dice mi madre que en ese club fue donde empezaron a comerle el coco a tu hermana.

—Mi hermana sintió la vocación.

—Eso es lo que dice tu madre.

—Pues claro. Mi madre y Don Miguel Ángel.

—Lo peor de todo es que tú vas a terminar igual.

—Tú y tú —dijo la Pingüi señalando a Camino y a Bego y elevando el tono de tal manera que su voz elevó también el párpado caído del padre Faustino que, viendo a la Pingüi hablar en Misa, aprovechó la ocasión para lanzarle un chisss tan sonoro que la hermana se puso nerviosa y lo miró enfadada, incrédula. Armándose de valor, recreándose en esta oportunidad única que Dios le había concedido, Don Faustino le soltó otro chisss delante de todo el mundo que casi la deja sentada.

—Fuera las dos —ordenó la Pingüi a Camino y a Bego haciéndoles un gesto brusco que en realidad iba dedicado a Don Faustino. Ya hablaría con él.

Camino y Bego abandonaron el banco. El resto de las alumnas miró a Elena. No era posible que expulsaran de Misa a la santurrona y a la Rompetechos y que ella se salvase. La Pingüi lo comprendió de inmediato.

—¡Y tú también! —le dijo a Elena.

—Pero ¿yo qué he hecho? —preguntó Elena a la monja.

Era una buena pregunta. Por una vez Elena no había hecho nada. La Pingüi miró a la niña y vio en sus ojos una mirada clara. Nada, tú no has hecho nada —iba a decirle—, pero es mejor para ti que te expulse. La mirada de Elena se volvió aún más nítida y entonces la Pingüi comprendió que estaba en lo cierto echándola, que no podía dejarla allí soportando *El pescador de hombres* porque cuando la canción hubiera terminado también habría acabado para siempre el prestigio de Elena en la clase. Lo normal es que expulsaran a Elena y no a Camino y a Bego. No era lo lógico. Así lo entendía ella, así lo entendía el resto; así debía ser y así fue. Tenía que hacerle el enorme favor de expulsarla injustamente.

La Pingüi levantó las cejas. Era una clave, un gesto vertiginoso que Elena cazó al vuelo porque de forma inmediata hizo un globo con el chicle y lo explotó. La Pingüi le ordenó a Elena que saliese. El padre Faustino chistó otra vez.

—Pero ¿yo qué he hecho, tía? —preguntó Elena abandonando el banco con gesto de fastidio, como si con ella se hubiera cometido por primera vez una terrible injusticia.

—Tú eres la peor —le dijo la Pingüi mintiendo sin ganas y disculpándose ante el Señor.

Elena abandonó la Capilla mirando hacia atrás, dibujando hacia la monja una sonrisa que por primera vez no era de suficiencia sino de agradecimiento.

El ojo izquierdo del padre Faustino estaba seguro de haber asistido a un hecho sobrenatural. Había visto cómo expulsaban de Misa a Camino, a la santurrona, a la hermana pequeña de Nuria, a la hija de Gloria, con la que la Pingüi había tenido sus más y sus menos cuando la chica ingresó en la Obra. Además, Elena, la de los chicles, le había sonreído a la Pingüi con ternura, o eso le había parecido ver con su ojo bueno. Los milagros existen, pensó. Se sintió agitado, como si hubiera asistido a la multiplicación de los panes y los peces, o como si desde la barca hubiera visto a Jesús caminando sobre las aguas.

> Tú, pescador de otros lagos,
> ansia eterna de hombres que esperan.
> Amigo bueno que así me llamas.

El padre Faustino cerró el ojo, que ya se le llenaba de lágrimas. Después del verano le pediría al Señor que las niñas afinasen un poco más. Pero después del verano. Por hoy ya había visto demasiados milagros.

Envuelta en un silencio que parecería perpetuo, sentada en el banco corrido del pasillo junto a Elena y a Bego, Camino observaba como si realmente le interesaran las flores blancas que dibujaban las baldosas del suelo. De la Capilla le llegó el Padrenuestro con el que el padre Faustino, con enorme alivio, ponía fin a *El pescador de hombres.* El sol que entraba por los ventanales restallaba contra los gastados pétalos de piedra, pero Camino no lo veía. Había agachado la cabeza. Estaba preocupada. Bego y Elena se miraron.

—Ha sido culpa mía —dijo Bego.

—No. Ha sido culpa mía —contestó Camino sin levantar la vista.

—Pero es mejor que me la cargue yo —propuso Elena.

—¿Por qué? Si tú no has hecho nada —reconoció Bego.

—Ya. Pero estoy más acostumbrada que vosotras a cargármela.

Bego colocó su mano sobre el brazo de Camino.

—Venga, mujer, anímate. Levanta la cabeza por lo menos.

—Si no es por eso, Bego, es que si pongo el cuello de otra forma me duele.

Un par de moscas se posaron en el banco, se frotaron la cabeza con las patas y luego remontaron el vuelo para ir a darse de bruces contra el cristal de la ventana. La fina película de la solidaridad se había ido extendiendo sobre las niñas, aislándolas del mundo, protegiéndolas. Apareció la Pingüi. Quería tranquilizar a Camino. Era la primera vez que le llamaba la atención por algo.

—Esperáis aquí hasta que acabe la Eucaristía y luego os vais con todas.

—Siento que nos haya tenido que expulsar, hermana —le dijo Camino.

—No te preocupes, ya se me pasará. Y no hace falta que le digáis nada a la Directora, ni a vuestros padres ni a nadie.

Las tres se miraron, sorprendidas

—Pero nos ha expulsado —dijo Bego.

—No. Sólo he movido el banquillo. ¿Y se puede saber de qué estabais hablando en Misa?

—Camino me estaba contando lo del club ese al que ha comenzado a ir —dijo Bego.

—Ya.

—¿Lo conoce? —le preguntó Bego.

—Un poco.

—Y me ha preguntado que si quiero acompañarla.

—¿Y vas a ir?

Camino comprendió que había algo que se le escapaba, algo que nunca nadie le había contado. El club era un ángulo muerto, una esquina negra, sin iluminar, como muchas de las cosas que tenían que ver con Nuria o con su madre.

—La verdad es que hay muy buen ambiente, madre —dijo Camino con ingenuidad, intuyendo que debía disculparse por algo que no había sucedido. Su rostro era transparente. La Pingüi podía ver a través de él.

—Estoy segura de que el ambiente es estupendo. ¿Te han hablado ya de la vocación?

—¿De la vocación?

—Sí, hija, de la vocación.

—No, madre —respondió Camino.

—Tira el chicle, Elena —ordenó la Pingüi como si de repente hubiera perdido las ganas de seguir hablando.

—Pero si no tengo nada.

—Ganas de volver a repetir curso parece que tienes —dijo la Pingüi alejándose. Sus pasos no eran resolutivos, no avanzaba a grandes zancadas como siempre.

—Se ha enfadado —dijo Bego, sorprendida.

—Pues no sé por qué. Si el club está muy bien, Bego, que ya te lo he dicho.

—Estará. Pero yo creo que a la Pingüi no le gusta mucho —observó Elena.

—Eso es porque no sabe lo bien que lo pasamos allí.

—Te estás poniendo un poco pesada con el dichoso club.

—¿Vas a venir o no?

—Es que no puedo. Tengo teatro.

El rostro de Camino resplandeció. Adoraba el teatro.

—¿Te has apuntado por fin? —preguntó.

—Sí, me ha convencido mi primo.

—¿Y de qué va eso? —preguntó Elena.

—Nada, un centro cultural al que voy yo —respondió Bego.

—¿Van tíos? —quiso saber Elena.

—Ya estamos.

Camino miró a Elena.

—¿Por qué no nos acercamos tú y yo a conocerlo y a ver qué tal es? —le preguntó.

Bego resopló.

—Vale —respondió Elena.

—Le puedo decir a mi madre que nos acompañe —sugirió Camino.

—Sí, que nos dé la manita por si nos perdemos, no te digo...

—Es que si no viene mi madre igual no puedo ir.

Sonó un pitido. Era el móvil de Elena.

—Ya está este pesado —dijo Elena abriendo el mensaje.

Bego y Camino miraron con envidia el móvil.

—¿Y qué pasa con el club? —le preguntó Bego—. Si vas al club no puedes venir a teatro.

—El teatro es el teatro —sentenció Camino.

—¿Qué se puede pensar de un tío que te manda diez mensajes al día? —preguntó Elena respondiendo el mensaje.

—Que tiene tarifa plana —respondió Bego.

La Pingüi entró en la cocina, dejó correr el grifo y bebió un vaso de agua. Estaba alterada. Pensaba en ella misma y, a la vez, en Nuria y en Camino. Pensaba en el pasado, en sus inicios en el club. Como siempre que se entregaba a los recuerdos, procuraba no hacerlo de una manera emotiva ni cariñosa. No añoraba nada. Las pocas veces que recordaba aquellos días lo hacía de una manera objetiva, notarial. Tenía a gala ser una persona práctica. Remitiéndose a los hechos, la Pingüi estaba segura de que el brusco cambio que Nuria había experimentado de un curso a otro obedecía no sólo a su edad, tan difícil y comprometida, sino también a que había comenzado a frecuentar el club al que Camino acababa de referirse. La Pingüi defendía la libertad por encima de todo. Cada una podía hacer lo que le viniera en gana siempre que no salpicase, como solía decir cuando estaba en mucha confianza, cosa que no sucedía casi nunca, pero las visitas de Nuria al club de la Obra le habían resucitado viejos sentimientos, ilusiones que a la larga se habían desvanecido en un frío amanecer y que habían arrancado de su cuerpo, para siempre, una década de su vida. Diez años en los que había conocido a la perfección los complejos mecanismos que convertían el todo en la nada. Sabía cómo se gestionaba el beneficio de las almas y de la materia. Sabía de gozos, de perfecciones, de admisiones, de atajos espirituales, de dolor, de heridas que no cicatrizaban, de chicas que abandonaban la familia como las serpientes dejan atrás su vieja piel.

Miró el vaso de agua que acababa de beber y pensó que podía ahogarse en las tres gotas que quedaban. Se encontraba a gusto sola, en la cocina. Necesitaba la soledad para recordar aquellos tiempos en los que a sus quince años comenzó a frecuentar el gélido club de Guadalajara gracias a aquella chica tan maja que la había invitado a participar en un cursillo sobre los comentarios de texto. La aspereza del internado y el hecho de que la Pingüi fuese de las más brillantes de la clase la habían ido acercando a Agustina, una de las chicas mayores, aunque ahora estaba segura de que había sido Agustina la que gradualmente le había ido imponiendo su presencia. La Pingüi estaba orgullosa de que Agustina se sentara con ella en las horas de estudio y de que muchas veces salieran juntas del comedor y de que fuese Agustina precisamente la que le insistiera para quedarse charlando un ratito de lo divino y de lo humano hasta que la tutora apagaba la luz de las habitaciones.

El interés que la Pingüi había demostrado en descubrir el mundo por su cuenta se fue apagando gradualmente. Sería Agustina la que en los meses sucesivos respondería a sus preguntas, la que la traería, la llevaría, la enseñaría y le pediría su opinión con una humildad sorprendente. Por vez primera en su vida la Pingüi se sentía importante, comprendida. Era una adolescente confusa que de pronto había encontrado una guía. Agustina y sus amigas le prestaban atención, y eso la emocionaba porque eran chicas mayores. Se sentía en deuda. Sabía que nunca podría pagarles todo lo que estaban haciendo por ella. Pensaba en sus padres y los veía cada vez más lejanos. Siempre habían sido incapaces de comprenderla, de entender sus posibilidades, de apreciar todas las virtudes que, de forma natural, Agustina y sus amigas veían en ella.

Tras el cursillo sobre comentarios de texto la invitaron a otros muy variados. El que más le gustó fue el de introducción a la música. La Pingüi tocaba la guitarra todo lo discretamente que se puede tocar conociendo solamente tres notas, pero la chica que impartía el curso —y que ya era universitaria— le pidió que tocara una canción de Cat Stevens porque Agustina la había informado de que se le daba particularmente bien. La Pingüi tocó *Moonlight Shadow,* la única que sabía completa, con las mejillas encendidas. La canción fue un éxito. Le consiguieron gratis unas clases de guitarra. Luego vinieron charlas, excursiones, retiros, cursos, círculos, convivencias, ejercicios espirituales y novenas. Lo que no se regalaba, como le dijeron una tarde, era la vocación.

—¿Tú has pensado que quizá tengas vocación? —le preguntó Agustina.

Nevaba tras los cristales, pero la Pingüi se sintió llena de calor. Ardía viendo los copos helados que caían mansamente sobre los árboles del parque de la Concordia. Guadalajara estaba dormida a esa hora de la tarde, pero su alma, al fin, parecía haberse despertado.

—¿Vocación yo? Qué cosas tienes, Agustina.

—No te creas que voy preguntándoselo a todo el mundo.

—Ya supongo.

—Es que tú tienes algo especial, Petra. Te hemos estado observando y estamos seguros.

—Quiénes.

—Don Eduardo y yo.

—¿Don Eduardo?

—Lo tienes que conocer. Te va a gustar.

—¿Es un cura?

—Sí. Pero es diferente. Como tú. Confiésate con él y ya me dirás.

—¿Él también te ha dicho que tengo vocación? —preguntó la Pingüi, arrebatada.

—Está muy pendiente de ti. Es difícil esconder la voluntad de Dios, Petra.

Le encantaba que la llamaran Petra, y no Petri o cosas peores. Le encantaba que le dijesen que tal vez tuviera vocación.

—Deja que Dios actúe, Petra. Deja que Dios actúe.

La Pingüi dejó que Dios y que Don Eduardo actuasen. Actuaron también manos invisibles que movieron su alma por el camino correcto. Fueron las mismas que terminaron por separarla de sus amigas y de su familia, las mismas que la guiaron hasta un pequeño cuarto de un piso de las afueras, junto a la estación, donde escribió una carta al Padre solicitando su admisión en la Obra. Luego vivió con enorme fervor el curso de incorporación y lamentó que sus otras amigas no estuvieran entre las elegidas. Habitó otros pisos en ciudades lejanas con una entrega ejemplar. Se dejó el alma, el corazón y las uñas. Luego, poco a poco, comenzó a comprender con estupor que su entrega naufragaba en un mar de sonrisas falsas, disimulos, cartas del pueblo que no llegaban, teléfonos que no sonaban, libros censurados, palabras medidas, fidelidades, abandonos, carreras truncadas, mortificaciones, rezos, fichas, cursos, acosos y culpas. Su vida interior fue manoseada, aireada. Todo estaba planificado. Su angustia fue en aumento. El día que salió a hacer unas compras y pudo mirarse en el espejo de una tienda vio a otra mujer: la ansiedad le había desplomado las facciones. Su cuerpo estaba agotado y su alma estaba turbia, como si alguien hubiera disuelto en ella una mentira sutil.

Ese mismo año abandonó el centro saliendo por la puerta de servicio con su pequeña maleta verde, la que había pertenecido a su padre. Ni siquiera sabía dónde ir. Sólo quería respirar. Y eso hizo: respiró. Olía a personas, a coches, a tormenta. Se sentía feliz a cada paso. Estaba viva. Caminó hasta el amanecer, vagabundeando por el amplio paseo que corría paralelo al río. Sólo cuando salió el sol sintió que sus rayos hacían desaparecer por fin la niebla que había envuelto sus últimos años. Había olvidado la maleta en algún lugar de su recorrido. Gracias a Dios lo había perdido todo. Y estaba feliz.

Bebió otro vaso de agua. Por la pequeña ventana enrejada que comunicaba la cocina con el pasillo del colegio vio a Camino, a Begoña y a Elena levantarse del banco y unirse a las otras niñas que salían de Misa. Camino se frotó el cuello y se detuvo para mirar la orla de su hermana. A la Pingüi le seguía doliendo no haber podido hacer nada más por Nuria cuando supo que iba a ingresar en la Obra. Bastante tuvo con aguantar la bronca de la Directora del colegio cuando Gloria se quejó de que había intentado interferir en la vocación de su hija. Lo malo era que seguramente la Directora estaba en lo cierto. Ella no era nadie para decirle a Nuria lo que debía hacer con su vida. O quizá sí. Lo había sufrido; podía contárselo. Además se consideraba su amiga. Intentó hacerlo, pero Nuria no se lo permitió. Todo lo contrario. Le echó en cara que dudara de su vocación, que dudara de las amigas del club, que tanto habían hecho por ella, que dudara de la Obra de Dios. ¿Acaso no sabía la Pingüi lo que era una verdadera vocación? Ya me habían advertido —le dijo Nuria— de que el diablo habla por la boca de los que más parecen quererte. La hermana no supo qué responder. No quiso. No pudo. Conocía la frase. Ella ya había estado en el lugar de Nuria y le había dicho lo mismo a sus padres. Cuando Nuria salió dando un portazo, la Pingüi sintió ganas de llorar. Sabía que no volverían a verse. El todo se había convertido en nada. Pensó lo curioso que resultaba que el día anterior le hubiese enseñado a Nuria los acordes de una canción de Cat Stevens, la que nunca volvió a tocar desde los tiempos del club de Guadalajara. Nuria no le había dado un portazo a ella, se lo había dado al mundo. Era la primera puerta que cerraba a su espalda. Luego vendrían otras más difíciles de reabrir.

Las niñas se habían ido. Sólo quedaba ella en la cocina vacía, Don Faustino secándose el lacrimal frente al espejo de la Sacristía y Nuria en la orla. Nunca se lo dijo, pero la Pingüi siempre se había reconocido en Nuria. Ambas habían obedecido a planes secretos que parecían trazados por un desgastado tiralíneas que hacía su trabajo mecánicamente. Con éxito. Como si todo estuviera ya escrito. Seguramente lo estaba. Cuando comenzó a ver a Nuria con Martina, una chica mayor que también había estudiado en el colegio, recordó a su Agustina. Martina era la Agustina de Nuria. Hacía su misma labor y la hacía con absoluta perfección. A los pocos meses de comenzar en el club, Nuria, que siempre había sido tan abierta, comenzó a cerrarle su alma y se instaló en un espeso silencio. Un día descubrió con asombro que tocaba con fluidez las canciones de los Beatles que ella aún no le había enseñado, y supo que ya estaba entregada en cuerpo y alma a Martina y a sus amigas. Al club. Vendrían después las meriendas, las excursiones, el afán de estar junto a chicas mayores que ella que apreciaban sus virtudes y que le descubrían otras que incluso ella misma ignoraba. Chicas que la trataban como a una igual y con las que siempre se sentiría en deuda. El patrón se repetía: Nuria caminaba por las huellas de la Pingüi. Lo único que cambiaba eran las fechas y los nombres. Un día Martina le diría que tenía a su madre enferma, pero que no importaba, que la acompañaría a clase de guitarra en el club porque sabía que para ella era importante. A Nuria se le saltarían las lágrimas y la abrazaría, feliz por sentirse acompañada, segura y comprendida en un mundo que la desbordaba. Estaba en deuda. No entendería cómo había sido aceptada en ese círculo íntimo cuyos lazos comenzaban a ser más fuertes que los de la propia familia. Pingüi sabía muy bien que Martina le establecería un mundo sin imperfecciones, luminoso y geométrico. Un mundo que carecía de dudas y que la arrastraría a emocionantes retiros, a cursos en Navidad, a convivencias y a ejercicios en Cuaresma. Los amigos y la familia se desdibujarían en ese universo que no podía rechazar porque había sido revelado por Dios y porque ella tenía la suerte de haber sido elegida. Importaba el interés de todos y no el de cada uno.

Todo estaba escrito. Dios no llama a cualquiera —le habría dicho Martina—. Y si te ha llamado a ti no puedes decirle que no. Estás hecha para cambiar el mundo viviendo en el mundo. Todo eso le habría contado la Pingüi si aquella noche Nuria no se hubiese ido dando el portazo que la alejó de ella para siempre y que todavía algunas noches resonaba en su cabeza. Un portazo por cuyos ecos y temblores comenzaba a penetrar Camino.

7

En el pequeño cuarto de la plancha Nuria intentaba alisar la manga de una camisa imposible confeccionada por alguien que jamás había planchado. Rezaba. Por un instante había sentido deseos de tararear una canción. Al fin y al cabo estaba sola y le costaba enormemente realizar las tareas sin música. Sonrió perdonándose a sí misma cuando comprendió que era una tonta. Estaba sola, sí, pero estaba con Dios. Y se había distraído. La camisa presentaba una diminuta arruga en la espalda. Nadie la apreciaría. Ella sí. Y el Señor. Para él planchaba.

Los pasos de Martina le llegaron desde el pasillo. Eran los de siempre: siete pasos idénticos a los de ayer, idénticos a los que daría mañana. Siete pasos seguidos de una pausa porque Martina, antes del octavo, se arrodillaría, se santiguaría y después se escucharían otros cinco que la llevarían hasta el salón. Los pasos de Martina formaban parte de la rutina de acero que habitaba en el centro y que había sorprendido a Nuria los primeros días. Luego, gradualmente, la rutina se instaló definitivamente en su vida expulsando pensamientos, deseos, preguntas y recuerdos hasta que, sin darse cuenta, ella misma se convirtió en rutina.

Como esperaba, Martina, tras la pausa, dio cinco pasos, entró en el salón y se hizo el silencio. No la vería hasta la tarde y, sin embargo, la tenía siempre presente. Su relación con ella había cambiado. Desde el mismo día en el que Nuria entró en la casa y la puerta de la residencia de numerarias se cerró a su espalda, Martina comenzó a mostrarse distante. En poco se parecía a aquella chica entrañable y de sonrisa vigorosa que la había llevado al club, pero Nuria estaba segura de que volverían a recuperar la relación. Eran amigas. Martina la había apoyado en los momentos de duda, le había tendido su mano para rescatarla del abismo y gracias a ella y a Don Miguel Ángel había descubierto su auténtica vocación.

En la habitación del club que hacía las veces de despacho, Martina se encontró con Don Miguel Ángel. Las normas no contemplaban los encuentros a solas de una mujer con un sacerdote, excepto en el confesionario. Por ese motivo Martina había acudido acompañada por otra numeraria. La entrevista debería desarrollarse de pie, nunca sentados, y con la puerta abierta. El sacerdote miró a la numeraria, que se pegó a la pared, en silencio. Luego observó atentamente a Martina. No era una chica agraciada. No era inteligente o, al menos, su rostro no lo transmitía. En general, por definición, Martina tenía tendencia a ser poca cosa, excepto cuando servía a la Obra. Vestía blusas y faldas de cuadros. Vestía —a Don Miguel Ángel le llevó tiempo dar con la definición exacta— como si intentara vestirse de domingo sin tener ropa para ello. Sobre Martina soplaba un aire rural que se acrecentaba por su forma de cortarse el pelo. Su labio inferior tenía tendencia a desplomarse, su piel era muy blanca y sus ojos, pequeños y horizontales, apenas eran capaces de transmitir lo que pensaba. Don Miguel Ángel se preguntó cómo había sido posible que Martina, siendo como era, hubiera tratado con éxito a una chica como Nuria. Más tarde comprendió que lo más valioso de Martina, lo más peligroso, radicaba precisamente en eso, en lo poca cosa que podía llegar a parecer con su ropa tan pasada de moda, su pelo corto, su labio caído, sus ojos y su forma de caminar. Quienes se acercaban a ella bajaban la guardia y quedaban prendadas de su inseguridad, su entrega, su obediencia y su fe. Martina era una trampa mortal.

Don Miguel Ángel le señaló la puerta.

—Deberías abrirla un poco más, ¿no te parece?

—Claro, Don Miguel Ángel.

Con su blusa blanca, su falda de cuadros y sus zapatos negros, Martina abrió la puerta del todo.

—¿Cómo ves a Nuria? —le preguntó Don Miguel Ángel—. Yo la veo madura.

—Creo que tiene dudas —respondió Martina.

—¿Acaso tú no las tienes?

«No, yo no tengo dudas», estuvo a punto de responder Martina, pero no lo hizo. Extendió el labio un poco más, se alisó la falda. Pensaba. Don Miguel Ángel suspiró. Había heredado del Padre una cierta desconfianza por la capacidad de las mujeres.

—Yo estoy convencido de que puede pitar. ¿Tú no?

Martina intentó recoger el labio, sin éxito.

—Yo también, Don Miguel Ángel —acertó a responder Martina con la boca seca. No se sentía cómoda hablando de asuntos que iban más allá de su trabajo. No le gustaba opinar. No le gustaba pensar. Ni siquiera reflexionaba ya sobre su propia vida. No tenía ningún motivo para hacerlo. Entendía las preguntas de Don Miguel Ángel, pero no las comprendía. Al fin y al cabo se trataba de un trabajo mecánico; el mismo que otra chica había hecho con ella; el mismo que seguramente Nuria realizaría en el futuro. Su opinión no importaba, y lo sabía. Quizá debería agradecer el esfuerzo que Don Miguel Ángel estaba haciendo para simular que su opinión contaba, pero era innecesario, y ella no se detenía en lo innecesario. Le extrañaba que el sacerdote no lo supiera.

Don Miguel Ángel permaneció pensativo unos segundos. Luego juntó las manos y las frotó mientras agachaba la cabeza, como hacía siempre que se disponía a salir de sus estudiadísimas pausas.

—Bien —dijo.

Miró a Martina, que le devolvió una mirada profesional de labio caído y tramposo. Comprendió que podía haber estado callado un año entero y que Martina hubiese seguido allí, esperando, sin alterarse, sin mostrar la más mínima impaciencia. Con ella no servía de nada la enorme destreza que él había desarrollado para crear y manejar con soltura largos silencios que las otras chicas interpretaban de diversas formas a la salida del despacho, quitándose la palabra de la boca, descifrando sus más mínimos gestos, discutiendo por si le había dedicado más atención a una que a otra. Martina podía haber aguardado hasta el día del Juicio Final.

Sacó una ficha y se la tendió. Era una detallada descripción de las actividades de Nuria. Los libros que había leído, las películas, los comentarios que había hecho a sus amigos y amigas, sus últimas compras. Martina acercó la ficha a los ojos. Con la otra mano se tocó el labio. Leyó (estaba subrayado en rojo) que Nuria había cantado en el autobús una canción de Bob Dilan. Lo habían escrito así, con «i». Se alegró de no haber sido ella. Sus informes eran mucho mejores. En éste —al menos en lo que le había sido permitido ver— figuraba lo de siempre. Y lo de siempre era, por ejemplo, que alguien había visto a Nuria tonteando con chicos o yendo al cine para ver una película que no se consideraba conveniente.

—Desde luego, Gloria, su madre, puede ayudar muchísimo a Nuria —dijo Don Miguel Ángel.

Martina levantó la vista. Le hubiese gustado seguir leyendo la ficha de Nuria, aunque lo que de verdad le apetecía —una curiosidad simple y antigua— era leer la suya, la de ella, la de sus primeros pasos en la Obra. Sabía que Don Miguel Ángel la guardaba en algún lugar. Estuvo a punto de decirle que Dilan no se escribía así, que se escribía con y griega.

—Me refiero a Gloria, a la madre de Nuria —prosiguió Don Miguel Ángel—. Gloria se toma la Obra muy en serio. Cada día, cada hora, cada minuto. Conozco a pocas como ella, Martina. A muy pocas.

Martina se sintió menospreciada aunque, por supuesto, no lo transmitió. Consideraba que ella también era una de esas personas que se tomaban la Obra de Dios en serio. A ello había dedicado su vida.

—Su padre es buena persona también —dijo Martina rápidamente. No quería que Don Miguel Ángel pensara que estaba distraída, pero Don Miguel Ángel lo supo.

—¿En qué pensabas? —le preguntó.

—En nada. En lo que le he dicho. En que su padre también es buena persona.

Don Miguel Ángel volvió a juntar las manos. Reflexionó con ellas. Miró a Martina, hizo todo lo posible por parecer desconcertado y decidió resumirlo en un gesto de sorpresa.

—¿Y tú no crees conveniente, Martina, que mantengamos una cierta precaución incluso con los que parecen buenas personas?

Su voz era convincente, como si de verdad estuviera interesado en la respuesta de Martina.

—Desde luego, Don Miguel Ángel —respondió ella solicitando con su mirada un evidente perdón—. Desde luego que sí.

—Cuídate de los tibios, Martina —le advirtió el sacerdote, afable, sonriente, conciliador.

Martina se ruborizó. Tenía, entre otras, la capacidad de ruborizarse y de llorar de forma inmediata cuando lo consideraba preciso.

—¿Qué opinas de su hermana?

Martina abrió un poco los ojos, aunque la pregunta no le sorprendía. Sabía que llegaría un día u otro. La esperaba. Lo que le sorprendía de verdad era haber acertado. Y que se lo preguntase tan pronto.

—Camino es pequeña todavía —dijo evitando comprometerse.

—Dios está en los niños, Martina. Debemos ser como ellos para entrar en el Reino de los Cielos.

Martina adoptó un peligroso aire de sumisión que no engañó a Don Miguel Ángel.

—Creo que está ilusionadísima con las tareas que realiza en el club.

Martina levantó los ojos, con humildad.

—Si usted quiere, puedo tratarla yo.

Su voz transmitía cierta ansiedad. Don Miguel Ángel ya había descartado la opción de que Camino, a la que todos consideraban algo único, quedase en manos de Martina, pero le hizo creer que estaba meditando esa opción.

—Yo creo que tú estás llamada a otras cosas, hija —dijo Don Miguel Ángel observando la sombra de decepción que cruzó el rostro de Martina. Una sombra que nadie más podría haber apreciado, excepto él. Era buena Martina escondiendo sus sentimientos.

—Camino es especial —prosiguió Don Miguel Ángel—. ¿No crees?

Martina no respondió de inmediato, y Don Miguel Ángel supo en ese mismo instante que estaba en lo cierto, que Camino era tan especial como le habían informado. Y supo también que Martina lo sabía. Por eso era ella la que quería tratarla.

—La llaman la santurrona —dijo al fin Martina.

—No lo sabía —mintió Don Miguel Ángel.

El sacerdote le señaló la ficha que le había entregado y que Martina sostenía desmayadamente en la mano.

—Termina de leer. Quizá haya algo que desconozcas.

Martina repasó la ficha de Nuria mientras Don Miguel Ángel, sin prisa, ordenó el misal y la pluma, retiró la botella de agua, colocó la libreta junto al libro, situó al otro lado de la mesa el cortaplumas, introdujo en una carpeta varios informes escritos a máquina y a punto estuvo de ordenar también el paisaje que se dibujaba frente a la ventana.

—Debemos estar muy atentos con ella.

—Pitará, Don Miguel Ángel. Nuria pitará.

—Me refiero a Camino.

—No sabía que la Pingüi había intentado interferir en la vocación de Nuria —dijo Martina entregándole la ficha.

Don Miguel Ángel giró la cabeza velozmente hacia ella, enfadado. No soportaba que alguien hablase de otras personas dando por hecho que él tenía que conocerlas porque eso le obligaba a preguntar que a quién se referían. No lo hizo. No preguntó nada. Bastó la mirada.

—Me refiero a la hermana Petra —se apresuró a responder Martina—. En el colegio la llamábamos la Pingüi.

—La monjita esa estuvo intentando enredar, pero Nuria ni siquiera la dejó hablar. Se fue dando un portazo, según me confesó ella misma. Tenemos que rezar mucho por esa monjita.

Martina sonrió. Don Miguel Ángel también. Estaban orgullosos.

—¿Recuerdas la frase del Padre?

Martina la recordaba a la perfección, pero antes de que

la recitara —y se dispuso a ello con un orgullo que no pudo disimular—, Don Miguel Ángel se adelantó.

—«No tengas la cobardía de ser valiente, huye» —dijo Don Miguel Ángel.

Martina asintió. En su sonrisa forzada quedó disimulado su disgusto.

—No sabía que la hermana Petra había pertenecido a la Obra.

—No todas dan la talla para servir a Dios, Martina. Esta empresa le viene grande a los corazones pequeños; corazones que, sin embargo, siempre encuentran sitio para el resentimiento.

Disolvió la conversación moviendo descuidadamente su mano derecha en el aire.

—Venga, venga, ocupémonos de ayudar a Nuria. Tenemos que separarla de todo aquello que la pueda distraer, aunque yo no le daría ya mucha importancia a lo del medio noviete ese, el extranjero.

Martina se tocó el labio. Luego se lo mordió. Al parecer no sabía que Nuria tuviera novio.

—Vaya, parece que Nuria no te cuenta todo —dijo él encantado—. Tenemos que estar más atentos.

Martina sonrió. Buscaba la comprensión de Don Miguel Ángel, pero no la obtuvo.

Los ojos de Martina se apagaron durante una fracción de segundo. No pudo evitarlo. Don Miguel Ángel volvió a ver a la chica de pueblo mal vestida. Había dejado de ser peligrosa. Estaba hablando con una mujer sencilla, una mujer con el pelo mal cortado. Seguramente se lo cortaba ella misma. Sintió un poco de lástima.

—No debes preocuparte por lo de ese chico. Yo creo que es algo anecdótico. Fíjate si será anecdótico que ni siquiera te lo ha contado a ti.

Miró a Martina. Esperaba recibir de ella un cierto agradecimiento. Y lo obtuvo: Martina inclinó la cabeza y sonrió de lado, como aceptando su fallo, solicitando el perdón del sacerdote. Reconocía que había cometido un error, pero Don Miguel Ángel comprendió que, durante un instante —otra vez—, la había sorprendido pensando en otra cosa. Se había relajado con ella. Desapareció de su corazón la lástima que se había comenzado a dibujar en su alma. Eran profesionales: hacían un trabajo y tenían que hacerlo bien.

Se tomó su tiempo antes de hablar.

—De todas formas me veo obligado a decirte que, aunque lo de ese medio novio sea anecdótico, debes estar atenta a las anécdotas. Difícilmente podemos entrar en el corazón de alguien sin conocer sus anécdotas. Las anécdotas son la sal del alma.

Martina no respondió. Se limitó a pensar que Don Miguel Ángel también era bueno en su trabajo.

—Lo importante, Martina, es que, gracias a la Obra, Nuria tiene ahora un amor más grande.

—El amor de Dios y el de nuestro Padre, Don Miguel Ángel.

—Y así debe ser.

Martina sudaba. Era algo que Don Miguel Ángel no podía soportar. Y ella lo sabía.

—El extranjero le escribe cartas y, según tengo entendido, le asiste el propósito de venir a visitarla este fin de semana.

—¿Y qué podemos hacer? —preguntó Martina. El brillo volvió a sus ojos. Don Miguel Ángel advirtió que había formulado la pregunta como si ya conociera la respuesta.

—Podemos dejar que Nuria y su noviete se reencuentren, que reaviven la llama de su terrenal amor y que Nuria pierda su vocación —dijo Don Miguel Ángel.

—No le comprendo.

Lo decía de verdad. No lo comprendía. O, al menos, así lo parecía. Estaba desconcertado por la capacidad que ella le demostraba y, a la vez, por su sorprendente incapacidad. Decidió no volver a hacer ningún chiste en su presencia.

—El fin de semana hay retiro en la casa de Cercedilla —dijo con sequedad—. Invítala. Dile que iré yo.

—Pero ¿y qué pasa con el chico?

—Es posible que ella no sepa que a él le asiste la idea de venir a visitarla.

Martina esperaba que Don Miguel Ángel le contara algo más, pero Don Miguel Ángel se limitó a juntar las manos y ella se arrepintió de haber hablado. Tenía que haber pensado antes que era el confesor de Gloria.

El sacerdote la miró. Sabía lo que pensaba.

—Deberíamos intentar comprender menos y obedecer más, ¿no crees?

—Sí, Don Miguel Ángel, pero si el italiano...

—Quiero que le demostréis a Nuria lo felices que sois —cortó Don Miguel Ángel—. Sobre todo tú.

Martina le devolvió las fichas y se dispuso a salir.

—Ayuda a Nuria con su vocación. Es lo que Dios te pide como encargo especialísimo.

—Haré todo lo que esté en mi mano.

—Procura que sea suficiente.

Martina no respondió.

—Venga, venga —dijo Don Miguel Ángel levantándose y dando palmas como si despejara el patio de un colegio—, que todos tenemos mucho que hacer y el día sólo tiene veinticinco horas. Y más de tres las tiramos a la basura durmiendo.

Martina le rio la gracia con soltura y abandonó el despacho. Don Miguel Ángel volvió a ordenar el misal y la pluma, tiró a la papelera la botella de agua, guardó la libreta y los informes y abrió la ventana para airear la estancia. Le molestaba profundamente el sudor de los seres humanos aunque fueran inseguros, obedientes y anduviesen sobrados de fe. Extrajo la ficha de Camino y pensó en lo especial que resultaba esa niña que había llamado la atención de todos cuantos la conocían. Recordaba muy bien la tarde en la que, a instancias de Gloria, había ido a visitarla a su casa porque Camino tenía anginas, o varicela, o paperas; debía aclararlo con Gloria para que constase claramente en la ficha. Desde la cama, con una belleza febril, Camino le dijo que ofrecía su enfermedad por todos los niños que sufrían. Estaba avergonzada por haberse quejado de su enfermedad, porque Jesús no había protestado cuando lo crucificaron, y eso que le pusieron una corona de espinas que picaba muchísimo, le explicó a Don Miguel Ángel. Él había sonreído con la misma sonrisa que dibujaba ahora al recordarlo. Tenía que ocuparse de ella personalmente. Meditó sobre lo que convenía hacer y en cómo eso que convenía hacer podría beneficiar su carrera.

Descolgó el teléfono, pero no marcó. Tuvo un presentimiento. Volvió a releer las fichas que le había entregado a Martina. En ninguna constaba que el novio de Nuria fuese italiano, y sin embargo Martina se lo había dicho cuando se suponía que ni siquiera sabía que tenía novio. Le había mentido, o lo había intentado, o al menos no le había dicho toda la verdad. La había subestimado. Sintió que había bajado la guardia. ¿Qué más cosas le había ocultado Martina?

Marcó un número de teléfono y habló con Gloria. Tenía que asegurarse de que no existían contratiempos en el asunto de Nuria con el italiano. Gloria, en su discreción, le dijo que había hecho lo más conveniente. Acordó con ella adelantar al jueves la reunión que tenían prevista para el viernes. Luego bebió agua e hizo más llamadas. Habló mecánicamente. No dejaba de pensar en Camino. En Camino y en Nuria.

Sentada en un banco de la calle Alcalá, a resguardo del sol, Martina repasó su conversación con Don Miguel Ángel. La conclusión era simple: no había estado lúcida. Nada más salir comprendió que había cometido un error. No tenía que haberle dicho que el novio de Nuria era italiano. Repasó con su memoria fotográfica las fichas que el sacerdote le había dejado; en ninguna constaba que el chico fuera italiano, y estaba segura de que Don Miguel Ángel ya se habría dado cuenta de que ella no había dicho la verdad. Había sido una tonta porque, además, no había querido mentirle, pero estaba acostumbrada a ser discreta. Por lo demás, según pensaba, las cosas eran bastante sencillas. La Obra había demostrado un inusitado interés por Nuria. Es verdad que Nuria era una chica moderna que convenía captar, pero Martina intuía que había algo más que ella desconocía, y ese algo más, ese interés de la Institución por una chica se traducía casi siempre en un interés por lo material. Ella había tratado a Nuria y seguramente pitaría en Cercedilla. No necesitaba un reconocimiento explícito de la abnegada y paciente labor de proselitismo que había desarrollado con ella, pero estaba harta de que la relegaran al pelotón de las blusas y de las faldas de cuadros. Cumplía con su obligación, y lo hacía bien. Para eso estaba. No había sido una tarea fácil captar a una chica que parecía pertenecer a otro mundo. Ella lo había conseguido. Lo más extraño, según Martina, era lo de Camino. Camino tenía algo que ella había sido la primera en intuir. Quizá Martina no pudiera presumir de inteligencia, pero sabía de sobra que Nuria y Camino podían constituir un revulsivo para una Obra que parecía dormida en los laureles —como solía decir su madre— y que ella quedaría otra vez al margen mientras Roma se alborozaba y mientras sonaban teléfonos en despachos a los que ella nunca sería invitada. Llevaba años haciendo todo lo posible por la Obra, y la Obra no había respondido como ella esperaba. Su trabajo con Nuria merecía al menos una palabra de ánimo, una palmadita en la espalda. Y allí estaba ella, sentada en un banco de la calle, frente a una ferretería que se disponía a cerrar y pensando que Camino, al igual que Nuria, habían sido descubrimientos suyos, no de Don Miguel Ángel.

Echó de menos su pueblo. Estarían comenzando la siega. Vio a su hermano pequeño con un mono azul sentado en la cosechadora, y pensó que esos trastos ya tenían aire acondicionado. Las cosas habían cambiado desde que ella se fue. Luego recordó a la Pingüi. Quizá debería hablar con ella. La monja conocía muy bien a Nuria y a Camino, aunque estaba casi segura de que la hermana le daría el mismo portazo que le dio Nuria cuando se fue porque era una mujer sumamente lista que sabría de forma inmediata que lo único que Martina buscaba era información. Era una mala idea. No podía perder el tiempo con las malas ideas.

Mientras desfilaban frente a ella las primeras camisetas y los primeros pantalones cortos de la primavera, Martina comprendió que Don Miguel Ángel tampoco le había dicho la verdad. Madrid, y ella lo sabía, se le quedaba pequeño: Don Miguel Ángel soñaba con Roma. Camino podía ser su puerta de salida. Según la ficha, la niña iba a Misa, rezaba el Rosario, frecuentaba la Capilla del colegio haciendo gala de un recogimiento especial, tenía una sorprendente belleza y la llamaban la santurrona. Estaba segura de que en ese instante Don Miguel Ángel ya estaría haciendo planes en los que ella, por supuesto, no entraría. Vio pasar mujeres de su edad cuya ropa jamás podría ponerse. No le importaba. Su talento era otro. Sintió una asfixia interna que se manifestaba a veces en un profundo sentimiento de culpa que la avergonzaba y que llegaba a paralizarla. ¿Quién era ella para pensar de forma tan egoísta? ¿Quién era ella para opinar sobre los planes de Don Miguel Ángel? ¿Se creía acaso por encima de la Obra? Sintió que su corazón se ahogaba en su propia ruindad. Deseó llegar a casa cuanto antes para pedir perdón, arrodillada. Merecía aplicarse las disciplinas de forma severa. E iba a hacerlo.

Martina estaba en lo cierto: Don Miguel Ángel tenía otros planes para él mismo y para la Obra. Pensó en Martina y en cómo una persona inteligente como él se había dejado engañar por la obediencia, por una triste falda de cuadros y por un labio caído.

En la carpeta, la foto de Camino lo deslumbró. De esa niña quería ocuparse él personalmente. Y de Nuria. Nuria. Necesitaba hacerse con ella. Nuria era hermosa, moderna, rebelde. Hermosa sobre todo. Una chica capaz de moverse en ambientes que para Martina siempre resultarían imposibles. A Martina la imaginaba en blanco y negro, antigua. «Analógica», llegó a pensar, disfrutando de su propio ingenio, virtud que apenas podía compartir con nadie debido a la simpleza de la gente que le rodeaba. Nuria era todo lo contrario. Nuria era color. Nuria era digital. «Una mujer de hoy», llegó a decirse a sí mismo sabiendo que «hoy» era el lugar en el que había que asentar a la Obra diciendo adiós definitivamente a las blusas beatas y a las faldas de cuadros. Hoy, más que nunca, la Obra necesitaba instalarse en el siglo XXI, y para ello eran necesarias chicas como Nuria y sacerdotes como él. Desde la foto que encabezaba su expediente —sujeta por un clip que Don Miguel Ángel retiró con cuidado, como si quisiera evitar hacerle daño en el pelo—, la chica le sonreía abiertamente. El sacerdote tocó sus labios brillantes, carnosos. El rostro era limpio. Nuria le miraba desde la insólita profundidad de sus ojos claros. Estaba sorprendido por su propio comportamiento. Le ardía la nuca. «Quítame, Jesús, esa certeza roñosa de podredumbre sensual que recubre mi corazón para que sienta y siga con facilidad los toques del paráclito en mi alma.» Lo pidió en voz alta, con los ojos cerrados, tembloroso. Intentó concentrarse en otro documento, pero la desgastada y rancia prosa de la carta del Padre en la que le pedía que prestase especial atención a Gloria y a su familia no le ayudó demasiado. Sí le resultó de más ayuda el informe de CGS, la empresa de seguros donde trabajaba José; sobre todo el último folio, en el que figuraban como propietarias Gloria y su hermana Marita y, como únicas herederas, Nuria y Camino.

Consultó su pequeña agenda negra y marcó un número de teléfono en el que figuraba la palabra «directo». Llevaba tiempo con ganas de hacerlo. Hoy era el momento. Tardaron en responder.

—Soy Miguel Ángel —dijo cuando al fin descolgaron—. Sería de enorme conveniencia que nos viéramos. Sólo te robaré un ratito.

Cuando terminó de hablar abrió el cajón central y sacó la caja que contenía el cilicio. Se lo puso. Seguía viendo a Nuria. Se lo apretó como nunca antes lo había hecho hasta que la visión fue desdibujándose entre el placer y el dolor.

8

El domingo en el que se enamoró, Camino avanzaba entre la multitud. Avanzaba hacia el amor deteniéndose en historias que deseaba leer, pasando frente a casetas que ya tenía vistas, descubriendo puestos nuevos, asombrándose ante libros de portadas sugerentes y emocionándose ante viejas ediciones de títulos que ya había leído. Del Jardín Botánico y del cercano Retiro le llegaba un viento de bonanza, un anticipo de la primavera que se aventuraría en Madrid y que más tarde se convertiría en una losa de calor gigante. La Cuesta de Moyano descendía hasta el Paseo del Prado como una inmensa estantería con olor a madera y a papel. Sobre las casetas y los puestos de los libreros revoloteaba un perfume de historias inmortales, nuevas y usadas. Olía a historias, olía a verde. Olía a libros. Bajo los castaños se extendía la desocupada sensación de los domingos y, a la vez, la prisa por llegar a casa para comenzar a leer. Allí, en la Cuesta, en Moyano, un José juvenil había comprado en otro tiempo libros prohibidos o difíciles de encontrar. El librero los sacaba ya envueltos y se los entregaba a aquel chico de pelo largo que parecía dotado para la poesía. José iba a contárselo otra vez a Camino, pero se contuvo. Sonrió con ternura pensando en el gesto de interés que compondría su hija aunque ya le hubiera relatado lo mismo veinte veces.

La mañana del domingo en el que Camino se enamoró

paseaban por la Cuesta de Moyano jóvenes en bicicleta, las madres empujaban los carritos de sus hijos, había restos de botellón, grupos de adolescentes competían con los *skates* junto a niños sumergidos en la Nintendo, y los abuelos buscaban un banco para descansar. Era un día normal; un día verde y limpio. Y en un día normal, verde y limpio, en un día sin palomas, junto a miles de libros que deseaba leer, asombrada frente al anticipo del verano, Camino avanzó hacia el amor como hacia un escalofrío.

Soltó suavemente la mano de su madre y se dirigió al puesto siguiente, su favorito. Le gustaba porque el encargado solía traer viejos cuentos infantiles que a ella le hacían ilusión. No los cuentos en sí porque ya no era una niña, pero Camino gozaba imaginando lo que habrían sentido las niñas del pasado leyendo aquellas historias tan simples, tan desarticuladas. Le gustaban los nombres de los dueños, escritos con plumilla en muchos casos, las notas en los márgenes amarillentos, los subrayados con lapicero. Jugaba a adivinar la vida de su propietario o de su propietaria. Cada libro contenía una historia y, a la vez, cada libro era su propia historia.

Le llamó la atención un volumen plano, desgastado, vivido por muchas manos. En la portada, un hombrecillo extraño de nariz gordezuela y bigote blanco se columpiaba sobre un fondo de nubes. Vestía un traje verde, con pajarita. Llevaba chistera. El columpio era simple: dos cuerdas azules sujetaban un asiento de madera. A pesar de ser sólo un puntito, los ojos del hombrecillo tenían expresión de tristeza. El cuento se titulaba «Mr. Meebles tiene un problema».

Camino alargó la mano para cogerlo, pero alguien se le adelantó. Y eso fue lo primero que vio de él: su mano. Era una mano morena, larga y viva, que pertenecía a un brazo enfundado en una cazadora de color claro que desembocaba en un hombro recto y bien definido. Vio una bufanda y, sobre ella, el rostro del chico. Supo inmediatamente que era él. Lo supo porque ni siquiera había llegado a soñarlo así. Lo supo porque desaparecieron de golpe los latidos de su corazón y desaparecieron todas las historias. Ella misma desapareció. Camino se quedó mirándolo con los ojos muy abiertos, y mientras el niño hojeaba el libro de Mr. Meebles, se olvidó de respirar. Algo se había transformado en su cuerpo. Sintió un escalofrío, una tormenta, que era lo que siempre había imaginado que iba a ocurrir cuando se encontrara con su Príncipe. Presentía que las cosas ya nunca serían igual, que había atravesado una frontera y que estaba llegando seguramente a la otra orilla del río de oro. El sol era distinto. Y su piel. Y era distinta la mañana, y distintos serían sus sueños esa noche y distinto sería lo que iba a escribirle a Nuria en su próxima carta. El niño seguía hojeando el libro. Lástima que no la mirase. Lástima que ella, en ese momento, no llevase puesto el vestido rojo y sus zapatillas Converse. Lástima que sus padres se acercaran en ese momento.

—¿Has elegido alguno? —le preguntó José.

No respondió de inmediato. El chico moreno dejó el libro en su sitio y se alejó. No la había mirado, y Camino lo vio irse flotando entre la multitud sobre un patinete rojo que tenía el mismo color que su vestido. Cogió el libro de Mr. Meebles y lo apretó contra su pecho, sobre todo porque lo había tocado él. Aunque la mañana se había caldeado, Camino sintió frío. Le mostró el libro a su padre.

—¿Te parece bien éste, papá?

José se puso las gafas.

—Mr. Meebles —dijo observando la portada.

Abrió el libro. Vio al hombrecillo balanceándose en el columpio y leyó la primera página.

—Mr. Meebles es un hombre sabio y bueno que conoce todo acerca de todas las cosas, pero que tiene un problema.

José miró de forma misteriosa a Camino.

—Me parece que me suena a mí este cuento —dijo.

Camino no entendió muy bien el sentido de la frase. No sabía lo que quería decir su padre. A José le sucedía lo mismo. Fue una especie de relámpago el que le obligó a pronunciar aquellas palabras que, involuntariamente, asociaban de alguna manera a Dios con el extraño hombrecillo. Dios también era estupendo, magnífico, extraordinario, pero también tenía un problema.

Gloria llegó de pronto, alegre, ilusionada. Les mostró un libro.

—Mirad lo que he encontrado.

—Camino ya ha encontrado uno que le gusta —dijo José.

—Sí, mamá, mira qué chulo.

Le mostró a Mr. Meebles en el columpio. Gloria miró sin ganas al hombrecillo.

—Pero si eso es un cuento infantil, hija.

—Ya, mamá, pero no sé. La verdad es que lo quiero —dijo Camino aferrando el libro con ambas manos.

—Éste también tiene ilustraciones, mira. —Gloria desplazó suavemente con su libro el que le mostraba Camino—. No me vas a decir que no te gusta.

Sin poder evitarlo —y sin mirar el que Gloria le proponía—, Camino colocó su cuento sobre el libro que le enseñaba su madre. Mr. Meebles volvió a columpiarse con su chistera y con su fondo de nubes ante los asombrados ojos de Gloria.

—Prefiero éste, mamá.

Gloria estaba sorprendida. José acarició el pelo de su hija. Se quitó las gafas. También él estaba desconcertado por la resistencia que mostraba Camino.

—No te preocupes, hija, que seguro que mamá hoy te deja elegir a ti.

Gloria sonrió hacia adentro con una sonrisa forzada y caliente.

—Bueno —dijo suspirando—. Haced lo que queráis. ¡Con la ilusión con la que te lo he buscado!

Camino retiró un poco el libro de Mr. Meebles y miró la portada del que le ofrecía su madre.

—Es de Bernadette, la Santa favorita de tu hermana —exclamó Gloria.

En la cama, mientras leía la historia de Bernadette en la colección *Vidas Ejemplares*, Camino pensaba en el niño moreno que había visto en la Cuesta de Moyano y pensaba también en Mr. Meebles. Esperaba que no lo comprase nadie. Imaginó a Mr. Meebles triste, escuchando los sonidos típicos de las casetas a la hora del cierre. Seguro que el hombrecillo también estaría pensando en ella.

En la ilustración que aparecía en el libro, Bernadette estaba sentada en un carruaje, acompañada por una monja. Se disponen a partir. Un joven le ofrece un ramo de flores. Al fondo, las aspas de un molino parecen formar una gigantesca cruz de tinta china. Nuria le había contado muchas veces que el chico que le ofrece las flores, el molinero, amaba desde siempre a Bernadette, pero que ella prefirió el amor de Dios. Era una historia que le recordaba a la de su propia hermana con Giusseppe. Lo que más le llamaba la atención de Bernadette no era que se le hubiese aparecido la Virgen o que hubiera excavado con sus manos un manantial en el mismo lugar donde luego se edificaría el santuario de Lourdes. Tampoco que, enferma como estaba, no le pidiera a Dios recuperar la salud, sino que solicitara fuerzas para soportar su enfermedad, cuyo sufrimiento ofrecía por la conversión de los pecadores. Lo que en verdad sorprendía a Camino era que, muchísimos años después de su muerte, al exhumar su tumba, su cuerpo apareciese incorrupto. El crucifijo y el rosario se habían oxidado, pero Bernadette parecía dormida. Los obreros declararon que no olía. Hasta su piel parecía mantener el color de la vida.

Una pequeña estampa cayó del libro. Descubrió con horror que se trataba de una foto de la santa muerta y amortajada. En sus manos había unas rosas rojas. No quiso recrearse en los detalles. Le desagradaban enormemente las fotos de la muerte. Pensaba, como su padre, que era mucho más hermoso recordar a las personas en vida y que eso ya no sería posible si una llega a ver el cadáver.

De la calle llegó el sonido de la sirena de una ambulancia. La persiana tembló, empujada por el viento. Camino tuvo un presentimiento. Se levantó. Desde el pasillo vio a su padre, adormilado en el sofá escuchando música clásica. Mamá trabajaba en el patrón del vestido rojo que iba a confeccionarle. Estaban en silencio. Olía a cansancio, a casa, a lo ya sabido.

Entró en la despensa. Marcelino estaba enjaulado. El muy tonto se había dejado cazar.

—Pero ¿otra vez? —recriminó Camino en voz baja al ratón.

Marcelino la miró el tiempo justo que los ratones suelen considerar un instante. Camino abrió la jaula, y el ratón salió corriendo hacia su madriguera. Antes de entrar se volvió y la miró con el agradecimiento típico de los ratones.

—Anda, ya me devolverás el favor.

Volvió a acostarse. Estaba cansada. Apagó la luz y se concentró en el rostro del chico moreno que había visto en la Cuesta de los Libreros. Su pelo era oscuro, lo recordaba muy bien, y el flequillo le caía sobre los ojos como si un viento inexistente soplara continuamente desde atrás. Tenía la expresión de los que sonríen sin esfuerzo. La nariz era fina, como los labios. Los ojos eran marrones, grandes, y la barbilla —en la que se había fijado particularmente—

era de las que le gustaban: marcada, recta, como la de los héroes de las películas o como la de los príncipes. Camino estaba de acuerdo con Bego en que no había ningún actor de los que a ellas les gustaban que tuviera una mandíbula redonda o con papada. También Bego debía de tener razón en eso. En eso y en que el amor —tal y como le había contado— era un escalofrío. Volvió a sentirlo. Deseaba ver de nuevo al chico moreno. Deseó que él y Mr. Meblees borrasen de su mente la imagen de Santa Bernadette. Deseó que la muerte abandonase la habitación tan rápidamente como Marcelino había abandonado su jaula. Estaba enamorada. Quería escribirle a su hermana. Quería decírselo a Bego.

9

Camino repasó la dirección y echó en el buzón la carta para Nuria. El sobre era de color verde, como el traje de Mr. Meebles.

—Vamos, hija, que no llegamos a tiempo —la apremió Gloria.

—Estaba comprobando la dirección, mamá, no vaya a ser que la tenga mal y que por eso Nuria no me conteste.

Gloria se acercó a ella, cariñosa.

—Lo que pasa es que, como le mandas tantas cartas, tu hermana no tiene ni tiempo de leerlas.

Gloria mentía sin querer hacerlo. Hacía frío. Un resplandor blanco y muerto recortaba las copas de los árboles, las azoteas y las antenas de televisión llevándose hacia Argüelles los últimos restos de la tarde.

—Tendrás mucho que contarle a tu hermana, ¿verdad? —quiso saber Gloria.

Camino iba a decirle que sí, que le había contado a Nuria que se había enamorado, el encuentro con el niño moreno y lo bien que le caía Mr. Meebles, aquel hombrecillo que tenía un problema y cuyo pelo blanco emergía un poco sobre las orejas, casi como el de papá. Iba a decirle que le había descrito a Nuria su primera sensación del amor para saber si a ella le había sucedido lo mismo con Giusseppe. El escalofrío, la tormenta. Iba a decirle que la había puesto muy triste la historia de Bernadette, y que si ella hubiera estado en su lugar a lo mejor se habría quedado con el molinero.

—Digo, hija, que le contarás muchas cosas a tu hermana.

—Lo de siempre, mamá. Nada de particular.

—Bueno, siempre hay algo nuevo que contar —insistió Gloria.

Lo había. Camino le contaba a Nuria que se había visto cruzando un río de oro, que no podía entender por qué Giusseppe dejó de escribirle cuando se fue a Italia. Recordaba a Nuria mirando el buzón todos los días, desolada. Iba a decirle a su madre todo lo que le había escrito a su hermana, pero no lo hizo.

—Nada, mamá. No le cuento nada nuevo. Que la echamos de menos. Y que me gustaría que fuésemos juntas a ver escaparates, nuestro deporte favorito.

Gloria sonrió.

—Qué cosas tienes.

—Y que la quiero un montón aunque no me conteste nunca.

—Hija, tu hermana tiene sus obligaciones. Tenemos que estar orgullosos de ella.

El autobús dejó atrás los límites de la ciudad, se adentró en el estricto laberinto de un barrio joven y modesto, atravesó un descampado y se detuvo en una pequeña plazoleta con una papelería, una bodega, una tienda de persianas y una autoescuela.

—Aquí es, señora —las avisó el conductor.

Descendieron. Era casi de noche. Los bloques de pisos rodeaban un parque abandonado y oscuro en el que algunos chavales se entretenían fumando y bebiendo cerveza.

—Espero que Begoña te haya apuntado bien la dirección porque yo no conozco este barrio.

Camino sintió en el cuello un brusco pinchazo. Se encogió, como para protegerse, y dejó escapar una queja.

—¿Otra vez?

—No es nada, mamá. Será de una mala postura, como dice el médico.

—¿Estás segura de que te encuentras bien para ir a ese sitio?

—Claro, mamá.

—Estaba pensando que ahora que ya no está tu hermana podíamos arreglar tu habitación. Dejar sólo una cama. ¿Qué te parece?

—Yo lo que haría es poner a la Virgen en la terraza, que es el sitio más alegre de la casa.

—Me parece una idea estupenda.

—Tengo que darle gracias por todo lo bueno que hace por mí.

Llegaron ante un bloque de ladrillo desnudo rodeado por un estrecho y áspero jardín.

—Aquí debe de ser.

En la planta baja, protegidas por rejas, las ventanas lanzaban hacia el exterior una luz viva y alegre que contrastaba con la resignación y la modestia del barrio. Se escuchaba música. Un rótulo que había sido nuevo anunciaba el Centro Cultural Camilo J. Cela.

—¿Quién sabe, hija? —reflexionó Gloria—. A lo mejor le encontramos aquí un alma al Señor.

Garabato extendió los brazos y miró atentamente a los niños y las niñas que, colocados en semicírculo, lo observaban atentamente. Se tocó el pecho, el estómago, las piernas y la cabeza.

—¡Esto es el cuerpo! ¡Y vosotros tenéis uno! —gritó.

Los niños y las niñas se miraron sorprendidos.

—¡Pero lo que vosotros no sabéis es que el cuerpo puede hablar!

Hubo sonrisas nerviosas. Sentada junto a Camino en un pequeño sofá destartalado, Gloria comprobó la expectación que las palabras del profesor de teatro habían despertado en los niños. Estaban entregados. Algunos llevaban máscaras, otros tenían la cara pintada.

—Vaya —dijo Garabato—. Me parece que no me creéis. Y eso me duele. Eso me duele mucho. —Agachó la cabeza. Parecía deprimido. Dejó caer los brazos—. Si no creéis a un actor, ese actor está muerto. O lo merece.

Cayó al suelo, desplomado, golpeándolo con la mano sin que los niños se diesen cuenta, simulando que se había estrellado de verdad contra la desgastada tarima.

—¡Estoy muerto! —se lamentó.

—¿Y qué podemos hacer? —preguntó un niño negro.

—¿Qué necesita un actor, Moja?

Mohamed no supo qué responder.

—Un actor necesita trabajar —aventuró una niña.

—Eso también —respondió Garabato—. Pero sucede muy pocas veces. ¿De qué vive un actor de verdad? ¿Qué es lo único que puede resucitar a un actor?

—Los aplausos —dijo Bego.

—¡Correcto! ¡Un actor de verdad vive de los aplausos del público!

Camino miró a Bego. Se sintió orgullosa de su amiga. En el cole no hablaba así. Bego se tocó la oreja y le devolvió la mirada.

—¿A qué estáis esperando? —quiso saber Garabato.

Los niños comenzaron a aplaudir de forma inmediata. A cada salva de aplausos, respirando el aire que desplazaban, viviendo exclusivamente de ellos, Garabato se incorporó.

—¿No creéis que el cuerpo puede hablar?

—¡Sí! —gritaron todos.

—¡No os oigo!

—¡Sí! —volvieron a gritar.

—Entonces dejemos que el cuerpo hable.

Comenzó a bailar. No era un baile: eran movimientos sincopados y arrítmicos que carecían de sentido y que lo fueron adquiriendo poco a poco. Garabato se movía en un código indescifrable que se revelaba a veces y que luego se hacía opaco y confuso hasta que estallaba con una lucidez pasmosa ante los asombrados ojos de los alumnos y de las alumnas. Garabato fue una ola, un barco, una ballena. Garabato fue un avión que se dormía en el aire, un pelícano, una gaviota, una nube. Garabato bailaba solo, estaba solo, y su cerebro transmitía a los músculos movimientos que ni siquiera habían sucedido. Garabato era la luz, era la vida. Bailaba sin bailar, soñando despierto delante de Moja, de Gloria, de Elena, de Bego, de Camino y de otros doce niños. Estaba siendo un acordeón, un pez espada, un trote de caballos. Lo mantenía vivo un secreto semejante al de los electrones, tan invisible como ellos. Garabato era la libertad y fue, al final del baile, un helado de chocolate que se derretía. Y el helado de chocolate que se derretía miró a Camino y fue consciente de que la niña —la más hermosa que había visto nunca— estaba viendo derretirse un helado de chocolate. La niña le entendía.

Sudando, con la camiseta empapada, Garabato recibió los aplausos y luego se sentó junto a Gloria, que tosió, nerviosa.

—¿Veis cómo el cuerpo puede hablar? —le dijo a los chicos—. ¡Pues no paréis de hablar!

Arrastró hasta él un tambor africano y comenzó a golpearlo.

—¡Dejad que vuestros cuerpos expresen lo que sois!

Por libre o por parejas, los niños y las niñas comenzaron a bailar expresando lo que eran. Gloria enderezó la espalda, juntó las piernas y colocó las dos manos sobre su bolso; un gesto perfecto que Garabato, mientras tocaba el tambor, apuntó mentalmente para la puesta en escena de alguna obra en la que alguien, nerviosa, llega de visita. Era una postura perfecta, como perfectas eran su falda marrón, su chaquetita gris sobre una blusa azul y blanca y el innecesario collar de perlas.

Camino, sentada junto a su madre en el destartalado sofá, que le gustaba mucho más que el del dentista, miraba fascinada el espectáculo. Desde el mismo momento de entrar en aquel pequeño sótano, se había sentido cómoda. Reinaba en él un atractivo desorden. Los muebles eran de muy diversa procedencia. Había dibujos en las paredes y en el techo. Era un mundo nuevo, rico, sorprendente.

—Venga, tú también —le dijo Garabato a Camino.

—No, no —terció Gloria.

Pero antes de que hubiese terminado de decirlo, Camino ya se había levantado. Extendió un brazo que abarcaba el mundo y señalaba el futuro. Abrió la mano y Garabato comprendió que nunca había visto algo semejante; era una mano que resumía un país de fantasía. Al moverla, era un sueño que volvía a cerrarse y que se abría de nuevo para ser otra cosa, para ser lo que él siempre había querido ser cuando era pequeño. La mano de Camino era el final abierto y rotundo que él había buscado desesperadamente para su baile. El gesto de Camino era lo que necesitaba, lo que llegaba a resumir las olas, los barcos, las ballenas, el helado y las gaviotas que había trenzado en el aire. Camino extendió su brazo izquierdo y dejó que ambas manos se durmieran plácidamente sobre su cabeza. Relucía. Camino relucía. Parecía haberse quedado dormida. Todos la observaban en silencio, con la sensación de que lo que habían visto era algo único, especial, y Gloria no esperaba aquello, ni Garabato tampoco; nadie lo esperaba, ni esperaban que Camino volviera a abrir los brazos para transformarse en una gigantesca gaviota que amaba la tierra ni que, cuando volvió a juntarlos sobre su vientre, con las manos abiertas, se convirtiera en una flor o en un ángel poniendo con su belleza el punto final de un baile que Garabato sólo había esbozado y que ella había sintetizado extendiendo un brazo, luego el otro, y después durmiéndolos sobre su cabeza y, más tarde, plegándolos sobre sí misma con las manos abiertas, sonriente, bella, diferente; ni esperaba nadie que, una vez terminados esos movimientos sutiles y rotundos y ante la estupefacción general, Camino apretase los puños, doblara los brazos sobre su pecho e, inflando los carrillos, imitara a un hombre gordo que se convertía finalmente en un cruasán que hizo reír a todos y que era menos forzado que el pez espada, el trote de caballos y el helado de chocolate que había creado Garabato.

Camino se sentó. Todos la miraron en silencio. Gloria estaba estupefacta. Sintió sobre ella la mirada de Garabato.

—La verdad es que sólo ha venido a ver a su amiga —dijo al fin Gloria.

—Una pena —respondió el profesor, ensimismado. Deseaba quedarse solo para pensar en los movimientos de Camino. ¿Cómo había sido posible que esa niña, a pesar de su vestidito azul tan pasado de moda y de una madre que parecía pensar por ella hubiera hecho lo que él había visto? Volvió a mirarla. Camino era hermosa, y había comprendido su baile. Incluso le había regalado un final bastante mejor que el suyo.

Desde el fondo de la pequeña sala, recostada sobre cojines blancos y azules, Elena mordió el chicle y miró con cierta envidia el asombro que Camino había provocado.

—¡Moved el culo, que para eso lo tenéis! —gritó Garabato comenzando otra vez a golpear el tambor.

Camino sonrió ante la sorpresa de Gloria que, sobresaltada, pareció despertar de pronto. Miró a su hija, sin comprender, y apretó más fuerte el bolso.

—Hale, chicos, a formar parejas —ordenó el profesor.

—¿De dos? —preguntó un niño chino.

—No, de cinco, si te parece.

Los niños rieron sin que el chino supiera el porqué. Camino seguía fascinada los movimientos de los alumnos, que formaron parejas y comenzaron a bailar. Garabato se levantó y se acercó al chico que bailaba con Bego. Tenía una máscara de Príncipe. El niño, con pantalón de chándal y camiseta blanca, le había llamado la atención. Bailaba mal, pero estaba con Bego. Y se reía. Se reía bien, con gusto.

—Cuco, deja de hacer el payaso, anda —ordenó Garabato.

Cuco soltó a Bego y se quitó la careta. Al ver su rostro, Camino sintió de nuevo el escalofrío del domingo anterior. Era él. Era su tormenta. Era el niño moreno de flequillo oscuro que sonreía sin esfuerzo. El niño moreno de nariz y de labios finos, ojos marrones y barbilla de Príncipe. El niño de la Cuesta de Moyano.

Elena, sentada frente a él, se subió un poco la falda. Cuco la miró con interés, pero Begoña lo arrastró hacia ella y le puso las manos en el culo para seguir bailando.

—Suéltate, Cuco, que no te va a comer —le dijo Garabato.

—Pero me está agarrando.

—¿Y qué tiene de malo?

—Que me está agarrando el culo.

—¿Y?

—Que es mi prima.

—Como si es Santa Catalina.

Gloria sonrió hacia abajo, hacia su bolso, más nerviosa que antes. Se tocó la frente, como si pensara en algo.

—O eres actor o no eres actor, Cuco.

—Yo paso —respondió Cuco.

Garabato miró a Gloria, a Camino y a Elena.

—Porque tenemos visitas, que si no te la cargas. A ver, Jonatan, baila con Begoñita, anda.

Mientras Jonatan agarraba a Begoña por la cintura y le daba vueltas, Elena hizo una pompa y se levantó un poco más la falda. Cuco se acercó a ella. Garabato miró a Gloria, Gloria miró la nada y Camino miró al suelo, nerviosa, mientras Elena, que ya le dejaba sitio a Cuco, observó estupefacta que el niño se limitaba a coger una toalla del reposabrazos del sofá. Se secó el sudor y luego fue a sentarse junto a Camino y a su madre.

Camino retiró rápidamente los cojines que estaban a su lado. Cuco se sentó. Ella lo miró discretamente, nerviosa, y cuando él le devolvió la mirada, Camino giró la cabeza a toda velocidad e intentó concentrarse en los que bailaban. Bego y Jonatan se abrazaban sin pudor acercando sus rostros y sus cuerpos inocentemente mientras el resto les jaleaba. Camino y Cuco se miraron. Sonrieron. Ambos tenían una sonrisa estable, franca, limpia y abierta. Una sonrisa sin sombras. Una sonrisa que no dejaba rastros.

—Quién tuviera doce años, ¿verdad? —le dijo Garabato a Gloria—. Están todos con las hormonas disparadas.

Gloria forzó otra sonrisa, suspiró, miró su reloj, impaciente, y Garabato supo que la conversación con esa mujer había terminado. Miró a Camino.

—Así que tú eres la amiga de Bego.

—No exactamente —respondió ella—. Soy la mejor de sus mejores amigas.

Garabato asintió.

—Conozco eso.

—Mi prima es una cachonda —dijo Cuco.

—Y Jonatan dice que está muy buena —replicó Garabato.

Gloria, sentada en mitad de la conversación, turbada, miró hacia arriba, como si de repente tuviera interés en el techo.

Camino sonrió. Gloria también, aunque de otra manera. Desde lejos, Elena los miraba, masticando chicle y despreciándolos sin ganas entre globo y globo.

Garabato dejó de tocar el tambor. Se levantó y dio palmas.

—Hala, venga, chicos, hasta aquí hemos llegado. Tenemos que elegir una obra para trabajarla y ponerla en escena a final de curso. No os comáis mucho el coco. Pensemos en un cuento que nos guste a todos.

—¡*Heidi!* —gritó uno antes de llevarse una colleja.

—¡*Momo!* —propusieron otros.

Camino miró a Cuco. Sentía su calor. Un calor de sofá pequeño.

—*Mr. Meebles* —le dijo a Cuco en voz baja.

—¿Cómo?

—*Mr. Meebles* —repitió Camino—. A lo mejor queda bien en teatro.

Cuco la miró, pensativo. Luego levantó la cabeza. Una pompa de chicle le había llegado desde el fondo: la pompa de Elena.

Garabato intentó poner orden.

—¡*Oliver y Benji!* —propuso Jonatan al tiempo que la colleja de Garabato le llegaba por detrás.

Camino, sin ocultar su vergüenza, miró a Cuco.

—Mr. Meebles es un hombre muy sabio, pero tiene un problema.

—¿Cuál? —preguntó Cuco.

Camino se encogió de hombros. Garabato alzó más la voz.

—Es necesario que busquemos una obra sencilla porque el problema que tenemos, que ya lo sabéis, es que somos pocos y encima uno es negro y el otro ni se sabe.

Abrazó a Brian, un niño negro, y a Luis, el niño chino que no había pillado el chiste. Elena levantó la mano e hizo un gesto en dirección a Camino y a Cuco.

—Yo me apunto —dijo sin que ni Camino ni Cuco supieran a quién se lo decía. Elena sí.

—Y a ser posible —terminó Garabato— deberíamos buscar un cuento que acabe en beso, que os veo muy monaguillos a todos.

Guiñó un ojo hacia el sofá de Gloria. Cuco y Camino se ruborizaron. Gloria miró hacia el suelo. Camino miró a Cuco.

—Podíamos hacer *La Cenicienta* —le propuso ella.

—Un poco triste, ¿no?

—Al principio sí, pero al final no.

Cuco asintió y miró al frente mientras Camino, sin que él se diera cuenta, seguía observándolo. Ya no había música, pero ella seguía oyéndola.

Cuando todos se fueron Garabato pasó la escoba. La madre de Jonatan le había regalado un aspirador, pero él prefería los objetos que no producían ruido. El pequeño sótano que había estado tan repleto de vida había vuelto a convertirse en lo que en realidad era: un pequeño laboratorio en el que ensayaba, descubría y experimentaba. Miró las pintadas, los globos luminosos de papel, los viejos sofás y los conos de carretera que había transformado en lámparas. Se preguntó cómo era posible que un lugar así le hubiera salvado la vida. Ya no podía entenderse a sí mismo lejos de aquel semisótano. Al llegar a Madrid había comenzado una prometedora carrera como actor y director teatral. Montó un par de obras y llegó a estrenar en el Alfil con cierto éxito. Luego la realidad se impuso. Garabato comenzó a moverse en un mundo de gerentes y representantes que quedaba a mil años luz de su visión del teatro. No era especialmente brillante en las relaciones personales. Le asfixiaban los despachos. Tenía la mala costumbre de decir lo que pensaba. La ficción la dejaba exclusivamente para el escenario y así, poco a poco, Garabato se quedó solo y vio cómo el teatro se alejaba de él. Cuanto más lo amaba más lejos parecía hallarse. Montar funciones se le antojaba un gasto de energía que no le compensaba. Sobrevivió como guionista de televisión un par de años y cuando le asaltó por la espalda la tremenda bestia de la depresión se refugió en lo único auténtico que quedaba en la vida: los niños. Procuraba transmitirles la esencia de lo que él no había podido llevar a cabo sobre las tablas. Había descubierto y formado a un par de chavales que ahora alternaban el teatro con las series de televisión. Con eso se sentía feliz. Garabato era un descubridor. Cuando un niño o una niña entraban por la puerta, sabía perfectamente con sólo echarles un vistazo las posibilidades que tenían.

Dejó la escoba. De una pequeña nevera sacó un botellín. Se sentó en el sofá. Hoy había descubierto algo. Desde que los niños se fueron no había dejado de pensar en la amiga de Begoña, en Camino. Esa niña tenía dentro todo lo que los actores imaginaban tener, todo lo que soñaban. Tenía poder. Desprendía luz. Era como si ya la hubiera soñado, como si la conociera de antes. Estaba confuso. Luego pensó en la madre de la niña, la señora que parecía del Opus. Dejó intacto el botellín de cerveza, apagó la luz e hizo mutis sin dejar de pensar en Camino, sin saber —no tenía por qué saberlo— que Camino se movía entre dos mundos, el de la Física y el de la Química, el de Garabato y el de Don Miguel Ángel, el de papá y el de mamá, el de la nada y el todo.

10

El fin de semana en el que pitó, Nuria se despertó con la impresión de que había nevado. Se trataba de una simple sensación porque no era tiempo de nieves, pero su respiración era más pura, como sucede siempre que nieva y luego sale el sol y por la tarde la nieve comienza a derretirse y gotean los tejados y el alma parece más limpia y más viva. Un claro sol sereno del color del cobre habitaba el chalet al que Martina la había conducido y rodeaba la casa acogiendo en la amplia calidez del jardín trasero el canto de los pájaros. Martina abrió la estrecha verja negra que interrumpía sin violencia las arizónicas y los altos muros de piedra y la invitó a entrar. La visita al chalet constituía el final del largo camino que Nuria había comenzado en el club.

Avanzaron por el sendero de piedras blancas que desembocaba en la escalera exterior. Desde arriba, desde el inmaculado porche donde estaba la puerta principal, se veían los picos de la sierra, nevados. Les abrió una chica sonriente, pasaron al interior y, con la misma sonrisa, la chica cerró tras ellas la puerta blindada.

En el interior habitaba un silencio de siesta de verano. Recorrieron el pasillo y llegaron al salón. Las persianas estaban bajadas. Los muebles eran graves, adultos; muebles de antes. La casa respiraba una sorprendente energía interna. Una energía fría, clínica, aséptica. La chica que las había recibido se giró hacia ellas y volvió a sonreírles. Se detuvo ante una puerta de cristal amarillo.

—Esperad —dijo.

Abrió la puerta lentamente. El salón estaba casi a oscuras. Nuria sólo pudo distinguir la tenue luz que llegaba desde la pared del fondo y que recortaba las siluetas de las personas que asistían a la charla. Parecían arrodilladas o sentadas. Olía a pino, a cloro de piscina, a recogimiento, a césped recién cortado, a cera para muebles.

Don Miguel Ángel interrumpió su charla.

—Pasad —dijo amablemente.

Martina y Nuria entraron en el salón. Parecían caminar sobre el silencio. Se sentaron en las sillas de cocina que estaban aguardándolas. Después, cuando sus ojos se acostumbraron a la oscuridad, Nuria prefirió sentarse en el suelo, como hacían las otras chicas. El agónico flexo iluminaba el pequeño altar dispuesto junto a la pared. Un rayo de luz dorada daba vida al Sagrario. La voz de Don Miguel Ángel se abría paso entre las sombras y parecía dirigirse exclusivamente a ella, a Nuria. A veces estaba cerca; otras, Nuria la escuchaba como si le hablara desde más allá de la tarde. Le decía que la decisión estaba en sus manos. Le habló de la muerte y de la santidad, de la caridad y de la vocación. Nuria se estremeció. Hablaba para ella. Sólo para ella. Se dejó llevar por la voz de ese cura joven que parecía entenderla tan bien.

Esa misma noche, después de cenar, Nuria se reunió con Don Miguel Ángel en una habitación pequeña, cuidadosamente desprovista. La puerta permaneció abierta. Martina era una sombra silenciosa pegada a la pared. Nuria seguía impresionada por la perfección de la cena, por la limpieza de las escaleras que ascendían hasta el segundo piso y por la acogedora e infantil alegría que desprendían las otras chicas. Sobre una mesa pulida descansaba un volumen de *Camino*, el libro del Padre; a su lado, la fotografía de la madre del Fundador sonreía desde su marco de plata. La ventana daba al jardín. Oyó los aspersores del riego automático. Cantaban los grillos. Un avión sobrevoló la casa. Se levantó viento. Hasta Nuria llegó de nuevo el húmedo olor de la piscina, que resplandecía a lo lejos. Azul pálido sobre la oscuridad del césped.

—No sabes lo feliz que me hace que estés aquí —le dijo Don Miguel Ángel.

—A mí también. Martina me ha hablado muchísimo de estos encuentros de fin de semana —respondió Nuria, nerviosa.

—Espero que bien —replicó Don Miguel Ángel jovialmente, arrepintiéndose de inmediato. Era un chiste malo, una frase hecha. Nuria no era Martina. Tenía que estar más atento.

Nuria no respondió. No sabía si tenía que hacerlo.

—¿Eres consciente de que quizá Dios te está llamando? —le preguntó el sacerdote.

Nuria no estaba muy segura de a qué se refería.

—Qué suerte tienes, Nuria. A veces Dios nos señala de forma especial aunque no seamos dignos. —Hizo una pausa. Se recreó en ella—. Yo creo que es posible que tengas vocación. ¿Te imaginas?

Nuria sonrió sin saber qué más hacer. Don Miguel Ángel colocó el cuaderno verde sobre la mesa. Ordenó sus apuntes sobre la vocación, la muerte y la santidad.

—Qué suerte tienes, Nuria. Qué suerte tienes. Sé que te tomas la Obra muy en serio. Cada día, cada hora, cada minuto. Conozco a pocas como tú. A muy pocas.

Nuria se ruborizó. Miró la desgastada alfombra que recorría la habitación; le pareció fuera de lugar: el suelo de madera era lo suficientemente hermoso. Unas flores frescas dormían bajo el cuadro de la Virgen.

—Es probable que Dios te haya elegido a ti por encima de otras. Es más que probable. Yo tengo ese presentimiento.

La miró fijamente. Esperaba que Nuria inclinara la cabeza, desconcertada, como terminaban por hacer todas, pero Nuria no lo hizo. Lo miró de frente con unos ojos grandes y azules del color de la piscina nocturna.

—No lo sé, Don Miguel Ángel —dijo ella en voz baja—. Tengo dudas.

Don Miguel Ángel juntó las manos, las frotó y simuló sumergirse en sus pensamientos.

—¿Y quién no las tiene? —preguntó—. Incluso Jesús tuvo dudas aquella noche en el huerto. No lo defraudes. Él elige a una entre un millón. Y tú lo sabes muy bien.

Se acercó a la ventana con intención de abrirla, pero la ventana ya estaba abierta. Se sentía turbado. Le desconcertaba la piel de Nuria, tan transparente. Sus grandes ojos, sus pantalones vaqueros, su cazadora. Su olor. Miró hacia el cielo. Venus seguía tan solitario como siempre. Le apretaba el cilicio. Habían cesado de pasar aviones. Pensó en Martina, en su labio y en su ropa pasada de moda. Necesitaba a Nuria. La Institución que él soñaba y que seguramente habría soñado el Padre para el siglo XXI necesitaba a chicas como Nuria. Tosió para darse tiempo. Se recompuso.

—Dios no elige a cualquiera. Y para la Obra selecciona a lo mejor de lo mejor.

—Quizá yo no sea la mejor, Don Miguel Ángel.

—Es normal que dudes, y haces bien en recordármelo. ¿Quién te dice a ti que yo no esté equivocado?

Don Miguel Ángel se dispuso a hacerle ver a Nuria que

tenía prisa. Eso siempre funcionaba. Miró su cuaderno. Se frotó las manos. Nuria no se movió. Seguía mirándolo, ajena a la pausa dramática con la que él dividía sus escenas y que tan buen resultado le daba con las otras chicas.

—Lo malo es que yo esté en lo cierto y que la tengas. Que tengas vocación y que la tiremos por la borda. ¿Qué sucedería entonces?

Levantó las cejas, apretó los labios y asintió con la cabeza; los ojos un poco perdidos. Meditaba.

—No deberíamos ofender a Dios, Nuria.

—Por supuesto que no.

—¿Y tú no crees que le ofenderías si rechazas la vocación que él te ha dado?

—Es que yo no sé...

—A veces —la interrumpió Don Miguel Ángel— Dios no te habla directamente. Ilumina a los que tienes al lado. Y a nosotros nos ha iluminado. Todos lo sabemos, Nuria. Todos lo sabemos.

Volvió a hacer otra pausa. Larga, incómoda. Estaba emocionado. Nuria se humedeció los labios, aunque no estaban secos.

—Dejemos a Dios hacer su trabajo.

Su tono resultaba convincente. Hablaba muy en serio. Nuria dejó de mirarle. Se tocó una ceja. Don Miguel Ángel supo que había ganado. Recordaba a Nuria con catorce años llevándose la mano a la ceja o a la barbilla, nerviosa en los primeros días del club.

—Y si me apuras, creo que tu madre también lo sabe —añadió.

Nuria no se sorprendió.

—No defraudes a Dios. Pero yo ahí no puedo intervenir. Es sólo un consejo. Todo esto, hija, es entre Dios y tú.

No sabía cómo seguir. Nuria absorbía su ofensiva como una esponja. Se sentía incómodo. De pronto pareció cansado, abatido. Le había dicho que dejase que Dios actuara, pero también él parecía necesitar que Dios actuase cuanto antes y que le allanara el camino.

—Veo a tu enemigo —dijo Don Miguel Ángel—. Y es verdad: es difícil luchar contra él. Te entiendo.

Se acercó a la ventana. La noche era limpia.

—Te entiendo muy bien —repitió Don Miguel Ángel mirando a la chica sonriente que en ese momento pasaba junto a la piscina—. Claro que te entiendo. ¿Cómo no te voy a entender? A mí me sucedió lo mismo.

Se dirigió hacia la puerta.

—Piénsalo —dijo invitándola a salir.

—¿Qué le sucedió? —preguntó Nuria sin prisa, sin darle importancia al hecho de que el sacerdote le estuviera indicando la puerta.

—Lo que a todos, hija. El diablo utiliza a aquellos en los que más confías. Utiliza a los que más quieres.

Nuria pensó en Camino y en sus padres. Don Miguel Ángel asintió. Era verdad que, como decían algunas chicas, era capaz de leer los pensamientos.

—El diablo utiliza a tu familia y a tus amistades. Y lo hará muchas más veces. Conmigo lo intentó. Acuérdate de lo que te digo.

Don Miguel Ángel se frotó las manos sin ganas.

—Es normal, hija. Confías en tu familia, por ejemplo. Los amas. Y el diablo lo sabe y se aprovecha. Por eso hablará quizá por boca de tu padre y de tu hermana. Te dirán que no hagas el curso de verano, que vayas a Oropesa a veranear con ellos, a ese apartamentito que tenéis y que tu padre se compró con tanto sudor asegurando barcos. Te recomendarán que lo pienses bien, que dejes la decisión para septiembre. Te dirán que qué bien lo vas a pasar con tu hermana, que podéis ir a las Columbretes o hacer al fin ese cursillo de vela que tanto te ha apetecido. Por no hablar de los mejillones con salsa picante que ponen en el bar de abajo y que tanto te gustan.

Nuria se estremeció al oír cosas que solamente podía conocer su madre. O su padre. O Camino.

—Tómate tu tiempo. Habla con Dios. Explícale, si llega el caso, por qué renuncias a tu vocación. Tienes todo mi apoyo. Y el de la Obra.

Don Miguel Ángel se dispuso a volver a su trabajo, pero Nuria no se levantó.

—Estoy confusa.

Don Miguel Ángel retiró los papeles y las carpetas que tenía sobre la mesa, los colocó ordenadamente en el mueble que se encontraba a su espalda y se dispuso a dedicarle toda la atención del mundo.

—Uno se desconcierta ante la llamada de Dios. ¿Por qué he sido yo la elegida?, te estarás preguntando. ¿Qué ha visto en mí el Señor cuando él elige a una entre millones?

Su voz era dulce y Nuria, al igual que en la charla de la tarde, comenzó a dejarse llevar por ella

—¿Por qué yo? —prosiguió Don Miguel Ángel— Es una pregunta lógica, y tienes toda la razón del mundo en formulártela. Dios elige a las mejores para que sirvan a la Obra. ¿Cómo no vas a estar indecisa? ¿Eres, acaso, la mejor de las mejores? ¿No te preguntas qué puede haber visto Dios en ti cuando hay otras que pueden ser cien veces mejores que tú? ¿De verdad te crees mejor que el resto de tus compañeras?

Nuria negó con la cabeza. Se sentía diminuta.

—Te llevo observando mucho tiempo, Nuria. Y yo de esto sé algo, ¿no crees? Yo también he sido rebelde, Nuria. Llevaba el pelo largo. ¿Me imaginas con el pelo largo?

—La verdad es que no —respondió ella, sonriente.

—Pues te voy a enseñar fotos, ya verás. Por aquí lo llevaba —dijo orgulloso tocándose el hombro.

Nuria no pudo evitar un falso gesto de asombro.

—Al fin y al cabo no estamos hablando de que te metas monja —le dijo Don Miguel Ángel.

Nuria quería seguir escuchándolo. El sacerdote lo sabía.

—Eres una chica que está en el mundo. Una chica de hoy. Como la Obra. Y si no estás cómoda, siempre puedes salirte, que aquí no obligamos a nadie. Si acaso, el que obliga es el Señor. Sólo tú debes decidir si quieres escucharle o no.

Alguien apagó la luz de la piscina. Quizá la chica sonriente. El jardín quedó en penumbra. Un soplo de aire helado llegó desde la sierra y, sin embargo, el alma de Nuria estaba llena de luz, de vida y de un extraño calor.

—Y entre nosotros, hija —prosiguió Don Miguel Ángel—: Yo tampoco soporto a las monjitas. En eso estoy totalmente de acuerdo con el Padre. En eso y en que no responder a la llamada que Dios te está haciendo es mortal para el alma. No sabes cuánta gente se ha condenado para siempre por no escuchar a Dios.

Nuria se había dejado arrastrar por la conversación. No sabía lo que quería. Tenía serias dudas, y el sacerdote no se las resolvía; se las acentuaba.

—Y tienes razón: hay que ser muy arrogante para pensar que Dios nos ha elegido. Ya sabes que puedes venir a verme cuando quieras.

Don Miguel Ángel le señaló otra vez la puerta, pero Nuria no se movió. Martina tampoco. Perdida en la penumbra final del pasillo, aguardaba pacientemente el final de la conversación. Rezaba, aunque por momentos se le olvidaba el motivo. Estaba cansada. La luz de la Luna entraba por la ventana y proyectaba sobre la alfombra las oscilantes y amenazadoras sombras de los árboles. También la irrupción de Nuria en su vida había supuesto una cierta amenaza para ella. No sabía verbalizarlo. No era algo racional. No lo podía demostrar. No existían hechos, razones ni motivos. Se trataba de una sospecha que había ido cristalizando con el tiempo y que nacía de miradas ambiguas, de tonos de voz falsamente normales, de gestos equívocos. No de Nuria, sino de Don Miguel Ángel. Martina estaba segura de que los tiempos cambiaban y de que, a la larga, la abnegada labor que había realizado en estos años quedaría desdibujada, olvidada en el pasado. Sintió pánico. Y su pánico no mentía nunca. Ni su intuición. No quería hacerse mayor. Había visto demasiadas cosas. Había asistido a demasiadas confidencias. Pensó que tal vez podía cambiar. Se tocó el labio. Nuria tardaba en pitar. Miró discretamente su reloj de señora mayor. Debía comprarse otro —un Swatch o algo así—, ponerse al día en Internet, comprarse ropa. Sus propios pensamientos le parecieron patéticos. Había visto maniobras que no habían funcionado, y ella era lo que era, sin más. Ese nuevo puesto, ese aire de renovación, ya estaba ocupado de forma natural por otras chicas, aunque parecía estar hecho a medida de Nuria. Además, un cambio brusco a estas alturas no serviría más que para delatarla, para que se hicieran preguntas sobre ella. Se tocó el labio y bajó la cabeza.

Debería resignarse a un destino cuya filosofía —en contra de lo que se transmitía a los que no estaban en la casa— estaba basada en usar y tirar. Martina sabía que, a la larga, se desprenderían de ella.

—¿Debo escribir Excelentísimo Padre? —le preguntó Nuria a la Directora.

—Tú verás, pero yo creo que a un padre debes tratarlo con confianza.

—Querido Padre, entonces.

Nuria iba a comenzar a escribir cuando la Directora le tendió una pluma.

—Es una tontería, pero al Padre le gusta que escribamos con pluma. ¿No te importa?

—Claro que no.

Nuria cogió la Montblanc. Era la de Don Miguel Ángel.

—¿Qué tengo que poner?

—Que solicitas la admisión como numeraria. ¿Quieres que te deje sola?

—No veo ninguna necesidad.

A la Directora le pareció bien. Había conocido a chicas que preferían estar solas para escribir la carta de admisión. También había conocido a chicas que tardaban en escribir. Nuria no era de ésas. Le gustó que supiera escribir con pluma y que lo hiciera tan rápido.

—Ya está —dijo Nuria entregándole la carta y la Montblanc.

—¿Estás segura de lo que has hecho?

—Estoy segura de que Dios me lo ha pedido.

—*Pax*... —dijo la Directora.

—... *in aeternum* —respondió Nuria. Se lo había oído a su madre y a su tía Marita, pero ella nunca lo había utilizado. Sabía que era el signo inequívoco de que ya estaba dentro, de que pertenecía a la Obra.

—Pronúncialo «*in eternum*» —le recomendó Don Miguel Ángel—. Es nuestra forma de reconocernos. Y no lo utilices con los que no son de casa.

Cuando Nuria y la Directora abandonaron la habitación se encontraron con Martina, que, impaciente, caminaba a lo largo del pasillo procurando no hacer ruido. Se abrazaron. A espaldas de Nuria, desde el quicio de la puerta, Don Miguel Ángel, surgido de repente, dirigió a Martina algo parecido a una sonrisa. Una sonrisa sin entusiasmo. Sí, Nuria había pitado. Entró en la habitación, cerró la puerta, se sentó y comenzó a redactar el informe. Antes de terminarlo oyó las voces de las chicas que celebraban que Nuria hubiera pedido su ingreso en la Obra. Cogió la carta y la leyó detenidamente. La letra era ágil, nueva, limpia, diferente; igual que Nuria, que había dejado su corazón en ella; igual que en el futuro —tal y como deseaba— serían las chicas de la Obra. Tuvo ganas de leer más cartas de ella. Tal vez las que le había escrito al italiano. Estaba seguro de que serían unas cartas apasionadas, maravillosas. El italiano tenía suerte.

Nuria se vio rodeada por chicas alegres cuyo gozo parecía depender de que ella hubiese escrito o no su carta.

—He rezado por ti —le dijo una.

—Y yo. Qué alegría —le dijo otra.

Le mostraban su júbilo abiertamente. Estaban dichosas. Nuria se dejó contagiar. Todas sabían que había pitado, aunque Nuria, sorprendida, hubiera deseado que su decisión se mantuviese un poco más en privado. Tenía que meditar.

—Hija, creíamos que no ibas a pitar nunca.

—¿Pitar? —preguntó Nuria.

—A pedir la admisión en la Obra lo llamamos pitar —le aclaró la chica sonriente.

Martina miró a Nuria. Veía a una chica que, aunque hermosa, ni siquiera sabía lo que significaba pitar. Ni eso sabía. Se preguntó otra vez qué sucedería con ella. Cada sonrisa de Nuria atraía más y más al resto de las chicas. Nuria era un imán. Nuria era el futuro. Sintió que tenía un enemigo dentro de la casa. Fue consciente de que pertenecía a una Obra que, empujada por los nuevos tiempos, comenzaba a pasar página. Y fue consciente de que ella ya pertenecía a un capítulo anterior.

Mientras se alejaban hacia el Oratorio, Nuria comenzó a sentirse importante. Tenía una nueva familia. Estaba segura, tal y como le había recomendado Don Miguel Ángel, de que habría sido infeliz toda su vida si no hubiese respondido a la llamada del Señor. El sacerdote le había recomendado que no le contara a nadie lo que acababa de hacer; ni siquiera a su familia porque seguramente no iban a entenderlo, aunque ese «nadie» no incluía a su madre. Don Miguel Ángel pensaba, y así se lo había hecho saber a Nuria, que ellos eran la élite de la Iglesia, los elegidos. Que desde allí, desde la Obra, podrían transformar el mundo. Ellos eran gente corriente.

—No somos como los demás, hija. Nosotros somos los demás.

11

Mientras Nuria rezaba en el Oratorio, Giusseppe miraba desde el tren los paisajes nocturnos que le alejaban de Madrid: vastas extensiones pardas sobre las que había muerto el sol. En la civilizada oscuridad brillaban de cuando en cuando las cicatrices de las carreteras. La Luna apareció de pronto y transformó la tierra en una nada azul poblada de chabolas, grafitis y tapias de ladrillo que cercaban las sombras. Vio fábricas fantasma dormidas en el vacío, cementerios de coches; la ciudad moría en sus propios límites sin dolor, de forma gradual. Giusseppe apenas distinguía ya el centro: Madrid se había convertido en una suave línea de luz difusa y titilante que temblaba y desaparecía y volvía a emerger más lejana y sin fuerza cada vez que la miraba. Luego se borró para siempre tras el cristal, igual que Nuria.

Sobre la oscuridad del exterior vio su rostro reflejado en la ventanilla. El rostro cansado de un enamorado. Había llegado por la mañana a Madrid y, al salir de Atocha, la ciudad lo recibió con un extraño ánimo. Giusseppe estaba feliz. Su corazón palpitaba cuando abandonó la estación, paró un taxi y le dio al conductor la dirección de la casa de Nuria. Le contó al taxista que venía a ver a la chica de la que estaba enamorado, que la había conocido en verano, en la playa, y que no habían vuelto a verse. El taxista lo miró por el retrovisor y vio a un italiano parecido a los que solía cargar en la estación. Era alto, moreno, de pelo oscuro. Lo dejó en Príncipe de Vergara, frente al portal de Nuria. Giusseppe miró la puerta enrejada: el número destacaba en color dorado sobre un pequeño escudo. Le pagó al taxista y llamó por teléfono a Nuria, pero nadie le respondió. Esperó sentado en un banco y luego volvió a telefonear. No descolgaron. Dio un paseo. Le pesaba la mochila. Volvió a marcar y dejó sonar el teléfono hasta que la comunicación se cortó. Después llamó al telefonillo. No había nadie en casa. Insistió. El conserje salió y le preguntó que a quién buscaba. A la señorita Nuria, respondió él. Creo que no están en casa, le informó el hombre. Esperaré. Como usted quiera.

Esperó. Cambió de acera. Le molestaba la mirada curiosa del conserje. Confiaba en que Nuria regresaría a la hora de comer. No lo hizo. Telefoneó una y otra vez, insistiendo hasta que la comunicación se cortó. Llamó al telefonillo de nuevo. El conserje le lanzó una mirada distraída y volvió a sumergirse en el periódico de deportes. Giusseppe contó los pisos. El de Nuria tenía las persianas bajadas. No era posible. Le había escrito para decirle que llegaría el fin de semana, y además había llamado para asegurarse. Es verdad que ella le había pedido que no la llamara nunca por teléfono, que bastaban las cartas. Giusseppe se lo prometió, pero había considerado que su visita a España —sólo para verla a ella— justificaba el hecho de romper su promesa. Lo hizo. La rompió. Cuando llamó por teléfono le respondió una voz de mujer y él, jovial, intentando agradar en su perfecto castellano, preguntó por Nuria. La voz le respondió que lo sentía mucho, pero que Nuria no estaba en casa. A pesar de la mala calidad del sonido Giusseppe distinguió una voz perfectamente modelada, culta, fría. Si desea dejarle un recado yo se lo daré. No se moleste, gracias, intentaré hablar con ella por la noche. Lo siento, pero no vamos a estar esta noche. La llamaré mañana entonces. Como quiera, pero seguramente estaremos fuera toda la semana. Vaya. Se produjo una pausa. ¿Sería tan amable de decirle que llegaré a Madrid el fin de semana del quince y que iré a visitarla el sábado? Claro, se lo diré con mucho gusto. Ya le he escrito, pero he considerado que era más seguro llamar. Muy bien. Mi nombre es Giusseppe, soy un amigo. Se lo diré, prometió Gloria. ¿Es usted su madre? Sí, soy su madre. Mucho gusto, y gracias, señora, dijo él mientras Gloria colgaba.

Cayó la tarde. Giusseppe volvió a llamar al telefonillo sin obtener respuesta. Telefoneó insistentemente, pero nadie descolgó. Estaba tan desconcertado que no pensó que se encontraba frente al portal y que si Nuria hubiese entrado en casa él tendría que haberla visto. A pesar de ello insistió en sus llamadas, sin resultado. Tampoco había tenido éxito con las cartas. Cuando el verano terminó comenzó a escribirle a Nuria todos los días. Al principio ella le respondió con rapidez y con amor. Eran cartas maravillosas. Un día dejó de recibirlas. Miraba a diario el buzón, pero las cartas no llegaban. Siguió escribiendo durante el final del otoño. Y durante el invierno, pero Nuria jamás le respondió.

Las persianas seguían bajadas. Llamó de nuevo por teléfono y pulsó el telefonillo ante la mirada indiferente del conserje, que sacó los cubos de basura y desapareció. Lo vio salir más tarde. Se había cambiado de camisa. Se miraron desde un lado a otro de la calle. El conserje entró en el bar de la esquina.

Dejó pasar el tiempo. Cayó la noche. Recordó que no había comido. Recordó que estaba en Madrid, en primavera, y que la primavera había pasado sobre él con su sol picajoso, sus cuatro gotas que le obligaron a guarecerse bajo la marquesina de un banco, y su viento cálido y vivo que, de un plumazo, secó las aceras. Hizo una última llamada.

Nada. Ya no tenía batería. Repasó la conversación que había mantenido con la madre de Nuria. Se recreó en cada detalle. Cuando le dijo que llegaría el fin de semana del quince y que iría a verla el sábado, la madre había respondido inmediatamente que de acuerdo, cuando lo lógico hubiera sido que tardara un segundo en hacerlo porque lo normal —así lo veía Giusseppe— era que estuviese apuntando la fecha que él le estaba diciendo. O quizá no fuese importante. Tal vez tuviera una memoria excelente. Estaba confuso. Oprimió insistentemente la tecla del telefonillo, sin mirarla: la sabía de memoria. Comenzó a llover otra vez. Miró el reloj. Intentó no pensar. Entró en un bar y pidió cambio para llamar por teléfono, pero el camarero le mostró un letrero donde se leía claramente que no daban cambio ni para el parking. Buscó una cafetería y consiguió que le cambiaran, pero el teléfono público estaba estropeado. Unas calles más abajo encontró una cabina. Llamó hasta que se cortó la comunicación. Giusseppe se quedó con las monedas en la mano pensando lo extraño que resultaba todo. Nuria le había dicho que no tenía teléfono móvil. Ni móvil ni correo electrónico. ¿Cómo podía haber sido tan tonto? No era posible que una chica como ella no tuviera móvil ni ordenador. Había jugado con él. Recordó el momento en que la había besado en la playa, al atardecer, un beso torpe y entregado; los amplios labios de ella cortados por la sal, su boca ansiosa y suave a la vez. Es el primer beso que le doy a un chico, le dijo cuando sus labios se despegaron. Giusseppe la abrazó a medio camino entre la pasión y la ternura.

Permaneció un rato de pie bajo la lluvia de Madrid, indeciso, mirando las monedas que brillaban en su mano. Luego se acercó al portal, echó una última mirada a las persianas bajadas, paró un taxi y le pidió al conductor que lo llevase a Atocha.

En el salón de su casa, Gloria, al igual que Giusseppe, tampoco había comido. Al igual que Giusseppe no era consciente de la primavera que esa misma tarde se había adueñado de Madrid. No había levantado las persianas desde el día anterior, desde que envió a Camino a pasar el fin de semana con Bego. José no llegaría hasta el lunes. Nuria, gracias a Dios, estaba en el chalet de Cercedilla, con Don Miguel Ángel, comenzando —eso esperaba— una vida diferente. Había oído sonar el teléfono todo el día. Había escuchado el sonido del portero automático, tan insistente, tan desesperado. Seguía oyéndolos. Continuó escuchándolos toda la noche aunque no sonaron ni una sola vez. Pobre chico. Pidió por Giusseppe mientras en la cocina comía un poco de pan Bimbo que estaba a punto de caducar. Eran las once. Calculó que el tren del italiano estaría ya a unos cuantos kilómetros de Madrid. Lo sabía por la última carta que el italiano le había escrito a Nuria. La tenía en la mano. Era una carta apasionada. Había hecho bien en cortar la relación. La leyó otra vez. Luego tiró el Bimbo a la basura. Tenía sabor a moho. El mismo sabor que durante todo el día había sentido en su boca.

Mientras Gloria tiraba el Bimbo a la basura, mientras Giusseppe veía su rostro reflejado en la ventanilla, Nuria rezaba en el Oratorio, de rodillas, y en sus oraciones, temerosa por el paso que acababa de dar, veía a Camino y a su padre. Ambos la agarraban por el brazo y ella gritaba. Intentaban separarla de la Obra. Camino sonreía de una forma que la atemorizaba. La pequeñaja se había transformado en un ser congestionado y sordo que tiraba de su brazo, y en su encarnadura Nuria distinguió al demonio, que callaba, como papá, y que sonreía sin ruido, animando a Camino. Intuía que tenía que tratarse de un sueño. Don Miguel Ángel no podía tener razón. El diablo no podía hablar por boca de quienes ella más amaba.

La despertó la mano de Martina sobre su hombro. Las otras chicas se habían ido.

12

Nuria se integró como una célula más en lo que ella consideraba un cuerpo perfecto conformado por órganos sanos, limpios, sincrónicos. Había entregado su vida para siempre, aunque aún no lo sabía. Ignoraba también que comenzaba una vida secreta llena de duros compromisos, misterios y ocultamientos. La muchacha de San Rafael estaría en prueba durante seis meses; ya formaba parte de la Obra de San Miguel, el Arcángel encargado de la labor de los numerarios y numerarias, de los que en verdad pertenecían a la familia.

Fue Nuria misma la que, a instancias de Martina y de Don Miguel Ángel, tiempo después pidió hacer la admisión, y le fue concedida, a pesar de que aún vivía en casa de sus padres. En un minúsculo cuarto cercano a su casa, Don Miguel Ángel abrió el pequeño armario que ocultaba el altar y el sagrario. La habitación se convirtió en un Oratorio en el que Nuria, de rodillas, respondió de forma breve a las preguntas del sacerdote, besó la estola, besó la cruz y rezaron las Preces. Tenía un año por delante para adaptarse al espíritu de la Obra, para adquirir lo que se denominaba «buen espíritu», tras lo cual, solicitándolo a su Directora —y pidiéndolo en confesión— se le permitiría hacer la Oblación.

Ignoraba entonces que habitaría en un silencio que en

ningún modo respondía a sus preguntas. Ignoraba las sombras de angustia y tristeza que con el paso del tiempo nublarían la ilusión de su alma. Ignoraba las mentiras, los extraños viajes que realizaba la información íntima, la adoración infantil por el Padre. Desconocía que su alma navegaría en solitario por un mar carente de vida, que las reglas y las normas irían cegando su alegría y su espontaneidad hasta convertirla en una sombra que se movía silenciosa y dolorosamente por los perfiles de la mentira. No sabía que terminaría engañándose a sí misma, que dejaría pasar de largo las señales de alerta que con tanta lucidez había descifrado en otro tiempo y que desconfiaría de la alegría, tan fingida, tan falta de verdadero amor, tan carente de pasión. Sus sueños adolescentes se irían secando sutil e íntimamente. En los engaños y en la falsedad en los que se vio envuelta había algo brusco y terminal. Las chicas alegres que al igual que ella comenzaban una nueva vida se comportaban como autómatas. Más tarde comprendería que era esencial para poder sobrevivir en las entrañas de una Obra a la que parecía no llegar el oxígeno. Día tras día las sombras se unirían a las sombras y proyectarían oscuras siluetas que vagarían tristemente tras puertas que estaban cerradas a la vida. Eran sombras que se ignoraban a sí mismas; sombras sonrientes que habían dejado de ser sinceras. Y Nuria jugaría a las sombras. Se engañaría a ella misma y, con la misma lucidez con la que se había engañado, terminaría por engañar a todas las que la rodeaban. Nadie la escucharía. Las sombras carecían de oídos, de ojos, de tacto y de corazón, y ella se convertiría en otra sombra más. Tendría pesadillas. Sentiría su corazón como un mecanismo artificial, bombeando sangre que no era suya. Comprendería que había cambiado. Recordaría una y otra vez su entrada en la casa, tan fría como la cena con la que la recibieron. Comprendería de inmediato que, ahora que ya se había integrado, las chicas —Martina incluida— habían perdido interés en ella.

La acogerían con una alegría desmayada y falsa. Y Nuria, tan inteligente, se acostumbraría a esa alegría forzada, de la misma forma que se acostumbraría a dedicar el lunes a las almas del Purgatorio. Los martes eran para los ángeles custodios. Los miércoles para San José, los jueves para la Eucaristía; los viernes se consagrarían a la Pasión, los sábados a Nuestra Señora y los domingos se reservarían para la Trinidad. Se acostumbraría también a parecer un poco ingenua, inmadura, infantil, a no hacer confidencias personales a las otras chicas porque estaban prohibidas, al igual que las amistades personales. La Obra no las consideraba convenientes. Encontraría normal desprenderse de las fotos de su familia de sangre, aunque le dolería particularmente entregar la de la pequeñaja. También, gradualmente, iría desprendiéndose de su alma.

Todo había estallado de forma definitiva el día que cumplió dieciocho años y comunicó a su familia su decisión de irse. Miró el mp3 que le había regalado su padre y escuchó su voz, que parecía llegarle desde muy lejos.

—Hija, yo sólo digo que una decisión tan importante hay que pensarla mejor.

—¿Por qué no lo hablamos este verano en Oropesa?

—Tal vez convendría aplazar la decisión hasta septiembre.

—Podemos ir a las Columbretes.

—Y así podrías hacer con tu hermana el cursillo de vela.

Nuria se estremeció. Don Miguel Ángel tenía razón.

13

Cuando Nuria entró en la casa, Martina intentó hacerse cargo del mp3 que con tanto cariño José le había regalado a su hija.

—Son las normas —dijo Martina.

Nuria no lo soltó de inmediato. Lo aferraba como un tesoro. No era un simple mp3: en ese pequeño aparato había algo más que botones y circuitos. La carcasa de plástico contenía su forma de ser. Allí estaban las canciones de su vida, los acordes que algún día reproduciría en la guitarra; las notas que —ella aún no lo sabía—, tardaría años en volver a escuchar. En ese mp3 estaba ella, y no iba a soltarlo. Los auriculares se fugaban entre sus dedos. Martina insistió en cogerlo, pero Nuria no se lo permitió. Su amiga la miró tan sorprendida como el resto de las chicas.

—¿Cómo vamos a renunciar a nuestras vidas anteriores si no somos capaces de renunciar a un simple aparato?

La voz le llegó desde la oscuridad del pasillo. Era una voz dulce pero firme.

—También el Señor se desprendió de todo cuando salió al camino.

La voz abandonó las sombras del pasillo y avanzó despacio hacia ella. Cuando salió a la luz, Nuria vio a una mujer sorprendentemente joven, alta, elegante en sus movimientos. Vestía de manera diferente al resto de las chicas.

—Soy Inés.

Nuria comprendió que estaba ante la Directora del centro por el profundo y extraño respeto que despertaba en las chicas.

Inés miró las manos de Martina, a punto de coger los auriculares que se filtraban por los dedos de Nuria.

—¿Sabes utilizar eso, Martina? —preguntó Inés.

—¿Cómo?

Martina había entendido perfectamente la pregunta, pero no la comprendía.

—La Obra te necesita como numeraria, no como presentadora musical —dijo Inés con dulzura.

Las chicas sonrieron, un poco aduladoras, exageradas. Nuria observó complacida que la Directora no les agradecía las risas. Supo que se llevaría bien con ella.

—Anda, déjaselo a Nuria, Martina —solicitó Inés.

—Es que yo pensaba...

Inés movió su mano, borró del aire la inacabada frase de Martina y miró a Nuria fijamente, con ternura.

—Qué suerte tienes, Nuria. En primer lugar por tener capacidad para comprender la música, para disfrutar de ella. Y sé que tocas la guitarra. Yo nunca lo conseguí.

Hizo una pausa. Martina y las otras chicas aguardaban.

—Y, en segundo lugar... Bueno, eso ya lo sabes tú. Tú sabes de sobra por qué tienes suerte.

Nuria la interrogó con los ojos. Sabía que era eso precisamente lo que Inés deseaba.

—Me refiero a la suerte que tienes de poder renunciar a algo a lo que estás tan apegada. Qué suerte tienes de poder ofrecerlo.

Sonrió. Estaba dando la conversación por terminada. Era consciente de que Nuria había comprendido. Era lista, «brillante», según le había contado Don Miguel Ángel.

—Renunciar nos hace fuertes —dijo Inés—. Pero eres libre.

Miró a Martina.

—¿Por qué no renunciamos nosotras y le permitimos que se quede con el mp3?

Martina asintió. Obedecía sin convicción. Conocía a Inés. Habían comenzado juntas. Fue Martina la que había hecho pitar a Inés. Luego la vida, la Obra y las ambiciones de cada una las habían ido separando.

—A mí me gustaban las películas de Walt Disney —prosiguió la Directora. Su voz seguía siendo serena, comprensiva. Aprovechó la pausa para mirar a cada una de las chicas, que le demostraron que seguían sus palabras con interés—. Me gustaban mucho. Se las regalé a mi hermana cuando entré en la Obra. Yo también fui capaz de hacer pequeños sacrificios. Grandes, porque también le regalé mi favorita: *La Cenicienta*.

Hubo risitas nerviosas cuando Nuria, para sorpresa de todas, depositó suavemente el reproductor en manos de Martina. Inés no expresó ninguna emoción. Ni un destello de victoria cruzó su mirada, pero Martina supo que Nuria había hecho una buena entrada en la casa. Había dejado bien a Inés delante de las chicas, cosa que ésta le agradecería de una forma o de otra. Respecto a ella, volvía a pensar lo mismo de siempre, que no sólo era la forma de vestir lo que la separaba de personas como Nuria o como Inés.

Cuando la Directora se fue, mientras Martina llevaba a un cuarto interior el mp3 de Nuria, las chicas, alborozadas, estallaron en una discreta alegría juvenil de bienvenida que Nuria agradeció a pesar de que le pareció obligada, innecesaria, ensayada. Con el tiempo llegaría a conocerlas a todas muy bien. Sería una más. Con el tiempo vería entrar por aquella misma puerta que acababa de cerrarse a chicas que, como ella, dejarían en la entrada sus CD's, sus radios, sus guitarras y sus sueños para ofrecer el día besando el suelo, rezando jaculatorias, Ángelus y Rosarios. Compartirían lecturas espirituales, se pondrían el cilicio dos horas al día, rezarían tres Avemarías antes de dormir, no merendarían, dormirían sobre la manta que cubría las tablas, harían fraternales correcciones al resto de las chicas y rociarían la cama con agua bendita antes de acostarse.

Las horas pasarían lentas, dobladas sobre sí mismas. Horas perpetuas sostenidas sobre la propia e incesante actividad que la Obra exigía. Luego el silencio las haría sentirse más solas, como le sucedió a Nuria. Echaba de menos a Camino. Ya la había añorado durante el curso de verano que se vio obligada a hacer. Era la primera vez que no pasaban juntas las vacaciones. Cuando las demás chicas se fueron, cuando Martina le mostró el cuarto, Nuria miró su pequeña habitación y le pareció mentira que los grandes proyectos que albergaba su alma cupiesen en algo tan pequeño. Tenía que adaptarse. Comenzaba una nueva vida. Inés tenía razón: había llegado la hora de renunciar, de dejar atrás su vida anterior. Su familia. Se abría ante ella un mundo desconocido que ni siquiera sospechaba. No sospechaba que todo lo que hablase, en charla privada o en confesión, sería del dominio público; que personas a las que no conocía estarían al tanto de sus pensamientos más íntimos, de sus sueños y de sus deseos. Le había sorprendido el reconocimiento médico que le hicieron cuando pitó, y el que le solicitaron en el momento de hacer la admisión. Le recomendaron, como tantas otras veces, que no dijese nada a su familia. No lo entenderían. Encontró normal —al menos no descabellado—, que la Obra no quisiera hacerse cargo de una persona enferma, pero, a la vez, se preguntaba si eso tenía que ver con la vocación. Y si también tenía que ver con la vocación el hecho de no usar pantalones o no poder fumar.

Descubrió que dormir sobre una tabla tenía su ciencia. Era imposible dormir boca abajo, como siempre había hecho, así que lo intentó de un lado y del otro, pero los hombros terminaban por clavarse en la madera y Nuria daba vueltas y vueltas hasta que conseguía dejar la espalda plana sobre la tabla; entonces dormía un rato mirando hacia arriba y se levantaba agotada pensando que quizá el suelo estaría más mullido. Una mañana Martina le dijo que había tenido suerte porque le había tocado madera de aglomerado, la que todas preferían porque era bastante más blanda.

Se acostumbró a dormir poco, y a no dormir nada los días de guardia, aquellos en los que por la noche le tocaba ser la responsable espiritual de sus compañeras. Entonces descansaba sin dormir, usando una guía de teléfonos como almohada, sintiendo que bajo su cabeza estaban las calles de Madrid que había conocido. Las calles de un mundo que cada vez estaba más lejos. Su mundo ahora, y así debía asumirlo, era la Obra. En su corazón, una tras otra, se cerraron compuertas que de forma natural dejaban morir lo que quedaba tras ellas: sus amigas, el cine al que ya no podía ir, los libros que no le era permitido leer, las explicaciones que no le daban, las preguntas que poco a poco dejó de formularse porque nadie las respondía, su relación con la Iglesia, el teatro, las exposiciones y los museos. Los programas de televisión, los libros y los periódicos debían ser aprobados previamente. Le dolía no leer. Le dolía ver recortados los escasos diarios y las pocas revistas que entraban en la casa. Le dolía que le dijesen los espacios de televisión que podía ver y que siempre tuviese que hacerlo con otra numeraria al lado. Desaparecieron de su vida las visitas a sus padres, las bodas, los bautizos, los cumpleaños, la Navidad en familia. Pertenecer a la Obra, servirla, exigía toda la energía. El mundo se convirtió en algo abstracto, exterior, en una nebulosa absurda, desordenada, amenazante. Importaba lo de dentro, la Obra en su conjunto. Era una conciencia colectiva la que empujaba a las almas por el camino de la perfección, un duro y áspero camino que sólo podían recorrer los elegidos. Y a pesar de todo, a pesar de las cosas que aún desconocía, Nuria era feliz. Se sentía señalada por Dios. Era la elegida. Con entusiasmo olvidó los espectáculos y la familia. Con entusiasmo se duchó con agua fría dejando incluso la ventana un poco abierta para que penetrara por ella el viento del invierno. Con entusiasmo entregó al Señor todo lo que le pedía y más, como hubiera dicho Camino, y con el mismo entusiasmo, después de un año de cursos, oraciones, Rosarios, misas diarias, visitas al Santísimo, Angelus, Avemarías, ofrecimiento de obras, confesiones, charlas fraternas, lecturas, proselitismo, docilidad, pureza y mortificaciones, Nuria se arrodilló una mañana ante el altar del Oratorio de numerarias y durante el ofertorio de la Misa matinal realizó la Oblación. Tenía dieciocho años. Leyó la fórmula con voz alta y firme:

—En presencia de Dios Nuestro Señor para quien es toda la gloria, confiando en la intersección de Santa María y de nuestros Patronos y poniendo por testigo a mi Santo Ángel Custodio, yo, Nuria, me comprometo a vivir las virtudes cristianas y renovarlas en la próxima festividad de San José, según el espíritu del Opus Dei.

Martina y Don Miguel Ángel se miraron. El compromiso de Nuria debería renovarse cada año, en la fiesta de San José. Por la tarde, también en presencia de Don Miguel Ángel, de Martina y de la Directora del centro, Nuria leyó unos breves textos. Concluyeron rezando las Preces. Tras la Oblación llegaría el compromiso, lo que la Obra denominaba Fidelidad. Nuria aún no la había hecho —todavía le quedaban cinco años—, pero ya se había sumergido en la Obra de Dios. Estaba sola en su pequeño cuarto. Intentaba no recordar a Camino y a sus padres. Estaba lejos de casa, en una ciudad desconocida. Por la ventana se filtraba la tristeza exacta de los patios interiores. Veía en sus despertares canalones, ladrillos desgastados bajo los desconchones del yeso, estrecheces de cemento que conducían hacia un cielo azul y limpio semejante al que la había acompañado aquella mañana en la que al bajar del autobús e ingresar en la casa las chicas la recibieron con una alegría desmayada y falsa. Aquella mañana en la que Martina había intentado arrebatarle su mp3.

Estaba cansada. Cerró los ojos e intentó dormirse sobre la madera que hacía las veces de colchón. Era cierto lo que aquella tarde de nubes, en la terraza, le había dicho a la pequeñaja, que iniciaba un camino en el que nadie podría acompañarla. Nadie.

14

A José le gustaba rodar en Súper 8. Adoraba la vieja Chinon 805S que había comprado en Canarias durante su luna de miel. Conocía de memoria sus propiedades (un diafragma 1.7 y un objetivo 7.5 ~ 60 mm). Tenía sonido, aunque raras veces lo utilizaba. Rodaba a dieciocho fotogramas por segundo, lo que le permitía sacarle más partido a las películas (si rodaba a veinticuatro apenas le duraban dos minutos). Cuando la usaba en vacaciones o en ciertas celebraciones llamaba la atención. Hacía años que el Súper 8 había sido desplazado por el vídeo y que el vídeo había sido sustituido por otros novedosos formatos que a él nunca le habían interesado. Disfrutaba limpiando el tomavistas con el suave paño que utilizaba para las gafas. Apreciaba su peso, los tornillos que fijaban los distintos cuerpos de la máquina; le gustaba abrir el compartimento que alojaba la película, soplar para quitar el polvo, introducir el cartucho de película, cerrar de golpe para escuchar ese clic que no se parecía a ningún otro, controlar la luz en la pantalla del visor, accionar el disparador y oír el arranque del motor —sentirlo vibrar—; la garra tirando de la película de quince metros para situar frente a la ventanilla cada uno de los fotogramas, el obturador girando con precisión matemática. El Súper 8 pertenecía al mundo de lo físico: se podía tocar y se podía ver, pensaba José. Olía a mecanismo de pequeño cinematógrafo, a mundo real, palpable. Lo digital, sin embargo, era un universo misterioso de chips, de tarjetas y de incomprensibles líneas y megabites. En lo digital había que creer, aunque —y esto siempre le había sorprendido— las imágenes de las nuevas tecnologías se le antojaban mucho más reales que las de su viejo formato de cine. Eran más verdaderas, más crueles. Las imágenes digitales parecían de verdad mientras que los tonos azules de sus películas Agfa o los rojizos inevitables a los que tendían las de Kodak le parecían los colores de un mundo inventado, un mundo que sólo él había sido capaz de crear en su tomavistas tan pasado de moda. Le emocionaba entregar en la tienda de fotografía de la calle Goya los cartuchos de películas ya impresionadas para que los enviasen a revelar fuera porque en España ya nadie lo hacía. Se sentía como un niño cuando iba a recogerlas, cuando abría el sobre y sacaba la pequeña bobina, negra o amarilla, y tiraba de la cola blanca hasta encontrarse con las primeras imágenes. José miraba la película a través de la luz de la ventana para comprobar que existían y luego colocaba la bobina en el proyector e inundaba de magia la pared: Gloria paseando por la playa y ocultando la cara con la mano; Nuria en el Paseo Marítimo pidiéndole que no la filmase; Camino soplando con Bego las velas de su tarta de cumpleaños.

Midió la luz. Ajustó la cámara en manual y abrió un paso más el diafragma para que la imagen de Camino no se limitase a una simple silueta. Subió la música de Los 40 Principales, aquella emisora que, para sorpresa de todos, la Nuria de los últimos tiempos había calificado de frívola. Pero ahora Nuria no estaba, ni Gloria, y tal vez por eso —a José le daba pudor reconocerlo— la casa estaba más alegre. El sol vivo y despreocupado engañaba al fotómetro de la cámara y se desbordaba en reflejos iluminando rincones que parecía no haber visitado nunca.

Camino bailaba en la terraza, y José la filmaba a través de los cristales del salón con la misma alegría que ella expresaba en sus movimientos. Estaban felices. Estaban solos, excepto por el técnico que arreglaba la lavadora junto al pequeño altar para la Virgen que Camino había ido construyendo a lo largo de la mañana y en el que había colocado la imagen sobre un lienzo blanco junto a un par de velas, tiestos con flores y dibujos de su Ángel Custodio.

El sol entraba sin miedo en la casa. El sol era Camino. En el visor de la Chinon José vio cómo su hija giraba sobre sí misma, bailando como nunca la había visto hacerlo. Camino sonrió y luego giró otra vez dejando volar su falda. Estaba feliz. José también. La Virgen lo parecía. Y el técnico. Era una naturalidad semejante —así lo pensó José— a la de Fred Astaire bailando con el perchero en aquella película. Estaba sorprendido y fascinado. En el visor, veía a Camino bailar, pero no distinguía a su hija. Camino se movía como una ola, un barco, una ballena. Camino lo era todo. Era un avión que se dormía en el aire, un pelícano, una gaviota, una nube. Bailaba sola en el mundo, como podía bailar la luz o la vida. Camino bailaba sin bailar, como había aprendido de Garabato, soñando despierta delante del objetivo. A su padre le pareció que era un acordeón, un pez, un trote de caballos. Un electrón. Camino era la libertad. Un aire limpio inundó su pecho. Quedaron atrás la Virgen, las flores, los dibujos del Ángel Custodio, las velas. Camino se derretía bailando. Era un helado de chocolate y su padre la comprendía, aunque aún no sabía que ella bailaba sólo para Cuco.

—El cuerpo habla, papá.

Cogió una pequeña regadera de plástico y, sin dejar de bailar, entró en la cocina, abrió el grifo y lanzó un beso a la Virgen por la ventana que comunicaba con la terraza, que estaba abierta.

—Voy a buscarte un alma —le dijo.

José miró el visor. En la parte derecha había aparecido una mancha roja. La película se estaba terminando, como el baile de Camino.

Camino miró al técnico.

—¿Le han hablado a usted alguna vez del Opus Dei?

—¿Cómo?

—¿Sabía que arreglando una lavadora se puede ser Santo?

El hombre la miró con la mirada con la que un hombre mayor no ve a una niña bailar. Frente a él estaba una Princesa hermosa y limpia recogiendo agua. El sol le dolía en los ojos.

—Cualquier trabajo, por pequeño que sea, nos puede santificar —le repitió Camino al hombre de mono azul.

—No te diría yo que no me haya ganado el cielo con algunas señoras de este barrio —respondió el técnico.

Camino sonrió, y el hombre permaneció un instante disfrutando de su sonrisa.

—¿Y tú por qué no sales por ahí a divertirte? —le preguntó con el serpentín de la lavadora en la mano.

—No salgo porque mi madre tiene reunión. Una especie de Círculo.

—¿Círculo?

—Bueno, que está de retiro.

—Eso es lo que me gustaría a mí, retirarme.

Golpeó el serpentín de la lavadora con el destornillador y ambos miraron el polvo blanco que saltaba del hierro y que se depositaba sobre el suelo de la terraza.

El hombre volvió a su trabajo. Camino se dispuso a cerrar el grifo y entonces lo sintió. El escalofrío le recorrió el cuerpo. Era un pinchazo, un sonido de dolor de huesos, de rotura seca. Sobre la imagen del grifo Camino vio una estrella, el sol que se apagaba, la lavadora, la Virgen, las flores, el rostro del hombre de mono azul. Luego llegó el silencio y el cuello llegó a dolerle de tal forma que pensó que ese dolor no le pertenecía, que estaba fuera de ella. Era un dolor limpio y sin referencias, como el que puede sentir un niño, un dolor puro, punzante. Escuchó el crac que parecía venir de lejos y que, sin embargo, le llegaba desde el interior de su cuerpo. Se dobló sobre sí misma. Supo que todo había acontecido y que ese dolor que se desgarraba hacia abajo había llegado para quedarse. Le temblaron las manos. No las sentía. Cayó sobre la pila de la cocina. La regadera ya estaba llena. Deseó que todo sucediera cuanto antes.

—Papá —dijo con voz rota.

No reconoció su voz. El cuello se le torció hacia la derecha y volvió a sonar. Cayó de rodillas. Cruzó frente a ella, como un cometa, la luz de la ventana. Vio por la ventana al técnico concentrado en su trabajo, ajeno a su sufrimiento. Se preguntó que cómo era posible que nadie hubiese oído crujir el hueso. No podía levantarse. El grifo abierto golpeó el plástico de la regadera. Tenía que cerrarlo. Papá y mamá le habían dicho que no había que despilfarrar agua. Quiso levantarse, pero no pudo. Dos zonas de sombra se dibujaron frente a ella. Los sonidos de la calle se mezclaron con sus vómitos. Deseó olvidarse de sí misma, estar lejos. El cuello se le fue hacia atrás. Pensó en Cuco, pero Cuco no estaba. Ni papá, ni nadie. Tenía la piel de gallina. Tenía los pies dormidos.

15

—Vosotras, que sois madres y que tanto presumís de tener un hogar cristiano, tenéis que empezar sembrando la semilla en vuestros hijos.

Don Miguel Ángel hizo una pausa, miró detenidamente a las mujeres que asistían a la reunión y pensó en cómo habían cambiado las cosas desde la primera vez que entró en aquella casa. El grupo de señoras que habían desconfiado de aquel cura tan jovencito bebía ahora sus palabras. Le había costado mucho dejar de ser *el curita* para convertirse en Don Miguel Ángel. Primero trabajó a la dueña, a Mercedes, una mujer pequeña, piadosa y delgada, propietaria de un banco. Al joven cura le asombraba —al principio había llegado a escandalizarle— el desapego que ella sentía por el dinero. Sencillamente lo tenía, siempre lo había tenido, por eso no le preocupaba. Lo natural para ella era ser millonaria, algo tan lógico y tan normal como tener brazos o pies, o como respirar. A las pocas semanas Mercedes ya consintió que el cura la llamara Merche. Comenzó a confesarse con él, y Don Miguel Ángel disfrutó dirigiendo su alma de la forma que a ella más le gustaba: asintiendo, escuchándola sencillamente, no llevándole la contraria. El cura le daba la razón, y Mercedes le telefoneaba a deshoras sabiendo que él siempre estaría dispuesto a escucharla, a aconsejarla, a decirle lo que ella quería oír. Merche olía a dinero, pero eso no era lo importante, lo verdaderamente importante es que olía a poder. Era un olor seco, profundo, serio, un olor denso y ligero a la vez que le permitía tutear a artistas, a políticos y a personajes que Don Miguel Ángel sólo había visto en los periódicos. Le gustaba ese olor que parecía tener una mezcla de aromas sobrenaturales, espesos. Un olor sobre el que se podía caminar.

—Cuando recomendáis a vuestros hijos lecturas o supervisáis lo que ven o dónde acuden —prosiguió Don Miguel Ángel—, estáis sembrando. Cuando seleccionáis sus amistades, también estáis sembrando.

Hizo una pausa. Dejó que sus palabras calasen en las mujeres. Luego las miró, sin prisa.

—Y siempre, por encima de todo, inculcadles la oración. Recordad las palabras del Padre.

El final de su frase y su mirada, tal y como tenía previsto, finalizaron en Mercedes. Una coincidencia. La miró fijamente. No estaba seguro de si Merche había comprendido que le estaba dejando en bandeja la posibilidad de rematar brillantemente su discurso con la frase de Monseñor. No, Merche estaba lejos de comprenderlo, así que Don Miguel Ángel extendió la mano izquierda hacia ella en actitud de espera.

—Recordad las palabras del Padre —repitió.

—Primero oración —respondió Merche apresuradamente—, después expiación, en tercer lugar, muy en tercer lugar, acción.

Estaba orgullosa por haber podido recordar las palabras con exactitud. Don Miguel Ángel asintió con una leve sonrisa que expresaba su complacencia y su admiración.

—*In te domine esperavi* —dijo—. En ti, Señor, esperaré.

Quedó pensativo. Se frotó las manos. Las mujeres permanecieron en silencio.

—Vuestra oración debe ser litúrgica —prosiguió tras su famosa pausa— Ojalá os aficionéis a recitar los salmos y las oraciones del misal en lugar de oraciones privadas particulares.

El grupo asintió. Qué razón tenía el Padre.

—Me consta que alguna de vosotras esto de inculcar la oración lo hace muy bien.

Merche sonrió hasta que comprendió que Don Miguel Ángel no se refería a ella. Las mujeres se miraron entre sí. Parecían niñas en clase, niñas nerviosas. Don Miguel Ángel se tomó su tiempo, bajó la vista y miró al suelo. Sentía sobre él las ansiosas miradas del grupo. Luego levantó la cabeza lentamente y encaró a Gloria. Sin dejar de mirarla supo que el resto de mujeres habían girado la cabeza y que también la observaban. Tenían la misma expresión de sorpresa que ella.

—Dejadme que os cuente una cosa preciosa que me dijo Camino el otro día. —Juntó las manos—. Camino, seguro que lo sabéis, es la hija pequeña de Gloria.

Las mujeres asintieron. Don Miguel Ángel se tocó la barbilla, recreándose en lo que aún no les había dicho.

—Me lo contó en confesión —dijo al tiempo que levantaba su mano izquierda para indicarles que lo que iba a contar no debía salir de la casa—. Al parecer, Gloria y su hija fueron al médico para que le pusieran una inyección a la niña.

—Ay, sí, qué vergüenza —dijo Gloria—. Es que Camino les tiene pavor a las inyecciones.

Sonó a disculpa. Don Miguel Ángel levantó la otra mano, hizo un leve gesto de disgusto con la ceja y Gloria se arrepintió de haber hablado. Le había interrumpido en una de sus sagradas pausas.

—Pues resulta —dijo—, y esto es lo interesante, que justo antes de ir al médico Camino le pidió a la Virgen, a la que adora, no que no le pusieran la inyección, qué va. No le pidió eso, ni mucho menos.

Esparció sobre las mujeres una mirada inconcreta, meneó la cabeza y sonrió disfrutando para sí el final de una historia que solamente él conocía. Merche miró a Gloria, que tenía los ojos muy abiertos, y comprendió que la madre de Camino desconocía lo que Don Miguel Ángel iba a contar. Se alegró. No era especialmente beneficioso para Gloria que todas supieran que su hija pequeña no le contaba todo. Ni para Gloria ni para Camino, la santurrona esa que, por un motivo o por otro, siempre salía a relucir en las meditaciones y en los círculos. Hubiese preferido que se hablase más de su hija Encarna, que había ingresado en la Obra con enorme éxito causando —según palabras de su Directora— «una satisfacción permanente y profunda a causa de su entrega y su recogimiento». Además, Encarna a ella sí que le contaba todo. Por otra parte, Merche tampoco alcanzaba a comprender los motivos por los que el cura, a quien había apoyado desde su llegada, le daba tanta importancia a Gloria que, a pesar de ser la heredera —junto con su hermana Marita— de una empresa de seguros y de tener una hija en la Obra, nunca pertenecería a lo que ella había denominado la élite. Gloria, con el sorprendente apoyo de Don Miguel Ángel, le robaba protagonismo en su propia casa. Era cierto que había perdido a un hijo y que había entregado a Dios su dolorosísima muerte con un fervor que había llamado la atención de la Delegación, pero Mercedes no dejaba de pensar que una no puede vivir siempre de la muerte de un hijo. Ella no había tenido la suerte de perder a ninguno, pero era rica, tenía una hija numeraria, se reunían en su casa, permitía a la Obra utilizar sus chalets, entregaba mensualmente una cantidad más que generosa de dinero y nunca le ponían inconvenientes para recibirla cuando viajaba a Roma. Veía su cuenta bancaria y veía la de Gloria y no acertaba a comprender cómo podían meterlas en el mismo grupo. Por no hablar de su marquesado. Mercedes había sido la marquesa más joven de Madrid. Más le valía al curita andarse con cuidado; conocía a otros más listos y más ambiciosos que él. O quizá no. Don Miguel Ángel no era tonto. Si se comportaba de esa manera era porque había algo que ella desconocía. Y ese algo la inquietaba. Por eso debía unirse a la causa. Si había algo importante, ella tenía que estar allí. Y allí había algo. De eso estaba segura.

Cuando levantó la vista vio que Don Miguel Ángel la miraba fijamente y supo que el cura había leído sus pensamientos. Se sonrieron sin sonrisas. Eran profesionales.

—Antes de que os cuente lo que Camino habló con la Virgen me gustaría darle las gracias a Mercedes, que nos sigue prestando su hermoso chalet de Cercedilla donde, por algún extraño motivo, las niñas pitan más que en otros lugares. Allí pitó Nuria, por ejemplo, y allí pitó Encarna. Nunca se me olvidará la conversación que mantuve con ella.

Mercedes sonrió, agradecida, y Don Miguel Ángel se sorprendió de cómo podía caber en un cuerpo de cuarenta y cinco años una mentalidad de setenta.

—Y a lo que vamos, hijas. ¿Sabéis lo que pidió Camino a la Virgen?

Ninguna respondió.

—Fuerzas. Le pidió fuerzas.

El auditorio estaba entregado.

—¿Y sabéis para qué le pidió fuerzas? —preguntó Don Miguel Ángel levantando la voz.

Era una pregunta retórica, inútil. Le encantaba hacer preguntas retóricas e inútiles levantando la voz.

—¿Para qué le pediríais vosotras fuerzas a la Virgen?

—Para aceptar la voluntad de Dios —dijo Mercedes.

—Muy bien, Mercedes. Es cierto. Camino le pidió fuerzas para aceptar la voluntad de Dios sin rechistar. Quería ofrecerle su dolor. No le pidió que no le doliese, sólo le pidió fuerzas para aceptarlo. ¿Y a quién os recuerda eso?

—A Bernadette —respondió Gloria ante el incomodo de Mercedes, que también lo sabía, pero no había tenido tiempo de responder.

—Exacto, Gloria. Tu hija estaba un poco apesadumbrada porque, por lo visto, en el médico lloró un poquito. ¿No es así?

Don Miguel Ángel sonrió, y Gloria, sin pensar, movió la cabeza sin saber hacia dónde lo hacía. Se había acalorado. Volvió a ruborizarse. Era la primera vez que se sentía protagonista, aunque fuese a través de su hija.

—Ojo con esa niña, Gloria —le dijo Don Miguel Ángel—. Ojo con esa niña que es muy especial.

Gloria no respondió. Estaba emocionada. Suspiró. Camino no le había contado nada de su encuentro con la Virgen en el patio del colegio, pero intentó disimularlo, aunque supo que había fracasado cuando sintió sobre ella la poderosa mirada de Mercedes. Recordó fugazmente, procurando que sus pensamientos no se volvieran visibles, el momento en el que Camino insistió en comprar el libro del hombrecillo en la Cuesta de Moyano, en cómo lo había colocado sobre el de Bernadette que ella le ofrecía plantándole una resistencia que no esperaba, y en cómo esa actitud la había molestado en lo más profundo. Sonrió como si pensara en otra cosa, y lo hacía. Estaba segura de que su hija tampoco le había dicho toda la verdad cuando, antes de coger el autobús para ir a clase de teatro, había echado en el buzón la carta para Nuria y ella le había preguntado que qué le contaba a su hermana, que tendría muchas cosas que contarle, y Camino respondió que nada, que le contaba lo de siempre, que la echaba de menos y que le gustaría que fueran juntas a ver escaparates, su deporte favorito, y que la quería un montón, aunque ella no le contestara nunca.

—Ojo con esa niña, Gloria —repitió otra vez Don Miguel Ángel sacándola de sus pensamientos—. Ojo con esa niña porque, si no me equivoco, va a seguir los pasos de su hermana.

Gloria volvió a ruborizarse. Don Miguel Ángel la estaba poniendo en un compromiso. La reunión había terminado, pero Gloria alcanzó a observar la mirada fugaz que Mercedes le lanzaba al sacerdote.

—No me gustaría que terminásemos —dijo él de inmediato— sin pedir por Encarna, la hija de Mercedes que, al parecer, es ejemplo para todas las de su centro por su profunda y permanente entrega. Enhorabuena, Mercedes, por la hija que tenéis Bernardo y tú.

Oraron en silencio. Al menos lo parecía. Don Miguel Ángel pensaba en lo cerca que había estado de indisponerse con Mercedes, una mujer que había inventado el término «grandeza». O con Bernardo, su marido. En el futuro debería medir mejor sus palabras. Pero ése era otro problema. Ahora estaba centrado en Camino, una niña perfecta, al menos para sus planes. Lástima que su madre se hubiera casado con José, que era tan poca cosa. Lástima que ese hombre tan tibio fuese el padre de Nuria y de Camino porque, excepto ellas, lo único que había dejado José tras de sí era una estela de nada. Ni siquiera pertenecía a la Obra. Ni siquiera había ofrecido convenientemente a Dios el dolor que le había producido la muerte de su hijo Alejandro. Don Miguel Ángel, para vergüenza de todos —sobre todo de Gloria—, lo había visto llorando en el entierro. Pero eso ya había sucedido. Ahora su interés residía en Camino. No tenía que olvidar anotar en el informe que la niña apuntaba sus pecados en un cuaderno, que esa lista la repasaba meticulosamente con su madre antes de confesarse, y que incluso algunas veces escribía pecados que aún no había cometido «para ir adelantando», según le había contado a Gloria.

La calefacción, como siempre, estaba alta. Don Miguel Ángel sudaba. Si Mercedes tenía algún defecto era ése: poner la calefacción al máximo. Y llegaba un momento en el que Don Miguel Ángel ya no podía pensar. Le goteaba la nuca. Deseaba respirar, abrir una ventana por la que entrara el aire. Se adormecía. Dio por finalizada la reunión. Las mujeres se fueron y él se quedó solo con Mercedes y con la calefacción.

—¿Un chocolate? —preguntó ella.

No le apetecía. Lo único que quería era salir a la calle, respirar. Pero dijo que sí.

Mercedes se fue hacia la cocina para hablar con una de las empleadas que servía en la casa. Sabía que el curita mentía. No le apetecía el chocolate. A ella tampoco, pero era como si hubieran decidido depender el uno del otro.

Don Miguel Ángel se levantó, abrió la ventana, respiró, y, sin querer, volvió a pensar en Nuria. El viento se llevó de golpe el brusco olor del poder y le trajo nuevamente el de la noche en la que ella había pitado. No lo había olvidado. No podía. El olor del amplio piso de Mercedes se había convertido en un olor ambiguo. Olía a santidad, a mujeres abandonadas, a beatas, a perfume caro, a maquillajes rancios; y esos olores se mezclaban con los de Nuria en aquella noche en la que olía a pantalón, a mujer; a cosas por hacer olía Nuria. Olía a piel transparente, a ojos grandes y a desgastada cazadora vaquera. Recordó que Venus brillaba solitario en el cielo, que habían dejado de pasar aviones, que le apretaba el cilicio y que había pensado en Martina, en su labio caído y en su ropa pasada de moda. Martina y Mercedes pertenecían a otra época. Debía mejorar el informe de Nuria, contar su separación del italiano en términos más heroicos: que había sido la propia Nuria la que bajó a la calle para decirle al noviete aquel que no quería verlo, que tenía un amor más grande, el de Dios y el de la Obra, que no podían volver a verse, que tomara el primer tren y que se olvidara de ella.

Mercedes entró acompañada por la chica del servicio.

—Su chocolate, Don Miguel Ángel.

—Gracias, Mercedes.

—Merche —respondió ella—. Ya sabe que usted puede llamarme Merche.

16

Con la cabeza apoyada en la mantita eléctrica dispuesta sobre la cama, Camino recordó el sol de la mañana, su falda volando. Recordó al técnico de la lavadora, a papá filmándola con su vieja cámara. Estaba la Virgen, la terraza, los tiestos con flores, semejantes a las del estampado de su almohada y a las flores del pasillo del colegio. Estaba el baile. Estaba Cuco. Seguía viendo a Cuco. Estaba el grifo de la cocina, la regadera, el dolor semejante a una estrella o a un fogonazo. Estaba el sol, que parecía morir; estaba su cuello encogido, el silencio, la cocina, el temblor, el agua contra la regadera. Estaba papá, que no estaba porque había ido a buscar otra película. Seguía estando el dolor, el grifo abierto, el agua desbordándose, la música que no existía, pero que ella oía con claridad, los vómitos, el sabor a hueso.

—Papá.

Sentada en el borde de la cama Gloria tomó a su hija de la mano y le secó el sudor.

—Ha ido a la farmacia. Es un momento. Ahora vuelve.

—Me arde el cuello.

—Es la manta eléctrica, hija. El calor te irá bien, ya verás.

—No, mamá, es que me arde por dentro.

—Mañana tenemos hora con el médico, estate tranquila.

—Sí, mamá.

—Mira lo que te he traído.

Gloria le entregó una estampa de Juan Pablo II. Camino hizo un leve esfuerzo por mostrar interés, pero no resultó suficiente.

—¿No te gusta?

—Un poco —dijo para no disgustar a su madre.

—Es para que te acompañe siempre.

Camino apretó la mano de su madre.

—¿Qué sucede, hija?

—Estoy preocupada.

—Se te pasará. Ya te he dicho que mañana tenemos médico.

—No es eso, mamá.

—¿Y de qué se trata?

Camino intuyó de inmediato que no era el momento de hablar de ese asunto, pero ya resultaba difícil dar marcha atrás. Lo intentó.

—No es nada.

—Dime, mujer. Ya sabes que a mí puedes contarme todo.

—¿Tú crees que me admitirán en el grupo de teatro?

Gloria suspiró. Efectivamente, no era el momento.

—Vaya, has estado a punto de desmayarte de dolor y lo único que te preocupa es el teatro.

—Para mí es importante, mamá.

Gloria apartó de la mesilla el libro de Cenicienta y cogió el que se ocultaba debajo, el de Bernadette. Lo abrió.

—¿Sabes que ella tenía tu misma edad cuando la Virgen la escogió?

—Sí, mamá. Y Bernadette estaba enamorada de Antoine, el hijo del molinero. Por eso la hicieron santa, porque renunció a ese chico para meterse en un convento.

—Renunció a todo para poder tenerlo todo. ¿No es hermoso?

—Muy hermoso, mamá.

Le dolía la cabeza. Sudaba. Tenía la boca seca. La espalda le ardía. Algo en sus pies se había dormido. Respiró por la boca, profundamente, angustiada. Deseaba hablar de otra cosa. La conversación sobre la santa la introducía en un estado febril, en una maraña de angustia que le producía la misma sensación que había sentido al ver los muebles del médico. Si hubiera podido se habría levantado al baño o a abrir la ventana. Se habría ido. Pero estaba inmóvil, se sentía prisionera. Quería huir. Desechó esos malos pensamientos. Estaba con su madre, aunque deseaba que papá hubiese estado allí. Seguro que él habría comprendido su deseo de hacer teatro.

—¿En qué pensabas?

Camino dudó.

—En nada, mamá —dijo finalmente—. Me duele.

—Ofréceselo al Señor, como hizo ella, Bernadette. Nunca desaproveches una oportunidad para decirle que le quieres.

Camino asintió. Su pelo estaba empapado en sudor.

—Tengo que lavarme el pelo antes de ir al médico.

Permanecieron un instante en silencio.

—Voy a traerte un vasito de agua.

—Gracias, mamá.

Gloria se levantó y se dirigió a la puerta.

—Mamá.

—Dime, cielo.

Camino no contestó inmediatamente. Dejó pasar medio segundo, el tiempo justo que su madre necesitó para responderle.

—Deja ahora lo del teatro, anda.

—Ensayan todos los viernes —insistió Camino—. Y al final del curso montan una función para los padres y para todo el que quiera ir.

Camino miraba hacia el techo. No podía girar la cabeza hacia el lugar donde estaba su madre.

—Este año tienes mucho que estudiar —le dijo Gloria desde la puerta—. Y ya tienes una actividad los miércoles.

—¿Y si me levanto todos los días una hora antes para estudiar? Puedo empezar mañana.

—No se puede hacer todo, mi vida.

—¿Y si me desapunto del club?

Una enorme sombra de decepción cruzó el rostro de Gloria. Se alegró de que Camino no pudiera verla.

—Es que somos muy pocas y no hacemos nada interesante.

—Me pone triste que digas eso —respondió Gloria sonriendo. Se acercó a ella. Volvió a tomarla de la mano.

—Bueno, si el club sí que me gusta, lo que pasa...

—¿Sabes que tu hermana tuvo dudas cuando sintió la vocación?

—Nunca me lo contó.

—Lo que Dios le pedía en aquel momento significaba renunciar a muchas cosas. Como hizo Bernadette.

—Y Nuria renunció a Giusseppe, igual que Bernadette renunció al amor del hijo del molinero, ¿verdad?

—Tu hermana se encomendó a su Ángel Custodio para que la ayudase a tomar la decisión correcta.

Camino asintió. Notaba frías y amorosas las manos de su madre.

—Y eso es lo que vamos a hacer nosotras con el tuyo. Dejaremos que sea tu Ángel quien decida. ¿Te parece?

—Es una buena idea, mamá.

—Por cierto, que ya es hora de que le pongas un nombre a tu Custodio.

—Te quiero, mamá.

—Y yo a ti, tesoro.

—¿Papá cuándo viene?

—Dentro de nada. Pero después de cenar sale de viaje. Siempre que estés bien, que no quiere dejarte sola.

—Cuánto trabaja, ¿verdad?

—Descansa, cielo.

—Me gustaría que papá se quedase más tiempo.

—El trabajo es el trabajo. Y me tienes a mí.

—Sí, mamá. Te tengo a ti.

Camino cerró los ojos.

—Ángel de la Guarda —recitó Gloria—, dulce compañía, no la dejes sola ni de noche ni de día. —Luego le dibujó en la frente la señal de la cruz. La respiración de Camino era más plácida.

—¿Tú crees que *La Cenicienta* quedaría bien en teatro? —preguntó Camino sin llegar a abrir los ojos.

—Que Dios te bendiga y te haga santa, hija mía —dijo Gloria saliendo de la habitación, preocupada.

17

Inés, sola en su despacho, abrió con cuidado el sobre verde dirigido a Nuria y extrajo la cuartilla de la que parecían desbordarse letras infantiles y desmadejadas. Conocía muy bien la letra de Camino. Levantó un poco el flexo, se arrellanó en su silla y comenzó a leer sin poder evitar que una cierta ternura se fuese apoderando de su alma.

Querida Yeyé: Hace frío en Madrid y te echo de menos. Sigo yendo al club y voy bien en clase, aunque lo que quiero contarte ahora lo primero es que me he enamorado. He sentido el pinchazo en la tripa que Bego dice que sientes cuando te enamoras. ¿Te pasó a ti lo mismo con Giusseppe? Te lo pregunto porque tú también te enamoraste un montón, que lo sé. Ya te contaré más cosas de él.

Otra noticia buena es que he descubierto un libro muy bonito de un señor que se llama Mr. Meebles y que tiene un problema y que tiene el pelo debajo de la chistera parecido al de papá.

La historia de tu Santa Bernadette es muy triste. Yo igual me hubiese quedado con el hijo del molinero, aunque no me hiciesen santa al final, pero esto no se lo digas a mamá, que quede sólo entre tú y yo, porque ella sigue pidiéndole a Dios que me haga santa.

He soñado que cruzaba un río de oro saltando de piedra en piedra y me acordé de que una vez tú leíste un libro que interpretaba los sueños. ¿Venía en el libro lo que significa cruzar en sueños un río dorado?

Te quiero mucho. Me acuerdo siempre de ti cuando veo la guitarra y también en otros momentos del día y por las noches también me acuerdo porque no estás conmigo.

¿Cuándo vienes para que salgamos a ver escaparates? He visto un vestido mágico, rojo, con unas Converse que seguro que me quedan fenomenal. Mamá me está haciendo un vestido igual. Sigo guardando en el cajón de la mesilla todas las preguntas que voy a hacerte cuando te vea.

Te quiero mucho y te echo mucho de menos. Escríbeme si puedes, Yeyé, aunque te quiero igual si no me escribes, y estamos muy orgullosos de ti. Ni siquiera voy a decirte que me han puesto una inyección, no sea que te preocupes.

Besos de la pequeñaja.

En la carta figuraba también un dibujo. Inés lo observó con detenimiento. Un padre, una madre, Nuria, una niña de pelo largo y un bebé al que Camino había dibujado con unas alas gigantescas.

Introdujo la cuartilla en el sobre y lo guardó en el archivador. Camino, incansable, seguía escribiéndole a su hermana, aunque Nuria no lo supiese. Hacía lo correcto interceptando el correo. No era conveniente para Nuria leer una y otra vez que su hermana pequeña la echaba de menos. Durante algún tiempo había entregado a las chicas cartas con algún párrafo tachado, pero había decidido que la censura llegaba a inquietarlas. Mejor que no recibieran nada. Las llamadas telefónicas pertenecían a otra categoría.

Colocó el archivador en un mueble blanco, de metal, en el expediente donde por riguroso orden alfabético aparecían los nombres del resto de las chicas. La de Nuria, curiosamente, era la carpeta más gruesa. La más completa. Fotocopias, notas, informes exhaustivos que comenzaban en el mismo momento en el que Nuria había comenzado a asistir al club. No podía olvidar la nota, subrayada con grueso rotulador rojo, en la que alguien informaba de que Nuria, la pitable, había cantado en el autobús una canción de Bob Dilan. Volvió a mirarla. Corrigió la «i». Escribió una «y» gigantesca con su pluma y decidió que no había sido Martina la que había escrito ese informe. Los de ella eran mucho mejores. Martina habría escrito Dylan. Lo sabía porque guardaba los que Martina había hecho sobre ella.

Por otra parte, según Inés, los libros que Nuria había leído, las películas que había visto, sus comentarios o sus compras —Nuria había adquirido unas medias de malla—, no aportaban nada sustancial. Ni siquiera la nota que detallaba su relación con la hermana Petra. Inés conocía a la Pingüi. Había abandonado la Obra y era lógico que intentase hablar con Nuria, como hacían todas las que habían salido; como había sido también lógica y afortunada la reacción que Nuria tuvo dándole a la Pingüi aquel portazo que se contaba en el informe de tres formas diferentes y que siempre terminaba con la recomendación del Padre: «No tengas la cobardía de ser valiente.» Desde su punto de vista, en Nuria no había nada especial, nada que la distinguiera del resto de las chicas. Inés tenía otros expedientes con los que un guionista mediocre podía haber escrito increíbles historias. El de Martina, por ejemplo. Ahí sí que había una película. O el suyo. Su informe. Sacó de nuevo el expediente, lo colocó sobre la mesa y revisó los papeles con mayor atención. Las fotocopias que le había remitido Don Miguel Ángel no tenían demasiada calidad, pero eran legibles. La madre de Nuria heredaría con su hermana Marita —la tía Marita a la que conocía tan bien por sus generosas donaciones—, una pequeña empresa de seguros, CGS, que a pesar de su tamaño obtenía sorprendentes beneficios asegurando barcos. Miró otra vez los balances del último año. No estaban mal, pero si de dinero se trataba había otras chicas en la casa dotadas de mayor fortuna. A la historia con el novio italiano no le prestó atención. Conocía otras relaciones más curiosas y más desgarradoras por más que Don Miguel Ángel intentara en sus informes mejorar la de Nuria añadiendo en sucesivas notas el buen espíritu que por parte de ella había presidido la torpe separación del italiano. Cómo había cambiado desde la primera versión —en la que Nuria estaba pitando aquella tarde en la casa de Cercedilla—, hasta la última, en la que Nuria había bajado a la calle para decirle al italiano que se fuera, que su amor pertenecía a Dios y a la Obra. Su test psicológico tampoco contenía nada de particular, lo normal en una chica de su edad, al igual que las cartas que recibía de su padre, o sus confesiones. Nada. Lo que verdaderamente distinguía a Nuria era su belleza, su estilo tan lejano al de Martina o al de las otras chicas. Tan cercano al de ella, al de Inés. Nuria era diferente. Quizá ésa fuera la clave. Martinas había muchas, pero Nuria no era una chica para el día a día.

Retiró el flexo, echó el sillón hacia atrás, cerró los ojos y entonces lo comprendió. El interés de Don Miguel Ángel obedecía a algo menos espiritual de lo que ella y la Obra podían haber pensado en un principio. Releyó con detenimiento todo el expediente, luego apagó la luz y dejó que su intuición volara. Al cabo de unos minutos sonrió. Nuria era el objetivo, pero no el de la Obra: era el de Don Miguel Ángel. Inés no entró en los motivos. No le interesaban. No quiso pensar en la sonrisa que Nuria desplegaba con absoluta limpieza, en sus labios amplios, en su rostro y en sus ojos claros, en todo aquello que podía perturbar a un cura joven y ambicioso. Pero eso no era asunto suyo. No le importaba. Había conocido demasiados asuntos que no eran suyos. De lo que sí estaba segura era de que en los test, en los informes, en todo lo relativo al expediente de Nuria —tanto por parte de Don Miguel Ángel como de las chicas que hicieron proselitismo con ella e incluso del Padre—, había una palabra que no dejaba de repetirse: Camino. Camino era la palabra mágica. Así que era eso. Era ella, Camino. Tenía que serlo. Era la pequeñaja, la niña que echaba de menos a su hermana, la que quería salir de escaparates, la que había tenido varicela o anginas o paperas y se las había ofrecido a los niños que sufrían. Qué listo era Don Miguel Ángel. La niña iba a Misa —los datos estaban desordenados, de forma que no podían acumularse, pero Inés comenzó a apuntarlos en un folio aparte y las conclusiones llegaron solas—: la niña rezaba el Rosario, frecuentaba la Capilla del colegio con un recogimiento especial, tenía una sorprendente belleza y la llamaban la santurrona. Al parecer, Don Miguel Ángel tenía planes para ella. Los suyos también coincidían punto por punto con los de la Obra. Metió el expediente en el archivador y lo cerró con llave. Volvió a sentarse, se levantó la falda y se colocó el cilicio en su pierna derecha. Le dolía. El dolor le indicaba que hacía lo correcto. Siempre lo hacía.

18

Mamá se había ido de la habitación, y Camino apagó la luz. Cuando cerró los ojos le llegó nítidamente el olor del bosque. Era el mismo olor de aquellos veranos en la playa de Oropesa, cuando estaban todos juntos. Al caer la tarde, el viento del mar se estrellaba contra los pinos que se cobijaban en las laderas de la montaña, giraba sobre sí mismo y regresaba a la playa envuelto en olores verdes de piñas, de senderos, de rocas húmedas. Camino pensaba que el viento se había disfrazado, que se había quitado su traje azul marino y que se había vestido para cenar. Era un viento elegante de color verde que olía a terraza, a tarde declinando, a las abrasadoras carreteras de interior que al final del verano la llevarían otra vez a casa. Solía sentarse entonces junto a papá y, en silencio, los dos juntos veían cómo se encendían las luces de las farolas de sodio en el Paseo de la Playa. Le llegaban desde los apartamentos cercanos los sonidos de las mesas al ser arrastradas para la cena; había un tumulto de cucharas, voces ahogadas, vasos, niños, platos. En esos momentos papá no solía hablar. Ella se sentaba a su lado en la hamaca y esperaban juntos hasta que el viento elegante terminara de barrer el olor de los bronceadores, de las aletas de goma y de los mercadillos. Parecía teñirlos de verde y llevárselos a morir a alta mar. Ahogaba sin piedad las sombrillas, las cremas hidratantes, las pieles saladas y rojas, las tortillas de patatas requemadas o frías, los ladridos de los perros, las lanchas de plástico y luego, ya entrada la noche, el viento regresaba tranquilo, un poco rojo o amarillo, según el color de la Luna que se sostenía sin esfuerzo sobre el horizonte. Para entonces, papá ya estaba dormido. Le gustaba que Nuria y Gloria lo despertaran cuando subían del Paseo, casi siempre comiendo un helado. Camino, sin embargo, no lo hubiera despertado nunca. Habría pasado con él toda la noche bajo aquella Luna de vacaciones, escuchando el rumor del mar. Le gustaba verlo dormir. Papá era más papá cuando dormía.

El viento que le llegó en sueños era acartonado y tonto, como los vientos falsos que soplan cuando uno duerme. No era un viento real, y Camino, que estaba soñando, lo supo de inmediato porque los vientos de verdad no viven en las penumbras, pero no le importó. Soñó con gusto pinos falsos, estrellas aplastadas sobre un cielo de acuarelas y un banco de piedra que temblaba porque en realidad era de cartón. Soñó que en el banco, a la sombra de la brillante luz de la Luna, había un niño sentado. Parecía preocupado. Y, de pronto, Camino soñó que unas chispas divertidas e interminables, como las de una bengala, saltaban tras su cabeza. Y eso la puso alegre. El niño levantó la cabeza. Era Cuco. Sonrió bajo el flequillo con la expresión que ella conocía de la Cuesta de Moyano. Sus ojos parecían más oscuros. Su barbilla seguía siendo firme, perfecta. Estaba guapo. Era su Príncipe.

Mr. Meebles apareció tras él con su chistera y su traje verde. Cuco lo miró, pero procuró no sorprenderse.

—Justo estaba pensando en ti —le dijo con naturalidad, como si toda su vida hubiese estado hablando con un hombrecillo verde dentro del sueño de otra persona.

—Ya lo sé. Por eso estoy aquí.

—¿Y dónde estabas?

—En ningún sitio, que es mi lugar favorito.

—Creo que nos están soñando.

—Yo estoy acostumbrado. ¿Para qué me buscabas?

—Tengo un problema.

—Ja —respondió Mr. Meebles—. Un problema. Vaya, vaya. Yo también tengo uno, jovencito.

Mr. Meebles se quitó la chistera y, sin demasiada ceremonia, extrajo de su interior una varita mágica. Dio dos pases mágicos y apareció un columpio que se colgó sobre un árbol que parecía dibujado. Se sentó y comenzó a balancearse. A Cuco le sorprendió el sonido de la cuerda rozando contra la rama del árbol. Parecía muy real, sin embargo la rama no existía.

—¿Qué problema puedes tener tú si todo lo sabes y todo lo puedes hacer? —preguntó Cuco.

Mr. Meebles sonrió.

—Sí, la verdad es que puedo hacer bastantes cosas. Por ejemplo, adivinar el problema que tienes tú. Te has fijado en alguien, ¿a que sí?

Cuco asintió.

—La verdad es que no sé qué me ocurre. Nunca me había pasado.

—¿Y cuando piensas en ese alguien sientes un no sé qué en la barriga?

—Son como cosquillas por dentro. Y no puedo dormir.

Sentada en el patio de butacas del gran teatro vacío, Camino se llevó la mano al estómago. Sentía las mismas cosquillas que Cuco le estaba describiendo a Mr. Meebles.

El hombrecillo se materializó de golpe al lado de Cuco. Se ajustó la chistera, le entregó un catalejo dorado y señaló hacia el patio de butacas.

—Busca entre el público —le dijo—. Quizá haya alguna muchachita que pueda ayudarnos.

El catalejo, manejado por Cuco, barrió como un ojo mágico los palcos desiertos, las cortinas de la entrada, la soledad de las butacas. Y de forma inmediata el vacío se llenó con la sonriente figura de Camino. Vestía su uniforme del colegio, aunque si ella hubiera podido repetir el sueño, se habría soñado con su vestido rojo y con sus Converse.

—Sólo has de invitarla a subir al escenario.

—Sí, por favor —murmuró Camino emocionada.

Cuco y Camino se miraron largamente, turbados y gozosos. Sobre la desgastada alfombra del local, junto a los pies de Camino, comenzaron a brotar flores sencillas y preciosas, y Camino observó que se parecían enormemente a las que había colocado a la Virgen en la terraza, a las de las baldosas de los pasillos del colegio y a las que había estampadas en la almohada de su habitación. Eran las mismas flores que dibujaría una niña. El suelo se había llenado de colores como si alguien hubiese tendido varios arcoíris entre las butacas. Olía a promesas, a cosquillas, a un hormigueo que le secaba la boca. Era el olor de la felicidad.

Desde el escenario, Cuco, fascinado y vergonzoso, apartó el catalejo y le tendió la mano. Camino se levantó y avanzó hacia él. Nuevas flores nacían a su paso. Estaban muy cerca el uno del otro. Cuco sonreía en lo alto de las escaleras centrales. En un vaivén del columpio, tras hacer un gesto de resignación, Mr. Meebles se disolvió en las sombras con su catalejo, su traje verde y su chistera. Camino se ruborizó; iba a coger la mano de Cuco para subir cuando oyó un sonido extraño. Sobre su rostro estalló una luz blanca. A su derecha, el inmenso Ángel Custodio sin nombre apareció flotando y comenzó a acercarse lentamente a ella. Camino vio que su semblante no era el de siempre; no tenía el rostro puro y tranquilo que recordaba de otros sueños. El Ángel flotaba, pero sus gestos componían la desesperanza de alguien que se arrastra. Sus alas, siempre blancas, pesaban de oscuridad. Habían perdido su ligereza. Eran alas densas, polvorientas y grávidas que, más que sustentarle, le obligaban a doblarse en lo que a Camino le parecía un cuidado gesto de dolor. Y lo era. El Ángel extendió sus manos hacia ella. Camino nunca había estado tan cerca de él; jamás había pensado que podía ser tan gigantesco. Retrocedió sin querer. Tenía miedo. En su descomunal figura habitaba algo insano y misterioso, un dolor oculto y contagioso que se transmitía por el aire y que dañaba los sentidos. Se apagaron las luces. Cuco ya no estaba. Se había volatilizado, como Mr. Meebles. Desapareció también el escenario, y en el sueño quedó apenas el pasillo central del teatro por el que Camino corría, despavorida, perseguida por el Ángel que batía las alas esparciendo un olor pegajoso, cerrado. Olor a sopa fría, a jaula, a plumas viejas. En silencio, el Ángel parecía suplicarle apoyándose en el aire, acercándose a ella con sus largos brazos, implorando como un amante despechado. Camino llegó a la puerta de entrada y la empujó con ansiedad para poder escapar, pero la puerta estaba cerrada. Volvió a empujarla una y otra vez hasta que comprendió que la puerta no iba a ceder, que estaba cerrada. El Ángel la miró desconcertado preguntándose por qué la niña le rechazaba, y como no encontró respuesta lloró como lloran los ángeles en los sueños, sin lágrimas visibles. A Camino le asombró ver llorar a un Ángel tan formidable. Le asombró que ocultase su cara bajo la túnica. Le asombró que de pronto levantase su rostro para lanzar un grito tan intenso que sumió al mundo en la oscuridad, aunque Camino, que también gritó, seguía viendo sin saber cómo su rostro blanco y descompuesto. Podía oler sus alas, que se agitaban a ciegas, acercándose. El Ángel sufría. El Ángel la amaba. El Ángel no quería que ella estuviese con Cuco. Apestaba a la angustia que sólo pueden desprender los espíritus puros. Camino quiso soñar que regresaban Cuco y Mr. Meebles y que se hacía la luz, que la vida volvía a ser un decorado de teatro, pero no lo consiguió. Intentó despertarse, pero seguía viéndose aterrorizada, empujando una puerta que no se abría. En la más profunda oscuridad, el Ángel Custodio se dispuso a abrazarla con sus alas, y entonces Camino gritó otra vez, y vio el miedo reflejado en la mirada del Ángel, y luego escuchó cómo las alas se alejaban soportando su silencioso peso y desaparecían para siempre porque el grito le había salido del corazón y había resonado a la vez en todos los sueños de todas las niñas del mundo.

19

Inés miró a Nuria y decidió que Don Miguel Ángel tenía razón: Nuria era especial. Cogía los libros de la caja de cartón con su mano izquierda, miraba la cubierta, pasaba el trapo para quitarles el polvo y luego abría los volúmenes con soltura, miraba la portada y revisaba el interior hacia delante y hacia atrás, volvía a pasar el trapo y los colocaba en la caja de madera para que posteriormente fuesen clasificados. Estaba acostumbrada a manejar libros. Los trataba con mimo, con un respeto que llamaba la atención. Inés había hecho ese trabajo con chicas que se acercaban a los libros como los artificieros se acercan a una bomba. Nuria había leído más de lo que ella sospechaba.

—Qué cantidad de libros estamos reuniendo, ¿verdad? —dijo Nuria.

—Sí —respondió Inés—. Es estupendo.

Los libros llegaban a la casa a través de donaciones y había que clasificarlos según su grado de peligrosidad. En los centros se organizaban por números, siguiendo el Index. Los de la primera categoría podían leerse incluso por los niños. Los clasificados con un 2 constaban como recomendables, aunque requerían un cierto proceso de formación. Los que figuraban con un 3 podían contener escenas o comentarios inconvenientes. Los clasificados en la categoría 4 podían ser leídos por quienes tuviesen necesidad de hacerlo, dispusieran de formación y siempre con el permiso del director espiritual. Los catalogados con un 5 no se podían leer, salvo con un permiso especial de la Delegación. El 6 estaba reservado a los libros cuya lectura estaba prohibida. Para poder hacerlo se necesitaba un permiso especial del Padre. Allí estaban Borges, Balzac, Kafka o Camus. El tiempo de lectura en la casa era de unos quince minutos al día. Se recomendaban libros de tipo espiritual y, sobre todo, el Nuevo Testamento. *Vida de Santa Teresita de Lisieux* era uno de los más leídos. Inés guardaba los libros en un armario, bajo llave, junto a las recensiones, fichas con resúmenes de textos cuya lectura no era conveniente y que habían sido elaboradas bajo la particular visión de la Obra. Era obligatorio consultar con la Directora cualquier lectura para su aprobación, un trámite que, al igual que el hecho de que hubiese libros reservados —evitó pensar en la palabra censura—, a Nuria le sorprendía. Siempre la habían animado a desarrollar su intelecto, y si tenía que hacer apostolado con los intelectuales, tal y como Inés le había sugerido en sus charlas, era necesario leer. Se instaló así en una contradicción que, en el futuro, cuando tuviesen más confianza, pensaba plantearle a su Directora, quien, casi con total seguridad, le respondería, como tantas otras veces, citando punto por punto las palabras del Padre.

—¿En qué piensas? —le preguntó Inés.

—En el Padre.

—Qué curioso. Yo también.

Nuria estaba convencida de que Inés podía leer en sus ojos sus pensamientos más profundos.

—¿Sabes lo que dijo el Padre sobre los libros? —le preguntó Inés.

Nuria lo sabía de memoria. Siempre le había interesado la opinión del Padre a ese respecto y en uno de ellos, en

Camino, estaban todas las respuestas. Lo sabía, pero prefería que Inés se lo recordase. Sabía que disfrutaba haciéndolo.

—Libros —dijo Inés complacida por el silencio de Nuria—. No los compres sin aconsejarte de personas cristianas, doctas y discretas. Podrías comprar una cosa inútil o perjudicial. Cuántas veces creen llevar debajo del brazo un libro y llevan una carga de basura.

—*Camino*, 339 —apostilló Nuria.

—Y también dijo el Padre que cuando el Papa sacó el Index, él puso el Índice —sentenció Inés divertida, encantada, orgullosa.

Nuria desechó la idea de plantearle sus dudas y sus contradicciones. Sin hacerlo de forma directa, Inés había terminado con sus inquietudes culturales.

—Si eso lo dijo el Padre, ¿quiénes somos nosotras para llevarle la contraria? —preguntó Inés—. A no ser que tú quieras saber más que él.

Nuria sonrió. Una sonrisa de prueba. No sabía si Inés se lo decía en serio.

—¿Yo? Qué cosas tienes, Inés. ¿Cómo voy a llevarle yo la contraria?

Inés también sonrió.

—Era una broma, mujer. Recuerda siempre que hay otros que saben más que nosotras. Y estamos aquí para obedecer. Todo está escrito.

—Claro.

—¿Tienes dudas?

—No, claro que no.

Nuria estaba desconcertada. El tono en el que Inés le había formulado su pregunta respecto a las dudas contenía un regusto innecesariamente acerado, e Inés también cayó en la cuenta.

—El Padre tenía salidas para todo —dijo en tono amable—. Es una pena que no lo hayas conocido.

—Tú sí que tuviste suerte.

—Vino poco antes de morir. Fíjate si ha llovido.

—¿Y hablaste con él?

—Claro, él hablaba con todo el mundo. Yo aún estaba en el club.

—¿Y qué te dijo?

Había ilusión en su voz.

—Me pasó la mano por la cabeza, me hizo un gesto cariñoso en la mejilla y me dijo que el mundo estaba dentro de la Obra.

—Qué hermoso, Inés.

—También me dijo que los apegos no son buenos.

—¿A qué se refería?

—A mi familia de sangre, seguramente. En aquella época yo estaba muy unida a mis padres.

Nuria cogió *La Cenicienta* y pasó el trapo por la cubierta.

—Hoy no te veo muy concentrada.

—¿Por qué lo dices?

—Por ese libro. Ya lo has limpiado tres veces.

Nuria miró el cuento con ternura.

—Es que es la misma edición que le compré a mi hermana. Todos los domingos mi padre nos llevaba a la Cuesta de Moyano y nos dejaba elegir un libro. La de veces que le habré leído este libro a la pequeñaja.

—Mencionas mucho a tu hermana y a tus padres.

Inés nunca hablaba por hablar. Todos los actos de su vida obedecían a una estrategia que procuraba cumplir punto por punto buscando conseguir el objetivo que se había propuesto, lo cual sucedía siempre. Nuria pensaba en sus padres y en Camino. Estaba segura de que se había adaptado al buen espíritu de la Obra. No sabía por qué Inés le sacaba el tema de la familia. Ella no había hablado de su familia con nadie, excepto un par de comentarios sin importancia que le dejó caer a Martina. Los echaba de menos, era verdad, sobre todo a Camino, a la pequeñaja, que ya no le escribía. Pero ahora su familia era otra. Todos lo sabían. Nuria era consciente del enorme dolor que le había provocado a su padre el día de su cumpleaños. Recordó el mp3 que le había regalado, el silencio de Gloria cuando Nuria dijo que se iba. Hija, yo sólo digo que una decisión tan importante hay que pensarla mejor, dijo su padre. ¿Por qué no lo hablamos este verano en Oropesa? —preguntó luego—. Tal vez convendría aplazar la decisión hasta septiembre. Podemos ir a las Columbretes.

Las Columbretes. El cursillo de vela. Don Miguel Ángel siempre tenía razón. Nuria, con voz firme, dijo que se iba. Hacía lo correcto. Vio a su padre llorar sobre la mesa de la cocina, tal y como ella esperaba y tal y como le habían advertido que sucedería. La Obra era lo primero. Nuria lo había demostrado una y otra vez.

Miró a Inés.

—Bueno, es normal que los mencione. Son mi familia —dijo Nuria.

—Tu familia ahora está aquí. Y es bien numerosa y bien importante, creo yo.

—Claro que sí, pero...

Inés la interrumpió con una voz suave, convincente.

—Poco amor a Dios demostramos si no nos despegamos de lo que dejamos atrás.

Hizo una pausa y movió la cabeza dándose la razón a sí misma. Nuria aprovechó para apretar el trapo con fuerza y cerró el puño tras el libro para que Inés no pudiera verla. Lo hizo con rabia, arrepintiéndose de inmediato, pero no dejaba de ser cierto que estaban siendo injustos con ella. Se había sacrificado. Se había separado de la familia, de los amigos y del mundo. No había informado a su padre de sus primeros pasos en la Obra. No se confesaba con sacerdotes que no pertenecieran a ella. No había asistido al último cumpleaños de la pequeñaja ni le había enviado ningún regalo, cumpliendo a rajatabla el apostolado de no dar. Había aceptado que Inés la dirigiera en la relación que mantenía con sus padres, tanto por carta como por teléfono, donde llegó a encontrar normal que otra numeraria —Martina en la mayoría de las ocasiones— se instalara junto a ella en el pequeño locutorio para seguir sus conversaciones. Le dijeron que no le contase nada a su padre de la Admisión ni de la Oblación, porque él no podría entenderlo y lo único que iba a conseguir era preocuparlo más, así que no lo hizo. Asumió sin aparente esfuerzo que la Obra era mucho más importante que la familia de sangre y terminó por agradecer con cierto alivio que la enseñaran a no decir nunca toda la verdad, a elaborar respuestas lógicas y convincentes a las desesperadas preguntas que le hacía su padre y a responder con humildad a las que la Obra le formulaba: con quién había estado, de qué había hablado, los periódicos que había leído y las películas y programas que había visto. Era algo que jamás le hubiera tolerado a su propio padre. Lo tomó como un reto, un desafío. Nuria abría de par en par las puertas a una nueva vida.

—Te voy a confesar una cosa, Nuria —le dijo Inés—. Nuestras familias son muy egoístas. Sólo saben decirnos la frasecita de «os echamos de menos», como si así nos estuvieran ayudando. Y no saben el daño que nos hacen diciendo eso. No lo sabes.

—Pero es normal, Inés. Nos quieren tanto...

—Exacto. Y de eso se aprovecha el diablo, de que nos quieren, porque sabrás que el diablo no es tonto y utiliza a quien más nos quiere para apartarnos de la tarea que Dios nos ha encomendado.

Nuria lo sabía. Había oído la misma frase una y otra vez: «El diablo habla por boca de los que más quieres.» Don Miguel Ángel había sido el último en pronunciarla. Era una frase cruel. Ella quería a su padre, a su madre y a Camino, cómo no iba a quererlos, pero sobre todo amaba a la Obra, a la que había decidido dedicar su vida. Se había alejado de su familia, se había desprendido de las viejas fotografías y, sin embargo, nunca había preguntado el motivo por el que las estancias más importantes de la casa estuviesen presididas por las fotos de la tía Carmen, la hermana del Fundador. Se había acostumbrado al consejo que le dieron, que amase a su familia pero que no los visitase con frecuencia, que procurara olvidarlos. Olvidarlos no era la palabra exacta, pero las palabras exactas habían dejado de importarle. ¿Cómo podía olvidar a la pequeñaja? Por lo demás, Nuria era obediente: se duchaba con agua fría porque era lo recomendado y, mientras el agua helada caía sobre su cuerpo, mientras su padre estaba de viaje, mientras Camino aprendía a dividir por dos cifras en el colegio e intentaba sumar y restar fracciones, Nuria supo que le quedaban miles de cosas por descubrir. Había firmado un cheque en blanco. El agua helada corría entre sus piernas a la misma velocidad que sus deseos. Todo había sucedido muy deprisa. Sin darse cuenta, Nuria ya estaba en pleno proceso de formación, enfrentada a problemas que no había previsto. Recordó lo mal que lo había pasado cuando informó a su padre de que tenía que hacer el «curso anual» y que ese verano no podía ir con ellos a la playa. Su padre iba a sufrir; y José sufrió, tal y como ella había previsto, pero formaba parte de la voluntad de Dios que su padre sufriera. Así, al parecer, estaba escrito. Todo estaba escrito. Formaba parte de la voluntad de Dios y estaba escrito y bien escrito que José la siguiera llorando tras el autobús cuando ella cumplió dieciocho años y le comunicó que había ingresado en la Obra y que tenía que irse. Tras aquella dolorosa conversación, Nuria se fue de casa y José la siguió, llorando tras el autocar. Nuria no tenía su autorización para irse, pero tampoco la necesitaba. Era mayor de edad, y una parte de ella había muerto para siempre. El autobús se alejaba. La dársena se terminó, pero José siguió corriendo, ajeno a los gritos de la chica de seguridad que le pedía que saliera de allí, que no podía estar entre los autobuses que arrancaban, que lo iban a atropellar, pero José corría, casi pegado a la puerta del conductor, que lo miraba como si fuera un loco, y los viajeros lo miraban también, y lo miraba Nuria y lo observaban con alguna sonrisa que otra los pasajeros que aguardaban para embarcar, y el autobús de Nuria al fin se alejó dejando atrás dársenas doloridas y toda una vida en común. Casi rozando las paredes, el autobús embocó el túnel de salida para emerger al exterior, y José se abalanzó hacia el interior de la estación de autobuses y subió volando las escaleras mientras la chica le transmitía al compañero de seguridad que aguardaba arriba que no, que no interceptase al hombre blanco de mediana edad que, vestido con traje azul y corbata roja, corría escaleras arriba, llorando, y José salió al vestíbulo seguido por la mirada de los viajeros que hacían cola para comprar billetes y cruzó frente a las taquillas, y más de uno de los que esperaban se volvió hacia él y lo vio correr con la misma ansiedad que si hubiera robado un bolso; lo vieron salir al exterior, y vieron que la calle lo recibía con el sol seco y deslumbrante que aguarda a los viajeros que salen de edificios donde habitan multitudes, pantallas digitales, horarios, maletas, cajas de cartón, aire acondicionado y bocadillos de lomo con pan de ayer. José corrió desafiando el sol que adormecía a los taxistas en la puerta de entrada y giró a la derecha, corriendo más rápido, aunque el corazón parecía estar a punto de salírsele por la boca, y luego giró a la izquierda porque sabía que por allí aparecería el autobús que se llevaba a su hija, pero quizá estuviese equivocado; el autobús no aparecía, así que tenía que dar la vuelta a la estación; y la dio: volvió hacia la derecha y rodeó el edificio y entonces alcanzó a ver el autobús de Nuria que, tras salir del túnel, resplandecía alejándose entre el tráfico. José quedó solo, junto a una señora que despedía a alguien que iba en otro autocar, y entonces se secó las lágrimas y el sudor y se quedó al lado de la mujer mirando el moderno autobús que se llevaba a su hija y pensó que era por la tarde; José pensó con su inevitable pensamiento de padre que Nuria viajaba hacia el Norte y que, por lo tanto, se había sentado en el sitio erróneo porque el sol iba a darle por la izquierda, justo donde Nuria se había sentado, en la izquierda, que tenía que habérselo dicho si ella se lo hubiera preguntado, que Nuria no tenía que haberse sentado ahí, y menos en un asiento de ventanilla; la derecha era lo suyo, que ahí no daba el sol porque viajaba hacia el Norte, pero José no pudo decírselo porque Nuria se había ido y porque ella tampoco le habría hecho caso, como no se lo hizo en tantas y tantas ocasiones y como no se lo hubiera hecho tampoco en el asunto de la ventanilla, pero tenía que haberlo intentado porque para eso era su padre, y no era culpa de ella; la culpa era suya, de él; tenía que haber estado más atento y haberle dicho que si iba a desaparecer de su vida, si de verdad lo iba a hacer, que lo hiciese sentada en la parte derecha del autobús, donde el sol no molesta cuando uno viaja a Pamplona por la tarde. José sabía que estaba pensando tonterías, pero no podía evitarlo, como no pudo evitar estallar de nuevo en un llanto incontenible delante de la señora mientras pasaban más autobuses y pasaban también los recuerdos de Nuria y pasaba la tarde a trocitos alejando a su hija para siempre en el autobús. Haciendo un descomunal esfuerzo, José consiguió que cesara su llanto y agradeció que la señora le diera un golpecito en el brazo y le dijera no llore usted más, que los que se han ido ya regresarán; y José dejó de llorar, no porque se lo dijese la señora, que quizá tuviese razón, ni porque le produjera vergüenza llorar delante de ella, en la acera, junto al puesto de helados de Frigo: José dejó de llorar porque sabía que Nuria no regresaría nunca; no era como él, que siempre volvía de sus viajes porque eso era lo que les había prometido a las niñas, regresar, regresar siempre, siempre regresar, y ellas le habían prometido que le aguardarían en la puerta para que pudiera abrazarlas a las dos a la vez cuando soltase su maleta. Imaginó que Nuria lo recordaría; tal vez lo recordase, seguro que sí. La imaginó deslumbrada por el sol de poniente, molesta por la luz, corriendo la cortina del autobús y pensando que era la primera vez que no le había consultado a su padre el lugar donde debía sentarse porque ella le había dicho muchas veces que él de eso sabía un rato; y se lo decía con admiración y con cariño, porque José sabía que a Nuria no le gustaba el sol en sus grandes ojos claros, y su padre se preocupaba por ella, que siempre se liaba como una tonta con los puntos cardinales, que nunca los había comprendido, y que ahora, sin embargo, el hombre que se preocupa por ella, el hombre que había querido y admirado, se quedaba tristemente atrás haciéndose más y más pequeño junto a una señora que parecía hablar con él. Nuria estaba convencida de que José estaba pensando en lo que de ningún modo iba a suceder, que Nuria le ordenase al conductor que se detuviera para que pudiera descender y para que se abrazase a su padre, como si ella acabara de regresar de un mal viaje y él hubiera salido a esperarla, pero el autobús se disolvió en el tráfico de la tarde y el sol se ocultó un instante, y desapareció la señora que le había dicho a José que los que se van regresan, y José se quedó solo un rato, sin saber qué hacer, convencido de que en el autocar, con la cabeza contra el cristal, Nuria estaría escuchando las informaciones desganadas del conductor: les iba a poner una película y harían una breve parada. Madrid quedaba atrás, como su madre, como la pequeñaja. Como José. Volvió a salir el sol y Nuria, deslumbrada y molesta, corrió la cortina. Hacía lo correcto. Se iba. Las medias verdades habían funcionado al igual que las medias mentiras. En cualquier caso la Obra era perfecta porque al Padre le había sido revelada por Dios. Y ella estaba dentro de la Obra. Y la Obra estaba en lo cierto cuando le decían que los padres, más que entristecerse, deberían alegrarse por recibir la gracia de tener una hija numeraria.

Al salir de la ciudad, Nuria abrió un instante la cortina y vislumbró sin saberlo un paisaje semejante al que, de noche, hacía tiempo, Giusseppe había observado desde el tren. Antes de dormirse decidió que no tenía que preocuparse por su padre. Algún día llegaría a comprenderlo y se sentiría orgulloso, pero ahora no era ningún día; ahora era hoy. Imaginó a su padre empujando con rabia la puerta del Metro para regresar a casa y encontrarse con la mirada de Gloria empañada por una felicidad que no quería hacer evidente para no aumentar el dolor de su esposo. La pequeñaja le preguntaría por ella. Nuria no sabía muy bien lo que iban a decirle. Lo que en verdad esperaba era que papá terminara por aclararle de una vez por todas el misterio de los números decimales y que la ayudara a dividir por tres y por cuatro cifras, porque ella, Nuria, ya no estaría allí para corregir sus errores. Recordó el olor de la goma de borrar de Camino y sus lapiceros mordidos, y sintió un dolor que se acercaba a las puertas del sufrimiento. Después apoyó su cabeza sobre el cristal de la ventanilla e intentó dormirse acompasando los latidos del corazón al interminable fluir de las líneas discontinuas de la carretera.

—Quien a Dios tiene nada le falta. Sólo Dios basta —dijo Inés.

Nuria sintió un sabor amargo en la boca. ¿Cómo era posible que le recriminaran pensar en su familia cuando los había dejado para siempre mirando la trasera de un autobús? ¿No lo había dado todo? ¿No era suficiente entrega?

Inés abrió un libro.

—Quien a Dios tiene nada le falta —leyó—. Sólo Dios basta.

—Es hermoso —dijo Nuria automáticamente. Tenía en su cabeza el fulgor triste de las despedidas, la violencia del autobús que partió desgarrando el corazón de su padre, que corría tras ella por andenes plagados de máquinas expendedoras, colillas, gritos, botes de cerveza, botellas de agua, mochilas, maletas baratas, horarios de color naranja y bocadillos fríos mezclados con las tufaradas de los tubos de escape.

—*Camino de Perfección* —dijo Inés mirando el libro.

Se lo tendió a Nuria con una sonrisa.

—Yo renuncié a formar una familia —confesó Inés tras hacer una pausa.

Nuria se sorprendió. No supo qué responder. En la nueva vida que había elegido no cabían los temas personales, y mucho menos si provenían de su Directora. Ella había cumplido ese precepto a rajatabla, excepto por aquellos comentarios íntimos que en un momento de debilidad había compartido con Martina y en los que había añadido que no entendía por qué la Obra le recomendaba que se comportara con naturalidad con su familia y que, a la vez, le pidieran que no les contase nada de lo que hacía. Era otra contradicción, como la que se había planteado con los libros o con las fotos de la familia; pero Nuria pensaba que las normas que recibía eran las correctas, que Dios siempre somete a las pruebas más duras a aquellos a los que más ama. Así se lo habían asegurado. No sabía qué pensar. Inés la miró y supo exactamente que Nuria no sabía qué pensar.

La vio desconcertada. Eso le gustaba. Adoraba estar rodeada de chicas que no sabían qué pensar. Para eso estaba ella.

—Ya sé que no debería haberte contado eso —le dijo Inés.

Nuria no dijo nada. Limpió otra vez el libro que acababa de limpiar. Le sobraba la conversación.

—Ya sabes —prosiguió Inés— que no debes expresar tus dudas a alguien que no sea yo, tu Directora. Nunca le cuentes tus dificultades o tus insatisfacciones a otra persona.

Nuria pensó en Martina, e Inés lo supo. Supo que Nuria estaba pensando en Martina y que pensaba exactamente que había sido un error hacerle aquellos comentarios sobre su familia.

—Acude a mí, Nuria. Si tienes nostalgia, si tienes dudas, acude a mí. Solamente a mí.

Nuria permaneció en silencio.

—Yo ahora soy tu familia —dijo Inés.

Comenzó a llover.

—Qué razón tienes, Inés, y cómo te agradezco que me hagas ver las cosas.

Inés puso un libro sobre la mesa.

—¿Y éste qué te parece?

—¿*La colmena*? Es muy bueno, ¿no?

—Yo no digo que este señor no escribiera bien, pero siempre sobre temas esperpénticos.

A Nuria le gustaba *La colmena* y su estructura, que consideraba moderna. Observó con estupor cómo *La colmena* y su moderna estructura eran arrojadas a la caja de cartón donde se acumulaban los libros que no iban a ser leídos. Y en la caja, convertida por gracia de Inés en una especie de Purgatorio de las letras, Nuria pensó que Cela miraba a García Márquez, que ahora sí que iba a cumplir *Cien años de soledad* sin que nadie lo leyera en aquella casa, y que desde abajo, asfixiado por el peso de los volúmenes desechados, Vargas Llosa les daba la bienvenida y les pedía con muy buenas maneras que no aplastasen a la tía Julia ni al escribidor.

Era injusto. Todo parecía serlo, pero Nuria lo aceptaba con buen espíritu. Sabía que no le entregaban las cartas que Inés consideraba dañinas para su salud espiritual y que algunos de los regalos que le hacían sus padres se quedaban en la mesa de la Directora. Comenzaba a saber muchas cosas, pero no quiso recrearse en ellas. Prefirió no hacerse más preguntas. Decidió que la que fallaba era ella y que lo que Dios le estaba pidiendo era una entrega más profunda, que debía rezar por su familia, pero sin implicarse en sus problemas. Su familia ya era otra.

La lluvia que caía tras la ventana era semejante a la que durante un ratito, desganada, cayó sobre el patio del colegio donde Bego y Camino, sentadas en un banco y ajenas al partido de baloncesto, hablaban de sus cosas.

20

La Pingüi, acosada por tres niñas, evitó botar el balón en el charco que estaba a sus pies, lo protegió con el cuerpo, amagó a izquierda y derecha, lanzó a canasta y falló. La pelota golpeó el tablero con fuerza lanzando por el aire la lluvia acumulada en los bordes.

—Vaya pedrada —dijo Bego.

—Lo hace a propósito —aclaró Camino.

—Ya lo sé. Siempre falla cuando las más pequeñas le ponen un tapón.

—¿Tú qué le has dicho a la Pingüi?

—Que no puedo jugar porque me duele la muñeca derecha —respondió Bego mostrándole la venda.

—Pues te la has colocado en la izquierda.

—Da igual, si ella ya sabe que es mentira. Lo que pasa es que se me ponen ásperas las manos botando el balón.

—Eres una mentirosa.

—Ya lo sé. ¿Y qué?

—Que por qué no le dices la verdad.

—La verdad no le interesa a nadie.

—A mí sí.

—Pues vale.

—¿Y sabes cuál es la verdad? Que jugando a baloncesto te sientes más bajita de lo que eres.

—Si quieres puedes ir contándolo por ahí.

—Yo no voy a contar nada.

Bego no estaba molesta, pero Camino se arrepintió de inmediato por haber hecho una observación que era innecesaria.

—No eres tan bajita, Bego —dijo intentando arreglarlo.

—Cómo te conozco —respondió su amiga sonriendo.

—¿A qué te refieres?

—A que ya sabía que te ibas a arrepentir por haberme dicho eso.

—Sí, es que tú eres muy lista.

—No soy lista, es que te pasas el día arrepintiéndote. Soy bajita y tengo los dientes fatal, y ya está. Una mujer tiene que asumir su destino.

—Yo tengo asumido que soy una santurrona.

—Pero yo no te lo digo. Y si alguna vez te llamo santurrona luego no ando por ahí arrepintiéndome.

—Es verdad.

Camino era feliz con Bego, y la felicidad consistía en estar juntas. Sencillamente. Eran tan amigas que podían decirse cualquier cosa, aunque a veces les gustaba permanecer en silencio. No les suponía ningún esfuerzo. También lo disfrutaban, y consideraban que eso, el poder permanecer calladas estando una al lado de la otra, sólo podían hacerlo las que eran más que amigas, como ellas.

La Pingüi, árbitro y parte, pitó el final del primer tiempo y los dos equipos de niñas cambiaron de campo.

—¿Y tú qué le has contado a la Pingüi? —preguntó Bego.

—Lo de la contractura en las cervicales. Y tengo justificante. No veas qué mal lo pasé en la cocina con el dolor que me dio.

—Pero eso del cuello se te va a quitar, ¿no?

—Me dijo el médico que con la reanimación me sentiría mejor.

—Rehabilitación.

—Eso.

—¿Y cómo te rehabilitan?

—Me dan calor y masajes y me colocan unas pesas en el cuello.

—Pues a ver si se te va a poner como el de un boxeador.

—No, me parece que es sólo para estirarlo.

—Qué envidia. A mí me gustaría también que me lo estirasen aunque fuera un poquitín. Nada. Unos veinte centímetros o así.

Camino no se encontraba cómoda hablando del cuello. La propia palabra la obligaba a recordar las continuas molestias que sufría y que habían estallado al fin en el intenso dolor que aquella mañana en la cocina le había producido una desazón y un vacío semejantes a los que habitan en los silenciosos instantes que anteceden a las catástrofes. Recordó la consulta del médico, la radiografía de su cráneo contra el cristal de la ventana absorbiendo la luz que caía de un cielo tormentoso y en la que se dibujaban mágicamente sus huesos, el rosario de vértebras, el hombro. Se sintió desnuda. Peor que desnuda. Los rayos invisibles habían fotografiado su interior; y su interior estaba expuesto abiertamente a la mirada de su madre y a la del médico.

—Está todo bien —le había dicho el doctor—. Lo que tienes es una contractura aquí, a la altura de las cervicales.

Sostenía aquel documento mágico y transparente como si sostuviera un catálogo de electrodomésticos, como si no significara nada, como si no necesitara aquella prueba y se hubiera visto obligado a pedirla contra su voluntad, accediendo a ello únicamente para quitarse de encima la insistencia de la madre. Mantenía la radiografía contra la ventana, sin ganas, marcando sus dedazos, deseando soltarla cuanto antes para demostrar que no precisaba mirarla porque ya estaba seguro del diagnóstico. Siempre lo había estado.

Camino intuyó maravillada que el dolor podía verse e intentó ver aquel *aquí* que le indicaba el doctor, porque en aquel *aquí* estaba localizada la contractura, pero el traumatólogo retiró rápidamente la placa que, sobre la mesa, se transformó de nuevo en una simple lámina oscura de plástico muerto y comenzó a escribir en el ordenador. Camino miró a su madre. No le gustaba aquella consulta de muebles rancios. No le gustaba aquel hombre de gafas y de corazón caído.

—¿Por qué no se lo comentamos al tío Rafael? —le preguntó en voz baja a Gloria para no ofender al doctor.

Gloria se giró hacia ella sin tomar precauciones, sin ocultar su sorpresa como hacía habitualmente. Había transcurrido mucho tiempo desde que en casa se había decidido no volver a hablar de Rafael, el médico que se había casado con su hermana Marita. No era un tema de conversación bien recibido. Rafael había desarrollado una brillante carrera; después cambió y comenzó a interesarse por otro tipo de medicina, abandonó la Clínica de Navarra, abandonó la Obra —donde había sido calificado como supernumerario ejemplar— y una luminosa mañana de nieve abandonó finalmente a su esposa, a Marita, para comenzar una vida diferente. No, no había que comentarle nada al tío Rafael, aunque Gloria siguiera considerándolo uno de los mejores especialistas. Bastante daño había hecho ya a la Obra y a su hermana. Bastante daño se había hecho ya a sí mismo.

—¿Ocurre algo? —preguntó el doctor mirándolas por encima de las gafas.

—Nada —respondió Gloria.

—Si lo que quieren es una segunda opinión, me parece estupendo.

—El tío Rafael es urólogo, hija —le dijo Gloria a Camino—. Debemos confiar en este señor.

El médico continuó escribiendo. Gloria comprendió que era inmune a los halagos y a las críticas.

—Es que tiene un tío médico.

—Tenía —dijo Camino—. Según mi madre ya no es mi tío.

Gloria observó al médico, que continuaba escribiendo lentamente ajeno a los problemas familiares de sus pacientes. Ni siquiera se había molestado en hacer un comentario divertido o al menos conciliador sobre el hecho de que Rafael fuera urólogo y que su paciente de doce años, Camino, presentara un problema bastante más arriba.

Terminó de escribir. Apuntó algo en un papel y se lo tendió a Gloria.

—Ejercicios de rehabilitación. Conviene que la niña los haga para corregir la desviación de la columna.

—¿Y cuándo tiene que hacerlos?

—Después del cole, por la tarde, lógicamente, señora —dijo con sequedad el doctor, separando cada frase, vengándose por haber accedido a hacer aquella radiografía innecesaria.

—No se enfade —dijo Camino.

El médico no la miró a ella. Miró a Gloria. Camino pensó que no la había oído. Luego supo que sí, que el doctor la había oído perfectamente.

—Con estos ejercicios se le quitarán las molestias —le aseguró a Gloria con una mirada blanca y neutra como su bata.

—¿Podré hacer teatro? —preguntó Camino.

A ninguno de los dos les pasó desapercibido el tono de ansiedad que había en su voz. Sintió desplomarse sobre ella la mirada de su madre. No quiso cerciorarse de la que estaba utilizando, no hacía falta. Conocía la que empleaba en estos casos, la mirada fría y mineral de los reproches, la que expresaba a las claras y no tan a las claras la opinión que tenía del teatro, de los niños y de las niñas que iban allí a hacer el tonto y a perder el tiempo, y la opinión sobre Garabato, o como se llamase el profesor ése, que seguro que estaba en aquel antro porque no había valido para estar en otro sitio mejor.

—¿Puedo hacer teatro? —volvió a preguntar Camino.

—Claro que puedes hacer teatro —respondió el médico—. Tienes que hacer vida normal.

Camino sonrió aliviada y divertida. Aliviada porque se mantenía intacta la posibilidad de ir al centro cultural, y divertida porque alguien pudiera considerar que su vida normal consistiese en hacer teatro.

—A mí me gusta mucho el teatro —dijo el doctor sin mirarla mientras consultaba una agenda.

Camino se sorprendió. El médico, como si no hubiera dicho lo que acababa de decir, apuntó una dirección y le tendió el papel a Gloria.

—En este sitio atienden los viernes.

La sorpresa de Camino se transformó en sofoco. Comenzó a respirar mal. Su cuerpo ardía. Los viernes. Los viernes no. Los viernes era el teatro. Por favor, por favor, los viernes no podía ser. Los viernes no. Vio difuminarse el centro cultural. Desapareció Garabato y la posibilidad de ver a Cuco. Desaparecieron bruscamente los sueños y los bailes. Anheló lo que aún no había perdido: Cuco, Bego, danzar, interpretar las palabras escritas por otra persona y luego dejarse llevar por ella misma, ser alguien diferente, la que Garabato quisiera; vestirse con otras ropas, experimentar, morir de mentira, resucitar de verdad, abandonar la Tierra y viajar hacia el interior de su alma, descubrirse, aprender diálogos, equivocarse, arrastrar los pies sobre un escenario, sufrir el calor de los focos, hacerle ver al público cosas que sólo estaban en su imaginación; hacer sentir, eso quería Camino: hacer sentir. Y todo lo iba a cambiar por unas apasionantes sesiones de pesas en el cuello. Los viernes no, por favor, que no sea los viernes. Los viernes no.

Cuando levantó la vista se encontró de frente con la mirada del doctor. Ya no era blanca ni neutra. Ni sus gafas ni su corazón estaban caídos.

—También atienden los miércoles —dijo el médico pausadamente, con autoridad, mirando a Gloria.

Camino respiró. Comprendió que el hombre, que seguía mirando a su madre, le acababa de hacer una radiografía muy diferente a la anterior. Una radiografía que por primera vez nadie le había solicitado y que quizá por vez primera ella y él sí precisaban.

—No —dijo Gloria sin perderle la mirada—. Los viernes nos viene estupendamente.

Camino tensó los hombros. Le dolió un poco la espalda. El doctor se llevó la mano a la barbilla. Pensaba, o parecía hacerlo. Consultó un calendario de Redoxon abierto sobre su mesa. Lo tocó con el bolígrafo. Camino decidió que era un mal actor.

—Ya —dijo el doctor—. Pero el mejor fisio va los miércoles. Y quiero que la atienda él.

Gloria se dispuso a responder, pero no lo hizo. Juntó las manos sobre las rodillas. Camino miró al suelo. Era consciente de que el doctor veía perfectamente la sonrisa que ni siquiera llegó a dibujar pero que la recorría por dentro como un tren eléctrico, enderezándola, haciéndole olvidar el soleado dolor que sufrió en la cocina. Sintió a Cuco con nitidez. Otra vez. Volvió a percibir el olor del teatro. Los viernes cobraron sentido. Su vida a partir de ahora se llamaba viernes. Notó el vivo aleteo de su estómago, el pinchazo, o como denominase Bego a eso que sucedía cuando te enamoras. Era un cosquilleo que pertenecía a otra edad. Algo nuevo. Quizá se estaba acercando sin saberlo a la otra orilla del río. Tenía ganas de hacer, de sentir, de soñar, de crecer, de verle a él, a Cuco. Quería salir a la calle y gritar para espantar las nubes oscuras que por un instante se habían detenido sobre el barrio y sobre su alma.

—Te voy a hacer un justificante para que no hagas gimnasia —dijo el doctor.

Camino asintió. Gloria cogió el bolso y se dispuso a irse.

—Adiós y gracias.

—Pida hora a la señorita de recepción —le indicó el doctor.

Gloria no respondió.

—Para dentro de quince o de veinte días.

Gloria abrió la puerta. Camino se levantó, se acercó a su madre y la cogió del brazo. Antes de salir se volvió hacia el médico y le hizo un gesto con la mano. Era una despedida y a la vez un hola. Era la radiografía del momento en el que se habían encontrado.

—¿Cómo se llama usted? —le preguntó al médico.

Gloria, sin volverse, tiró un poco de ella.

—Vamos, hija.

—Juan Antonio —respondió el doctor sin llegar a sonreír. Parecía un hombre diferente. Dejó a un lado el bolígrafo, puso la mano sobre la radiografía, con cariño, en la parte de arriba, en el cráneo, y Camino sintió mientras lo hacía que el calor de la mano del doctor llegaba hasta su cuello y que la reconfortaba y que ese calor la abandonaba mientras salía por la puerta y pasaban de largo frente a la recepción sin saludar a la enfermera, sin decirle adiós, sin pedirle hora ni para dentro de quince ni para dentro de veinte días. Se abrió la puerta automática del centro de salud. En la calle las recibió un viento frío cargado de humedad en el que Camino vio su gesto de hola y adiós suspendido en el aire. Vio también al doctor en el primer piso, levantando otra vez la radiografía y examinándola con cuidado. Creyó apreciar en su rostro una cierta preocupación.

Elena recibió el balón y se lo devolvió a su compañera con asco. Se limpió las manos, se ajustó el sujetador y no subió al ataque. Cuando la Pingüi le gritó que se moviera, se colocó tras la monja y le hizo un corte de mangas.

—Mírala qué motivada de la vida —dijo Bego.

Como si la hubiera oído, Elena levantó hacia ella el dedo corazón, se lo mostró bien a las claras y le sacó la lengua.

—¿Sabes que al final se va a apuntar a teatro la muy loba?

—¿Por qué dices eso? —preguntó Camino.

—Porque el teatro le importa un pimiento. Ésa a lo que va es a pillar.

Camino abrió su cuaderno, lo colocó sobre la carpeta en la que ya se desdibujaba la pegatina redonda de SÍ A LA VIDA y comenzó a dibujar. Bego sabía que muchas veces su amiga hacía dibujos sin sentido mientras hablaban o estaban calladas. Dibujos en los cuadernos, en los libros, en el interior de la mochila. Dibujos que, según le había dicho Camino, la ayudaban a concentrarse.

—Pero a lo mejor no la cogen —sugirió Camino.

Bego soltó una carcajada.

—¿A Elena? Ya verás cómo sí. A mí me hicieron más pruebas que para ser astronauta, pero Elena es mona y tiene tetas. La pillan seguro.

—Pero el teatro es algo más que eso, Bego.

—Algo más que qué.

—Que ser mona y tener tetas.

—Será, pero mola tener una cara bonita. Y a Elena la van coger por su cara bonita, ya lo verás.

—Si Garabato coge a la gente por su cara bonita, ¿por qué te escogió a ti?

—Por mi físico. Necesitaban un monstruo.

—Anda, Bego, déjate de tonterías. Tú no eres fea.

—Ya lo sé. Yo sería una belleza si no fuera por mi cara ancha y porque soy cuellicorta. El cuello es lo peor.

—¿Qué cuello? —quiso saber Camino, divertida.

—Hija, qué mala leche tenéis las santurronas.

—Si estás muy bien, mujer. Aunque no tengas cuello estás fenomenal.

—Eso dice mi primo.

—¿Cuco?

Camino no pudo evitar que su voz sonara más alta de lo normal. Pronunció el nombre de Cuco como se pronuncian las explosiones, como si el niño acabara de aparecer tras ella.

Bego levantó las dos cejas y bordó un ensayado gesto de sorpresa.

—Cuco, sí, ¿qué te pasa?

—Nada.

—Ya. Pues que sepas que Cuco dice que los braquets estos que llevo en los dientes me dan aires de estrella internacional.

Camino se concentró en el dibujo de su cuaderno sin dejar de pensar en Cuco. La mirada de Bego rebotó sin sentido por el cielo y por el patio hasta que se detuvo otra vez en el aburrido partido de baloncesto. La Pingüi se disponía a colocar un inmenso tapón a María, una de las más pequeñas de la clase, pero se arrepintió en el último instante y retiró la mano haciendo ver que no era eso lo que pretendía, que lo que intentaba de verdad era taponar el lanzamiento. Dejó pasar la pelota y el balón de María entró sin tocar el aro. Mientras la niña lo celebraba con su equipo, la Pingüi, con falso gesto de fastidio, puso la pelota en juego. Se la pasó a Elena, que levantó las manos y la dejó pasar, como si quemara.

Camino miró de reojo a Bego.

—Qué gracioso es tu primo.

—¿Por?

—Por eso que dice de los braquets que llevas.

—Eso no es nada. Te partes con él.

—¿Ah, sí? ¿Y qué más cosas dice?

—Yo qué sé, cosas.

—¿Qué cosas?

—Cosas. No sé.

—Pero ¿qué cosas?

—Podías disimular un poco el interés que tienes por él.

—¿Por quién?

—Por Cuco, no te hagas la tonta. Es que vaya cante que estás dando.

—Vale, si quieres disimulo.

Permanecieron en silencio un segundo.

—Ya he disimulado —dijo Camino—. ¿Qué más cosas graciosas dice Cuco?

—No sé, cosas graciosas en general. Ya te las iré contando cuando me acuerde.

—Vale.

Miraron a los dos equipos sin mirar a ninguno.

—A ver si terminan éstas, que tengo el culo helado.

—Siéntate en la carpeta, Bego, que estoy harta de decírtelo.

El cielo se rasgó en una grieta desigual, sorprendentemente luminosa. El sonido del trueno tardó una eternidad en llegar hasta ellas.

—Oye, Bego...

—Te he dicho que ya te contaré cosas de él, no me agobies.

—Si no es eso —mintió Camino.

—Entonces qué es.

—Nada, no es nada.

Pero *nada* era Cuco. Camino no se atrevía a preguntar abiertamente, y era una tontería porque estaba con

Bego, a la que le había contado todo desde que se conocieron nada más nacer, pero ahora se trataba de algo diferente, de un sentimiento que nunca antes había experimentado. Se sentía rara, incluso estando con su mejor amiga.

—A ver si empieza a llover y suspenden el partido de una vez —dijo Bego.

Un soplo de viento húmedo barrió el patio. Olía a tierra, a distancia.

—¿Y dónde vive? —preguntó Camino.

—Anda que has tardado.

—¿En qué?

—En volver a preguntar.

—¿Te importa?

—No.

—¿Y por qué no me respondes?

—¿Qué quieres saber?

—Lo sabes de sobra.

—Mira que te ha dado fuerte.

—¿Dónde vive?

—En el barrio. Cuco vive en el barrio.

—Es que nunca lo he visto por aquí.

—Es un chico muy dulce.

—¿Ah, sí?

—Claro. Su madre trabaja en una pastelería.

—¿En cuál?

—¿A que es bueno el chiste?

—¿Qué chiste? —preguntó Camino sin ganas.

—Hija, cómo te pones. Que Cuco es dulce porque trabaja en una pastelería.

—¿En qué pastelería?

Bego suspiró.

—En la pastelería grande, en la de arriba, la que está cerca de tu casa.

—¿Y él va por allí?

—Todas las tardes. Se queda allí hasta que su madre cierra. ¿Quieres saber algo más?

—¿Yo? No, qué va.

—Ah, vale, porque con tanta preguntita yo no me he dado cuenta de que estás interesada por él, ni de que te gusta ni nada.

—Eso es porque disimulo perfectamente.

—Desde luego.

—Es que contigo no puedo disimular, Bego, ya sabes.

—Sí, ya sé. Qué suerte tienes.

—¿De qué?

—De estar enamorada.

Camino siguió dibujando. Se había puesto colorada, pero Bego no quiso verlo. Las rayas verticales ligeramente onduladas ascendían hasta el margen superior de la libreta y morían después hacia abajo, cansadas, para renacer con alegría otra vez y trazar un semicírculo que caía finalmente hacia la parte inferior del cuaderno.

—¿Qué dibujas? —preguntó Bego.

—Nada.

—Pues vale.

—¿Ya habéis decidido la obra? —quiso saber Camino.

—Sí, tú cambia de tema.

—No cambio de tema. Te lo pregunto por si vais a hacer una tontería.

—Pues a lo mejor, porque si estás el otro día es que alucinas.

—¿Qué pasó?

—Que Cuco, en mitad de la clase de teatro, delante de todos, sugirió la cursilada del año.

—Seguro que era algo bonito —dijo Camino.

—Claro, como lo dijo Cuco...

—¿Era bonito o no?

—No sé. Será bonito para la que haga de Cenicienta.

Bajo el cielo de tormenta el corazón de Camino palpitó de forma impar, descontrolada. Le ardía el pecho.

—*¿La Cenicienta?* —preguntó.

Bego, confusa y preocupada, vio brillar los ojos de su amiga.

—Pero ¿qué te pasa?

—Nada —le aseguró Camino.

Tenía la boca seca.

—Es que estás rara.

—No, es que *La Cenicienta* me encanta.

—Y a mí, pero qué te juegas que me encasquetan el papel de Anastasia o de Griselda.

Camino cerró el cuaderno donde había hecho el dibujo y lo apretó con ambos brazos, como si se estuviera despidiendo de él.

—¿Por qué le llamáis Cuco?

—Joder, la que me ha caído encima.

Pero a Bego, en el fondo, la embargaba una emoción profunda. Estaba orgullosa de poder ayudar a su amiga, de serle útil. Gracias a Camino se consideraba importante. Tenía un papel protagonista.

—Pero ¿por qué le llamáis Cuco? —volvió a preguntar Camino.

A Bego le costó trabajo disimular su emoción.

—No sé, de siempre.

El partido estaba a punto de terminar. La Pingüi estiró los últimos minutos intentando que marcaran las del curso inferior. Luego pitó el final. Los equipos se saludaron. Cayeron cuatro gotas de un cielo ácido y oscuro.

—Vamos para dentro, anda, que esta lluvia no me gusta nada —propuso Bego.

Se levantaron. El cielo volvió a abrirse. Los relámpagos estallaron en un bosque de luz, una radiografía rota y azul.

Bego y Camino, diminutas, con las carpetas sobre la cabeza, entraron en el colegio.

—¿Y lo de Cuco de dónde le viene? —insistió Camino.

—Mira que eres pesada.

—¿Cómo se llama?

—Si lo sé no te llevo al centro cultural ni de coña —se quejó Bego.

—Anda dímelo.

—No me da la gana.

—Venga, mujer. ¿Cuál es su nombre de verdad?

—Vale. Se llama Jesús.

El viento desplazado por la tormenta abrió las puertas de golpe y penetró en el interior del colegio moviendo las orlas, las faldas, las papeleras.

—¡Todas dentro! —gritó la Pingüi intentando cerrar la puerta principal.

Camino, en mitad del pasillo, parecía ajena al vendaval que recorría el colegio.

—Jesús —dijo Camino sin poder oírse.

Retumbó el aire. Arreció la lluvia, que caía con ganas sobre el patio. La tormenta estaba justo encima. La Pingüi consiguió cerrar las puertas.

—Jesús, sí, se llama Jesús. Pero yo prefiero Cuco —dijo Bego.

Camino la miró. Tenía un par de gotas en las gafas.

—Yo no —dijo Camino.

—Me parece muy bien. ¿Te vas a quedar ahí?

Bego, Camino y el corazón de boli atravesado por una flecha que había estado dibujando amorosamente en su cuaderno entraron en clase. Bajo el corazón había dos nombres. Miró hacia atrás. Había tenido la sensación de que Cuco y Cenicienta caminaban tras ella.

—Por cierto, Garabato preguntó por ti —dijo Bego.

Camino disimuló su interés. Se estaba acostumbrando.

—¿Y qué le dijiste?

—Que no habías podido ir porque te habías lesionado rezando el Rosario.

—Muy graciosa.

—Es de familia. Le dije que no se preocupase, que ya tenía Cenicienta.

—¿Cómo? —pregunto Camino sobresaltada.

—Lo que te cuento. No me preguntó por ti. Me preguntó directamente por Cenicienta. Si no consigues el papel es que eres tonta.

—¿Y por qué no me lo has dicho antes?

—Por si el médico no te dejaba hacer teatro. Imagínate el disgusto que te ibas a llevar.

Camino miró otra vez hacia atrás. Había tenido la sensación de que la felicidad no dejaba de seguirla.

—Vaya día más asqueroso —dijo Bego.

Camino no estaba de acuerdo. Era un día maravilloso de lluvia ácida. El mejor día de su vida.

21

El coche de Don César recogió a Don Miguel Ángel puntualmente y se disolvió en el tráfico que ascendía por la Castellana. Había atasco. Los limpiaparabrisas barrían el agua con un ritmo incansable, aunque Don Miguel Ángel no escuchaba su sonido. Tampoco oía la ciudad, que rugía tras los cristales del Audi. Los peatones cruzaban apresurados los pasos de cebra con sus paraguas chorreantes, como si se tratara de una película muda. Madrid ardía y se resquebrajaba entre sonidos convulsos de pitidos, voces de hombres y de mujeres, motores recalentados, frenazos y lluvia, pero lo que llegaba hasta él era un rumor simple, apenas perceptible, como una música lejana. Disfrutaba del anonimato que le proporcionaban los cristales tintados del coche. Le permitían ver el exterior con total nitidez y, sin embargo, desde fuera sólo se apreciaba una oscuridad inmóvil, casi líquida, que ocultaba su rostro. Ver sin ser visto era para él algo maravilloso. Ver sin ser visto rozaba la perfección. El conductor, un hombre fornido de mediana edad, olía a traje caro, rasurado impecable, servilismo y silencio. Era el mismo que le había recogido las últimas veces, el chófer personal de Don César. Conducía suavemente, sin tirones, y en todo momento evitó mirar a Don Miguel Ángel por el espejo retrovisor. El sacerdote suspiró, y el suspiro le hizo más presente el olor de la tapicería de piel blanca sobre la que se sentaba y el aroma de las maderas nobles que embellecían algunas partes del interior del automóvil. De coches lo ignoraba todo —Don Miguel Ángel ni siquiera tenía carnet de conducir—, pero había algo que tenía muy claro: la calidad de un vehículo se medía por el sonido que se producía al cerrar la puerta. Y las puertas del Audi que César le había enviado —porque sabía que era el que le gustaba especialmente— provocaban un sonido rotundo, pesado, de lujo, un cloc seco, caro. También el color hacía juego y demostraba que el coche que ocupaba había encontrado la difícil perfección de la excelencia: un verde oscuro que remitía a un mundo serio, estable; un color que él sabía que se reservaba en exclusiva para los automóviles de gama alta. Extendió los brazos, apoyó las manos en los asientos y los acarició con un inequívoco gesto de posesión. El sonido de la puerta, los cristales y el color lo reconfortaban. Estaba donde merecía estar.

Pero ahora estaban detenidos en pleno atasco. El conductor no dijo nada; seguía manteniendo su postura erguida, las manos al volante, la vista fija al frente, como si estuviera conduciendo a cien kilómetros por hora, y Don Miguel Ángel pensó que tal vez estaba haciendo méritos para que le hablase bien de él a César, así que aguardó. El chófer movió ligeramente los hombros y el sacerdote creyó que finalmente iba a hablar, que iba a mirarle y a decirle la consabida frase de «vaya atasco», o la de «cómo se nota que es primero de mes y la gente ha llenado el depósito», pero el hombre se ajustó la hombrera izquierda de su chaqueta y permaneció en un silencio que no provocaba ninguna tensión. Sencillamente callaba. Era un profesional. Su discreción, pensó Don Miguel Ángel, merecía una recompensa.

Avanzaron un par de metros y volvieron a detenerse. El semáforo parecía haberse instalado definitivamente en rojo. El chófer no realizó ningún gesto que denotase fastidio o impaciencia. Puso punto muerto, miró un instante los edificios y las luces deformadas por el agua que se deslizaba por los cristales y volvió a arrancar para detenerse de nuevo. Don Miguel Ángel no pudo evitar un bostezo. El hombre, como si fuera una orden, cambió de carril con autoridad, metió el morro del coche en la fila de la izquierda y dio un volantazo que, a pesar de todo, Don Miguel Ángel sintió suave, de una exquisita pericia. Le pitaron, pero el hombre no se inmutó, sorteó una moto que nadie más había visto, pasó entre dos furgonetas evitando milimétricamente el roce y se colocó el primero ante el paso de peatones, esperando a que el semáforo cambiara de color. El conductor de una de las furgonetas se puso a la altura del coche y los miró desafiante. Les dijo algo. Un insulto. El chófer giró la cabeza y miró al conductor de la furgoneta sin interés y sin pasión. Después volvió a mirar al frente. El semáforo estaba en verde. Arrancaron. Torre Picasso se adivinaba a lo lejos, y el sacerdote repasó los motivos que le habían llevado a visitar a César en una tarde de perros como aquélla. Había dos, y ambos pertenecían al espíritu, aunque uno de ellos encajase más con el espíritu terrenal y económico que también formaba parte de la Obra de Dios. Los dos eran importantes, pero el que tenía que ver con Camino revestía una urgencia que él consideraba personal. Cuando horas antes había estado con Gloria fue consciente de que algo la preocupaba. Solamente fue un gesto —Gloria se llevó la mano a la sien mientras él hablaba—, pero esa señal, mínima, intraducible y carente de significado para cualquiera, bastó para alertarle. A Gloria le sucedía algo que él ignoraba, y a ella no le extrañó que Don Miguel Ángel le pidiera discretamente que se quedara después para charlar un rato. Cuando las otras mujeres se fueron comprendió que no se había equivocado. En la mirada de Gloria habitaba una sombra, y él no podía concebir que existiera la más mínima posibilidad de que en el alma de las personas que trataba quedasen zonas de umbría, rincones oscuros que él no pudiera iluminar. El alma de cuantos le rodeaban, según había decidido, debía ser un mapa de luz por el que él pudiera caminar y orientarse incluso a ciegas, sobre todo si las sombras y los rincones tenían algo que ver con Camino o con su hermana Nuria. Nuria. Pensar en ella le obligó a moverse en la silla, a revolver unos papeles y a bajar la mirada. Temía que su madre, que ya estaba sentada frente a él, aguardando, llegase a adivinar el rastro de sus pensamientos, que en los últimos días, a pesar de bifurcaciones, cruces de caminos y ríos y lagunas capaces de borrar todas las huellas, conducían de forma clara y explícita a una cazadora vaquera, a unos pantalones ajustados y a la limpia mirada que él añoraba. La mirada de Nuria. Su mirada. Tosió. Gloria también. El nerviosismo salpicó la mesa. Perdón, dijo ella, adelantándose una milésima de segundo. Don Miguel Ángel sonrió. Las milésimas, como en el atletismo o en la Fórmula 1, también contaban en sus conversaciones. Había ganado. La mirada de Gloria se tornó más humilde, pero Don Miguel Ángel desconfiaba de la humildad.

—Creo que hay algo que te inquieta, Gloria.

Gloria dudó. A punto había estado de mirarle francamente, pero se contuvo. Dejó que su mirada vagase.

—Ya sabes que estoy para ayudarte. Tus preocupaciones son las mías.

—No todas tenemos su presencia de espíritu, Don Miguel Ángel.

El sacerdote asintió. Supo que había un mapa que no era exacto, que en algún rincón del alma de Gloria había crecido un rincón sombrío, un ángulo muerto. Cruzó las manos y sonrió al pensar lo poco que se había equivocado con ella: en algunas ocasiones aquella mujer parecía estar a su altura. Volvió a ordenar los papeles de la mesa. Gloria suspiró. Después pasaron su mirada a limpio. El sacerdote la elevó, como si le pesara, y la dejó caer sobre Gloria lentamente, procurando que la enorme carga de sus ojos aplastara su resistencia. Y lo consiguió; Gloria se vio a sí misma reflejada en los ojos del sacerdote, vio sus propias debilidades, sus defectos, lo que había contado y lo que calló; lo que había dicho a destiempo, lo que soñó cuando era joven; se vio relacionándose con su marido, cocinando —vio pescadillas y sopa de lluvia—; se vio leyendo, asistiendo al club, dando a luz, sosteniendo al niño muerto entre sus brazos un amanecer de lluvia. Vio a José callado, a Camino vistiendo el camisón que había heredado de su hermana, a Nuria tomándola de la mano. En los ojos del sacerdote estaba todo. Se sintió tan transparente y tan desnuda que apoyó el bolso contra su vientre, y Don Miguel Ángel vio a una mujer que parecía mayor descansando su bolso en el regazo, y recordó a todas las señoras mayores que en los encuentros colocaban el bolso de la misma manera. Volvió a recrearse en Nuria. No había dejado de hacerlo mientras jugaba con la Montblanc, quitando y poniendo el capuchón. Pensaba en ella y en lo lejos que Nuria estaba de su madre, en qué poco se parecían, y, sobre todo, en que Nuria nunca llevaría un bolso como aquél ni lo movería de la misma forma.

—Estoy preocupado por ti.

Tal y como esperaba, Gloria apretó la parte superior del bolso con ambas manos y miró hacia otro lado.

—Me basta con verte.

Gloria miró la nada mientras Don Miguel Ángel abría y cerraba la pluma.

—Lo que no entiendo es que no hayas venido a verme antes.

Era cierto. Tal vez lo único cierto. Don Miguel Ángel no lo entendía. Si en verdad estaba preocupada por algo ¿por qué no había ido a verle? Tal vez porque el motivo era una tontería, pero era él quien debía decidir lo que era una tontería y lo que no. Quizá fuese algo grave, algo de última hora y por eso Gloria no había tenido tiempo de contarle nada. De lo que estaba seguro era de que en ningún caso Nuria podía ser la causa de su preocupación. Nuria no. Inés y Martina le enviaban regularmente exhaustivos informes desde la casa y en ellos no aparecía nada preocupante; todo lo contrario: las actividades de Nuria, sus comentarios y su comportamiento resultaban del todo ejemplares. Descartó —mientras se daba tiempo abriendo otra vez la Montblanc— que la preocupación de Gloria proviniera de su entorno más íntimo, pero por lo que sabía, su entorno más íntimo se reducía a las otras mujeres que él conocía, así que era improbable. Pensó en José. Tal vez José fuese la causa, pero estaba seguro de que no: José era un conjunto vacío. Era cierto que no aportaba nada, pero nunca hasta entonces había interferido con vigor o con suficiente peligro en la vocación de sus hijas, y cuando lo hacía —cuando amagaba con hacerlo— no eran más que pataletas, niñerías, gestos blandengues y falsos que no llevaban a ningún sitio; tibiezas testimoniales de padre desbordado. Seguro que la preocupación de Gloria tenía que ver con Camino. Gloria estaba preocupada por Camino, y si su madre lo estaba, él también debería estarlo. Lo estaba.

Cerró la pluma, sonrió ampliamente y, mucho antes de que la sonrisa hubiera desaparecido de su rostro, Don Miguel Ángel ya había repasado la información que tenía de Camino; la había seleccionado convenientemente y sabía la que podía utilizar con su madre.

—Tú y yo siempre hemos sido sinceros.

Gloria asintió.

—¿Se trata de José? —preguntó Don Miguel Ángel sabiendo que eso era imposible.

Gloria sonrió abiertamente, aunque se arrepintió de inmediato. Su forma de sonreír mostraba abiertamente un cierto desprecio hacia su marido.

—No. No es nada importante, Don Miguel Ángel.

Don Miguel Ángel no la escuchó. Seguía viendo la sonrisa que ya había desaparecido.

—Siento haberme reído —dijo Gloria.

Los dos habían pensado lo mismo. La sonrisa de Gloria significaba que José era un ser incapaz de causarles problemas.

—Digo lo de José como podía haberte dicho otra cosa. Qué sabrá un pobre cura como yo —dijo él en tono desenvuelto.

—No quiero interrumpirle, Don Miguel Ángel. Tendrá usted muchas cosas que hacer.

—Tú nunca interrumpes, Gloria —respondió él amablemente.

Volvió a sonreír. Ya estaba seguro de que Camino era el motivo de la preocupación de su madre. Lo último que sabía de la niña procedía de la carta que le había escrito a Nuria esa misma semana y que Inés le había remitido en fotocopia. Era una carta simple, aunque Don Miguel Ángel, además de la humildad, desconfiaba enormemente de la simpleza, o de lo que otros interpretaban como tal. Tradujo a titulares los primeros párrafos de la carta: Camino le contaba a Nuria que se acordaba de ella, que tenía ganas de verla y que había descubierto un vestido rojo.

Te quiero mucho. Me acuerdo siempre de ti cuando veo la guitarra y también en otros momentos del día y por las noches también me acuerdo porque no estás conmigo.

¿Cuándo vienes para que salgamos a ver escaparates? He visto un vestido mágico, rojo, con unas Converse que seguro que me quedan fenomenal. Mamá me está haciendo un vestido igual.

Te quiero mucho y te echo mucho de menos.

Entraba dentro de lo normal que la niña echara de menos a su hermana mayor cuando veía la guitarra, que quisiera salir con ella a ver escaparates y que le gustaran unas zapatillas y un vestido rojo. La insistencia de la pequeña diciéndole a Nuria que la echaba de menos no ayudaba en nada a su hermana, pero él y la Obra sabían cómo lidiar con eso. No era un asunto especialmente grave.

—Te honra la preocupación que sientes por tu hija.

Gloria se sorprendió, y se hubiese sorprendido mucho más si Don Miguel Ángel no la tuviese ya acostumbrada a esa enorme capacidad para leer el pensamiento.

—Porque se trata de Camino, ¿verdad?

—Sí —reconoció Gloria como si la hubieran sorprendido en alguna falta.

Don Miguel Ángel disfrutó por un instante de la sensación de extrañeza que sus poderes causaban en el público. Luego se centró en su trabajo. Seguramente Gloria había sabido de alguna manera —ya se encargaría él de averiguar cómo— que Camino estaba enamorada. Al menos eso era lo que le había escrito a Nuria en la carta. Tenía que indagar cuanto antes cómo era posible que la información hubiera llegado a su madre, a no ser que se la hubiese proporcionado la propia Nuria. ¿Por carta? ¿Por teléfono? En cualquier caso eso equivalía a decir que la labor de Inés y de Martina no estaba resultando eficaz. Otra posibilidad era que Camino se lo hubiera contado a su madre, pero Don Miguel Ángel tenía dudas, y él odiaba las dudas.

Recordó el párrafo que había subrayado en rojo.

... lo que quiero contarte ahora lo primero es que me he enamorado. He sentido el pinchazo en la tripa que Bego dice que sientes cuando te enamoras. ¿Te pasó a ti lo mismo con Giusseppe?

Al leerlo también él se había sentido sorprendido. ¿Camino enamorada? Era urgente saber de quién. Y cómo. Y cuándo. Y dónde. Pero lo que más urgía era tomar medidas. Actuar. No había tenido tiempo. Encontró positivo que la información en la Obra circulara prácticamente en tiempo real. Pero se estaba distrayendo. Ahora lo importante era decirle a Gloria que no se preocupara, que eso del amor era una cosa de niños.

—¿Te lo ha dicho ella? —preguntó.

Gloria se aferró otra vez a su bolso. Don Miguel Ángel abrió la pluma y observó que Gloria no miraba al suelo como solía hacer. Ni miraba el suelo ni suspiraba. Dejó la pluma a un lado. Se había precipitado. No era el amor de su hija lo que había llevado a su madre hasta allí. No era ése el problema. Gloria desconocía que Camino estaba enamorada. Una cólera roja y mundana subió hasta su rostro. Estaba perdiendo facultades, y no era culpa suya, pero en los ambientes en los que aspiraba a moverse la culpa no importaba; los errores se pagaban, y se pagaban muy caros. Sintió que estaba jugando en una división inferior a la que realmente le correspondía. Tenía que salir de allí cuanto antes, abandonar ese ambiente, ese mundo beatífico, adormecido e inmóvil de círculos, retiros, confesiones y señoras que le doblaban la edad y que se colocaban el bolso en el vientre y que lo apretaban con ambas manos. Pensó en Nuria y en su cazadora vaquera. Deseó estar con ella, abandonar juntos y para siempre ese aire mortecino y caduco que le estaba contagiando. Había bajado la guardia. Había cometido el pecado de relajarse. Había estado a punto de hablar antes de que Gloria lo hiciera.

—¿A qué se refiere? —preguntó Gloria con un interés que no pudo disimular.

Don Miguel Ángel colocó la pluma en el centro exacto de su portafolios.

—A nada en concreto. Lo único que sé es que Camino te tiene preocupada.

—Me preocupa no ser buena madre.

Don Miguel Ángel se levantó sin ningún cuidado para no hacer ruido con la silla y jugó a la incredulidad. Parecía ofendido.

—¿Cómo es posible que tú digas eso? Siempre te has preocupado por tus hijas.

—Muchas veces, Don Miguel Ángel, me pregunto si estoy haciendo lo correcto —dijo Gloria con una humildad que puso en guardia al sacerdote.

—Lo sé. A mí también me sucede. Pero entonces, ¿sabes lo que pienso?

Gloria no respondió.

—Pienso que formamos parte de la Obra de Dios y que hacemos lo correcto porque la Obra le fue revelada a nuestro Padre por Dios.

—Tiene razón.

—Y yo siempre te he visto hacer lo más adecuado, Gloria —prosiguió suavizando su tono—. Eres todo un ejemplo.

Gloria miró hacia un lado con la intención de que Don Miguel Ángel no fuese consciente de la satisfacción que acababan de producirle sus palabras. No quería pecar de vanidad.

—Eres una madre perfecta llena de amor y de comprensión por tus hijas. ¿Cuál es el problema? Dime, ¿en qué puedo ayudarte?

—Tal vez no sea más que una tontería.

—¿Y qué importa? Lo verdaderamente importante es que hablemos, Gloria. Me alegra hablar contigo. Ya me gustaría a mí hablar más contigo si mis obligaciones me lo permitiesen.

Estaba comenzando a impacientarse aunque, como siempre, fue capaz de no mostrar el más leve síntoma.

—¿Crees acaso que yo no aprendo de ti? Más de lo que te imaginas, Gloria. Mucho más de lo que tú te imaginas —aseguró Don Miguel Ángel con gesto sincero. Parecía perdido en sus pensamientos, apretando los labios y cerrando los ojos como si estuviera recordando todas y cada una de las veces en las que tantas y tantas cosas había aprendido de Gloria. Luego, en un peligroso gesto mecánico que debía eliminar para siempre, a punto estuvo de mirar su reloj. Logró evitarlo. Gloria era la madre de Nuria. Y la de Camino. Una profesional capaz de leer los gestos, incluso los que aún no se habían realizado. Se sentó de nuevo.

—Cuéntame. Hablemos con sinceridad, como siempre hemos hecho.

—Camino quiere hacer teatro.

Don Miguel Ángel juntó las manos. Apoyó los codos en la mesa y se acercó más a ella. Decidió que estaba en lo cierto. Debía salir cuanto antes de ese mundo asfixiante y diminuto que, por otra parte, no dejaba de resultarle atractivo. Mientras hablaba no podía evitar pensar que él estaba llamado a solventar problemas de mayor envergadura y que en ese instante había personas reunidas en salas que por el momento le estaban vedadas y donde se diseñaba un mundo vertical que con total exactitud comenzaba arriba y terminaba abajo. Él quería estar arriba. Hacía ya mucho tiempo que había comprendido que la Obra seguía los caminos del agua, que obedecía la ley de la gravedad, que el universo y las almas se trazaban de arriba abajo. Hubo un relámpago de decepción en sus ojos.

—El teatro es una maravilla, Gloria —dijo Don Miguel Ángel sin convicción—. Es un arte. Fíjate que yo no me esperaba que nuestra Camino nos sorprendiera con...

—Quiere dejar el club —le interrumpió Gloria.

Don Miguel Ángel volvió a coger la Montblanc. La colocó entre sus manos y la apretó como si esperara que de ella brotasen las palabras que necesitaba.

—¿No está contenta en el club? —preguntó sin alterarse.

—Prefiere el teatro.

—Ya. ¿Va a alguna escuela?

—Aún no. Pero insiste en que quiere ir.

—No hay problema. Te voy a recomendar el taller de teatro que tenemos en el club de Alcalá. Lo llevan dos chicas divertidísimas y, al parecer, está animadísimo.

—Es que Camino ya ha visto una escuela que le gusta —dijo Gloria en voz baja, como confesando un pecado.

—¿Y qué escuela es ésa?

—Es un centro cultural.

Don Miguel Ángel apretó más la pluma. El plástico crujió. ¿Cómo era posible que él no estuviese informado?

—¿Por qué no has venido a verme antes? —preguntó.

—Debería haber estado más atenta. Me siento incómoda solicitando su ayuda.

Don Miguel Ángel la miró, incrédulo. La sinceridad siempre le desconcertaba. Abrió la pluma y cogió una cuartilla.

—¿Tiene nombre ese centro cultural?

—Camilo José Cela.

—Vaya —dijo sonriendo con ironía.

Ambos sabían que el simple hecho de nombrar al autor cuyos personajes son incapaces de comprender el valor trascendental del dolor tensaba el ambiente. La pluma crujió. Sonido de plástico muerto en una conversación que llegaba a su fin.

—No sé qué hacer, Don Miguel Ángel.

—Cualquier cosa que hagas será lo mejor para tu hija. De eso estoy seguro. Y Camino te lo agradecerá.

—Dice que tiene vocación para el teatro, y yo no sé si

debo oponerme. Lo que más deseo es que sea feliz, usted lo sabe.

Don Miguel Ángel miró la pluma y juntó las manos.

—Y yo lo que más deseo es que seáis felices las dos. Tan felices como Nuria. Quizá tu hija tenga vocación teatral. ¿Por qué no?

—Pero el club...

—Nuestro club es maravilloso, Gloria. Pero el teatro también es una actividad fantástica, aunque yo tengo la impresión de que tu hija está llamada a hacer su propia obra, no a recitar la de los demás.

Disfrutó de su propia frase. Disfrutó, sobre todo, por el hecho de que Gloria la comprendiese a la perfección.

Se miraron a los ojos.

—Creo que el problema puede ser el profesor. La acompañé el otro día y la verdad es que no me gustó mucho el ambiente.

Volvieron a mirarse.

—¿Hablará con ella?

—Dejemos que Dios actúe. No te preocupes. Y creo, Gloria, que convendría rezar muchísimo por ese profesor que, ¿cómo me has dicho que se llama? —preguntó Don Miguel Ángel desenroscando la pluma.

Cuando terminó de apuntar el nombre de Garabato consultó su reloj. Gloria también. Lo hicieron a la vez. Luego permanecieron en silencio, pensando en lo que habían dicho y en las extrañas virtudes que poseen las conversaciones inconclusas pero perfectas.

Cuando Don Miguel Ángel terminó de repasar la conversación que había mantenido con Gloria, el Audi ya había entrado en Torre Picasso. Accedieron por la rampa hasta el parking privado y ocuparon una de las plazas marcadas con el nombre de la empresa. En varios rótulos anclados en la pared se leía «presidencia». El chófer le abrió la puerta. Cuando Don Miguel Ángel descendió escuchó a su espalda el exquisito sonido que hacía la puerta al cerrarse y que tanto debía de parecerse a las de los múltiples Mercedes y Volvo aparcados frente a él. La mujer que les aguardaba no mostró síntomas de impaciencia por su retraso; extendió un brazo y con una leve sonrisa condujo a Don Miguel Ángel hacia el ascensor. Entraron. Antes de que la puerta se cerrase Don Miguel Ángel vio a su chófer al fondo, mirándole. El hombre levantó una mano en señal de despedida. No sonrió, aunque Don Miguel Ángel no podía estar seguro de ello porque ya estaba ocupado mirando la tarjeta magnética que la mujer llevaba colgada al cuello y que con un gesto profesional deslizó por la ranura que se abría bajo el tablero. Disfrutó íntimamente al comprobar que a la planta de César solamente se podía acceder con aquella tarjeta. Se sintió un privilegiado. No había sido necesario dejar su nombre a los guardas del vestíbulo, mostrar su carnet de identidad, esperar a que consultaran la lista de visitas, recoger la tarjeta y atravesar con ella aquellos tornos tan incómodos. Don Miguel Ángel viajaba hacia el cielo en un ascensor que prácticamente carecía de botones. Ascendía de forma directa a la planta que otros soñaban. Era como si el mundo entero hubiera comprendido que no podía ser molestado, que Don César le aguardaba. Sentía como algo propio la excelencia del sonido de la puerta del coche, el color, la tapicería, la plaza de aparcamiento reservada, la exclusividad de la tarjeta magnética.

En el ascensor, bajo el falso techo plagado de luces diminutas que parecían estrellas, solos, la mujer que le acompañaba se hallaba sumida en un silencio tan natural como el del chófer que lo había llevado hasta allí. Era una mujer diminuta y servicial cuyo elegante mutismo le permitió repasar la conversación que había mantenido con Gloria. Estaba claro que ella ignoraba que Camino se había enamorado. Desde luego, él no iba a decírselo. No había ninguna necesidad de desprenderse de información que seguramente podía manejar de otra forma más conveniente. Si lo hiciera, ello significaría, además, orientar a su madre sobre los extraños caminos que la información recorría desde Pamplona hasta Madrid o desde Madrid hasta Roma. Mejor que no supiera nada, que siguiera desconociendo que Camino se había enamorado —era un asunto pendiente que iba a atacar de forma inmediata —. Tal y como contaba en la carta, Camino había conocido a un extraño señor con sombrero que se llamaba Mr. Meebles. Había pensado en preguntarle a Gloria quién era, pero decidió no hacerlo. Probablemente era un tendero o alguien del colegio. Ya lo averiguaría sin su ayuda. Camino encontraba triste la historia de Bernadette y terminaba contándole a su hermana que había soñado que atravesaba un río de oro. Eso era todo. El resto era más importante, y precisamente lo más importante no aparecía en la carta; lo importante era que la niña quería hacer teatro y que por ello estaba dispuesta a abandonar el club. Por eso estaba él allí, ascendiendo a toda velocidad con una mujer bajita, silenciosa y discreta hasta uno de los pisos más elevados de Torre Picasso. Respecto al centro cultural tenía detalles más que suficientes, aunque le bastaba con uno: al profesor de teatro que pretendía dar clase a Camino lo llamaban Garabato, aunque en verdad, según la nota que guardaba en su bolsillo, se llamaba Víctor Caballero Montes y vivía en la calle Sacrificio. También figuraba su DNI.

El ascensor se detuvo. Le dolían un poco los oídos. Salieron. La mujer le indicó con un gesto la puerta de entrada a la planta. Avanzaron por un pasillo repleto de humidificadores y entraron en un despacho. Cristina, la secretaria de Don César, se levantó inmediatamente. No se estrecharon la mano. Sabía que no debía hacerlo. Se conocían muy bien.

—Buenas tardes, padre. Don César le está esperando.

Le abrió la puerta del despacho, y cuando Don Miguel Ángel entró, Cristina volvió a sentir la misma sensación que había tenido el día que lo conoció. Se le hacía raro ver allí a un sacerdote. Era como si cada vez que entraba estallase una guerra sorda entre el negro de su sotana y los vivos colores de los cuadros millonarios que colgaban de la pared. Su silencio y su mirada también competían con el mundo que habitualmente circulaba por aquel despacho: ejecutivos, trajes caros, perfumes de hombre. Incluso los muebles, que habían sido traídos directamente de París y de Londres, se convertían en algo incongruente e inadecuado ante la presencia de un cura que le provocaba una intensa desazón. Cristina se sentía incómoda ante él, como si cualquier gesto que hiciera o cualquier cosa que dijese estuviesen fuera de lugar. Había algo falso y misterioso en aquella extraña presencia que emanaba un poder muy diferente del que ella conocía. Y ese poder se le escapaba. Era un poder tan oscuro como aquel hombre, tan silencioso como él.

El despacho de Don César ocupaba gran parte de la planta y se abría como un ojo cuadrado y fantástico sobre Madrid. La ciudad, vista desde arriba, ardía en sus arterias saturadas de tráfico, ardía en el fin de siglo como una antorcha de colores, como un camino de luz que llevaba a ningún sitio. Madrid era una llovizna que se oscurecía sobre cerros, colinas, avenidas y rascacielos formando un decorado de neón y de terrazas diversas que cobijaban restaurantes, bares, estadios, cafeterías, apartamentos, hoteles, museos y sueños. Desde aquel despacho Madrid parecía encontrarse siempre mucho más lejos de lo que en realidad estaba. La ciudad que no pertenecía a nadie había pasado a formar parte, poco a poco y pieza a pieza, de las posesiones de Don César. Y era cierto que, desde aquella vertiginosa altura, Madrid perdía su rostro de ciudad y se transformaba en una especie de maqueta carente de vida, un territorio de negocios, un juego instalado en un mercado gigantesco y virtual donde la belleza de sus avenidas y de sus plazas se transformaba en cifras. Hacia el Norte o hacia el Sur, hacia la Casa de Campo o la carretera de Barcelona, Madrid eran cifras, y Don César —el hombre que se acercaba a saludar a Don Miguel Ángel— era quien las marcaba. Se dieron la mano. Don Miguel Ángel apreció una mano seria, profesional. Una mano que podía poseer todo cuanto quisiera. Sintió el roce de su chaqueta, de su camisa de seda.

—Bienvenido, Don Miguel Ángel. ¿Qué tal el coche?

—De maravilla, César, como siempre. Y es más espacioso que el otro que tenías, ¿no crees?

—Es posible.

Don Miguel Ángel comprendió que César ya ni siquiera recordaba su coche anterior.

—Ya sabe que puede utilizarlo siempre que quiera.

—Te lo agradezco, pero ¿dónde va un pobre sacerdote como yo en ese cochazo?

Los gestos y las palabras de Don César denotaban más respeto que amistad. Había un temor reverencial hacia la figura del sacerdote por parte de aquel hombre alto, atlético y de pelo blanco que estaba a punto de cumplir los sesenta. El trato que dispensaba a Don Miguel Ángel en sus encuentros era el que solamente se le puede otorgar a alguien que conoce tu alma a la perfección. Siempre se veían a solas; Don Miguel Ángel intuía que César no se comportaría de la misma manera si hubiera testigos. En cualquier caso no quería tentar a la suerte. Ambos sabían que las cosas estaban bien así y que para cualquiera hubiera resultado extraño ver a uno de los hombres más poderosos de Madrid doblegado e impresionado ante la presencia de un cura que parecía del montón y que apenas le llegaba al hombro. Pero lo cierto era que Don César, el hombre de hierro que se manejaba con fiera soltura en bancos y en inmobiliarias, parecía atemorizado cuando Don Miguel Ángel entraba en su despacho. Era un respeto que a veces le producía sudor; otras, Don César se ruborizaba como un adolescente y bajaba la mirada ante él, retrasaba reuniones o las suspendía y renunciaba a responder las llamadas que se acumulaban en su móvil y que provenían de presidentes, altos ejecutivos, deportistas de élite, políticos, banqueros, ambiciosos profesionales. Disfrutó pensando que solamente tres o cuatro de los que llamaban a su teléfono tenían, al igual que él, el privilegio de llamarle César. No estaba en los centros del poder; César era el centro del poder y se comportaba con Don Miguel Ángel como si no tuviera prisa, como si Cristina no estuviese reteniendo visitas y reorganizando desesperadamente la agenda.

—Siéntate, César, por favor —dijo Don Miguel Ángel—. Aunque no tardaré mucho, sé que estás ocupadísimo.

—Para usted siempre tengo tiempo —respondió Don César dirigiéndose a su mesa de despacho.

—Mejor aquí, ¿no crees? —dijo Don Miguel Ángel sentándose en la amplia mesa de reuniones.

—Como prefiera.

—Es que esa mesa tuya me impresiona.

Don César sonrió. Bajo el pelo canoso brillaban unos ojos azules que mostraban un lugar vacío, sin fondo. Se sentó junto al sacerdote.

—Te veo moreno —dijo jovialmente Don Miguel Ángel.

—Estuve en Túnez el fin de semana. Negocios. Usted también tiene buen aspecto.

—Me encantan las vistas que tienes desde este despacho. Todo tan silencioso... ¿Tú has reparado alguna vez en que el poder es la altura? La altura y, probablemente, el silencio.

Don César asintió, como si nunca hubiera reparado en ello y Don Miguel Ángel acabara de hacerle un colosal descubrimiento.

—Claro, que yo qué sabré de esas cosas.

Cristina entró con dos cafés. Depositó la bandeja sobre la mesa. Don Miguel Ángel observó su mano morena: era un bronceado rojizo, reciente, el mismo que lucía en el rostro. Miró luego sus propias manos, perfectamente blancas, pálidas como las de los santos, adecuadas.

—Si necesitan algo más...

—Nada más, gracias —dijo Don César.

Cristina miró su reloj y salió con una prisa innecesaria. A Don Miguel Ángel no le gustó que consultase la hora tan descaradamente. Tampoco le gustaron sus pasos cortos y apresurados, ni su forma de mirarle. Le había mirado como a un cliente. No encontró convenientes sus tacones, su falda ceñida, su llamativa blusa y su belleza morena que, en el fondo, significaba que su piel había estado en contacto con el sol. Y para ello había sido necesario quitarse la ropa.

—¿Cuántos metros cuadrados tendrá este despacho? —quiso saber Don Miguel Ángel de pronto. Don César, sorprendido, paseó la vista por el despacho, calculando sus dimensiones como si lo viera por primera vez, pero antes de que respondiera, el sacerdote levantó la mano indicándole que no hacía falta que hablara. Dio un pequeño sorbo al café y depositó la taza en el platillo recreándose en el perfecto sonido de vajilla cara.

—Mira, César. El poder está en la altura y en el silencio, pero también habita en la discreción. Yo soy confesor de tu esposa, de Carmina, pero entiendo perfectamente las necesidades de los hombres. Las entiendo muy bien, César. Pero sé discreto con ese asuntillo que tienes con Cristina.

Se limpió los labios con la suave servilleta de tela mientras Don César agachaba la cabeza y colocaba la barbilla sobre el nudo de su corbata.

—Veo que no has olvidado que no soporto las servilletas de papel. Y te lo agradezco.

—Es buena chica, Don Miguel Ángel.

—Seguro, César, seguro. Pero ¿has pensado en la posibilidad de que en esos viajes de negocios que sueles hacer a Túnez tu secretaria se quede bajo la sombrilla? Es una sugerencia que se me ocurre hacerte, y que espero que no te moleste.

Don César volvió a bajar la mirada.

—Te lo digo porque no resulta muy discreto que el lunes aparezcáis los dos bronceados, ¿no crees?

Se levantó, se acercó a la cristalera y miró hacia el vacío disfrutando de un vértigo que no se parecía a ningún otro. Era el vértigo del poder. Madrid entero podía tocarse con la mano. Don Miguel Ángel respiró hondo, satisfecho. Le parecía imposible dominar así a una persona que podía cambiar la vida de la gente con sólo acercarse a ellos. Podía tutearle, llamarle César. Podía venir a verle sin previo aviso, disponer de su tiempo, comentar sus amoríos, incluso hacerle esperar un poco al teléfono cuando él lo llamaba.

—Qué estará usted pensando, Don Miguel Ángel.

El sacerdote se acercó a la mesa con las manos a la espalda.

—Tal vez te extrañe, pero estaba pensando en los jóvenes, César. Tenemos que llegar a ellos. Tenemos que llegar a ellos más y mejor. Cualquier herramienta nos puede resultar válida, ¿no te parece? —dijo Don Miguel Ángel con pasión.

A pesar de que nunca solía expresar su extrañeza, Don César se rascó la cabeza con el dedo meñique de su mano derecha.

—Y debemos acercarnos con lo que a ellos les gusta, en su terreno. Yo creo, por poner un ejemplo, que la música y el teatro siempre han sido estupendas ocasiones de trato, ¿no crees? Casi me da vergüenza venir a solicitar tu colaboración en un asunto tan pequeño, pero creo que Dios nos habla a través de las cosas pequeñas, aunque sin descuidar las grandes, ¿eh?

Don César asintió, sin saber qué más hacer.

—Conozco un centro cultural —continuó Don Miguel Ángel— que, según me han confirmado, pertenece al ayuntamiento y al que van chicos y chicas de diferentes edades. Se llama Camilo José Cela.

—Ah —dijo Don César sin comprender dónde quería llegar el cura y sin tener idea de la existencia del centro.

—Sí, no han estado muy afortunados con el nombre, pero oye, no siempre se acierta. ¿Tú te imaginas lo hermoso que resultaría para los niños de ese centro disponer de unos buenos formadores? Gente preparada, que la hay. Alguien que además de entretenerles les enseñe y sea también tutor. Date cuenta de que a esas edades los chavales son esponjas y se trata de que lo que absorban sea interesante y formativo.

—Si quiere puedo enterarme, a lo mejor hay espacio para montar allí alguna actividad provechosa, y quizá la podríamos patrocinar. No me parece difícil. Lo pongo en marcha.

—Me gustaría mucho que te encargaras personalmente. Es un tema delicado y urgente. Verás: la actividad ya existe. Hay como unas clases de teatro, pero una cosa muy simplona por lo visto, aunque lo curioso es que acuden muchísimos chavales. Les llama mucho la atención esa clase de actividades.

—¿No tienen profesor?

—Sí, sí, tienen uno, pero se merecen a alguien que no les haga perder el tiempo y que los sepa tratar. ¿Recuerdas a Eduardo?

—¿Eduardo?

—Sí, hombre, el chico aquel tan divertido que actuó en la casa de Diego de León la Navidad pasada.

—Sí, lo recuerdo vagamente.

Don César recordó más que vagamente a un chaval que, según le habían dicho, quería comenzar carrera como cómico. Era un joven larguirucho sin gracia alguna cuya actuación resultó patética.

—Estarás de acuerdo en que ese chico tiene talento. Tú me dijiste que te habías divertido muchísimo con su representación.

—Sí —mintió Don César—, pero de esas cosas sabe más usted que yo.

—Es que Eduardo, que es a lo que voy, podía darle un «además» a lo que hasta ahora son simples clases de interpretación en ese centro cultural. Y ese «además» es lo que estamos buscando, César.

Don César asintió. Ahora recordaba la actuación con mayor claridad: las bromas sin gusto, la evidente y bochornosa falta de talento de Eduardo, los chistes poco adecuados.

—Es Dios, César, quien nos está pidiendo ese «además». Nos pide un objetivo final que el actual profesor de teatro es incapaz de vislumbrar. Garabato lo llaman. ¿A ti te parece serio?

Don César movió la cabeza, incrédulo, para dejar claro que era la mayor barbaridad que había oído en su vida.

—Garabato —repitió Don Miguel Ángel despectivamente—. Eduardo es otra cosa, tiene chispa, ya lo viste en la fiesta de Navidad. Y es de la casa. Él puede encauzar a esos niños. Es un imán para los chavales; no veas cómo se hace con ellos. Ahora trabaja en una cosa de inmigrantes y yo he visto cómo le llaman Don Eduardo. Le respetan. ¿Cómo vas a respetar a uno al que llaman Garabato?

—Desde luego.

—El Padre nos pide que echemos las redes, César. Tenemos que aprovechar esta oportunidad. A veces el Señor nos demanda grandes proyectos y a veces lo que nos solicita son pequeñas intervenciones, cosas que a lo mejor para nosotros carecen de importancia y que al final terminan teniendo una relevancia enorme. Hay que servir a la Iglesia como la Iglesia quiere ser servida. ¿No lo ves tú así? Por eso he venido a verte. Sé que es un favor especialísimo este que te pido, y que abuso de tu confianza. Pero eso es lo importante César, la confianza. No sabes lo que te agradecemos que estés siempre ahí, al pie del cañón. Tu ayuda siempre ha sido acertadísima.

—No, por Dios. Ya sabe que siempre pueden contar conmigo. Pero ¿qué puedo hacer yo?

—No desconozco, César, la relación que te une con el concejal. Me lo comentó ayer Alfredo que, por cierto, estuvo conmigo amabilísimo. Y cómo te admira, oye. Me hizo una somera descripción de los favores que te debe. No quiero ni recordarlos. Haría cualquier cosa por ti. Por lo menos eso fue lo que me dijo.

Don Cesar forzó una sonrisa pensando en el compromiso que su amigo Alfredo, también supernumerario, le había traspasado con soltura, y en las dos llamadas telefónicas que debía hacer para conseguir ese «además» que Don Miguel Ángel le solicitaba. Dos llamadas telefónicas que con toda seguridad desconcertarían a sus interlocutores. Temía que el hecho de pedir que sustituyeran a un profesor de teatro le hiciera parecer un excéntrico o, lo que era peor, un caprichoso. Lo que en verdad temía era que se corriese la voz.

—Ya verás qué acierto es la elección de Eduardo. Yo ya he hablado con él y está dispuestísimo.

—Haré todo lo que esté en mi mano.

Don Miguel Ángel le miró, comprensivo.

—Oye, y el despacho de Alfredo no tiene nada que ver con el tuyo. Pero el chico promete, ¿eh?, aunque yo sé que es por lo mucho que le has ayudado.

Don César sonrió evitando recordar que las veces en las que había ayudado a Alfredo ambos habían jurado que era algo que iba a quedar entre ellos. En aquel momento empezó a incomodarle de una manera nueva la presencia del sacerdote.

—Bueno, será un gusto complacerle, Don Miguel Ángel.

—No, César —le interrumpió el sacerdote—. No es a mí a quien tienes que complacer. Es a Dios. Todo esto lo hacemos por Él.

—Claro, Don Miguel Ángel.

El sacerdote dejó un papel sobre la mesa y volvió a acercarse a la ventana. La amplia cristalera le atraía como un imán.

—¿Quiere otro café? —preguntó Don César mirando el papel que Don Miguel Ángel le había dejado y en el que constaban los datos personales de Garabato y la dirección del centro cultural.

—No. Ahora que Eduardo, gracias a ti, ya es profesor de teatro —dijo Don Miguel Ángel sonriendo— conviene que resolvamos nuestro otro asunto. Ya sabes que estamos teniendo ciertos problemas con el colegio de la zona Norte. Son retrasos que impacientan enormemente a los del consejo escolar. Es que es un proyecto tan bonito, ¿verdad? Y hay tanto esfuerzo ahí metido...

El sacerdote no se había movido de la ventana. Don César miró su espalda estrecha, su coronilla rala que dejaba entrever una piel blanca, mortecina. Piel de fluorescente. La sotana no era lo suficientemente mate como para ocultar que hacía tiempo que había dejado de ser nueva. Sus zapatos eran los que le había conocido desde siempre, aunque Don César sospechaba que ése era su uniforme de trabajo. Estaba convencido de que utilizaba otro muy distinto cuando impartía sus charlas. Volvió a recordar la fiesta de Navidad en Diego de León con aquel atontado al que quería colocar como profesor de teatro por motivos que se le escapaban, pero que en el fondo le traían sin cuidado. En aquella ocasión Don Miguel Ángel lucía una sotana de excelente paño hecha a medida, zapatos brillantes y un deslumbrante y nítido alzacuello. Nada brillaba ahora en el hombrecillo que miraba Madrid desde su despacho maravillado por la vida que se extendía a sus pies. Don César sonrió. Incluso la moqueta de su despacho era más elegante que el cura.

—Veo que sonríes, César. Me agrada muchísimo verte feliz.

Don César comprendió que Don Miguel Ángel no miraba la ciudad. Vio los ojos del sacerdote reflejados en el cristal, observándole directamente. Nunca, desde que había entrado en el despacho, había dejado de mirarle, de estar pendiente de él.

—No es nada —replicó Don César moviendo las manos como si tartamudeara con ellas.

Don Miguel Ángel siguió mirándole a través del reflejo del cristal.

—Si te ríes es porque estás feliz. Me alegra verte feliz, César, ya lo sabes. Lo que no entiendo es por qué no compartes esa felicidad conmigo. —Miró el reloj—. Se nos está haciendo tarde y no quiero robarte más tiempo, es mejor que nos metamos de lleno en el asunto —dijo Don Miguel Ángel acercándose a la mesa.

—Pensaba pedir un catering.

—No sabes cómo te lo agradezco, pero hoy me resulta imposible porque tengo compromisos inaplazables.

—Como quiera —respondió Don César pensando en los compromisos inaplazables que él había tenido que aplazar para reunirse con el sacerdote y extrañado por el hecho de que renunciase a demostrar su habilidad comiendo marisco.

—Me comentaste que tu gente había podido hacer finalmente la gestión.

—Sí —respondió Don César—. Y creo que con cierto éxito.

Don Miguel Ángel le apretó el brazo, afectuoso.

—Me quitas un peso de encima. Menos mal que siempre estás ahí, donde se te necesita. Entonces, ¿crees que tenemos posibilidades? A nosotros no nos han adelantado nada.

—Las recalificaciones llevan su tiempo. Estamos acelerando al máximo la liberalización de ese suelo.

—No abuses de mí, César —le interrumpió Don Miguel Ángel—, yo no entiendo ese lenguaje que manejáis vosotros, los de las altas finanzas. Lo que sí te digo es que estás haciendo algo valiosísimo. No sabes la ilusión que ha despertado el colegio en las familias de la zona. Me han comentado que estamos desbordados por las solicitudes.

—Tenemos que esperar hasta el próximo pleno.

—Lo dejo todo en tus manos. Y te digo otra cosa: gracias por dejarme aprender de ti, César. Aprendo de ti más de lo que te imaginas —aseguró Don Miguel Ángel con gesto sincero apretando los labios y cerrando los ojos, asintiendo, dándose cuenta de que esa frase ya se la había dicho a Gloria. Tenía que renovar su repertorio—. La Obra agradece enormemente tu interés, César. Y tus donaciones, siempre tan desprendidas.

—Le tendré informado.

—Y dale muchos recuerdos a tu esposa. Olvidaba decirte que el Vicario General os envía a ambos una bendición especialísima.

—Rezaré por él.

—Y sé discreto, César.

—Gracias por sus consejos.

—Gracias a ti, César. El Señor sabrá premiar tu disposición. Por cierto, ¿podría Cristina pedirme un taxi?

—No, por favor. Mi coche está a su servicio.

—No quiero ser un incordio.

Cuando Don Miguel Ángel salió hacia el pasillo donde lo esperaba la mujer diminuta que lo condujo hacia el ascensor sin botones que lo bajaría hasta el parking donde le aguardaba el chófer que lo conduciría a su casa en el Audi que le gustaba, Don César permaneció un rato sentado mirando las luces cambiantes de la ciudad. En algún lugar, en algún barrio, había un profesor de teatro llamado Garabato que no podía sospechar que en ese instante Don César, sentado en su poderoso despacho, estuviese pensando en él. No sabía cómo volver a hablar con Cristina, pero sabía muy bien cómo había hablado con Don Miguel Ángel. Como siempre, con sinceridad. Con la misma sinceridad con la que hubieran conversado si alguien los hubiese estado grabando.

22

Era triste el pollo muerto en la cocina. Su color frío de cadáver reciente era triste. Eran tristes las patas cortadas, la recogida postura de abandono. Y la piel. La piel también era triste. Una piel de frío, la piel de gallina que se les pone a los pollos después de muertos. Era triste la cara de sorpresa que debía de tener en la cabeza que ya le habían cortado, la luz sin vida de los fluorescentes que temblaban en el techo y que caía sobre la encimera, la campana extractora, la espumadera, los tenedores, la tabla de cortar. Era triste la tarde entera. El aire incluso era triste, y los mandiles, el libro de recetas, los limones, los platos de duralex, casi opacos, tan usados, tan vividos, tan llenos de vocaciones. La bandeja negra del horno también era triste, como la voz de la monitora de cocina cayendo sobre las niñas con repiqueteo de lluvia, atravesando sus deseos como se atraviesa una tarde de invierno. Olía a magdalenas y a carne muerta. Olía a los sueños que las niñas guardaban bajo los pequeños mandiles mientras miraban la masa y el pollo muerto. Olía a club, a sueños esponjosos que aún tenían que pasar por el horno. Eran sueños sin hacer. Sueños sin cabeza, con piel de gallina. Sueños de niñas. Sueños tristes de magdalenas y campana extractora.

—Ahora vamos a ponerle el zumo de un limón —dijo Milagros, la monitora de cocina.

Cortó limpiamente un limón, lo exprimió y vertió el zumo en un vaso. Hasta Camino llegó el aroma ácido de los limones que maduraban en los árboles del exterior. Ya no estaba en el club. Por la ventana veía un bosque y al fondo, en un pequeño claro, distinguió una casa en cuya cocina Cenicienta cortaba limones con un cuchillo. Cenicienta era ella, y había dejado de llover y la noche era azul, serena, estrellada. Escuchó el sonido de los cascos de los caballos; un carruaje se detuvo en el patio, entrechocaron las armaduras de los soldados, se hizo el silencio; después se oyó una trompeta y estallaron vítores y aplausos. El Príncipe parecía haber llegado. Camino miró a sus hermanas. Se habían puesto sus mejores vestidos y sonreían nerviosas, excitadas por los gritos del exterior. Se miró en el sucio reflejo del cristal de la cocina. Observó su rostro cansado y hermoso, su viejo vestido, el que Griselda había tirado y ella en secreto había rescatado de la basura. Deseaba su vestido rojo. Su vestido rojo y las Converse.

—Camino.

Milagros estaba junto a ella. Camino, que ya no era Camino, no contestó de inmediato.

—Camino —repitió Milagros tocándole el hombro. Su voz terrenal y urgente disolvió las estrellas y tiñó de negro la noche azul. Regresó la lluvia sobre Madrid, el olor a pollo y a limones ejecutados.

—No estabas concentrada —dijo Milagros.

Camino miró sus manos de Cenicienta, las ralladuras de la piel de los limones.

—Lo siento.

—¿En qué pensabas?

Se miró en el reflejo del cristal y se vio a sí misma. Cenicienta ya no estaba. Había desaparecido junto con el Príncipe, los soldados y los carruajes. El bosque entero se había desvanecido.

—En nada.

Milagros dejó escapar el aire por la nariz, como hacía siempre que intentaba sonreír. Encendió el horno.

—Quizá aún no lo sepáis —dijo Milagros—, pero tal vez alguna de vosotras tenga vocación.

Las niñas se miraron. Hubo algunas risitas; las risas obedientes que la monitora esperaba.

—¿Por qué os reís? ¿Quién os dice a vosotras que no podéis tener vocación? De cocinera, por ejemplo.

Camino recordó que la misma mañana en que la habían expulsado de Misa junto a Bego y Elena, la Pingüi le preguntó si ya le habían hablado de la vocación en el club. Milagros acababa de hacerlo. Se movió ligeramente, como para prestar más atención, y ese leve movimiento no le pasó desapercibido a Milagros.

—Quizá tengáis vocación, pero aún no lo sabéis —dijo mirando directamente a Camino.

—Yo sí lo sé —dijo Camino.

Milagros lanzó de golpe el aire por la nariz. Era lo más parecido a una risa que las niñas habían visto en ella. Bajó la temperatura del horno, se limpió las manos con un trapo, cruzó los brazos y se apoyó en la encimera. Camino tuvo la impresión de que ese gesto significaba que se disponía a hablar y de que la conversación iba para largo.

—Vaya, ¿tienes vocación? —preguntó como si la pregunta no fuera importante.

—Yo creo que sí.

Milagros dudó un instante. Estaba acostumbrada a discutir, a convencer, a seducir. Eso era lo que le habían enseñado. Las rendiciones tan claras, como la que acababa de hacer Camino, le producían una intensa desilusión. Se sintió vacía. Metió en el horno la masa de las primeras magdalenas con el gesto de quien guarda unas armas que ya no va a utilizar y cerró la puerta de golpe. Camino se sobresaltó.

Garabato nunca lo habría hecho así. Garabato hubiese cerrado la puerta sin ruido, con elegancia pero con vigor. Pensó que si él hubiera estado ahí quizá habrían podido improvisar un baile en el que ambos se transformaban en magdalenas que crecían con el calor. Era un baile precioso, y ella sabía cómo hacerlo. Lo haría en la clase de teatro.

—A veces oímos que fulanita o que fulanito han nacido para ser tal o cual cosa —prosiguió Milagros como si nunca hubiera hecho una pausa—. Eso se dice así para subrayar que la vocación no se gana con el propio esfuerzo, sino que la hemos recibido desde siempre.

No sabía qué más decir. Nadie le preguntó nada. Se agachó y miró a través de la puerta de cristal del horno. Quedaba mucho para que las magdalenas subieran. Seguía lloviendo. El tiempo parecía pasar más despacio. Las chicas comenzaron a hablar entre ellas, inquietas. Milagros pensó en qué habría hecho Don Miguel Ángel en una situación como aquélla. Decidió aferrarse a su discurso, que sabía de memoria.

—A veces se dice que alguien está llamado a ser un gran médico. ¿Sabéis lo que significa eso?

Las niñas parecieron despertar. La miraron, pero ninguna respondió.

—Es muy sencillo. Quiere decir que tiene vocación, porque vocación significa llamada —prosiguió Milagros encantada, marcando cada sílaba lentamente, como si estuviera haciéndoles un dictado—. Y Camino nos ha dicho que tiene vocación, ¿no es verdad?

—Sí —contestó Camino—. Yo creo que sí.

Milagros sonrió.

—¿Puedo preguntarte de qué tienes vocación?

—De artista de teatro.

—Vaya, vocación de artista —dijo Milagros estirando las palabras, concediéndose tiempo para pensar una respuesta adecuada.

Las niñas, extrañadas y encantadas, miraron a Camino. En el exterior la lluvia cayó sobre los cristales de forma descarada, sin freno, dejando ribetes de suciedad sobre el marco blanco de la ventana. Milagros avanzó por la cocina intentando disolver con la mano las palabras artista y teatro, que parecían haber quedado impresas en el aire, y sacó un paño limpio del armario.

—Así que batimos los huevos, rallamos la piel de los limones y luego lo juntamos todo. No hay que olvidar el azúcar.

Le entregó el plato hondo a Camino para que batiese los huevos mientras el resto se ocupaba de los limones.

—A ver si esta hornada nos queda mejor.

Camino comenzó a batir los huevos. El sonido que desprendía su plato se convirtió poco a poco, sin que ella pudiera evitarlo, en un ritmo alegre, en un contagioso compás de metal contra cristal que contrastaba abiertamente con la forma de batir que tenían las otras niñas: sonidos cansinos, semejantes unos a otros; sonidos agónicos, sin vida.

Milagros le tocó el hombro.

—Bueno, yo creo que ya está —dijo quitándole el plato.

Mezcló los ingredientes despacio, con cuidado.

—La vocación a veces está muy clara, pero en muchas ocasiones hay que descubrirla con ayuda de otras personas —dijo Milagros.

Repiqueteaba la lluvia. Camino sólo pensaba en tapar con un trapo el cadáver del pollo, que seguía allí con la única vocación de ser despiezado y guisado por las niñas de otra clase. Seguro que a Garabato se le hubiese ocurrido hacer algo mágico con él. Resucitarlo, quizá. Inclinó el cuello a la derecha y le costó recuperar su posición inicial. Hizo un gesto de dolor.

—¿Te ocurre algo? —preguntó Milagros.

—Nada, me molestan un poco la espalda y el cuello, pero estoy fenomenal.

—¿Quieres que llame a tu madre para que te recoja antes?

A Camino le aterrorizó la idea. Tenía otros planes. Olvidó el dolor. Ya no lo sentía. Negó con la cabeza, vehemente.

—No, no. Estoy bien. Hoy voy a ir sola a casa.

—Bueno, como quieras.

María señaló las magdalenas, que se asfixiaban en el horno.

—¿Están bien así, Milagros?

La monitora no le prestó atención. María volvió a mirar el horno con inquietud.

—Y hay una vocación que tenemos todas por el hecho de haber nacido, la de ser santas.

—Se queman las magdalenas, Milagros —advirtió María.

Milagros, sin ganas y con prisa, abrió el horno.

—Hemos de amar a Dios porque Él nos ama y nos ha creado para que le amemos libremente. Y si le amáis tenéis que demostrárselo. ¿Queréis hacer alguna pregunta?

María levantó la mano.

—¿Vamos a cocinar ahora el resto de la masa o lo dejamos para otro día?

—Veo que quizá os interesan más las magdalenas que Dios. Pues tenéis que saber, niñas, que Él también está en estas magdalenas.

Algunas niñas miraron las magdalenas asombradas, como si nunca hubieran visto una, buscando a Jesús.

—Lo importante —prosiguió Milagros con tono de cerrar la charla— es que si amamos a Dios debemos decírselo. Si queremos a alguien y no se lo decimos, ¿de qué sirve ese amor?

Camino abrió los ojos como no lo había hecho nunca. Pensó en Cuco. El amor se revolvió en su estómago. Se trataba de algo físico. Pesaba el amor; el amor tenía nombre y quemaba. El amor ardía y podía cogerse con las manos. Lo que Milagros había dicho era cierto: si queremos a alguien y no se lo decimos, ¿de qué sirve ese amor? ¿De qué sirve?

Milagros abrió el horno y sacó la bandeja con un trapo. Cortó papel de aluminio para que las niñas se llevasen las magdalenas a casa.

—¿Puedes quedarte hoy a recoger conmigo? —le preguntó Milagros a Camino.

—La verdad es que tengo un poco de prisa —respondió Camino pensando en el peso del amor y en los múltiples nombres que el amor podía adquirir y que se resumían en uno. En dos: Cuco y Jesús. El segundo estaba en todas partes, pero el primero sólo estaría en la pastelería hasta las ocho.

Milagros se sorprendió. En los ojos de Camino, siempre tan dispuesta a echarle una mano, distinguió un brillo especial.

—Como quieras —replicó Milagros—. Tendré que organizar esto yo sola. Pero no importa.

Recogió las cucharas, los platos y los tenedores y colocó todo en la pila. Las niñas se fueron haciendo saltar en sus manos las magdalenas calientes, soplando el papel Albal. La cocina quedó convertida en lo que a Camino le pareció una nave silenciosa rodeada de lluvia y de oscuridad. Una luz blanca y sonora iluminaba en mitad de la noche a dos seres humanos y a un pollo muerto.

—¿No te ibas? —le preguntó Milagros.

Camino oyó cómo la última niña cerraba la puerta. Estaban solas. Pasó un trapo por la encimera.

—No puedo dejarte sola con todo este trabajo. Pero me gustaría que terminásemos pronto porque tengo que hacer algo muy importante.

—Cuando Dios nos dedica tiempo nos lo dedica de verdad —dijo Milagros con voz cariñosa—. La santidad está en los detalles, en hacer las cosas cada vez mejor, sin prisa, buscando la perfección.

—Es verdad —respondió Camino ralentizando su limpieza—, creo que he sido un poco egoísta.

Milagros se quitó el mandil. Camino tuvo la sensación de que lo hacía a cámara lenta, de que a cámara lenta abría el grifo y comenzaba a fregar la bandeja del horno mientras Camino tiraba a la basura la piel de los limones con una prisa que no podía evitar. Su corazón sonaba como un reloj. Cada latido marcaba los segundos. Quería irse. Cuco la esperaba en la pastelería.

—Me ha gustado mucho lo que has dicho, Milagros.

Milagros cerró el grifo y se secó las manos. Envolvieron el pollo en su mortaja de aluminio y lo guardaron en el frigorífico.

—¿A qué te refieres?

—A lo que dijiste antes. Que si amamos a alguien tenemos que decírselo.

Milagros se vio invadida por una oleada de orgullo.

—Claro. Si amamos a alguien y no se lo decimos, ¿de qué sirve ese amor?

—Cuánta razón tienes.

—Son palabras de Don Miguel Ángel.

—Entonces él también tiene razón. Esas palabras me hacen muy feliz.

Milagros cerró la bolsa de la basura y permaneció inmóvil. No sabía qué decir ni qué hacer. Don Miguel Ángel le había pedido que la tuviese al tanto de la evolución de Camino, pero ella no había visto nada especial en la niña, nada que la obligase a llamarle al número de teléfono que él le había apuntado en una tarjeta.

—¿Tú le vas a decir a alguien que lo quieres? —quiso saber Milagros mientras colocaba la bandeja en el escurridor.

—Sí. Por eso tenía prisa.

Milagros sonrió. Dobló con cuidado los trapos de cocina.

—¿Se puede saber a quién?

Camino dudó. No eran amigas, pero estaban solas y Milagros parecía sólo un poco más pequeña que Nuria.

—¿Te has enamorado alguna vez? —le preguntó Camino.

—Una vez —respondió Milagros.

—¿Y qué pasó?

—Que descubrí que mi vocación era servir a Dios.

—Igual que mi hermana Nuria.

—Yo la conocí en el curso anual de Guadarrama. Salía con un italiano, según me han dicho.

—Sí, con Giusseppe.

—¿Y qué pasó?

—Que él dejó de escribirle.

—A mí me contaron que él fue a verla a tu casa un fin de semana y que tu hermana bajó y le dijo que lo de ellos no podía ser porque ella tenía vocación.

—Qué va, si ella lo quería mucho.

—No lo dudo. Imagino lo que le costaría. Lo que Dios nos pide no siempre es fácil. ¡Qué ejemplo el de tu hermana!

—¿Y tú por quién estabas?

—Por uno del instituto.

—¿Cómo se llamaba?

—Javi.

—¿Te sigue gustando?

—Qué cosas se te ocurren.

—No sé. Como te veo hablando de él tan así.

—¿Tan así cómo?

—Tan así, con ese cariño.

—Ya —reconoció Milagros pasándose la mano por la barbilla—, pero Don Miguel Ángel me hizo ver las cosas.

—¿Qué cosas?

—Las cosas. Que tenía vocación para servir a Dios.

—¿Y qué hace Javi ahora?

—Me parece que trabaja con un camión de mudanzas. Creo, ¿eh?, que tampoco estoy muy segura.

Se miraron.

—¿Y tú estás enamorada? —le preguntó Milagros.

Camino la miró un instante, sin decidirse a responder.

—Te lo pregunto de chica a chica. Y estamos solas. Anda, cuéntame.

—¿No se lo dirás a nadie?

—Claro que no. ¿A quién se lo voy a contar?

Camino afirmó tímidamente con la cabeza.

—Creo que sí, Milagros. Estoy muy enamorada.

—Vaya, eso sí que no me lo esperaba yo.

—¿Por qué?

—No sé. Como te llaman la santurrona...

—¿Te lo ha dicho María?

—Lo he oído por ahí. ¿Y por qué sabes que estás enamorada?

—Por lo que dice mi amiga Bego, que cuando te enamoras sientes un pinchazo en el estómago. Seguro que tú también lo sentirías con Javi.

Milagros no respondió y Camino supo que sí, que también ella había sentido aquel pinchazo dulce y doloroso en el estómago.

—¿Y se puede saber de quién te has enamorado? Te prometo que de aquí no sale.

—Me he enamorado de un Príncipe, aunque para mí es un Rey —dijo Camino con los ojos todavía más abiertos, mirando un punto inconcreto en el que sólo ella veía a su Príncipe. Estaba llena de amor, de una pasión sincera, pura. Milagros miró sus ojos y sintió el desasosiego de una envidia insana, infantil. Se reconoció a sí misma en los tiempos de Javi; el pinchazo en el estómago, sí, el desasosiego que le producía no estar a su lado, los poemas que él le había escrito y que ella quemó cuando la vocación y la

Obra se interpusieron entre ambos. Su escueta vida amorosa pasó frente a ella en un segundo. «Javi», estuvo a punto de decir en voz alta mientras escondía la envidia tras una sonrisa.

—¿Conozco yo a ese chico del que te has enamorado?

Camino desplegó el papel que guardaba en el bolsillo y le mostró el dibujo del corazón atravesado por una flecha en cuyos extremos figuraban dos nombres. Camino señaló uno. Lo tocó con el dedo, amorosamente.

—Es él. Él ocupa todo mi corazón —respondió Camino.

Al ver el nombre que Camino había escrito, Milagros comprendió el motivo por el que Don Miguel Ángel le había pedido que estuviera pendiente de esa niña tan especial. Cuando volvió a mirar a Camino lo hizo de una forma muy diferente, y también marcó de forma diferente el número de teléfono que Don Miguel Ángel le había dado cuando Camino, tras ayudarla a recoger la cocina, se despidió de ella y abandonó el club. Milagros marcó con ansiedad y con orgullo. Le respondió un hombre que la pasó con una mujer mayor a la que tuvo que repetir su nombre y el motivo de la llamada. Milagros le dijo que era una monitora del club Vergara. La mujer apuntó su nombre y sus apellidos y quiso saber cómo había obtenido aquel número de teléfono.

—Me lo ha dado Don Miguel Ángel personalmente.

Hubo una pausa al otro lado de la línea. La mujer hablaba con otra persona.

—¿Puedo saber el motivo de su llamada?

—Don Miguel Ángel me solicitó cierta información.

—Ha salido, pero la llamará. Déjeme su número.

Instantes después de que Milagros le hubiera dado el número del club, sonó el teléfono. Cuando lo descolgó reconoció la voz de la mujer.

—¿Milagros?

—Dígame.

—Don Miguel Ángel no tardará en llamarla.

Le dio las gracias sin comprender que el único fin de la llamada había sido comprobar el número. Comenzó a morderse las uñas. Estaba nerviosa. Esperaba que su información le interesara a Don Miguel Ángel, que no la considerara una tontería. La inseguridad creció dentro de ella. Miró el teléfono. Deseaba que sonara y que no sonara. Transcurrió una hora. Pensó si era conveniente volver a llamar pero decidió que no. Se había hecho tarde y, de todas formas, sabía que tenían el número de teléfono de su casa. Se puso el impermeable, cogió el paraguas, apagó las luces y salió. Cuando estaba cerrando la puerta, el teléfono sonó en el pasillo. Abrió rápidamente —aún no había sacado la llave de la cerradura— y descolgó.

—¿Socorro?

—Soy Milagros.

—Sí, Milagros, perdona. Soy Don Miguel Ángel.

—Hola, padre.

—¿De qué se trata, hija?

—De Camino. Usted me dijo que le mantuviera al tanto y es que esta tarde hemos tenido clase de cocina. Hemos hecho magdalenas.

—Sé que estáis haciendo una labor muy meritoria en el club y que las chicas están encantadísimas.

—Gracias, padre. Hacemos lo que podemos.

—Ya sabes que cada día se puede hacer un poco más. Todo se puede hacer cada día un poco mejor, ¿no te parece?

—Desde luego, padre.

—Cuéntame.

—Esta tarde les hablé a las niñas de la vocación. Que sepa que yo siempre repito sus palabras.

—No son mías. Son del Padre. ¿Te dijo algo Camino?

—Que la tenía. Que tenía vocación.

Don Miguel Ángel respiró. Se tomó su tiempo.

—¿Está usted ahí?

—¿Te dijo que tenía vocación? Qué maravilla, ¿verdad?

—Desde luego. Pero le va a asombrar. Me dijo que tenía vocación de artista.

—¿Te habló del teatro?

—Sí. ¿Cómo lo sabe?

Don Miguel Ángel no respondió. Milagros se mordió el labio. Se arrepintió en el acto de haber formulado la pregunta. No era nadie para preguntar.

—Cuéntame, cuéntame, que a veces las grandes verdades se ocultan en los pequeños detalles.

Milagros titubeó. Tenía la boca seca.

—Yo le dije que la vocación no se gana con el propio esfuerzo sino que...

—¿Camino te dijo algo más?

—Le dolía el cuello, pero me dijo que se encontraba bien.

—Gracias, Socorro, has hecho bien en llamarme.

Milagros no se atrevió a corregirle.

—Espere, padre, es que estoy un poco nerviosa. Hay una cosa, pero no sé si... Bueno, a mí me llamó la atención, y la verdad es que le llamaba por eso y no por lo otro.

—Tranquilízate, hija. Dime.

—Hablamos del novio de su hermana, y le conté que yo también había tenido un pretendiente.

Don Miguel Ángel aguardó.

—No sé si he hecho bien —prosiguió Milagros.

—No te habrá dicho que tiene un noviete a su edad.

—Sí. Eso es lo que quería contarle. Está enamorada.

—Hoy día las chiquillas van muy de prisa. No te preocupes. No hay nada más hermoso que el amor, sobre todo cuando está bien encauzado. ¿Tú le has aconsejado algo?

—Le dije que si amamos a alguien debemos decírselo. Espero no haber metido la pata.

—¿Te ha dicho de quién está enamorada?

—De Jesús. Está enamorada de Jesús.

Hubo una pausa. Don Miguel Ángel tosió.

—¿De Jesús?

—Sí. Y va a decirle que le ama. Ha dibujado un corazón con su nombre y con el de Jesús. ¿Y sabe lo que me dijo? Que Jesús ocupa toda su vida. ¿No es precioso? Esa niña es una santa, Don Miguel Ángel.

—Ya sabes, hija, que la santidad no se regala. Amar a Jesús por encima de todo no es un mal comienzo, pero la santidad es una meta a la que llegamos sólo si Dios lo desea. Es ahora cuando más atentos debemos estar. La vocación es como una pequeña llama que cualquier soplo puede apagar. ¿Me comprendes?

—Qué gusto da escucharle, Don Miguel Ángel. Con razón es usted el preferido de todas nosotras —acertó a decir Milagros, emocionada, pero Don Miguel Ángel ya había colgado.

Milagros se puso el impermeable, cogió la bolsa de basura, apagó la luz, cerró la puerta, bajó las escaleras, salió a la calle y esperó el autobús en la parada de enfrente. Seguía lloviendo. Una angustia extraña y ardiente que no sabía explicar se apoderó de su espíritu. Sintió que estaba colaborando con un mecanismo gigantesco e indefinible que se alimentaba de almas. Vio la de Camino, limpia y transparente. También fue capaz de ver, mientras cogía el autobús semivacío, que un insecto gigantesco y monstruoso se acercaba silenciosamente a la niña. Era el mismo ser formidable e inhumano que la había devorado a ella aquella tarde a la salida del instituto cuando delante de Javi rompió los poemas de amor que él le había escrito y decidió adentrarse en un mundo extraño sin pinchazos en el estómago y habitado casi exclusivamente por oraciones y pollos muertos.

23

Cuando Camino salió del club comenzó a correr hacia donde su corazón la llevaba. Y su corazón la arrastraba hacia él, hacia Cuco, hacia imágenes que se hacían más y más vivas a medida que avanzaba: el domingo en la Cuesta de Moyano, el olor a casetas y a árboles; Cuco cogiendo un libro; sus manos, su bufanda, su patinete rojo. Camino corría bailando hacia sueños que eran nuevos, dirigiéndose al centro del escalofrío que se había apoderado de ella cuando lo vio de nuevo quitándose su máscara de Príncipe en clase de Garabato. Sentía otra vez su calor moreno, sus ojos marrones, sus finos labios. Corrió calle abajo persiguiendo su sonrisa fácil, lo que les quedaba por hacer, lo que aún no se habían dicho, lo que iban a descubrir juntos. La lluvia se transformó en un agua leve, dulce y feliz, que parecía darle la bienvenida a un mundo enteramente nuevo; iluminaba las calles, acariciaba su impermeable y lo teñía de reflejos planeando delgada y con lentitud antes de depositarse suavemente en el suelo. Le pareció que era una lluvia radiante capaz de multiplicar los sentimientos. La lluvia flotaba. La lluvia era aire, y Camino corría por una ciudad de luz, de aire y de amor bajo un cielo plano y rojo que estaba más cerca de ella que nunca, que la acompañaba en su carrera y que la protegía. La Cenicienta bajaba por la calle Génova como lo había hecho en el cuento, corriendo por las escaleras de palacio antes de que sonaran las doce. Todo lo amaba. Su mirada era diferente. Camino volaba convertida en un puro latido de amor empapado de lluvia. Estaba segura de que algún día otra niña iría a la Cuesta de Moyano para comprar un libro en el que se narraba su historia de amor con Cuco; una historia inmortal porque ella no estaba dispuesta a abandonar a Cuco como había hecho Bernadette con su molinero. Los zapatos contra la acera eran música. Avanzaba para encontrarse con su verdadera vocación, con su Príncipe. Vislumbraba al fin la otra orilla del río de oro, y tenía el presentimiento de que Mr. Meebles la acompañaba en secreto para penetrar juntos en un mundo sin puertas ni misterios. El amor hacía ligera su mochila. Sentía y no sentía su cuerpo. Sólo notaba el pinchazo en el estómago, el famoso pinchazo, mientras suspiraba por días sin preguntas, sin silencios, sin sopa de lluvia y sin pescadillas. Días de columpios y de colores, sin radiografías. Días de chisteras verdes. Madrid se iluminaba a su paso, y Camino sentía palpitar, como si fuera el suyo, el corazón de tinta que guardaba en su bolsillo. Recordó el que su hermana había dibujado en el pupitre. Los corazones habían cobrado vida y bombeaban sueños y promesas entre la lluvia de la noche. Se movía guiada por una estrella. La luz era Cuco, las tardes juntos, hacer teatro; todos los problemas cabían en su mochila, y en su mochila parecían resolverse solos. Cada paso que daba la alejaba del silencio, de las culpas, los secretos, el dolor, las miradas oblicuas, el silencioso llanto de papá, la piernecita flácida de su hermanito Alejandro colgando muerta en aquel amanecer oscuro, las ausencias, las tinieblas, los veranos vacíos, las inyecciones, las persianas bajadas que robaban la luz de la calle, los números decimales, las fracciones irreducibles, los diccionarios picudos, las camas vacías, los clubes con pollos muertos, el olor a rosas de las santas incorruptas, las cartas sin respuesta, las polvorientas alas de los ángeles custodios. A la vez, cada paso la acercaba más y más a un mundo de nubes, de ángeles de peluche, vestidos rojos, la cálida mano de papá, libros, teatro y patines; cada paso la llevaba a las Converse, a Garabato bailando y derritiéndose como un helado, a las viejas películas de Súper 8, a la Pingüi, a Bego y a Nuria. Dejaba atrás su aliento, cada vez más sofocado a medida que se acercaba a la pastelería de Cuco, de Jesús. Iba a decirle que lo amaba. ¿De qué serviría si no el amor que sentía por él? Pero entre las oleadas de ilusión emergían ciertas dudas. ¿Cómo iba a decírselo? ¿Cómo se dicen esas cosas? Ni siquiera papá se lo había contado nunca. Deseó tener un móvil y llamar a Bego para consultarle, o incluso a Elena, que sabía un montón de todo eso. ¿Debía decir «te amo», como en las películas? ¿Te quiero? Alguna chica del colegio le había dicho una vez que los niños solían decir «me gustas», aunque otra le había dejado caer que los chicos no suelen decir nada porque son unos vergonzosos y ellas estaban obligadas casi siempre a dar el primer paso. De todas formas, no encontró adecuado decirle «me gustas». Le gustaba, sí, claro que le gustaba, ¿cómo no iba a gustarle si estaba muerta de amor por él? Pero esa expresión no resumía sus sentimientos. Cuco no le gustaba como le podían gustar otras cosas. Las palomitas y el vestido rojo también le gustaban mucho, pero no le producían aquel pinchazo que le traspasaba el estómago y que le impedía respirar. Lo de Cuco era diferente. A él lo amaba. Ésa era la palabra, amor. Ésa y no otra era la que tenía que utilizar. Amor. Era una palabra bonita, y pronunciada en voz alta sonaba muy seria, aunque no le importaba porque también ella iba en serio con él. Te amo. Pero ¿y si él no la amaba? Quizá Cuco sólo la quería, lo cual estaría muy bien, pero no era lo mismo. Querer era una cosa, y amar otra muy distinta. Pero se conformaría. Qué remedio. Lo peor de todo sería que sólo le gustase, pero eso no podía ser; no podía gustarle solamente porque entonces Cuco no hubiese propuesto representar *La Cenicienta* en clase de teatro, tal y como ella le había sugerido, exponiéndose a que todos le dijeran que era un cursi. Si se había arriesgado a hacerlo era porque la quería, y ella sabía que en aquella propuesta se escondía un secreto mensaje de amor. Cuco la amaba. Seguro que ahora estaba pensando en ella mientras veía caer la lluvia. Quizá le estaba escribiendo un poema. Todas las propuestas cabían en su corazón. No excluía nada. Pensaba intensamente en Cuco y a la vez tenía en la mente al otro Jesús, a Él, que la estaría observando porque no iba a perderse su primer encuentro con el amor. Seguro que estaba allí, arriba o donde fuera, pero acompañándola en aquel momento tan importante de su vida. Le dedicó una breve oración que brotó de lo más profundo de su alma y con la que le agradecía haberle permitido conocer a Cuco. Había sido Él quien había propiciado el encuentro porque Cuco podía haber nacido el siglo siguiente, o el anterior y, sin embargo, Dios los había hecho coincidir en el tiempo para que se amasen. Se alegró de tener dos Jesús en su corazón y de que ambos le gustasen tan intensamente. De quererlos. De amarlos.

Las tiendas situadas a los lados de la pastelería estallaban en fríos neones haciendo aún más cálida la luz que emanaba del interior del establecimiento y que se proyectaba hacia la calle en tonos suaves, calientes, de atardecer. La de la pastelería era una luz dulce y dorada que Camino interpretó como otra señal mágica que le marcaba de forma milagrosa el lugar exacto del encuentro con Cuco, con Jesús. Temblaba y ardía a la vez cuando se acercó al escaparate y miró discretamente al interior. Cuco estaba de pie y sonreía junto a una señora que probablemente era su madre. Camino se retiró, se apoyó en la pared, respiró hondo tres veces, sacó de su bolsillo el dibujo del corazón y lo miró. La flecha que lo atravesaba y que unía sus nombres era un maravilloso resumen del caos que la invadía. Había olvidado acentuar el nombre de Jesús, pero no le preocupó demasiado. Miró hacia el cielo y le pidió disculpas a Dios por no haber sido capaz de conseguir la perfección que exigía aquel momento. Había oído decir a los mayores que el amor es ciego y que te hace ver las cosas de otra forma, y debía de ser cierto, porque se trataba de una falta de ortografía que ella jamás hubiera cometido en un dictado. Dobló la hoja, se santiguó, volvió a mirar al cielo, separó la espalda de la pared y se colocó frente al escaparate, feliz. Fue entonces cuando la vio. Elena estaba en la tienda, y Cuco le sonreía mientras ella le mostraba algo escrito en un cuaderno. Cuco y Elena estaban juntos, y Camino tuvo la impresión de que llevaban juntos mucho tiempo. Los dos masticaban chicle. Se hizo a un lado rápidamente y no supo cómo sus piernas pudieron llevarla hasta la esquina. El mundo había dejado de girar. No existía. Camino no sentía nada. El cielo que la había acompañado se volvió tan oscuro como el agua que caía sobre la ciudad y que diluía entre goterones su corazoncito de bolígrafo y la luz serena de la pastelería. Lloró. La lluvia y las lágrimas se derramaron sobre los nombres que había escrito, intentando borrarlos sin saber que esos nombres se habían escrito uno junto al otro para siempre. Los sueños de Camino se diluían en una lluvia tan ácida como sus lágrimas y llegaban hasta el bordillo para formar parte de los ríos que bajaban por su curso arrastrando colillas, papeles, billetes de Metro y lágrimas que desaparecían mezcladas con la lluvia, perdidas para siempre en oscuros sumideros. Pensó que algunas de sus lágrimas volvían a saltar hacia el aire de la nada aplastadas por las pesadas ruedas de los autobuses para caer de nuevo en las aceras desiertas salpicando sus zapatos de colegiala y empapando aún más sus calcetines, su falda y su corazón roto.

Aquella noche Camino apenas cenó a pesar de que mamá le había hecho sopa de letras y filetes de pollo empanados. Papá estaba fuera, y mamá cosía el vestido rojo que ni remotamente podría parecerse nunca al que ella quería. Había que tener gracia para imitar el vuelo ligero de la falda. Su madre había puesto interés, pero le faltaba espíritu, arte. No me digas más, no te gusta, le dijo Gloria. Claro que sí, mamá, ¿cómo no me va a gustar? Como me miras así... ¿Cómo te miro? No sé, hija. Es que no quiero verte trabajar hasta tan tarde. No me importa, lo que quiero es que te guste el vestido. Sí que me gusta, de verdad. ¿No quieres cenar? Ya me he comido un yogur. Tú verás. Me voy a la cama. Pero ¿estás bien? Cansada. Vale, ahora voy a verte. No hace falta, mamá, me voy a dormir en seguida. Camino se acercó a su madre y le dio un beso. Gloria le hizo la señal de la cruz. Que Dios te bendiga y te haga santa.

En la soledad de su habitación, observando la luz que entraba por las rendijas de la puerta, Camino pensó en Cuco y en Elena. No iba a rendirse. La vocación no se regalaba, y seguramente el amor tampoco. Tenía que hablar con Bego y tal vez con papá, pero papá tardaba en llegar. Se dio la vuelta en la cama justo en el momento en el que su madre abrió la puerta. ¿Quieres que te haga un caldito? De verdad que no, mamá, voy a dormir. Te noto un poco rara. No es nada, mamá, hasta mañana. No tendrá que ver con el teatro, ¿verdad? Qué va, qué cosas se te ocurren. ¿Quieres que te lea yo un poquito? Gloria no había podido disimular la desilusión que le producía ver cerrado sobre la mesilla el misal que Camino acostumbraba a leer cada noche y que casi sabía de memoria. No quiso insistir, aquella noche no. Salió de la habitación. Camino volvió a pensar en Cuco —en Jesús, como ella prefería llamarle— y en Elena. Sobre todo en ella. Bego estaba en lo cierto, Elena era una loba, pero tal vez su presencia en la pastelería obedecía a la casualidad. Quizá hubiera ido a la tienda a comprar pastelillos como una simple clienta, pero entonces, ¿por qué Cuco y ella estaban masticando chicle a la vez? Y lo peor era que Elena estaba sin abrigo y sin impermeable, lo que significaba que se lo había quitado al entrar y que, por lo tanto, llevaba allí dentro ni se sabe. Recordó con pavor lo que Elena le había explicado sobre el rozamiento tras la clase de Dolores, la lubricación y las masas que crecen; no, eso se lo había dicho Bego al salir de clase. Daba igual. Elena le había dado una lección práctica sobre el rozamiento y quizá ella ya lo hubiera olvidado, pero Camino le había salvado las orejas ayudándola delante de toda la clase con aquel lío de los protones, de los neutrones y de los electrones. Y así se lo agradecía, robándole a Cuco. La vida era injusta. Habló con Dios un poco. Le dijo que la perdonara por haber sentido envidia cuando vio juntos a Elena y a Cuco. A lo mejor eran celos, como decían los mayores. También le pidió perdón para ellos porque seguramente ignoraban el dolor tan intenso que le habían causado. Pensó lo afortunada que había sido por haber descubierto el amor, y le dio las gracias a Dios por habérselo ofrecido, por permitirle disfrutarlo durante unos días y por haberlo inventado. Le gustó hablar con Dios, con Jesús, de esa forma tan cercana, tan natural y tan directa. Le producía un placer totalmente nuevo, reconfortante, hablar con Él utilizando palabras que nadie le había enseñado y que fluían de su alma con sinceridad y con humildad, pero no estaba segura de si hacía bien porque mamá le había dicho que a Dios había que rezarle con las oraciones de siempre. Incluso la había invitado a no aburrirle con oraciones privadas o particulares. Lo correcto era que le recitara los salmos cuidadosamente ordenados en el libro pequeño y sobado que dormía en la mesilla.

Dejó de mirar la luz que se filtraba desde la calle y se durmió sabiendo que no iba a dormir. Cuando apagó la luz de la mesilla llamó a su Ángel Custodio. Quería hablar con él de Cuco y de Elena. La llamada había sido innecesaria porque el Ángel ya estaba allí, esperándola, y por la impaciencia con la que agitaba las alas comprendió que había estado aguardándola toda la tarde. No es que moviese las alas de una forma distinta a la habitual —porque siempre las movía como si no le costase esfuerzo, como si de su corazón sin sangre brotase un ritmo invisible que conseguía que las alas se desplazaran suavemente, blancas, leves, tan ligeras que ni siquiera llegaban a rozar el aire—, pero esa noche las alas del Ángel parecían haber adoptado un ritmo diferente. Camino pensó que eran alas cansadas, muy cansadas, como si hubieran realizado un largo e incómodo viaje. Las alas, siempre tan pulcras, tan dormilonas, tan mimosas, parecían erizadas, inquietas, «desangeladas», pensó Camino sin reír su propio chiste. El Ángel sí llegó a esbozar lo que ella podría haber considerado una sonrisa, pero Camino no se la devolvió porque la sonrisa de su Ángel tampoco era la de siempre. Camino la hubiera descrito como una sonrisa que sucedía en pasado. El Ángel sabía algo que ella ignoraba. Y aquel algo debía de ser terrible. Por eso no se atrevía a decírselo. Se tapó con la sábana hasta la nariz mientras el Custodio desplegaba las alas un par de veces como hacía siempre antes de desaparecer. Del salón llegaban nítidos los sonidos del televisor. El camión de la basura se había detenido bajo la ventana. Camino cerró los ojos y, cuando los abrió, el Ángel Custodio ya no estaba. Camino, antes de dormirse, tuvo el presentimiento de que en sus ojos había visto brillar la oscuridad de los celos. El Ángel parecía preocupado. Camino tuvo la certeza de que su vida, a partir de esa noche, iba a cambiar para siempre.

—¡Mamá! —gritó al despertarse sin saber si había estado soñando. Le sorprendió su grito, tan impropio, y el pánico que encerraba. Lo sintió ajeno. Parecía provenir de otra persona—. ¡Papá! —volvió a gritar en voz más baja, llorando, sin despertarse del todo.

La habitación, en penumbra, parecía distinta. No se había acordado de subir un poco más la persiana.

—Papá. Mamá.

José abrió la puerta de golpe, alarmado, encendió la luz y se acercó a la cama.

—Hija.

A pesar de que papá estaba en pijama, Camino supo que hacía poco que había llegado a casa. Aún olía a gabardina, a viaje, a lugares remotos que ella jamás conocería. Se abrazó a él. En la almohada había un charco de sudor. Las sábanas también estaban empapadas.

—Mi niña.

Le cogió la mano. Camino ardía. Se miraron con amor, envueltos en la brutal desazón que produce encender la luz de golpe en mitad de la noche. José le hizo sombra con la mano para que no la deslumbrara la lámpara del techo.

—Tranquila, hija, tranquila.

La apretó con fuerza contra su pecho. Camino se quejó. Gloria apareció en la puerta, ajustándose la bata.

—Mi vida, ¿qué sucede?

Camino intentó sonreír. Quería tranquilizarlos, pero no sabía cómo. No pudo.

—No sé, mamá. Tengo miedo.

Gloria se santiguó. José apagó la luz y las sombras se adueñaron otra vez de la habitación. Durante un instante Camino no pudo ver nada. Apretó aún con más fuerza el brazo de su padre y cerró los ojos para acostumbrarlos a la oscuridad. Cuando los abrió de nuevo vio el lejano resplandor que provenía del pasillo que años antes —la madrugada en la que a su hermanito Alejandro se lo habían llevado los ángeles— ella había recorrido aferrada a la mano de Nuria. Abrió la boca, pero no llegó a gritar. El miedo la dominaba. No quería colgar desmadejada en brazos de papá o de mamá. No quería que sus pies colgaran muertos y tontos rozando las paredes. No quería que nadie dijese que se la habían llevado los ángeles y que ella se había ido contenta, como su hermano.

—La luz, papá. La luz.

Gloria encendió apresuradamente la pequeña lámpara de la mesilla. La imagen de la Virgen cayó al suelo. José secó el sudor que bañaba la frente de su hija. La mano de Camino, crispada sobre su hombro, le producía un intenso dolor. Lo disimuló como pudo. Estaba sorprendido por la fuerza que demostraba. Sorprendido y alarmado. Era una fuerza que no nacía de ella.

—Mi niña.

La besó. El sudor de Camino era cálido, dulce.

—Ya verás cómo se te pasa —dijo Gloria recogiendo del suelo la imagen de la Virgen. La besó, la colocó otra vez sobre la mesilla y se sentó a los pies de la cama. Camino lloró sin querer—. Mi niña, pero ¿qué te sucede?

—No sé, mamá. Me duele.

—¿Dónde te duele?

—Es el cuello.

—Vamos a darle un Gelocatil.

—Es mejor llamar al médico.

—Papá.

—Estoy aquí, mi tesoro.

—Mamá.

—Hija.

Camino ardía.

—Llama al Samur —solicitó José.

—Ahora mismo. Pero hay que ponerle un camisón limpio.

José levantó las sábanas. Bajo la luz sesgada del flexo las piernas de Camino brillaron perfectas, paralelas, inmóviles.

—Trae el Gelocatil.

—Me da miedo dárselo.

—Pero ¿tanto te duele, hija?

Camino no respondió.

—Es aquí, en la cabeza, aquí debajo, en el cuello. Es todo, mamá. Es todo el cuerpo.

Dos lágrimas gigantes se escaparon de sus ojos mientras intentaba sonreír.

—No llores, pequeñaja.

—Si no lloro, papá.

Sintió que su cuerpo era una línea recta dibujada por el dolor. Nacía en el cuello y se extendía hasta las piernas dejando rastros de un calor seco, de calcio, que la transportaba hasta otro mundo. No quería mirar a sus padres a los ojos.

—Hija.

—Hija mía.

Las farolas de la calle arrastraban hasta el interior de la habitación la luz de la incertidumbre. Era imposible que ese dolor tan intenso estuviera dentro de su cuerpo. Gritó de nuevo. No fue un grito. Era un desgarro inarticulado, un alarido que le erizó la piel y que la obligó a abrazar a su padre. Le temblaron las manos. Deseó que todo sucediera cuanto antes. Luego respiró hondo. Lo intentó. Quería borrar el grito que se había quedado pegado a su corazón como un tatuaje. Escuchó su propio cuello, quejándose otra vez, desde dentro, desde la cabeza hasta los pies. Los sonidos le llegaban con retardo, desfasados, torpes. Quiso reír. Había una zona de sombra y por ella discurría el mundo. Tuvo la sensación de que alguien más había entrado en la habitación. Tenía ganas de vomitar. La sangre le golpeaba la frente. Quería dormir; que papá y mamá apagaran la luz. La vibración que sentía en el cuello se extendió hasta los dedos de los pies. Sintió frío. Vomitó sin llegar a expulsar nada. Vio puertas, escuchó tras ellas el llanto de un niño y luego se vio otra vez tirada en el suelo de la cocina. Deseó estar lejos, olvidar el dolor eléctrico que le recorría el cuerpo y que le secaba la boca con un aliento metálico, caliente. Se sintió sucia, herida. Tenía sueño. Una Luna gigantesca surgió tras los tejados.

—Incorpórate un poquito, anda, que voy a cambiarte de camisón.

—Es que no puedo.

—Anda, no seas tonta, que papá se va a dar la vuelta.

José se giró y miró la ventana.

—No puedo, mamá —repitió Camino.

—Anda, no seas comodona —dijo Gloria sin aliento.

—Tengo algo en las piernas, mamá. Están como dormidas.

José se volvió bruscamente. Gloria y Camino miraron las piernas, como si lo hicieran por primera vez. José se abalanzó sobre la cama. Recordó el día que se había desplomado en la cocina, bailando.

—No tengo fuerza —dijo Camino con una voz pequeña, asustada.

José observó el vértigo que comenzaba a dibujarse en el rostro de su hija. Intentó mantener la calma. Le tocó el pie derecho. Camino no reaccionó.

—Es todo tan raro, papá...

Gloria juntó las manos y oró en silencio, mirando al suelo.

—Mi niña.

Camino miró a su padre. Respiró su mirada limpia.

Supo que papá estaba haciendo todo lo posible por calmarla, pero sabía que estaba asustado. Hacía mucho tiempo que ambos habían renunciado a engañarse.

—Anda, no seas tonta, inténtalo.

—Ya lo hago papá, pero siento hormigas.

—A ver, levanta, ya verás como puedes.

Camino encogió el cuello. Era un gesto de protección que no la protegía de nada. El dolor estaba dentro.

—Sé que las piernas están ahí, pero no me hacen caso.

Dejó caer su cabeza sobre la almohada.

—¿Se han movido? —preguntó mirando el techo, rendida.

—A lo mejor un poco —mintió José.

—Vida mía —dijo Gloria estallando en llanto.

—Lo que siento es molestaros tanto. Pero no llores, mamá, por favor.

Gloria salió de la habitación con las manos unidas, suspirando, y se dirigió al salón.

—Te pondrás bien, ya verás —dijo José abrazándola aún más fuerte.

—Lo que siento, papá, es la lata que os estoy dando porque seguro que estás cansado del viaje, ¿a que sí?

—No te preocupes por eso.

La miró. Nunca, desde que era pequeña, la había visto tan de cerca, tan sola, tan ella misma. Camino le puso la mano en la mejilla y José sintió su calor adolescente y febril. Supo lo que siempre había sabido, que ese calor era el que había añorado desde siempre, el calor de su hija; el calor que le conducía a un mundo que había perdido. A su mundo. Al de ambos. Cerró los ojos. Camino, atacada por la fiebre, palpitaba como un gorrión. José la sentía latir cada vez más despacio oyendo a la vez, desde lejos, la voz de Gloria repitiendo una y otra vez la dirección de la casa. Cuando entró en la habitación, Camino se había dormido, y él no se movió. No podía.

—Ya vienen los de la ambulancia —dijo Gloria—. No tardarán nada.

José asintió sin dejar de mirar a Camino. No iba a perderla como le había sucedido con Nuria y con Alejandro. Apagó el flexo. Camino se había dormido entre sus brazos. Esperó en silencio. Es lo que había hecho durante toda su vida. Esperar.

24

El doctor Fontela se pasó la mano por el cráneo despoblado y sonrió. A veces, sobre todo cuando estaba cansado, como ahora, olvidaba que había perdido el pelo justo antes de terminar la carrera. La guardia había sido difícil. Seguía sin comprender cómo era posible que las personas de ahí fuera bebieran y cogieran el coche, se disparasen o se apuñalasen. Estaba seguro de que si alguna vez pudieran ver los daños que producían en el cuerpo los disparos, las cuchilladas o los atropellos, cambiarían para siempre su percepción de la vida y de la muerte. Se ajustó la bata y se sirvió otro café. Amanecía. En sus largos años de profesión había visto de todo. Al principio le costó acostumbrarse; después, en defensa propia, comenzó a observarlo todo con ojos meramente clínicos. No podía dejarse impresionar. Estaba allí para reparar, para resolver. Urgencias era un frenético taller de reparaciones para cuerpos averiados, y él era uno de los mejores mecánicos. Conocía a la perfección el funcionamiento de los seres humanos: bolsas de piel erguidas torpemente por huesos sobre los que se asentaban músculos y que almacenaban órganos complejos que a veces fallaban produciendo un desequilibrio que arrastraba a deshoras hasta su reino a aquellos sacos de sangre confusos y temerosos que aguardaban a ser atendidos en salas o en pasillos donde sus familiares les acompañaban con aire provisional y ausente sentados en incómodas sillas de plástico y protestando por la tardanza con la que los médicos les atendían. Veía esposas, hijos, cuñados y primos, vagar por los pasillos en busca de una máquina de café, abandonando a los pacientes mientras les decían un ahora vuelvo que nadie sabía lo que podía llegar a significar porque ese ahora vuelvo llenaba de inquietud a los seres frágiles y enfermos que se quedaban solos bajo la luz de los fluorescentes; seres heridos y asustados rodeados por personas desconocidas cuyo dolor se extendía como una mancha de humedad por la sala de espera. En el dolor se reconocían unos a otros; competían en sufrimiento, en molestias. Fontela sospechaba que a veces los pacientes se intercambiaban los síntomas. Hablaban del dolor como de un nuevo amigo y lo vendían a la persona de al lado mientras esperaban que apareciera alguien con bata blanca para poner remedio a sus males. El dolor y la esperanza invadían por entero cuerpos adormilados en sillas marcadas por el sudor de quienes las habían ocupado antes y que, como los que ahora se sentaban en ellas, añadirían una leve oscuridad grasienta y brillante, un reborde de silueta difuminada en sombras justo en el lugar donde apoyaban la espalda, las manos, la cabeza y la angustia. Los cuerpos ausentes habían llegado a conformar a lo largo de días y de noches fantasmas en tránsito que habitaban exclusivamente salas de espera. Las sombras se manifestaban con mayor definición en determinadas épocas del año; luego las reformas hacían desaparecer los espectros para siempre y, tras el alicatado, la mano de pintura y las nuevas mamparas, comenzaba un nuevo ciclo en el que las sillas, que también eran nuevas, se apoyaban en una pared rejuvenecida, aguardando.

El dolor de los pacientes aumentaba cuando los familiares se levantaban a tomar un café. Ellos ya lo habían dicho, se lo habían dicho un montón de veces; les habían avisado, no te vayas ahora, que basta que te vayas para que nos llamen. Y cuando a pesar de las advertencias los acompañantes desaparecían en busca de la máquina expendedora haciendo sonar inevitablemente las monedas en la mano, la enfermera aparecía de pronto tras una puerta en la que nadie había reparado y llamaba al paciente por su nombre y por sus dos apellidos, y el paciente se levantaba de la silla de plástico como buenamente podía diciendo en voz alta, pero casi sin voz, sí, soy yo, y murmurando un mira que se lo dije, y Fontela veía cómo los enfermos miraban hacia atrás, hacia los pasillos, con una mirada desolada e inútil, intentando hacer tiempo, esperando que antes de entrar en la consulta apareciera milagrosamente con el tonto vaso de café en la mano el primo o la madre o el cuñado o el hijo al que le habían dicho bien claro no te vayas, que nos van a llamar, que pasa siempre, que lo sé yo. Pero el acompañante no aparecía, y el enfermo entraba solo, consciente de su incapacidad para contarle al médico todo lo que le pasaba, porque le pasaban muchas cosas que no sabía explicar con palabras; pero sobre todo lo que le pasaba era el dolor, el desconcierto, la enfermedad, y Fontela, cansado, intentaba comprender lo que no le habían explicado. Preguntaba. Les dedicaba todo el tiempo que podía hasta que en las palabras y en el rostro del enfermo vislumbraba un hígado, un riñón, un cerebro, un páncreas o un estómago inservible que después salía por la puerta y volvía a sentarse para dejar su contribución en la huella de la silla y para reencontrarse con el cuñado, con la prima o con la hermana regresando sin el café y preguntando si ya le habían llamado.

Conocía a los seres humanos por dentro y por fuera. Lo único que seguía conmoviéndole eran los niños. La semana pasada había ingresado un bebé con síntomas de malos tratos. Los síntomas —procuraba atenerse siempre al protocolo— eran las costillas partidas, el traumatismo craneoencefálico, las quemaduras de cigarro en las nalgas. No lo pudo salvar. El bebé murió, y Fontela se derrumbó en la soledad del cuarto de baño. La depresión olía a lejía y a desinfectante, a lo que huelen las depresiones de urgencias. Después salió y siguió trabajando hasta el final de su turno, centrado más que nunca en sus reparaciones. Estaba orgulloso de su capacidad para olvidar. La utilizó cuanto pudo al atender a una señora mayor que le decía a su hijo que no se fuera a tomar un café porque en cuanto se fuese les iban a llamar, que lo sabía ella, que ya se lo había dicho, que ya verás cómo nos llaman en cuanto te vayas.

La niña que ingresó en el taller cuando Fontela estaba a punto de abandonar la guardia se llamaba Camino. Camino Fernández. El doctor Fontela no solía retener el nombre de los pacientes. Era incapaz de recordar ni uno solo de los nombres de los desvencijados fantasmas que habían pasado por allí reclamándole atención para los huesos, los órganos, los músculos, las venas, las arterias; pero había algo en esa niña que la hacía diferente. Cuando la atendió, con el aire urgente y profesional que le caracterizaba, la pequeña le había transmitido una serenidad que le avergonzó. No había prisa en su mirada. Ni prisa ni miedo. Desvió a su siguiente paciente a Armengol, el médico en prácticas que hacía las veces de ayudante, y dedicó a Camino todo su tiempo. Decidió que no se trataba solamente de resolver. Aquella niña, Camino, le exigía algo más. La examinó en la camilla, en pleno pasillo, y, mirándola a los ojos, supo que estaba haciendo lo que llevaba años sin hacer. Intentaba comprender. Comprenderla. Y cuanto más lo intentaba más confuso se sentía. Camino había llorado. Fontela, sin poder evitarlo, le dijo que no se preocupase. Odiaba la frase. Era una frase muerta, innecesaria, sobre todo en urgencias; una frase que, según él, un médico jamás debe decir a un paciente. La belleza de Camino, cansada y recién llorada, se mostraba con una plenitud que alcanzó a calificar de exquisita. Su voz también lo era. Y su pelo. El cuerpo de la niña desprendía una luz tan poderosa como humilde, pero el fulgor que emanaba, a diferencia del resto de los pacientes, no era de dolor. Camino brillaba de pura vida, y lo que Fontela reconoció después de tantos años reparando cuerpos era algo tan sencillo como la dulzura, la pureza y la naturalidad. La tomó de la mano y en el mismo instante en que lo hizo comenzó a recuperar gestos que desde siempre había entendido como suyos, pero que ya creía desaparecidos. No te preocupes, repitió con un tono dulce y seguro. Camino le sonrió. Al rostro de Fontela regresó la sonrisa que en otro tiempo le había resultado tan fácil, la que tensaba su nariz aguileña y lo disponía para una mueca de permanente sorpresa. Recuperó la lentitud que amaba, la capacidad de observación, la pasión por un trabajo cuyo objetivo final volvía a entrever con la misma nitidez que el día que ingresó en la facultad. Para sorpresa de la supervisora de urgencias, que lo observaba desde lejos, Fontela volvió a sonreír con la mano de la niña entre las suyas y, sobreponiéndose a los gritos y a las órdenes que estallaban en mitad del pasillo, actuó con la calma y con el interés que miles de noches de guardia le habían hecho olvidar. Se recuperó a sí mismo, con orgullo, rescatándose de un mundo borrado por pasillos, quirófanos, gasas y noches. De inmediato sintió por Camino un interés brusco, tan agudo que podría definirse como personal. Evitó reconocerlo, pero era cierto. No conocía a Camino, pero aquella niña era mucho más que un hígado, un riñón, un cerebro o un estómago. Tenía que averiguar la causa por la que no podía mover las piernas, por supuesto, ése era su trabajo y por eso le pagaban, pero el breve contacto que había mantenido con ella le había descubierto aspectos que no tenían nada que ver con los problemas que de forma infame y a destiempo planteaban los cuerpos de los seres humanos. Le reconfortó la actitud de Camino. Le gustaba su nombre, su serenidad, la confianza que se reflejaba en sus ojos y que con una sorprendente soltura le regalaba a él, a un médico cansado y desconocido. La mano de Camino estaba caliente. Tal vez todo obedeciese a la fatiga, pero Fontela estaba seguro de que atendía a una niña que habitaba un lugar que él ya había perdido, que casi había olvidado y al que seguramente jamás podría regresar.

Su guardia había terminado. Quería irse a casa, darse una ducha, meterse en la cama y derrumbarse otra vez hasta el próximo turno. Pero se quedó.

Armengol, el doctor en prácticas, abrió la puerta del pequeño despacho.

—Creí que se había ido —dijo.

Llevaban juntos varios meses, pero Fontela le había sugerido que se trataran de usted. Nadie más lo hacía en el hospital.

—¿Tiene la radiografía de la niña? —Armengol dudó—. Me refiero a Camino Fernández.

Armengol seguía dudando. Fontela se acercó, cogió las radiografías que el ayudante llevaba en la mano, buscó la de Camino y la colocó en la pantalla de luz. La observó detenidamente y luego, tras hacer un gesto semejante al que habría hecho si alguien le hubiera ofendido, dejó caer los hombros y apretó los labios. Armengol tosió. Fontela le señaló la radiografía con el bolígrafo.

—A la altura de la tercera.

Armengol miró la radiografía del cuello. La tercera vértebra estaba fracturada.

—¿Cómo es posible que nadie la haya visto antes? —preguntó Fontela.

—No lo sé, doctor. A esta niña ya le han hecho placas.

—Lo que no entiendo es cómo puede aguantar ese dolor.

Fontela recordó la sonrisa de Camino. Estaba sorprendido. La niña debía de estar sufriendo un dolor profundo, agudo, constante. Y a pesar de ello le había sonreído.

—Tenemos que operar —concluyó Fontela—. Hay que hablar con Crespo. Es el mejor.

Armengol volvió a toser. Fontela olía a cansancio y a decepción. Era la primera vez que expresaba de manera tan clara su opinión sobre un compañero. Armengol abrió la puerta. Antes de salir lo miró y vio la imagen de lo que él consideraba un buen doctor: un hombre perdido en sus pensamientos, abatido, pensativo, centrado en la radiografía, repasando sus conocimientos, decidiendo lo mejor para los pacientes y ajeno a la luz que amanecía teñida de invierno, que rebotaba en las fachadas de los edificios de enfrente y que proyectaba hacia el hospital un resplandor primerizo, blando. Pensó que no conocía a Fontela tanto como creía. Nunca había dicho «tenemos que operar». Nunca —ni siquiera comiendo a solas en la cafetería del hospital— le había oído expresar ni media opinión sobre la capacidad profesional de los otros médicos. Tampoco le había visto interesarse personalmente por un paciente de la forma en la que lo hacía por esa niña que presentaba una fisura en la tercera cervical.

Fontela tiró al cubo de la basura el vasito de plástico en el que había bebido el café que no tomaba nunca. Armengol, indeciso, sostenía el pomo de la puerta.

—¿Ocurre algo? —preguntó Fontela.

—No sabía que usted conocía a la niña.

—No la conozco —respondió mientras Armengol se disponía a salir—. Josep —lo llamó el doctor.

Era la primera vez que Fontela lo llamaba por su nombre de pila.

—Dígame.

Fontela no se giró.

—Nada, nada, Armengol.

El collarín que ceñía el cuello de Camino le producía un calor intenso y le oprimía la mandíbula. La tensión de su cuello transmitía al resto del cuerpo ráfagas eléctricas, torpes, desordenadas; ráfagas semejantes a las que había sentido en la cocina de su casa cuando bailaba la música de Los 40 Principales y papá la filmaba y ella había construido un pequeño altar para la Virgen y el sol entraba sin miedo en la casa y hasta la Virgen parecía feliz y Camino bailaba y bailaba transformándose en un pez y en un electrón. Fue el día de la regadera de plástico, el día en que sin que papá lo supiera ella había bailado sólo para Cuco, el día en el que cuando iba a cerrar el grifo después de hablar con el técnico de la lavadora sintió cómo sonaba el dolor que estalló en su cuello y cómo se apagaba el sol y llegaba un silencio que le impedía sentir las manos y las piernas; el día en el que había llamado a papá desesperadamente y luego había caído de rodillas sobre el suelo de la cocina sin poder levantarse; de eso sí que se acordaba bien, y de que había vomitado, y, sobre todo, de que Cuco no estaba, de que Jesús no estaba y el otro Jesús seguramente tampoco. Volvió a recordar el escalofrío, el pinchazo, el temblor de las manos. Sus piernas estaban dormidas, como ahora.

—Mamá, tengo miedo.

Gloria le cogió la mano y miró la puerta por la que, al final del pasillo, el doctor acababa de salir.

—Yo estoy contigo, hija. Y papá también.

Armengol hablaba con la supervisora. Llamaron a una enfermera.

—Gracias, mamá.

—¿Qué te parece si rezamos a la Virgen para pedirle fuerzas?

—Como quieras, mamá, pero si no te importa voy a pedirle, si a ella le parece bien, que no me tengan que poner más inyecciones.

Gloria no respondió. Su silencio expresaba en voz alta la decepción que sentía. ¿Cómo era posible que la niña dejara pasar la oportunidad de ofrecerle a Dios su dolor? Ya le había repetido una y otra vez que el camino a la santidad estaba lleno de pequeños momentos en los que era necesario decirle a Dios te quiero, te sigo, te amo. Por eso había que ofrecerle nuestro dolor y, lo que es más importante, nuestro sufrimiento.

—¿Y papá?

—Esperando al doctor, tesoro.

—¿Al calvo? Es un buen médico.

—Claro, cariño.

Fontela volvió a salir por la puerta que Armengol había dejado entreabierta y buscó a Camino con la mirada. La vio al fondo del pasillo, acompañada por una mujer —seguramente su madre— que se inclinaba amorosamente sobre la camilla, haciéndole compañía.

José esperó a que Fontela terminara de mirar a su hija. No quería interrumpir la mirada dulce y preocupada que había en los ojos del médico. Le sorprendía y le reconfortaba. Le daba seguridad, esperanza. Se dirigió a él. Fontela vio acercarse a un hombre calvo con el paso vacilante y característico de los padres que tienen a un hijo en urgencias.

—Soy el padre de la niña.

Había más niñas, pero para José y para Fontela solamente existía una.

—Tenemos que operar inmediatamente —le dijo Fontela—. Tiene una vértebra fracturada.

José no respondió. Fontela estuvo a punto de ponerle la mano en el hombro, pero no lo hizo.

—Voy a hablar personalmente con Crespo. Es el jefe de neurocirugía.

Entró en el ascensor.

—Su hija me ha contado que se cayó en la cocina.

—Se desmayó.

Gloria les vio hablar durante un par de minutos. El doctor mantenía abierta la puerta del ascensor. José miraba de cuando en cuando el suelo, preocupado. Luego Fontela se pasó los dedos por un cráneo limpio y pensativo, entró en el ascensor y cuando las puertas se cerraron, José quedó solo en el cruce de pasillos mirando en el incierto reflejo del aluminio su imagen de padre desbordado. A su espalda, como siempre habían sucedido las cosas en su vida, Armengol se acercó a Camino. La enfermera que le acompañaba sacó una goma y rompió el precinto de una jeringuilla que a la niña le pareció gigantesca. Gloria suspiró. Camino extendió una mano hacia su madre y giró la cabeza. Cuando sintió la aguja, pensó que la Virgen quizá no hubiese entendido su petición. Se habría despistado o habría tenido que atender asuntos de mayor importancia, pero le estaban sacando sangre. La aguja le quemaba en el brazo. La sangre abandonaba su cuerpo. Un viento que no había pedido permiso y que olía a ciudad enferma y a invierno recalentado corría por los pasillos tensando la piel de los enfermos, girando por los recovecos de urgencias. Era el mismo viento que había cruzado frente a la pastelería de la madre de Cuco, el que había agitado su flequillo moreno y el que había movido la falda de Elena. Era el viento que habían respirado juntos.

—Huele raro, mamá —dijo Camino.

La aguja le hizo más daño.

—Ya termino, cariño —dijo la enfermera.

Gloria le puso la mano en la frente.

—¿A qué huele, mi vida?

El viento se estrelló contra la puerta que cerraba el pasillo y dio la vuelta sobre sí mismo, enfadado.

—A magdalenas. Huele a magdalenas.

—Ya me gustaría a mí, bonita —dijo la enfermera sonriendo.

—Huele a magdalenas, a limones y a pollo muerto —insistió Camino.

—Qué cosas tienes, hija.

Camino comenzó a llorar.

—Ya termino, ya termino —dijo la enfermera.

—Si no es por usted —le dijo Camino—. Casi no he notado nada, de verdad. Es por el olor de las magdalenas. Es por Jesús.

—Mi vida —exclamó Gloria.

La enfermera extrajo la aguja. El viento pasó otra vez sobre sus cabezas buscando la puerta de salida.

—Ahora huele a papá.

—Ya viene. Está viniendo.

—No quiero que papá se preocupe. Díselo, mamá. Y tú tampoco te preocupes. Lo que siento es molestaros tanto.

La enfermera sonrió.

—Ya nos gustaría que todas nos diesen la misma lata que tú, ¿verdad, doctor?

Armengol asintió.

—Esto ya está.

—Ya termino yo —dijo Armengol mientras colocaba en la huella del pinchazo un algodón empapado en alcohol.

—Como usted quiera, doctor.

—Aprieta aquí con el dedo y dobla un poco el brazo —le pidió a Camino.

Camino miró la sangre que le habían extraído. Era oscura, artificial, como de juguete; una sangre indiferente que nada tenía que ver con ella y que parecía espesa, dormida, muerta bajo la luz de los neones.

—Gracias a todos —dijo Camino mientras el día se abría paso. Frente a la puerta de urgencias se instaló una luz que competía con la de los fluorescentes del techo. Se oían ambulancias. Las puertas se abrían y cerraban. Amanecía muy rápido.

—Tengo frío, mamá.

Gloria la abrazó justo en el momento en el que otra ráfaga de viento entró por la puerta absorbida por una garganta gigante que arrastraba desgracias, niñas, heridas de cuchillo, comas etílicos, huesos rotos y corazones detenidos para siempre. El dolor que pasaba frente a ella giraba como un carrusel.

—Mamá.

—Ya pido una mantita, tesoro.

—Yo se la traigo —dijo Armengol.

José se sentó junto a ellas.

—¿Cómo estás, hija? —preguntó.

Camino se sentía desnuda, expuesta, infeliz, desangrada.

—Bien —respondió.

—No sabía yo que eras tan mentirosa.

Camino sonrió. José también.

—La manta —dijo Armengol tapándola cuidadosamente.

—Gracias, doctor.

Camino cerró los ojos un instante y pensó que algo terrible tenía que estar sucediendo si estaba tumbada en la cama de un pasillo abierto al viento y rodeada por personas desconocidas. Era algo nuevo para ella. Solamente papá, mamá, Nuria y Bego la habían visto en la cama. Era como estar en una habitación sin paredes. Los olores pertenecían a un mundo que desconocía. Y las expresiones. Y los rostros. Una anciana gritó a su lado, una mujer le dijo a un hombre «dónde vas, que no te vayas ahora, que nos van a llamar». Urgencias era la antesala de algo que desconocía. El miedo le entró por los pies, pero no los sentía. Pensó en Cuco.

—Papá.

José la tomó de la mano.

—Dime, hija.

—Dinos —dijo Gloria.

—Nada. Pensaba en él.

—¿En quién?

—En Jesús —dijo Camino abriendo los ojos. Desde el exterior penetró una luz de anís, congelada. La boca le sabía a hueso. A hueso, a amanecer y a desamor. Gloria sonrió y le dio gracias a Dios. Tenía que contarle a Don Miguel Ángel que Camino, enferma, no dejaba de pensar en Jesús.

En el interior del ascensor, Fontela saludó a un celador y a una auxiliar, se pasó nuevamente la mano por la cabeza y la dejó en el cuello. No bajó en el cuarto piso; subió hasta el último y permitió que el ascensor lo llevara hasta el sótano y volviera a elevarlo y a bajarlo y a subirlo. No sabía dónde se encontraba. Miró el suelo, cerró los ojos. Evitó hablar con los dos médicos que entraron. El ascensor subía y bajaba y se detenía durante un instante en cada planta y luego arrancaba y se paraba y abría otra vez las puertas sin que Fontela se decidiera a salir. Cuando al fin lo hizo —ignoraba la planta en la que estaba—, tenía claro el diagnóstico, pero debía hacerle las pruebas de forma inmediata. Camino había sufrido una caída. Tenía una vértebra rota. El padre le había contado con detalles las molestias anteriores, las visitas al médico, el dolor en el cuello y el desmayo en la cocina. Deseó que la causa proviniera del exterior; en caso contrario había que buscarla dentro, lo cual era más grave. Subió por las escaleras hasta el despacho de Crespo y se apoyó en la pared del pasillo. Tenía la boca seca. Por vez primera le asaltaba el miedo a expresar en voz alta un diagnóstico que había establecido muchas veces. Sin que se diese cuenta, el sol frío que penetraba por la ventana se fue acercando poco a poco a sus pies a medida que se elevaba en el cielo, y Fontela sintió al fin su calor. Cuando lo miró, el sol estaba arrebujado en sus tobillos, sereno y dormido como un cachorro obediente, esperando, igual que él, a que Crespo llegara a su consulta.

—Doctor.

Fontela abrió los ojos. Crespo estaba frente a él y representaba un mundo nuevo. Olía a sueño, a afeitado reciente, a galletas y a hogar.

Fontela le tendió la radiografía de Camino. Crespo la miró como si no supiera qué hacer con ella. Luego apreció sin dar señales de ello los estragos que la guardia había provocado en el rostro de Fontela. Estaba sorprendido de que ese doctor con el que apenas había intercambiado unas palabras estuviera allí, esperándole. Lo tenía por un médico serio, frío, distante. Lo era.

Crespo se puso las gafas y apoyó la radiografía en el cristal de la ventana. Sus ojos fueron directos a la fractura de la vértebra.

—Tiene once años —dijo Fontela.

—¿Se ha dado algún golpe?

Mientras Fontela le hacía un resumen, Crespo observó con cierto estupor que el doctor había adoptado el papel de paciente. Supuso que la niña era un familiar, pero no quiso preguntarlo.

—Voy a disponerlo todo —dijo Crespo guardando la radiografía.

—Se llama Camino.

Crespo asintió. Le preocupaba la fractura, la paraparesis que presentaba la niña.

—Tenemos que actuar inmediatamente.

—Ya se lo he dicho a la familia.

Fontela estrechó la mano de Crespo y entró en el ascensor. Al llegar al piso de abajo recordó que ni siquiera le había dado las gracias. Estaba feliz. Deseaba con todas sus fuerzas que el problema de Camino obedeciera a una causa externa y que la niña volviera a caminar cuanto antes. Fontela estaba feliz, sobre todo por ser capaz de volver a desear.

25

El teléfono sonó en el pequeño locutorio de la casa de Pamplona. Martina encendió la luz. Un resplandor ocre y diminuto iluminó el pasillo que conducía a la parte de la casa donde Inés había instalado la administración. Al fondo, junto al recibidor, se encontraba el cuartito que hacía las veces de cabina telefónica y en cuyo interior, anclado a la pared, el teléfono sonaba como un recordatorio del mundo exterior. Por eso la puerta disponía de llave. Martina la sacó de su bolsillo, sin prisa. Abrió la puerta y descolgó.

—Dígame.

Escuchó durante unos segundos. El cuarto tenía un aire de confesionario antiguo, triste, de trastero renovado.

—Sí, ya estábamos pendientes —dijo—. Aguarde, por favor.

Depositó el auricular en la repisa. Inés estaba a su lado.

—Es la llamada para Nuria —le dijo Martina en voz baja—. Mañana operan a su hermana.

Inés miró el reloj, preocupada. Era una llamada importante, sin duda, pero enormemente inoportuna. Se acercaba la hora de la comida y las numerarias debían entrar en el Oratorio para rezar las Preces en familia. Desde que ella dirigía la casa jamás se había producido un retraso, sobre todo tratándose de la oración oficial de la Obra.

En la habitación del hospital, Gloria le pasó el teléfono a Camino. A pesar de que le habían sacado sangre, de las pruebas que le habían hecho, y de la incertidumbre y el desamor que se había instalado en su pecho, estaba contenta. Por fin podía hablar con su hermana.

—Ya han ido a buscarla, hija. Verás la ilusión que le hace —dijo Gloria.

—Y a mí, mamá.

Las paredes de la habitación palpitaban con la luz cambiante del televisor. Sentados en la cama de al lado, los padres de la niña que convalecía junto a Camino veían un programa en el que una chica de enorme escote decía que todo era mentira, que había sido culpa de la familia de su ex novio.

Camino aguardó, ilusionada, apretando el teléfono con ambas manos. Gloria, molesta por el televisor, giró aún más hacia su hija la fotografía del Papa que había colocado sobre la mesilla, como si ese pequeño gesto pudiera aislarles del ruido del frívolo mundo que les llegaba desde la tele. José, a los pies de la cama, miró la ventana repleta de reflejos blancos, de cansancio, de preocupación y de recuerdos. Pensaba en Alejandro, en el hijo que se había ido con los ángeles un día semejante al que discurría al otro lado de los cristales.

En la tele, la chica del escote se recolocó el vestido para lucir aún más sus inmensos pechos. Se los subió sin gracia, con ambas manos.

—¡Yeyé! —gritó Camino al teléfono con todo su corazón. El color de la vida volvió a su rostro. Le brillaban los ojos.

—Yeyé —repitió.

Su corazón estaba desbocado.

—Hija, que no estamos solos —la reconvino Gloria.

—Déjala, mujer —le pidió José.

—¡Yeyé! —exclamó Camino en voz más baja—. Yeyé,

Martina tomó una silla de la administración y se sentó a la puerta del locutorio, recatada, discreta en su indiscreción. Inés se instaló en el despacho que también le servía de dormitorio y dejó la puerta abierta. Cuando Nuria la miró, Inés consultó casualmente su reloj. Las primeras numerarias se dirigían al Oratorio.

—Hola, pequeñaja —dijo Nuria.

—Cómo me gusta que me llames así, Yeyé.

—Es lo que eres, una pequeñaja.

—Hay que ver lo que nos cuesta hablar contigo —dijo Camino—. Pareces una ministra.

—Es que aquí siempre hay asuntos que resolver, pero me acuerdo mucho de ti.

Martina se revolvió en la silla. Nuria vio a otras tres chicas cruzar frente a ella. La miraron, sorprendidas. Cuando desaparecieron, se encontró con la sonriente mirada de Inés.

—¿Y por qué no contestas mis cartas? —le preguntó Camino.

—¿Cómo dices? —preguntó Nuria, intranquila.

Su hermana no respondió. Martina, con un gesto que pretendía ser casual, se quitó de su falda una inexistente pelusa.

—No sabes la sorpresa que tengo para ti, enana.

—¿De verdad? —quiso saber Camino, emocionada.

—He hablado con Don Francisco, nuestro director espiritual, y me ha dicho que la Misa de mañana la va a ofrecer de forma especial por ti.

—Qué bien —dijo Camino sin ganas.

—¿No te alegras?

—Sí, mucho —respondió Camino sin ocultar su decepción—. Dale las gracias. ¿Y tú cómo estás?

—Y que sepas —continuó Nuria ignorando el tono de

desencanto de su hermana— que todas las de la casa vamos a rezar para que la operación salga bien.

En la tele, el presentador del programa dio paso a publicidad.

—¿Cuándo vas a venir? —preguntó Camino elevando el tono de voz.

—Hija, no comprometas a tu hermana —dijo Gloria.

—Espera, mamá, que no oigo. ¿Cómo dices, Yeyé?

—Que tengo muchas cosas que hacer. No sabes la de cosas que tenemos que hacer aquí.

—Es que te echo de menos y quiero verte.

—Ya sé que me echas de menos.

Martina acusó la frase con una sonrisa sin humor. Inés se levantó, apresuró a las numerarias rezagadas y se acercó al locutorio. Le hizo un gesto a Martina, que se levantó y desapareció tras la última numeraria.

—Anda, pequeñaja —dijo Nuria—. Pásame a mamá, que tengo que colgar.

Camino le lanzó un beso por el teléfono.

—Qué pena hablar tan poco.

—Ya, es que tengo un poco de prisa.

—Te quiero, Yeyé.

Esperaba oír un «y yo a ti», pero Nuria no respondió.

—¿Estás ahí?

—Sí —respondió Nuria mirando a Inés, que se había instalado frente a ella.

—Que digo que te quiero mucho —insistió Camino.

—Ya —respondió confusamente Nuria.

Ines se acercó al despacho, cerró la puerta con llave y volvió a la cabina.

—Que digo que te quiero mucho, Yeyé, y que te echo de menos.

—Venga, no te preocupes por nada.

Inés le sonrió. Nuria intuyó la prisa en sus ojos.

—Ya termino, Inés.

Inés levantó hacia ella la palma de las manos, como si no hubiera prisa.

—¿Vas a venir? —preguntó Camino con ilusión.

—Envíale recuerdos a tu hermana —dijo Inés.

—Inés te manda recuerdos —dijo Nuria forzando la emoción.

—¿Quién es Inés?

—La Directora.

—Dale las gracias. Y tú no te preocupes por la operación, Yeyé, seguro que no es nada gordo, ya verás.

—Claro. Pásame a mamá, anda, que tengo prisa.

Inés sacó el manojo de llaves y buscó distraídamente la que Nuria sabía que pertenecía al locutorio.

Gloria cogió el auricular y se tapó el otro oído con la mano. La estrategia funcionó. Los padres de la niña bajaron el volumen del televisor. Gloria deseó que no lo hubieran hecho. Ahora su voz estaba desnuda frente a todos.

—¡Tesoro! —dijo Gloria.

Miró a José, a Camino, a la tele sin sonido. Escuchó un instante.

—No me digas —continuó—. ¿A las seis de la mañana? Hija, pues tienes que procurar descansar un poco más... Don Miguel Ángel me ha dado recuerdos para ti... Sí, un encanto. Ha venido a confesar a tu hermana y han hablado de teatro... No sé, cosas suyas. ¿Quieres que te pase a tu padre?

José alargó la mano para coger el auricular. Gloria lo detuvo con un gesto.

—Bueno, bueno, yo se lo digo a papá. Sí... Claro, te llamamos en cuanto salga del quirófano. Que Dios te bendiga, hija.

Colgó. Miró a José.

—Que tiene prisa, que la disculpes, pero es que la estaban esperando —le dijo Gloria.

José, con la mano extendida, sintió sobre él el peso de las miradas de los padres de la niña que compartía habitación con Camino. Procuró sonreír. Le dolía en lo más profundo de su alma no haber podido hablar con Nuria. Era como si no estuviera, como si se hubiera ido de viaje, como si siempre hubiera estado de viaje. Iba a retirar su brazo, innecesariamente extendido, avergonzado e inútil cuando Camino se aferró a su mano.

—Te quiero, papá.

Se sentó junto a ella.

—Y yo a ti, hija.

Camino apretó su mano, la mano grande y caliente de papá. La colocó sobre su rostro con el mismo gesto con el que había sostenido el auricular para hablar con Nuria.

—Te quiero mucho, papá.

Era el «te quiero» que Nuria no le había dicho. Gloria besó la medalla de la Virgen.

—Y a ti también te quiero, mamá —dijo Camino—. Y a Jesús. Siento que siempre está conmigo.

—Hija mía —exclamó Gloria emocionada.

En la habitación reinaba un profundo silencio que ni siquiera podía romper la chica de pechos gigantescos que volvía a aparecer en el programa de la tele. José puso su mano sobre el hombro de Gloria, y Camino vio cómo el padre de la niña de la cama de al lado también acariciaba suavemente la espalda de su esposa. Todos miraban a Camino.

—Lo que más me preocupa no es la operación.

—¿Y qué es, tesoro? ¿Qué es lo que te preocupa? —preguntó Gloria.

—Que no le he preguntado a Nuria si quería que le enviásemos su guitarra.

—No creo que la necesite —dijo Gloria.

—A lo mejor la echa de menos —aventuró José.

—Nuria tiene mucha labor que hacer —dijo Gloria exhalando un suspiro que llenó la habitación—. En la casa donde vive hay más de dieciocho personas, entre hombres y mujeres.

—Ah, pero ¿hay chicos?

—Claro, hija, que tu hermana no está en un convento. Tu hermana está en el mundo.

Entre triste y enfadado, José miró a Gloria. El guapísimo presentador de la tele dio otra vez paso a publicidad y prometió que volverían en tres minutos.

26

Cuando Nuria entró en el Oratorio, Martina ya había encendido las dos pequeñas velas que se encontraban a los lados del Sagrario. Las numerarias besaron el suelo.

—*¡Serviam!*

El altar estaba instalado en la pared central, separado de ella por un pequeño pasillo para la limpieza y para la organización de los accesorios litúrgicos. Dos lienzos de lino bordados a mano cubrían la parte del ara en la que se celebraba el sacrificio eucarístico. Junto a la puerta de entrada colgaba una cruz de madera negra, sin crucifijo, cuyas proporciones entre los dos brazos trazaban la circunferencia del sello de la Obra. La cruz, la pobre cruz de palo, sola, despreciable y sin valor —según había dicho el Padre—, era su cruz, la cruz de cada día; y esa cruz escondida, sin brillo y sin consuelo esperaba el crucifijo que le faltaba. La esperaba a ella, a Nuria.

—*Ad Trinitatem Beatissimam.*

—*Gratias tibi Deus, gratias tibi, vera et una Trinitas...*

Pensaba en Camino. No le había dicho «te quiero». Ni a ella ni a su padre. Una insatisfacción dura, de cera sin quemar, se instaló en su boca. Le dolía su cobardía.

—*... una et summa Deitas...*

—*... sancta et una Unitas.*

En la cruz de palo veía a Camino y, a la vez, la madera

parecía reflejar su propia amargura y el temor que había sentido a expresar sus sentimientos delante de Inés y de Martina. Quería volver a hablar con la pequeñaja, decirle «te quiero», tenerla en brazos, hablar de nubes. Sentía la urgencia de amar, de expresar el amor con palabras. Dos palabras nada más. «Te quiero.» Tres. «Te quiero, pequeñaja.» También quería a su nueva familia, a la de la Obra, e intentaba demostrarlo día a día, minuto a minuto, pero consideraba que ese amor era compatible con el que sentía por Camino, cuya presencia, a medida que oraba, se hacía más real. Camino cobraba cuerpo y se dibujaba ante ella como una aparición, como la expresión más pura del amor y de la inocencia. Había sido ridícula la conversación que habían mantenido después de tanto tiempo sin poder hablar, una conversación muerta en la que faltaba un «te quiero» que desdibujaba los renglones con los que se escribía todo el cariño que sentían la una por la otra. Dos palabras, tres, que resumían el mundo y cuya ausencia creaba un abismo de negrura sin fondo, una carretera rota, un puente desplomado cuyos extremos cada vez estaban más lejanos.

—*Ad Iesum Christum Regem* —continuó Martina dedicándole una mirada en la que Nuria distinguió un brillo que no supo interpretar.

—*Dominus Iudex noster...* —comenzó a responder a media voz.

Ni con papá había podido hablar. Tampoco con él. Sobre las oraciones de las numerarias parecía imponerse el silencio de su padre, que la estaría regañando ahora con esa resignación que lo hacía enmudecer. O tal vez no; seguro que José no estaba enfadado, y si lo estaba, lo expresaría a su modo: mirando por la ventana, como solía hacer siempre que callaba. Recordó su carrera desesperada tras el autobús que la llevó a Pamplona. Por un momento comprendió a su padre y compartió el sufrimiento que había sentido al verla alejarse para siempre. Se sintió cruel. Al otro lado de las oraciones que se cerraban sobre ella como una cortina de lluvia, Nuria vislumbró una luz blanca y serena que bañaba con nitidez el rostro de Camino y que rompía, como si se tratara de un frágil cristal, el silencio de su padre las noches en las que llegaba cansado y las abrazaba a las dos tras dejar en el suelo su pequeña maleta. Le llegó desde la cocina el olor de la sopa de su madre, la de lluvia o la de letras. El Oratorio tenía el aroma de la habitación compartida con su hermana, de sábanas calientes, de terraza, de verano, de miedos nocturnos, de camisones y de la luz de intemperie de las farolas. Sobre el humo de los cirios y de las oraciones flotaba un aroma a niña y a yogur de limón. «Siempre estaremos juntas», le había prometido a la pequeñaja mientras Camino veía pasar con sus cinco años nubes fantasma con forma de gallinas y de barcos hundidos. Nuria le había dicho que la casa de las nubes era ella, Camino, y que no existían cementerios para esas nubes que corrían por el cielo. Ahora que volvía a pensar en ella, supo que lo había dicho por decir. Seguramente había cementerios de nubes, como existían cementerios de elefantes. El hermoso pelo de Camino, que estaba sentada en su regazo, ondeaba como un sueño aquella tarde en la que el mundo estaba en orden y todo era posible. Habría sido posible, por ejemplo, estar toda la vida juntas, viendo deslizarse las nubes, sin prisa, y que Camino siguiera pensando que su hermana mayor tenía que saberlo todo porque para eso era la mayor. Le había explicado que las nubes no mueren porque son energía, y la energía no se destruye, se transforma. Camino, su energía, regresaba ahora a ella en forma de olor, de sabor a oración y a ausencia. Sabor a miedo y a mentiras. Le mintió cuando le prometió que siempre, siempre, siempre, estarían juntas. Volvió a pensar en el «te quiero» que no se había atrevido a decirle.

Sintió sobre ella la mirada aplastante de Inés, la que le recordaba a su madre. Estaba segura de que la Directora sabía lo que estaba pensando. Ensayó como pudo la que consideraba su mayor postura de recogimiento y se arrepintió de inmediato porque con ello estaba traicionando a sus hermanas, de la misma manera que había traicionado a la pequeñaja y a su padre por no haberles gritado que los quería.

Las oraciones la arrastraban como un torrente vigoroso contra el que no podía luchar. Se dejó llevar. Intentó no resistirse, oró con fervor, lo intentó, pero seguía viendo a Camino. Su hermana estaba asustada. Le había pedido que no se preocupara por la operación, pero la conocía muy bien. Camino tenía miedo, y Nuria deseó con toda su alma que el hospital le diese una habitación en la que penetrara la luz de la calle para disipar sus temores. Volvió a oír su voz entre la corriente de oraciones que rugían hasta quedar amansadas en la amplia desembocadura del buen espíritu. Yeyé. Te quiero. ¿Cuándo vas a venir? Me gusta que me llames pequeñaja. Cuesta mucho hablar contigo. Me acuerdo mucho de ti. ¿Por qué no contestas mis cartas? Te echo de menos. Quiero verte. La pequeña voz de Camino intentaba sobreponerse a las velas, a los paños de lino, a las cruces de madera y a la penumbra, pero Nuria la vio alejarse, envuelta en las oraciones que formaban un líquido espeso, desbordado e imparable del que Camino emergía a ratos gritando, llamándola desesperadamente, sacando una mano y volviendo a hundirse. Hasta que desapareció para siempre.

—*Dominus Legifer noster...*

Inés seguía observándola, pensando en qué razón tenía el Padre evitando las influencias externas. La Obra de Dios era perfecta, tan perfecta como la mecánica que él había instituido para evitar que la familia de sangre y el mundo exterior interfirieran en las vocaciones y en su familia de ahora, en la espiritual. La Obra de Dios era perfecta, y ella, Inés, contribuía a la perfección abriendo y leyendo las cartas, interceptando conversaciones, evitando las amistades personales, impidiendo viajes cuyo destino fuese asistir a bodas, cumpleaños y bautizos, recortando periódicos y revistas, cambiando de canal o apagando el televisor para que la frivolidad que rebosaban los programas no distrajera a las chicas de su difícil labor de apostolado.

—*Dominus Rex noster...*

Nuria no estaba concentrada. Había cometido un pecado pensando en su hermana. Había sido injusta con ella, no había asistido a su último cumpleaños, no le había regalado nada, pero era cierto que el diablo siempre está atento, que utiliza a los que más amas para apartarte de la Obra y que puede llegar a hablar por boca de ellos, así que tal vez hubiese hablado por boca de Camino. Sintió un escalofrío. Desde el principio había procurado hacer las cosas bien: estaba lejos de su familia de sangre; se había separado de ellos con un desapego feroz; había sido discreta; había abierto sin dudar las puertas a una nueva vida y cerrado otras, las que comunicaban con su padre y con su hermana, que ignoraba el daño que le hacía cuando le decía te quiero o te echo de menos, Yeyé; se había desprendido de las fotografías que la fijaban a su vida anterior y se había alejado cumpliendo el mandato que había recibido: ámalos, pero no los visites con frecuencia. La familia era egoísta, y el olvido se instaló en el pecho de Nuria con una naturalidad que llegó a espantarla. Sin embargo, recordaba perfectamente que en un curso de formación Don Miguel Ángel les había leído *Meditaciones*, *De nuestro Padre* y *Glosas sobre la obra de San Miguel*, gracias a cuya lectura todas tuvieron bien claro que la irrupción de lo divino en sus vidas no podía restar calor humano a las relaciones familiares; al contrario, hijas, había dicho Don Miguel Ángel, lo normal es que lo aumente; «tenéis que querer a vuestros padres y hermanos y darles muestras efectivas de ese cariño porque mucho es lo que debemos a nuestros padres y, en lo humano, imposible de pagar. Nuestra vida proviene de ellos, y frecuentemente el primer germen de la fe, de la piedad y de la vocación lo han puesto ellos en nuestros corazones», había concluido Don Miguel Ángel cerrando el libro.

—... *ipse salvabit nos.*

La oración era un rumor mecánico que le impedía pensar. De eso se trataba. Nuria recitaba automáticamente. Le dolían las rodillas. Una muestra efectiva del cariño que sentía por su familia de sangre hubiese consistido en decirle a la pequeñaja que la quería, o regalarle un vestido, como ella esperaba, o llamarla por teléfono. O ir a verla, porque sabía que lo que más anhelaba Camino en su cumpleaños era la visita de su hermana. Se arrepintió de inmediato por haberlo solicitado. Inés ni siquiera tuvo en cuenta su proposición. Le dijo que lo que debía hacer era escribir a su hermana; escribir mejor que llamar porque escribiendo se ordenan mejor las ideas y además se evita un gasto. Lo que Inés no le dijo es que era mejor escribir porque lo escrito puede ser analizado, clasificado y archivado *in aeternum.* Nuria no respondió, como haría tantas veces. Comprendió que todo estaba escrito, que había abandonado su buen espíritu. Inés cogió el libro de las *Glosas sobre la obra de San Miguel* y le dejó bien claro que las numerarias no abandonan sus tareas apostólicas o su lugar de trabajo para participar en acontecimientos familiares que ocasionan gastos de tiempo o de dinero que un padre de familia numerosa y pobre no se puede permitir. Si excepcionalmente —prosiguió Inés, leyendo—, después de ponderarlo con detenimiento, se ve preciso realizar un viaje para atender en una necesidad a alguna persona de la familia, se reduce al tiempo estrictamente necesario la estancia en el lugar de destino y se informa a la Comisión Regional correspondiente del motivo y de la duración de la estancia.

—No es éste el caso —le dijo Inés colocando nuevamente el libro en la estantería de su despacho—. Sólo es el cumpleaños de tu hermana pequeña.

—Siento habértelo pedido —se disculpó Nuria.

—No importa —respondió Inés—. Quien a Dios tiene nada le falta.

Nuria miró el suelo.

—Y ya sabes que cuando dudes puedes acudir a mí. Yo ahora soy tu familia.

—... *ipse salvabit nos* —concluyeron todas.

Permanecieron en silencio antes de invocar a la Virgen y a los santos protectores de la Obra. Oraron por el Padre, por los benefactores, por los familiares de los socios y por los vivos y por los difuntos. Después se instaló entre ellas un silencio tan crudo como el de las oraciones. Había llegado el momento de hacer el examen particular. La mirada de Inés seguía fija en ella, y Nuria comprendió cuando ya era demasiado tarde que había mantenido un pie apoyado sobre otro y que en más de una ocasión su vientre había rozado el reclinatorio. Por eso seguramente había sonreído Martina, que disfrutaba por adelantado de la corrección fraterna que con permiso de la Directora iba a hacerle más tarde. Martina, pendiente siempre de la mirada de Inés, volvió a mirarla y recompuso su postura de recogimiento. Rogaba en secreto que Inés comparase la inadecuada postura de Nuria con el recogimiento del que ella hacía gala. Pero Inés la ignoró. Sólo tenía ojos para ella, para Nuria. Y en sus ojos, en los de Nuria, Inés distinguió una duda.

—*Sancta Maria, Spes nostra, Ancilla Domini...*

Martina se esforzaba por llamar la atención juntando las manos, bajando la cabeza, levantándola, entregada, vendiendo su alma solamente por una mirada.

—*Ora pro nobis.*

Envueltas en el silencio final de la oración, Martina comenzó a levantarse y de pronto su tripa crujió como un reclinatorio desvencijado. Los jugos gástricos viajaron a velocidad supersónica de un lado a otro del estómago sosteniendo el sonido más tiempo del necesario. Se trataba de un sonido *in aeternum* que sorprendió a todas, sobre todo a la propia Martina. Se miró el estómago como si no fuera suyo. El calor abrasó sus mejillas. Las numerarias más jóvenes intentaron evitar la risa. Inés, a punto de salir, se volvió lentamente hacia ella e hizo lo que Martina había deseado todo el rato que hiciera: mirarla. Lo hizo sin prisa. No habló. No hizo ningún gesto. Luego salió del Oratorio acompañada por las otras numerarias mientras Martina se quedaba sola, abandonada en su propia vergüenza, recreándose en la inutilidad de su labio caído, hundida en su propia postura, rota, vencida, volviendo a oír el retortijón que viajaba hacia el otro lado del estómago, deseando que todas se fueran, que salieran hacia el comedor antes de que el estómago lanzase otro aullido.

—No te preocupes —le dijo Nuria.

Martina se sorprendió. Creyó que estaba sola. Abrió la boca, pero no dijo nada. Salió al pasillo. Nuria apagó la luz y siguió hasta el comedor a un ser herido que caminaba con paso torpe, aturdida por sus propios pensamientos, envuelta en un sonido de vergüenza que sonaba como su estómago.

En el comedor, Inés tocó la campanilla. Bendijeron la mesa.

—*Benedic, Domine, nos et haec tua dona quae de tua largitate sumus sumpturi. Per Christum Dominum nostrum.*

—Amén.

A Nuria le gustaba particularmente este momento de vida en familia. Respetuosamente, las numerarias evitaban tomar para ellas la mejor parte de los platos, procuraban pasar la bandeja para no servirse las primeras y llenaban la jarra de la que tenían al lado sin esperar a que se lo pidieran.

En el primer plato Nuria volvió a pensar que había traicionado a su familia. No a Camino, ni a mamá ni a papá. Su familia era la Obra, y los lazos que mantenía con ella eran más fuertes que los de la sangre. Todas eran hijas del mismo Padre, del Padre. Por lo tanto las chicas que se sentaban a su lado en la mesa y que comían el puré con un innecesario espíritu de alegría eran sus hermanas y, tal y como hacía ella, ofrecían al Padre sus mortificaciones, le escribían periódicamente y sentían por él una devoción intensa. Ésa y no otra era ahora su verdadera familia. Su familia espiritual. Mientras sostenía la cuchara, incapaz de tragarse el puré igual que Camino no se tragaba el yogur, Nuria pensaba en ella, en Camino. Seguía oyendo su voz, la que había ido desapareciendo poco a poco entre las oraciones. Te echo de menos. Quiero verte.

Camino estaba sola mientras sus hermanas espirituales comían juntas el puré de verduras sin ninguna convicción. Camino era pequeña, no como ellas, y la iban a operar, y tenía mil preguntas que hacerle a su hermana mayor, escritas con boli y guardadas en el cajón de la mesilla. Camino era su hermana de verdad, la hermana con la que ya no dormía. La hermana perdida como las nubes de aquella tarde. El puré sabía a recalentado. Llegó el segundo plato. Nuria tenía un hueco en el estómago. El hueco era una duda. Martina le pasó la bandeja. La mirada de Inés, aplastándola, venía a decirle que sabía lo que estaba pensando y que sólo ella podía disipar sus dudas cuando se encontraran a solas, que fuera a verla, ven a verme, soy tu familia; pero lo que en verdad Nuria deseaba es que llegara la noche para irse a su habitación, rociar la cama con agua bendita, acostarse en la tabla y pensar. Pensar o dormir. Pensar —lo supo desde que entró en la casa— no era necesario.

No era posible. Desde la mañana a la noche no había tiempo para hacerlo.

Llegó el postre. Las miradas de Inés y de Martina se hicieron más intensas. Tenían media hora para comer. Inés miró el reloj. Nuria bebió sin ganas el agua que le sirvió sin ninguna necesidad la chica que estaba sentada junto a ella. Camino estaba sola, pero no lo estaba. Mamá y papá la acompañaban. Pensaba muy aprisa, aunque Inés seguía sus pensamientos con enorme facilidad. Nuria miró a Martina, refugiada en su postre e intentando evitar los ruidos estomacales. El hueco que Nuria había sentido en su pecho se hizo mayor. Le dolía. Era el hueco de una duda. Nuria dudaba. E Inés lo sabía.

Terminaron de comer. El sonido de la campanilla inició la oración.

—*Agimus tibi gratias, omnipotens Deus, pro universis beneficis tuis. Qui vivis et regnas in saecula saeculorum.*

—*Amen.*

—*Deus det nobis suam pacem.*

—*Et vitan aeternam, amen.*

Regresaron al Oratorio para la visita al Santísimo Sacramento. Nuria caminaba tras Martina, cargada de los ardores del puré, rezando a media voz para que no volviera a sonar su tripa.

El Oratorio volvió a absorberla en su sueño de negrura. Era el momento de la comunión espiritual.

—Yo quisiera, Señor, recibiros con aquella pureza, humildad y devoción con que os recibió vuestra Santísima Madre, con el espíritu y fervor de los santos.

Inés miró el reloj. Iban con cierto retraso y llegaba el tiempo de la tertulia. No había chicas *pitables,* así que tendrían que limitarse a hablar del Padre, a relatar anécdotas sobre él y a comentar las noticias sobre las nuevas actividades apostólicas. Todas preferían que hubiera alguien que no perteneciera a la casa porque entonces podrían hablar de otros temas, evitar las inevitables intenciones proselitistas e incluso, no siempre, cantar canciones y contar chistes con gracia y buen gusto.

—*Sancta Maria, Spes nostra...*

En la tertulia, Martina contó otra vez el nacimiento de su vocación. Había sido la primera de su pueblo. Su familia se opuso. Todas conocían su historia y su forma de contarla, plana, sin detalles, sin gusto y sin gracia.

A la media hora en punto llegó el tiempo de trabajo, que duraba tres horas y en el que todas debían permanecer en silencio preparando la media hora de oración de la tarde.

Se dirigieron a rezar el Rosario. Era norma del plan de vida, pero antes repitieron la visita al Santísimo.

—*Domine, labia mea aperies.*

—*Et os meum annuntiabit laudem tuam.*

—*Deus, in auditórium meum intende.*

—*Domine ad adiuvandum me festina.*

—*Gloria Patri...*

Enunciaron los misterios. Rezaron las letanías a la Virgen y algunas chicas salieron del centro para cumplir sus encargos apostólicos. Nuria vio partir a las numerarias más jóvenes, las que se iban para desarrollar la labor de San Rafael en clubes de bachilleres o en residencias universitarias. Las de más edad realizaban su encargo de San Gabriel con supernumerarias o colaboradoras. Nuria y Martina permanecieron en la casa. Tenían invitadas a merendar. Fieles al apostolado de no dar, debían pedir a las invitadas una pequeña contribución económica para cubrir los gastos de la merienda.

Sonó el timbre. Nuria se levantó, pero Inés miró a Martina, que se dirigió rápidamente a abrir la puerta. Cuatro chicas poco mayores que Camino entraron en la casa. Inés las recibió con una alegría medida y sincera y les presentó a Nuria mientras Martina se retiraba al baño. Sabía que había perdido, que su tiempo había pasado. Don Miguel Ángel había ido a confesar a Camino en el hospital; Inés no la había mirado, excepto para reprocharle su malestar estomacal, y Don Francisco, tan reacio a inmiscuirse en los problemas de la familia de sangre, iba a oficiar una Misa por la niña.

Entró en el baño. Escuchó en el recibidor las voces sonrientes de Inés, de Nuria y las de las chicas a las que seguramente le tocaría tratar. Se sintió sola. Nuria y Camino acaparaban todo el interés de la Directora y de Don Miguel Ángel mientras ella estaba sentada en la fría taza de un váter de Pamplona. Tiró de la cadena a la vez que desahogaba sus ardores para que nadie pudiera oírla. Luego se lavó la cara. Seguía oyendo risas. Ahora estaban en el salón. Se sentía mejor. Se bajó la falda y se apoyó en el lavabo. Era cierto que su tiempo había pasado, que tenía el labio caído, que su ropa estaba pasada de moda, que pertenecía a otra época. Llegaba el tiempo de la noche. Los pensamientos de Martina daban vueltas en su cabeza como había dado vueltas su estómago en la visita al Oratorio. Martina sabía lo que Nuria ignoraba. Sabía que Camino tenía algo grave. Don Miguel Ángel se lo había dicho a Inés, y esa enfermedad que se escondía en las vértebras de Camino era la misma que se iba apoderando de Nuria. La de ella, la de Martina, se llamaba insatisfacción. La de Nuria era la duda. Crecían conjuntamente.

Salió del baño. Era el tiempo de la noche. Martina tiró otra vez de la cadena.

27

Cuando Camino despertó, el sol estaba más alto y un celador empujaba su cama. Recorrían un pasillo que no podía recordar porque era idéntico a todos. Más allá de las puertas de la habitación, el hospital era un laberinto que se alimentaba a sí mismo creando cada día corredores nuevos, pasillos, ángulos, esquinas y personas que parecían semejantes unos a otros. Veía pasar las luces del techo y oía los pasos de sus padres acompañándola al quirófano; de cuando en cuando las ruedas de la cama producían un sonido brusco al golpear las juntas de las baldosas. Del cabecero, según alcanzó a ver, colgaba una botella de suero. En la sábana que cubría sus piernas había un sobre marrón en el que habían escrito su nombre con rotulador.

—¿Sabe usted lo que tardarán? —preguntó Gloria al celador.

—Ya la avisarán, señora.

El hombre hablaba sin ganas. Sin ganas empujaba la cama y sin ganas la acercó a un amplio ascensor. Oprimió un botón.

—Pero más o menos —preguntó José al celador—. ¿No sabe lo que tardarán?

—Les avisarán —respondió el hombre retirando la mano con la que José había aferrado la cama de su hija—. Permiso.

—Camino, mi vida, encomiéndate muchísimo.

—Sí, mamá.

—De aquí no se puede pasar —dijo el hombre.

Volvió a apretar el botón media docena de veces.

José intentó besar a su hija.

—Papá —exclamó Camino extendiendo sus manos hacia él.

La puerta se abrió. El celador introdujo la cama en el ascensor.

—Encomiéndate mucho, hija —repitió Gloria.

El celador pulsó el botón. Camino sonrió.

—No os preocupéis por mí.

José extendió un brazo, intentando coger la mano de Camino.

—Por favor, por favor —dijo el celador.

—Adiós, tesoro.

—Adiós, papá.

—¡Que vas con Jesús! —exclamó Gloria cuando la puerta del ascensor se cerraba.

—Ya lo sé, mamá. Siempre está conmigo.

Las puertas se cerraron. Gloria y José quedaron solos, envueltos en una soledad que no sabían manejar. No sabían dónde sentarse, ni si debían sentarse, ni si tomar un café. No sabían si hablar o mirar por la ventana o bajar a la cafetería o cogerse de la mano. Lo único cierto es que iban a operar a su hija y que estaban solos quizá por primera vez; solos frente a las puertas cerradas de un ascensor que se había llevado a su hija para enfrentarla a una amenaza poderosa e indeterminada ante la que nada podían hacer. El laberinto de pasillos, salpicado de puertas con nombres de doctores y de consultas, se extendía a izquierda y a derecha. Era la hora del desayuno, y del piso de arriba o de abajo, o de la derecha o de la izquierda, o quizá de los ascensores reservados para el personal sanitario, llegaba el tibio aroma del café, de las tostadas, de los zumos y del Cola Cao. El hospital, que nunca había estado muerto, resucitaba con nuevos olores. Gloria se sentó en uno de los asientos pegados a la pared, suspiró y ocultó la cabeza entre las manos. José se fijó en que las sillas eran diferentes a las de la sala de espera; eran asientos de madera barnizada, duros, incómodos. También fue consciente de que Gloria se había sentado con un gesto ocasional, presta a levantarse en cualquier momento. El hecho de verla en aquella inmensa hilera de sillas vacías la hacía parecer más triste que nunca. José vio a una mujer sola, a una madre sola, preocupada, abatida. Frágil. Se sentó junto a ella y le cogió la mano con dulzura. No era un gesto de amor; era una expresión de ternura y de amparo, un gesto diminuto que luchaba contra una soledad formidable. Gloria retiró la mano y se levantó. José no se sorprendió. Tampoco lo hizo cuando ella le dijo que iba a orar a la Capilla. La vio alejarse hasta el final del pasillo y girar a la izquierda. Su andar era frío. Su mano también. Así la había conocido siempre. Cerró los ojos. Quería pensar en otra cosa, pero seguía viendo a Camino. Sus dientes entrechocaron. Su respiración se había acelerado. Camino era todo lo que tenía. Respiró hondo. Si Dios existía, la operación tenía que salir bien. Había perdido al pequeño Alejandro, había perdido a Nuria y a Gloria y se había perdido a sí mismo en su propio silencio. Ahora no podía perder a la pequeñaja. Era incapaz de imaginar una vida sin ella. Del techo le llegó el sonido de los fluorescentes. Iba a comenzar a rezar, pero en vez de hacerlo se quedó un rato escuchándolos, como si le hablaran.

El reloj marcaba más de las ocho cuando Gloria entró en la Capilla. Estaba desierta, como si Dios aún no se hubiera despertado para ir a trabajar, pero Gloria supo que sí, que Dios ya estaba allí y que la estaba mirando. Dios estaba despierto y la aguardaba solamente a ella. Se arrodilló. Hacía frío. Le molestaba el aire provisional y descuidado de aquel lugar. Le recordaba a las Capillas de algunos aeropuertos, habitadas siempre por una atmósfera desnuda, de urgencia. No había flores. No olía a nada. Era una Capilla estéril, aséptica como una gasa. Y entonces, con un sigilo que había ido perfeccionando con el paso de los años, Don Miguel Ángel llegó hasta ella y se sentó a su lado.

José renunció a moverse. A moverse y a pensar. Agradecía la paz que le proporcionaba aquel pasillo desierto que consideraba extraño, insólito en la mañana de un hospital. No estaba especialmente molesto por la marcha de Gloria, aunque pensaba que lo correcto hubiera sido permanecer juntos. Operaban a Camino. Quizá lo que su esposa pretendía era que él la hubiera seguido hasta la Capilla, pero no estaba seguro. En ningún momento, durante el trayecto hasta el final del pasillo, Gloria había vuelto la cabeza hacia atrás —lo que él habría interpretado como una invitación— ni le había dejado entrever su deseo de estar a su lado. José estaba hecho del mismo silencio que ahora lo envolvía; un silencio que se había ido acartonando con el paso de los años y que jamás podría recuperar su flexibilidad inicial. Era su silencio lo que había permitido que Nuria desapareciera de su vida y que se adentrara en un mundo que él consideraba que le era del todo ajeno; era su silencio lo que le había convertido en un hombre hueco. Su matrimonio era un lugar común, y su alegría —que ya solamente Camino era capaz de advertir— había desaparecido de su vida, convirtiéndola en una sucesión de días planos, iguales, apelmazados como los cromos infantiles o los billetes que aparecen por sorpresa en el bolsillo de un pantalón recién lavado. Escuchó abrirse una puerta. El olor a tostadas barrió el pasillo.

No vio al hombre hasta que no estuvo a su lado. Era pequeño. Vestía un chándal. El hombre le entregó un folleto. Por si llegara a necesitarlo, le dijo. Había algo enfermo en su voz. Desapareció escaleras abajo. El chándal le quedaba grande. José miró el folleto que el hombre le había entregado y se horrorizó al encontrarse de frente con los artilugios de un mundo en el que no quería pensar. Las fotos mostraban a todo color sillas de ruedas, manuales y eléctricas, camas articuladas, cojines antiescaras, asientos giratorios de bañera, andadores, pequeñas grúas para levantar enfermos en espacios reducidos. Sintió ganas de llorar. No podía relacionar a Camino con ninguno de esos objetos. No quería. Dobló el papel, lo guardó en el bolsillo y se levantó mientras se preguntaba cómo era posible que el hombre del chándal supiera que estaban operando a Camino, que él era su padre y que había posibilidades de que la niña se quedara paralítica. Quizá fuera una coincidencia. Seguramente el hombre del chándal repartía los folletos por todas las salas del hospital, pero tenía la sensación de que había ido a buscarlo directamente a él, como si supiera algo que José desconocía. Le extrañó que no hubiera dejado algunos folletos por las sillas, como había visto hacer alguna vez. Se levantó rápidamente y salió a las escaleras. El hombre del chándal había desaparecido. Bebió agua en el lavabo de un baño. Tenía la boca seca. Se miró en el espejo y se sorprendió al verse tan cansado. Una inquietud que no tenía que ver solamente con el hecho de que operasen a Camino se apoderó de él. Tuvo la impresión de que no estaba solo en aquel baño. Y así era. Gloria y Camino estaban con él. Se lavó la cara y sonrió, aceptando íntimamente y con cierto placer la necesidad que sentía de estar con su mujer en aquellos momentos.

Bajó las escaleras sabiendo que se dirigía a la Capilla para estar con Gloria, pero también buscando sin querer al hombre del chándal. No lo encontró. Revisó la recepción y las pequeñas salas de espera en las que desembocaban los pasillos con la esperanza de ver algún folleto semejante al que guardaba en el bolsillo, pero no halló nada. Regresó a la Capilla para hablar con Gloria. Estaba dispuesto a contarle lo que pensaba, lo que sentía, lo que soñaba. Todo lo que durante tanto tiempo no le había transmitido.

La vio desde lejos. Primero salió ella, luego Don Miguel Ángel. El rostro de su mujer era diferente. En nada recordaba a la mujer solitaria abandonada a sus desgracias y a sus suspiros en las sillas del piso de arriba. Ya no era la madre angustiada, triste y sola; tan frágil y tan abatida que había sentido deseos de cogerle la mano. La Gloria que estaba viendo despedirse de Don Miguel Ángel en la puerta de la Capilla se había transformado de nuevo en la mujer oblicua que él conocía a la perfección. La que lo incitaba al silencio. Había cambiado, como sucedía siempre que hablaba con Don Miguel Ángel. Parecía feliz, sorprendentemente feliz. Increíble e innecesariamente feliz. Reconfortada. José se detuvo. Lo detuvieron la sorpresa, la amargura y los celos. Sentía celos. Aguardó tras una columna. Él nunca había sido capaz de proporcionarle a su mujer la felicidad o la tranquilidad que ella encontraba en sus conversaciones con el cura. Cuando Gloria hablaba con él su visión del mundo se hacía más afilada, más precisa. Su vida adquiría sentido. Las palabras de Don Miguel Ángel, fueran las que fuesen, la anclaban más y más en el convencimiento de que la decisión que había tomado respecto a su vida era la correcta. La vivía como quería vivirla, y él, José, había quedado al margen. Era un invitado, un espectador de su propia vida y de la de su esposa.

Don Miguel Ángel se despidió de Gloria y salió a la calle. A través de los cristales José lo vio subir a un taxi. Cuando el coche arrancó, José se giró hacia su mujer y vio que estaba esperando el ascensor. Le pareció hermosa, como si hubiera dormido o como si acabara de despertarse de un sueño verde, limpio, placentero. Los celos se le instalaron en el estómago. Los celos eran los nervios. El cura que se acababa de subir al coche no era el marido de Gloria. El marido era él. Y era él quien debería haber hablado con ella, consolarla, reconfortarla y quererla. Sobre todo cuando estaban operando a su hija.

Gloria entró en el ascensor. José se dirigió a las escaleras. Las subió de dos en dos, pensando en cómo el amor había pasado a lo largo de su vida sin tocarlo, sin rozarlo siquiera, excepto por Camino. Camino lo quería. Y Nuria lo había querido. Estaba siendo injusto, incluso con su esposa. Gloria también lo había querido. Quizá seguía queriéndolo a su manera. El problema no estaba en su familia. El desamor provenía de Dios. Era Dios el que había sido injusto con él. Era Él quien había desviado para sí, de forma egoísta, el amor de su familia.

Mientras ascendía al piso en el que se encontraba la habitación de su hija, José pensaba en Camino. Recordó la exactitud de su sonrisa entre las puertas del ascensor que la bajaba a quirófano. Camino sonreía siempre. Nuria también lo había hecho cuando lo abandonó en la estación de autobuses aquella mala tarde. Y había sonreído Gloria muchas noches entre sopa de lluvia y de letras a la vez que él dejaba la maleta en el suelo y abrazaba a sus hijas. Y Alejandro, el bebé, también había sonreído antes de morir. Todas las tinieblas de José estaban llenas de sonrisas infantiles, de celos, de envidia, de tardes de playa. José solamente había encontrado su lugar en el mundo en aquellos abrazos sin maleta en la puerta de casa. Ahora era un hombre infeliz que subía las escaleras para encontrarse con su mujer en la habitación de su hija. Recordó al pequeño hombre del chándal, al que le había entregado el folleto de las sillas de ruedas. Sacó el papel del bolsillo. En el folleto no figuraba ninguna dirección. Tampoco aparecía el teléfono, ni el mail, ni la página web ni el fax. La mancheta blanca donde en otros documentos solía aparecer el sello de la empresa estaba vacía. Entró en la habitación. Quiso pensar que olía a Camino, pero a lo que de verdad olía aquel cuarto era al sonido recalentado del televisor, a familia de niña enferma, a Gloria leyendo un libro y a su propia alma, tan vacía. La luz blanca del invierno entraba por la ventana. Era un blanco puro, violento. Era el color de la nada. Y en ese olor desmayado, en la nada, con una absoluta ausencia de pasión, José y Gloria se saludaron.

28

Las vías abiertas en las venas le producían a Camino un calor dulce y picante. El collarín la mantenía rígida en la mesa de operaciones bajo los ojos gigantes de las luces que la observaban desde el techo y que le recordaban las del ovni que había visto una vez en una película. El quirófano entero parecía el interior de una nave espacial. En el puente de mando, rodeándola, los tripulantes vestían extrañas batas verdes, se tapaban la boca con mascarillas del mismo color y llevaban gorros casi transparentes, parecidos al que Bego utilizaba para ducharse. La sábana que ocultaba su desnudez también era de color verde y no llegaba a protegerla del frío que ocupaba los rincones del quirófano y que parecía haberse instalado en los rostros de los hombres y de las mujeres que la iban a operar. Camino observó sus movimientos. Si al principio le habían parecido caóticos, al cabo de unos instantes descubrió que en realidad se movían sincrónicamente, con precisión y sin pausas, componiendo una especie de ballet secreto cuya coreografía solamente conocían ellos. Sintió la soledad triste y despoblada que florece exclusivamente en la mesa de operaciones, una soledad sin consuelo, resignada, verde como los dígitos y los gráficos que oscilaban en las pantallas de las máquinas que la miraban con ojos vacíos, secos. Ojos de máquina. Más tarde, cuando estuviese dormida, esas mismas máquinas se pondrían en marcha para traducir sus órganos a números enteros y a decimales. Pensó que Cuco llenaba enteramente su corazón, pero era improbable que esos aparatos detectaran el amor porque su amor estaba más allá de los números y, al igual que ellos, era infinito.

Junto a la puerta, el doctor Crespo hablaba con Fontela. Camino levantó un poco la mano, un movimiento suave y casi imperceptible con el que le daba las gracias por lo que había hecho y por acompañarla en la operación. Fontela lo entendió: elevó sus dedos como si quisiera mostrarle algo escrito en la palma de la mano, y Camino supo que había sonreído bajo la mascarilla.

La anestesista la tomó del brazo.

—A ver, ¿cómo se llama esta niña?

Camino respiró hondo.

—Me llamo Camino.

—Muy bien. ¿Y en qué curso estás?

Pensó en Nuria, en Bego, en la Pingüi, en papá y en mamá. En Cuco nunca había dejado de pensar.

—En sexto.

—Jo, qué tía. En sexto. Y tendrás novio, ¿verdad?

Se sintió como una niña pequeña. Era el tono, tan mecánico, la inutilidad de aquellas preguntas tan simples e innecesarias, aunque seguramente la chica se las estaba haciendo con su mejor voluntad. Camino no quería defraudarla ni que se sintiera mal. Asintió con la cabeza y sonrió vergonzosa, como la anestesista deseaba que hiciera.

—Vaya, así que tienes novio, ¿eh?, ¿y cómo se llama?

Dudó si debía responder. No lo hizo y, tal como esperaba, a la doctora no le importó. Ya se había olvidado de la pregunta.

—¿Cuando te anestesian se sueña? —quiso saber Camino.

—¿Tú sueñas cuando duermes?

Recordó a su Ángel Custodio, las alas desplumadas, el olor rancio a pájaro muerto.

—A veces tengo pesadillas.

—Lo que debes hacer es pensar en algo que te guste mucho.

También se lo debía de decir a todos, pero, para sorpresa de Camino, la anestesista le concedió tiempo.

—¿Ya está? ¿Ya has pensado en algo que te guste mucho?

—Sí.

La doctora miró su rostro. Era cierto lo que le había contado Crespo. Camino desprendía una luz más limpia que las de las lámparas de quirófano. Su rostro era dulce, y su cuerpo transmitía un no sé qué de pájaro herido.

—Todavía no me has dicho cómo se llama tu novio.

Creía que la doctora ya se había olvidado de la pregunta. Se arrepintió por haber pensado mal de ella.

—Jesús. Pero le llaman Cuco.

La anestesista le guiñó un ojo.

—Ahora vas a ir contando en alto del diez al cero.

—¿Marcha atrás?

—Eso es.

—Diez, nueve, ocho, siete...

Crespo y Fontela se acercaron a la mesa.

—... seis... cinco...

—Vamos a intubar.

Camino ya no pudo sentir la cuña metálica que abría su garganta. Las voces se desdibujaron en un verde que la llevó hasta un negro exquisitamente puro. Ya no estaba allí. Estaba dormida. No pudo ver que la horquilla metálica con la que le sujetaron la cabeza se asemejaba a la garra de un robot. Se la acoplaron al cráneo. Cuatro puntos de sujeción. Cuatro clavos de un centímetro pavorosamente afilados. Crespo apretó las tuercas. Tres vueltas. El acero penetró en su cráneo. El cirujano tiró con delicadeza hacia arriba. La cabeza de Camino se elevó y se mantuvo un instante en el aire. Luego la dejó caer con cuidado. La garra estaba bien instalada.

—A la de tres —ordenó Crespo.

Retiraron la sábana. Cogieron a Camino a la vez y se dispusieron a darle la vuelta.

—Una, dos y...

La colocaron boca abajo, le quitaron el collarín y volvieron a conectarle los tubos que le habían retirado para que el cuerpo pudiera girar con mayor facilidad.

—Vamos a dar rayo.

El técnico acercó la máquina portátil al cuello de Camino.

—Estamos

—¡Rayo! —gritó Crespo.

Sobre el hospital volaron palomas. El color negro que se había adueñado de los ojos de Camino dejó paso a leves manchas de luz. Se movían. Vio una sombra que entraba en su habitación y que bajaba la persiana. Luego la sombra comenzó a apagar todas las luces de la casa y, sin embargo, cuanto mayor era la oscuridad, más resplandecían las imágenes. El negro se tornó en una luz satinada y violenta que la cegaba. Distinguió otros colores. Pasaban hacia atrás a toda velocidad, como aquella vez que su padre filmó la ciudad desde el coche a ocho imágenes por segundo y Camino vio en la proyección el vértigo de las calles nocturnas recorridas en un instante, las líneas de luz continua que formaban los faros; trazos rojos, verdes y ámbar que se superponían unos a otros. La cámara rápida le hizo sentir que había viajado hacia el futuro. Era una sensación tan extraña como la luminosa oscuridad que ahora la envolvía y que la hacía sentir cómoda. La luz era nítida. Carecía de imágenes. Una luz vacía, repleta de sí misma. Camino viajó hacia ella a toda velocidad acompañada por un rumor de río que parecía resonar dentro de un túnel. Tenía miedo de chocar contra las paredes, pero estaba segura de que no existían, de que las paredes también estaban hechas de luz. Ella misma era luz. Sus pensamientos lo eran. No podía dominarlos. Pensaba en nada, y la nada estaba abarrotada de días, de personas y de calles que se sucedían vertiginosamente, igual que en la película de su padre.

Fontela observó con admiración el trabajo preciso de Crespo, que no dudaba, y si en algún momento había llegado a hacerlo, la duda no se transmitió a sus dedos. Trabajaba con fuerza y con delicadeza, comprendiendo lo que hacía de una manera tan exacta que la comprensión lo situaba siempre en el presente. Nunca se adelantaba. La auxiliar le secó el sudor. La pequeña fresadora trabajaba las vértebras. Fontela observó el metal reluciendo contra los blancos huesos de Camino. Miró el reloj. Eran las once de la mañana. Llevaban más de tres horas de operación. La fresadora volvió a ponerse en marcha.

También para Camino los sonidos se convirtieron en luz. El rumor del río que no había dejado de oír se hizo más lento y se tornó en un goteo leve, casi inaudible. Estaba ya muy cerca de la luz blanca. Cuando al fin la atravesó, su cuerpo se llenó de una extraña energía. Sintió que los átomos se reorganizaban, que la Tierra la atraía, que otra vez se encontraba sometida a las leyes de la gravedad. Su cuerpo pesaba. Abrió los ojos. Ante ella se extendía una superficie gris, cuadriculada. Comprendió que estaba viendo el suelo y que el leve goteo que había oído era el resonar de los zuecos del equipo médico.

Marcelino, el ratoncito que vivía en la despensa de su casa, la miró con ojos curiosos. Por sus movimientos, Camino supo de inmediato que deseaba que la siguiera. Se levantó de la mesa de operaciones. Olía a mar y a hueso quemado. Vio a Crespo y a Fontela. Le asombró su propio cuello abierto como el vientre de un pez. Su médula, plateada, resplandecía, luminosa. Se agachó y se vio a sí misma dormida; la monstruosa horquilla en la cabeza, el tubo en la nariz y en la boca, el esparadrapo, las gasas.

El reloj marcaba ya las doce. Había dormido mucho. Se despidió de sí misma y siguió a Marcelino hasta la puerta. Estaba descalza y feliz.

Marcelino avanzó por el pasillo con pasitos cortos y alegres, guiándola. Camino lo siguió. Eran libres. Le extrañó no encontrarse con nadie. El hospital parecía vacío. El aire olía a domingo, a sueño reciente. Quizá todos se habían vuelto invisibles, o quizá los invisibles fuesen Marcelino y ella. Quería asegurarse, pero tanto eso como el resto de cosas que quería conocer habían pasado a un segundo plano. Miró la luz que penetraba por las ventanas y de pronto comprendió el mundo que la rodeaba: comprendió su camisón —de un verde parecido al de la chistera de Mr. Meebles—, sus manos, su pelo. Todo lo comprendía de una forma íntima y total, sin esfuerzo.

Atravesó la línea que delimitaba la zona quirúrgica. Sus pensamientos eran tan reales como su cuerpo. Se miró las manos, se tocó el pelo. El cuello no le dolía. Marcelino llegó a un cruce de pasillos y se detuvo. La miró fijamente y movió los bigotes. Al cabo de un instante Camino vio aparecer a Camino. Venía por el otro pasillo y era ella misma. No era posible; no podía ser. Camino era ella, pero también había dejado a la otra Camino en la mesa de operaciones. Sonrió, y su sonrisa las fundió a las dos en un mundo en el que todo era posible. Había muchas Camino, y todas eran ella misma: la que abrazaba a papá, la que había crecido con Nuria, la Camino de mamá, la que era cuando estaba con Bego, la que soñaba con un vestido rojo o la que llevaba la triste y desconsolada bata verde, la que leía la vida de Bernadette o el librito de Mr. Meebles. La que amaba a Jesús nuestro Señor y la que, a la vez, amaba al Jesús que había conocido en la Cuesta de Moyano. A Cuco. Cuco se convirtió en un corazón dibujado a boli, en lágrimas frente al escaparate de la pastelería. Marcelino lo supo, se acercó a ella y se frotó contra su pie desnudo, reconfortándola. Camino sintió su calor animal compitiendo contra las frías baldosas del suelo. Luego el ratoncito le señaló una pared en la que había esa nada que suele vivir en los pasillos menos transitados de los hospitales, y de la nada emergió el patinete rojo con el que Cuco había desaparecido entre la multitud aquella mañana de domingo.

Súbete, le dijo Marcelino sin llegar a articular palabra porque Marcelino sólo hablaba con la cabeza y con los bigotes.

Sobre el patinete de Cuco los largos pasillos se le hicieron más cortos. Camino sonreía a toda velocidad dejando atrás ascensores en reparación, letreros en los que se rogaba silencio, carteles en los que se prohibía fumar.

Se impulsó todo lo que pudo, preocupada por si Marcelino podría aguantar su ritmo.

El patinete la alejaba de sí misma, de lo que había sido.

El patinete silencioso cargaba con todas las Camino que probablemente Camino llegaría a ser.

Vio a Nuria cuando ya era demasiado tarde para frenar. Su hermana estaba sentada en una silla del pasillo, junto a la guitarra. Se levantó para saludarla. Llevaba su vestido de flores, el ligero, el de gasa, el que utilizaba siempre en los veranos de Oropesa cuando salía del agua y se iban a comer con papá y con mamá al Mervi aquellos mejillones picantes.

—¿Qué tal va la operación? —preguntó Nuria sonriendo.

Camino se dejó llevar hacia la luz que oscurecía el final del pasillo.

—Bien, muy bien, Yeyé. Estoy con Jesús.

Atravesó la penumbra que se abría frente a ella como había atravesado la ausencia de Nuria, los silencios de su padre, la traición de Cuco, las magdalenas recocidas del club.

Marcelino observó detenidamente la puerta de dos hojas que se alzaba frente a él y en la que con letras rojas y violentas se prohibía el paso. Camino frenó. La luz del pasillo había cambiado. A su espalda, una penumbra densa avanzaba hacia ella, como si un ser invisible fuese apagando las luces. Le señaló al ratón el letrero en el que se leía PROHIBIDO EL PASO. Decidió que Marcelino no sabía leer porque a pesar de la advertencia empujó la puerta. Primero con la pata delantera izquierda, luego con la derecha y finalmente con las dos. Mientras Marcelino empujaba, arañando desesperadamente para abrir como si supiera algo que ella ignoraba, la luz del exterior que penetraba por dos pequeños rectángulos de cristal barrió las primeras oleadas de las sombras que se acercaban. Marcelino siguió empujando.

—Está prohibido el paso, Marcelino.

La presencia oscura siguió avanzando hacia ellos, ganando terreno.

—Está prohibido, ¿no lo ves? —repitió nerviosa.

Marcelino la miró como si el humano fuera él. No podía entender que Camino no sintiera miedo. La presencia continuó acercándose. Olía a insecto muerto, a serpiente, a hipnosis. Olía a silencio y a puertas cerradas. El ratón se elevó sobre sus patas traseras y empujó la puerta con todas sus fuerzas. Camino notó la presencia maligna acariciando su espalda. No quería mirar atrás. Se dejó ir; se había dejado ir cuando la puerta al fin se abrió dejando entrar la luz desplomada del mediodía. Soñó que estaba soñando, pero todo era real. Marcelino la miró, y luego observaron juntos cómo las sombras retrocedían por el pasillo y se desvanecían ante la luz como fantasmas o como vampiros y cómo, desde la puerta que Marcelino había conseguido abrir, les llegaba el rumor del mar.

La luz disolvió la oscuridad. Salieron al exterior. Cuando Camino se giró el hospital había desaparecido. A su espalda se elevaba una duna aplastada por el sol. La boca le sabía a sal, a horas muertas, a algas. Desde la arena ascendía un aire cálido que recorría su cuerpo y que luego se perdía hacia un cielo más blanco que azul. No había sombras, y el vuelo de las gaviotas parecía dibujado a lápiz por un niño. Marcelino corrió hacia las olas, que parecían de un lago. Eran unas olas tímidas, indecisas, como si Camino las hubiera sorprendido haciendo algo que no debían y hubiesen cesado su actividad de repente. Luego el mar quedó en calma, cesó la brisa, el cielo cambió de color y se mezcló con el agua borrando la difusa línea del horizonte. Era un silencio marino sin barcos, sin rompientes; un silencio de arena limpia y amarilla.

Vio al ratón investigando el enigma del vaivén de las olas. Disfrutó del rumor de la nada, de la ausencia de costa. Llegó a pensar que esa playa tan hermosa y sin nombre se asemejaba a la que había dibujado hacía años con sus primeras pinturas de cera. Todo lo que veía, incluso ella misma, estaba lleno de una exquisita fragilidad. El mundo entero se sustentaba sobre el calor del sol en la piel, que comenzaba a arderle, en la arena que se disolvía bajo sus pies y en el aire limpio que, como el agua, la miraba sin dejar huellas.

También Cuco la observaba. Se había subido el pantalón hasta la rodilla. Su sombrero de paja filtraba finísimos rayos de sol que hacían más intensa su sonrisa. Sacó una flor del agua y se la mostró. Camino vio las gotas deslizándose por su mano, bailando, goteando bajo el sol. Cuco tenía los pies en el agua, y Marcelino lo miraba asombrado como si se tratara de un gigantesco Gulliver. Las olas que regresaban al mar arrastraban la arena bajo sus pies hundiendo a Cuco, anclándolo a tierra firme. De cuando en cuando, una ola más enfadada que las otras estallaba contra sus piernas salpicándolo de espuma. Marcelino vio cómo Camino y Cuco se miraban y se escondió, vergonzoso, tras una madera que quizá fuese el resto de algún naufragio. El mar resucitó y comenzó a agitarse. El sol era más de verdad. Camino se llevó una mano a los ojos deslumbrada por los rayos y por la sonrisa de Cuco. El amor era eso: un mediodía en una playa de luz filtrada por un sombrero de paja, el mar respirando plácidamente, el brillo del agua en las manos de Cuco y que él ni siquiera hubiese reparado en su bata de quirófano.

Abrió los brazos para recibir al aire, al mar, al sol y a la vida. Estaba lejos del agua, pero el mar corrió a saludarla, llegó hasta ella y se enroscó en sus pies, cariñoso. Camino acarició la espuma y, como un animalito obediente, el mar, con ganas de jugar, le ofreció su panza, volvió a besarla y se retiró. El aire húmedo de mar adentro estaba cargado del sonido de las gaviotas.

Las gaviotas de Madrid cruzaron el cielo del hospital. José las vio alejarse hacia el río y hacia la neblina de los nuevos barrios. En la habitación, la televisión sin sonido producía un silencio semejante al que él mantenía con Gloria. Su mujer leía un libro sentada en un sillón. Era la vida de Santa Teresa de Lisieux. La miró. Supo que ella sabía que la estaba observando pero no le devolvió la mirada. Gloria suspiró. José volvió a concentrarse en la ventana. Las gaviotas se habían perdido en la niebla. Más allá de los cristales el mundo era gris, sucio, desapacible. Distinguió los edificios en construcción, esqueletos de cemento, la sombra de las grúas, los gritos de los obreros que no podía oír. El hospital era un barco perdido en la niebla. El calor del radiador, instalado junto a la ventana, le impedía pensar con claridad. Gloria no había pasado de página desde que se sentó a leer. Era la una de la tarde cuando José abandonó la habitación.

Sobre las dunas, justo donde había estado el hospital, Camino vio acercarse a su padre. Tenía los pantalones recogidos hasta la rodilla, vestía una camisa azul y en su bolsillo destacaba un innecesario bolígrafo. Tampoco la corbata era necesaria, pero a Camino le gustaba cómo el viento la transformaba a cada paso en una cometa o en una bandera. José dejó atrás la cerca de madera que se recortaba contra un horizonte inexistente y se dirigió a su hija con la cámara de Súper 8 en la mano. La corbata vuelta hacia atrás por encima de sus hombros y la camisa desabrochada en sus primeros botones le daban el aspecto de un hombre de acción. Sonrió con una sonrisa que maravilló a su hija y que, como si fuera mágica, viajó a la velocidad de la luz atravesando a Camino, a Cuco y a Marcelino, y deteniéndose para cobrar aliento bajo la sombrilla de colores en la que Nuria y Giusseppe se abrazaban felices junto a la guitarra.

—Yeyé.

Nuria descansaba su cabeza sobre el pecho de él. En el revuelto de bolsos de playa, de toallas descolocadas, pisoteadas y cubiertas ya de arena, Camino intuyó el amor de los mayores, el arrebato y la pasión. Quería sentarse así con Cuco, apoyarse en su pecho, cogerle de la mano, salpicarse de arena, mostrar su amor abiertamente, bajo el sol.

Giusseppe la saludó con la mano. Tenía el pelo largo. Una cinta ceñía su frente. Nuria había olvidado que Giusseppe había dejado de escribirle. Incluso Camino era incapaz de recordar la noche que vio a Cuco y a Elena juntos en la pastelería. El mundo era nuevo, distinto y feliz. Sobre la playa flotaba la pureza de la memoria perdida. Era un día que sucedía en presente, y Camino deseó que ese presente durara para siempre.

Vio a su padre instalando en sus ojos la mirada de cazador aficionado que se le ponía antes de comenzar a filmar. Papá también era feliz. Y Marcelino, y Cuco, que le entregó con todo el amor del mundo una concha que tenía forma de galaxia. Sintió el roce de sus manos. Se hablaban por la piel. Se comprendían.

José ajustó el diafragma y comenzó a rodar. Le gustaba la reverberación del sol en la arena, las olas de calor que ascendían hasta el cielo. Le gustó que Nuria, tal y como él esperaba, cogiese la guitarra dispuesta a cantar. Se trataba de su canción favorita. Nuria puso un do mayor. La arena se convirtió en música. Las seis cuerdas hicieron temblar la playa. La brisa barrió el mundo de Norte a Sur acompañando a Nuria en su canción.

Primero fue la brisa, tan sorprendente en un hospital. Después, el rumor de una música que no provenía del televisor sobresaltó a Gloria. Dejó sobre la falda el libro que no leía. Hacía frío. Tras los cristales se adivinaban las sombras de las primeras horas de la tarde. Se levantó y buscó a José por los pasillos y en la cafetería. No podía haber sucedido nada malo porque entonces la hubiera avisado. Tal vez había ido al servicio. Regresó a la habitación y aguardó. Luego, cansada de esperar, recorrió los pasillos de la planta baja. Llegó a recepción y deambuló entre celadores, enfermeras y auxiliares. Se dirigió hacia los quirófanos. Atravesó puertas que no llevaban a ningún sitio y tuvo que dar la vuelta ante otras cuyo paso estaba restringido. Superó la línea que en letras verdes delimitaba la zona quirúrgica y llegó a un cruce de pasillos. Tomó el de la izquierda, que se hacía más oscuro a medida que avanzaba. Observó los letreros en los que se rogaba silencio o se prohibía fumar. Dejó atrás ascensores averiados, carros de limpieza, bolsas que contenían ropa y llegó ante una puerta de dos hojas en la que con enormes letras rojas se prohibía el paso. La luz penetraba por dos pequeños rectángulos de cristal. A pesar de la hora, la luz que le llegaba era extraña, como si volviera a ser mediodía. Se acercó a la puerta. Olía a yodo. Escuchó con atención. Creyó oír la misma música que había escuchado en la habitación. Una música de guitarra que venía acompañada de un zumbido rítmico, mecánico; un rumor de máquina que en cierto modo le recordaba al del mar. Gloria apoyó la mano en el letrero de PROHIBIDO EL PASO y se dispuso a empujar.

Camino sintió a su espalda la oscura presencia de las magdalenas del club, de las mochilas picudas, de los corazones borrados bajo la lluvia y del pollo muerto. Olió de golpe el hedor del hueso abierto, de las consultas con muebles viejos y de las inyecciones en las tardes de invierno. La luz del sol se convirtió en plomo. Comenzó a pesar el aire, cerrado sobre sí mismo. La brisa se transformó en un vendaval destemplado que barrió la playa, oscureciéndola, tiznándola de un gris verdoso, como de dígito sin alma. Bostezó el viento, y su bostezo se convirtió en un aullido que barrió las toallas y lanzó la sombrilla de Nuria hacia la nada. El viento tenía el color de alas solitarias, descascarilladas y amargas.

Gloria empujó la puerta, que se resistía a abrirse.

Cesó la música.

Nuria se puso a toda velocidad el vestido sobre el bañador húmedo. Giusseppe se levantó. Marcelino se ocultó tras la caja de madera.

—Yeyé, ¿qué ocurre?

La duna que estaba a su espalda había desaparecido, igual que la cerca que había atravesado su padre, igual que su hermana. Sobre la arena había una puerta de doble hoja que amenazaba con abrirse. Distinguió la sombra que estaba al otro lado.

—¡Papi! —gritó.

Papá tampoco estaba. El viento arrastró con prisa todo lo que ella había construido en su sueño.

Buscó a Cuco, pero también había desaparecido.

—¡Cuco! —gritó.

Llegaron las sombras. La risa seca de su Ángel Custodio contaminó el mar y el cielo. El olor a sal fue un hedor de habitación cerrada, de persianas bajadas. Odió la oscuridad. Gritó otra vez. Su miedo llenó toda la playa.

—¡Yeyé! ¡Cuco!

El corazón de Camino era un esparadrapo, un pasillo vacío, un patinete oxidado, un insecto.

—¡Cuco! ¡Yeyé!

Comprendió que estaba sola y que incluso el mar parecía haberse dado cuenta de que llevaba una bata quirúrgica.

Gloria empujó la puerta. Se hizo de noche. La tarde y el mar se hicieron de noche. El paraíso se hizo de noche. Camino observó con horror que el agua se había convertido en una materia tan pesada como los sueños. El mar de mercurio azul abrió la boca y comenzó a tragarse a sí mismo. Al principio fue un pequeño remolino; después creció y giró como si bailara. El mar desapareció frente a sus ojos absorbido por un agujero sin fondo. El agua transparente se había convertido en un líquido denso que se devoraba a sí mismo con ansiedad haciendo más y más grande la abertura del abismo que comunicaba con el infierno.

Gloria empujó la puerta de nuevo. La boca del mar se acercó a Camino creciendo en intensidad, girando como una peonza, amenazando con tragarla. Camino la observó un instante, fascinada. Luego intentó alejarse, pero las aguas comenzaron a devorar la playa, buscándola. Camino gritó. Estaba dentro del remolino. Cuando Gloria terminó de abrir la puerta, se sorprendió de que no condujera a ningún lugar. La luz la había engañado. La música y el rítmico rumor de máquinas que había escuchado no podían proceder de aquella sala vacía cuyas paredes mostraban marcas de antiguas humedades. Vio una bicicleta plegable, una camilla, una bolsa de basura. En lo alto, una pequeña ventana dejaba pasar la luz de la tarde. Miró el reloj. Eran más de las tres. La operación había concluido. Gloria cerró la puerta con cuidado y regresó a la habitación.

29

Camino intentó abrir los ojos. No pudo. Era áspera la luz; su garganta era áspera. Eran ásperos sus pensamientos y los recuerdos del sueño en la playa: la oscuridad que la había perseguido por el pasillo, las fauces del mar, la huida de papá, la desaparición de Giusseppe y de su hermana —aún seguía viendo cómo el viento arrastraba la sombrilla hasta las rocas—, pero lo peor había sido la ausencia de Cuco.

—¡Cuco! —exclamó.

—Tranquila.

La voz parecía provenir del agujero azul y negro que el mar había abierto a sus pies. Camino parecía seguir girando dentro de él.

—Camino.

Era una voz suave. La conocía desde siempre, aunque «siempre» quizá significase ahora mismo. Las horas se habían mezclado con la anestesia. Seguro que hoy no era hoy. Hoy tal vez fuese mañana, o ayer, no estaba segura, pero conservaba recuerdos de la voz. Había sido su única compañía en las terribles horas que siguieron a la operación.

—Camino, despierta.

No le daba miedo la UVI, lo que realmente le aterraba era que iba a estar sola. Papá y mamá le habían advertido que no podrían hacerle compañía.

—No nos dejan, hija.

—No os preocupéis —había respondido Camino—. No tengo miedo. Jesús siempre está conmigo.

—Vamos, no seas dormilona —volvió a insistir la voz.

Camino no dormía. No sabía si lo estaba haciendo. Recordó algunas mañanas en las que despertaba dejando un sueño a la mitad y entonces se hacía la dormida durante unos instantes hasta que conseguía acabar el sueño de forma apresurada dirigiéndolo hacia donde más le convenía. Siempre los terminaba con finales felices que improvisaba sobre la marcha mientras su madre le retiraba las sábanas.

—Ya es hora de despertar.

La voz no era de mamá. El truco del sueño tampoco funcionó. A pesar de que estaba durmiendo se hizo la dormida, pero ni siquiera así consiguió que regresaran el sol de la playa, su hermana, papá, Giusseppe. Ni Cuco. Ni Marcelino. Al parecer el sueño ya tenía su propio final, y a Camino no le gustaba. El agujero que se había abierto en el mar la había arrastrado hacia un abismo en el que flotaban pasillos que no sabía hacia dónde conducían. Vio en uno de ellos a su Ángel Custodio. Tenía el rostro desencajado por los celos. Estaba enfadado, y se lo demostró levantando sus imponentes alas en señal de amenaza. Camino se alejó, corriendo. Atravesó paredes que parecían estar construidas de agua o de papel líquido y finalmente salió a un pasillo en el que se extendían de forma desordenada camillas lúgubres con cuerpos cubiertos por sábanas. Parpadearon las luces del techo. Camino, aterrada, levantó una sábana y descubrió el rostro de Bernadette. Tenía la misma postura que en la postal de su libro: las manos sobre el pecho, la corona, el aire de serenidad, el rosario. Olía a flores. Bernadette abrió los ojos, la miró y la agarró por el brazo.

—¡Antoine!

Su carne se secó de pronto. Se secaron sus ojos. Su rostro entero, corrompido en un segundo, se convirtió en terrorífica mueca de polvo.

Antes de que Camino pudiera gritar lo presintió a su espalda. El Ángel caminaba hacia ella con pasos decididos. Sus alas se arrastraban por el suelo. La invadió un terror sucio, agudo. El Ángel parecía un hombre cansado.

—Ven, ven a mí —suplicó el Ángel.

Camino corrió hacia la puerta que cerraba el pasillo. La abrió. Respiró la luz. Estaba agitada, temblorosa.

—Tranquila, tranquila...

La voz suave la tomó de la mano.

—Venga, que ya es hora de despertar.

Las manos también eran suaves.

—Camino.

Le costó trabajo reconocer su propio nombre. Le dolían los ojos. No quería abrirlos. Presentía el dolor. Una serpiente estranguló su garganta, oprimió su cuello y apretó su mandíbula. Le dolía la parte inferior del cráneo, y fue allí donde la anestesia le dio las últimas dentelladas antes de alejarse. Recobró el sentido y, a la vez, recuperó sensaciones que volvían a incitarla al sueño. No quería despertar. Despertar era enfrentarse a la cama vacía de su hermana, a la imagen de Cuco y de Elena en la pastelería. Prefería seguir dormida, olvidarse de las salas de espera de los médicos, de la sopa, de la pescadilla y de la piel de los pollos muertos. Despertar significaba volver a las inyecciones y a las radiografías.

Abrió los ojos. Despertar suponía también revivir la esperanza de encontrarse con Nuria, de quedar con Bego cuanto antes y repasar la última conversación que habían mantenido acerca de su primo. Despertar era la Pingüi y sus partidos de baloncesto amañados discretamente para que ganaran las pequeñas. Despertar era su padre, el vestido rojo del escaparate, las Converse, Mr. Meebles.

—Ya pasó todo —dijo la voz.

Camino vio una silueta. No era nada y, a la vez, lo era todo. Las luces que recortaban a contraluz la espalda de la voz se parecían a los rayos del sol que rebotaban en la estatua de la Virgen que había en su colegio.

—¿Estuviste en los sueños?

Camino tuvo la sensación de que la silueta había asentido.

—¿Sabes a quién más he echado de menos el tiempo que he estado fuera? —preguntó a la sombra.

—Sí, a mis padres también —dijo Camino sin darle tiempo a responder—. Pero tú ya sabes a quién me refiero.

—Lo sé.

Camino se estremeció. La silueta parecía no mover la boca, como siempre había imaginado a la Virgen.

—Por él merece la pena abrir los ojos. Baila mal pero es gracioso. Y muy guapo. Yo lo amo.

La voz sonrió.

—Bernadette no debió abandonar así a su molinero —prosiguió Camino. La silueta se deslizó frente a ella a cámara lenta, dejando rastros de su cuerpo en cada movimiento. Parecía estar hecha de luz, de retazos de luz.

—La operación ya ha terminado. Tengo que irme.

Camino buscó al Ángel Custodio entre los monitores.

—No me habrá seguido hasta aquí, ¿verdad?

—No. Tu ángel hoy soy yo.

—¿Dejarán entrar a Cuco? Casi nos hemos hecho novios del todo.

—Ahora no puede entrar nadie. Estás en la UVI.

—¿Y tú cómo has entrado?

—Ya estaba aquí, esperándote para cuidarte.

—Gracias. Qué guapo es Cuco, ¿verdad?

La silueta permaneció un instante junto a ella y luego se alejó un poco, como si flotara.

—Después vendrán a verte tus padres.

—Aunque yo prefiero llamarle Jesús. ¿Cómo ha salido la operación?

La voz no respondió. Su silencio sobresaltó a Camino.

—Debes tener paciencia.

—¿Volverás a verme?

—Siempre estoy contigo.

—Me gustaría pedirte una cosa.

—Aún queda mucho para tu cumple y para la obra de teatro.

A Camino no le extrañó que le hubiera leído el pensamiento.

—Ya sé que te pido muchas cosas, pero quiero llegar a tiempo a la obra, no sea que Garabato busque otra Cenicienta. Y quiero celebrar mi cumpleaños en casa, que tú dices que aún queda mucho, pero si lo piensas bien verás que no falta tanto.

—Es verdad, no falta tanto. Ya casi es primavera.

—Quiero salir ya de aquí y ver a Bego, que estará preocupada.

Tenía sueño. Volvió a cerrar los ojos. Apretó los párpados.

—Me gusta el teatro. Si supieras cuánto me gusta...

La voz la escuchó con ternura.

—Ahora tengo que irme.

—Hace mucho tiempo que veo un camino, y no sólo cuando sueño. Hay veces en las que también lo veo despierta. Es un camino de tierra, aunque hay días que se convierte en un río. Sé que debo recorrerlo sola, pero me gustaría hacerlo con Cuco. Él quiere a Elena, aunque a lo mejor no. No sé. Del amor nadie sabe nada, ¿no?

La silueta volvió a moverse. Ocultó la luz.

—No me ha gustado nada la anestesia, sobre todo contar desde el diez hasta el cero. Es como si algo terminara.

Una lágrima resbaló por la mejilla de Camino, rozó su oreja y murió en la almohada.

—No llores.

—Si no es sólo por el teatro y por el cumple. Si no puede ser no puede ser, pero es que he pensado cosas malas. He pensado que Dios no me escucha.

La silueta comenzó a desaparecer.

—Espera, por favor, no te enfades —suplicó Camino.

La sombra regresó a su lado.

—Es que yo creo que Jesús no me quiere.

La silueta colocó su mano a pocos centímetros de su cara y veló las luces eléctricas que la deslumbraban.

—Jesús te ama.

Camino sonrió.

—A mí también me gusta llamarle Jesús.

Cerró los ojos.

—Y no te olvides de que te pedí por Elena, la repetidora, la del chicle.

—La conozco.

—Y mira a ver si puedes arreglarle los dientes a Bego. No es que los tenga muy mal, pero si se los puedes colocar mejor...

Le sobresaltó la voz de la enfermera.

—Camino, guapa, despierta. Tus padres están aquí y quieren verte.

Vio a sus padres frente a ella. José le cogió la mano.

—Todo ha salido estupendamente —dijo José.

—Mi vida.

—A ver, mueve la mano —ordenó la enfermera.

—¿Así?

—No, mujer, con más alegría.

Miró a Gloria y a José.

—Vaya niña —repitió—. No vean ustedes las parrafadas que se echa ella sola.

—¿Ah, sí?

—Normal. Cuando una está quedada...

—¿Cómo dice?

—Que está enamorada. No para de hablar de Jesús.

Gloria se aferró al brazo de su marido, emocionada.

—Tengo la boca seca, mamá.

—Eso es la anestesia, cariño —replicó Gloria.

—La anestesia y el amor. Si lo sabré yo —sentenció la enfermera mientras retiraba el tubo de la garganta de Camino.

30

Tras la operación llegaron días furiosos y días suaves. Días blancos, azules, verdes y morados. Los rojos tardaban más tiempo en irse, y los amarillos se demoraban dando vueltas tontamente por la habitación del hospital, como si no encontraran la salida. Había amaneceres que ya sabían a atardecer, y atardeceres que se parecían a animales lentos, sosos y peludos que no terminaban nunca de pasar y que de forma desesperada se agarraban con las patas a las paredes para que Camino no pudiera echarlos. Los días rojos tenían garras; eran días furiosos, enfadados con ellos mismos por haber nacido o por saber que tenían que morir cuando el sol se ocultase; días insatisfechos cuya única obsesión era esparcir amargura en aquellos que los vivían, pero también había días verdes y morados con los que Camino a veces llegaba a hablar. Los días verdes y morados eran días con sentimientos confusos; días que no sabían comportarse porque tenían el corazón dividido. Lo más sorprendente era que a veces uno verde se transformaba en rojo y uno morado se volvía de pronto amarillo. Eran colores de los que no sabía qué pensar. Los calificó como «inmaduros». También había vivido y sufrido días rojos que se tornaron verdes sin que ellos llegaran a sospecharlo y que terminaron sentados a los pies de la cama hablando con ella como si se conocieran desde siempre. Todos los días tenían corazón, y, a pesar de su fama, algunos días malos terminaron por abrirle su alma y Camino los calmaba poco a poco hasta que se serenaban, aunque no tardó en descubrir que tanto los rojos como los amarillos o los morados dejaban siempre, de una manera o de otra, la huella de su paso.

Al principio los días verdes fueron los mejores. En los días verdes Camino imaginaba que salía de la habitación y que merendaba con Cuco o que hablaba con Bego para que le contara cosas de él, pero los días verdes fueron perdiendo color y se convirtieron en días azules; días en los que el sol de la primavera que se acercaba entraba cada vez más descarado por la ventana y se adueñaba de la habitación en la que siempre quedaba un hueco de color que nada podía llenar porque Cuco tenía un color que no se parecía a nada.

Después de la operación, tras la primera semana, a pesar de sus brillantes colores las mañanas comenzaron a parecerse a las tardes y al cabo de diez días todo terminó por teñirse de gris. Los días parecían iguales. Después se hicieron blancos. Tan blancos como el techo.

Lo miró. Volvió a mirarlo. El techo era una geografía. Lo observó en sus más íntimos detalles y llegó a comprenderlo. Estaba entendiendo el mundo boca arriba. Podía imaginar al hombre que lo había pintado. Entendió el significado de las palabras día, semana, mes. Luego aprendió lo que significaban las horas, los minutos y los segundos. Su corazón estaba hecho de tiempo, como mamá y papá, como Nuria, Bego, Cuco y su hermanito Alejandro. Le dolía la inmovilidad. El Somi, el soporte rígido que le habían colocado, mantenía erguida su mandíbula y se clavaba en su occipital. Lo sentía vivo sobre su pecho, oprimiéndola, acompañándola, haciéndola sufrir. No podía moverse —la orden del doctor Crespo había sido muy clara—, pero a Camino le costaba trabajo cumplirla. Permanecía tumbada hora tras hora y día tras día mirando el techo con la sensación de que estaba esperando algo que no llegaría nunca. Un lunes se entretuvo viendo cómo se desplazaban las sombras por la habitación las tardes que había sol. El martes entendió lo que hacían cuando el sol se iba. El miércoles llegó a pensar que las sombras no se movían, aunque no era cierto. El jueves, entre sueño y sueño, las vio avanzando a toda velocidad. El viernes hicieron lo mismo que el lunes, y el sábado descansaron. El domingo, sin embargo, fue un día sin color que trajo sombras congeladas empujadas por el insistente viento que aullaba en su ventana. Madrid, según vio en el televisor, se replegó sobre sí misma. La llovizna se transformó en nieve. Las horas se tornaron más oscuras. Había hielo en las fachadas de los edificios que daban al Norte. Los coches regresaban de la sierra con el techo cubierto de nieve. Soñó que pisaba la nieve con las pesadas botas del último invierno, las que ya casi no le valían, que caminaba con Cuco por un sendero cuya fotografía había visto en el libro de naturales, y que la nieve crujía con un sonido ligero, como de espuma seca. Después el invierno murió. La nieve se retiró a su refugio de la montaña, y a Madrid llegó desde el Sur un aire apetecible y cálido que invitaba ya a abrir algún rato la ventana. Camino sentía viva la cicatriz del cuello y la de la cadera, la que le habían hecho para extraerle el trozo de hueso que habían utilizado en el injerto. Las heridas sólo parecían calmarse con alguna visita de la Pingüi, que le relataba emocionada los partidos de baloncesto, que le decía que la echaban de menos en el colegio y que otras veces, sin decirle nada, permanecía a su lado mirándola o cogiéndola de la mano ante la impaciente mirada de mamá. Fontela también la visitaba ocasionalmente. Camino sabía que eran visitas profesionales, pero había algo en la mirada del doctor que iba mucho más allá de la medicina. Era un hilo de luz, un brillo complejo y sencillo a la vez que los mantenía unidos y que conseguía que ambos se comprendieran.

Los días se amontonaron. Hacía mil años desde que había comenzado a dolerle el cuello. Mil años desde que tenía que inclinarlo ligeramente hacia la derecha para poder hacer los deberes, desde que mamá la había llevado al traumatólogo. Mil años desde la inyección en la espalda, el encuentro con Cuco, el desmayo en la cocina y la tarde de teatro. Hacía mil años que la habían operado. Mil años desde la mañana en la que Crespo y Fontela entraron en la habitación y le dijeron que la biopsia era negativa. Era muy temprano. Lo único que entendió es que Crespo tenía prisa, que Fontela se había dejado barba y que estaba feliz y que su padre y su madre, tras recibir la noticia, se habían tocado un instante frente a la ventana como ella imaginaba que alguna vez tocaría a Cuco cuando fueran novios. Todos parecían felices.

—Despierta. Y no te des importancia, que ya sé que estás negativa.

Camino abrió el ojo izquierdo.

—Tu madre ha bajado a la cafetería y tu padre está en Murcia, pero me parece que viene hoy —le dijo Bego.

—¡Bego!

También hacía mil años que no veía a Bego.

No se abrazaron, como si siempre hubieran estado juntas.

—No quería despertarte, pero me aburría.

—Si no estaba dormida.

—Entonces es que roncas despierta.

—Lo que pasa es que no puedo dormir por las noches.

—Eso da igual. Lo importante es que estás negativa.

—Ya me lo han dicho, pero no sé muy bien cómo es eso de la biopsia.

—Te sacan trocitos de carne y los analizan. Y puede ser positivo o negativo. Lo tuyo es negativo.

—Pero si es negativo es malo.

—No. Lo malo es que sea positivo.

—No lo entiendo.

—Que estás positiva. Y si estás positiva es que estás bien.

—Normal. Si ya me operaron.

—O sea, que no tienes nada.

—Ya, entonces estoy aquí por gusto.

—Yo no soy médico, pero lo único que sé de la medicina es que todo puede ir peor.

—¿Peor?

—Deja de hacerme preguntas, que pareces la Dolores.

—¿Sigue con los electrones?

—Si sólo fueran los electrones... Debe de pensar que le van a dar el Premio Nobel. ¿Y esta armadura estilo andamio que llevas?

—Se llama Somi.

—Te pareces a Robocop.

—Eso, tú animando, como siempre.

—¿Qué te hicieron exactamente?

—No sé, lo del cuello. Y cuatro agujeros en la cabeza.

Bego se tocó la oreja. Estaba nerviosa.

—No te pongas nerviosa.

—No me pongo nerviosa, si me toco la oreja es porque quiero. Es un tic que me podré quitar cuando mi madre le pague un poco más al psicólogo.

—No, si ya.

—Si te hubieran agujereado la cabeza estarías muerta porque si te entra aire en la cabeza, la cabeza explota.

—¿Y cómo lo sabes?

—Viene en el libro de ciencias. Si te entra aire en la cabeza, te explota porque se despresuriza. Es lo mismo que pasa en los aviones.

—¿Quieres ver los agujeros?

—No, no, si te creo.

—Pues entonces deja de tocarte la oreja.

—Es que estoy nerviosa. ¿Y qué más te han hecho?

—Me han arreglado el cuello. Es que lo tenía aplastado por dentro.

—Pues yo te lo veía bien.

—Por fuera sí, pero por dentro estaba roto.

—Si hubiera estado roto te habrías muerto.

—Tú no me creas si no quieres, pero me han colocado unas placas de metal.

—Si es de metal a lo mejor se te pega el confeti en los experimentos de física. ¿Por qué no te froto a ver qué pasa?

—Muy graciosa. También me sacaron un hueso de la cadera y me lo injertaron en el cuello.

—Anda, como a Frankenstein.

—Es verdad. Estaba a punto de quedarme paralítica.

—¿De las piernas?

—No va a ser de las orejas.

—¿Y las mueves?

—Las orejas no, aunque ya sé que tú sí.

—Digo las piernas, que si mueves las piernas.

—Hago rehabilitación. Pero fíjate en el brazo derecho.

—No veo nada raro.

—Por eso, porque no lo muevo.

—Pues muévelo.

—Eso es lo raro, Bego, que no puedo.

—Entonces estás manca, pero eso se te quita, y lo de la parálisis también, ya verás.

Se miraron. Camino sintió una ráfaga de energía en las piernas, en la espalda, en el brazo inmóvil.

—Y si ya estás bien y positiva de la biopsia, ¿qué haces aquí?

—Convalezco.

—Ya, pero ¿qué más haces?

Bego miró la ventana, el techo, el cabecero de la cama, la puerta.

—Es que aquí dentro ya me contarás.

—Parece que no, pero hago un montón de cosas, no te creas. Rezo, comulgo, me rehabilito y luego miro el techo.

—¿Miras el techo?

—Todo el día.

—Pues vaya marchote.

—He dividido los días en colores.

—Normal, porque estás desesperada. Peor fue lo mío, que cuando estuve mala me hice un crucigrama blanco.

—Tú nunca has hecho un crucigrama blanco, Bego.

—Ya, si era por decir. Pero cualquier cosa es mejor que mirar el techo.

—No, si eso sí.

—¿Ves la tele?

—No. Es que mi madre dice que no ponen más que tonterías.

—Claro, como no ponen misas todo el día...

—Tengo miedo de no volver a andar, Bego.

Bego estuvo a punto de tocarse otra vez la oreja, pero no lo hizo.

—No digas tonterías. Y si te quedas paralítica unos días, ya sabes que yo te puedo empujar la silla de ruedas.

Camino sonrió.

—A veces pienso que ya no voy a salir de aquí.

—Pues tú verás, pero tendrás que salir porque yo lo que no puedo hacer es venir aquí a vivir contigo. Y encima sin tele.

—Normal. ¿Cómo va el teatro?

—Estamos con el reparto.

—¿Y qué repartís?

—Los papeles, ¿qué vamos repartir, caramelos?

—Hija, Bego, estás supernerviosa.

—Ya. Lo que pasa es que no me gusta verte así.

—Pues imagínate lo que me gusta a mí.

—Garabato me ha dicho que te pongas buena pronto.

—¿De verdad? —preguntó Camino emocionada.

—Bueno, no dijo pronto. Dijo cagando leches.

—¿Tú crees que todavía podría darme el papel de Cenicienta?

—Tranquilízate. Yo creo que sí, que te va a dar el papel. Pero lo que no puede ser es que estés paralítica. Acuérdate de que Cenicienta lleva los famosos zapatos y luego, cuando suenan las doce, sale corriendo escaleras abajo. Y, claro, eso en una silla de ruedas parecería teatro experimental.

—Haré lo que pueda.

Permanecieron un instante en silencio.

—¿Y Elena?

—Se ha metido relleno en las tetas.

Bego sonrió. Camino no.

—Por ella no te preocupes —dijo Bego.

—Ya, es muy fácil decirlo.

—Hazme caso.

—¿De verdad que no tengo que preocuparme?

—Si lo sabré yo.

—Pues vale.

Camino intentó apretar las sábanas entre sus pequeños puños.

—Anda, tontorrona, pregúntame por él —dijo Bego.

—¿Lo has visto? —preguntó Camino antes de que Bego terminara de hablar.

—¿A quién?

—Si vas a empezar así, yo paso.

—Que si he visto a quién.

—A él. Ya sabes a quién me refiero.

—Si no me especificas un poco más...

—Sí, tú hazte la tonta. ¿Lo has visto o no?

—Claro que lo he visto.

—¿Y qué te ha dicho?

—¿Quién?

—Hija, Bego, cómo eres. ¿Te parece que sufro poco o qué?

—Lo he visto, sí. Lo veo todos los días.

—¿Y?

—Siempre me pregunta por ti.

—¿De verdad?

Camino sintió un escalofrío intenso. El día se volvió verde.

—Bueno, ¿qué le digo a Garabato?

—No cambies de conversación. ¿Cuco te pregunta por mí?

—Ya te lo he dicho. Siempre. Está ya pesadito con el tema.

—¿Y cómo te pregunta?

—Preguntando.

—Digo que qué te dice.

—Te lo cuento si me prometes que no te va a dar un pasmo.

—Vale.

—Si te pones nerviosa, dejo de contártelo.

—Que sí.

—Pero antes dime lo que tengo que decirle a Garabato. Es que me ha hecho el encargo muy en serio y al final se me va a olvidar.

—Dile que estoy mejor y que cuando salga iré a la obra.

—¿Entonces vas a dejar el club?

—Es que no quiero hacer magdalenas ni matar pollos.

—Si ya están muertos.

—Bueno, da igual. ¿Me quieres responder? —preguntó Camino, impaciente.

—¿Qué me habías preguntado?

—Hija, Bego, cómo eres. ¿Qué te ha dicho?

—¿Tú qué crees que me ha dicho?

—O me contestas ya o no te vuelvo a hablar.

—Vale, mujer.

Gloria apareció en la puerta. Le bastó una milésima de segundo para constatar la decepción que su presencia había provocado en las niñas, que se miraron y luego desviaron la vista hasta el techo, con un interés vacío y paralelo.

—Hijas, si lo sé podía haber tardado un poco más en entrar.

Bego y Camino se miraron.

—No, mamá, es que Bego me iba a contar una cosa muy importante.

—Si es importante quizá tenga que saberla yo también —dijo Gloria sonriente, cómplice, acercándose a la ventana.

—Es que son cosas nuestras, mamá.

—No me puedo creer, hija, que tú y yo tengamos secretos.

Cogió el libro. Se dispuso a sentarse en la silla.

—La verdad es que no es ningún secreto —dijo Bego—. Todo el mundo lo sabe.

Camino suspiró, como si le faltara aire.

—Bego, por favor...

—¿Y qué sabe todo el mundo? —preguntó Gloria.

Bego miró a Camino con dulzura. Se tocó la oreja.

—Que Camino ama a Jesús y que Jesús la ama a ella.

Camino cerró los ojos. Se sentía cansada como nunca lo había estado. Gloria no respondió. Una ternura inesperada se adueñó de su rostro.

—Vaya, Bego, yo creía que tú...

—Yo hablo mucho con él —la interrumpió Bego.

—¿Con Jesús?

—Todos los días.

—¿Y te lo dijo él?

—Ayer por la noche.

Gloria se santiguó y se acercó a ella. Acarició su rostro.

—Gracias, hija.

Gloria miró a Camino, que sonreía, sofocada y feliz.

—Lo que más me joroba es que no me hayan puesto mascarilla para venir a verla.

—Es que no es necesario, Bego —dijo Gloria.

—Ya, pero me encantan las mascarillas.

Camino y Bego sonrieron. Y sí, el día era verde. Verde para siempre.

31

—

Estaba la tarta. Estaban las velas. Estaba el *Cumpleaños feliz* cantado en el tono en el que se canta en los hospitales. Estaba la biopsia con su resultado negativo. Estaba la primavera en la ventana. Estaban papá, mamá, los refrescos, los platos y las cucharas de plástico para comer la tarta. Estaban la enfermera, los aplausos, las felicitaciones por haber cumplido un año más, pero también había una ausencia dolorosa.

—Mamá, ¿y Nuria?

—Sopla las velas, hija.

Camino, sentada en la cama, sopló las velas con dificultad. Le ardía la nuca. El Somi le había producido dos profundas llagas. Sonrió y agradeció los aplausos. Volvieron a cantarle la canción y, antes del aplauso final, antes de que el humo de las velas se desvaneciera en el aire, Camino sintió la picazón de la cicatriz del cuello. Estaba cansada. La rehabilitación había sido lenta y dolorosa. Sus piernas y su brazo habían comenzado a despertar, y el despertar le había provocado un dolor continuo, como aquella vez que se le durmió un pie en clase y luego resucitó de golpe bombeando sangre cuya fuerza la hizo gritar. Volvía a sentir la vida, y lo agradecía, aunque la mejoría fuera dolorosa, insoportable.

—¿Pediste que se cumpliera un deseo?

—Claro mamá. Pero lo pedí hace tiempo. Cuando desperté de la anestesia.

—¿Y qué pediste?

—Los deseos no hay que contarlos.

—Bueno, si no quieres... —dijo su madre, decepcionada.

—Pedí celebrar el cumpleaños en casa.

—El próximo será.

—También pedí ir al teatro. Ya están repartiendo los papeles.

—De eso ya hablaremos, aunque si de verdad quieres hacer teatro, ¿quién soy yo para oponerme?

—No sé, mamá, es que no se cumple nada de lo que pido.

—Venga, no seas soberbia.

Camino cerró los ojos y pensó en su deseo.

—Ya está. Ya lo he pedido.

—¿Estás triste?

—No, mamá.

Lo estaba. Sus anteriores deseos no se habían cumplido, y eso que se los había solicitado a Ella en persona aquella mañana en la UVI. «Quiero celebrar mi cumpleaños en casa.» «Quiero hacer teatro.» Y allí estaba, en el hospital.

> Cumpleaños feliz, cumpleaños feliz
> te deseamos todos.
> Cumpleaños feliz.

—A lo mejor es que le pides muchas cosas —aventuró su madre cuando terminó de aplaudir.

Ir a casa, hacer teatro y que le arreglaran los dientes a Bego. Por Elena también había pedido. Lo que no podía recordar era si había pedido ver a Cuco, pero tenía la impresión de que no eran demasiadas cosas.

—Tienes razón, mamá. A lo mejor le pido demasiado.

—¿Lo ves? —dijo Gloria como si la Virgen no pudiera conceder todo lo que ella quisiera—. Pero yo te prometo que hoy tendrás una sorpresa.

—¿Se trata de Bego?

—No sé, hija.

—Es que a este paso no va a llegar a la tarta.

—Le llevaremos un trozo.

Don Miguel Ángel abrió la puerta.

—¿Se puede?

—¡Don Miguel Ángel! —exclamó Gloria levantándose inmediatamente para saludarlo.

José se sentó en la cama de Camino.

—Papá. Menos mal que tú has venido.

—¿Sabes por lo que he venido?

—Porque es mi cumpleaños.

—No. Porque sabía que hoy tenías tarta, y la tarta nos gusta más que la...

—¡Sopa de lluvia! —dijeron ambos a la vez, riendo.

Don Miguel Ángel y Gloria los miraron desde la puerta, a la vez, con una sonrisa semejante, encantadora.

—¿Sabes lo que he pedido al soplar las velas? —preguntó Camino a su padre en voz baja.

—Los deseos secretos no se cuentan.

—Ya, pero a ti sí. He pedido que venga Nuria.

Camino se arrepintió de inmediato por habérselo contado. El semblante de su padre cambió. Se acentuó su cansancio. Papá estaba sin afeitar. Camino sabía que había viajado toda la noche desde Murcia o desde Roquetas de Mar para estar con ella.

—A mí también me gustaría que estuviese aquí, hija, pero quizá no pueda.

—No, si nunca puede.

José observó las ojeras que las largas noches sin dormir

habían producido en su hija. Eran dos personas cansadas, frente a frente, dueñas de un cansancio que no era sólo físico.

—No se me cumple ningún deseo, papá.

—A mí sí.

—¿Cuál?

—Estar hoy contigo.

—¿En serio que lo pediste?

—Por supuesto. Eres mi hija pequeña favorita.

—Pero si no tienes más hijas pequeñas.

—Ah, es verdad —respondió José, divertido.

Camino miró sobre el hombro de su padre. Cuando José levantó la vista, Don Miguel Ángel estaba a su lado.

—Hola, José.

—Encantado de verle, Don Miguel Ángel.

Ninguno esperaba nada del otro. Don Miguel Ángel aguardó. Estaba acostumbrado a que la gente interpretara sus gestos y a que obraran en consecuencia. Permanecer en pie y en silencio significaba que José debía levantarse y cederle el sitio para que el cura hablara con Camino. Pero José no se movió. Oyó suspirar a Gloria. Un suspiro lejano de desconsuelo y de impaciencia.

—Feliz cumpleaños, Camino —dijo Don Miguel Ángel.

—Gracias por haber venido —respondió ella.

El silencio duró un poco más que el anterior. Cuando Don Miguel Ángel entendió que ya duraba más de lo necesario se retiró.

—Luego hablaré contigo si no estás muy cansada.

Camino sonrió.

—Cuando usted quiera.

Don Miguel Ángel se acercó a Gloria. Hablaron en voz baja.

—Papá.

—Dime, hija.

—¿Y Bego?

—Cuando salgas del hospital haremos otra fiesta en casa y la llamaremos. Haremos lo que tú quieras.

—Te quiero, papá.

—Y yo a ti.

Gloria se acercó a la cama y le entregó a Camino un paquete en el que José distinguió el papel para envolver que vendían en la papelería del barrio.

—Tu regalo, hija. Feliz cumpleaños.

—Gracias, mamá.

Comenzó a abrirlo.

—¿Me ayudas?

Gloria abrió el envoltorio y sacó el vestido rojo. El vestido rojo del escaparate no tenía nada que ver con este que mamá le había confeccionado. Había perdido su vuelo, su magia, sus posibilidades. El vestido rojo que la miraba colgando de los brazos de su madre como si estuviera muerto no era el vestido rojo que la miraba desde el interior de la tienda lleno de vida y de encanto. Lo que tenía frente a ella era una tela donde Gloria había cosido buenas intenciones. Pero carecía de vida. Su madre había subido el cuello y las hombreras. La falda era más larga.

—¡Vaya pedazo de vestido que te ha regalado tu madre! —dijo la auxiliar recogiendo algunos platos—. Guárdame algo de tarta, que ahora vuelvo.

La auxiliar se fue. Camino y José se quedaron mirando el vestido rojo que no era el vestido rojo.

—Lo he hecho a escondidas, aprovechando ratillos —dijo Gloria.

—Es estupendo —dijo Don Miguel Ángel—. Cómo se nota que tienes mano.

—Aún no se lo ha probado —advirtió Gloria—. Claro, que a saber si le gusta.

—Me gusta mucho, mamá.

Cuando Gloria bajó el vestido, Camino se encontró con el rostro de su padre, el hombre que había entendido que el vestido que ella de verdad quería era el que la esperaba cerca de casa, dormido en un maniquí sin cabeza, el vestido mágico que había temblado al verla, que estaba lleno de vida y que era sencillo. El vestido que se alegraba al verla. Su vestido rojo. Su vestido mágico. El que la aguardaba. El que Camino se iba a poner para encontrarse con su Príncipe. Un vestido lleno de promesas y de veranos. Un vestido lejano a los que su madre descubría en las revistas.

Buscó los delgados tirantes, la falda leve y alegre, el escote. Los buscó.

—No te gusta. No me digas más —dijo Gloria.

—Claro que me gusta, mamá. ¿Y sabes por qué me gusta? Porque lo has hecho tú.

Gloria miró a Don Miguel Ángel y se alegró al ver que el sacerdote le devolvía una sonrisa que venía a justificarla. Los dos pensaban lo mismo de esa niña maravillosa. Los dos esperaban lo mismo. Los dos la veían igual.

Gloria dejó caer el vestido sobre la cama y se retiró discretamente para hablar con Don Miguel Ángel. Camino miró a su padre.

—¿Qué pasa, papá?

—Nada, hija —dijo José como si lo hubieran sorprendido haciendo algo impropio—. Nada —repitió.

Nada significaba que José sabía lo que su mujer y el cura estaban hablando. Intuía lo que Gloria le estaba contando, y lo que le estaba contando —lo sabía por el rostro de su mujer— era que cuando Camino entró en el ascensor antes de la operación había dicho bien a las claras que estaba con Jesús, que Jesús siempre estaba con ella.

Camino miró la foto de Nuria que tenía en la mesilla.

—Papi.

—Dime, cielo.

—Es el primer cumpleaños que no me haces película.

—Es verdad. Podemos hacerla en casa.

—¿No tenías que irte a trabajar?

—Cuando te duermas.

—Qué pena lo de Nuria, ¿verdad?

José apretó los labios dibujando una sonrisa sin querer hacerlo.

—También lo siento por ti, papá.

—Ya lo sé.

Camino le cogió la mano y suspiró hondo.

—Acércate.

José se acercó a ella.

—Ya sabes que el vestido no me gusta muchísimo —dijo Camino muy bajito—. Pero no lo siento por mí. Lo siento por ella, por mamá. Con todo lo que ha trabajado para hacerlo... Que no se entere, ¿vale?

José miró a su hija como si no la mereciera. Tenía ganas de llorar.

—El vestido rojo siempre me recuerda a Nuria. Me regaló uno cuando yo tenía cinco años.

—Con ojales —dijo José—. Te regaló el vestidito rojo y un peluche —añadió.

—Venimos ahora mismo —dijo Gloria.

—No te vayas, ¿eh? —le pidió Don Miguel Ángel a Camino, simpático, jovial, dando por hecho que sabía cómo tratar a las niñas, que tenía un don especial para hacerlo.

Don Miguel Ángel y Gloria salieron de la habitación. José no sentía nada. Le bastaba con el calor de la mano de su hija que al fin, después de tantas noches, comenzaba a quedarse dormida. Miró hacia la ventana. Aún tenía ganas de llorar.

En el pasillo, junto a la puerta de la habitación de Camino, frente a la cristalera, Don Miguel Ángel miró a Gloria.

Estaban a solas, tal y como él quería. Sacó la Montblanc tomándose su tiempo. La pasó a su mano izquierda. Gloria estaba preocupada.

—Me pides una respuesta a una pregunta muy difícil, Gloria. —Desenroscó el capuchón de la pluma y se apoyó en el cristal—. ¿Y qué sabrá de esto un pobre cura? Solamente la fe es capaz de responder a tu pregunta. Solamente por Cristo y en Cristo se ilumina el enigma del dolor. Ya sabes lo que dice el Padre.

—Que el dolor forma parte de los planes de Dios.

—Es así, Gloria, aunque nos cueste entenderlo.

—Yo acepto su voluntad, Don Miguel Ángel.

—Así debe ser. El sufrimiento de tu hija completa al de Cristo.

Volvió a mirar la pluma. Enroscó el capuchón lentamente y se dio unos golpecitos en la mano.

—Dios la está purificando.

Hizo una pausa, como si también él necesitara asimilar sus propias palabras.

—Acepta su voluntad —continuó—. La fe en Cristo no explica el porqué del sufrimiento, pero lo ilumina, lo eleva y lo purifica. Son palabras del Papa.

—Sí, Don Miguel Ángel.

—Si Dios hace sufrir a tu hija es porque la quiere. No debemos considerar el dolor como una desgracia.

—La rehabilitación está siendo muy dura, Don Miguel Ángel.

—Y la pasión de Cristo también lo fue —la interrumpió él antes de que Gloria le propusiera temas más comprometidos—. Camino acompaña a Cristo en su dolor. Dices que tú sufres porque tu hija no puede dormir por las noches. También Jesús veló en Getsemaní. ¿No crees que se trata de una señal?

Gloria asintió, llena de gozo.

—El dolor libremente aceptado es un don divino. Lo importante es ofrecerle ese dolor a Dios.

—A él se lo ofrecemos.

—¿De qué te sirve el lamento?

—El lamento siempre es estéril —respondió Gloria, orgullosa por conocer la respuesta.

—Exacto. No te lamentes. No debemos hacerlo. Tenemos un tesoro entre las manos, Gloria, y no podemos desperdiciarlo. Tu hija está siguiendo a Jesús en el camino de la cruz. Su sufrimiento es una llamada a la santidad. ¡No sabes cómo me ha gustado que me contaras que a punto de ser operada estaba recordando a Jesús!

—Yo también estoy conmovida —dijo Gloria, emocionada.

Don Miguel Ángel guardó la pluma con el gesto de quien finaliza un complicado trabajo. Estaba satisfecho. Las cosas se habían resuelto solas sin necesidad de que él tuviera que intervenir. Era cierto que al principio se había preocupado cuando Inés le informó de que en una de las cartas dirigida a su hermana la niña decía que estaba enamorada. Ahora sabía que el amor de Camino no era terrenal. «Jesús llena toda su vida», le había dicho Milagros, la monitora de cocina del club cuando hablaron por teléfono. «Jesús siempre está conmigo», le había dicho Camino a su madre entrando en el ascensor que la bajaba a quirófano. Estaba claro que Camino amaba a Jesús. Incluso su amiga Bego lo sabía. Se dio dos golpecitos con la mano en el bolsillo donde había guardado la pluma, satisfecho. Sabía de Camino y de Nuria mucho más que su madre y, lo que era más importante, lo sabía mucho antes.

—Y otra cosa, Gloria.

—Dígame.

Antes de entrar en el hospital, Don Miguel Ángel había pensado decirle a Gloria que no se preocupara por el profesor de teatro, por Garabato. Luego, consciente de que Camino, pese al resultado negativo de la biopsia, no estaba para hacer teatro, lo pensó mejor y apuntó meticulosamente en su agenda encontrar el momento oportuno para llamar a Don César y decirle que no hiciera nada con ese asunto, que la providencia ya lo había dispuesto de otra manera.

—Nada, nada —le dijo a Gloria—. No tiene importancia. Ya sabes que puedes contar conmigo.

Cuando Gloria entró en la habitación tras hablar con Don Miguel Ángel flotaba en el aire el olor festivo y dulzón de la tarta y, a la vez, un aroma recogido a humo viejo, a velas apagadas. Camino miró a su madre, le mostró el vestido con la vista y sonrió agradecida. Estaba cansada. La cálida mano de su padre la incitaba al sueño. Se sentía protegida.

—Te dije que tendrías una sorpresa —le dijo Gloria desde la puerta.

Camino volvió a sonreír, sobresaltada, arrancada de golpe de la delgada línea que divide el mundo de los sueños del de la vigilia. José se llevó el dedo a los labios y miró a su mujer, solicitando silencio.

—Adivina quién ha venido a verte.

Camino soltó la mano de su padre e intentó incorporarse, pero no pudo. Dejó atrás el mundo de las sombras y abrió unos ojos inmensos. Pensó que la sorpresa que su madre le había prometido consistía en el vestido rojo, o en que apareciese Bego, o Nuria.

—¡Adivina quién ha venido a verte desde Pamplona!

Era Nuria. Se trataba de ella. Tenía que tratarse de ella, pensó Camino mientras la barbilla le temblaba de emoción.

Tía Marita entró en la habitación como si le perteneciera.

—A ver dónde está esa sobrina tan guapa que cumple doce añazos.

Camino no pudo ocultar su decepción. Su sonrisa forzada cayó a los pies de su tía.

Marita miró a José, sin ganas.

—Hombre, Pepe, ¿cómo estás?

Se sentó en la cama sin esperar la respuesta. Camino intentó extender los brazos.

—Hola, tía. Qué bien que hayas venido.

—Qué alegría, ¿verdad? —dijo Gloria.

Camino sonrió.

—Déjame sitio, Pepe.

José se levantó de la cama. Marita pellizcó a Camino en el moflete y le entregó un pequeño paquete.

—Toma. Para ti.

—Gracias —dijo Camino.

—Pero que sepas que no es un regalo. Es un préstamo.

Camino abrió el paquete. La cajita transparente de plástico desgastado dejaba ver en su interior un rosario de color violeta. A medida que lo sacaba de la caja, Camino comprobó que su madre y su padre habían desaparecido de la habitación. No habían salido, pero era como si no existieran. Marita lo llenaba todo.

—Estarás agotada —dijo Gloria.

Marita suspiró.

—Qué no haría una por esta niña.

—¿Ves a Nuria? —preguntó Camino.

—Estaría bueno que no la viese. Una vez al mes, sin falta.

Tomó el rosario de las manos de Camino.

—¿Te gusta?

—Sí, tía.

—Que Nuria te vea una vez al mes tiene mérito —dijo Gloria—. Con todo lo que tiene que hacer.

Marita pensó en el sobre con dinero que mensualmente le entregaba a Nuria. Las visitas, cada vez más frías, no eran una cuestión de cariño.

—Y además Nuria sabe que estás sola —prosiguió Gloria.

—Yo nunca estoy sola. Estoy con Jesús a todas horas.

Gloria suspiró.

—Qué verdad más grande.

—Yo también estoy con Jesús —dijo Camino.

—Pero tú no pides dinero.

Gloria cortó la incomodidad de la frase con una sonrisa forzada.

—Te gusta, ¿verdad? —le preguntó a Camino.

—Me gusta mucho, mamá.

—Me alegra —dijo Marita—, porque está bendecido por el capellán de la Clínica de Navarra. Y no es para que te cures, es para que te ayude a llevar bien tu enfermedad.

—Es muy bonito, tía.

—Ya puede serlo. Viene de Roma. Y lo he pasado por la tumba del Padre.

La voz de Marita remitía a José a otros tiempos. No era sólo la voz. Era el tono, el timbre, la forma de articular las frases. Marita mandaba sin hacerlo; así había sido siempre. Gloria obedecía; al menos no la contradecía. A veces callaba, otorgando un «hágase tu voluntad» que venía desde los tiempos jóvenes, desde que José había comenzado a salir con Gloria a pesar de la oposición de su hermana. Marita lo había definido como un «poca cosa», como un «poca cosa» lo trató durante el noviazgo y como un «poca cosa» acababa de saludarlo al entrar en la habitación. «Poca cosa» lo llamó también, de forma abierta y sincera, el día que informaron a Marita de que se iban a casar. Todo pertenecía ya a los viejos tiempos. Recordaba con cariño a Rafael, al marido de Marita, y al grupo de amigos con los que comenzaron a hacer negocios. Después, cuando Rafael abandonó a Marita y a la Obra, el grupo y los negocios también desaparecieron de la noche a la mañana. José sentía que había fallado en algo. Se sentía culpable de algo que desconocía. Llegó a pensar que la culpa era suya, que él era el responsable de que los otros dejaran de hablarle. Su sentimiento de culpa creció paralelo al silencio con el que se relacionaba con su esposa. Meses más tarde comprendió que el interés de los amigos se centraba exclusivamente en la relación que mantenía con Rafael y con Marita. Ahora ya no estaba Rafael, y Marita seguía expresando en público la opinión sobre su cuñado, así que ante él, tan poca cosa, se extendió un vacío de llamadas que no obtenían respuesta y de citas anuladas. Tiempo más tarde descubrió que el sentimiento de culpa obedecía a una estrategia tan diabólica como eficaz.

—Mira, la cruz es preciosa, y de plata. ¿Y te has fijado en la medalla de la Virgen?

—Sí, tía, es un rosario precioso.

—Pero recuerda que es un préstamo. Cuando te pongas bien me lo devuelves. Lo que no entiendo, hija, es cómo no te han llevado a Navarra desde el primer momento. Mira que se lo comenté a tu madre.

La voz de Marita le seguía llegando a José desde el pasado. Era una voz que le dolía. Noche tras noche Gloria había compartido con ella, y sólo con ella, por teléfono, la muerte de Alejandro, como si él, su marido, estuviera excluido de su sufrimiento.

Miró por la ventana. El hombre del chándal, el que le había entregado el folleto de las sillas de ruedas, estaba en el aparcamiento y le devolvió la mirada.

32

Madrid recibió a Camino con los brazos abiertos. Su padre conducía como si tuviera prisa por llegar, y así era. José quería dejar atrás cuanto antes el hospital, los pasillos, el olor de los desayunos, las sillas verdes, las noches en vela y el hombre con chándal que repartía folletos. Camino, a pesar de la presión que el inmovilizador cervical ejercía sobre su nuca y sobre su pecho, estaba feliz. Por fin sentía los zapatos en los pies. Le apretaban, pero estaba encantada de volver a ponérselos. Era la misma sensación que sentía cuando regresaba a Madrid tras veranos enteramente descalzos. Para Camino, el verano moría siempre por los pies. Volver a calzarse a finales de agosto suponía el fin de la libertad, olvidar la arena que la quemaba, el borde templado de la piscina en los lugares salpicados de agua, el frescor de la hierba en los parques nocturnos. Ahora le sucedía lo contrario. La libertad consistía precisamente en volver a ponerse los zapatos que había arrinconado la misma noche que ingresó en urgencias. No necesitaba sus zapatos de Cenicienta. De momento le bastaban los duros y peleones que utilizaba para ir al colegio, aunque le rozaran el tobillo.

Miró el rosario que colgaba del retrovisor. Jesús, en la cruz, se balanceaba acompañando los frenazos y los acelerones del coche.

—¿Por qué no paramos a comprar unos pasteles? —preguntó.

Gloria se volvió hacia ella.

—Creí que tenías prisa por llegar a casa.

—Sí, pero es que tengo capricho, mamá.

—Capricho concedido —dijo su padre—. Vamos a parar en la de la esquina.

—No, papá, podemos ir a otra pastelería que conozco yo.

—Pero si ya estamos al lado.

—Es que en la que yo te digo hacen unos pasteles de nata muy buenos.

—Vaya, ¿y desde cuándo te gustan a ti los pasteles de nata? —preguntó su madre.

No tenía que haber dicho lo de la nata. Lo arregló como pudo.

—Bueno, los pequeños sí me gustan un poco. Gira por aquí, por favor.

Le sorprendió la rapidez de su respuesta. En otras circunstancias se habría quedado callada o le habría contado a su madre la verdad: que no le gustaba la nata, que le daban igual los pasteles, que lo que de verdad quería era ver a Cuco aunque sólo fuese a través del cristal de la pastelería. Luego pensó que quizá Cuco estuviera con Elena, como la última vez. Sintió un escalofrío.

—¿Te ocurre algo? —preguntó Gloria.

—No, nada.

Gloria la miró por el espejo. Semitumbada en el asiento trasero, el Somi la hacía mayor. A la luz del día la niña parecía tener mejor aspecto. Lo tenía. Camino estaba radiante, encantada de haber salido.

—Es ésa, papá.

José detuvo el coche y se dispuso a bajar.

—Ya voy yo —dijo Gloria.

Camino recordó la última vez que había estado allí. La luz cálida y dorada de aquella noche había sido sustituida por la del sol, que rebotaba en las aceras cegándola. Tampoco existía la lluvia seca y negra. Los árboles reverdecían, pero los sentimientos de Camino no habían cambiado. Seguía temblando y ardiendo como cuando se acercó al escaparate tras la carrera infinita desde el club. Conservaba el desgarro que le había producido ver a Elena y a Cuco juntos, masticando chicle. Conservaba el corazón que había dibujado con sus nombres. Aún no había puesto el acento al nombre de Jesús. Lo más importante es que había salido del hospital y que no estaba dispuesta a llorar nunca más. Ahora ya tenía zapatos.

Miró hacia el escaparate. Tuvo que girar todo el cuerpo. Estaba nerviosa. Vio entrar a su madre tras sortear las ruidosas obras de la acera e intentó fijarse en las sombras que se movían al otro lado del cristal. Una pequeña excavadora se movió hacia la izquierda y se detuvo, ocultando casi totalmente la pastelería. Habló con la Virgen, apresuradamente. «Que se quite la excavadora, por favor. Por favor, que se quite la excavadora.» La excavadora se movió medio metro hasta ocultar la pastelería por completo. El hombre que la manejaba se bajó y encendió un cigarro. No la iba a mover más. Camino se dejó caer hacia atrás. Ya no sabía qué pedirle a la Virgen.

—Te vas a llevar una sorpresa con tu habitación —le dijo su padre.

—¿Podrías mover un poco el coche, papá?

José miró a su hija, que le devolvió con la mirada la misma pregunta que le había hecho, que si podía mover un poco el coche.

—Claro que puedo, hija.

Arrancó.

—¿Hacia dónde quieres que vayamos?

—Un poquito hacia atrás, por favor.

José movió el coche hacia atrás.

—¿Así?

Camino comenzó a ver el escaparate, pero a medida que el coche se movía, el cristal se transformaba en un espejo que devolvía multiplicada la luz del sol. Se llevó la mano a los ojos.

—No, hacia delante, papá.

—Pues vamos.

José se dispuso a mover el coche, pero lo detuvieron unos golpecitos. Gloria estaba fuera. Llevaba un paquetito en la mano.

—¿Os queríais ir sin mí? Por Dios, qué mujer —dijo sin esperar respuesta, sentándose y dando un portazo—. Me ha contado toda su vida en cinco minutos.

—¿Quién estaba? —preguntó Camino, suspirando.

—La dueña.

José miró a Camino por el retrovisor. Ella le devolvió la mirada.

—Es separada —prosiguió Gloria—. Y tiene un hijo de tu edad. Mira lo que me ha dado.

Le entregó a Camino una fotocopia. Era un folio doblado en el que se leía Centro Cultural Camilo José Cela, *La Cenicienta.* Camino lo abrió. Todo el grupo de teatro sonreía, cogidos de la mano. La foto no era muy buena, pero Camino vio que Cuco y Elena estaban juntos.

—Ésa de la izquierda es tu amiga Bego.

—Vámonos a casa, papi. Y nos comemos los pasteles.

—La verdad es que he comprado torrijas.

—Pero la niña quería pasteles.

—Ya —reconoció Gloria—, pero las torrijas parecen más adecuadas para estas fechas. ¿Y no consideráis conveniente que antes de ir a casa nos pasemos a hacer una visita y demos gracias los tres?

—Sí, mamá —dijo Camino doblando la fotocopia con gesto triste.

José volvió a observar a su hija por el retrovisor. Sus miradas se encontraron, unidas y separadas por un silencio que parecía de cristal.

33

—Gracias, papá.

La luz de la tarde se había quedado definitivamente fuera y una penumbra íntima invadía poco a poco la habitación de Camino. José estaba junto a la ventana. Se acercó a su hija.

—Creí que estabas durmiendo.

—La verdad es que he dormido un ratito. No sabes lo cansada que estaba.

Tumbada en la cama articulada, Camino miró las paredes. El papel pintado había sido sustituido por un blanco inmaculado, sin matices, que le recordaba las paredes del hospital. Pensó en el trabajo que se había tomado su padre.

—¿Te gusta tu habitación?

—Sí, papá, me gusta mucho. Pero no te quería dar las gracias sólo por eso.

—Pues no será por las torrijas.

Camino sonrió.

—No, ya sabes a qué me refiero.

José se sentó en la cama. Se estaba acostumbrando.

—Es cómoda, ¿verdad?

—Mucho. Pero os habrá costado un riñón.

—Nos la han prestado.

—A ver si me pongo buena pronto y podemos devolverla, que hay gente que la necesitará más que yo.

José le cogió la mano.

—Gracias por no haberme preguntado nada, papá.

—¿Qué tenía que preguntar? —dijo José sabiéndose cómplice de algo que había renunciado a comprender cuando estaban frente a la pastelería y Camino le pidió que moviera el coche y él lo hizo sin preguntar nada. Miró a su hija con ternura. Era la primera vez que su silencio servía para algo, que tenía sentido. El silencio los había unido. Miró la cama elevable, tan semejante a la de los hospitales, y recordó que cuando terminó de montarla, un par de días antes del regreso de Camino, pensó que había visto una semejante en el folleto que le había entregado en el hospital el hombre del chándal. Cuando guardó la caja de herramientas en el trastero tuvo la sensación de que no estaba solo en la casa. Respiró hondo.

—¿Qué pasa, papá?

—Nada, pensaba en alguien que conocí en el hospital.

—Yo ya no quiero pensar en nada. Ya pasó.

—Cómo me gusta que estemos otra vez en casa.

—Y a mí.

—Tengo un regalo para ti, mira.

José sacó del bolsillo un pequeño paquete envuelto en el mismo papel de regalo que había utilizado su madre para envolver el vestido.

—¿Otro rosario?

—Sí, hija. Por si se te pierde el de tu tía.

Camino desenvolvió el regalo. Era una pequeña caja del color del acero. En la cara frontal aparecía un botón circular con los números que componían la combinación secreta.

—Es una caja fuerte —dijo intentando mostrar ilusión.

—No, pequeñaja. Es algo más que eso. Mírala bien.

Camino sólo vio una caja fuerte. Una cajita de caudales con las letras C.G.S.

—Tiene las letras de tu oficina. C.G.S. Compañía General de Seguros.

José negó con la cabeza. Encendió la lámpara de la mesilla.

—No se lo cuentes a nadie —dijo con aire de misterio—, pero C.G.S. significa otra cosa.

Miró a derecha e izquierda. Se levantó y cerró la puerta de la habitación. Con aire misterioso volvió a sentarse en la cama.

—¿Si te lo cuento quedará entre y tú y yo?

—¿Y mamá?

—Entre tú y yo. ¿Me lo prometes?

—Te lo prometo.

Estaba excitada. Apretó los puños como solía hacer Nuria.

—C.G.S. no significa Compañía General de Seguros.

—¿Ah, no? Yo pensaba...

—Habla más bajo. Puede que nos estén oyendo —dijo José llevándose el dedo a los labios.

—¿Quién? —preguntó Camino, nerviosa, bajando la voz.

José se levantó, echó un vistazo por la ventana, bajó la persiana y volvió a sentarse.

—¿Quién, papá? ¿Quién nos va a oír?

—Ellos. Puede que ellos nos estén oyendo —dijo él también en voz baja—. Y no deben saberlo. Nunca.

—¿Ellos? —preguntó Camino bajando aún más la voz—. ¿Y quiénes son ellos, papá?

—Los otros.

—Ah —exclamó Camino sin comprender, pero haciendo como que comprendía.

—Nunca deben saber lo que significa C.G.S.

—¿Y qué significa, papá?

—C.G.S. significa Caja de Guardar...

—¡Secretos! —exclamó Camino.

Sus ojos se hicieron aún más grandes. Se tapó la boca. Había levantado la voz.

—Lo siento —dijo con una vocecita desmayada que se le filtraba entre los dedos.

—Hay algo más que debes saber —dijo José acercándose a ella—. Tiene música.

Camino abrió la boca en un gesto de sorpresa. José sonrió, hizo girar la rueda para ajustar la combinación, tiró de la puerta y de la cajita emergió una música pequeña, nueva, repetitiva. Una música hipnótica e inquietante que Gloria escuchó desde su habitación, desconcertada, como si se tratara de una interferencia, de algo ajeno a su vida. Algo que escapaba a su control y que por tanto la perturbaba. Cerró su joyero con llave.

—Con esta música conseguirás que los secretos nunca se escapen —le dijo José a Camino.

Colocó la cajita sobre la mesilla. La música seguía sonando.

—¿No podemos probarla ahora mismo?

—Vaya, así que tienes algún secretito por ahí.

Camino abrazó a su padre.

—Ya sé que te diste cuenta en el coche. ¿Sabes por qué quería apuntarme a teatro?

—Los secretos son secretos.

—Ven.

Camino le habló al oído. La voz de su hija, desde tan cerca, le hacía cosquillas. Cuando separó su rostro del de su hija la miró con dulzura, agradecido por participar en algo que para ella resultaba tan importante

—Hasta mañana, Cenicienta.

—Hasta mañana, papá. Y gracias por la caja para guardar secretos.

—Yo también guardaré el que me acabas de contar.

—¿Dónde?

—Ya buscaré un sitio.

—Si quieres te puedo dejar mi caja.

—No, ésa es para uso exclusivo de las princesas.

Camino lo besó mientras volvía a sonreír. José se levantó y abrió la puerta.

—Papá —dijo Camino antes de que su padre saliera.

—Dime, cielo.

—No me extraña que mamá se enamorase de ti.

Gloria subió la persiana, abrió la ventana, movió la silla de ruedas de Camino para aproximarla a la luz y comenzó a peinarla, sin prisa.

—¿De verdad le dijiste eso a tu padre?

—¿Hice mal? —preguntó Camino, preocupada.

—No —respondió Gloria—. Todo lo contrario. Es muy bonito. Y te lo agradezco.

—Es que es verdad, mamá. No me extraña nada que te enamorases de él, aunque yo creo que cuando se lo dije le dio vergüenza, ya lo conoces.

Gloria la peinó, demorándose en cada pasada del cepillo. Camino sabía que su madre se relajaba peinándola. A veces, cuando ya había terminado, decidía de pronto comenzar de nuevo, deshacer lo que había hecho y cambiarle el peinado o hacerle unas coletas.

—¿Estás cómoda en la silla?

—Sí, mamá. Aunque todavía no la manejo muy bien.

—En cuanto venga papá te pasaremos a la cama.

—Me gusta mucho que papá me coja en brazos. Siempre hace como que se cansa.

—Es que se cansa de verdad, que ya no eres una niña.

—Dice que para él sí, que para él siempre seré una niña.

El hermoso pelo rubio de Camino convertía en oro el oscuro respaldo de la silla.

—¿La silla también os la han dejado?

—No, hija. La hemos alquilado.

—Yo lo que no quiero es ocasionaros gastos, mamá.

—Lo que tienes que hacer es ponerte buena.

—Si dentro de nada estaré fenomenal, ya verás.

Gloria continuó peinándola. La mañana se reflejaba en el hermoso pelo de su hija y, sin necesidad de mirar hacia la ventana, supo que la luz del día había cambiado.

—Mamá, ¿tú cómo te enamoraste?

—Ya te he contado alguna vez que salíamos en pandilla.

—Ya, pero ¿te enamoraste de papá nada más verlo?

—Anda, déjate de tonterías. Voy a ver si te puedo hacer dos coletas.

—¿Fue un flechazo?

Gloria estuvo a punto de decirle que sí, que había sido un flechazo. A Camino le habría gustado. No lo hizo.

—O sea, que no fue un flechazo.

—Ya sabes que yo no creo mucho en esas cosas.

—Así que tuviste que hablar con él.

—Claro. Siempre es conveniente, ¿no crees?

—¿Y qué pasó cuando hablaste con él?

—No lo recuerdo. La verdad es que hablamos muchas veces, ya te he dicho que salíamos en pandilla. Nos enamoramos con el tiempo.

—O sea, que no fue inmediatamente.

—No, hija, es muy conveniente conocerse.

—¿Para qué?

—¿Cómo que para qué? Para saber cómo es la persona de la que te enamoras.

—No sé, yo creo que el amor va antes.

—¿Antes de qué?

—Antes de todo.

—Tienes cada cosa...

—¿Tú no crees que alguien se puede enamorar de una persona en el mismo instante de conocerla?

—Ya te lo he dicho. Lo mejor es conocerse muy bien.

—¿Y los flechazos?

—Eso sólo pasa en las películas.

Gloria le recogió el pelo. Como si alguien hubiera corrido una cortina, el sol desapareció. Camino oyó inmediatamente la lluvia golpeando las aceras. Pensó que era una lluvia caliente, como la que recordaba de otras primaveras.

—Vaya —dijo Gloria—. Ahora le da por llover.

—¿Entonces cuando conociste a papá no te dio un pinchazo en el estómago? —prosiguió Camino.

—¿Un pinchazo?

—Eso es lo que se siente cuando te enamoras.

—¿Y cómo lo sabes?

Camino dudó. Hubiese sido feliz contándole a su madre que lo sabía porque había encontrado a su Príncipe en la Cuesta de Moyano, que quería volver a caminar para ponerse sus zapatos de cristal, que siempre que daban las doce tenía ganas de salir corriendo en su carruaje de calabazas, que cuando pensaba en Cuco —en Jesús— el estómago se le encogía y se le ponía al revés y no podía respirar y un calor que llegaba desde no sabía dónde le impedía pensar y que además tenía que ponerse buena cuanto antes porque Elena había cogido a su Príncipe de la mano en la foto del programa de teatro y ella tenía que hacer algo.

—No es que yo lo sepa, mamá. Me lo ha dicho Bego.

—No me digas que Bego se ha enamorado.

—No. A ella también se lo contaron.

Miró la foto de Nuria en la mesilla. Se sentía perdida. Echaba de menos a su hermana. Quería hablar con ella, ordenar los sentimientos, la pasión de los flechazos, el significado exacto de los pinchazos en el estómago y entregarle, además, las mil preguntas que tenía apuntadas.

—Seguro que Nuria también lo sintió. El pinchazo.

Gloria no respondió, concentrada en separar el pelo y en que ambos mechones tuvieran exactamente la misma cantidad de cabellos.

—Coletas no, mamá.

—Como quieras.

No podía imaginar a Cenicienta con coletas.

—¿Sabes de quién me acuerdo a veces? De Giusseppe.

—¿De quién?

—Del novio de Nuria.

—¿Tú crees que llegaron a ser novios? Mucho me parece.

—No estoy segura porque como él dejó de escribirle... Soñé con ellos mientras me operaban.

—¿Cómo has dicho que se llamaba?

—Giusseppe. ¿Por qué dejaría de escribirle?

—No sé, hija.

Gloria revivió el sonido de los desesperados timbrazos del italiano, las llamadas de teléfono a lo largo de un día que se parecía enormemente a éste. Había sido en primavera, y era sábado. Lo recordaba porque fue el fin de semana en el que, siguiendo la voluntad de Dios, Nuria pitó en la casa de Cercedilla.

—A veces me despertaba —continuó Camino—, y Nuria ya no estaba en la cama. Había bajado al buzón. Bajaba todas las mañanas y todas las tardes. Los domingos lo pasaba fatal porque no había correo y tenía que esperar hasta el lunes.

—Ya casi no me acuerdo.

—Claro, porque tú no dormías con ella. Me daba una pena...

—¿No estás exagerando?

—Estaba enamorada, mamá, ¿qué querías que hiciese? Cuando una está enamorada baja al buzón.

Gloria apenas recordaba el rostro del chico, pero siempre había tenido presente su forma de escribir, tan encendida, tan apasionada, tan llena de vigor. Estaba convencida de que las cartas que había guardado, las que Nuria nunca pudo leer, no envejecerían nunca. Rebosaban vida, amor. Las había leído una y otra vez. La pasión que desprendían llegó a marearla.

—Yo no quiero que me pase lo que a Nuria, mamá. Si me pasa eso me muero.

—Qué cosas tienes.

Obedeciendo una orden invisible, el viento giró hacia el Norte y los últimos restos de lluvia se estrellaron contra los cristales. De la calle les llegó el olor del aire húmedo. Camino pensó que estaba en otro lugar. Olía a tierra, a limpio. Gloria cerró la ventana.

—¿Por qué no la dejas abierta?

—Es que entra agua.

—¿Sabes lo que me ha contado Bego?

—Cualquier cosa.

—Me ha dicho que aún estoy a tiempo de hacer las pruebas para entrar en la obra.

—Y dale. Lo que tienes que hacer es descansar y recuperarte.

—Es que ya están haciendo el reparto. Garabato le ha dicho que me ponga buena pronto. Yo creo que eso es buena señal. ¿Te imaginas que me dieran el papel de Cenicienta?

—¿Cenicienta? Qué triste.

—Al principio sí, pero luego no porque encuentra al Príncipe. Claro, que si me quedo paralítica no podré hacerlo.

—No pienses esas cosas. ¿Y qué pasa con el club?

—Es que me aburro.

—No seas injusta. Me encontré con Milagros, la monitora, y me dijo que te echaban muchísimo de menos y que a ver cuándo volvías.

—Prefiero el teatro, pero si tienes mucho interés también puedo ir al club.

—Eso es cosa tuya. Eres tú la que tiene que decidir, aunque, si quieres que te diga la verdad, yo lo del teatro lo veo un poco precipitado.

—Qué va. Hoy me han dicho en rehabilitación que me puedo ir quitando el Somi poco a poco. Y papá me puede llevar en coche hasta el centro cultural.

—Podemos hablar con él cuando vuelva de viaje.

—Ya lo he hablado, mamá.

—Ah, bueno —dijo Gloria molesta—. Pues yo no soy nadie para meterme en vuestras cosas.

—Si no es eso, mamá. No quise decir eso. Perdona.

Gloria la besó.

—Anda, no seas tonta. ¿Quieres que mañana te haga las coletas?

—Bueno, si te apetece... ¿Qué me podría poner para estar muy guapa?

—Tú siempre estás guapa.

—Pero quiero estar más. ¿Tú qué te pondrías?

—Quizá un vestido nuevo.

—¡Claro, qué tonta, si tengo el vestido rojo que me has hecho!

—Si no te acordabas es porque no te gusta mucho.

—Que sí me gusta, mamá. Me encanta.

Gloria terminó de peinarla.

—¿Estás cansada?

—Un poco. Es que me roza el Somi.

—Venga, que ya te queda poco.

Le mostró un espejo. Camino se miró.

—Cada vez me parezco menos, mamá.

—¿A quién?

—A mí misma. Parezco otra.

—A ver si ahora vas a resultar una presumida.

—Tienes razón, mamá. No digo más que tonterías.

—Acuérdate de lo que hace Nuria cuando se mira al espejo.

Camino lo recordaba muy bien. Nuria había tapado la superficie del espejo con una imagen de la Virgen.

Bego se tocó la oreja y miró a Camino como se mira a un marciano.

—¿Y por qué hace eso tu hermana?

—No sé, porque lo que importa es el interior de las personas.

—Eso decís todas las guapas. Las feas necesitamos espejo, y si es mágico mucho mejor.

—Que tú no eres fea, Bego.

—No mientas, que vas derecha al infierno. Y tú en el infierno lo pasarías fatal porque no conoces a nadie.

—De verdad, que no eres fea.

—No, si los dientes los tengo fenomenales. Y me llaman Rompetechos porque tengo una vista de lince, no te digo.

Camino suspiró. La tarde entraba limpia por la ventana arrastrando sin querer el murmullo del tráfico y el canto de los pájaros.

—Tengo ganas de volver al colegio.

—No tengas prisa —le dijo Bego—. La Pingüi se ha vuelto loca. Ahora quiere que nos aprendamos la clasificación de todos los bichos. Y ya me dirás tú para qué me sirve a mí saber que el pulpo es un mamífero invertebrado ovíparo.

—Quizá algún día te sirva para algo.

—Claro, como voy a conocer a tantos pulpos en mi vida... ¿La silla ésta de ruedas la habéis comprado?

—No, es de alquiler.

—Pues es superchula.

—Sí, me encanta, no te digo. Si ves cómo se me pone el culo...

—¿Sabes lo que me ha preguntado tu madre? Que si estabas enamorada.

Camino intentó girar la cabeza hacia Bego. Sintió un dolor punzante.

—Tranquila, que no le he dicho nada, pero podías disimular mejor. También me ha dicho que por qué no me animo a ir al club. Los del Opus no se cansan nunca.

—¿Y vas a ir?

—Le he dicho que a lo mejor, porque estoy muy interesada por los huevos fritos. Porque ya iréis por el huevo frito, ¿no?

—Tonta.

—Desde que le dije en el hospital que hablaba con Jesús debe de pensar que soy santa, como tú. Como se entere de que Cuco es mi primo...

—¿Y qué pasa con el teatro?

—El viernes hacemos las pruebas definitivas.

Volvió a mirar la silla de ruedas.

—¿Y esto dónde se compra?

—En las tiendas de sillas de ruedas.

—Normal.

—¿Me has venido a ver a mí o a la silla?

—A ti, pero ahora que sé que tienes silla voy a venir más.

—Graciosa.

—Tú verás lo que haces, pero yo te insisto en que estás a tiempo de meterte en la obra.

Camino suspiró.

—Como no sea para hacer de armario...

—Pues haz de armario, qué más da. Yo una vez hice de árbol y no se me cayeron los collares.

—Los anillos.

—Bueno, que no se me cayó nada.

—¿Y cómo lo hiciste?

—Fenomenal. Nadie ha hecho de árbol tan bien como yo. Estuve quieta todo el rato porque Garabato me dijo que era un día sin viento. ¿De verdad que no te animas?

—Pero ¿no ves cómo estoy?

—Hecha una pena, pero a rehabilitación sí que vas.

—Porque me obligan, que no veas cómo me duele. Y me llevan y me traen en coche. Y con la silla de ruedas, claro. Imagínate qué lío.

—Pero el otro día también fuiste a Misa al hospital.

—Es que se lo había prometido a una de las monjas que me cuidaron. Pero lo pasé mal.

—Pues haz lo mismo: te lías la silla a la cabeza y en vez de ir a Misa o rehabilitación te vienes a teatro.

—No sé. Es que no quiero que me vea así.

—¿Garabato?

—No, ya sabes a quién me refiero.

—A Cuco.

—A Jesús.

—A él le gusta que le llamemos Cuco.

—Bueno, pues no quiero que Cuco me vea así.

—Estás fenomenal. Por mala que estés siempre estarás más guapa que yo. Tú coges el cuento y te aprendes cuatro frases del personaje que más te mole.

—El que más me mola es Cenicienta.

—Tienes que ver a Elena. No te la puedes perder. Cuando hace de Cenicienta es patético.

—¿Le va a dar el papel?

Bego se encogió de hombros.

—Yo qué sé. Es guapa, pero lo hace penoso. Cuando interpreta parece un cefalópodo en celo, sólo que en pijo. No es como tú.

Camino cerró los ojos.

—No te deprimas. Lucha por el papel. Levántate.

—Si ya lo intento, Bego.

—Voy a tener que ser tu representante.

—¿En serio?

—Y tanto. Les voy a decir a todos que vienes, para que ésta se acojone. Fliparon el día que estuviste allí. Pero me tienes que prometer que te vas a poner bien.

—Vale. Te lo prometo.

—¿Me puedo sentar en la silla de ruedas?

—Llevas con ganas de sentarte desde que has entrado.

—¿Me puedo sentar o no?

—Claro, si eres mi representante...

Bego se sentó en la silla. Empujó las ruedas.

—Esto no va.

—Quítale el freno.

—Hala, tiene freno y todo.

Tiró hacia atrás la palanca del freno y movió la silla a derecha e izquierda.

—¿Y el acelerador?

Camino sonrió.

—Elena está por Cuco, ¿verdad?

—Es que no me dejas disfrutar ni un minuto. Qué va a estar por él —dijo Bego chocando contra la cama.

Camino sacó de debajo de la almohada la fotocopia del programa del Centro Cultural.

—Si no está por él, ¿por qué le coge la mano?

—¿Esto tiene marcha atrás? —preguntó Bego sin prestarle atención.

—¿Está por él o no?

—A ver si el cefalópodo en celo vas a ser tú.

Camino comenzó a llorar.

—No me mientas, Bego. No me mientas. Yo sé que lo haces con buena intención porque eres la mejor de mis mejores amigas, y además eres mi representante.

Bego se levantó de la silla. Se acercó a la cama.

—Yo no hago nada con buena intención. No soy como tú. Y no te he mentido, que lo sepas.

—Sí que me has mentido.

—Pero poco. Te he mentido poco. Me has preguntado si Elena está por Cuco. Pues sí, está por Cuco.

—¿Lo ves?

—Pero eso no es importante.

—No lo será para ti.

—Lo verdaderamente importante es si Cuco está por Elena. Ése es el clic de la cuestión.

—El quid.

—Lo que sea.

—Y estará, ¿no? Con lo guapa que es...

—Pues no. Cuco no está por ella. ¿Te enteras?

—Eso lo dices para no darme disgustos.

—Deja de moquear.

—¿Está o no?

—Ya te he dicho que no.

—¿Y por qué se cogen de la mano? A ver, ¿por qué se cogen de la mano?

—Todos nos cogimos de la mano para hacernos la foto. Somos un grupo. Y estamos unidos. Si te fijas bien, yo le cojo la mano a Moja, y eso que no lo aguanto. ¿De dónde has sacado el programa?

—La madre de Jesús se la dio a la mía.

—La madre de Jesús es la Virgen María, y la madre de Cuco es mi tía.

—Bueno, pues tu tía se lo dio a mi madre.

—Vaya, vaya, las consuegras ya se van conociendo.

—¿Las qué?

—Las madres de los novios.

—Jesús no es mi novio. Cuco no es mi novio.

—Será porque no quieres.

—Ya sabes que yo sí quiero.

—Entonces es que te pasas de sosa, tía. Pero no me extraña, porque eres una santurrona y Cuco es muy raro.

—¿Ah, sí?

—Dice cosas raras.

—¿Como cuáles, a ver?

—Ya estás defendiéndolo y aún no sois novios. Si eso es como todo.

—¿Qué dice?

—Que le encanta tu pelo. Y que cuándo vas a ir al teatro de una puñetera vez.

—¿Te lo ha dicho en serio?

—No, me lo dijo riéndose. Pero es verdad. Yo conozco a los tíos.

—¿Y cómo son?

—Se enamoran como mulas y se les nota a la legua. Está por ti. Y quiere verte.

Camino se puso colorada.

—Anda, mira, ahora tienes mejor color —dijo Bego, irónica—. Pero aún no te he dicho lo más fuerte.

—¿El qué? —preguntó Camino ilusionada.

—Alucina. En Lengua tenemos que sabernos todas las clases y formas de los determinantes. Y ha dicho la Dolores que la que falle uno solo no pasa de curso.

34

El tiempo se fue haciendo más y más largo, y a medida que crecía perdía intensidad. Era un tiempo sin brillo en el que los días parecían acontecer solamente al otro lado de la ventana. La primavera se convirtió en sonidos: los pájaros, las rodadas de los coches, que se oían distintas con el asfalto mojado, los atascos a la hora de comer y el silencio nocturno que sólo interrumpía el camión de la basura. También cambiaron los olores. Madrid olía a las acacias bañadas de cuando en cuando por la lluvia y a un sol picajoso que jugaba a desaparecer de golpe. Caían cuatro gotas y se borraban entonces los relieves del cielo. Camino imaginaba a la gente corriendo, tapándose la cabeza apresuradamente con periódicos para resguardarse del aguacero, esperando bajo las marquesinas y los aleros de los tejados el final del chaparrón. En la silla de ruedas o tumbada en la cama miraba con envidia las nubes que a media tarde dejaban caer sobre la ciudad un agua caliente y contaminada. Luego Madrid se oscurecía aún más y Camino pensaba que llovía lejos. Llovía sobre el río, sobre los autobuses, sobre las bocas del metro, sobre parques que aún no conocía; llovía sobre centros comerciales, carreteras, vertederos, colinas, desmontes, estadios, polígonos industriales y urbanizaciones; llovía sobre las lonas azules que aún cubrían las piscinas y sobre oficinas que comenzaban a apagar las luces haciendo aún más triste el sonido sin vida de los teléfonos que ya nadie iba a contestar. La penumbra de la tarde instalaba en el aire de Madrid un reborde de tristeza en el que Camino pensaba sin saber por qué que las parejas se separaban, que los amantes soltaban sus manos y que la ciudad era un laberinto luminoso y vacío recorrido por el desamor; una ciudad que no la echaba de menos.

La noche llegaba siempre despierta, y el insomnio dejaba paso a un nuevo día que la lanzaba a las dolorosas sesiones de rehabilitación en el hospital. Se acostumbró a convivir con el dolor. A veces deseaba que le doliese lejos, como la lluvia, que el dolor saliera de su cuerpo para poder hablar con él y explicarle que debía irse porque tenía muchas cosas que hacer y no podía dedicarle más tiempo. Había sufrido el amor sin llegar a tocarlo. ¿Por qué no podía suceder lo mismo con el dolor?

Sacudida por el tesoro del dolor, Camino lanzó un grito. Un relámpago blanco se quedó un instante en su interior y luego se desvaneció, pero estaba segura de que volvería, de que el dolor no iba a abandonarla.

—Hija.

—Ya pasó, mamá.

—El dolor es un tesoro que no podemos desperdiciar. Y tenemos que ofrecérselo a Dios.

Ayudada por su madre, Camino movió levemente la pierna derecha.

—Por el Papa —dijo Gloria.

Intentó mover la izquierda.

—Por la Iglesia y por el Opus Dei.

—Me duele, mamá.

—Por los pecadores.

—Por los pecadores y por los niños sin bautizar. ¿Por qué no me pongo ya bien del todo?

—Qué bien sonríes sin ganas. Tengo tanto que aprender de ti...

—Siempre que entro en el hospital me siento desgraciada.

—La única desgracia es el pecado, mi vida.

Gloria sacó del bolso una estampa para la devoción privada de Josemaría Escrivá de Balaguer y la colocó en la mesilla.

—Él te acompañará cuando yo no esté.

Camino observó que su madre estaba pensativa.

—¿En qué piensas?

Gloria estiró la sábana.

—No es nada importante.

—Anda, mamá.

—Vale. Pues si de verdad lo quieres saber, estaba pensando en Don Miguel Ángel. Parece que no te hacen ilusión sus visitas.

—Claro que me hacen ilusión.

—Es que estaría bueno. Con lo ocupado que anda, y siempre saca tiempo para venir a verte. Ya se lo puedes agradecer.

—Sí, mamá.

Gloria trazó una cruz en la frente de su hija.

—Que Dios te bendiga y te haga santa. ¿Quieres que te haga una sopa?

—Bueno, si quieres...

—A ver si tengo la que te gusta.

—¡La de papá! —exclamó Camino.

—Ésa, ésa con la que jugáis a formar palabras en el borde del plato.

—La de letras.

—A ver si la encuentro. Pero no creo que papá pueda venir esta noche.

—Pues vaya.

—Y te voy a decir otra cosa: no me gusta que me mientas.

—Si no te miento.

—No te hace ilusión que venga Don Miguel Ángel.

—Nunca te miento queriendo, mamá. Es para que no te pongas triste.

Cuando su madre abandonó la habitación para hacer la sopa, Camino cerró los ojos e imaginó que estaba soñando. Condujo el sueño hacia el invierno. Soñó un invierno alegre, con Cuco. Ella iba sentada en un trineo y él, con manoplas, tiraba de la cuerda atada en la parte delantera para llevarla a un paraje desconocido en el que el sol fundía la nieve. Cuando la nieve desapareció surgió una playa de arena blanca abrasada por el sol.

—Cuco.

—¿Ya no vas a llamarme Jesús?

Camino comprendió que estaba soñando otra vez el sueño que había tenido durante la operación, el que se convirtió en pesadilla. Apretó más los ojos. Olvidó el invierno y prefirió soñar con Cuco en otoño, que era más romántico. Estaban en el Retiro. Se había hecho tarde, pero ninguno quería irse a casa. Subieron a una barca. El estanque era de cristal, y Cuco remaba sin dejar de sonreír, mirándola. No había nadie más. El Retiro se había quedado vacío. Sólo se escuchaba el chapoteo de los remos al golpear contra el agua y la amorosa mirada de Cuco, que creció en intensidad cuando levantó los remos, los introdujo en la barca, se sentó junto a ella y le cogió la mano. Lo hizo muy despacio. Mientras él sostenía su mano sin decir nada, Camino vio que el cielo se volvía rojo y que el mundo estaba en orden. Arrancadas por el viento, sobre el agua caían sin mojarse las hojas de los árboles. Olía a besos limpios. Camino se soñó sin su espantosa bata de quirófano. Llevaba puesto su vestido rojo, que resplandecía como una hoguera.

Dentro del sueño el estanque del Retiro se convirtió en un lago. No había fronteras. La ciudad era de agua. El mundo entero era de agua. Camino y Cuco navegaron hacia el sol.

—¿Por qué siempre hay que navegar hacia el sol? —preguntó ella.

—No sé. Porque es romántico —respondió Cuco.

—Camino, hija.

Soñó que la llamaban desde fuera del sueño, pero fuera del sueño no podía haber nada, así que no quiso despertar. Siguió navegando hacia el sol.

—Camino.

Cuco estaba sentado junto a ella, en la barca. La felicidad era dejarse llevar por la corriente hacia el sol, juntos.

—Camino.

Abrió los ojos, pero no despertó.

—¿No quieres cenar? —preguntó Gloria en voz baja.

La corriente invisible del lago los llevó hasta una isla. Antes de llegar, Cuco saltó a tierra y arrastró el bote hacia la orilla.

—Ven —dijo ofreciéndole su mano.

La playa de arena negra parecía aún lejana. El agua era oscura. No veía el fondo. Camino sintió miedo.

—Salta —dijo él.

Camino se sentó en la borda y se dejó caer al agua. Tocó de forma inmediata el fondo con sus pies desnudos. El agua apenas cubría sus tobillos, pero no llegó a sentirla. Jamás se había mojado en el agua que poblaba sus sueños. Cuco y ella avanzaron hacia tierra firme caminando sobre olas diminutas que parecían sostenerlos en el aire.

—Camino, hija.

Olía a sopa de letras. La sopa de papá. Camino sabía

que se encontraba en su habitación, donde faltaba la cama de su hermana; la cama de Nuria que sus padres habían bajado al trastero para dejarle más espacio sin sospechar que el espacio que le dejaban se había convertido en un agujero negro en el fondo de su corazón.

El olor de la sopa se mezcló con el de la ausencia de su hermana. Vio la silueta de su madre recortada contra la ventana, sosteniendo la bandeja. Camino cerró los ojos. Prefirió seguir con el sueño.

—Es una isla muy pequeña —observó Camino.

Cuco la miró, sorprendido.

—Por supuesto. Es una isla para dos. Para ti y para mí.

Él no había soltado su mano.

—Camino, cielo.

No supo si estaba dormida, pero no era Cuco quien la llamaba. La voz, tan real, era la de su madre. Camino no respondió. Siguió conduciendo el sueño mientras Gloria abandonaba la habitación con la bandeja en la mano procurando no hacer ruido.

Cuando abrió los ojos estaba sola. Hacía rato que había amanecido. Apartó el cuento de *La Cenicienta* que reposaba en su pecho, se levantó y abrió la ventana. Podía andar y no le sorprendía; ni le sorprendió tampoco el inmenso palacio de cuento que destacaba sobre los árboles del Retiro brillando bajo una luz danzarina y que parecía inclinar ante ella, en señal de respeto, sus torreones, sus banderas y sus almenas. Se miró. Seguía llevando su vestido rojo, así que todo era posible. Deseó luz de caramelo, y la luz viva de la mañana se hizo más dulce. Deseó música, y desde el patio de palacio le llegó una melodía que le recordaba bailes eternos con su Príncipe azul. Luego se oyeron unas campanadas. Una, dos, tres, cuatro... Camino se extrañó. A cada campanada la luz del día cambiaba y la acercaba a la noche. Eran las campanadas de Cenicienta. Tenía que reaccionar. Apretó los ojos y deseó que las campanadas cesaran. Y sucedió. Antes de que hubiera terminado de formular su deseo, las campanadas se detuvieron y la luz del cielo resucitó con un resplandor que parecía provenir de más arriba. El papel pintado de su antigua habitación comenzó a animarse. Recuperó el color perdido. El viento que traía la música le solicitó un baile.

—Con sumo gusto, caballero —respondió Camino a la brisa haciendo una elegante reverencia.

Bailó acompasando sus movimientos a los que había visto hacer a Cuco en clase de Garabato. Bailó por toda la habitación. La mañana era eterna. La vida era eterna. Su Príncipe era el almohadón de la cama, que giraba siguiendo sus movimientos. Una vuelta, otra, ahora nos acercamos, ahora te vas y regresas a mí. Así, caballero. Baila usted muy bien. Gracias, señorita. Su habitación era la sala del trono. La corte entera estaba pendiente de sus movimientos y de sus piernas, que parecían no tocar el suelo. Incluso el sol parecía sorprendido. Sentado sobre sus propios rayos se dedicó a mirarla, embelesado. Camino era leve y ligera como las plumas que comenzaron a abandonar el almohadón igual que una bandada de pájaros. Volaron sobre ella, llenaron el aire y terminaron formando sobre el suelo una delicada alfombra que flotaba sobre el parquet, sin tocarlo, igual que las hojas de los árboles que habían caído sin mojarse al espejo del estanque.

Camino bailó sobre la cama arropada por el vuelo de cientos de aves. Después, sin que los sirvientes de palacio pudieran impedirlo, su madre abrió la puerta.

—¡Mamá! —exclamó Camino, feliz.

Gloria se dirigió hacia ella, con prisa, recogiendo la habitación con su mirada.

—¿Tú sabes qué hora es, holgazana?

El sol desapareció. Los alegres pájaros se convirtieron en tristes plumas de almohadón. La sala del trono volvió a ser su habitación de siempre. Camino sintió el peso de sus piernas, que resumían el peso del mundo a esa hora extraña en la que los sueños desaparecen.

—Que si sabes qué hora es.

—Ay, si tengo que prepararme para las pruebas.

Gloria lanzó sobre la cama la funda de la almohada. Marcelino se escondió tras los libros. Camino miró a su madre, que era desproporcionadamente grande, o quizá ella se había hecho más pequeña, tan pequeña como los dibujos de los cuentos.

—¿Qué pruebas? ¿Para qué pruebas te tienes que preparar?

—Las pruebas para la obra de teatro, mamá.

—Tú no puedes ir a ninguna prueba. ¡El teatro! No estás yendo al colegio, has dejado de ir al club y ahora resulta que quieres ir al teatro.

—Pero yo creía...

—Tú creías.

Estaba sorprendida por el tono agrio de su madre.

—Pero ya casi puedo hacer todo, mamá.

—No seas tonta. No puedes hacer nada.

—Puedo caminar —dijo Camino.

—¿Tú? No digas tonterías.

—De verdad, mamá.

—¿No ves que estás paralítica?

—Ya no.

Gloria le señaló la silla de ruedas.

—¿Y eso qué es?

Desde la esquina de la habitación, la silla de ruedas le lanzó a Camino una mirada oscura y siniestra que absorbió la luz. Camino vio los hierros, las sujeciones, las bolsas de suero y de sangre.

—Que no, mamá, que ya no me hace falta, que ya estoy bien. Mira.

Movió torpemente las piernas y cayó al suelo, sobre las plumas. Siguió moviendo los pies, intentándolo, sabiendo que su esfuerzo nunca podría llevarla a ningún sitio.

Sentada en el sillón que habían traído del comedor, Gloria velaba el sueño inquieto de su hija con el mismo estremecimiento que había sentido al peinarla. Las marcas que la garra metálica había dejado durante la operación en la cabeza de Camino le recordaban, aunque intentara evitarlo, las heridas de la corona de espinas en la frente de Jesús. Su hija dormía con los brazos abiertos, su postura favorita porque así aflojaba un poco la presión que el Somi ejercía sobre su pecho. No había bajado la persiana del todo, tal y como Camino le había pedido, y por la ventana penetraba la difusa luz de la farola que le permitía ver a la niña, herida, durmiendo con los brazos en cruz, sosteniendo desmayadamente en su mano izquierda el rosario que le había prestado Marita el día de su cumpleaños y que con tanta devoción había rezado con Don Miguel Ángel esa misma tarde.

Cuando al final del rezo acompañó a Don Miguel Ángel hasta la puerta para agradecerle su visita, Gloria le dijo que su hija había tenido un sueño.

—Los sueños —dijo él sin darle importancia—. Los sueños de las niñas. Lástima que no podamos vivir siempre en esa pureza, ¿no crees?

—Pronunció el nombre de Jesús mientras dormía —le dijo Gloria.

Don Miguel Ángel sonrió beatíficamente.

—Y habló de una barca —añadió ella.

—¿Una barca?

—Dijo que iba en una barca. Con Jesús.

Don Miguel Ángel sacó la Montblanc, la apretó y miró el suelo.

—¿Dijo algo más?

—No. Atravesaron un estanque o un lago y luego llegaron a tierra. Camino tenía miedo, pero saltó al agua.

—¿Por qué?

—Jesús se lo pidió.

Don Miguel Ángel tuvo la impresión de que las baldosas del pasillo se levantaban sobre sí mismas y de que alguien había abierto una ventana o una puerta porque un viento helado, de tempestad, comenzó a soplar dentro de la casa.

—¿Le ocurre algo?

—Nada. Es que las corrientes no son buena compañía —dijo dirigiéndose a la puerta.

Gloria se extrañó. Había cerrado todas las ventanas de la casa.

A las doce de la noche Don Miguel Ángel aún sostenía la Montblanc en su mano. Había cenado sin ganas y luego se había retirado a su habitación. Desde su ventana Madrid parecía una ciudad más oscura, como si el fin de siglo estuviera a punto de cambiar la luz que tanto le había atraído cuando la visitó por primera vez. Se sentó. Su propio reflejo en los cristales le distraía. Apagó la luz y vio que en la penumbra las palabras de Gloria se convertían en imágenes. Un lago. Jesús. Una barca. Sucedió de madrugada. Bajo la luz de la tormenta el lago Tiberíades parecía mucho más extenso. La diminuta barca de pesca intentaba poner proa hacia las murallas de agua que levantaba el temporal. Los hombres habían plegado velas, pero la fuerza del viento los arrastraba lago adentro, lejos de la costa, y los pescadores gritaban desalentados profiriendo órdenes confusas, empapados, rendidos ante el vendaval que lanzaba sobre estribor un agua sin misericordia. Fue entonces cuando vieron avanzar hacia la barca una figura humana que caminaba sobre las aguas sin hundirse, sin mojarse siquiera, y sin que la formidable fuerza del viento llegara a mover sus ropas. Los gritos, que durante un instante habían cesado, volvieron a reproducirse; gritos que expresaban un inmenso terror a lo desconocido. Los hombres lloraban, suplicaban y oraban pensando que se habían ahogado, que ya estaban muertos. El fantasma se acercó a la barca.

—Soy yo, no temáis.

La voz era dulce. Era Su voz. Pedro se pasó la túnica por los ojos secándose el agua con un gesto brusco.

—Señor.

Sólo se oía el viento arrastrando la espuma hacia el interior del desierto. Los hombres se abrazaron unos a otros, aterrorizados. Conservaban la memoria de ahogados, de cuerpos hinchados y azules arrojados sobre la orilla.

—Es Él.

Pedro se levantó. Apoyó sus amplios hombros en el palo mayor, flexionó las rodillas y acomodó su cuerpo al vaivén de las olas que batían la barca.

—Señor.

Jesús lo miró. Sus ojos habían impresionado a Pedro desde el primer día. Un relámpago abrió el cielo. Los hombres se miraron. Rostros simples, ajados, descompuestos.

—Pedro.

Pedro se volvió hacia sus compañeros. Leyó en sus caras la fatiga y el miedo. Probablemente ya se creían muertos.

—Soy Yo, no debéis temer nada.

—Si eres tú —gritó Pedro—, mandad que yo vaya donde estás, andando sobre las aguas.

—Ven, Pedro —respondió Jesús.

Pedro se sintió solo. Miró la lejana costa, las aguas negras con las que en más de una ocasión había soñado. La barca viró sobre sí misma adentrándose aún más en el lago. Se escucharon más gritos. Pedro se deslizó sobre la borda y puso sus pies en el agua. La oscuridad tiró de él hacia el fondo tragándoselo, como si hubiese estado esperándolo desde siempre. Braceó boqueando, hundiéndose.

—¡Señor, salvadme!

Jesús le tendió la mano.

—Hombre de poca fe —le reconvino—. ¿Por qué has dudado?

Extendió sus brazos. La tempestad cesó. Un viento simple y constante los acercó a tierra.

—Verdaderamente tú eres el Hijo de Dios —dijeron los Apóstoles arrojándose a sus pies.

Don Miguel Ángel miró su pluma y sonrió. Le gustaba recordar con exactitud los pasajes de la vida de Jesús, recrearlos añadiendo hermosos detalles humanos: los rostros desencajados de los Apóstoles, los cuerpos hinchados de los ahogados, Pedro acompasando su cuerpo al vaivén de la barca. No tenía nada de extraño que la niña hubiera soñado con Él, con los Apóstoles y con la barca. Su madre se lo habría contado cien veces, y en el colegio era habitual que les narrasen los hechos de la vida de Jesús. Todo en Camino le resultaba limpio y extraño. Escribió en una cuartilla el nombre de Nuria. Era un nombre que también le resultaba limpio. La «n», con sus vertiginosas subidas y bajadas; la «u» acogedora y blanda como un valle apetecible; la «r» que juzgaba revoltosa, fuerte y quizá imprevisible; la «i» tan sola, tan sincera, tan diferente a todas; la «a» femenina y olorosa. Adivinó el nombre de Nuria en cada una de las letras. Siguió escribiéndolo dejándose llevar por él, tocándolo.

Incluso antes de despertar, Camino era consciente de que ya todo había sucedido. Su madre dormía en el sillón, las manos sobre el regazo, el cuello doblado hacia atrás en una postura cuya visión le causaba dolor. Sorprendentemente, la farola de la calle que siempre la había acompañado parecía haberse fundido. La habitación estaba más oscura que de costumbre. Aguardó, no quería despertar a su madre para decirle que no sentía la parte inferior del cuerpo. No iba a hacerlo a no ser que apareciera el Ángel Custodio. Transcurrió el tiempo, largo y silencioso. Un par de veces estuvo a punto de convencerse de que al fin iba a amanecer, pero no era cierto: la noche seguía adentrándose en sus propias horas, disfrutando de sí misma, hasta que Gloria, de pronto, lanzó un leve suspiro, movió el cuello con cuidado, lo frotó con la mano y se levantó muy despacio. Estaba a punto de alcanzar la puerta cuando Camino la llamó.

—Mamá.

—Vaya, ¿estás despierta?

—Mamá —le dijo Camino comenzando a llorar—. Mamá... No quiero que te preocupes, pero creo que nunca más volveré a caminar.

35

Aún no había amanecido cuando José llegó a casa y depositó con suavidad la maleta en el suelo del pasillo. Como siempre, echaba de menos los abrazos. Junto a la figura del Sagrado Corazón vio a Gloria envuelta en una penumbra que le resultaba enteramente nueva.

—José —dijo ella en voz baja.

Era el mismo tono de voz que había utilizado en aquella lejana madrugada en la que el pequeño Alejandro se había ido. Comenzó a temblar mientras se aproximaba a ella. Gloria encendió la luz de la cocina y José vio en sus ojos el milimétrico resumen del desamparo, el desconcierto, la resignación. Cogió a su mujer por los hombros, como si estuvieran a punto de bailar. Hacía mucho tiempo que no se acercaba a ella de esa manera.

—Es la niña —dijo Gloria.

—¡Papi! —gritó Camino desde la habitación.

José no pudo evitar que sus dientes entrechocaran. Miró hacia el cuarto de su hija. Aún tenía las manos sobre los hombros de su esposa, pero su corazón ya corría hacia Camino.

—¡Papá! —exclamó ella al verle entrar.

Tenía los brazos en alto, reclamándole. José la abrazó. El cariño de Camino, su amor infantil y entregado, se transformaba siempre en un calor inocente, de animalito o peluche.

—¿Qué sucede, hija?

—Son las piernas, papá. No puedo moverlas.

José sintió que toda la tensión de su cuerpo se concentraba en la parte superior. Apretó la mandíbula. Algo se partió dentro de su boca.

—Pero no quiero que os preocupéis —dijo Camino.

—Mi niña —dijo él intentando mantener la calma—. Ya verás cómo todo sale bien. Voy a llamar al hospital.

—Ya he hablado con ellos —dijo Gloria—. Me han dicho que puede ser normal.

—¿Normal?

Le sorprendió la violencia de su voz.

—No te enfades, papá.

—Si no me enfado, hija —mintió.

Apoyada en el quicio de la puerta, Gloria bajó los ojos, elevó los hombros y los dejó caer, suspirando.

—Nos han recomendado esperar un poco —dijo—. Quizá sea de la rehabilitación.

—Seguro, papá —intentó tranquilizarle Camino—. Es que no veas la paliza que me di ayer.

Gloria miró la nada. Se mordió el labio.

—A lo mejor podíamos llamar a tío Rafael —sugirió Camino.

La simple mención del nombre de Rafael incomodó a Gloria. Miró el suelo como si la idea ya estuviera descartada de antemano y buscara en la tarima una alternativa; pero José, en lo que él llegó a entender que quizá fuera la primera vez, ignoró la liturgia de las miradas, de los gestos y de los suspiros de su mujer, besó a su hija, se levantó y abandonó la habitación caminando con una seguridad que sorprendió a Gloria. Cuando pasó a su lado, ella apreció en sus ojos una determinación que remitía a otro hombre, al José que había sido antes de perderse dentro y fuera de sí mismo.

A medida que marcaba el número de teléfono de Rafael, José sintió cada vez más fuerte la presencia de su cuñado en la habitación. Sólo eran nueve cifras, pero en la cuarta Rafa se materializó en el salón y ocupó de nuevo el espacio que había perdido tras la separación de Marita. En la sexta, en el salón ya había tres personas: Gloria, él y Rafael. En la séptima, gracias a las incansables oraciones de su esposa, la imagen del Sagrado Corazón se unió a ellos.

Marcó el último número y aguardó. Rafael estaría durmiendo. No conocía su casa. Ignoraba si el salón quedaba lejos de la habitación o si tenía algún teléfono al lado de la cama. Desde la separación lo ignoraba todo. Por cobardía o por dejadez, incapaz ya de abandonar el juego en el que se había dejado involucrar, José había consentido en formar parte activa del pesado silencio que cubrió a su viejo amigo cuando decidió separarse de su esposa, abandonar su trabajo como cirujano y embarcarse en la incierta aventura de sentirse libre.

Aguardó. Pensó que el segundo tono de llamada duraba más de lo normal. Supo entonces, mientras el tono se alargaba, que en la habitación no había cuatro presencias. Había cinco. Rafael era en realidad dos personas. Para Gloria, cuya mirada no dejaba de sentir sobre su espalda mientras el segundo tono dejaba paso al tercero sin que nadie contestara, Rafael era el loco —por no decir otra cosa peor—, que había tirado su vida por la borda, aunque José intuía que con la palabra «vida» Gloria no se refería a sentimientos, anhelos o deseos; para ella «vida» significaba más bien la envidiable posición social que Rafael había disfrutado antes de desaparecer. Para José no; para él, Rafa seguía siendo el amigo al que admiraba en secreto por haber sido capaz de tomar la decisión de irse. Nunca se lo había dicho, pero jamás lo había olvidado. Echaba de menos aquellos largos paseos por la Castellana; los dos mucho más jóvenes; dejándose llevar por la amistad, arrastrados por ella; las confesiones en plena madrugada, los gin-tonic a destiempo y el cielo de Madrid reluciendo en rojo bajo estrellas que no podían ver. En Madrid todo es posible, dijo Rafa. Me parece muy bien, pero en lo que a mí respecta voy a mear, respondió José. Te acompaño. ¿Sabes qué?, preguntó José mientras comenzaban a orinar sobre la base de un árbol observados por una Luna inmensa que les pareció doble, triple, cuadrada. Lo único que sé es que te estás meando en el zapato, respondió Rafa. Bueno, vale, pero lo que te quiero decir es muy importante. ¿Que ya no eres del Real Madrid? No digas tonterías; que me gusta la hermana de Marita. ¿Gloria, te gusta Gloria? Sí, ¿qué pasa? Que estás loco, Pepe. Estamos, Rafa, estamos, respondió José.

Mientras sonaba el cuarto tono del teléfono se vio a sí mismo desde fuera, callado como siempre. Ya era presente, y el presente había terminado por devorar aquellas noches tan lejanas. Escuchó el quinto tono y se recordó cobarde, incapaz de defender a su amigo durante las sangrantes conversaciones que Marita y Gloria mantenían sobre Rafa. Y lo peor era que lo hacían delante de él, como si no existiera, como si dieran por hecho que no iba a pronunciar una palabra a su favor. Y José no lo hizo. Nunca llegó a hacerlo.

El quinto tono murió. Le resultó largo el silencio que llegó después. Lo rellenó pensando que, a pesar de todo, Rafael siempre se preocupó de enviarle a Camino un regalo para su cumpleaños.

Durante el sexto tono creyó escuchar la última conversación que había mantenido con su cuñado, desde el trabajo. De eso hacía ya mucho tiempo.

—Gracias por el regalo, Rafa.

—¿Le gustó a Camino?

—Tenías que haber visto sus ojos.

Rafa no respondió. Sí, tenía que haberlos visto; claro que tenía que haberlos visto, pero ni siquiera conocía a la niña.

—¿Sabes lo que echo de menos? —preguntó José.

—No.

—Mear en las farolas contigo, como antes, ¿te acuerdas?

Al otro lado del teléfono, Rafa sonrió. Claro que se acordaba.

—Dile a Camino que me llame algún día.

—Lo haré —replicó José.

Rafa evitó decirle que no era necesario que mintiera.

—¿Pepe?

—Sí. Estoy aquí.

—¿Le has hablado alguna vez de mí? —José dejó que su silencio respondiera por él—. Manda huevos que no conozca a mi sobrina.

Era la primera vez que Rafa se quejaba. José intentó una disculpa.

—Mira, Rafa...

No sabía qué más decir, y Rafa, consciente de ello, le ayudó cambiando de conversación.

—¿Ves a Marita?

—De vez en cuando.

—¿Sigue rezando por mí?

—Creo que te tiene en un altar.

—Qué peligro. ¿Y Gloria?

José no supo responder. Ignoraba si Rafa le estaba preguntando si Gloria también lo despreciaba o si, sencillamente, quería saber cómo estaba.

—Supongo que sigues haciendo Súper 8 —prosiguió Rafa dando por respondida la pregunta.

—¿Cómo?

—Que si sigues haciendo peliculitas con la camarita de cine, aquella con la que nos dabas el coñazo a todos.

—Claro —respondió José.

Se produjo otra pausa.

—Oye, Pepe...

—Dime.

—Nada.

Volvieron a quedar en silencio, como cuando eran más íntimos.

Oyó el sexto tono del teléfono, o el séptimo, o el octavo. Pensó que debía colgar. Rafa no iba a cogerlo. Quizá se hubiera cambiado de teléfono, o de casa, o de ciudad. La mirada de Gloria le quemaba la espalda. Se distrajo un instante pensando en los efectos químicos que la mirada de su mujer le producía. Primero había sentido frío; luego un calor que le indujo a pensar que Gloria deseaba que Rafael contestara el teléfono, aunque estaba seguro de que ella nunca lo reconocería.

—Sí. Dígame.

—Hola, Rafa, soy Pepe —respondió José apresuradamente mientras sentía de golpe el dolor por lo que no había hecho, por lo que no se había atrevido a hacer en los últimos años.

—¿Pepe? —preguntó Rafa sorprendido.

—Se trata de Camino.

Gloria abandonó el salón y los dejó hablar a solas; un gesto que José no esperaba y que agradeció sin mirarla.

Cuando colgó encontró a su mujer sentada en la mesa de la cocina, junto a la despensa, mirando un punto indeterminado que parecía instalado en algún lugar de la campana extractora. José se acercó a la ventana, se pasó la lengua por los dientes y apreció el trozo de muela rota. La presión de las mandíbulas le había partido el empaste. Hacia el exterior se abría un hueco áspero, profundo y recto como la espina de un pescado.

—Vamos a preparar las cosas de la niña —dijo—. Nos vamos al hospital.

Gloria se levantó. José, sin que su mujer pudiera verlo, escupió sobre la mano el trocito de muela. Lo tocó con el dedo. Era pequeño, muy pequeño, pero parecía mucho mayor a la luz del amanecer.

36

Todo sucedió vertiginosamente: el llanto sordo de Camino al recibir la noticia de que iban a ir al hospital, a uno nuevo nada menos; la mano de José sobre su frente intentando calmarla; Gloria preparando la maleta y Camino mirándola y sorbiendo las lágrimas que seguían fluyendo de sus ojos a pesar de que ya había dejado de llorar. Luego llegó la sorpresa de la ambulancia y el revuelo de la sirena con la que intentaron abrirse paso en los atascos matinales.

—Es sólo una prueba, hija. Solamente te van a hacer una prueba.

Camino miró a su padre.

—¿Y por qué no podemos ir al hospital de siempre, eh?

José desvió la mirada. No tenía respuesta, y su hija lo sabía. Estaba alterada. Gloria se había sentado junto a ella, agarrada con ambas manos al cinturón de seguridad.

—¿Por qué, mamá? ¿Por qué? ¿Por qué no podemos ir al hospital de siempre?

—Porque te va a ver un médico nuevo, que es muy bueno.

—¿Mejor que Fontela y que Crespo?

José volvió a pasar la lengua por el trozo de muela que se le había roto. Tenía ganas de llorar. La muela rota podía ser una buena disculpa.

—¿Mejor que Fontela y que Crespo? —volvió a preguntar Camino.

—Este médico es amigo de tu tío Rafael —dijo Gloria.

José, sorprendido, miró a su mujer. Hacía años que ella no pronunciaba el nombre de su cuñado.

—A ver si conozco por fin al tío Rafael —dijo Camino.

—Cuando salgas del hospital iremos a verlo —le prometió José.

—¿Y por qué no ha venido nunca por casa? —preguntó Camino a su madre.

Gloria miró a José, solicitando su ayuda, y él se sintió en la obligación de hacer algo porque estaba en deuda con ella, aunque sólo hubiera sido por haberlos dejado hablar a solas, por pronunciar de nuevo su nombre y por haberse referido a él como «tío».

—Rafa tiene muchas ganas de conocerte —dijo José cogiendo la mano de su hija—. Lo que pasa es que anda muy ocupado. Pero gracias a él nos va a recibir este médico.

—Entonces tendremos que ir a agradecérselo, ¿verdad mamá?

Gloria bajó la cabeza en un gesto que su marido y su hija interpretaron como un sí. Sí, tenían que ir a ver a Rafa para darle las gracias.

—Fenomenal, porque no sabéis las ganas que tengo de conocer al tío. ¿Y qué me va a hacer ese doctor? —preguntó Camino más calmada.

—Unas pruebas, ya te lo hemos dicho —dijo Gloria.

—¿Para qué?

—Para asegurarse —respondió José.

Camino estaba desconcertada. Era una conversación nueva para ella. Una conversación a tres en la que su padre y su madre se apoyaban mutuamente, sin esfuerzo, como si fueran un equipo, como si estuvieran unidos. Como si se comprendieran.

—Si después de todas las pruebas que me han hecho no están seguros...

—No sé, hija. Nosotros...

José no sabía muy bien qué decir. Agradeció la interrupción de Gloria.

—Oye, Pepe, ¿y cómo decías que se llama ese doctor?

—Bernaola —respondió José aliviado, mirándola directamente a los ojos.

—Sí que tiene nombre de médico —reconoció Camino—. ¿Se parece a Fontela?

—Al final todos los médicos terminan por parecerse —respondió José.

—Ya verás cómo te gusta —sentenció Gloria.

Camino sonrió. Estaba fascinada por la forma en la que sus padres habían vuelto a entenderse. Se sentía feliz. Le resultaba curioso y divertido que esa unión, esa decisión de hacer las cosas en común, de complementarse y comprenderse, se hubiera producido a bordo de una ambulancia que poco a poco dejaba de serlo: la ambulancia se había convertido para ella en un vehículo mágico dotado de poderes secretos que conseguían que los padres terminaran las frases que habían iniciado las madres, y que las madres concluyeran las frases de los padres, y que todos, madres, padres e hijos, llegaran a sentir y a desear lo mismo; y había algo más: la estrepitosa sirena no sólo servía para abrir paso, como pensaba la mayoría de la gente, sino que la sirena llamaba por su nombre al resto de los automóviles y les pedía por favor que se apartaran porque la ambulancia que la transportaba a ella no era una ambulancia común, cosa que por otra parte los coches ya sabían; la ambulancia era en realidad una caja que guardaba un regalo, un espacio misterioso que ya no pertenecía a la ciudad y que no se dirigía a ningún sitio porque ya no hacía falta: Camino ya había llegado donde realmente quería ir. Lo supo Cuco en su clase de teatro, lo supo Nuria y lo supo Bego porque las luces del techo del vehículo emitían en realidad un código cifrado cuyo mensaje, tan complejo en apariencia, podía descifrarse desde el cole y desde la casa de Pamplona. Había sido una tonta por no haberlo pensado antes.

—Hija.

Al oír la voz de su madre Camino abrió los ojos y volvió a sonreír. Observó que ya había amanecido, que se había quedado dormida, que ya no estaba en la ambulancia y que unas nubes que parecían puestas del revés bostezaban en el cielo. Dos hombres arrastraban su camilla hasta la entrada de urgencias. Su madre se aferraba a la parte delantera con su mano izquierda, como para asegurarse de no perderla. Papá caminaba tras ella. Al traspasar la puerta del hospital, las nubes fueron sustituidas por la pálida uniformidad del techo. Camino sintió frío, el mismo que cuando ingresó por primera vez en el anterior hospital, pero no era exactamente igual; el de ahora era un frío exclusivo, el que sólo se produce al entrar en un lugar que se teme. Era un frío desconocido que nacía del corazón, que brotaba de sí mismo y que se traducía en miedo. Miedo a las inyecciones, a la aguja que le quemaba las venas durante las extracciones de sangre. Recordó su anterior ingreso, el viento recorriendo los pasillos, las puertas que se abrían y cerraban. Se recordó expuesta en una cama en mitad de la nada. El miedo, cierto, serio e invisible, la hacía sentirse nuevamente desnuda. Se trataba de un miedo sin olor.

La camilla quedó instalada junto a la pared. Camino miró a su padre y lo vio perdido otra vez en un mundo de pasillos, salas de espera, sillas de plástico y máquinas de café. Distinguió en sus ojos ascensores que se abrían y que se cerraban, el zumbido de los fluorescentes en la angustia de noches interminables. Luego observó a su madre. Papá y mamá parecían distintos. Estaban juntos, y Camino quiso pensar que también estaban unidos. Seguramente su enfermedad servía para algo.

—¿Qué piensas, hija?

—Nada, mamá.

—¿Quieres que recemos a la Virgen?

Ni siquiera tuvieron tiempo de comenzar. El doctor que se acercó a ella no era calvo ni delgado. No se parecía en nada a Fontela. Era un hombre grueso de pelo blanco. Saludó a Gloria y a José. Luego se asomó a Camino, porque Camino, tumbada en la camilla, tuvo la impresión de que aquel hombre gigantesco —al que calificó inmediatamente de grotesco sin saber muy bien lo que significaba la palabra—, la miraba como si estuviera asomándose a un balcón.

—Soy Bernaola —dijo el doctor tendiéndole la mano.

La sonrisa del doctor era incluso más amplia que él. Tenía la bata abierta y le faltaba un botón. Camino estrechó la mano peluda y gordezuela que Bernaola le tendía y que para su sorpresa transmitía una determinación y una firmeza que la llenaron de calor. Se relajó.

—Pero como eres sobrina de Rafa puedes llamarme Paco.

Camino sonrió. Gloria también. Bernaola sólo comprendió la sonrisa de la niña. La de la madre no la supo interpretar a pesar de que estaba acostumbrado a hacerlo porque con el paso del tiempo había sido capaz de clasificar las sonrisas de las madres en sonrisas sumisas y conciliadoras, sonrisas irónicas y sonrisas temerosas, que eran la mayoría. La de Gloria no le encajaba en ninguna de las categorías.

Bernaola miró a José.

—Así que tú eres el famoso Pepe. Ya me ha contado Rafa vuestras juergas. Menudo pieza el Rafita. Yo lo quiero mucho.

Bernaola no esperó respuesta. Miró a Camino.

—Bueno, voy a hacerle un TAC a mi amiga.

Tocó el brazo de Camino en un gesto de confianza y se alejó sorteando con sorprendente agilidad enfermeras, médicos, celadores, enfermos, familiares de enfermos y las camas apiladas en los pasillos. Antes de desaparecer se giró, esquivó de nuevo camillas, enfermeros y pacientes y regresó al lado de Camino.

—No se te ocurra salir corriendo —le dijo muy serio.

Camino elevó hacia él una sonrisa amplia y sincera.

—La verdad es que lo he pensado.

—No me extraña —dijo Bernaola—. Yo también. Desde el primer día que entré a trabajar aquí. Pero debes confiar en mí.

Camino asintió. Le gustaba Bernaola porque hablaba como si sus padres no estuvieran delante.

—Y te pido perdón.

Camino estaba desconcertada.

—¿Por?

Bernaola metió las manos en la bata.

—Por hablarte como a una niña. Siempre les digo a los pequeños eso de no salgas corriendo, cosas así de tontas. Es para que se tranquilicen. Pero a ti no te hace falta.

—A lo mejor no, pero la verdad es que me he tranquilizado.

—Bueno, pues si funciona, fenomenal.

Bernaola comenzó a abrirse paso de nuevo entre las olas de pacientes que estallaban contra las paredes del pasillo. La marea de enfermos había crecido.

—¡Doctor! —gritó Camino.

Bernaola giró de nuevo su voluminoso cuerpo provocando el desconcierto entre los enfermos y llegó de nuevo hasta Camino. A pesar de que mantenía las manos en los bolsillos, el viento que penetraba por la puerta hacía ondear su bata, desplegándola, haciéndolo más ancho.

—Dime.

—No me importa que me traten como a una niña.

—De acuerdo, pero yo no puedo hacerlo. Por dos cosas. La primera es que ya eres mayor. —Camino, orgullosa, no le llevó la contraria—. Seguro que sabes la segunda —dijo Bernaola.

Camino miró a su padre y a su madre. Gloria deseaba que su hija conociera la respuesta.

—¿Sabes por qué no hace falta que te cuente esas cosas que les digo a los niños para que se tranquilicen?

—Porque estoy con usted y no debo sentir miedo.

—Exacto —replicó Bernaola convencido, bajando y subiendo la cabeza como si le pesara.

—Yo también debo pedirle perdón —dijo Camino.

—Aún no me has hecho nada —dijo de nuevo Bernaola asomándose al balcón.

—Sí que lo he hecho. Hoy he pensado que ya no creo mucho en la medicina.

Gloria y José se miraron. Fue el único momento en el que Bernaola supo interpretar de forma exacta la sonrisa de la madre. Había sumisión, desconcierto. Bernaola miró los ojos de Camino y se vio reflejado en ellos. Era hermosa la sensación de comprenderse. Sintieron que brillaban. Bernaola se incorporó y se rascó la cabeza como si no supiera qué hacer. Dos enfermeras le miraron. Era la primera vez que lo veían desconcertado.

El doctor se agachó y le habló a Camino al oído.

—No se lo cuentes a nadie o me quedaré sin trabajo. Y no sé hacer nada más.

Camino sonrió mientras Bernaola se alejaba, feliz por la imagen que había visto reflejada en los ojos de la niña. Ya no esquivaba a la marea humana que se agolpaba en urgencias; era la marea humana la que intentaba esquivarle a él apartándose a su paso como si el doctor, con su zancada sorprendentemente larga, fuera un buque gigante incapaz de variar el rumbo y, por tanto, de pasarlos por la quilla y de enviarlos al fondo del mar de urgencias, si es que eso existía.

—Papá —dijo Camino—. Tenías razón.

—¿A qué te refieres?

—A que Bernaola se parece a Fontela.

37

Camino sabía que estaba en un lugar diferente y que lo que estaba viviendo podía ser la continuación de su historia o quizá el principio de algo nuevo. Su alma también era distinta, como la actitud de sus padres. Cuando al fin la subieron a su habitación comprobó que la disposición de la cama y del cuarto de baño habían variado. Sucedía lo mismo con la ventana, con la luz y con el paisaje que ya no tenía ganas de mirar. Estaba cansada. Echó de menos las sombras que a esa hora de la mañana estarían recorriendo el techo de la habitación del otro hospital, las que sabía de memoria. Tenía un poco de frío, tenía miedo y, a la vez, sentía una enorme confianza en el médico gordo al que le faltaba un botón en la bata.

—¿Te gusta tu habitación?

Miró a su padre con dulzura.

—Papá, a nadie le gusta la habitación de un hospital.

—Ya, hija, lo que quería decir...

—Si te he entendido, tonto. Sí que me gusta. ¿Y a ti?

—Mucho. Gracias a Bernaola nos han dado una de las mejores. Y además estamos solos.

—Me acuerdo de la niña que estaba conmigo en la habitación del otro hospital. ¿Se pondría buena?

José recordaba levemente a la pequeña que había compartido habitación con Camino. La imagen que guardaba de ella era sobre todo la de sus padres, insistiendo en ver un programa de televisión con el volumen demasiado alto. Fue el día que hablaron con Nuria, el día que Gloria no le pasó el teléfono.

—No sé, hija. No he vuelto a saber nada de ella.

—Yo he rezado mucho para que se ponga bien.

José se sintió orgulloso de su hija, preocupada siempre por personas a las que apenas había conocido. Su hija era pura delicadeza. No sólo recordaba perfectamente a la niña sino que incluso había rezado por ella.

Camino miró hacia la ventana, frunció el ceño y cruzó las manos sobre el vientre.

—A ver —dijo su padre pacientemente—. ¿Qué te pasa?

—Nada.

—Cuando te pones así es que quieres preguntarme algo.

—¿Cómo lo sabes? —preguntó Camino maravillada.

—Porque tengo superpoderes.

—Qué tonto eres, papá.

—¿No te lo crees?

—Claro que sí —respondió Camino muy seria.

José dejó que Camino se tomase su tiempo antes de volver a hablar. Era hermoso estar juntos. Era hermoso no tener prisa.

—Papá, ¿si te pregunto una cosa me dirás la verdad?

—Depende.

—¿De qué?

—Del estado de mis poderes. ¿Qué quieres saber?

—Quiero saber si me voy a quedar paralítica.

—No, claro que no.

La tranquilizó el tono seco de su padre, que no hubiera dudado, que se lo dijera mirándola a los ojos y que no le hubiese dado mayor importancia a la pregunta. José estaba tan sorprendido como ella.

—Es que la habitación está muy bien, y todo eso, papá. Y Paco me cae fenomenal...

—¿Paco?

—Bernaola. Me dijo que podía llamarle Paco.

—Ah, ya.

—Pero quiero salir de aquí.

—Saldremos juntos.

—Eso me ha dicho también mamá. ¿Dónde está?

—En la Capilla.

—Necesito salir porque tengo muchas cosas que hacer. Quiero correr. Ponerme zapatos y correr otra vez.

José desvió su mirada hacia la ventana. No estaba seguro de poder aguantar la de su hija.

—Y tengo que hacer Cenicienta en teatro, ir a las barcas del Retiro, que al final resulta que nunca me has llevado, y no te lo digo como reproche, es sólo para que lo recuerdes.

—Iremos, te lo prometo —respondió José sin dejar de mirar la ventana.

—Y quiero hacer otra cosa muy importante.

Esperó que Camino se lo contara, pero no lo hizo. Transcurrido un segundo se volvió hacia su hija como si algo irremediable hubiera sucedido. La vio ruborizada. No se atrevió a preguntar nada.

—Antes de que se me olvide —dijo Camino cambiando de tema—, necesito un boli de cinco colores.

Los dos se relajaron.

—¿De qué colores? —preguntó José como si el problema le preocupara de veras, como si fuera el único que tenían.

—Qué cosas tienes, papá. Los colores de los bolis de cinco colores siempre son los mismos: rojo, amarillo, verde, azul y negro.

—Te compré uno hace poco.

—Ya, pero es que se me ha terminado el rojo.

—Te traeré otro.

—No hace falta. Compra sólo el recambio rojo, que los venden en muchos sitios. Y también quiero que cuando volvamos a casa mamá nos haga sopa de letras. Me hizo una la noche que me quedé paralítica, pero tú no estabas.

José tenía el estómago revuelto. Se pasó la lengua por el hueco de la muela rota.

—¿Y a que no sabes lo más importante? —preguntó Camino.

—Dime.

—Creí que tenías superpoderes y que podías adivinar las cosas.

—Los tengo —replicó José—. Pero no puedo abusar de ellos.

—Quiero ir a Viena, papá.

—¿A Viena? —preguntó José sorprendido.

—Es un secreto —respondió Camino sonriendo—. Por cierto, que me tienes que traer mi cajita para guardar secretos.

—Mañana mismo. ¿Te gustó la ambulancia?

—Mucho. Creí que iba a ser menos divertido. ¿Y a ti?

—Me encantó.

Gloria abrió la puerta como si la puerta no existiera, como si no hubiera nadie tras ella. Se sorprendió del aire limpio, blanco y festivo que flotaba en la habitación.

—Vaya. Hay que ver qué bien os lo estáis pasando sin mí. Vengo de la Capilla. Está preciosísima.

Dejó un libro sobre la mesa y le entregó a Camino el rosario que Marita le había regalado.

—Toma, hija, que casi se nos olvida en casa.

—Gracias, mamá.

Gloria se sentó en la cama. José volvió a tocarse la muela con la lengua. Pensó que tenía que llamar al dentista para pedirle hora. Camino apretó el rosario entre sus manos. Deseaba hacerse amiga cuanto antes del nuevo techo. Era un techo limpio, plano, seco. Prefería el del otro hospital.

—Nos hemos equivocado en una cosa, papá.

—¿En qué, hija?

—En los colores del boli. Hay veces que tienen seis. No hemos contado el morado.

—¿De qué habláis? —preguntó Gloria.

—Del boli, mamá. Del boli de colores.

Gloria asintió como si estuviera al tanto de la historia o como si no le interesara. Miró el rosario de Marita, desmayado en las manos de su hija, y supo que todo iba a acontecer rápidamente. Y así sucedió. Camino cerró los ojos. Volvió a cerrarlos al día siguiente, y al otro, y los abrió de nuevo, y volvió a abrirlos, y una mañana, cuando Camino entre dos sueños pensaba por casualidad en el color rojo que le faltaba en el boli, cuando ni siquiera se había acostumbrado al nuevo techo de su habitación, sintió que la cama se movía, y que la trasladaban hasta el escaparate que encerraba su vestido rojo y sus Converse. Se vio otra vez frente a la tienda, haciendo coincidir su cuerpo con el reflejo del vestido. Le quedaba perfecto. Cuco apareció a su espalda y ella se giró hacia él, y la falda levantó el vuelo adentrándolos en el mundo que habían soñado.

Despertó en mitad de un pasillo que olía a desayunos. Papá y mamá caminaban a su lado. Un hombre empujaba su cama. No la estaban llevando a la tienda. El vestido y las Converse tendrían que esperar. Revivió las sensaciones que había experimentado en su anterior viaje por el pasillo. Las ruedas de la cama saltando sobre la junta de las baldosas, la entrada en el ascensor, el adiós apresurado que dedicó a sus padres. Encomiéndate. El mundo que descubrió unos pisos más abajo estaba vedado al resto de los mortales. Camino dejó atrás el aire prensado del ascensor y pensó en el cielo sin relieve que aquella tarde, al salir del médico, la había acompañado hasta su casa. La planta en la que se encontraba estaba reservada exclusivamente para médicos y para enfermos. Imaginó que era un lugar oculto, que todos los hospitales tenían sitios como aquél: territorios escondidos en laberintos; estancias secretas que solamente los enfermos podían visitar. Se sintió una privilegiada. Entraba a un universo al que las personas sanas jamás podrían acceder.

La sala del escáner era grande. Hacía frío. El hombre situó la camilla junto a una máquina que se parecía sospechosamente al transportador molecular que Bego y ella habían visto en Mortadelo y Filemón. La máquina era un tubo, una puerta hacia lo desconocido, una amenaza horizontal que carecía de sentimientos y que era capaz de enviar los cuerpos a otras dimensiones de la realidad. A la izquierda, tras un cristal diseñado para soportar la falta de atmósfera, un tripulante que no parecía humano vigilaba atentamente todos sus movimientos, aunque Camino no pudiera hacer ninguno. Seguramente el frío que sentía llegaba desde el espacio exterior; quizá la mujer que se acercaba a ella fuese una replicante, una especie de robot infiltrado, difícil de distinguir incluso para los cazadores expertos.

Se aferró al rosario que su madre había colocado en sus manos. La replicante la miró con unos ojos muertos que transmitían la nada.

—Vas a tener que dármelo —dijo mirando el rosario.

La voz parecía humana. Camino oprimió el rosario contra su pecho. Era todo lo que tenía. Lo único a lo que podía aferrarse. Lo único que conservaba de su planeta.

La replicante intentó subir a Camino en la máquina. El dolor fue intenso, innecesario.

—Podemos llamar a alguien más para que nos ayude —propuso Camino.

La enfermera no respondió. Intentó otra vez colocarla

sobre la mesa. Camino se sintió sola, perdida en el espacio. Gritó.

—Venga, niña, no exageres.

—Es que peso mucho —dijo Camino evitando llorar.

—Yo sé muy bien lo que hago, guapa.

Le dolía la espalda y el cuello. Le dolía que la hubiesen llamado niña.

—Por favor —suplicó Camino.

La replicante colocó su brazo izquierdo bajo la cintura. Con el derecho intentó elevarle las piernas. Camino lanzó un gemido.

—Lo que nos faltaba —protestó la enfermera.

—Es que me duele de verdad. ¿Por qué no llamas a alguien para que nos eche una mano?

Intentó caer bien, ser simpática. Lo hizo en defensa propia. La enfermera la miró durante unos segundos. Todos los pacientes intentaban derrochar simpatía con ella. Todos los pacientes intentaban caerle bien. Todos los pacientes fracasaban.

—Quizá mi madre podría ayudarnos —insistió Camino.

—Lo que nos faltaba. Una fiesta familiar.

—Todos dicen que hay que moverme con delicadeza —suplicó Camino.

—¿No te muevo con delicadeza?

—Sí. Si no digo que no —mintió Camino—. Pero es que me duele.

—No exageres. Ya verás cómo podemos.

La replicante movió su cuerpo hacia arriba. Las piernas de Camino colgaban. El dolor, antiguo y conocido, se instaló otra vez en su interior y comenzó a recorrerla. Camino pensó que el dolor disfrutaba, que se frotaba las manos, encantado de volver a estar con ella.

—Por favor —repitió en un tono que de ninguna manera podía ofender a la enfermera.

Oyó su cuerpo cayendo sobre la plataforma de la máquina, aplastándose sobre sí mismo. Intentó no quejarse, pero no pudo.

La enfermera observó la respiración entrecortada de la niña. Era la primera vez que escuchaba un lamento que no había existido. Acomodó a Camino en la máquina transportadora espacial, con prisa, e intentó cogerle el rosario.

—Vamos, dámelo. ¿No ves que no puedes llevar nada?

Antes de que Camino pudiera entregárselo, la mujer se lo quitó de las manos. El brusco tirón lo partió en dos. Algunas cuentas cayeron al suelo.

—Mierda —dijo la enfermera agachándose para recogerlas.

—Perdona —dijo Camino.

La enfermera no respondió. Sólo su silencio era más desagradable que su voz.

El tubo la asfixiaba. El tubo le recordaba un ataúd. Tenía miedo de que alguien apagara la luz. Quería hablar con Nuria. La replicante guardó en el bolsillo las cuentas del rosario que había recogido del suelo.

—Ha sido culpa mía —insistió Camino—. De verdad que he intentado dártelo.

—Ahora no te muevas —le ordenó la enfermera.

—Es que es la primera vez que estoy tan enferma y no tengo experiencia. Lo siento muchísimo.

La enfermera había desaparecido.

—Perdón —dijo Camino mientras escuchaba cerrarse una puerta.

Estaba sola. Su voz le sonó oscura y desvalida dentro del tubo transportador que probablemente no iba a hacerle un TAC sino que en una fracción de segundo la transportaría a otro tiempo y a otro lugar. Cerró los ojos y deseó que ese tiempo y ese lugar estuviese ocupado por Cuco y por Nuria, y por Bego y por papá y mamá, y por el ratón Marcelino, por Garabato y Mr. Meebles.

La máquina, accionada por el humano que vigilaba los movimientos que ella no podía hacer, comenzó a zumbar. A solas en el interior de la caverna de metal Camino recordó con nitidez que la enfermera estaba mal peinada, así que seguramente no era feliz. Pidió por ella. El tubo le producía claustrofobia. Respiró hondo y deseó que todo acabara cuanto antes, aunque podía soportarlo. Podía aguantar lo que fuera siempre que no pensara en Elena. Y eso fue lo que hizo. Pensó en ella. Pensó en Elena y en Cuco, juntos, tomados de la mano. No pudo evitarlo.

—No te muevas, coño.

No supo desde qué lugar del espacio exterior le había llegado la voz.

38

Nuria miró los ojos de Inés. Siempre le había cautivado su color cambiante. Los ojos de Inés variaban de color para adaptarse al entorno, y Nuria pensaba que Inés era capaz de hacerlo en función de su estado de ánimo. Sin embargo, ciertas mañanas de invierno en las que Nuria esperaba encontrarse con unos ojos fríos y grises, Inés mostraba una mirada saturada de un verde primaveral que a Nuria la desconcertaba. En las calurosas y soporíferas tardes de verano, cuando el aire de la casa se hacía irrespirable y las horas no terminaban de pasar, los ojos de la Directora —a la que nunca había visto sudar—, presentaban un color de acero, de mañana temprana, de frío de ciudad pequeña. Nuria la había visto regañar con cariño a otras numerarias, y a pesar de que el enfado de Inés fuera un poco más que leve, sus ojos jamás habían mostrado indicios de turbiedad o de resquemor que Nuria, automáticamente, sin saber la razón, traducía siempre, automáticamente, a colores que deberían ser rojizos. Había días en los que durante las oraciones, o a lo largo de las charlas, o escuchando las simpáticas anécdotas que abarrotaban la vida del Padre, los ojos de Inés se transformaban en un punto negro que brillaba desde el centro de su propia energía y que le marcaban una expresión de furiosa ausencia. En sus ojos destacaba entonces un vigor oscuro que producía inquietud. Luego, instantáneamente, sin transición, sin que Nuria pudiera saber cómo, su mirada se tornaba plácida, azul, envolvente, comprensiva y cautivadora.

Inés parpadeó. Nuria retiró su mirada. Comprendió que llevaba mirándola demasiado tiempo o, al menos, el tiempo suficiente como para que su mirada se malinterpretara.

—Me han comentado que cuando sales a la calle te gusta detenerte a ver escaparates —dijo Inés.

A pesar de que había bajado los ojos, Nuria seguía viendo la mirada que la Directora había dispuesto para recibirla esa mañana. Una mirada amigable compuesta por varios colores. Existía en primer término un vacío de agua o de aire, un terreno neutro en el que detrás, al fondo, hervían tonalidades que no terminaban de concretarse y en las que Nuria reconoció tardes de verano y frío de provincias, como siempre, pero ni el calor ni el frío terminaban por imponerse y los ojos de la Directora seguían siendo ojos líquidos e indefinidos que captaban el color del cielo o el de la tierra o el de la persona que tuviera enfrente o el del tono de la conversación que se disponía a mantener, así que Inés parecía dudar entre un color u otro hasta que, decidiendo rápidamente por sí solos, sus ojos se volvieron antiguos, desleídos. Ojos sin sonido y sin color; ojos de película muda con los que miró a Nuria mientras pasaba la palma de la mano sobre la mesa, de derecha a izquierda, quitando un polvo que no existía. Inés sabía muy bien que Nuria había ayudado en la limpieza del despacho y que no cabía la más mínima posibilidad de que la mesa estuviera sucia, pero a pesar de ello se miró la palma de la mano, se frotó los dedos, los sopló y volvió a frotárselos.

Nuria estaba sorprendida. Miró la mesa, que recibía en ese instante una luz transversal que marcaba definitivamente las irregularidades de la madera y las motas de polvo que no podían existir.

—¿Te sorprende que haya quitado todos los papeles de la mesa? —preguntó Inés.

—No. Es buena idea —respondió Nuria.

Inés sonrió, y Nuria llegó a pensar que quizá se tratara de una forma sutil de darle las gracias por su idea, porque la conveniencia de recibir a las visitas con la mesa despejada provenía de Nuria o, más exactamente, de su padre, de José. Fue él quien le enseñó, durante los días en los que Nuria estuvo de becaria en CGS, que cuando una persona te recibe en tu despacho con la mesa llena de papeles lo menos que puedes comprender es que no va a prestar demasiada atención a tu asunto porque tiene otros muchos que resolver, pero si te recibe con la mesa vacía existe la posibilidad de que pienses que tu caso es único y de que a él va a aplicar toda la energía.

La mesa de Inés estaba tan vacía como sus ojos.

—Conviene despejar la mesa para recibir —recalcó la Directora.

Nuria asintió. No era la primera vez que proponía cuestiones que en días sucesivos le eran devueltas desde la superioridad como si no hubieran sido ideas de ella.

—Y así cada persona piensa que su problema es único. ¿No te parece?

Inés la miró esperando respuesta. No la hubo. La Directora dejó pasar un instante y luego movió el aire con la mano, disolviendo las palabras que acababa de pronunciar.

—Así que te gusta detenerte a ver escaparates.

Nuria no acertó a responder. Nunca le había contado a Inés en la charla fraterna que sí, que echaba de menos ver escaparates. La única que lo sabía era Camino. Se lo había escrito en la última carta. Estuvo a punto de preguntarle a Inés que cómo lo sabía, pero no lo hizo. No era necesario. Le vinieron a la memoria las cartas abiertas, las no recibidas, las llamadas telefónicas con Martina sentada junto a la puerta del locutorio. Recordó la conversación con la Pingüi en el colegio aquella noche en la que tras el portazo dejó de verla para siempre. Revivió el dolor de la monja, la incapacidad que manifestó al no poder evitar que ingresara en la Obra. Nuria seguía pensando en ella. Recordaba a la Pingüi como a una amiga. Le perdonaba que hubiera dudado de su vocación y de las verdaderas intenciones de las excelentes amigas que Nuria mantenía en el club. Le había preguntado si acaso ella, la Pingüi, que era religiosa, no sabía lo que significaba la vocación. La Pingüi calló para que el diablo no hablase por boca de los que más te quieren. La Pingüi quería mucho a Nuria. La Pingüi era el enemigo, el diablo, la tentación. Más tarde llegó el portazo de Nuria, la certeza de que nunca más volverían a verse. Los acordes de la canción de Cat Stevens quedaron pendientes para siempre.

—Nuria.

No oyó a Inés. Nuria pensaba en la cantidad de veces que la Pingüi, de joven, habría estado sentada frente a alguien como la Directora.

—Nuria.

Alguien que le habría dicho que era la elegida, que tenía vocación. Alguien que también le habría preguntado por los escaparates.

—Nuria.

—Perdona, Inés —dijo al fin, mirándola.

Los ojos de la Directora eran diferentes.

—No pasa nada. Es normal que te guste ver escaparates —dijo Inés sonriendo con unos ojos intensamente verdes—. Mira tú por dónde ya tienes otra pequeña cosa que ofrecer; otra oportunidad para decirle al Padre que le quieres y que estás dispuesta a todo por él.

—Tienes razón, Inés —dijo Nuria bajando la mirada.

—El otro día tomaste un taxi.

Nuria no pudo evitar un gesto de asombro. La semana pasada había cogido un taxi para hacer un recado urgente. Tenía prisa, aunque más bien era la Obra la que la tenía. Y llovía a chaparrón. Eso era todo. Miró a Inés fascinada. El taxi le pareció tremendamente importante. Lo más importante de su vida. Había tomado un taxi.

—No me parece mal, pero ¿sabes lo que suelo hacer yo? —preguntó Inés con dulzura.

Nuria no seguía la conversación. ¿Cómo había sido posible que Inés se hubiera enterado de que ella había tomado un taxi? Nadie lo sabía. Nadie, excepto Martina.

—No recuerdo muy bien si me contaste lo del taxi en la última charla que tuvimos —dijo Inés dando a entender que no, que no se lo había contado en la última charla que habían mantenido y preguntándole sin llegar a hacerlo que por qué no se lo había dicho.

Inés parecía hablar sola, o eso pensaba Nuria, que estaba dispuesta a reconocer que sí, que había cogido un taxi, que tenía prisa; llovía y debía resolver un asunto urgente para la Obra. Volvió a verse a sí misma el día en el que bien pasada la mañana informó a Martina en el planchero que había ido a entregar una carta urgente. Nuria nunca había entendido las misteriosas urgencias y, sobre todo, el que las cartas tenían que entregarse siempre en mano, evitando utilizar el correo. Martina, según recordaba Nuria, no le había dado la más mínima importancia al asunto del taxi, pero al parecer se lo había comunicado a Inés. Sintió que había sido una tonta. Las conversaciones confidenciales con otras numerarias estaban prohibidas para evitar lo que se conocía como «amistades particulares». La información que Nuria compartió con Martina había llegado a la Directora y ahora volaba ya por delegaciones, Consejos Locales y Asesorías. Nuria se sintió desnuda. Había cogido un taxi. Se sentía sucia. Había cogido un taxi y había mirado escaparates.

—¿Sabes cómo llamaba el Padre a esas charlas personales con tus hermanas? —preguntó Inés.

«Desaguadero», pensó Nuria.

—Desaguadero —dijo Inés.

—Verás, Inés...

—No es necesario que digas nada.

La Directora reposó en Nuria sus ojos azules y se reafirmó en lo que había pensado al verla cuando entró en la casa. Nuria no era carne de charlas fraternas, aunque le había sorprendido el esfuerzo que había hecho para confiarle sus más íntimos pensamientos y dejarle asumir su dirección espiritual con el convencimiento de que ella, Inés, su Directora, guiaría sus pasos para que Nuria viviese con absoluta corrección el espíritu de la Obra. La base de todo ello era la sinceridad, abrir el corazón sin titubeos, sin rodeos.

—No es que tenga mucha importancia, pero lo que de verdad me sorprende es que no me lo hayas contado.

—Lo siento.

—Estoy segura de que recuerdas las cuatro «ces» que recomendaba el Padre para hacer una buena charla.

—Claro. La charla fraterna debe ser clara, concreta, concisa y completa.

Inés volvió a pasar la mano por la mesa.

—Y con escaparates y taxis, si es que los hay.

Los ojos de Inés se tornaros castaños. Nuria estaba avergonzada. Había dejado pasar más de una semana sin haber solicitado un encuentro.

—No tienes que esperar a ser buscada, Nuria.

—Lo sé. Y lo siento.

Los ojos de Inés cambiaron de color. Ojos grises. Nuria bajó la vista de nuevo.

—Voy a contarte algo —dijo Inés—. Yo no tomo taxis. ¿Sabes lo que hago?

Nuria recordó que ya se lo había preguntado.

—Vas en autobús —se apresuró a responder.

—Sí, cojo el autobús —confirmó Inés con una sonrisa que intentaba disimular lo molesta que se encontraba por la interrupción de su discurso—. ¿Y sabes lo que hago siempre en el autobús?

Nuria lo sabía, pero negó con la cabeza. No quería volver a interrumpir.

—Voy siempre de pie, aunque haya asientos vacíos.

Nuria abrió los ojos, sorprendida. Era una idea que también había partido de ella.

—¿Qué te parece?

—Es hermoso, Inés.

La Directora sacó del cajón un saquito de tela y se lo entregó. Nuria lo guardó en el bolsillo, agradecida.

—¿Y de tus compañeras qué me cuentas?

—Yo las veo a todas muy bien —respondió Nuria con alegría.

—Ya sabes que debes contarme cualquier cosa que hayas visto.

Sus ojos eran cálidos, cariñosos, marrones.

—Cualquier cosa que hayas visto o que te hayan comentado.

Inés aguardaba. Nuria se vio obligada a decirle algo, aunque fuese inventado.

—Bueno...

—Dime.

—No es nada importante, pero el otro día comentamos que nos gustaría escuchar algo de música.

Inés levantó las cejas y giró la cabeza hacia la derecha, como si le fuera necesario concentrarse en el borde de la mesa. Se tocó la frente.

—Quiero decir que los domingos, o después del estudio...

—Ya —interrumpió Inés.

—Yo no creo que nadie vaya a perder la vocación por eso —aventuró Nuria discretamente, casi sin voz.

—La vocación nos la concede Dios, y no se pierde nunca —dijo Inés sonriente y conciliadora—. Si acaso, se tira por la ventana.

Se levantó y abrió la puerta. No tenía nada más que decirle. Nuria se despidió de unos ojos que de nuevo habían perdido el color y se alejó por el pasillo apretando en el bolsillo la bolsita que Inés le había entregado.

Martina aguardaba en la puerta, pero la Directora no la mandó pasar inmediatamente. Necesitaba un minuto para pensar. Don Miguel Ángel tenía razón. Nuria era especial. Ni siquiera la blusa blanca y la chaquetita de lana gris verdosa podían atreverse con su belleza. La chica poseía un estilo que era nuevo, atractivo, natural. Martina aguardaba en la puerta, y siguió aguardando mientras Inés hablaba por teléfono, sin prisa. Martina aguardó mucho más tiempo, tocándose el labio, hasta que Inés la invitó a pasar. Cuando se sentó frente a la Directora supo que Inés no tenía ganas de hablar con ella y que muy pronto habría novedades en la casa, pero no lo demostró; siguió tocándose el labio como si fuera lo único que pudiera hacer ya en la Obra.

39

Antes de que Bernaola hubiera terminado de examinar las pruebas que le habían realizado a Camino, José y Gloria se miraron. Él quería coger su mano, recibir juntos la noticia, pero no lo hizo. No se atrevió a hacerlo. José intuía que las cosas no iban bien, que el hombre que tenía delante, el que iba a decidir el destino de su hija y el de ellos mismos, era un hombre que carecía de dudas. Y eso es lo que más le aterrorizaba: que Bernaola, sumergido en sus pensamientos, consultando de nuevo los resultados del TAC y de las radiografías con su bata blanca a la que le faltaba un botón, no tuviese ninguna duda. Y no la tenía. Bernaola no estiraba el tiempo porque dudase. José estaba seguro de que lo hacía porque aún no quería contarles la verdad. Bernaola se estaba preparando. Demoraba el momento en el que tendría que enfrentarse al matrimonio que aguardaba sentado a su izquierda; él con la cabeza hacia abajo y las manos sobre los muslos; ella, nerviosa sin demostrarlo, sostenida por su propia fatiga, anclada al bolso como a un oscuro salvavidas; la falda por debajo de la rodilla, la blusa de rayas, la chaqueta marrón, los zapatos negros, el crucifijo colgando del cuello. Esperaban el diagnóstico sentados en dos sillas. Estaban juntos, pero a la vez los separaba un mundo de color. Gloria y José eran muy diferentes. Bernaola observó el rostro de José, tan serio, tan distinto al que había imaginado por los relatos de Rafael. Su expresión nublaba a ratos su traje de color crema, su camisa blanca y su corbata; Gloria, sin embargo, miraba sin mirar, recreándose en sus propias sombras, ausente de la habitación, perdida en un mundo de secretos, peticiones y oraciones que se evaporaban de forma invisible y que finalmente atravesaban limpiamente el techo para desaparecer en el aire de Madrid. Bernaola también había rezado alguna vez, pero sus conversaciones con Dios eran menos profesionales. A él le gustaba abrir caminos nuevos para acercarse a Dios, descubrir nuevas rutas, lejanas siempre de las autopistas recomendadas por el Santo Padre. Comprendió más que nunca a su amigo Rafa y los motivos que le habían llevado a abandonar un mundo que en verdad no le correspondía. Le extrañó que no lo hubiera hecho antes. Luego intentó concentrarse. Para las familias, esperar era sufrir. Y hacer sufrir no era su oficio.

—Cómo es posible que no lo vieran —dijo al fin Bernaola mostrando el TAC.

Su mirada estaba mucho más allá de las pruebas y de las radiografías que marcaban los huesos de Camino, una niña que le había sorprendido por su belleza y por su tranquilidad.

—Cómo es posible. Es imperdonable —repitió para sí.

Le sorprendió no haber hecho el típico preámbulo. Convenía. No era la primera vez que tenía que dar malas noticias. Él mismo había impartido años antes cursillos a los médicos jóvenes para que aprendiesen a comunicar a los pacientes lo que ya no tenía remedio, pero el diagnóstico de Camino le cogió desprevenido.

—Está aquí —prosiguió marcando con un boli un punto que no destacaba en un plástico azul oscuro, repetido, plano—. Está aquí, deberían haberlo visto.

Les mostró de nuevo el TAC y señaló con un bolígrafo

algo que solamente él podía ver. El TAC tembló. La mano de Bernaola también. Se oyó el sonido de la lámina al doblarse. Bernaola la enderezó y la puso contra la luz. Volvió a oírse un sonido plástico. José no se fijó en la desordenada agrupación de células en el cuello de su hija. Solamente veía el Pilot azul con el que el doctor golpeaba la radiografía.

—Aquí.

El Pilot azul. El tumor. José recordó que tenía que comprarle a Camino un boli rojo. Un recambio. Un recambio rojo para un boli de cinco colores.

—No lo entiendo —dijo Bernaola golpeando otra vez el plástico—. Con todas las pruebas que le han hecho...

No, no era un boli rojo, pensó José mientras cogía la mano de su mujer. Camino le había pedido solamente un recambio porque los otros colores aún no se le habían terminado. Sólo necesitaba un recambio. Un recambio rojo. Apretó la mano de Gloria. El despacho tenía un regusto a tabaco viejo. Bernaola fumaba a escondidas. Se miró a sí mismo: su traje de color crema, su camisa blanca y su corbata.

—El tumor está aquí —dijo el doctor como si señalara un tesoro.

El tumor. Un tumor. Un recambio rojo para el boli. La mano de Gloria. Camino. El corazón latiendo lleno de calor. José sintió que abandonaba su propio cuerpo. No lo sintió; era real. Se dejó ir por el ritmo de las palabras del médico y las persiguió por el aire del despacho sin darse cuenta de que él solamente era un cuerpo sentado en una silla, o de que al menos debería serlo; pero su cuerpo se quedó atrás, abajo, sentado, sosteniendo la mano de Gloria mientras él, convertido en una maraña de nada, comenzó a flotar alejándose más y más hasta el techo que ya no existía, hasta un punto de luz que le dio pavor y entonces, haciendo un esfuerzo supremo, temeroso, transformado en puro pensamiento, intentó descender hasta sí mismo, hasta el cuerpo que era el suyo y que permanecía sentado en la silla. A pesar de que apreciaba en sus más pequeños detalles su traje de color crema, su camisa, los poros de su piel y su corbata, no le resultó fácil. Todo era cierto. Todo sucedía. José se alejaba. Se iba para siempre, aunque siempre ya no significaba nada. No podía consentirlo. Camino le necesitaba. Se aferró con ambas manos a las palabras de Bernaola, que seguían ocupando el aire antes de desaparecer, y descendió por ellas como si fueran sólidas. Los dedos crispados y dormidos apretaron cada sílaba, y José tiró hacia abajo para no dejarse ir, luchando contra una corriente invisible hecha de aire, tensando los músculos de los brazos. Las palabras estaban vivas y eran densas. Bajó por ellas, y a punto de que le estallaran los hombros logró descender hasta el cuerpo que le seguía aguardando en la silla. Cuando se introdujo en su traje crema apretó la mano de Gloria con más fuerza. Gloria le miró. José estaba asustado. No estaba seguro de que ella no le hubiera visto subir, bajar por las palabras de Bernaola e introducirse de nuevo en el cuerpo que había abandonado. Se tocó. Comprobó que era cierto que estaba sentado en la silla. Se tocó otra vez y se ajustó la corbata. Su cuerpo volvía a estar allí, pero quizá no fuese el de antes. Observó los restos de su alma revoloteando aún por la habitación. Le resultaba difícil respirar. Haciéndose cargo del sorprendente peso de su propio cuerpo se levantó y se acercó a la ventana. El mundo exterior seguía en pie ajeno al dolor y a la voz de Bernaola, que le llegaba desde muy lejos.

—Y la presión sobre la médula...

Era como si otra vez hubiera salido de sí mismo. Las palabras se escribieron solas en el aire. Presión. Médula. Tumor. Imaginó a su hija como un simple conjunto de sustantivos o como la base de una lección de anatomía.

Pero Camino era mucho más que eso; Camino era su risa, sus abrazos calientes, su olor fresco, sus secretos y, sobre todo, Camino era las cosas que aún le quedaban por hacer: ir a Viena, remar en el Retiro, correr haciendo sonar los zapatos, ver escaparates con su hermana e interpretar Cenicienta.

—Eso es lo que provocó la fractura de las vértebras...

José pensó que, al margen de la radiografía, su hija era un secreto que solamente él conocía. Sonrió de pura ternura hasta que se dio cuenta de que su sonrisa podría parecer de autosuficiencia. Había sonreído a destiempo, y Bernaola lo había visto, pero no se sorprendió. El doctor ya había visto de todo en aquel pequeño despacho. Su trabajo no era juzgar. Miró a José, que se encontraba en el momento exacto en el que se cruza la extraña frontera que existe entre la sonrisa y la seriedad, y comprendió que José se estaba protegiendo, que amortiguaba el diagnóstico pensando en la pequeña, haciéndola crecer, convirtiendo en insignificantes palabras tan rotundas pero tan ambiguas como tumor. Y era cierto. Bernaola tenía razón. José también. Y Gloria, que se había quedado recluida en sí misma. Camino no era solamente lo que mostraban aquellas placas, por más que la medicina se empeñara. Camino era las cosas que no se habían contado. José nunca le había hablado a su hija de cuando era pequeño y se abandonaba por las tardes a las apasionantes aventuras del Capitán Trueno, del Jabato y de Hazañas Bélicas. Estaba pensando tonterías. ¿A qué venía eso ahora? Cuando miró a su izquierda comprendió que había alguien a su lado. Era él mismo. Tenía la edad de Camino. Se parecían. El tiempo se había comprimido. Y sus pulmones. Comenzó a respirar mal. Todo era cierto. El mundo era de verdad. Y en ese mundo real, mientras Bernaola hablaba de los auténticos motivos de la paraparesis que Camino sufría, José pensó que debía existir algún modo de volver atrás, de reparar los errores. No haber llevado a Camino a remar al Retiro, no haber comido más sopas de letras con ella; las palabras que no habían formado en el borde del plato y que tal vez ya nunca podrían hacer. Le dolía no haberle dicho todo lo que había callado, y que no sabía muy bien en qué consistía, pero que era tan sencillo como que él no había dejado de ser un niño, como ella, y que su mochila del cole aún estaba repleta de sueños y que su infancia, gracias a ella, estaba cada vez más cerca.

—Y eso es lo que la paraliza —dijo Bernaola—. Tenemos que operar.

José apretó la mandíbula. Se pasó la lengua por el descomunal hueco que se había formado en la muela y que, a medida que la tocaba, carecía de sentido al igual que la mesa, la silla, el calendario, la ventana, los autobuses. El mundo le sobraba.

Miró a Bernaola como si no lo conociera.

—Tenemos que operar, José —repitió el doctor esperando una reacción que tardaba en llegar.

—¿Cuándo? —preguntó Gloria.

—Inmediatamente.

José asintió. Pensó en Murcia, en León, en Guadalajara, en Almería, en Coruña. Pensó en las horas perdidas en los viajes y también en el autobús que se había llevado a Nuria. Pensó en todo a la vez. Cogió a su mujer de la mano, como si tuviera que hacerlo. La mano de Gloria estaba caliente, un calor que asoció sin querer al que había sentido la primera vez que la besó, bajo el paso elevado de Cuatro Caminos. Volvió a besarla dos días más tarde en Moncloa, junto a la parada de los autobuses de Aravaca.

—Tenemos que operar cuanto antes —repitió Bernaola.

Gloria y José se miraron. Se vieron mayores. El tiempo se había fugado por las rendijas, como si fuera agua. José se pensó hecho de tiempo, ligero y pesado a la vez. Nuria no estaba. El pequeño Alejandro había muerto. El Scalextric de Cuatro Caminos ya no existía. Ni siquiera estaban seguros de que los autobuses de Aravaca siguieran saliendo del mismo sitio. Lo único que sabían es que Camino necesitaba un recambio para un boli rojo. Y que tenía un tumor en el cuello.

40

Camino lloró porque la tenían que operar de nuevo; lloró porque no entendía la razón por la que tenía que seguir tumbada en la cama del nuevo hospital, conectada al suero y bajo la presión de un Somi que ya parecía eterno. Lloró porque era por la tarde, o por la mañana, o quizá porque había llegado la noche sin que ella se diera cuenta; lloró porque quería ponerse los zapatos, estar con Cuco ensayando Cenicienta, ir al Retiro. Lloró porque intuía que las piedras que la ayudaban a cruzar el río habían desaparecido y nunca alcanzaría la otra orilla. Lloró pensando en las inyecciones, en las nuevas pesadillas que vendrían con la anestesia. Lloró pensando en Bego, a la que ya le habrían dado la noticia de que tenían que operarla otra vez, y lloró por Cuco, que jamás llegaría a tomarla de la mano. Lloró porque no estaba Nuria para que le subiera la persiana y porque ya no tenía confianza en la Virgen, a la que le había pedido que la sacara del hospital cuando terminaran de hacerle las pruebas. Y eso no había sucedido. Quizá había hecho algo que la hubiera ofendido, pero no lo recordaba. Siguió llorando hasta que vio la tristeza en los ojos de su padre, sentado junto a ella en la cama.

—No llores, hija.

Camino le apretó la mano, sin mirarle.

—¿Qué te he hecho yo?

—¿A qué te refieres, cielo? —preguntó José, sorprendido.

—Dime, dime lo que te he hecho.

Comprendió que su hija no hablaba para él, ni para Gloria, que apenas había abandonado la Capilla desde que Bernaola les dio la noticia de que a Camino habría que volver a operarla.

—Si no te he hecho nada, ¿por qué me castigas?

Gloria abandonó el cabecero de la cama y se sentó junto a su hija, que tenía la vista clavada en un techo pálido como su rostro y que se sorbía los mocos y las lágrimas como si nadie la mirara.

—No debes hablar así con la Virgen, hija.

—Pero ¿qué le he hecho yo? ¿Podéis decírmelo?

—Tranquilízate, cielo —dijo José.

—Pero es verdad lo que digo. Es verdad, papá. ¿Qué he hecho yo?

—Estás diciendo tonterías, cariño —la reconvino Gloria mirando a José, esperando su ayuda.

Pero José no reaccionó. Camino tenía razón. No había hecho nada.

—Dios lo hace por tu bien. ¿Verdad que sí, José? —preguntó Gloria.

José se aferró aún más fuerte a la mano de su hija. Gloria se sintió sola, sin recursos. Echaba de menos la presencia de Don Miguel Ángel.

—Dios es tu padre —prosiguió Gloria tocando la frente de Camino.

—¿Y si es mi padre por qué me hace sufrir?

—Porque te quiere. Aunque ahora no lo comprendas, Dios te ama profundamente.

—Si me quiere no tendría que hacerme sufrir —dijo Camino—. Papá me quiere, y no me hace sufrir. Todo lo contrario. ¿A que sí, papá?

José no pudo evitar que sus ojos se llenaran de lágrimas.

—Lo bueno de todo esto —dijo José— es que al fin sabemos lo que te ocurre y vamos a ponerle remedio.

—Sí, papá.

—Bernaola es estupendo.

—Si no digo que no, mamá.

—¿Qué te dijo al oído cuando te ingresaron? —quiso saber Gloria.

—Nada. Cosas nuestras.

—Dentro de poco habrá pasado todo, ya verás. En cuanto te saquen eso que te está molestando —prometió José.

Camino volvió a mirar el techo y colocó las manos sobre el vientre, como si le sobrara paciencia.

—Siento lo que he dicho, mamá. Seguro que la Virgen sabe lo que hace.

—Claro, hija —dijo Gloria, orgullosa por haber sido capaz de atajar de aquella forma la crisis de Camino sin ayuda de su marido. Tenía que contárselo a Don Miguel Ángel. O tal vez no. ¿De qué serviría contarle que Camino había sufrido un conflicto interior? Pero sí, tal vez se lo contara, sobre todo porque ella, Gloria, había sido capaz de resolverlo de forma brillante.

—¿Qué te parece si ofrecemos tu operación por todos los niños que sufren en el mundo? —preguntó Gloria sin abandonar del todo su gesto de orgullo.

José se levantó de la cama. Gloria, sin mirarlo, supo que se dirigía hacia la ventana, como siempre.

Una monja sonriente entró en la habitación.

—A ver esta niña cómo tiene la tensión.

—¿Me van a cortar mucho el pelo? —preguntó Camino.

—Un poquitín nada más. Por detrás. Ni lo vas a notar —respondió la monja.

—¿Cuánto es un poquitín? —quiso saber Camino.

—Un poquitín es menos que un poco —manifestó la monja, con seguridad.

José observó la noche que comenzaba a instalarse al otro lado de la ventana. Era una noche distinta a todas. Una noche que también comenzaba a suceder dentro de él.

—Yo misma te cortaré el pelo —añadió la monja—. Se me daba fenomenal la peluquería.

—¿De verdad?

—Era la mejor. Ni una protesta tuve. Como las monjas llevan toca no se quejaba ni una.

La monja sonrió. En el reflejo del cristal José creyó distinguir también la sonrisa de su hija.

—Y tienes mucha suerte —prosiguió la hermana.

—¿Por?

—Porque después de la operación pasarás la noche en la UVI. Y no veas lo bien que te cuidan allí.

—No me gusta la UVI.

—Ni a mí —replicó la monja—. Pero haré un esfuerzo y me pasaré a verte.

—Ojala todas las enfermeras fueran como tú —dijo Camino.

—Ya sé que Mari Ángeles, la del TAC, ha sido un poco brusca contigo. Debes disculparla. Es que su marido la ha dejado y no lo está pasando bien.

—Pobrecilla —dijo Camino.

—Bueno —dijo Gloria—. Por lo menos sabemos cómo se llama y así podemos pedir por ella, ¿no os parece?

José siguió concentrado en la ventana, pensando que su vida era como el reflejo que veía. Una imagen sin alma, falsa, incapaz de transmitir lo que ansiaba, lo que soñaba.

—Es una buena idea, mamá. Vamos a pedir todos por ella.

—Haces muy bien, hija —dijo la monja—. Tenemos que pedir incluso por nuestros enemigos.

—No sabe cuánta razón tiene —respondió Gloria.

La hermana pasó la mano sobre la frente de Camino y se dirigió hacia la puerta. Gloria salió tras ella.

—Voy un momento a la Capilla.

Camino observó a su padre mirando por la ventana. Tenía los hombros caídos y parecía más cansado que nunca, a pesar de que hacía más de dos días que no había realizado ningún viaje. El Madrid que José veía era más triste que el de costumbre; un Madrid más negro y más sombrío que el que había vivido en su juventud. La ciudad sin luz que José miraba no se parecía a la que había disfrutado y sufrido antes de que Nuria, Camino y Alejandro nacieran. Las copas de los árboles cercaban el hospital. La luz de la señal del parking competía con las farolas y con las escasas nubes que resbalaban por la última claridad del cielo. Madrid tenía el color de un muerto. Por primera vez comprendió la exactitud de la expresión «caer la noche». La noche cayó sobre su corazón, pero seguramente lo había hecho tiempo atrás, un día de inmenso sol, en la cocina de su casa, cuando Camino se desmayó. Desde entonces, a pesar de la claridad que habitaba en los enormes ojos de su hija, la noche se había ido apoderando de él. O quizá la noche hubiera caído mucho antes; la noche en la que Alejandro se fue o la tarde en la que Nuria partió para siempre.

—Papá.

Camino seguía con las manos cruzadas bajo un techo plano, paralelo e infinito. Un techo del que no se había enamorado.

—Papá. Tienes que traerme mi cajita de música.

Se acercó a su hija. En su rostro no existían restos de noche.

—Te la traeré en cuanto vaya a casa. Así que vas a guardar algún secreto, ¿eh?

—Pero no lo voy a guardar para que tú no te enteres —dijo Camino intentando disculparse—. Es para que no se entere el Ángel. A veces mamá me habla del Ángel Custodio antes de dormirme. Entonces sueño cosas raras, como si le molestáramos.

José asintió, preocupado.

—¿Qué pasa, papa?

—Nada, hija.

—¿No podrías decirle a mamá que hoy no me hable del Ángel?

—Claro que sí.

—¿Y me traerás mi cajita de secretos?

—Por supuesto.

Camino se tranquilizó.

—¿Quieres que te cuente un cuento? —preguntó José.

—El de Cenicienta. Pero sólo el final. Es que la parte triste ya me la sé.

Cerró los ojos, dispuesta a escuchar las palabras de su padre; palabras de las que ya disfrutaba por adelantado porque sabían de otra manera. Las palabras de papá tenían otro sabor. Olían de otra manera. Eran palabras de verdad; palabras que la llevaban a lugares mágicos. Papá pronunciaba como nadie calabaza, Príncipe, vestido, carroza, zapato, cristal y bosque. Las mejores palabras del mundo.

José se disponía a ordenarlas cuando Gloria entró en la habitación.

—Vamos a preparar el examen de la noche —dijo cogiendo el misal.

José le hizo un gesto de silencio.

—La niña ya se ha dormido —dijo en voz baja.

Apagó la luz. En la penumbra, durante unos minutos, Camino oyó hablar a su padre y a su madre. Luego creyó escuchar las palabras del cuento, las que su padre no había llegado a pronunciar. Oyó el sonido de las nubes, que navegaban rozando el cielo. Escuchó las tijeras de la monja cortando su pelo, preparándola para la operación, el sonido de la camilla, las puertas del ascensor. Los sueños encajaban a la perfección en sueños anteriores. Encajó el «encomiéndate muchísimo», el zumbido de los fluorescentes, el dulce calor de la anestesia, las batas verdes, el frío de las máquinas, las luces sin sombras del quirófano. Era como si su padre volviera a rodar una película, siempre la misma, como si repitiera la toma una y otra vez.

Cuando llegó el sueño que Camino interpretó como «el sueño de verdad», se durmió contando hacia atrás. Pensó en las manos de Bernaola; manos grandes, peludas, firmes y amorosas trabajando en su cuello. Diez, nueve, ocho, siete... Tenía miedo de volver a soñar mientras estaba anestesiada. La imagen de las manos de Bernaola dejó paso al sonido de las máquinas que taladraban sus huesos. No las quiso oír. Las voces le llegaban de lejos. La estaban operando. Estaba dormida. Quizá, con un poco de suerte, no se repetiría aquel sueño en el que una terrible oscuridad la persiguió por los pasillos del hospital.

Oyó, o creyó oír, el sonido de la maleta de papá cayendo al suelo en el pasillo de casa, el tintinear de la cuchara colocando en el borde del plato las letras de pasta. Escuchó el inequívoco sonido de los balones al botar contra los charcos. La Pingüi jugaba a baloncesto con las niñas en la cancha mojada.

Cuando despertó, regresó a su boca la pegajosa aspereza del esparadrapo. Esta vez la Virgen no estaba con ella. La UVI era un platillo volante. Tenía miedo. Sabía que los días, las semanas y los meses que seguirían a la operación estarían teñidos de colores, que serían días sin amanecer y sin atardecer; días de conversaciones a media voz entre su padre y su madre. Días blancos, como el techo por el que vería correr las horas de la semana que desembocarían en el verano que ya se acercaba. O en el otoño. O quizá en el invierno. Intentó dormir.

41

Sola en su habitación, Nuria abrió la bolsita que le había dado Inés en el despacho. Recordó los ojos cambiantes de la Directora e intentó desatar el esmerado lazo que cerraba la bolsa que contenía el cilicio. Mientras lo hacía, su alma, como los ojos de Inés, pasó del verde al rojo, y luego al azul y al verde otra vez. El sol de la tarde se resistía a morir, pero el corazón de Nuria tenía un regusto a invierno, a dejadez, a despedida, a autobús adormecido en la dársena.

Abrió la bolsa de tela y colocó el cilicio sobre la mesita. Era un objeto oscuro, poderoso en su mansedumbre. Parecía aguardarla. Nuria se levantó la falda. Su muslo resplandeció. Pasó la cinta por la última anilla y la apretó con fuerza. El metal entró en la carne, casi desganado. El dolor le enderezó la espalda. Una pequeña gota de sangre brotó de su pierna y quedó adherida por un instante a la anilla superior; luego se deslizó por su rodilla, tocó la silla en la que estaba sentada y cayó al suelo. Aflojó el lazo y subió el cilicio hasta la ingle. Las marcas del metal brillaron en el muslo, como si resucitaran. Lo apretó un poco más. Su espalda se relajó. Dejó la falda en el suelo y se acercó al lavabo. Despegó la fotografía de la Virgen que ocupaba enteramente el espejo y se miró. Apenas se reconoció. Sentía la boca seca. El espejo le devolvió una quietud de cadáver: la silla triste, la manta enrollada sobre la cama, el libro que le serviría de almohada esa noche en la que le correspondía hacer guardia espiritual. Se quitó la blusa. No recordaba lo blanca que era su piel. Otra diminuta gota de sangre bajó hasta su rodilla. Sintió palpitar su vientre. Un escalofrío venido de lejos le recorrió los hombros; sin embargo Nuria sudaba cuando al fin tomó las disciplinas y comenzó a golpearse las nalgas. Se arrodilló y comenzó a orar mientras se azotaba sabiendo que la «guarda del corazón» se apagaba a cada latigazo como una llama en la tormenta. Se golpeó más fuerte. El látigo restalló cantarín sobre la carne, como si su sonido fuera lo único con vida en la pequeña camarilla que ocupaba. Apretó con su mano izquierda el borde del lavabo. Estaba cansada. Le dolían las nalgas. Vio en el reflejo del espejo el frasco de agua bendita con la que rociaba la cama antes de acostarse, sus dedos crispados, la boca abierta, su entrega absoluta. Hubo un gemido que ahogó con el brazo. Pensó que era el tiempo de la noche, que debería golpearse más despacio para no llamar la atención. Cuando intentó rezar la Salve las palabras de la oración se mezclaron con los reflejos del cristal y con el dolor que el cilicio le había producido en el muslo. Una gota de sangre tomó un nuevo camino y se deslizó desde la ingle hasta su ropa interior tiñéndola de rojo. Nuria soltó las disciplinas, que cayeron al suelo como un manojo de serpientes. El dolor significaba menos que el esfuerzo que había hecho por infligírselo. Le dolía el brazo derecho. El dolor era sudor y sangre. Y placer. En la confusión se apretó aún más el lazo corredizo que clavaba el cilicio a su muslo. La relajó el dolor, que provenía de un lugar diferente y que por tanto parecía nuevo. Apretó el cilicio un poco más. Su respiración se entrecortó. El obligado tiempo de la noche la llevó a morderse el brazo cuando el golpe de placer la tomó desprevenida. Sintió una sacudida. Gimió mirándose en el espejo, observando con sorpresa cómo su rostro se transformaba. El grito fue sordo. Deseó que nadie en la casa hubiera oído nada. La sangre golpeando sus sienes. La transformación. El grito disimulado. El deseo. Sus pechos agitados. Suspiró en silencio. Le sorprendió lo rápido que habían sucedido las cosas. Tras la ventana el sol había muerto mientras Nuria resucitaba. Se mordió los labios. Estaba sola, casi desnuda, desnuda, arrodillada en el suelo de una casa de Pamplona por donde fluían recuerdos que estaban cansados. Se levantó, observó de nuevo su sorprendente desnudez, se acercó a la cama, arrojó la manta al suelo y se tumbó sobre ella. Apagó la luz. Se sentía orgullosa de la inquietud de su vientre. Abrió las piernas, como si eso pudiera liberarla del calor, y se tocó los muslos, calientes, y las nalgas, calientes también. Luego comenzó a llorar en silencio por lo que había sucedido y por lo que sucedería. La imagen de Giusseppe la estremeció de golpe. Giusseppe era el escalofrío. Colocó las manos sobre el pecho y tarareó mentalmente la canción de Cat Stevens cuyos acordes la Pingüi no había podido enseñarle. Giusseppe estaba sobre ella. Lo recordó en la playa, con el cabello largo y mojado, los labios de sal, preocupado por si la arena entraba en su guitarra. Giusseppe estaba sobre ella, y a lo lejos la silueta de Camino se acercaba a un niño recortado por el sol que recogía flores del agua. Giusseppe la tomó de la mano. Nuria abrió un poco más las piernas. Llegó el vendaval. La densa penumbra avanzó hacia su hermana desprendiendo un olor a insectos amargos y a puertas cerradas. Las olas temblaron. Y las nubes. El ratón Marcelino empujó una puerta en la que se leía PROHIBIDO EL PASO. José estaba bajo el sol, con los pantalones subidos hasta las rodillas. El mar se tragó a sí mismo. El mundo se quedó sin veranos. Tumbada en la cama, Nuria era el rumor mismo de ese mar que ahora estaba en calma, sin abismos. Giusseppe desapareció. Desde las piernas de Nuria ascendió un sabor salado y sin remordimientos. Luego, su vientre se calmó. Cesó de soplar la brisa. Palpitó otra vez. Gimió a destiempo, por última vez. Los gemidos no dejaron huella. Era el tiempo de la noche. Olía a algas y a luz.

42

A pesar de que solamente hacía unas horas que la habían operado, el tiempo se hizo sólido para Camino. Abrió los ojos y vio el techo de la UVI, la luz, tan artificial, tan inverosímil, como todo lo que le estaba sucediendo. Siempre era de noche. La noche nunca terminaba de pasar.

Gloria y José aguardaban en la puerta de la UVI. Los cristales filtraban un aroma a oxígeno y a antibióticos enfermos.

—Parece que todo ha salido bien —les tranquilizó la monja.

—Gracias a Dios —respondió Gloria.

José tenía los dientes apretados.

—Camino me ha dicho que se ha pasado la operación comiendo pasteles —dijo la monja como si se dirigiera exclusivamente a él.

—¿Pasteles?

—Pasteles de nata. Y en Viena. A saber.

José sonrió. La monja también. A través del cristal Camino parecía más sola y más pequeña.

—Me gustaría quedarme con ella —propuso Gloria.

—Ni hablar —respondió inmediatamente la hermana—. En la UVI es imposible. Puede pasar uno de ustedes, pero sólo un momento.

Les tendió una bata y una mascarilla. José se dispuso a cogerla, pero Gloria se le adelantó.

—Pasaré yo, si no te importa.

José observó la mano crispada de Gloria aferrando el gorro y la bata. Estuvo a punto de decirle que no, que él también quería ver a Camino.

—Como quieras —dijo al fin.

La monja miró hacia el suelo. José también. Cuando levantó la vista vio a Gloria a través del cristal dirigiéndose hacia Camino. Pensó que él jamás habría entrado así en la UVI. Gloria tenía un andar altivo, como si siempre supiera hacia dónde estaba yendo. José vio su propio rostro en el reflejo del cristal. La luz cenital le hacía más calvo. Le sorprendió la sombra de las ojeras, que no esperaba tan acusadas. Su cara había ido adquiriendo poco a poco una expresión vacía. Los pómulos, las cejas y la comisura de los labios tenían tendencia a desplomarse, como si obedecieran a la ley de la gravedad.

Gloria se acercó a la cama de Camino. La besó en la frente.

—Cariño, ¿qué tal te encuentras?

—Mamá.

—Me dejan quedarme sólo un ratito, pero estaré en la habitación contando las horas. ¿Te acuerdas de Getsemaní?

Camino asintió. Apenas podía hablar.

—Ya sabes lo solo que estuvo Jesús allí, abandonado, esperando su hora. Hasta los apóstoles se durmieron, pero en algún lugar estaba la Virgen rezando, sin dormir.

—¿Y San José dónde estaba? —La voz de Camino era un susurro pastoso que se hacía más seco por momentos—. ¿Papá dónde está?

—Está fuera, mi cielo. Sólo nos dejan pasar a uno.

—Papá también vela, ¿verdad?

—Claro, hija. Trata de dormir. Ahora vamos a invocar

con devoción a tu Custodio para que con su presencia cuide de tu cuerpo y de tu espíritu y para que él también te vele toda la noche. Ángel de la Guarda, dulce compañía...

Desde el otro lado del cristal, José vio que su hija entraba en un profundo estado de agitación. Gloria le hizo la señal de la cruz y se separó de ella para dejar espacio a la enfermera, que acudió rápidamente. José puso las manos sobre el cristal. Era todo lo que podía hacer para ayudar a Camino.

—No ha sido nada —le dijo Gloria al salir—. Creo que se emociona cuando le hablo del Custodio.

José recordó que la niña le había pedido que le dijera a su madre que no le mencionara al Custodio porque luego soñaba cosas raras. Había olvidado hacerlo. Se volvió hacia su mujer para decirle que Camino no estaba emocionada, lo que de verdad sucedía era que tenía miedo del Ángel, que no convenía volver a hablarle de él, pero cuando se giró hacia su esposa, Gloria, que no se había despojado de la bata ni del gorro, caminaba ya por el pasillo con el aire urgente que adquiría siempre al dirigirse a la Capilla.

Ninguna enfermera, ninguna máquina, pudo apreciar cómo Camino sonrió aquella noche a pesar de estar sometida a la presión del Somi, a la molestia de los tubos y al oxígeno, que le picaba en la nariz. Sonreía porque pensaba o soñaba con Cenicienta, que abría puertas y puertas hasta llegar al jardín donde, rota por el llanto, se derrumbó sobre el mismo banco de piedra en el que Camino había soñado con Cuco, o Cuco con ella. Estaba ilusionada. Era la primera vez que en sus sueños veía dibujos animados.

—Padre, ¿por qué me has abandonado? —preguntó Cenicienta—. Ya no puedo creer en nada ni en nadie.

Los animalitos la observaban a distancia, compungidos,

asombrados por la tristeza de la niña y por las estrellas que giraban a su alrededor y que de pronto se convirtieron en la simpática Hada Madrina. En su mano brillaba la varita mágica.

—¿De verdad que no puedes creer en nada? —preguntó tierna y sabia el Hada.

—En nada —replicó Cenicienta desolada.

—Si no creyeras en nada, no estaría yo aquí —replicó dulcemente el Hada Madrina.

Camino levantó los ojos, que habían llorado desconsoladamente, y comprobó que Mr. Meebles, con su traje verde y su chistera, había ocupado el lugar del Hada Madrina.

Camino, asombrada, miró sus manos y sus piernas, que ya no estaban dibujadas. Mr. Meebles le tendió un pañuelo que sacó de la nada.

—Sécate esas lágrimas.

Mr. Meebles instaló su columpio en el aire con un toque mágico y comenzó a impulsarse, pero era pequeño y le costaba trabajo.

—¿Quieres que te empuje?

—Lo que me faltaba, que me empuje una niña. Eso ni en sueños.

Hizo desaparecer el columpio y miró a Camino a los ojos.

—Si dejas de llorar podrás emprender aventuras.

—¿Aventuras?

—Emprender aventuras es robarle tiempo a la muerte.

—La aventura más maravillosa es el amor.

Mr. Meebles sonrió.

—Tú tienes fe. Fe en el amor.

Camino miró hacia una ventana que no existía, como hacía su padre.

—¿Qué pasa ahora? —preguntó Mr. Meebles.

—Pasa que estoy enferma.

—No estás enferma. Eres una persona que tiene un

problema. Como yo. No soy nada si dejas de imaginarme. Por eso nos tenemos que poner manos a la obra.

—Pero me encuentro fea.

—¿Fea tú?

Mr. Meebles se quitó la chistera y dio un salto por el aire. Al aterrizar se atusó el bigote.

—Me pones nervioso. Es la primera vez que salto y que caigo lejos de mí mismo.

Carraspeó.

—Tienes que vivir tu aventura, hijita. Tenemos que darnos prisa. Incluso los milagros llevan su tiempo.

Sacó de la chistera un conejo, unos prismáticos y la imagen del Sagrado Corazón.

—¿Dónde la habré puesto? ¡Aquí está! —exclamó Mr. Meebles mirando la varita mágica que había aparecido en su mano.

—¿Cómo quieres el vestido?

—¡Rojo! —exclamó Camino, emocionada.

—Claro, qué despistado soy. ¿Cómo eran las palabras? Ah, sí. *Salacadula, menchicapula, bididibadi di bum.*

—¡Eso es! Sabes mucho para ser un hipopótamo. *Salacadula, menchicapula, bididibadi di bum.*

El despertador sonó en la mesilla de la habitación de Camino. Le sorprendió estar otra vez en su casa. El Somi había desaparecido. Se tocó el cuello. No había cicatrices. Podía mover las piernas. Estaba emocionada.

—¡Mamá! ¡Papá!

Salió al pasillo y miró en la habitación de sus padres. La cama estaba deshecha. Creyó oír a Alejandro llorando en la cuna. Escuchó voces en el salón y se dirigió hacia allí sabiendo que ese camino era el mismo que había recorrido de la mano de Nuria cuando su hermanito se fue para siempre arrebatado por los ángeles. Su padre y su madre la aguardaban en el salón. Tenían puesto el abrigo. La mochila del cole colgaba del hombro de su padre.

—¿Qué pasa, mami?

—Ponte esto encima. No pretenderás salir así a la calle —dijo Gloria colocándole la gabardina sobre los hombros.

Miró a su padre, que ya abría la puerta.

—Pero papi...

—Vámonos —ordenó Gloria.

—¿Dónde vamos?

Camino vio el Somi que sujetaba el cuello de la figura del Sagrado Corazón.

—¡Date prisa! —ordenó Gloria.

Bajaron a la calle y entraron en el coche. Al cabo de un instante abandonaron la autopista y tomaron un desvío que se adentraba en descampados y en cementerios. La última visión de Madrid, antes de aventurarse en las afueras, fue la de un perro gigantesco cruzando la carretera, el desgastado cementerio de tapias rojizas, las hogueras encendidas en bidones por los trabajadores de la construcción. Ni Gloria ni José pronunciaron una palabra. En el asiento trasero, Camino, también en silencio, sintió el frío de las primeras luces del día. Cuando miró hacia la derecha descubrió a su hermana, que había aparecido de repente en el coche.

—¡Yeyé! —exclamó Camino feliz.

Nuria no le contestó, concentrada en la carretera, mirando hacia adelante como si fuera ella la que estuviese conduciendo. Camino intentó abrazarla.

—¡Yeyé!

Su hermana la apartó con el brazo.

—¡No me llames así! ¡Y deja de toquetearme! —ordenó secamente.

José detuvo el coche bajo un paso elevado. Estaban en el corazón de un paisaje solitario dividido por las vías del tren y salpicado por marmolerías y desguaces. José se bajó, abrió la puerta de Camino, la cogió del brazo y la sacó al exterior. Amanecía. Caminó distinguió entre dos luces los postes de alta tensión que surgían en mitad de una chatarrería. Le sorprendió lo muerta que parecía la chatarra y la perfección de la hilera de váteres, bañeras y lavabos que se extendían hasta el infinito. La mano de papá le hacía daño.

—El Señor tiene sin duda planes más ambiciosos para ti —le dijo su padre.

—Pero, papi...

José le entregó su mochila y subió al coche. Cuando cerró la puerta, Camino fue plenamente consciente de que la estaban abandonando. El miedo la paralizaba. Nuria bajó la ventanilla y le arrojó agua bendita.

—Viva Jesús sacramentado.

Camino gritó, pero el coche ya se alejaba por la desastrada carretera y el grito rebotó sin eco por desmontes, vaguadas, fábricas de cemento y vertederos. Estaba sola. Volvió a gritar. El cielo blanco absorbía la luz del cielo como si nada hubiera sucedido. Entonces gritó más fuerte.

—¡Papi!

La energía del grito se transformó en luz. Olía a humo y a barro. Camino lo sintió, lo presintió, como siempre sucedía antes de que el Ángel apareciera. Bajo el puente, cansado, trazado por lánguidos rayos verduzcos, su Custodio extendió las alas y le devolvió el grito que ella había lanzado. Un grito que contenía todos los gritos, todos los ecos y todos los miedos del mundo.

Camino corrió sin saber hacia dónde iba. Atravesó una verja anclada sobre una tapia roja y entonces anocheció al otro lado del muro. Siguió corriendo perseguida por la luz verde, por el hedor de las alas del Ángel; corrió por el pasillo de grava que atravesaba las tumbas del cementerio y cuando ya no pudo más se dejó caer sobre una lápida. Lloró. La lápida llevaba su nombre. Su propio rostro la observaba con curiosidad desde la fotografía descolorida impresa en porcelana e instalada en la enorme cruz de mármol. Era una foto realizada en un lugar y en un tiempo que Camino desconocía. Parecía dormida, igual que Bernadette. En sus manos había rosas, semejantes a las que figuraban en la estampa que le había regalado su madre. Recordó que el cuerpo de la santa había aparecido incorrupto. Bernadette olía a flores. Su piel estaba llena de vida. Camino deseó morir o resucitar así. Quería parecerse lo más posible a ella para que su madre y Don Miguel Ángel estuvieran orgullosos de su muerte. La luz mortecina del Custodio, que permanecía a su espalda, le produjo un escalofrío, pero Camino no quiso sentirlo porque el escalofrío, según Bego, solamente podía producírselo Cuco. Miró al Ángel, y el Ángel gritó porque, al igual que Mr. Meebles, estaba dotado del poder de leer los pensamientos. Camino estaba pensando en Cuco. El Ángel lo sabía, y parecía molestarle de verdad porque abrió la boca y lanzó un gemido en el que Camino distinguió con perfección las muelas y los hilillos de baba que unían sus dientes. El Ángel tenía la boca seca. El Ángel estaba cansado. El Ángel era real.

—¡Noooo...! —volvió a gritar el Custodio, desesperado.

Camino miró la lápida. Le asombró la exactitud de su nombre, escrito con letras doradas y que la tumba se pareciera tanto al banco de piedra en el que en otro sueño se había encontrado con Cuco. Estaba sobre el escenario de un teatro. Brillaba la Luna y ella, sentada en el patio de butacas, había sentido un no sé qué en la barriga porque estaba enamorada. El teatro olía a las flores que brotaban del suelo. Olía a felicidad, aunque ella no llevara puesto su vestido rojo y sus Converse. En aquella ocasión la luz del Custodio era blanca; ahora el Ángel se acercaba a ella vestido de rayos verdes, pero al igual que entonces estaba lleno de dolor; un dolor oculto que Camino reconoció como amor. Lo vio gritar otra vez batiendo las alas, golpeándose contra las estatuas de los ángeles de piedra que coronaban los mausoleos sin dejar de llorar y sin poder apartar la vista de la lápida, del nombre de Camino y de su fotografía. Vio el fracaso en sus ojos. El Ángel tenía miedo. Camino iba a morir, y él no había sabido protegerla. Su grito expresaba su desconsuelo, su rabia, su desacuerdo contra la voluntad de Dios.

—¡Noooo...!

Su grito se convirtió en una voz dulce y femenina que ya no pertenecía al sueño.

—Tranquila.

Mari Ángeles, la enfermera replicante que le había hecho el TAC y que le había arrebatado el rosario de las manos con insultante torpeza, le tocó la frente con delicadeza.

—Eres tú —dijo Camino intentando sonreír.

—Claro. ¿A quién esperabas?

—No sé —respondió Camino recordando su anterior conversación con la Virgen—. ¿Dónde estoy?

—Estás en la UVI. Soñabas.

—A veces pienso que lo que de verdad es un sueño es esta enfermedad.

—Te pondrás bien, ya verás.

—Te lo agradezco, pero estás hablando como los adultos.

—Es que soy enfermera.

Camino intentó girar un poco la cabeza hacia ella. Desistió.

—Tengo mucha suerte de que trabajes aquí, en la UVI.

—No trabajo aquí. Me dedico a hacer sufrir a las niñas en el TAC, ya lo sabes.

—Tampoco fue para tanto. Es que soy una quejica.

—A partir de ahora lo haré mejor, te lo prometo. He venido a traerte una cosa, mira.

Camino vio frente a sus ojos el rosario de tía Marita.

—¡Lo has arreglado! ¡Qué bien!

—Quería pedirte perdón.

—Perdóname tú a mí. Es que a pesar de que quiero ser actriz, no te creas que me sale muy bien hacer de enferma.

Mari Ángeles dejó el rosario en la almohada de Camino. Se levantó.

—Mañana vendré a verte.

—Mari Ángeles...

La enfermera acercó su rostro a ella, sorprendida.

—Así que sabes mi nombre.

—Claro. He pedido mucho por ti, y tengo que decirte una cosa muy importante.

—Dime.

—Deberías peinarte siempre así, como estás ahora. Pareces más feliz que cuando me hiciste el TAC.

—Lo soy.

—Y yo. Qué tonto es tu marido. No sabe lo que se pierde.

Mari Ángeles salió de la habitación sabiendo que nunca escucharía un halago más hermoso y más sincero.

43

Observadas atentamente por Inés, Nuria y Martina colocaron los platillos, las tazas y las cucharillas en la mesa. Doce servicios. Don Miguel Ángel tenía razón, o quizá lo hubiera pensado ella antes, pero Inés comprobó de nuevo que estaba en lo cierto, que a Nuria le sentaba bien cualquier cosa, incluso el delantal tan poco favorecedor que se había puesto para ayudar a las auxiliares a servir la mesa de los numerarios. Miró a Martina. Tampoco se había equivocado con ella: Martina había nacido para llevar delantal.

Nuria depositó las servilletas sobre la mesa. Doce. Simétricas. Las retocó. Volvió a retocarlas. Estiró ligeramente el mantel. Solamente fue un toque. Ligerísimo. El mantel quedó igualado, perfecto. No era necesario comprobarlo. Nuria se pasó la mano por el delantal. Se trataba sólo de un gesto. Martina la imitó, pero lo que en Nuria resultaba un toque delicado —las manos blancas y limpias deslizándose con elegancia por su cuerpo—, en Martina suponía un frotar ruidoso y grosero, como si en verdad se limpiara las manos.

—Mi hermana ya está en la habitación —dijo alegremente Nuria.

Inés levantó una ceja componiendo un gesto de sorpresa y la miró como si no lo supiera, como si no hubiera abierto las cartas de Camino, cuya letra se iba haciendo más engorrosa por momentos, como si no hubiera hablado por teléfono con Don Miguel Ángel, y como si Don Miguel Ángel no hubiese hablado a su vez con Gloria.

—No sabes cómo me alegro, hija.

—Sí —continuó Nuria—, parece que la pequeñaja se recupera muy rápido.

Martina sabía que estaba fuera de la conversación. Intentó colocar una esquina del mantel, pero ya no hacía falta. Estuvo a punto de tocarse el labio o de cruzar una mano sobre otra. Ambos gestos desagradaban profundamente a Inés.

—Tengo muchas ganas de verla —dijo Nuria.

—Es normal —replicó Inés sacando un manojo de llaves—. Es tu hermana.

—He pensado que podría coger el tren el jueves y regresar el viernes. ¿Qué te parece?

—Me parece perfecto —replicó Inés.

—Así mi madre podría descansar —dijo Nuria, aliviada por el consentimiento de la Directora.

—Falta le hará descansar —reconoció Inés—. Como a nosotras, pero a nosotras nos va a resultar un poco más difícil.

—¿A qué te refieres?

—A los rumores que he oído.

Inés ensayó en sus ojos un color desconocido.

—Cuenta, cuenta —la apremió Nuria.

Inés jugueteó con el manojo de llaves, como si pensara seriamente en la conveniencia de contarlo.

—Martina lo sabe.

Nuria miró a Martina, que sonreía sin saber qué hacer, dudando entre seguir manteniendo la sonrisa en su rostro o cambiarla por una mueca de preocupación porque ignoraba a qué rumores se refería Inés. La palabra rumor la remitía a inquietud, así que decidió adoptar un semblante preocupado. Vio en el rostro de Inés que se había equivocado. El rumor, fuera el que fuese, se refería a algo positivo.

—Haces bien en preocuparte, Martina —improvisó Inés—. Es una lástima que Nuria se lo pierda.

Martina asintió sin convencimiento. Le sudaban las manos. Tenía miedo a equivocarse otra vez.

—¿Qué voy a perderme? —preguntó Nuria, intrigada.

Inés miró a izquierda y derecha. Un gesto innecesario. No había ninguna posibilidad de que alguien las sorprendiera.

—He oído que el Padre viene esta semana de Roma y que va a visitar por sorpresa alguna de nuestras Delegaciones —informó Inés en voz baja.

Nuria abrió la boca. Sus ojos brillaron.

—¿Qué me dices? ¿De verdad? ¿Y crees que puede venir aquí?

—Quién sabe —respondió Inés, soñadora—. Pero por si acaso debemos tenerlo todo impecable. Procura regresar cuanto antes de ver a tu hermana.

—La verdad es que no sé si es conveniente que vaya ahora —aventuró Nuria sabiendo que el viaje se complicaba.

—Lo dejo en tus manos. Pero nos va a faltar tiempo para disponerlo todo. ¡La de cosas que tenemos que hacer!

Nuria supo que el viaje iba a retrasarse.

—¿Te imaginas al Padre en nuestra casa? —preguntó Inés.

Ella sí lo imaginaba. Durante unos instantes sus ojos se tornaron azules. Luego, mientras parecía seguir disfrutando íntimamente de la posible visita del Padre, recreándose en los detalles, abrió la puerta que comunicaba de forma inmediata con el área de los chicos. Las puertas nunca se abrían a la vez con el fin de que mujeres y hombres no coincidieran.

—Lástima, Nuria. Es una lástima que no puedas vivir con nosotras la emoción que supone la visita del Padre.

—La verdad es que estoy pensando que puedo ir a ver a mi hermana en otro momento —respondió Nuria, intuyendo que el Padre jamás visitaría la casa.

—Tú verás, hija. Tú sabrás lo que es más conveniente.

Salieron del comedor. Inés cerró la puerta por fuera con tres giros de llave. Nuria oyó cómo de forma inmediata alguien abría la del interior. Escuchó los pasos de los numerarios dirigiéndose ordenadamente y en silencio a la mesa que con tanto mimo había dispuesto. Rezaban.

—Lástima que tu hermana no esté aquí en Pamplona —dijo Inés—. Con lo bien que la iban a atender. Y podrías verla siempre que quisieras.

Era la segunda vez en el plazo de dos días que Nuria escuchaba de labios de alguien la conveniencia de trasladar a Camino a Pamplona. La tarde anterior, durante la visita que hizo con Martina a casa de Marita para recoger el sobre con el dinero que entregaba mensualmente a la Obra, su tía le había dicho que qué pena que Camino no estuviera en Pamplona porque así podrían verse todos.

—Por lo que yo sé, tía, mi hermana está muy bien atendida.

—No, lo que pasa, según me ha dicho tu madre, es que Camino se está portando como una santa, que son dos cosas distintas. Aquí estaría mejor. ¿Tú has podido verla, acaso?

Nuria reconoció que no.

—¿Lo ves? —replicó Marita, encantada—. En Pamplona podríamos visitarla todos los días. Y eso es cosa de tu padre, que se ha empeñado en que en Madrid está mejor. Como a él le viene más a mano...

—Papá tiene fe en los médicos que la están tratando.

—Tu padre no tiene fe en nada. Por eso no soporta verte tan feliz y tan llena.

Nuria estuvo a punto de responder a su tía, pero se contuvo. Siempre lo hacía. Siempre lo había hecho. Agradeció con humildad el sobre que Marita le tendía. No era abultado. Esta vez debía de tratarse de billetes grandes.

Mientras Inés, Nuria y Martina caminaban por el pasillo, la Directora repasó la conversación que acababan de mantener. No debía insistirle a Nuria con el asunto de Pamplona. Se trataba de una petición de Don Miguel Ángel, pero él no estaba allí, en la casa, viviendo el día a día. Insistirle a Nuria para que presionara a su padre y a su madre con el fin de que trasladaran a Camino a Pamplona resultaría perjudicial. La chica no era tonta. Había comprendido desde el principio, desde que Inés le mintió con la visita del Padre, que nunca viajaría a Madrid para visitar a su hermana. Recordó la expresión de Nuria cuando le dijo que el Padre visitaría alguna Delegación. Nuria había abierto la boca. Sus ojos brillaron. Era un gesto que había visto muchas veces. La chica estaba actuando y se estaba encasillando, o tal vez fuera ella, Inés, la que estaba encasillada. Le estremeció la idea. Decidió transferirle a Martina el encargo. Le diría que procurara dejarle caer a Nuria en los momentos oportunos las ventajas de trasladar a Camino a Pamplona. Nuria tomaría la insistencia de Martina por una pesadez bobalicona mientras que la de Inés podría interpretarla como parte de un plan. Guardó las llaves sin dejar de pensar en el error que había cometido y que solamente ella misma sería capaz de captar. O quizá no; quizá Nuria también se hubiese dado cuenta de que Inés le había preguntado que si se imaginaba al Padre en nuestra casa. Lo correcto hubiese sido preguntarle a ambas, a Nuria y a Martina, que si se imaginaban al Padre en casa. Era como si la pregunta, la mentira, estuviese dedicada solamente a Nuria. Había dejado al margen a Martina, e Inés sabía por experiencia que quien queda al margen se vuelve rencorosa. No pudo evitar echarle la culpa de su desliz a Martina, tan poco dada a seguirla en sus improvisaciones, tan sumisa, tan indecisa, tan poco brillante, tan de ropa de cuadros, tan de manos sudorosas, tan de labio caído.

—Martina —dijo Inés mirando hacia atrás—. He pensado que esta tarde podías llevar tú la tertulia con las más jóvenes.

—¿De verdad? —preguntó Martina llevándose la mano a la boca y tocándose el labio justo cuando Inés la miraba.

—Tú mantienes el espíritu de la Obra. ¿Quién mejor que tú?

—No sabes cómo te lo agradezco, Inés.

Las que no iban a agradecerlo serían las chicas. Las charlas de Martina eran lo que jamás deberían ser: sosas y repetitivas.

Nuria, sorprendida, miró a Inés, que le devolvió una mirada fugaz que a Martina no le pasó desapercibida. Inés estaba jugando con ella.

—Te lo agradezco muchísimo —repitió Martina.

Inés entró en el despacho y cerró la puerta. Martina no había abierto los ojos y la boca, como había hecho Nuria para expresar su sorpresa, pero se había llevado la mano a la boca y se había tocado el labio. Su representación estaba igual de encasillada. Martina interpretaba. Debía tener cuidado con las muchachas listas y con las que no lo parecían. Dejó pasar un par de minutos y llamó por teléfono a Don Miguel Ángel. No estaba. En el reverso de una ficha escribió con lápiz los nombres de los protagonistas de aquella historia que había llegado a incomodarla. Por una parte estaban los padres de Camino: Gloria y José. Puso sus nombres en la parte superior de la tarjeta, y debajo los de Nuria, Bego y Cuco, o como se llamase aquel chico del que le había hablado Don Miguel Ángel. En la parte inferior escribió con cierto desprecio el de Garabato, que era el profesor de teatro. Añadió después el de Marita, el de Martina y el suyo. Unió los nombres con flechas para saber quién debía tratar a quién o quién estaba tratando a quién. Insatisfecha por la cantidad de líneas que se cruzaban en el papel, tachó el dibujo y volvió a realizar el croquis en un folio limpio. Observó que desde el nombre de Don Miguel Ángel las flechas unían de una u otra manera a todas las personas que estaban implicadas. ¿Implicadas en qué? Repasó la lista que había hecho en sucio, la más trabajada. Cuando terminó miró la nueva. Don Miguel Ángel aparecía en ellas como una encrucijada de caminos, como un paso necesario, indispensable; el sacerdote hablaba con ella, con Inés, que a su vez hablaba con Nuria y con Martina; se relacionaba también con Gloria, que estaba unida a José y a Marita. Los tres, Gloria, José y Marita, hablaban con Camino y con Nuria. Buscó otra ficha en limpio para dibujar, pero no le fue necesario. Supo que de una u otra forma, por más rodeos que diese, su nombre, Inés, aparecía siempre muy lejos del nombre de Camino. Con un rotulador rojo trazó una línea que unió su nombre con el de la niña y con el de Don Miguel Ángel. Fuera lo que fuese, se tratara de lo que se tratase el asunto de la niña enferma de Madrid, la línea que había trazado los iba a mantener unidos. Subrayó su nombre y el de Camino. Los juntó un poco más y luego tachó de golpe el de Martina.

44

Bernaola abrió la ventana, encendió un cigarrillo y observó las largas colas de viajeros que aguardaban los autobuses. El pequeño bar situado frente al hospital acababa de abrir. Un avión sorprendido por el primer rayo de sol lanzó un brillo fugaz. El humo del cigarrillo se demoró frente a la ventana y luego desapareció sin prisa. No había viento. Dio una calada más profunda. Sonó el teléfono, pero no descolgó. Tenía la impresión de que llevaba días encerrado en su despacho, desde que informó a Gloria y a José de que Camino tenía cáncer. Un cáncer especialmente agresivo. Se lo comunicó fuera de protocolo, como si informase a un familiar o a un amigo. Abrazó a José, silencioso y destrozado, y a Gloria, tensa, lejana, cerrada en su mundo. Les dijo la verdad, la que revelaba la biopsia: el cáncer de Camino presentaba un pequeño porcentaje de curación. Pero muy pequeño, añadió Bernaola cuando comprendió que los padres no iban a preguntarle nada. «Pero muy pequeño», dijo de nuevo para sí mismo. Luego, sin pausa, les informó de que comenzaría inmediatamente el tratamiento. El equipo médico del hospital es de los mejores. «Camino está en buenas manos. Haremos todo lo posible.» Su voz no resultaba convincente, ni siquiera para él mismo. No era la primera vez que sentía la amarga y exclusiva desazón del fracaso. Le había fallado a la niña y la medicina le había fallado a él. Cuando ingresaron a Camino le prometió al oído que todo saldría bien porque él era un mago. Se había equivocado. La que verdaderamente tenía magia era Camino. Dejó pasar dos días antes de visitarla. Para entonces Camino estaba a punto de iniciar el tratamiento. La niña lo recibió con una sonrisa. Bernaola se dejó llevar por ella intuyendo lo mucho que le quedaba por aprender. En algún lugar existía un mundo más rico y más apasionante que el suyo. Un mundo que sobrevivía a la carne.

—¡Paco!

Bernaola se asomó a Camino.

—No te preocupes. Ya sé que tengo algo malo, pero sigo creyendo que eres un mago.

Estaban solos.

—Creo que esta vez me han pillado el truco —le confesó Bernaola intentando sonreír.

Las enfermeras y las auxiliares tenían razón. Lo que para ellas había sido hasta entonces pura rutina de trabajo se transformó de pronto con la llegada de Camino en una angustia que las afectaba de forma personal. Después, con el correr de los días, la angustia dejó paso a una alegría que se extendió por toda la planta. Camino conocía los nombres de todas y, según la supervisora, en las conversaciones que las chicas mantenían en el *office* se repetían con frecuencia las palabras paz, humildad y serenidad. La niña les contaba cosas de su hermana Nuria, les hablaba de Cuco, de Garabato o de los zapatos de la Pingüi, y les preguntaba por los otros niños que ocupaban las habitaciones contiguas, como si estuviera más preocupada por ellos que por su propia enfermedad.

—No te preocupes, Paco, de verdad.

Las manos de Camino ardían.

—Lo siento —dijo Bernaola.

—Sigues siendo un mago, pero quizá el truco sea otro. ¿No crees?

Bernaola no respondió.

—¿Qué tengo en el cuello?

—Es un nombre feo y raro.

—Bueno, pues entonces no me lo digas si no quieres.

Bernaola no se lo dijo. Efectivamente, el nombre era largo y feo. No tan largo como el de otros cánceres, pero igual de feo, o peor. En la ventana de su despacho apuró el cigarrillo hasta notar el sabor del filtro. El avión había desaparecido, pero persistía su reflejo plateado. Las colas continuaban en la parada del autobús. Probablemente Camino tenía razón y el truco consistía en algo diferente a lo que él imaginaba. Se sintió más pequeño que ella, más inmaduro. Pensó en tirar la colilla a la calle o en apagarla sobre la tierra reseca de la maceta que había bajo la ventana. Finalmente hizo un cucurucho con un folio, guardó lo que quedaba del cigarro y lo apretó con fuerza para que la brasa terminara de apagarse; luego dobló el papel una y otra vez y lo lanzó a la papelera convencido de que tal vez el truco del que Camino le había hablado residía en algo tan sencillo como ser feliz. Al menos en intentarlo. La felicidad no era un lugar. La felicidad era una forma de ser. No debía pensar en eso. Miró el reloj. Aún no era la hora. Miró la papelera. No ardía. La colilla estaba apagada. Bernaola se había pasado la vida esperando cosas que no sucedían o luchando contra lo que de todas formas iba a suceder. Él no podía evitarlo. No había truco. Camino tenía razón. La niña había compartido con él un secreto único. El de la felicidad. Sabía perfectamente que Camino lloraba a solas —las enfermeras se lo habían dicho—, y que no se quejaba del dolor para que su padre y su madre no sufrieran. Recordó que cuando se incorporó de la cama de la niña se miraron como solían mirarse, como lo habían hecho desde el mismo día en el que Camino ingresó en el hospital.

—No me lo digas, Paco, no me digas el nombre porque si es un nombre largo y feo seguro que la enfermedad también es larga y fea.

Bernaola pensó que sí, que la enfermedad era fea, pero no larga. Estaba apesadumbrado.

—¿Qué piensas, Paco?

—Nada.

—Eres un buen médico, pero mientes mal.

—Tengo que ensayar.

—No quiero que te preocupes. Ha sido una suerte haberte conocido.

Camino sonreía. Sonreía y le había hablado en pasado. Haberte conocido. Ha sido una suerte haberte conocido. Sabía lo mismo que él. Quizá más. Volvió a asombrarle el rostro transparente y luminoso de la niña. No había truco. Todo en ella era cierto.

—No hay truco, Paco. No hay truco.

Bernaola se incorporó. Se acercó a la puerta. La luz de la persiana recortaba sobre Camino una prisión de luz y de sombras.

—Pasaré luego a verte.

—No quiero molestarte, pero tengo que decirte una cosa.

—Dime.

—Te falta un botón en la bata.

Desde la plenitud de su estatura, Bernaola buscó el botón que le faltaba.

—Yo en el club sólo daba clases de cocina —dijo Camino—, pero seguro que te lo puedo coser.

Bernaola apretó los labios, desvió la mirada y salió apresuradamente de la habitación a la vez que murmuraba un «gracias» que Camino apenas pudo oír.

Cuando Bernaola se fue, Camino pensó que quizá el doctor se hubiera molestado por lo del botón, pero estaba segura de que había hecho bien en decírselo. No podía entender cómo era posible que Paco, que se pasaba la vida cosiendo las cabezas, las espaldas y los cuellos de la gente, no fuese capaz de darle unas puntadas a un simple botón. Se sintió cansada. Olvidó el botón y la conversación con el doctor. Todo, Bernaola incluido, había sucedido hacía tiempo. La vida entera de Camino era pasado. Las personas a las que quería o había querido habían permanecido un instante a su lado y después habían desaparecido. Alejandro, Nuria, Fontela, la Pingüi, Giusseppe y el ratón Marcelino, que a saber dónde estaría. Ella también desaparecería muy pronto. La estaban esperando. Sintió —tenía que contárselo a Bego—, que podía ver a través de las paredes. Vio a papá sin verlo. Lo vio sin saber si lo estaba viendo de verdad. Papá lloraba en el cuarto de baño, como hacía desde que Bernaola le dio la noticia de que su hija tenía en el cuello una palabra larga y fea. Mamá rezaba en la Capilla. Bernaola estaba en el ascensor, con su bata abierta y su botón ausente. También vio a Nuria, planchando con primor una camisa en la casa de Pamplona.

—Tenías razón, Camino.

La voz de Mari Ángeles le llegó desde la puerta.

—¡Mari Ángeles!

La enfermera se abalanzó sobre ella y la abrazó, emocionada.

—Tenías toda la razón.

Camino pensó en las cosas en las que podía tener razón, pero no se le ocurrió ninguna. Mari Ángeles lucía un peinado nuevo.

—No sé en qué puedo tener razón —dijo Camino como si fueran a reñirla por no saberlo.

—Sí lo sabes. Me dijiste que ibas a pedir mucho por mí.

—Y lo he hecho.

—Ha funcionado —exclamó Mari Ángeles con lágrimas en los ojos—. Mi marido ha vuelto conmigo.

—¡Qué contenta estoy!

—Gracias a ti.

—Gracias a la Virgen.

—Es la hora —dijo la monja que le iba a administrar la quimioterapia.

—Luego te cuento todo —dijo Mari Ángeles dirigiéndose hacia la puerta.

—Te sienta bien ese nuevo peinado.

Mari Ángeles se tocó el pelo.

—Eso dice él —respondió, coqueta.

—Es la hora —repitió la enfermera.

Mari Ángeles abandonó la habitación. Era la hora, y a la hora en punto José salió del baño con los ojos rojos y Gloria entró en la habitación con el aire de recogimiento que adquiría en sus visitas a la Capilla. Dos pisos más arriba, Bernaola consultó su reloj. Era la hora. Le había explicado a Camino los efectos que le iba a producir la quimio, pero tal vez lo había hecho con palabras de adulto porque cuando le habló de los vómitos Camino no le dio demasiada importancia y respondió con alegría que cuando saliera del hospital quería vivir en un palacio.

—¿Un palacio?

—Claro. En los palacios las puertas son grandes. La silla de ruedas no tropezaría con nada.

Camino estrenó la quimio la misma mañana en la que pensó que su vida sucedía sobre un escenario, la misma mañana en la que un silencioso cielo de plomo se abatió sobre Madrid. El mundo que se presentaba ante ella era blanco, rojo y azul. La quimio era roja, como su vestido, pero a Camino le parecía que contenía todos los colores del mundo.

La enfermera le guiñó un ojo.

—Todo pasa, ya verás.

—Me estás poniendo la inyección, que lo sé —dijo Camino.

—A ver si vas a saber más que yo.

—Pero si con el cáteter ni te enteras —dijo Gloria.

—No señora, sí que se entera. La verdad es que es muy desagradable, ¿verdad, guapa?

Camino asintió sin dejar de mirar a su madre.

—Tú quéjate si quieres —continuó la enfermera—. Grita si te molesta. Y si me quieres mandar a la porra, mándame.

Gloria, sonriente, se volvió hacia su hija.

—Sé que estarás a la altura de lo que el Señor espera de ti.

—Lo intentaré, mamá.

—Él te ama, hija. Por eso te pide más.

—Sí, mamá.

—Ofrécelo, vida mía.

La enfermera miró a José.

—Hija —dijo él sin saber qué más decir—. Hija —repitió tocándose con la lengua el hueco de la muela rota.

La quimio volaba, expandiendo sabor a pollos muertos, a club cerrado, a magdalenas secas.

—Mamá.

—Hija.

La quimio estaba hecha de tinta.

—Mamá.

—Venga, pequeñaja.

—Papá.

—Ya queda poco.

En su interior había una silla de ruedas, hierba seca, coches recalentados.

—No queda nada.

En sus venas existían noches, payasos, cartas sin abrir y bicicletas oxidadas.

—Muy poco queda, hija.

Se estiró el tiempo. Sus pensamientos eran blancos. Camino imaginó un paisaje sin relieve en el que todos los instantes eran eternos.

—Voy a vomitar, mamá.

Una tras otra las inyecciones terminaron por llevarse las piedras que le servían para atravesar el río.

—Por el Papa —dijo Gloria.

En la cabeza de Camino colgaba un columpio sustentado en la nada, una sopa de letras. Los zapatos dormían bajo la cama.

—Por los más necesitados, mi vida.

—Se me nubla la vista, mamá.

Vio corazones desdibujados. Corazones de tinta.

—Por los pecadores.

—Mamá, no veo bien.

—Por los pecadores.

—Por los pecadores, mamá. Veo borroso.

Vio borroso a su Príncipe. Luego desapareció.

—Por los niños sin bautizar.

—Señora, por favor.

—Gloria, mujer.

—Por los niños sin bautizar, mamá.

En la clase de teatro Bego se tocó la oreja. Garabato riñó a Moja.

—No te aguantes, quéjate, guapa.

—El Señor lo espera todo de ti, vida mía.

—Gloria, por Dios.
—Señora.
—Se me nubla un poco la vista, de verdad, mamá.
—Es normal, señora.
—Aguanta, mi vida.
—Gloria, por Dios.
—Hija.
—Sí, mamá.
—Por los pecadores.
—Gloria, por favor.
—Por los pecadores, mamá.
—Eso es, mi vida. Por los pecadores y por los niños sin bautizar.
—Por los niños sin bautizar.
Jesús cogió a Elena de la mano.
—Voy a vomitar.
—Quéjate, bonita.
—Por la Iglesia.
—Y mándame a la porra si quieres.
—Por la Iglesia, mamá.
—Mándame a la porra, de verdad, que no me importa.
—Por la Iglesia y por la Obra.
—Gloria, por favor.
—Quéjate, venga, quéjate.
—Por la Iglesia y por la Obra, mami.
—Tiene el color de la fresa, pequeñaja.
—No me creo que sea de fresa, papi.
—Ya verás cómo sí.
—Grita si te molesta. Es normal, de verdad.
—Ofrécelo, mi vida, ofrécelo al Señor.
—Papá.
—Estoy aquí, pequeñaja.
—¿Ves como no era de fresa?

—Tienes que estar a la altura de lo que el Señor espera de ti, ángel mío.

—Gloria.

—Señora, le repito que esto no es agradable.

—Vamos, hija. Ya terminamos, mi vida.

—¿Cuánto nos queda?

—Un poquitín.

—Grita si quieres.

—El Señor te ama, mi vida.

—Sí, mamá. Siento náuseas. Otra vez.

—Con lo valiente que tú eres.

—¿Papá?

—Sigo aquí a tu lado, mi vida.

—¿Ya me han puesto todo?

—Casi, cariño.

—Aguanta. Ya se acaba todo.

—Se me sube a la boca todo el sabor.

—Aguanta.

—Gloria, por Dios.

—Señora.

—Sé fuerte.

—Sí, mamá.

Había pasado la hora. Bernaola encendió otro cigarrillo y tocó sin querer el botón ausente de la bata. El teléfono volvió a sonar. No descolgó. Era un verano extraño. El cielo estaba caliente. En la parada del autobús ya no había nadie. Deseaba irse a casa. Se preguntó si habría hecho bien ocultándole a la niña que el tratamiento haría desaparecer su hermoso cabello. En la cafetería, situada en la planta baja, Mari Ángeles apuró el café y depositó sin ganas la taza sobre el plato. Cuando salió a la calle, el viento de verano que rodeaba el hospital movió alegremente su blusa. Después, el viento bajó hasta el Sur para sorprender a Cuco en el recreo, a Elena tirando el chicle a la basura y a Milagros introduciendo el cadáver de un pollo en la nevera del club. El viento pasó por Garabato, que fregaba el suelo del local de ensayo, pasó por la Pingüi, entregada a cambiar con primor la sexta cuerda de la guitarra y visitó a Don Faustino, el cura, que limpiaba en ese instante el cristal de las gafas de su ojo bueno. Después el viento ascendió vertiginosamente para estrellarse contra la ventana del rascacielos tras la que Don Miguel Ángel con la Montblanc en la mano trataba de seguir la conversación de Don César. Al bajar, el viento regresó al hospital, se llevó bajo el brazo el humo del cigarrillo de Bernaola y se asomó a la ventana de Camino.

—Se ha levantado viento —dijo Gloria cerrando la ventana.

—Mamá.

La sorprendió la violencia del vómito. Camino vomitó de golpe, hacia arriba, asfixiándose. Vomitó el corazón de tinta. Vomitó lo que era y lo que no quería ser. Vomitó los recuerdos, como si quisiera limpiarlos, y vomitó Matemáticas, Lengua, Sociales, llantos silenciosos, vestidos rojos, inyecciones, culpas, miradas, secretos, amaneceres, tinieblas, veranos, persianas bajadas, diccionarios, camas vacías, clubes con pollos muertos, el olor a rosas de las santas incorruptas. Camino vomitó hacia el cielo alas de ángeles custodios, cementerios de nubes, novenas, pastelerías. Vomitó lágrimas, culpas, chicles, electrones, ausencias, faltas de ortografía, películas de Súper 8, oraciones, colores, corazones rotos, zapatos de Cenicienta. Vomitó el cielo rojo y plano de Madrid. Cada uno de los vómitos parecía ser el último. Quería expulsar el nombre raro y feo que se había instalado en su cuello.

Bernaola miró el humo de su cigarro y pensó que la

vida de sus pacientes era precisamente eso, humo. No quería contestar el teléfono, no quería irse a casa, no quería coser el botón, no quería olvidar a Camino. Al otro lado de la ciudad, Cuco entró en clase. Bego se ajustó los braquets. Ambos pensaban en Camino, pero se trataba de una Camino muy diferente a la que en ese instante yacía exhausta sobre la cama. El cansancio se había apoderado de su belleza. Gloria le secó el sudor, que volvía a empaparla, y observó a su hija como si no la conociera. No se trataba solamente de sus labios resecos, de su cabello pegado a la frente, de sus hermosos ojos hundidos o del color de su piel, tan diferente al que siempre había lucido. Su hija era distinta. Un ser extraño habitaba en su interior, creciendo, apoderándose de ella.

Camino abrió los ojos y miró fijamente a su madre.

—Viva Jesús Sacramentado.

Sus labios estaban abrasados. Gloria no reconoció su mirada. Sintió un escalofrío.

—¿Quieres que recemos la estación de Jesús Sacramentado?

—No, mamá. Esta noche me voy a suicidar.

El viento golpeó los cristales de nuevo. Gloria se apartó de su hija. La toalla con la que había limpiado los vómitos cayó al suelo. Procuró mantener la calma.

—¿Por qué dices eso, hija?

—Porque ha venido el demonio.

Gloria sintió un calor que no podía controlar. Un calor que la hizo temblar. La voz de Camino era oscura.

—El demonio no puede estar aquí, mi vida, porque tú y yo estamos en gracia de Dios.

Había temor en cada una de sus palabras. Temor e indecisión. Temor, indecisión y desconsuelo.

—Está detrás de ti, mamá. Lo estoy viendo.

Gloria se volvió de golpe, como si existiera alguna posibilidad de que fuera cierto. Vio su reflejo en la ventana. Le costó reconocerse en aquel rostro desencajado.

—Todo está lleno de moscas, mamá —dijo Camino con una tranquilidad sobrecogedora.

Gloria decidió que era cierto, que podía serlo. Le pareció razonable que todo estuviese lleno de moscas. Estaba cansada.

Camino cerró los ojos. Se hizo el silencio, y en el silencio Gloria escuchó un zumbido estremecedor que avanzaba hacia ella. Un rumor de millones de moscas. Se levantó apresuradamente y cogió el frasco de agua bendita.

—Vamos a rociar tu cama.

Le temblaban las manos.

—No, que le molesta.

—Pues que rabie. ¿No es eso lo que queremos?

Roció la cama, las paredes y los cristales.

—Quien pastor, pastor. Quien becerro, becerro.

La voz de Camino era más ronca.

—¿Qué dices, hija?

—Yo soy pastor. Papá es pastor. Tío Rafael es pastor.

Se acrecentó el zumbido.

—¿Y yo qué soy? ¿Un becerro? —preguntó Gloria esparciendo el agua.

—Tú no eres nada.

—¿Y qué hacéis los pastores?

—Cuidamos de los becerros y a veces vomitamos.

El nuevo vómito mantuvo la violencia del anterior, pero su color era distinto. Y su sonido. Camino se ahogaba. Gloria la limpió con otra toalla. El extraño ser que habitaba en su hija se alimentaba de ella, crecía en su interior y las amenazaba a ambas.

—Jesús —exclamó Camino suavemente.

—Él está contigo, hija.

Le cogió las manos. Pensó que el agua bendita había

obrado milagros. Intentó tranquilizarse. El zumbido que había oído era el del tráfico, amortiguado por la doble cristalera del hospital. La extraña voz de su hija se debía a la irritación que los continuos vómitos le habían ocasionado en la garganta. El momentáneo delirio era resultado de la fiebre. A pesar de ello le seguían temblando las manos.

—Vamos a rezar.

—Sí, mamá.

Camino se durmió. En el sueño reconstruyó un mundo tan terrenal como el que estaba a punto de abandonar. Reconstruyó el olor de los zapatos, el de las aceras mojadas que la conducían a Cuco, el de los largos viajes a Oropesa, todos juntos en el coche atravesando pueblos imaginarios y jugando al veo-veo o a adivinar películas. Sentada en el asiento trasero, siempre junto a ella, Nuria decía cosas que a su madre la ponían de los nervios. Decía, por ejemplo, que el viento desafinaba o que la Luna se estaba desinflando. Para desesperación de Gloria, papá siempre le daba la razón. Echaba de menos a aquella Nuria.

Cuando abrió los ojos comprobó que ya no estaban en el coche. No habían llegado a la playa. Estaba en la habitación, y la habitación olía a calor y a toallas empapadas de vómitos.

Quería seguir soñando, conducir los sueños, como había hecho siempre. Lo intentó. Quiso soñar que corría de nuevo hacia Cuco por la calle Génova, pero en su vida existían siempre doce campanadas que la obligaban a abandonar apresuradamente el palacio antes de que sonara la última y a correr escaleras abajo perdiendo un zapatito de cristal o una Converse porque la magia estaba a punto de acabarse y entonces la calesa volvería a ser una calabaza y los caballos se transformarían de nuevo en ratones.

—He perdido un zapato, mamá.

—Qué cosas tienes. Tus zapatos están bajo la cama.

Camino pensó en su Príncipe, en su vestido rojo, en que todo había sucedido y en que quizá nunca iba a suceder. Gloria se refrescó la cara en el cuarto de baño, Bernaola abrió la ventana, la Pingüi terminó de afinar la sexta cuerda de la guitarra, Fontela comenzó una nueva guardia, José buscó aparcamiento, Don Faustino se ajustó la dentadura postiza y Don César hizo la última llamada del día. El calor se instaló en Madrid. La ciudad se replegó sobre sí misma. Gloria, mirándose al espejo y secándose con la toalla, presintió que el verano sería extraño y se preguntó si convendría contárselo todo a Don Miguel Ángel.

45

La llave oculta en la repisa junto a la guitarra de Nuria cayó al suelo inesperadamente. Era la llave pequeña, desnuda y secreta del joyero de Gloria. José la guardó en el bolsillo para entregársela a su mujer y continuó buscando sin éxito la Caja de Guardar Secretos que le había regalado a Camino. Metió en la maleta los camisones que Gloria le había pedido y miró el joyero, que parecía devolverle la mirada desde el fondo de la cómoda. Volvió a mirarlo; lo miró otra vez, y volvió a hacerlo mientras colocaba bajo los camisones la ropa interior de su mujer. Cerró la maleta y se acercó a él despacio, muy despacio. No se había equivocado. El joyero le observaba. No había dejado de hacerlo desde que José entró en la habitación. Sin saber por qué, sin planteárselo siquiera, sacó la llave del bolsillo y la introdujo en la cerradura. Dudó un momento antes de hacerla girar hacia la derecha, sorprendido por lo que aún no había hecho. Cuando su mano giró sin que él lo esperase, sintió que no era responsable; no había dado ninguna orden a su cerebro y sin embargo el pulgar ya estaba sobre el índice, la llave había girado, los engranajes sonaron al separarse y el joyero abierto le miraba con una franqueza en la que José distinguió polvo y aburrimiento.

Levantó la tapa lentamente y permaneció unos instantes mirando su contenido, sin tocar nada. Luego se sentó en la silla, cerró los ojos e inclinó la cabeza como si estuviera cansado. Pensó que vivía en un lugar desconocido, que la casa en la que se encontraba no era la suya. Sintió un repentino cariño por los hostales perdidos y por los pequeños hoteles que frecuentaba en sus viajes. Jamás le habían mentido. Nunca habían aparentado ser otra cosa diferente a lo que eran: lugares de paso, sinceros y transparentes. Sin embargo su casa, su hogar, el hogar de Nuria, de Camino y de Gloria, se había convertido en un montón de rincones habitados por sombras, laberintos, silencios y mentiras. Y él lo había consentido. Movió la cabeza de derecha a izquierda como si no pudiera creer lo que estaba viendo y suspiró imitando sin querer la forma en la que Gloria lo hacía.

No sentía nada. Sabía que el dolor llegaría luego.

Le sobresaltó el timbre. No quería oírlo. No estaba en casa. En casa no había nadie. Miró otra vez el joyero, como si tuviera algo que decirle, pero el joyero se mantuvo en silencio y el timbre sonó otra vez y volvió a sonar y José se levantó de la silla sin querer hacerlo, con la misma sensación que sentía cuando despertaba aturdido en mitad de un sueño. Se dirigió hacia la puerta. Se detuvo. No quería abrir. No estaba en casa, pero el timbre sonó de nuevo. José retrocedió al salón procurando no hacer ruido. Después, cuando el timbre cesó de sonar, un extraño vacío se adueñó de las habitaciones. José esperó un segundo. Dos. Tres. Cuatro. Oía su respiración. Volvió a contar. Contó hasta siete. Fue entonces cuando sin querer hacerlo, José abrió la puerta.

—Vaya, menos mal. Creí que ya te habías ido.

La sonrisa de Don Miguel Ángel iluminó el descansillo, pero José distinguió en su voz un cierto tono de reproche. Miró al sacerdote con la misma sorpresa con la que había observado minutos antes el interior del joyero.

—Estaba a punto de irme al hospital —dijo.

—Lo sé, lo sé. Gloria me lo ha dicho. Por eso me he dado toda la prisa que he podido.

Don Miguel Ángel entró en el piso como si José no existiera y avanzó por un pasillo que parecía pertenecerle, al igual que el resto de la casa.

—Es urgente que hablemos, José. Muy urgente.

Al llegar al salón, Don Miguel Ángel ocupó el sillón de José y le hizo un gesto displicente con la mano indicándole que se sentara.

—Siéntate, por favor. Se trata de algo importantísimo.

José se sentó donde jamás lo hacía, frente a la ventana. Le molestaba la luz. Por ese motivo hacía ya años que había decidido que su lugar estaba en el sillón que se encontraba de espaldas a la cristalera, el que precisamente había ocupado Don Miguel Ángel. Su sillón. Volvió a pensar que no estaba en su casa, que nunca había estado.

—No te quitaré mucho tiempo.

Se preguntó si Don Miguel Ángel sabría que el sillón en el que se había sentado era el suyo. Decidió que sí, ¿cómo no iba a saberlo? Volvió a sentirse de visita en su propia casa. Estaba cansado. Quería irse. La despiadada luz del verano le ardía en los ojos.

—Ha llegado el momento de que pensemos seriamente en Camino, José.

José no respondió. Don Miguel Ángel advirtió en su mirada una firmeza que le extrañó.

—Perdona, tal vez me haya expresado mal.

Lo había hecho. Se había expresado mal. Apretó los labios, sacó la pluma y la miró como siempre lo hacía, como si no la mirase, dando a entender que no veía una pluma sino mundos que quedaban más allá de las palabras. No funcionó. La mirada de José seguía siendo firme. Don Miguel Ángel respiró hondo y se tomó el tiempo necesario para comprender que había obrado mal. No tenía que haber comenzado así la conversación. «Ha llegado el momento de que pensemos seriamente en Camino», tal y como se lo había dicho, equivalía a decir que José jamás lo había hecho, que nunca había pensado seriamente en su hija. Había cometido un error. Y no era el único. Recordó su entrada en la casa, tan precipitada; la poca importancia que le había dado al hecho de que José se dispusiera a salir cuando él llegó y que le hubiese informado sin ninguna necesidad de que había hablado con Gloria. «Gloria me lo dijo» significaba que si él estaba allí era porque Gloria le había pedido que lo hiciera; y ahora, sentado en lo que él sabía de sobra que era el sillón favorito de José, acababa de decirle a un padre cuya hija estaba enferma que tenía que pensar más seriamente en ella. Cometer errores tan evidentes era una posibilidad que jamás había contemplado. Se sentía confuso. Por primera vez había traspasado los límites de la sutileza. Cambió la Montblanc de mano. José le seguía mirando fijamente. Ya no parecía deslumbrado por la luz. Por ninguna.

—Le escucho, Don Miguel Ángel.

El tono era igual de seco que su mirada. Don Miguel Ángel dejó la pluma sobre la mesa y pensó en la posibilidad de levantarse y dejarle a José su sillón, pero le pareció descabellado, torpe, infantil. Frente a él no estaba el hombre pusilánime y tibio que siempre había conocido. Estaba un padre. El padre de Camino. Y los ojos del padre de Camino brillaban.

—Usted dirá.

—Gloria está preocupadísima, José.

Guardó la pluma, un gesto que le sirvió para no transmitir la desazón que le invadía. No comprendía cómo había sido posible que se hubiera dejado arrastrar por la ansiedad de esa manera.

—No sabes lo preocupadísima que está.

José consultó su reloj. Don Miguel Ángel no pudo evitar un gesto de sorpresa. Levantó los ojos rápidamente. La actitud de José le pareció inapropiada, insolente. Cruzaron sus miradas. Don Miguel Ángel contaba con que le pidiera disculpas por haber mirado el reloj tan descaradamente, pero José no lo hizo. Sus ojos seguían brillando. Don Miguel Ángel sonrió como si no hubiera pasado nada, y sonrió de nuevo mientras recordaba que al entrar en la casa le dijo que no le quitaría mucho tiempo y José no respondió, como debería haber hecho, que no se preocupara por eso, que para él, para Don Miguel Ángel, tenía todo el tiempo del mundo.

—Conozco la opinión del doctor Bernaola, José —dijo Don Miguel Ángel—. Es un buen médico, y su hospital está entre los mejores de Madrid, pero todos estamos convencidos de que Camino va a estar mejor en Navarra.

Volvió a sonreír. Tal vez no debería haber dicho «todos». José le preguntaría de inmediato que quiénes eran todos. Improvisó una respuesta. La tenía preparada. Pero José no le preguntó nada. Sabía muy bien quiénes eran todos.

—La de Pamplona es una clínica privada.

José pensaba en el joyero de Gloria. No podía dejar de pensar en él. Oculta en el joyero había encontrado la Cajita de Guardar Secretos de Camino.

—Claro que es privada. Precisamente por eso allí está el mejor cuadro de oncología infantil.

Don Miguel Ángel dejó de sonreír. Tosió sin necesidad.

—Son médicos buenísimos, José —añadió—. Médicos que se entregan en cuerpo y alma.

Volvió a toser y recordó la llamada de Gloria, que le había parecido cruda y preocupante. Camino le había dicho a su madre que se iba a suicidar. No podía imaginarla diciendo eso. Pensó con horror en el cuerpo extraño que habitaba en Camino.

—El trato humano que le van a dar en Pamplona —prosiguió Don Miguel Ángel—, no tiene nada que ver con el que tú conoces, José. Ni mucho menos.

El cuerpo extraño provocaba vómitos. La niña había visto moscas, había oído su zumbido. Había hablado de becerros y de pastores.

—El trato que le están dando a Camino es inmejorable.

Dentro del joyero de Gloria, en la Cajita de Guardar Secretos, Camino ya había ocultado el primero. Quizá el más importante; un folio que José desdobló con emoción. Miró maravillado el corazón de tinta desdibujado por el agua y atravesado por una flecha que unía dos nombres. Camino y Jesús. Ése era el secreto, el primer gran secreto de Camino.

—Pero es que en Pamplona están especializadísimos, José.

Creyó escuchar otra vez la voz de Gloria en el teléfono, la ansiedad que le secaba la boca, como si de verdad hubiera visto al diablo en la habitación de la niña.

—Pamplona es otra cosa, José —insistió Don Miguel Ángel.

Vómitos, moscas, becerros, pastores, Gloria esparciendo agua bendita por la habitación y la criatura creciendo en el interior de Camino, apoderándose de ella.

—No sé si nosotros ahora podemos permitirnos una clínica privada —dijo José esgrimiendo un argumento poco convincente, consciente de que el interés del cura poco tenía que ver con la calidad de los médicos de Pamplona.

Bajo la Cajita de Guardar Secretos había un paquete de cartas anudadas con una cinta roja. Estaban dirigidas a Nuria. Eran las cartas de Giuseppe, las que Nuria había esperado día tras día. Las cartas apasionadas que jamás habían llegado a sus manos.

—Olvídate del dinero, José. No pienses en ello. Ahora tenéis que pensar en la niña y no en vosotros.

Las moscas, el zumbido de las moscas. La voz ronca de la niña, el ser extraño que terminaría por dominarla. Tenía que sacarla de Madrid cuanto antes. El ambiente del hospital en el que Camino estaba ingresada no era el más adecuado para sus planes. En Pamplona se movería con total libertad lejos de Bernaola, el grueso doctor que jamás había hecho el mínimo esfuerzo por complacerle.

—Yo se lo agradezco, pero dudo de que ahora Camino quiera irse.

Volvió a pensar en Nuria desolada bajando al buzón día tras día, buscando entre el resto de la correspondencia sus inexistentes cartas de amor.

—Dudas. ¿Lo ves? Tú lo has dicho, José. Siempre dudas. Dudaste cuando Nuria sintió la vocación. Dudaste cuando perdiste a tu hijo. Gloria y tú sois unos privilegiados.

—¿Privilegiados?

En la mirada de José había enfado y cansancio.

—El Señor no ha elegido a Camino. Os ha elegido a vosotros. No es la primera vez que Cristo os visita con la cruz. Está poniendo a prueba vuestro amor por Él. Y me atrevería a decir que es a ti especialmente al que está probando, José, porque Gloria está teniendo una actitud ejemplarísima. Sobrehumana diría yo.

José estuvo a punto de dejarse llevar por un complejo de culpa que no sabía muy bien dónde nacía, pero que surgía sin motivo, se adueñaba de él y después desaparecía para emerger de pronto y apoderarse otra vez de su vida. Logró evitarlo. Miró su reloj sin levantar el brazo. Luego observó a Don Miguel Ángel. Ambos sabían que Camino estaba grave y que seguramente tampoco en Pamplona podrían hacer nada por ella. Pero Don Miguel Ángel tenía razón. José dudó. Tal vez existiera una posibilidad, y él no podía negarse. Nunca se había negado a nada.

—No sé, Don Miguel Ángel.

Lo dijo sin pretender que su duda fuera tenida en cuenta. Sabía que la decisión de ingresar a Camino en la clínica de Navarra ya estaba tomada. Don Miguel Ángel no estaba allí para consultarle. Sencillamente había ido a informarle.

—Dios está haciendo un trabajo precioso con esta chiquilla, José. Y cualquier cosa que él haya dispuesto es por su bien.

José se sintió transparente. Quería llorar, pero no lo hizo. Sabía que, al igual que el dolor, el llanto vendría luego.

Condujo hacia el hospital recordando las últimas palabras de Don Miguel Ángel. Al parecer, por el bien de Camino el Señor había dispuesto que su hija se apagara poco a poco. Solamente un milagro podía salvarla —Bernaola no le había mentido respecto a la gravedad del cáncer—, pero ya hacía tiempo que José no creía en los milagros. Al menos no contaba con ellos. Gloria, sin consultárselo, sin ni siquiera hablarle de ello, ya había dispuesto el traslado de Camino a Pamplona. Se sentía humillado. Había abierto la puerta de casa sin querer hacerlo. Había consentido que Don Miguel Ángel ocupara su lugar, y no se trataba solamente del sillón: Don Miguel Ángel había ocupado su vida. Sonrió tristemente pensando que su único gesto de rebeldía en tantos años había sido permitirse mirar el reloj delante del sacerdote. Entró en la rotonda y permaneció varios minutos dando vueltas y vueltas, sin decidirse a salir. Se sentía bien yendo hacia ningún sitio. José giraba en un coche que daba vueltas a una rotonda, y su cabeza giraba en inútiles movimientos de rotación y traslación; giraban también sus pensamientos, cada vez más desordenados, y giraban los planetas, y la rotonda entera giraba como un universo en miniatura ajeno a él y al dolor y al llanto que le sobrevino de golpe. Gloria había ocultado la Caja de Guardar Secretos de Camino y había ocultado las cartas que Giuseppe le había enviado a Nuria. Gloria había ocultado su vida entera. La vida de todos.

Don Miguel Ángel observó desde el despacho de Don César la ciudad que se extendía a sus pies. Oía la voz de César, pero no la escuchaba. El problema estaba resuelto. No existía ya ningún impedimento para edificar el colegio de fomento en la próspera zona Norte y, sobre todo, César no había olvidado pedir a su secretaria servilletas de tela, las únicas que aceptaba Don Miguel Ángel.

—Ha llevado su tiempo, pero todo ha salido bien, Don Miguel Ángel. Me alegra complacerle.

—No me complaces a mí, César. Complaces a Dios. Hoy ha sido un buen día.

No sólo estaba contento por la luz verde que había conseguido para levantar el nuevo colegio. Pensaba en Camino y en lo mucho que la Obra la necesitaba. A la vez pensaba en sí mismo, en su pericia, en cómo había dispuesto las cosas, tan a la perfección. Repasó lo que Camino era, lo que estaba siendo y lo que llegaría a ser si la dejaban en sus manos. Camino y él estaban juntos. Se emocionó pensando en cómo escribiría en el futuro su comportamiento ante la llamada de su madre, su serenidad ante una crisis que no era la primera, el agua bendita, el zumbido de las moscas, el diablo llenando la habitación y el enorme esfuerzo que le había costado arrancarla de Madrid para llevarla a Pamplona. Estaba emocionado. Los diablos se batían en retirada. El cielo aplastaba los infiernos. Se sentía feliz. Deseaba llegar a Pamplona cuanto antes. En Pamplona estaba Nuria.

José abandonó la rotonda. Pensó en los doctores del cuerpo y en los del alma, en cómo se parecían entre sí las dos potentes anestesias que ambos utilizaban. Bernaola. Don Miguel Ángel. Se miró en el espejo retrovisor. Sus ojos habían perdido todo brillo.

46

Bego no pudo ver los extraños líquidos que corrían por las venas de su amiga, pero se fijó con horror en el pelo mal rasurado, en el halo que como una corona de espinas se clavaba en su frente; intuyó los olores de los vómitos que habían abrasado los labios de Camino. Observó sus brazos abiertos, las cicatrices que no cicatrizaban, el pelo desmadejado y muerto sobre la almohada.

—Hija mía, estás para que te crucifiquen.

—¡Bego!

En los ojos de Camino ardía un poso de alegría y de entereza que llegó a perturbarla.

—¿Qué pasa, Bego? ¿Por qué me miras así?

—No sé. ¿Cómo te miro?

—Así.

—Ah, pues igual te miro así porque veo en tus ojos un poso de entereza y de alegría que me perturba.

—¿Esa frase es de la obra?

—No. Pero es que mi padre me está obligando a leer a los clásicos. Y dicen cada cosa...

—Porque escribían con plumas de gallina.

—No, los clásicos de verdad escribían con plumas de ganso.

—Aunque escribieran con plumas de ganso no podían decir eso que me has dicho de que ves en mis ojos no sé qué.

—Lo he leído esta mañana. Los clásicos me están volviendo loca.

—¿Por qué no has venido a verme antes?

—Porque tengo cole y porque estoy muy metida en los clásicos.

—Ya. ¿Y qué tal me ves?

—Fenomenal. Ya me gustaría a mí estar tumbada todo el día y saltándome las clases.

—Sí, como que es tan cómodo.

—Si quieres me tumbo yo y tú vas a jugar a baloncesto con la Pingüi.

Camino miró la nada que flotaba en el techo.

—Yo creo que me estoy muriendo, Bego.

—No. Tú te morirás martirizada por los romanos o comida por los leones o así, cosas de esas que le gustan a tu madre.

—A lo mejor no, a lo mejor me muero de verdad, como las personas.

—Qué va. No puedes morirte. No eres una persona. Eres una santurrona.

—Muy graciosa.

—Ya que no soy guapa, por lo menos tengo gracia. Pero preferiría ser guapa. Y que sepas que no puedes morirte porque aún te quedan muchas cosas por hacer.

—¿Cómo qué?

—El viaje de fin de curso. Igual vamos a Andorra, y ya me dirás qué hago yo sola en Andorra. Nada.

—Puedes esquiar.

—Prefiero sentarme contigo en la puerta del hotel y ver cómo se caen las demás.

—¿Y cómo van las cosas en el cole?

—Este, esta, estos, estas, ese...

—¿Ya vais por los demostrativos?

—Un aburrimiento. Peor que ir a Andorra.

—¿Y el teatro?

—He abandonado mis sueños de ser una estrella.

—¿A quién le han dado el papel de Cenicienta?

—Hija, te creía más lista. ¿A quién crees tú que se lo han dado?

—A Elena.

—Pues claro, ¿a quién se lo iban a dar? Tienes cada pregunta...

—¿Y lo hace bien?

—La que peor. Es patética. Debería hacer de calabaza en vez de Cenicienta. Ni de calabaza siquiera. El pobre Garabato está desesperado. En los ensayos se tira de los pelos.

—¿Y por qué le ha dado el papel?

—Porque Elena es mona y tiene tetas.

—Las tetas no lo son todo en la vida, Bego.

—Pues yo es lo único que quiero. Unas tetas grandes y unos dientes como Dios manda.

—Hay que ver cómo eres.

—Plana y con braquets.

—¿Os seguís acordando de mí en teatro?

—Garabato sí. Y yo también.

—¿Y él?

—¿Quién?

—Hija, Bego, no seas así. Ya sabes de quién hablo. ¿Acaso has venido a hacerme sufrir?

—Sí.

—Pues muy bien.

—¿A quién te refieres?

—Tú hazte la tonta.

—Ah, te refieres a Moja.

—¡Bego!

—Es que pareces una niña. Pues claro que se acuerda de ti.

—¿De verdad?

—No te pongas colorada, que me quitas las ganas de hacerte bromas.

—No me he puesto colorada.

—Entonces será de lo mucho que tomas el sol. ¿Eso que llevas en la cabeza no te pica?

—Un montonazo.

—Es que se te clava en el cráneo. Mañana traigo la llave inglesa y te lo quito.

—¿Te lo quieres probar?

—No, ya tengo bastante con los braquets.

—¿Me vas a contar o no?

—Vale. Te cuento. Él hace de Príncipe.

—Normal. ¿Y se acuerda de mí o no?

—Todo el santo día.

Los ojos de Camino se llenaron de vida.

—¿De verdad? ¿Me lo dices de verdad?

Bego asintió. Le cogió la mano.

—A veces me mira en clase de teatro y sé que está pensando en ti porque tiene la mirada triste. Yo creo que está enamorado.

—¿Por qué lo sabes?

—Hija, no te aceleres, que te va a dar un pasmo.

—¿Por qué lo sabes?

—Y dale. Lo sé porque es menos gracioso que antes. Ya ha perdido su sentido del humor. Le has destrozado la vida al pobre Cuco.

—A Jesús.

—Como quieras.

—¿Te ha dicho algo?

—Que te va a reservar un asiento en la primera fila.

—Qué bien —respondió Camino desilusionada.

—Y había algo más, pero ya no me acuerdo.

—Haz memoria, por favor, Bego, haz memoria.

—¿Qué me das si te lo digo?

—Pediré por ti.

—Prefiero decírtelo gratis.

—Venga, dímelo, por favor, por favor...

—Se me ha olvidado.

—¡Bego!

—Que la semana que viene vamos a venir a verte después del ensayo.

—¿Aquí? ¿Vais a venir a verme aquí?

—Si quieres podemos quedar en el bar de abajo.

—Qué tonta eres. Es que mira qué pinta tengo.

—No te preocupes. Nosotros también vamos a venir disfrazados, para que veas los trajes que vamos a utilizar en la obra. El de Príncipe es el más chulo. No veas cómo le sienta. Parece un Príncipe de verdad. Se lo hizo mi tía.

—¿Va a venir él?

—¿Quieres tranquilizarte?

—Vale. Voy a respirar hondo. Ya he respirado. ¿Va a venir él?

—¿Cómo no va a venir él si ha sido idea suya?

—¿De verdad?

—¿No sabes decir otra cosa?

—¿De verdad?

—No grites.

—¿Lo de venir a verme ha sido idea de él, en serio?

—Cuco está loco por ti. Y te va a traer una carta. Si tuvieras correo electrónico como todo el mundo...

La monja entró en la habitación con el carrito de las meriendas.

—A ver, guapas, traigo un puré y un yogur de coco. Parece que tienes mejor cara, Camino. Luego te vamos a levantar un poquitín para hacer la cama.

—No hace falta que la levanten, madre. Está a punto de levitar ella solita.

47

Camino deseaba ver cuanto antes a Jesús. Deseaba leer su carta mil veces. La sonrisa que se instaló aquella tarde en su rostro, tras la visita de Bego, y que iluminó de nuevo la habitación contagiando a todas las enfermeras comenzó a oscurecerse a primera hora del día siguiente para agonizar lentamente a lo largo del fin de semana. El lunes apenas quedaban rastros de alegría en su mirada. Sintió que respiraba mal, pero la sensación de asfixia no se debía exclusivamente a los vómitos o la fiebre. Camino se encontraba dentro de un remolino de palabras semejante al agujero que se había tragado el mar durante el sueño de la primera operación. Las palabras giraban en su cabeza formando frases que tenían sentido y que a la vez carecían de él. Todas provenían de su madre y de Don Miguel Ángel, a quien veía continuamente cada vez que abría los ojos. La que más repetían era Pamplona.

Conduciendo hacia Castellón, José no dejó de pensar ni un momento en la pesada y eficaz estrategia que se utilizaría con su hija. Podía haber anulado el viaje ese fin de semana; estaba seguro de que el cliente al que tenía que ver no hubiese puesto ninguna objeción, sobre todo al decirle que su hija estaba enferma, pero prefirió no hacerlo. Quería estar solo, conducir, engañarse a sí mismo pensando que tenía que cumplir una misión, que se dirigía a algún lugar. Sabía que en realidad estaba huyendo, dejando a Camino a merced de una estrategia de palabras y de gestos que terminaría por doblegar su voluntad. Contaban con la hermosa obediencia de la niña y también con su cansancio.

El verano, especialmente caluroso, estaba en todo su esplendor. Paró en un área de descanso, echó gasolina y aspiró la humedad del mar, que presintió cercano. En ningún momento le dirían a su hija que debía ir a Pamplona. Le dejarían caer con cuentagotas lo difícil que resultaría ingresarla, una lástima porque allí tendrías más posibilidades de recuperarte, no veas cómo es esa clínica, pero es difícil que nos acepten, aunque podríamos intentarlo, una verdadera pena, hija mía, porque además está tu hermana, y fíjate el tiempo que hace que no la ves. Le harían desearlo. Siguió recitando el resto del plan mientras tomaba un café. A través de la cristalera vio a los gorriones picoteando los insectos estrellados en el radiador y en los parabrisas de los coches aparcados. Se sintió uno de ellos. Un insecto. José era un insecto aplastado y devorado por el peso del mundo. Quiso convencerse de que estaba actuando convenientemente. Lo intentó. Era cierto que la clínica de Pamplona estaba catalogada como una de las mejores, y que en Pamplona estaba Nuria, y sabía la importancia que tenía para Camino volver a ver a su hermana. Y además, ¿y si de verdad existiera una posibilidad de curación para su hija y él la estuviera desaprovechando? Sonrió sin hacerlo. A pesar de los kilómetros que le separaban de Gloria y de Don Miguel Ángel, la sutil estrategia también parecía afectarle. Miró el cielo luminoso y uniforme, el calor que agostaba los márgenes de la carretera y que reverberaba extendiéndose en ocres y amarillos cada vez más violentos hacia las colinas que le separaban del mar. Observó de nuevo a los pájaros, centrados en su banquete de insectos. Los recordó nítidamente cuando al día siguiente, por la noche, al regresar de su viaje, habló con Gloria, que lo esperaba en la puerta del hospital. Luego subió a la habitación de su hija. Camino lo recibió con un abrazo y una sonrisa que ya era una sombra.

—¿Qué tal el viaje, papá?

—Bien, hija, pero no me ha dado tiempo a traerte esas cosas que tanto te gustaban para mojar en la horchata.

—Los *fartons.*

—Eso.

—No importa. ¿Hablaste ya con mamá?

—Sí, hija.

—¿Y qué te parece lo de irnos a Pamplona?

—Me gustaría saber qué te parece a ti.

—Es muy difícil que me admitan, pero Don Miguel Ángel lleva intentándolo todo el fin de semana, y me ha dicho que está a punto de conseguirlo. Dice que son los mejores. Y como ahora tienen que radiarme resulta que tenemos que irnos porque allí son muy buenos.

—¿Y tú quieres irte?

—Veremos a Nuria, papá. Tú también tienes ganas de verla.

—Muchas.

—¿Cuando te radian te duele?

—Yo creo que no.

—Mamá me ha dicho que Nuria está como loca por tenerme allí.

Camino hizo un gesto con los labios. Los apretó un poco.

—¿Te duele?

—Un poco, pero no es eso.

José sabía muy bien lo que el gesto significaba.

—¿Qué pasa, hija?

—Nada. Bueno, sí. La verdad es que ahora me viene un poco mal irme de Madrid.

—¿Por qué?

—¿No te acuerdas? Mis amigos van a venir a verme.

—Puedes verlos cuando regreses.

—Eso me ha dicho también mamá.

José se sintió incómodo.

—Es una visita muy importante, papá.

—¿Cómo de importante?

Camino se agarró a su brazo.

—La visita más importante del mundo, papá.

—Pues sí que es importante.

—Imagínate: quería que mamá me hiciera un peinado especial.

—Vaya. Igual no vas a tener suficiente con una cajita para guardar los secretos.

—No, ése ya lo he guardado en la que me regalaste.

José sonrió. Un folio, un corazón, dos nombres, una flecha.

—¿Has encontrado la cajita?

—Sí, hija. La he encontrado.

Camino suspiró, aliviada.

—No me voy a morir, ¿verdad, papá?

—¿Cómo se te ocurre decir eso?

—No te enfades. Es que sería una pena morirme ahora, que todo empieza a salirme bien.

—Hija.

—¿Dónde estaba la cajita?

—Ya está todo arreglado —dijo Gloria irrumpiendo en la habitación—. Don Miguel Ángel lo ha conseguido.

—Qué suerte, mamá —dijo Camino sin ganas.

—Mañana nos vamos —añadió Gloria—. Gracias a Dios.

—¿Mañana? —preguntó Camino.

—Mañana mismo, hija.

La voz de Gloria era lo único alegre en la habitación.

—Mañana —volvió a repetir Camino.

Su voz estaba muerta. José observó la decepción en el rostro de su hija.

—Don Miguel Ángel nos ha ayudado muchísimo con los trámites. Tenemos que estarle agradecidísimos.

Camino miró a su padre. Para ella la vida se componía de ausencias y de renuncias. José le devolvió la mirada. Su hija renunciaba a su peinado, a la visita de sus amigos. A la visita de Cuco.

—Ya verás lo contenta que se va a poner tu hermana. Mañana estaréis juntas. Voy a darle las gracias a Dios —dijo Gloria.

Abandonó la habitación. Camino cerró los ojos.

—Estoy cansada, papá.

No vería a Jesús vestido de Príncipe. Nunca.

—Estoy cansada, papá.

—Duerme un poco.

—No es eso, papá. Estoy cansada de la mala suerte que tengo.

Era como si las doce campanadas hubiesen sonado otra vez en el momento más inoportuno.

—No llores, mi vida.

—Si no lloro, papá. Es que no sabes lo importante que era la visita.

—Lo sé, pero cuando regreses vendrán a verte.

Quería ver a su Príncipe. Quería recibirlo con su vestido rojo, no con el que le había hecho su madre sino con el del escaparate. Quería el vestido rojo del escaparate y quería las Converse, sus zapatos de cristal, y quería que su vida fuera un cuento con un final feliz.

—Siempre tengo que irme, papá, como Cenicienta.

—Pero regresarás como una Princesa.

—No, papá. Ya no volveré nunca.

—No digas eso, por favor.

—Qué mal te sale enfadarte. ¿Tú también lloras?

—No.

—¿Y eso que tienes en los ojos?

—Es una lágrima que se me ha metido en el ojo.

Camino sonrió.

—Quédate un rato conmigo.

—Me quedaré toda la noche.

—Cuando estás conmigo sé que no puede sucederme nada.

José acarició la cabeza de su hija mientras ella se dormía. Le sorprendió la suavidad con la que se desprendió su pelo. Levantó la mano y miró sorprendido el mechón que de forma silenciosa e innecesaria se había soltado de la cabeza de su hija. Lo miró estupefacto. Con el pelo de la niña en la mano, sin saber qué hacer con él, se sorprendió aún mucho más al comprobar que Camino tenía los ojos cerrados y que dormía tranquilamente soñando con todo lo que jamás podría hacer.

48

En la ambulancia, rumbo a Pamplona, Camino abrió los ojos y miró a su madre.

—¿Y papá?

—Está en casa.

—Prometió estar conmigo.

—Le hubiese gustado, pero tiene que recoger nuestras cosas.

Gloria parecía feliz.

—¿Cuándo va a venir?

—No te preocupes. Vendrá por la noche. Y Don Miguel Ángel tampoco nos dejará solas, mi vida.

Don Miguel Ángel, la noche, el día, el cansancio, los sueños. La habían despertado antes del amanecer. Papá no estaba, eso era lo importante, y Camino pensó que se trataba de otro sueño. No lo era. Los baches de la carretera, la luz cambiante, la inquietante sensación de movimiento y el silencio que oprimía la ambulancia. Todo era real. Se estaba yendo. El hospital de Bernaola ya estaba lejos. Transitaba la misma carretera por la que Nuria se había ido años atrás. El sol calentaba la parte derecha del coche.

—¿Cuándo llegará papá?

—Mira que eres. Por la noche, ya te lo he dicho.

El ya te lo he dicho, las noches, los días vividos, las tardes, los amaneceres, la bata sin botón de Bernaola, Fontela, Crespo, Cenicienta, Garabato. Jesús. Todo quedaba atrás. Jesús quedaba atrás. Madrid entero había desaparecido. Deseó que la noche llegara cuanto antes. Necesitaba una disculpa para dormir, para intentarlo. Nunca supo si llegó a hacerlo. Imaginó a su padre recogiendo la casa para trasladarse a Pamplona mientras la ambulancia atravesaba paisajes enterrados bajo una tormenta de verano que dejó caer de golpe un chaparrón de agua caliente sobre tierras que de pronto parecieron invernales. Hacia el Norte el paisaje se transformó en una sucesión de páramos solitarios desteñidos por un cielo cada vez más oscuro que se fundía con el horizonte envejeciendo pueblos abandonados y urbanizaciones a medio construir. La oscuridad se esfumó de golpe. Una luz milagrosa se desplegó sobre la meseta iluminando caminos, cerros, prados y campanarios. El mundo brilló de nuevo sudando bajo un cielo azul que ansiaba la sombra de los pinares.

Camino no pudo verlos. No vio los pinares, ni los cerros ni los aguaceros intermitentes que hacían sonar de un modo diferente los neumáticos contra el asfalto. Pensaba en el extraño silencio que se produjo en la clase cuando con la ambulancia esperando en la puerta fue a despedirse de sus amigas del colegio.

—Bueno, ¿qué? ¿No vais a decirle nada a Camino? —preguntó Dolores como si estuviese explicando los electrones.

Las niñas estaban absortas, mirando la silla de ruedas y el pañuelo pirata que Camino llevaba en la cabeza. Ninguna respondió. Ni siquiera Elena.

—Me voy a Pamplona y quería despedirme de vosotras.

Ninguna sabía qué decir. Dolores tampoco. El hecho de que Camino hubiera perdido el pelo fascinaba a las niñas. Querían quedarse a solas cuanto antes para comentarlo.

—Si alguna de vosotras quiere mandarme una carta que me la envíe allí, a Pamplona. Bego tiene la dirección de mi nuevo hospital.

Camino miró a Bego. Bego le sonrió. Las dos hablaban de lo mismo. Las dos pensaban en Cuco, en la carta que Cuco quería llevarle.

—No os interrumpimos más —dijo Gloria.

—Os prometo que volveré muy pronto.

Gloria empujó la silla hacia la puerta. Camino bajó la mirada. Se sentía diferente. Antes era la santurrona. Ahora la llamarían la Calva. Siempre había sido distinta, aunque ella jamás lo había deseado. Cuando estaba a punto de salir, Elena se adelantó y apretó su mano.

—Adiós, santurrona.

Seguía mascando chicle. Hizo una pompa, pero no la estalló.

—¿Y los protones? —preguntó Camino sonriendo.

—Bien, gracias.

Cuando Camino abandonó la clase, Elena sacó el chicle de la boca, lo miró un instante, lo arrojó a la papelera y miró desafiante al resto de la clase.

La ambulancia se adentró en la autopista.

—Mamá. ¿Cuánto crees que tardará una carta en llegar desde Madrid a Pamplona?

—Depende.

—¿Tanto? No es posible.

—Todo lleva su tiempo.

—Pero imagínate que la carta ya está escrita.

—No sé, hija. Entonces tardará menos.

—¿Aproximadamente?

—No sé. Entre dos y tres días. O uno. No tengo ni idea.

—¿Y si es urgente?

—¿Aún no has llegado y ya quieres que te escriban?

La carta ya estaba escrita. Tenía que estarlo. Bego se lo había dicho en el hospital. «Está loco por ti y te va traer una carta.» Si estaba loco por ella ya le habría escrito porque Bego no dijo está loco por ti y te va a escribir, no, había dicho está loco por ti y te va traer una carta. Si se la iba a traer era porque la carta ya estaba escrita.

Recordó el abrazo de su amiga en la puerta del colegio. La ambulancia aguardaba.

—Adiós, Bego.

—Hija, no te pongas solemne, que Pamplona no es Australia.

—Dile a Jesús que me mande a Pamplona la carta que me iba a traer. Pero que me la mande ya.

—Vale. ¿Has visto que Elena ha tirado el chicle?

—No.

—Pues lo ha tirado, tía. Yo creo que puedes hacer milagros.

—Si pudiera hacer milagros yo no me habría puesto mala, y tú no tendrías los dientes así.

—¿Así cómo? —preguntó Bego ofendida.

—Así de bien. Dile que me mande la carta. Díselo, Bego.

—¿A quién?

—¡Bego!

—Bueno, se lo diré. Todas las santas os tomáis el amor en serio.

—Nos tenemos que ir —dijo Gloria.

—¿Dónde está la Pingüi? —preguntó Camino.

Bego la miró sin soltar su mano.

—Tenía cosas que hacer fuera del colegio.

—Pero sabía que yo iba a venir hoy a despedirme de todas.

—Por eso se ha ido.

—No lo entiendo.

—Yo sí. Las santas no os enteráis de nada.

La ambulancia se durmió sobre sí misma. El motor era una oración lejana que la incitaba al sueño.

—Mamá.

—Dime.

—Nada. Pensaba en la carta.

—Mira que te ha dado fuerte. Acabas de decir a tus compañeras que te escriban y ya quieres recibir la carta.

—A lo mejor la carta nos está adelantando en este momento.

—Las cartas tardan.

—¿No crees en los milagros?

—Claro que sí, pero deja un poco de tiempo para que te escriban.

La ambulancia adelantó un camión y por un instante, sumergida en la enorme estela de agua sucia que las enormes ruedas desprendían, Camino pensó que estaba perdida en el espacio o en el fondo del mar y que el agua que se estrellaba en los cristales en realidad eran lágrimas. Sabía que era un viaje sin retorno, que Pamplona no era más que un lugar de tránsito que muy pronto iba a abandonar. Era consciente de que su viaje era otro y de que ese viaje ya había comenzado hacía tiempo, probablemente el día en el que empezó a dolerle la espalda. Vio a su madre mover hacia la izquierda la cortina de la ventanilla para mirar al exterior. Parecía feliz, pero seguramente sólo lo parecía. El viaje de Gloria también era diferente. Viajaba a Pamplona, pero en realidad se dirigía hacia un lugar en el que esperaba respuestas. Sabía, al igual que Camino, que era difícil que regresaran juntas. Quería saber por qué. Quería prepararse para el intenso dolor que tenía que soportar.

—Ésta es la misma carretera por la que se fue Nuria, mamá.

—Sí, hija.

—Aunque ella se fue a otra hora. Era por la tarde, ¿verdad?

—Sí, mi vida, era por la tarde.

Gloria viajaba hacia el santuario de la fe, hacia las respuestas, hacia lo que cada vez le resultaba más difícil de encajar.

—¿Sabes lo que está haciendo papá?

—Recoger nuestras cosas.

—Pregunto si sabes lo que está haciendo en este momento.

—No, claro que no.

—Yo sí. Lo estoy viendo.

Gloria dejó caer la cortina. Miró a su hija.

—No me digas.

—A veces puedo ver cosas que suceden en otro lugar, como si tuviera superpoderes.

—No sé cómo se te pueden ocurrir esas cosas.

—Ahora mismo papá está guardando en la maleta el neceser. Es una pena que tenga que viajar solo.

—La pena sería que se le olvidase todo lo que tiene que traer.

—No se le olvida, mamá.

—¿Y qué hace ahora? —preguntó Gloria, divertida.

—En este instante está guardando la cámara.

José guardó en la parte superior de la maleta la cámara de Súper 8. Mientras la colocaba con mimo entre camisones y calcetines pensaba que el tomavistas, como aún le gustaba llamarla, era la más exacta referencia a los días felices. Camino había crecido tras aquel visor y se había hecho niña delante del objetivo que siempre dejó fuera de campo las mentiras. Su vieja cámara había tenido el poder de captar los momentos felices en los que Nuria aún estaba en casa, en los que Gloria reía y en los que Camino siempre pequeña, trasto, sana, andaba de aquí para allá por la playa de Oropesa o por el pasillo de casa. La cámara no era solamente una cámara, era el intento desesperado de recuperar a través de la magia del cine los días felices, los días de colores. Colocó sobre la cámara, sobre los días verdes, las cartas de Giusseppe y la cajita de guardar secretos de Camino. Luego cerró la maleta con la misma sensación que si cerrase un ataúd.

49

Era blanca la tarde en que Camino llegó a Pamplona. Eran blancos los pensamientos, el cansancio, las miradas y el orden. Había dejado de llover. El sorprendente silencio de la recepción también era blanco, como la mano de su madre rellenando el impreso.

—Nos gustaría visitar la Capilla antes de instalarnos —dijo Gloria.

—Por supuesto —respondió la chica de recepción—. Y pueden oír Misa si lo desean. Hay una ahora, a las ocho.

La voz de la recepcionista también era blanca.

—Y si quieren pueden comulgar en la habitación.

Camino levantó la mano, como si estuviera en clase, preguntando.

—¿Si me escriben me van a avisar?

—Por Dios, hija, qué fijación —dijo Gloria.

La recepcionista sonrió, cómplice.

—Todos los días viene el cartero a las doce en punto —le dijo a Camino—. No te preocupes.

—¿Cuánto cree usted que puede tardar en llegar una carta de Madrid a Pamplona?

—Si tienes carta yo te avisaré. Confía en mí —le dijo la recepcionista.

Nuria entró en la clínica como una sombra. Camino pensó que se trataba de una aparición. La vio avanzando hacia ella oculta por el poderoso contraluz de la cristalera de la entrada. Camino había recreado ese momento miles de veces y en lugares muy distintos, pero la realidad no se parecía en nada a lo que tantas veces había imaginado.

—¡Yeyé!

—Camino, hija, no grites —la reprendió Gloria.

—Es Yeyé, mamá, es Yeyé.

Estaba emocionada, pero de pronto sintió una enorme desazón. No podía ver el rostro de Nuria, que seguía caminando hacia ella envuelta por la luz y por las sombras, pero había algo en su forma de caminar que la hacía diferente. Era un andar recatado, sumiso, torpe.

—Yeyé.

Se esforzó por levantar los brazos hacia su hermana.

—Yeyé —repitió.

Cuando Nuria llegó a su lado Camino intentó levantar un poco más los brazos, pero no lo consiguió. Nuria se limitó a besarla en la frente. Los brazos de Camino quedaron suspendidos en su propio gesto, como los de un robot.

—Hola.

—¡Yeyé!

—No grites, por favor.

Nuria le sonrió, pero su sonrisa no era la de siempre. Nuria no era la misma.

—Yeyé, qué ganas tenía de verte.

Nuria le bajó los brazos, distante. Camino sintió que sus manos estaban frías. Su hermana volvió a besarla en la frente, como si la besara desde lejos. Sus labios también estaban fríos.

—Me alegra mucho verte.

Tampoco su voz era la de siempre. Ni sus gestos. Ni su manera de sonreír. Miró los ojos de su hermana. Era cierto que Nuria sonreía, pero sus ojos quedaban al margen de la sonrisa, como si la sonrisa sucediera solamente por fuera.

Era Nuria; se trataba de ella, pero era una Nuria extraña, distinta.

—¿Te han llegado mis cartas? —preguntó Camino.

Nuria volvió a sonreír. Camino supo que seguiría sonriendo dijera lo que dijese.

—Tenías que haber venido aquí desde el principio —respondió Nuria.

No la había llamado pequeñaja ni hermanita. Su forma de hablar también había cambiado. Su rostro tenía un color de leche, de blandura o de sepulcro. Su barbilla era blanda, indecisa, como las manos. Nuria tenía manos de monja. Había visto aquellas manos en todas las monjas excepto en la Pingüi.

—Tengo que contarte tantas cosas, Yeyé...

—Tiempo tendremos.

Nuria dio un paso atrás. Se volvió hacia su madre.

—Tenemos que hablar, mamá.

Cuando Nuria y Gloria se retiraron discretamente Camino volvió a pensar que no, que la chica que hablaba con su madre no podía ser su hermana. Estaba sola. Estaba en Pamplona. La recepcionista la miró, esbozó una sonrisa que no provenía del interior de su alma y se centró otra vez en sus papeles. Camino tenía ganas de llorar mientras la subían a su nueva habitación.

Fue en esa nueva habitación, entrada ya la noche, cuando José, cansado y emocionado, abrazó por fin a Nuria. Durante todo el viaje había pensado en ella.

—¡Nuria!

—Hola, papá.

La habitación estaba en penumbra. La única luz provenía del baño, que tenía la puerta entornada. José se encontró con su hija en la delgada línea que la separaba de las sombras. Sintió a Nuria distante, rígida, como si se resistiera al abrazo y como si consintiera en pasar por ello porque no había forma de evitarlo, pero demostrándole a la vez lo mucho que deseaba que ese acto de ternura terminara cuanto antes.

—¡Nuria! —volvió a exclamar José.

—No hagáis ruido, por favor —pidió Gloria—. Yo creo que la niña se ha dormido.

Hablaron en voz baja.

—Me alegra verte, papá.

Nuria se separó de su padre y recogió la chaqueta. José la miró, incrédulo.

—¿Te vas ya?

—Tengo que irme.

—¿No puedes quedarte un ratito más?

—Imposible.

—Pero si acabo de llegar.

—Me están esperando.

José permaneció con los brazos en alto, sin saber muy bien qué hacer con ellos. Nuria se dirigió a la puerta.

—Nuria ya lleva aquí un buen rato, José. Y no sabes la de cosas que tiene que hacer.

—Pero es que apenas nos hemos visto.

—Tiempo habrá para ello, papá —dijo Nuria a punto de salir.

—Además, estarás cansado del viaje —observó Gloria—. Todos estamos cansados.

José colocó su mano sobre el hombro de Nuria. Notó que ella tensaba los músculos, incómoda.

—Te he traído unas cosas —le dijo retirando la mano—. Las tengo en el coche.

—Ya me las darás.

Colocó la mejilla junto a la de su padre. José sintió apenas el roce del beso seco y desmayado.

—Mamá —dijo Nuria a punto de salir—. Es mejor que bajes a la cafetería a comer algo.

—No tengo apetito.

—Bajamos juntas, ¿quieres?

Permaneció en la puerta mirando a su madre.

—Ahora subo, José —dijo Gloria.

Salieron juntas sin mirar hacia atrás. A Nuria no le pareció necesario ver de nuevo la desilusión que se había asomado a los ojos de su padre.

Cuando se fueron, José sacó del bolsillo la Caja de Guardar Secretos y la colocó sobre la mesilla.

—Gracias, papá —dijo Camino.

José se sobresaltó.

—Vaya. Creí que dormías.

—Yo también llegué a creérmelo.

José se sentó junto a ella y le dio un abrazo largo, entregado, sin prisa.

—¿Dónde está Nuria, papá?

—Acaba de irse con mamá a la cafetería.

—No me refiero a eso. Quiero decir que dónde está mi hermana, la Nuria que conocíamos. Nuestra Nuria.

La cajita comenzó a sonar. José intentó apagarla. El sonido de la música abandonó la habitación, recorrió el pasillo y llegó hasta la escalera por la que Gloria y Nuria descendían. Gloria se detuvo.

—¿Qué sucede, mamá?

Gloria miró hacia arriba, hacia el pasillo vacío, y escuchó atentamente el silencio entre el que se filtraba un hilo de música lejana. Era la misma música pequeña, repetitiva e inquietante que había oído en su casa y que creía haber apartado para siempre de su vida. Así que José había descubierto la cajita en el joyero. La música cesó.

—Nada, hija, no pasa nada —le dijo a Nuria.

En la habitación, extrañado, José miró a su hija.

—No me mires así, papá, no he dicho nada raro. Tú también te has dado cuenta de que no es la Nuria de siempre. Ha estado todo el rato hablando del Padre como si tú no existieras.

—Nuria ha optado por una vida diferente, hija.

—Ya no está con nosotros, papá. Ya no es ella. ¿No ves que no te quiere?

—Claro que me quiere —respondió José sin convicción.

Camino miró la luz que se filtraba desde el baño, un rayo blanco y estrecho que recorría el suelo y que terminaba doblándose contra la pared.

—¿Por qué dejaste que se fuera, papi?

—Porque Nuria tenía dieciocho años —respondió José como si el viejo argumento aún pudiera tener sentido.

—Han ido a la cafetería y ni siquiera te han preguntado si ya habías cenado.

—Mamá sabe que siempre como un bocadillo en el coche.

—Pero no te lo han preguntado, ¿a que no?

—No.

—¿Te has comido el bocadillo?

José negó con la cabeza.

—No he tenido tiempo de parar. Quería verte cuanto antes. A ti y a Nuria.

—He guardado el yogur de la cena. Está en la mesilla. Te lo puedes comer si quieres.

—Gracias, hija.

—Lo importante es que Nuria sea feliz, ¿verdad? Pero no lo es, papá. Nuria no es feliz. Y no es que esté triste, que yo la he visto llorar otras veces, es que esta tristeza es diferente.

—¿Has visto llorar a tu hermana?

—Claro. ¿No recuerdas cuando Giusseppe dejó de escribirle?

José no quiso recordar las cartas aprisionadas en el joyero. No en ese momento.

—A mí eso nunca me pasará. He hecho un trato con la Virgen porque yo también espero una carta.

Camino se alegró de que hubiese tan poca luz, así su padre no podría ver que se había ruborizado.

—Una carta importante, por lo que veo.

—Muy importante, papá.

—¿Y qué trato has hecho?

—Que si me llega esa carta jamás volveré a quejarme por nada.

—Vaya, pues sí que es importante esa carta. Por lo menos tan importante como las de Giusseppe.

Camino volvió a ruborizarse.

—Te has puesto roja, ¿a que sí?

—Muy poco.

—¿Y qué ha dicho la Virgen?

—Que si empiezo ahora mismo a no quejarme la carta viajará más rápido. Quiero que llames a Bego y que le des bien las señas del hospital.

—Ya las tiene.

—Pero ahora sabemos el número de la habitación.

—Voy a hacer algo mejor, mi vida. Le voy a decir que ponga con letras grandes «entregar en mano a Camino».

—Gracias, cartero mío. No sabría qué hacer sin ti.

José acarició el rostro de su hija, que se lo entregaba como si fuera de él, sin reservas, encantada de que la tocara, de sentir su calor. Pensó en Nuria, esquiva, en su huida repentina y coordinada. Camino tenía razón.

Nuria acababa de irse, y sola en la cafetería del hospital, envuelta entre el monocorde zumbido de las cámaras frigoríficas, bajo los neones que hacían parecer la noche mucho más avanzada y decidiéndose al fin por un sándwich frío porque ya habían cerrado la plancha, Gloria sintió el inquietante veneno de los celos. Entre Camino y José existía algo que ella nunca llegaría a comprender a pesar de que ella había compartido con Camino mucho más tiempo que su marido. Había oído claramente en las escaleras la música de aquella cajita tonta. José la había encontrado, así que seguramente también había descubierto las cartas de Nuria. Era esa música la que se interponía entre ellos, la que la separaba, la que le impedía acceder al secreto que unía a José y a Camino. Miró el sándwich que le estaban envolviendo. Subió con él las escaleras que había bajado con Nuria. Se detuvo. Escuchó el silencio de nuevo y supo que nunca podría oír la música que existía entre Camino y José porque era eso lo que existía entre ellos: Música. Una música a la que no estaba invitada.

Camino intentó mirar la Caja de Guardar Secretos que su padre había colocado en la mesilla.

—Guárdala tú, papá. Guárdala tú para que la Caja de Guardar Secretos no vuelva a perderse.

José cogió la Caja de Guardar Secretos y la ocultó un segundo antes de que Gloria entrara en la habitación llevando en las manos un sándwich frío y una extraña resignación envuelta en papel Albal.

50

Durante el verano, José viajó continuamente de Madrid a Pamplona intentando hacer compatible su trabajo con la enorme ansiedad que sentía por estar con su hija. Pasaba con ella todo el tiempo que podía. Alquiló una habitación en un hostal cercano a la clínica desde el que una mañana, antes de regresar a Madrid, partió hacia la casa de Nuria con su camisa menos arrugada para llevarle las cartas de Giusseppe y su guitarra.

Tocó el timbre. Aguardó. Una mujer de mediana edad le abrió la puerta.

—Soy el padre de Nuria.

—Usted dirá.

La mujer tenía el labio caído.

—Traigo unas cosas para ella.

—Lo siento, pero Nuria no se encuentra en la casa.

La mujer mentía, y José comprendió que no le importaba hacerlo. Le molestó que ni siquiera lo intentase.

—Déjemelas a mí. Yo se las entregaré.

José le entregó el sobre que contenía las cartas de Giusseppe. La mujer se dispuso a cerrar la puerta.

—La guitarra.

La mujer de labio caído miró la guitarra que José sostenía en la mano como si no pudiera creérselo.

—Lo siento, pero eso no puedo cogerlo sin permiso.

—Estoy seguro de que usted me hará ese pequeño favor. Me voy a Madrid hoy mismo.

Martina le sonrió y se dispuso a cerrar la puerta.

—Por favor —suplicó José.

Martina cerró la puerta.

—Dígale a Nuria que la llamaré más tarde.

Seguramente la mujer no le había oído. José no se movió. Permaneció junto a la puerta como si la puerta pudiera volver a abrirse empujada por su simple deseo. Se sintió patético con la guitarra en la mano. El pasillo olía a coliflor hervida. Volvió a hacer sonar el timbre. Una vez. Dos veces. La puerta no se abrió.

Nuria escuchó el timbre con la misma claridad con la que había oído cerrarse la puerta. Reconoció la voz de su padre. Le pareció distinta. Una voz más vieja de lo que la recordaba. Una voz cansada. Su padre no era el mismo. Levantó la plancha. Oyó los pasos de Martina dirigiéndose al despacho de Inés. Luego escuchó su corazón, pero su corazón no le dijo nada. Había tenido a su padre a unos metros. Lo imaginó sosteniendo inútilmente la guitarra frente a la puerta. Sintió pena por él. Siguió planchando, pero no podía concentrarse. Lo que más le dolía era la posibilidad de que su padre también le hubiera dado pena a Martina. Vio la mirada de José, suplicante e indefensa frente al inmutable labio de Martina, rogando para que le dejaran entregar la guitarra. Miró los calzoncillos y las camisas que estaba planchando. Había estado a punto de quemar una azul. Se había distraído. No debía volver a hacerlo. Observó el montón de ropa interior que le quedaba por planchar y tuvo la impresión de que despertaba de un sueño. Los calzoncillos y las camisas pertenecían a seres anónimos a los que nunca había visto. Pensó lo mucho que le gustaría planchar la camisa de su padre. Lo pensó hasta que oyó cerrarse una puerta. Y otra. Levantó la plancha de nuevo. Olía a calor. Escuchó de nuevo los pasos de Martina en el pasillo, regresando del despacho de Inés. Nuria abrió el grifo y comenzó a lavarse las manos. No podía entender por qué no le habían comunicado la visita de su padre, aunque todo obedecía a razones que muchas veces se le escapaban. ¿Y quién era ella para cuestionarlo?

Antes de que José hubiera abandonado el edificio, Inés ya había colocado las cartas de Giusseppe en el archivador. Las guardó bajo llave, al lado de las de Camino. Quería leerlas detenidamente. Las carpetas mezclaban de forma burda cartas de amor, reflexiones espirituales y resguardos de compra de pasta de dientes.

Durante el mes de julio, Nuria y José parecían jugar al desencuentro. Cuando él llegaba al hospital, su hija siempre se había ido un segundo antes. La llamaba continuamente por teléfono, pero siempre le respondían que no estaba o que no podía ponerse. Luego, una mañana, ya nadie descolgó.

Don Miguel Ángel abandonó Madrid y se instaló en Pamplona. Su negra figura recorriendo los pasillos junto a Don Luis, el capellán de la clínica, parecía ocupar toda la planta. Don Luis y Don Miguel Ángel meditaban, susurraban, oraban, movían las manos, avanzaban y retrocedían en silencio, volvían a hablar y a permanecer callados, entraban y salían de la habitación de Camino, comían juntos en la cafetería y acompañaban constantemente a Gloria. De cuando en cuando, casi siempre al atardecer, paseaban por el exterior de la clínica. José conoció a Don Luis la mañana en la que al llegar de Madrid entró en la habitación de Camino y vio al sacerdote maduro e impecablemente peinado sentado a los pies de la cama de su hija, en lo que él consideraba que era su sitio. Se sintió incómodo con su camisa sudada. Deseaba ducharse. Don Miguel Ángel y Gloria estaban junto a la ventana.

—Papá —exclamó Camino.

—Por favor —dijo Don Luis sin mirar a nadie, solicitando silencio.

—Por favor —repitió Don Miguel Ángel.

José tuvo la sensación de que había sorprendido a su mujer con otro hombre. Se sintió fuera de lugar, como si hubiera irrumpido en una fiesta privada a la que no estaba invitado. Había violado una intimidad que pensaba que le pertenecía. Camino era su hija. Quería abrazarla. En la mesilla había una docena de estampas. Don Luis tenía los ojos cerrados. Hablaba con Dios. Sonaron las campanadas de la ermita.

—Señor mío y Dios mío —dijo Don Luis—. Creo firmemente que estás aquí, que me ves y que me oyes. Te adoro con profunda reverencia y te pido perdón por mis pecados.

Gloria se acercó a Camino. Tocó su frente.

—¿Quieres formular alguna petición especial, mi vida?

—Sí —respondió Camino—. Me gustaría que papá se hubiera comido el bocadillo.

Don Luis miró a Don Miguel Ángel. Don Miguel Ángel miró a Gloria. Nadie miró a José, pero José observó que Don Miguel Ángel parecía más crispado, como si a él también le hubiesen quitado su sitio junto a Camino.

—Y también me gustaría pedir por todas las personas que no tienen fe en el amor —añadió Camino.

—Madre mía Inmaculada, San José, mi padre y Señor. Ángel de la Guarda, interceded por ella —pidió Don Luis.

José miró a Camino. Parecía dormida. Él sabía que no lo estaba.

—Convendría salir —dijo Don Luis en voz baja moviendo la mano como si todos los presentes, excepto él, sobraran.

Abandonaron la habitación en silencio. José quedó el último. Quería estar con su hija.

—Por favor, José —suplicó Gloria en voz baja.

—Será mejor que nos vayamos fuera —recomendó Don Miguel Ángel.

—La niña debe descansar —dijo Don Luis desde la puerta.

José salió de la habitación.

—Tú debes de ser José, el ausente —aventuró Don Luis en el pasillo.

—Te presento a Don Luis —dijo Gloria—. Es el capellán de la clínica.

Don Luis extendió su mano. José la besó. Cuando levantó la vista vio una cruz en el pecho, un alzacuellos, una barbilla marcada, unos labios finos en los que desembocaban las pronunciadas líneas que partían de una nariz definida en las que se asentaban unas gafas al aire, progresivas. Su frente era recta, sin arrugas. El pelo de Don Luis era blanco, muy blanco.

—Don Luis ha venido a rezar la jaculatoria con nosotros, y va a venir siempre que sus obligaciones se lo permitan —aclaró Don Miguel Ángel.

—La niña lo merece —respondió Don Luis.

—Usted no sabe, Don Luis, cómo se lo agradecemos —dijo Gloria.

A pesar de la hora, al otro lado de la ventana la ciudad comenzaba a arder con un calor mudo que intentaba entrar en la clínica. Don Luis tomó a José y a Gloria del brazo y avanzó con ellos unos pasos separándose de Don Miguel Ángel.

—Permitidme que os dé a los dos la enhorabuena y que os bendiga. Don Miguel Ángel tenía razón.

José miró a Don Miguel Ángel, apartado al fondo del pasillo. El sacerdote le dedicó un amago de sonrisa.

—Camino es una niña excepcional —añadió Don Luis—. Me alegra mucho de que la hayáis traído.

Hablaba con ellos, con José y con Gloria, como si quisiera hacerlo a solas. José comprendió de inmediato que Don Luis estaba cometiendo un error. Don Miguel Ángel los observaba desde el fondo del pasillo.

—A pesar de su enfermedad o gracias a ella —siguió Don Luis—, esta niña se está tomando a Jesús muy en serio.

José volvió a mirar a Don Miguel Ángel y supo que Don Miguel Ángel estaba pensando que Don Luis comenzaba a sobrarle, que Camino era asunto suyo, que no iba a consentir que nadie ocupara el lugar que por derecho le pertenecía. El lugar a los pies de la cama de Camino.

Cuando Don Miguel Ángel le devolvió la mirada, José apreció que le sonreía más francamente. Se habían comprendido. Don Luis había cometido un error, y Don Miguel Ángel acababa de poner en marcha un engranaje que pieza a pieza terminaría moviendo otra más grande en Roma. Don Luis había dejado de formar parte de sus planes. José miró al capellán sabiendo que dentro de muy poco Don Luis ya no estaría allí.

En el amplio despacho de la clínica, el doctor Echevarría depositó sobre la mesa las pruebas que le habían hecho a Camino. Más que depositarlas, las dejó caer como si quisiera olvidarse de ellas. Miró a Torres.

—No es tan sencillo —dijo Echevarría.

—Habrá que limpiar y radiar.

—Es una niña sorprendente, ¿verdad?

—Abriremos el cuello por delante —replicó Torres.

—Lo que más me llama la atención es su entereza.

—Tendremos que escayolar para fijarle el cuello.

—Esa niña acepta el dolor con una naturalidad que yo jamás he visto.

—Aprovecharemos para ponerle el port-a-cath.

—Lo que más me sorprende es su alegría.

Echevarría recogió de la mesa las pruebas de Camino como si recogiese las cartas con las que acababa de perder una magnífica jugada.

—No hay nada que podamos hacer —dijo Torres para sí mismo sabiendo que Echevarría ya había abandonado el despacho.

51

El verano terminó por ocupar la clínica. El insistente calor rindió la resistencia del aire acondicionado y de los cristales aislantes y avanzó después por los pasillos para instalarse en las habitaciones. A mediados de julio, Camino abandonó la suya para ir al quirófano. La operación que le aguardaba ya había sucedido, al igual que la camilla que la llevaba a la mesa de operaciones y que se deslizaba por un pasillo que parecía más blanco bajo las primeras luces de la mañana. No sentía miedo. Lo que en verdad le preocupaba era no haber recibido aún la carta de Cuco. El miedo ya lo había vivido tres veces, o más, pero era la primera vez que se enfrentaba a la decepción que le producía no recibir una carta de amor. Su única carta de amor. Dejó atrás el letrero en el que se leía Medicina Nuclear y siguió avanzando por el pasillo hacia el ascensor. Todo lo que estaba viviendo ya había acontecido, al igual que todo lo que iba a suceder. Ya había sucedido que el ratón Marcelino se escondiera en su agujero, que saliera otra vez y que olisqueara el rodapié de la despensa. Camino lo regañó porque el muy tonto se estaba acercando peligrosamente a la jaula. Había sucedido también que su madre rezara de rodillas en la Capilla mientras se prolongaba la operación. Volvió a suceder su cuello abierto, las voces del equipo médico retirándose a una sala contigua cuando Torres y Echevarría se dispusieron a radiarla y ella quedó sola, abandonada otra vez tras los cristales de plomo de una nave espacial que solamente admitía un tripulante.

No sentía nada, pero podía ver. Se vio a sí misma sola en el quirófano mientras papá colocaba el cartucho de película en la cámara de Súper 8 y le decía lo valiente que era.

—No soy valiente, papá. Es que Dios me ayuda.

—No me hables así, santurrona, ¿no ves que soy Bego? Tu padre ya se ha ido.

Era cierto. Papá ya no estaba junto a ella y a su espalda las niñas de la clase recitaban los determinantes: este, esta, estos, estas, ese, esa, esos, esas. Y luego los que indicaban lejanía: aquel, aquella, aquellos, aquellas... Y los posesivos: mío, mí, mis...

Vio su pupitre vacío, la nube que había trazado su hermana con el compás, y vio a la recepcionista de Pamplona mirando la correspondencia. No había carta para ella. La carta no llegaba. Jesús no le había escrito. Mamá, que seguía de rodillas, rezaba el Rosario y luego se levantó a comer algo con papá, en silencio los dos porque no tenían nada que decirse o porque no querían decirse nada o porque no sabían cómo decírselo. Luego papá, solo, observó el inmenso vacío que Camino había dejado en la habitación, que sin su hija parecía mucho más grande o mucho más pequeña, no podía decidirse. José consultó el reloj una y otra vez, pero cada vez que lo hacía estaba en otro sitio, aunque Camino siempre lo veía junto a una ventana, mirando por los cristales como había hecho siempre.

Bego había desaparecido. Camino vio a Nuria. Su hermana sacó de una pequeña bolsa las piedrecitas que le había entregado Inés. Las introdujo en el zapato e intentó caminar con ellas sin aparentar dolor, como si las piedras no existieran.

Papá marcó el teléfono de Nuria sin que ella le respondiera. Camino vio claramente un teléfono en la pared, sonando. Una mujer de labio caído miraba el aparato. La mujer no descolgó.

En Madrid, Jesús remoloneó en la puerta de la pastelería de su madre. No había hecho los deberes y tampoco le había enviado la carta. Al mismo tiempo, en Pamplona, la chica de recepción dijo que no otra vez, que no había carta para ella, que no había carta para Camino, que no había nada para esa habitación, que ya se lo habían preguntado ayer, y antes de ayer, y que cuando hubiera algo la llamaría.

Cuando despertó no abrió los ojos inmediatamente. Sabía que ya no estaba en el quirófano. Estaba en su habitación. No había visto a la Virgen, como en la operación anterior, y tampoco estaba Mari Ángeles. Le dolía la cabeza. La voz y el rostro de Don Luis, de Don Miguel Ángel y de su madre la rodeaban.

Sonaron las doce campanadas de la ermita. Gloria cogió la mano de su hija.

—Las campanadas, mi vida —dijo Gloria.

—Las campanadas del Ángelus —precisó Don Luis.

—Las de Cenicienta —susurró Camino con la boca seca—. Nadie se imagina cómo espero cada día esas campanadas.

Don Luis tocó su frente.

—Es Jesús, que cada vez está más cerca de ti.

Camino sonrió.

—Lo sé. Dijo que vendría a verme.

Don Miguel Ángel y Don Luis se miraron.

—Jesús tiene un mensaje para mí, pero está tardando mucho.

—Mi vida.

—No sé a qué espera, mamá, no sé qué está esperando.

—Jesús está contigo.

—A lo mejor me sucede lo mismo que a mi hermana.

Don Luis la miró, emocionado.

—¿Tú también quieres entrar en la Obra? —le preguntó.

—Es lo que más deseo.

—Eres muy joven todavía.

—Estoy preparada. Y el director lo sabe.

La cara de Garabato se dibujó en su rostro.

—Él sabe mejor que nadie que yo tengo que estar en la obra.

—Cariño mío —exclamó Gloria.

Don Luis volvió a tocar la frente de Camino.

—Lo importante es que ames a Jesús, que lo conviertas en el centro de tus pensamientos.

—Eso es lo importante —sentenció Don Miguel Ángel.

Era la primera vez en su vida que Don Miguel Ángel hablaba desde un segundo término. Se sintió molesto. Un secundario que repetía las palabras de Don Luis.

—Amo a Jesús por encima de todo —susurró Camino—. Lo que me preocupa es si él lo sabe.

—Seguro que sí, mi cielo —dijo Gloria.

—Me gustaría verle cuanto antes.

—Lo verás muy pronto —sentenció Don Luis.

—Y quiero estar con mi padre, con mi auténtico padre. A él le encantaría verme en la obra.

Gloria no quiso llorar. Se mordió los labios.

—Mi niña.

Don Luis le hizo un gesto a Don Miguel Ángel. El gesto significaba que acompañase a Gloria al pasillo. Don Miguel Ángel obedeció.

—Espéranos aquí, Gloria, por favor. No tardaremos.

Don Miguel Ángel entró de nuevo en la habitación,

Gloria se lavó la cara en uno de los cuartos de baño del pasillo. Al salir se encontró con José.

—No sabes lo que acaba de decir la niña, José. No lo sabes.

—Tenemos que hablar —le respondió José.

A Gloria, por primera vez, le preocupó el tono serio, tranquilo, de su marido. Lo miró atentamente y vio a un hombre extremadamente ordinario con la camisa arrugada. Un hombre que olía a coche y que pertenecía al mundo exterior. Un hombre alejado del momento extraordinario que ella acababa de vivir con Don Luis y con Don Miguel Ángel.

—Ha sucedido algo muy hermoso, José.

—Tenemos que hablar, Gloria.

Su tono era terrenal.

—No te preocupes, José. Mi hermana nos presta dinero.

—No es eso, Gloria, no es eso.

José olía a carretera y a calor.

—No nos dejemos llevar ahora por nuestras pequeñas dificultades. Son precisamente esas pequeñas preocupaciones las que tenemos que ocultarle a nuestra hija.

—¿Y qué más quieres ocultarle, Gloria?

Ni siquiera estaba enfadado. Estaba triste. Gloria lo miró sin entender. Leyó en sus ojos el joyero abierto, las cartas de Giusseppe que le había ocultado a Nuria, la cajita de música que había hurtado a su hija. Era eso. Tenía que serlo.

—¿Qué más quieres ocultarles? —volvió a preguntar José.

—Mira, José...

Gloria comenzó a imitar los gestos de Don Miguel Ángel cuando el sacerdote trataba de ganar tiempo. Si Gloria hubiera tenido una Montblanc también la hubiera sacado.

—¿Qué más, Gloria?

Había gritado sin querer. Por primera vez en su vida. Estaba desconcertado. Gloria también.

Desde el quicio de la puerta, Don Luis y Don Miguel Ángel les observaban en silencio.

—La niña se ha dormido —advirtió Don Luis con aire de reproche.

Cerró la puerta y se aproximó a José. A punto estuvo de tomarle del brazo, pero no lo hizo.

—Sé lo que todo esto significa para vosotros, José, pero Dios lo ha dispuesto así. Lo importante en estos momentos es que vuestra hija os vea ahora más fuertes y más unidos que nunca.

José apretó en el bolsillo la Caja de Guardar Secretos. Don Luis se fundió con Gloria y con él en un abrazo que a José le resultó incómodo.

—No sabéis la cantidad de matrimonios que he visto quebrarse ante la adversidad. Vuestra unión es, sin duda, el mejor regalo que podéis hacerle a Camino.

Don Miguel Ángel asintió gravemente, mirando al suelo. Roma estaba tardando.

—Me ha contado la niña que le estás haciendo un vídeo —dijo Don Luis.

—Bueno, es película —aclaró José.

—Ten la seguridad, José, de que todo esto que grabas constituirá un documento de gran valor. Vuestra hija está haciendo apostolado sin saberlo.

Don Luis se alejó por el pasillo. José supo que nunca volvería a verlo. Miró otra vez a Don Miguel Ángel que, antes de dirigirse hacia los ascensores, les devolvió a ambos una mirada cariñosa y comprensiva. Gloria tocó el hombro de su marido en un gesto de despedida y se dirigió a las escaleras. Don Miguel Ángel y Gloria se encontrarían abajo, en la Capilla, o tal vez no, tal vez se hubiesen citado en la cafetería. A José ya había dejado de interesarle. Abrió la puerta de la habitación. Camino dormía. La cerró procurando no hacer ruido y bajó a la cafetería. Ni su mujer ni Don Miguel Ángel se encontraban allí. Pidió un montado de lomo y subió con él a la planta. Lo comió apoyado en la ventana situada frente a la puerta de su hija. Cuando terminó entró con exquisito cuidado.

—Hueles a lomo a la plancha —le dijo Camino—. Me alegro de que por fin hayas comido algo. Todo el mundo come menos tú.

La luz era tenue. José lo agradeció. No quería observar el deterioro que la operación había producido en su hija.

—Mi vida.

—Papá.

Las dolorosas marcas del halo destacaban en la cabeza de Camino. Cuatro tornillos clavados en su cráneo, los rastros sanguíneos de la mascarilla de oxígeno, los tubos saliendo del corsé, el corsé mismo, la inmovilidad, la ausencia de cejas.

—Qué bien hueles, papá. Yo huelo fatal.

—Qué cosas dices.

—Me estoy pudriendo.

—No digas eso.

—No quiero que Dios me cure si Él no quiere. Lo que quiero es que me explique por qué cuando pido algo para los demás me lo concede, y cuando pido algo para mí no me hace ni caso.

José no supo responderle.

—Nunca he pedido que me cure, papá, de verdad.

—Yo sí, hija. Lo pido todos los días.

—Me conformaría con volver a caminar, pero si no puede ser, que por lo menos me quite este dolor.

—Todo saldrá bien, ya verás.

—A lo mejor estoy pidiendo mucho, papá.

—No sé, hija.

—¿Sabes lo que de verdad me gustaría?

José lo sabía, pero no respondió.

—Lo que de verdad me gustaría es recuperar mi pelo.

Camino no llegó a llorar. Fue una respiración entrecortada.

—¿Te parece que es mucho pedir?

—No.

—¿Verdad que no? ¿Por qué me hace esto, papá? No es justo.

Camino alzó los ojos y miró un punto indeterminado situado a su espalda.

—Lo que no es justo es que digáis esas cosas. Jesús se va a ofender —dijo Gloria apareciendo de pronto.

—Pues que se ofenda si quiere —respondió Camino—. Dios no me quiere, mamá. Si me quisiera no me haría esto.

—¿Qué te está haciendo, mi vida?

—Me está matando, ¿no lo ves? Y no quiero morirme todavía porque aún tengo que hacer un montón de cosas.

No había resentimiento en su voz.

—No vas a morirte, cariño —replicó José.

—Sí, papá. ¿No veis que me estoy muriendo? Y además sin pelo.

—Pero Dios te quiere mucho, corazón mío.

—Si de verdad me quisiera, mamá, no dejaría que me muriera así.

Gloria se alegró de que no estuvieran allí Don Luis y Don Miguel Ángel.

—¿Por qué no me devuelve mi pelo?

No hablaba su hija. Hablaban los herpes, el cansancio, las llagas, las tremendas úlceras que habían surgido en su espalda tras meses de yacer boca arriba.

—Dios no me escucha, mamá. Tiene cosas más importantes que hacer.

—Claro que te escucha, mi vida. Te está escuchando. Y lo estamos ofendiendo con estas cosas que decimos.

—Solamente le he pedido una cosa. ¿Tanto le cuesta concedérmela?

Camino miró a su madre. Gloria se frotó las manos como si se hubiera dado crema. José se acercó a la ventana.

—¿Qué le has pedido?

—Es un secreto. Y si no me lo concede, yo tampoco voy a quererle nunca más.

—Ahora mismo vamos a pedirle perdón a Dios y a agradecerle todo lo que ha hecho por nosotros —dijo Gloria, nerviosa.

—¿Agradecerle el qué? —preguntó José, desencajado.

Gloria lo miró asustada, desarmada.

—Todos los días le doy gracias a Dios por la enfermedad de nuestra hija.

—Basta ya —exclamó José sin llegar a gritar.

—No discutáis, por favor —pidió Camino—. Dios sabe que no se lo digo en serio.

—Voy a avisar al capellán para que nos confiese a los tres —dijo Gloria.

Salió de la habitación. José aguardó un instante, luego acarició con ternura la cara de su hija. La mirada de Camino le atravesó el alma.

—Papá, ¿también vas a dejar que yo me vaya?

José tragó las lágrimas en silencio.

—No sé cuál es el problema que tiene Dios, papá, pero no me quiero morir sin que Jesús sepa lo mucho que le quiero.

—Lo sabe. ¿Crees que no lo sabe?

—Díselo tú, o que se lo diga Bego.

—¿Bego?

Camino sonrió.

—Sácame de aquí y llévame lejos, papá.

—¿Adónde quieres ir?

—A Viena.

—¿Y por qué a Viena?

—Pregúntale al capellán. —Volvió a sonreír, enigmática—. Pero necesitaré el vestido rojo de la tienda y las Converse —añadió Camino—. Así no puedo ir. Estoy espantosa.

—Te lo traeré todo, mi vida. Te traeré el vestido y las zapatillas, pero prométeme que te vas a poner buena porque si no el médico no te dejará subir en el avión.

—No quiero que me lleves en avión, tonto. Ni en tren, ni en barco.

—¿Y cómo quieres que te lleve?

—Adivínalo.

52

El primer día de agosto Camino comió una sopa y una pechuga de pollo. La carta, su carta, no había llegado. Tras la última cucharada de yogur cerró los ojos y vio nítidamente a su hermana atándose un cinturón de espinas en el muslo, a su padre adelantando un camión y a Bego sola en el pasillo del colegio, castigada, aburrida, acariciando con los zapatos las flores dibujadas en las baldosas del suelo. Bego estaba sentada en el mismo banco que unos meses antes había compartido con ella y con Elena. El resto de las niñas cantaban con Don Faustino y con la Pingüi la canción de siempre. «Tú me has mirado a los ojos, en la arena he escrito tu nombre.» Bego levantó los ojos y vio un cartel con la imagen de Jesucristo. Bajo la imagen de Jesús estaba escrito el mensaje que quería enviarle a su amiga. Sólo eran tres palabras, tres palabras que lo decían todo. Camino no pudo leerlas porque no podía ser cierto. No era posible que Bego estuviera en el colegio porque era agosto y las clases ya habían terminado.

Durante el verano José siguió telefoneando ocasionalmente a Nuria, pero siempre había alguna dificultad para poder hablar con ella. Un día dejó de llamar. La recepcionista de la clínica siguió revisando la correspondencia, Gloria rezó día y noche y Nuria, cuyas visitas se iban haciendo más escasas, bajó los ojos una y otra vez al pasar frente a los escaparates. El tiempo de Camino transcurrió entre purés, yogures, antibióticos, oraciones, sopas y transfusiones de sangre. Se sucedieron las dolorosas curas, las punciones, las llagas, las noches en blanco, las lecturas de Vidas de Santos, las conversaciones con la Virgen, las visitas de Don Luis y de Don Miguel Ángel, las confesiones, el suero, los drenajes, la Comunión matinal tras el incómodo aseo.

La carta de Jesús no llegó. El verano pasó poco a poco cargado de novenas a la Inmaculada, deseos, labios resecos y Rosarios.

—Es la hora del Ángelus, mi vida.

Sonaron las doce campanadas de la ermita. Camino volvió a soñar que se ponía los zapatos. Soñó que caminaba. Soñó que veía a Jesús vestido de Príncipe.

Era la hora del Ángelus, otra vez. El Ángel del Señor anunció a María.

Una tarde Don Miguel Ángel le tomó una fotografía. Camino se llenó de temor porque había oído que a Santa Teresa le habían hecho una foto poco después de morir.

—Eso no puede ser, cariño —le dijo Gloria—. En aquel tiempo no había cámaras.

Don Miguel Ángel sonrió.

—Hace tiempo que no viene Don Luis —dijo Camino.

—Lo han llamado urgentemente de Roma —explicó Don Miguel Ángel.

—Qué suerte —dijo Gloria.

—Mucha. Quién pudiera, ¿verdad? —sentenció Don Miguel Ángel colocando la tapa en el objetivo de la cámara.

El ser extraño que habitaba en Camino seguía alimentándose de dolor. Una noche de fiebre Camino murmuró que pase de mí este cáliz, y Gloria miró a Don Miguel Ángel, y Don Miguel Ángel, que estaba a punto de salir, respondió que no se haga nuestra voluntad sino la Suya. Luego hubo amaneceres en los que Camino imaginó que jugaba con Nuria al veo-veo en el coche. «Veo-veo, ¿Qué ves? Una cosita. ¿Y qué cosita es? Empieza con la jota.» Camino parecía más animada. Don Miguel Ángel le tomó otra fotografía.

—Me gustaría estar más guapa.

—Estás muy guapa, cielo mío —respondió Gloria.

—No, mamá. Cuando Bernadette murió olía a flores, así que yo no puedo ser santa.

—¿Por qué?

Don Miguel Ángel cerró un paso más el diafragma de la cámara. A través del visor, el rostro de Camino resplandecía de luz.

—Porque ella murió en olor de santidad y yo huelo fatal.

Fue un verano de estampas, de Evangelios, de rezos por sus amigas y por el Santo Padre; un verano inmóvil plagado de Salves y de sudores fríos. Las heridas en la nuca, las heridas en la frente. Todo está en manos de Dios, hija mía, todo está en manos de Dios. Lo sé, mamá, todo está en manos de Dios. Hubo mareos, jarabes, vómitos, visitas de José en las que su padre repasó con ella el mínimo común múltiplo y luego José partió de nuevo a Madrid y cuando regresó al día siguiente estudiaron el máximo común divisor, y cuando José volvió a irse Don Miguel Ángel, incapacitado para las Matemáticas, le regaló a Camino la reliquia de una monja que siempre, incluso en el momento de su muerte, dio gracias a Dios por su enfermedad. Don Miguel Ángel le recalcó que cada paso que ella daba era como el que había dado Jesús, cargando con su cruz, pero Camino pensó que ella no daba ningún paso porque no podía darlo y su Jesús no le escribía, y el otro Jesús, que también era el suyo, parecía no escucharla. Nada de esto le dijo a Don Miguel Ángel, ocupado en recitarle de nuevo lo que el Padre había dicho acerca del dolor. «Bendito sea el dolor, amado sea el dolor, santificado sea el dolor, glorificado sea el dolor.»

—Ofrécelo al Señor, corazón —recomendó su madre.

Camino comprendió que nadie llegaría a entender jamás el dolor que le producía no recibir la carta de Jesús, pero a pesar de todo lo ofreció.

A lo largo de ese último agosto José le trajo flores, lirios que en cuanto partía hacia Madrid terminaban irremediablemente a los pies de la estatua de Monseñor que estaba instalada en la Capilla.

—Mamá, son las flores de papá.

—Hay quien las necesita más, mi vida.

Camino también las ofreció.

A finales de verano Bernaola, que no se había olvidado de ella, cosió al fin el botón de la bata, y a finales de verano Nuria, sin saberlo, inició su viaje de regreso a casa mientras Camino era cada vez más consciente de que Jesús, su otro Jesús, la aguardaba ya en algún lugar. Muy pronto se encontraría con él. A finales de ese verano sofocante de tardes interminables, Inés leyó con placer las cartas que Giusseppe le había enviado a Nuria. Fue un verano en el que Gloria no encontró respuestas. Los días, que comenzaron a decrecer, anunciaban un dolor infinitamente mayor.

En los últimos días del verano José deambuló por Pamplona llevando el libro que le había comprado a su hija. Acababa de llegar de Madrid. Bajo la lluvia que recortaba la luz de las farolas, José miró al hombrecillo verde de la portada balanceándose en un misterioso columpio con un fondo de nubes. Pensó en la mañana de primavera en la que había ido con Camino y con Gloria a la Cuesta de Moyano. Camino le había dicho que Mr. Meebles era un hombre sabio y bueno que conocía todo acerca de las personas y de las cosas, pero tenía un problema. José asoció a Dios con el extraño hombrecillo. Dios, Mr. Meebles y él tenían el mismo problema. El de él era peor. Aquella mañana no le compró el libro a Camino. No se atrevió. Camino regresó a casa con la vida de Bernadette bajo el brazo.

Como si estuviera vivo, Mr. Meebles se balanceó en su bolsillo mientras José recorría sin rumbo las calles de Pamplona. Mr. Meebles y él estaban juntos, pero José ya no creía en nada, y menos en un hombre diminuto con chistera y traje verde que además tenía un problema. Apoyó la frente en el escaparate de una agencia de viajes en la que figuraba una oferta de fin de semana Praga-Viena-Salzsburgo y lloró amargamente, ajeno a las miradas furtivas de los transeúntes. Praga-Viena-Salzsburgo. Viena. Camino quería ir a Viena. No comprendía nada. Sobre el cielo de la ciudad se desató una tormenta eléctrica y José, sin entender nada, trazado por relámpagos inverosímiles, apretó en su bolsillo el librito de Mr. Meebles y cruzó la plaza hacia su hostal. Viena. Camino. La carta. El amor. Cenicienta. Viena. Camino. «El capellán lo sabe, pregúntale al capellán.»

El cielo se abrió por mil lugares con un relámpago interminable cuando José, sentado en la estrecha cama del hostal, abrió la Caja de Guardar Secretos y volvió a mirar el folio en el que Camino había dibujado un corazón y la flecha que unía dos nombres. Camino. Jesús. Durmió vestido junto a Mr. Meebles, que no se balanceó en el columpio. Toda la noche deseó que amaneciera cuanto antes.

Camino también observó el relámpago. El sonido tardó en llegar hasta ella. Gloria cerró la cortina.

—La luz viaja más rápido que el sonido, mamá. Me lo explicó Dolores.

—Intenta dormir, cielo mío.

Camino cerró los ojos y volvió a ver a Bego. Se había equivocado. Bego no estaba en el pasillo del colegio, como la había imaginado en la primera visión. Bego estaba en la calle y miraba a izquierda y derecha, a punto de hacer algo prohibido. Lo hizo. Bego arrancó el cartel de Jesucristo pegado con celo en la puerta del colegio. El cartel tenía tres palabras. En Madrid no llovía.

—En Madrid no está lloviendo, mamá.

Gloria sonrió sin querer, medio dormida.

José llegó temprano a la clínica, entró en la Capilla y cogió las flores colocadas a los pies de la figura de Escrivá de Balaguer. Eran sus flores, las que había traído para su hija. La estatua le miró a los ojos, y José le aguantó la mirada. La sonrisa del Fundador le recordó a la que había visto en Nuria, una sonrisa sin alma semejante a la de Don Luis y a la de Don Miguel Ángel. El vacío de una sonrisa. Miradas muertas. Sonrisas sin vida. Dotado de una extraña energía comprendió que durante toda su vida se había estado enfrentando a un enemigo diminuto, sin alma. Cuando salió de la Capilla con los lirios en la mano había perdido todo interés por sus enemigos. El mundo que se le ofrecía, el mundo contra el que no se había atrevido a rebelarse, era en realidad un mundo conformado por personas pobres de espíritu, cobardes e ignorantes. Pensó en todo lo que Camino guardaba en su interior y en cómo ellos jamás llegarían a comprenderlo. Se había equivocado. Siempre había estado equivocado. Entró en la habitación de Camino con los lirios en la mano, estrangulados, y los depositó suavemente a los pies de la cama.

—Tus flores, mi vida.

—Papá.

Gloria miró las flores. No dijo nada.

—Me voy a Madrid a por tu vestido rojo y a por tus Converse.

Gloria lo miró como si José hubiera dicho lo que acababa de decir. En cierta forma se sentía orgullosa.

—El vestido rojo es el de los tirantes, el del escote y el de la faldita corta —indicó Camino.

—Hermosilla con Núñez de Balboa —aclaró Gloria.

José sintió que la seguía queriendo.

—Un poco antes de la esquina.

La quería en cuerpo y alma.

—No tiene pérdida.

La quería tal y como ahora estaba, con su mirada derrumbada, sincera, sin rastro de disfraces. Gloria sufría por su hija, y ambos compartían un sufrimiento que se hacía infinito.

Se abrazaron. La habitación resplandeció bajo una luz nueva.

—Ojala el vestido siga allí.

—Seguirá, mamá.

—Verás cómo sí —aseguró José—. Voy y vuelvo enseguida.

—Prometiste contarle un cuento a la niña —dijo Gloria.

—Me gustaría, pero tengo que irme.

—Pero me lo habías prometido, papá.

José le mostró el libro de Mr. Meebles.

—¡Papá! ¡Lo has comprado! —exclamó Camino, ilusionada.

—No te emociones, mi vida, ya sabes que Mr. Meebles tiene un problema.

José abrió el libro. Gloria se sentó a su lado.

—¿Y sabéis cuál es el problema que tiene?

Sabéis. A Gloria le encantó el plural. José no hablaba solamente para Camino. También lo hacía para ella. Estaba emocionada. Miró a Mr. Meebles.

—Que es bajito —aventuró Gloria.

—No, mamá, que no existe.

—Qué cosas se os ocurren —dijo Gloria, feliz, dejando su bolso sobre la butaca.

—No pongas nada en la butaca, mamá.

La voz de Camino había cambiado.

—¿Por qué?

—Porque él ha vuelto.

Gloria miró la butaca vacía.

—¿Quién?

—Él.

Camino respiró hondo. José cerró el libro.

—Hazme una película, papá.

—¿Ahora?

—Déjame a mí el cuento.

José dejó el cuento de Mr. Meebles en la cama de su hija, sacó la cámara y comenzó a rodar.

—Ha vuelto, papá, ha vuelto.

—¿Dónde está? —pregunto José.

—Está aquí. ¿Es que nadie lo ve?

Un escalofrío recorrió la espalda de Gloria. José siguió filmando.

—Voy a llamar a la Virgen para que venga ahora mismo —propuso Gloria.

Camino miró la butaca.

—¿De qué se ríe, mamá? ¿De qué se está riendo?

—Hija.

—Se está riendo. ¿No lo veis?

—No tengas miedo, mi vida.

—No tengo miedo, papá. A mí no puede hacerme nada. Es por vosotros.

—Dile que se vaya —dijo Gloria.

—No puedo.

—Dile que aquí no le queremos.

—No quiere irse.

—¿Qué quiere?

—Quiere que recemos por él.

José bajó la cámara. La película se había terminado.

—Santo Dios, Santo inmortal, protégenos de todo mal —pidió Gloria.

—Padre nuestro que estás en los cielos —rezó José.

—Ya está. Ya se ha ido —dijo Gloria.

—No, mamá. Sigue ahí.

—Quien de verdad está es Dios. Dios está aquí, con nosotros.

—No, mamá. No se ha ido. Nos está engañando. Está aquí, en la habitación.

José y Gloria volvieron a mirar la butaca, vacía.

—Sigue filmando, papá, sigue filmando.

José introdujo otro cartucho en el tomavistas.

—La butaca, papá, la butaca.

José enfocó la butaca.

—No hay nadie.

—Ya sé que no lo veis, pero está ahí.

José siguió filmando la butaca vacía hasta que se acabó la película.

—Llévame a Viena, papá, llévame a Viena. El tiempo se acaba.

José acercó su rostro al de Camino.

—¿Ya se ha ido, verdad?

Camino sonrió.

—Sí, papá, ya se ha ido.

—Te traeré tu vestido y tus zapatillas.

—Las Converse.

—Hermosilla con Núñez de Balboa —volvió a repetir Gloria mirando con temor la butaca vacía, pero sintiendo a la vez esa felicidad extraña que un día habían compartido a bordo de una ambulancia.

Bego dobló con sumo cuidado el cartel de Jesús que había hurtado de la puerta del colegio. Lo puso bajo el brazo y cruzó con él el paso de peatones. Tenía que comprar un sobre grande e ir a Correos. Camino estaba en lo cierto. En Madrid no llovía. Eran los últimos días del verano, y en ese verano que sería el último, Martina desapareció para siempre, como si nunca hubiera existido. Inés no respondió a ninguna de las preguntas que le hizo Nuria. Martina había desaparecido, como habían desaparecido otras chicas de las que nunca había que volver a hablar. Nuria ya sabía que las preguntas no eran convenientes.

Dos días antes de que terminara el verano José también desapareció.

53

Estaba el traje rojo, estaban las Converse. José tenía el libro de Mr. Meebles y había abrazado a Gloria con la misma intensidad con la que solía hacerlo cuando de novios la acompañaba al autobús. El mundo parecía recuperar un cierto orden, pensó mientras salía a la Castellana. Al entregarle el vestido rojo, la dueña de la tienda le había dicho que qué pena que se llevara el vestido, que menudo disgusto se iba a llevar la niña que tarde tras tarde se paraba a mirarlo como si le perteneciera. Una niña guapísima que se quedaba apoyada en el escaparate, mirándolo.

—Tiene que ser mi hija —dijo José.

—Una niña preciosa, rubia, de doce años. Hace tiempo que no la veo —dijo la mujer.

—Es mi hija.

—Qué alegría se va a llevar. ¿Sabe que se probaba el vestido en el reflejo del cristal? —La mujer apreció en sus ojos que José deseaba saber más—. Se colocaba frente al escaparate, se apoyaba en el cristal y se movía poco a poco hasta que el vestido coincidía con su cuerpo. Le sentaba de maravilla.

Se hacía tarde. José se despidió de la mujer, subió al coche, colocó el vestido y las Converse en el asiento trasero y luego paró en la pastelería para llevarle a Camino los pastelitos de nata que tanto le gustaban y que en la anterior ocasión, cuando salió del hospital, su madre cambió a última hora por torrijas. Mientras la mujer le envolvía las dos docenas de pasteles, observó el programa de la obra de teatro situado en el mostrador. A pesar de que la fotocopia estaba oscura, vio a Bego junto a los otros niños.

—Pero si ésta es Bego —exclamó.

—¿La conoce?

—Claro, es la mejor amiga de mi hija.

La mujer terminó de hacer el lazo en las bandejas. Cortó la cinta.

—Entonces usted es el padre de Camino.

José asintió. El chico moreno que estaba al final del mostrador jugando a la Nintendo levantó la vista. José notó su mirada clavada en la espalda.

—¿Y cómo está la niña? —preguntó la mujer.

—Bueno.

—Créame que lo siento. Bego me ha ido contando algo.

El chico moreno ya estaba a su lado.

—Bego está muy afectada, y mi hijo también —dijo la mujer.

—Íbamos a ir a verla al hospital —dijo Cuco—, pero como se tuvo que marchar...

—¿Tú también estás en la obra?

—Soy el Príncipe. Dele recuerdos a Camino.

José le estrechó la mano.

—¿Cómo te llamas?

—Cuco.

—Es el primo de Bego —dijo la mujer—. Se llama Jesús, pero le llamamos Cuco.

—Adiós, Jesús.

—¿Camino no vendrá al estreno?

—Es lo que más desea del mundo, pero no puede.

José se volvió hacia la mujer.

—¿Qué le debo?

—Es un regalo.

Cuando salió de la pastelería, Jesús, el Príncipe, le seguía observando. José se despidió con la mano y miró el escaparate. Fue entonces cuando se fijó en el rótulo: Viena Capellanes. Sácame de aquí y llévame lejos, papá, le había pedido Camino. ¿Adónde quieres ir? A Viena. ¿Y por qué a Viena? Pregúntale al Capellán.

Viena. El Capellán. Jesús. El Príncipe. Pensó en lo torpe que había sido. Volvió a entrar. Tenía los ojos húmedos.

—¿Le falta algo? —preguntó la mujer.

—Sí —respondió José mirando a Cuco—. Me falta la carta.

—¿Una carta?

José miró a Cuco.

—La carta de Jesús. Tienes una carta para ella, ¿verdad?

La madre miró a ambos sin entender nada. Cuco se puso rojo y dijo que sí con la cabeza deseando que aquel señor no hubiese visto cómo se había ruborizado, y que si lo había visto no se lo contara a Camino. Luego sacó la carta de su mochila.

Conduciendo hacia Pamplona, José se estremeció de ternura. El Príncipe Azul de su hija se había puesto colorado. No era sólo una carta lo que le había entregado. Al parecer, Jesús le había escrito cada día, cada tarde, cada noche. Miró las cartas, colocadas en el asiento delantero y atadas con la cinta de la pastelería; un paquete abultado marcado por un torpe corazón infantil en el que destacaban las letras J y C. Miró también la bolsa de la boutique con el vestido rojo de Camino cuidadosamente doblado y la caja con las Converse. La vida era sencilla. El mundo estaba en orden.

Camino dormía. Don Miguel Ángel tomó el hombro de Gloria, salieron de la habitación y caminaron por el pasillo.

—El Padre va a estar unos días en España.

—Lo sé, Don Miguel Ángel. Hemos pedido mucho por él.

—He tenido la oportunidad de comentarle vuestro caso.

—¿De verdad?

Los ojos de Gloria resplandecían. Un fulgor de inocencia en el que sin poder evitarlo Don Miguel Ángel distinguió la mirada de Nuria.

—Vuestro caso le ha impresionado muchísimo. Insiste en conocer hasta el último detalle.

—Qué alegría.

—Él sabe, como tú y como yo, que hay algo extraordinario en el comportamiento de la niña.

Gloria suspiró. Levantó los hombros y volvió a bajarlos. El final del suspiro se evaporó en el pasillo.

—El Padre quiere santos, Gloria. Quiere ejemplos de vidas entregadas, sin ñoñerías, ejemplos de la vida de hoy, de la vida real.

—No sé si le entiendo.

—Me entiendes perfectamente. ¿Te imaginas el impacto tan positivo que el ejemplo de tu hija podía crear en los niños y en las niñas de su edad?

Gloria intentó imaginarlo, aunque ya lo había imaginado muchas veces.

—Quizá estemos hablando de la primera niña de la Obra que ascendiera a los altares.

—¿Y qué tenemos que hacer? ¿Qué podemos hacer? —preguntó Gloria sintiendo que las palabras de Don Miguel Ángel no la reconfortaban como antes.

—Dejar que Dios actúe.

Don Miguel Ángel sacó la Montblanc. La miró sorprendido. No necesitaba tiempo. No sabía por qué lo había hecho. Estaba nervioso.

—Todo depende de Dios —dijo Gloria.

—Por supuesto. Es Él quien nos elige a nosotros, y no nosotros a él. No hace falta que te diga la discreción que esto requiere. Sabes tan bien como yo que la fama de santidad ha de ser espontánea.

Gloria se llevó la mano a la boca para ahogar un grito que en ningún caso había pensado lanzar.

—Si hay algo que yo pueda hacer...

—Nada, aunque el Padre me ha hecho una sugerencia de sumo interés.

Sumido en el valor de la sugerencia, sopesándola, esperó a que Gloria le preguntase.

—¿Cuál?

—Si tu hija pidiera voluntariamente su admisión en la Obra, sería éste un hecho valiosísimo.

Gloria miró por la ventana. Tocó el cristal y sintió el calor que se manifestaba al otro lado. Su corazón también ardía.

—El diablo se está jugando mucho aquí, Gloria, y no dudes de que volverá para tentarla por última vez.

José adelantó el Toyota y se colocó en el carril de la derecha. Pensó en Camino, en la posibilidad de que su hija hubiese estado jugando con ellos en la habitación. El diablo no estaba en la butaca, él lo sabía, pero siguió filmando como si de verdad creyera que en la butaca había algo o alguien. No era sólo Mr. Meebles el que tenía un problema. El hombrecillo no existía si nadie creía en él, y a Dios y al diablo les sucedía lo mismo. Camino le había ofrecido una hermosa enseñanza obligándole a filmar el sillón vacío, demostrándole que uno cree en lo que quiere creer. Sonrió pensando en que la película de Súper 8 que había dejado a revelar en la calle Goya era la prueba evidente de que el diablo no existía, la prueba definitiva, científica, de que nadie estaba sentado en aquel sillón. O sí, porque él había creído en él, de otra forma no hubiese filmado. Incluso juraría haberle visto meses atrás en la mirada de aquel hombre que le entregó el folleto en el hospital.

El tráfico se hizo más intenso. José vio las franjas azul turquesa flotando en el océano gris de la carretera. Se sintió libre y feliz. El vestido rojo, las Converse, los pasteles de nata y las cartas de Jesús eran un amuleto.

Gloria, a los pies de la cama de Camino, repasó la conversación que había mantenido con Don Miguel Ángel. La sobrehumana naturalidad con la que le había hablado de su hija le pareció de pronto ordinaria. Habló de ella como si Camino ya hubiese muerto. La duda creció en su pecho, extendiéndose como la oscura metástasis que se expandía por los más delicados rincones del cuerpo de su hija. Ni Torres ni Echevarría, que se pasaron a última hora por la habitación, le habían mentido.

—Las metástasis le afectarán a la vista.

Gloria no estaba aún segura de lo que Dios le estaba pidiendo, pero tenía que ofrecerlo. «Ofrécelo, Gloria, ofrécelo.»

—No lo entiendo —respondió—. Si ahora estaba empezando a engordar un poquito.

—Son los corticoides.

Cuando cerca de las ocho de la tarde Gloria se disponía a bajar a la cafetería pensando que ninguno de los doctores había respondido a su pregunta porque desgraciadamente ya nada se podía hacer, Don Miguel Ángel entró en la habitación con un sobre en la mano.

—Es para tu hija. Me lo han dado en recepción.

Camino estaba empapada en sudor. El sobre era muy

grande. Gloria tocó suavemente la frente de su hija. Camino abrió los ojos.

—Mamá.

—¿Cómo estás, mi vida?

—Bien. Hay alguien más con nosotras, ¿verdad?

—Está Don Miguel Ángel.

Don Miguel Ángel le devolvió el saludo desde la línea de luz que trazaba la puerta del baño.

—Ha traído una carta para ti.

—¿Para mí? —preguntó Camino, excitada.

—Tranquila, hija.

Don Miguel Ángel le entregó el sobre a Gloria.

—Creo que al fin ha llegado esa carta que tanto esperabas.

—¿De verdad que es para mí?

—Aquí lo pone bien claro, Camino Fernández. ¿Lo abro?

—Ábrelo, por favor, mamá, ábrelo.

—Tranquila, cielo mío, tranquila.

—Ábrelo, mamá.

—Estás ardiendo.

—Serán las decimillas de siempre. Ábrelo, por favor, ábrelo.

—Aquí dice que hay que entregar en mano.

—Ábrelo, ábrelo. ¿Quién lo manda?

—Bego.

—¿Bego?

—Eso dice el remite.

—¿Ya lo has abierto?

—Espera, espera un momento.

Gloria abrió el sobre. En el interior había un póster con la imagen amable de Jesús, el otro Jesús, el Jesús que, Gloria estaba segura, la esperaba impaciente en el cielo.

Lo desplegó y lo puso frente a los ojos de su hija.

—Fíjate qué bonito, hija.

—¿Ya lo has abierto?

—Claro, ¿no lo ves?

—No, mamá. Ponlo donde pueda verlo.

Gloria se estremeció. Un frío extraño le recorrió la espalda y llegó hasta su frente. Le temblaban las piernas.

Mantuvo el póster frente a los ojos de su hija.

—No lo veo, mamá.

—Estás ardiendo.

Le pasó la mano por los ojos. Camino no los cerró. Sus ojos, estrábicos, miraban la nada.

—Mi cielo.

—No llores, mamá.

Gloria lloró en silencio mientras volvió a pasar la mano por los ojos de su hija.

—Ponlo donde pueda verlo, mamá.

Desde el póster, Jesús la miraba directamente, bendiciéndola con la mano.

—No veo nada. ¿Qué es, mamá?

—Un póster de Jesús.

—¿De Jesús?

—Te está mirando.

—¿Y por qué no puedo verlo?

—No llores.

Gloria le cogió la mano.

—No me dejes sola, por favor, mi vida.

—¿No hay nada más en la carta?

Gloria observó las tres palabras escritas bajo el nombre de Jesús, las tres palabras que Bego había querido enviarle a su amiga. Tres palabras que lo decían todo. Por esas tres palabras Bego había arrancado el cartel y había ido a Correos pensando que Cuco era tonto por no haber escrito a Camino. Todos los chicos eran tontos, inmaduros, vergonzosos. Con lo fácil que era decir esas tres palabras.

—Jesús te ama.

—¡Qué bien, mamá! Ya puedo morir tranquila.

—Mi vida.

—Estoy deseando contárselo a papá.

—¿Por qué lloras, cielo mío?

—Lloro de felicidad, mamá. Jesús me ama. Y yo lo amo a él.

Pamplona, a lo lejos, se le ofreció a José como una ciudad de luz, feliz y definitiva. Las luces se abrían paso en la oscuridad que caía del cielo y que amenazaba las cunetas y, que, poco a poco, se agrandaron tras el parabrisas convirtiéndose en edificios de oficinas o en concesionarios de automóviles. Nunca llegó a ver el camión que se le echó encima. Sintió el impacto mientras adelantaba a la furgoneta blanca. El golpe parecía provenir de lejos. Levantó la vista y miró por el retrovisor, convencido de que el golpe se había producido en otro sitio. De su cuello surgió un sonido seco. Se vio volando. Su coche volaba. José lo observó desde fuera, como en una de sus películas. Cruzó la mediana y después las piernas se le encogieron. Las miró como si no le pertenecieran. Los pies se adentraron en las piernas, las piernas se doblaron sobre las rodillas y las rodillas penetraron en sus caderas sin que él sintiera nada. Supo que había muerto, pero que todavía no lo estaba. Su coche siguió volando y cayó al otro lado de la autopista. Oyó el sonido de su cabeza al golpear contra el cristal. Se preguntó cuántas veces más tendría que morir antes de hacerlo. Pensó que lo importante no era estar muerto; llevaba muerto mucho tiempo. Lo verdaderamente importante era que Camino no lo supiera. No dejó de pensar en ella mientras el radiador del camión que llegó de frente se introdujo en el habitáculo del coche. José ya no sintió nada. Recordó a

Gloria, y después a Camino otra vez. Olía a aceite, a refrigerante y a líquido de frenos. Las cartas de Jesús se desvanecieron. El vestido rojo y las Converse desaparecieron, al igual que los pasteles de nata. Él también había desaparecido. Estaba muerto. Vio una amapola y escuchó de nuevo los sonidos que ya habían sucedido pero que aún flotaban en el aire. Con el rostro pegado a la ventanilla sonrió sin ganas pensando que se moría mirando por un cristal, como había hecho siempre.

En ese verano Marcelino también murió, aprisionado en su tonta trampa para ratones. Camino ya no podía ayudarle. Murieron poco a poco las flores en la Capilla y también Gloria creyó morir de golpe cuando una voz anónima le comunicó por teléfono que su marido había sufrido un accidente. Todo murió. Murió el verano entero, que se dirigía sin rumbo a su propio cementerio, y murió el pasado reciente de Nuria. Cuando la avisaron para que acudiera urgentemente a la clínica, abandonó la casa sabiendo que jamás regresaría. Habían muerto las sopas de letras, los abrazos de papá, el sonido de su maleta cuando entraba en casa y la dejaba caer para abrazarla a ella y a su hermana. Pareció morir José, otra vez, cuando tras la incómoda autopsia se vio expuesto a la más absoluta de las soledades, desnudo, mirando al techo sin poder moverse porque estaba muerto de verdad.

En la Capilla, compungidas, sumergidas en un dolor que se haría más intenso a lo largo del día, Inés miró a Marita, y tía Marita miró a Torres y a Echevarría, y Echevarría miró a Gloria, y Gloria, rota, miró a Don Miguel Ángel, que dijo a través de una exquisita megafonía que la muerte de José María no había sido inútil. Jamás hasta entonces había llamado a José por su nombre.

—La marcha de José María a los cielos nos hace sentir más intensamente la presencia de Cristo nuestro Señor. Es la manera que Él tiene de despojarnos para después hacernos inmensamente ricos en su riqueza.

Miró a Nuria, pero dejó de hacerlo de forma inmediata. Se sentía turbado. Desde su llegada a Pamplona Don Miguel Ángel no había dejado de pensar en Nuria, pero también había evitado encontrarse con ella. Su meta era Camino. Su verdadera misión era la niña. Volvió a mirar a Nuria. Estaba hermosa; tanto que advirtió en ella por vez primera una presencia maligna que podía desviarle de su auténtico objetivo. Nuria era la tentación; Camino su objetivo.

—Sin Él, que todo lo puede y todo lo sabe, nosotros nada somos.

A José la sábana le molestaba. Le molestaba estar solo y muerto. Le molestaban las palabras de Don Miguel Ángel y le molestaba ver su mano sobresaliendo de la mesa como si no fuera suya.

El día se arrastró sin ganas, como si las palabras de Don Miguel Ángel le robasen la luz. El sol se ocultó.

—Nada somos y nada tenemos —terminó Don Miguel Ángel, ignorando que un par de años más tarde otro sacerdote ambicioso pronunciaría esas mismas palabras ante su tumba. Una fulminante enfermedad acabó con su vida en cuestión de días sin que nadie apreciase en su conducta ninguna virtud extraordinaria.

Cuando subieron a la habitación de Camino se sintió orgulloso de haber diseñado el lugar de Camino en el cielo, tan a la perfección. Sólo él había sido capaz de ver el privilegiado lugar que estaba reservado para aquella niña santa. Todo encajaba. Todo había encajado. Él había sido el primero en elegirla. Él y el Señor.

—Que nuestras lágrimas sean lágrimas de felicidad —advirtió a todos antes de entrar.

Nuria se inclinó sobre su hermana y Camino, sin poder verla, también la llamó por su auténtico nombre.

—Yeyé.

—Pequeñaja.

—¿Te acuerdas de los cuentos que papá nos leía cuando éramos más pequeñas?

—Claro.

—Tengo uno en la mesilla y quiero regalártelo. Es el de Mr. Meebles. Un señor que tiene un problema.

Don Miguel Ángel se sentó a los pies de la cama.

—Mamá.

—Soy Don Miguel Ángel.

—Mamá.

—Estoy aquí, mi vida —respondió Gloria desde la cabecera.

Nuria miró a Don Miguel Ángel. No dejó de hacerlo hasta que Don Miguel Ángel, sin desear hacerlo, se levantó y le cedió el sitio a Gloria.

—Siéntate con tu hija, Gloria, por favor.

Marita, Inés, Don Miguel Ángel y los doctores formaron un semicírculo en torno a la cama.

—Hoy es el día —dijo Camino con sencillez.

—¿Qué día, pequeñaja?

—Parece mentira, Yeyé. Eres la mayor y deberías saberlo todo.

A pesar de ser la mayor, Nuria no lo sabía todo. No sabía que su hermana estaba viendo a Jesús. El traje de Príncipe le sentaba mucho mejor de lo que Bego le había contado. Al lado de Garabato y de Bego, Jesús movió levemente la cortina y observó por la rendija el patio de butacas.

—¿Qué día, mi vida? —quiso saber Gloria.

La silla que Jesús le había reservado a Camino estaba

vacía. El Príncipe dejó caer la cortina. Al girarse se encontró con el rostro de su prima. A pesar de que era el Príncipe, Bego lo miró con lástima.

—Ya te dije que no podía venir. Deja la cortina.

Garabato los colocó de un empujón con el resto de los actores.

—No se dice cortina, leche. En el teatro se dice telón.

La obra estaba a punto de comenzar. Cuco pensó que era absurdo ser un Príncipe si no tenía una Princesa. Su Princesa no había venido.

—Tengo que irme —exclamó Camino—. Jesús quiere que me vaya.

Gloria le colocó el rosario entre las manos.

—Jesús me espera.

Don Miguel Ángel comenzó a administrarle la Extremaunción.

—Por esta Santa Unción y por su bondadosa misericordia, te ayude el Señor con la gracia del Espíritu...

—¿Y papá? —interrumpió Camino.

—Papá está deseando estar contigo.

La función había comenzado. Garabato ordenó que saliera Cenicienta.

—Me están llamando —dijo Camino—. Tengo que irme, pero no sé si con estas pintas me admitirán en la obra.

Don Miguel Ángel le colocó una estampa de Monseñor sobre el pecho.

—Ya estás en ella.

Camino sintió la misma oscuridad y la misma luz que había sentido papá. La misma que probablemente había sentido su hermanito Alejandro. Llevaba puesto su vestido rojo y sus Converse. Cuando se encontró con Jesús, él no le dijo nada. La miró, la tomó de la cintura dulcemente y bailaron hasta que se acabaron las horas. Estaban juntos, solos. En el escenario ya no había nadie. Eran los últimos días del verano, y Camino y Jesús siguieron bailando hasta que el mundo desapareció. Una bandada de pájaros cruzó el cielo, sonaron doce campanadas y surgió el sol. Escuchó voces en la habitación, voces que no reconoció. Los pájaros se transformaron en nubes. Olía a flores. Abrazó a su Príncipe en el último paso de baile y después Jesús se separó de ella. Ambos sabían que volverían a encontrarse. Qué bien le sentaba el traje de Príncipe, y qué hermosa estaba ella con el vestido rojo. Lo comprendieron los pájaros, el cielo, el mar, que extendió un rumor de olas invisibles sobre todos los presentes; y sobre el mar inexistente, deslizándose en silencio tras la ventana, navegaron las nubes. Camino no pudo verlas, pero eran las mismas que diez años más tarde cruzaron el pequeño cementerio de las afueras en el que en ese momento, en el momento de exhumar su cuerpo, la delgada y húmeda brisa que había dormido en la sierra abandonó la montaña y llegó hasta la ciudad convertida en un viento joven que arrastró nubes desganadas y rectas; nubes sin personalidad que apenas marcaban sombras en las lápidas; nubes pasajeras que el viento desdibujó de un manotazo. Las nubes adquirieron entonces formas apresuradas e inexactas. Formas de mano con pequeños y tiernos brazos, dedos de niña. Las nubes tenían forma de elefantes fantasma, de gallinas a la deriva, de barcos hundidos, de sopa de letras.

Gloria se abrazó a su hija y tocó su frente. A través de su piel llegó a comprender todas y cada una de las infinitas formas que podían adquirir las nubes. Comprendió que las puertas del mundo podían abrirse. Comprendía al fin la sopa de letras, destinada a enviar divertidos mensajes de amor desde el borde del plato. Comprendió la mirada de

José, vagando eternamente, buscando tras los cristales algo que jamás había encontrado en su hogar. Oyó el eterno sonido de su maleta contra el suelo, su mundo limpio y terrenal repleto de carreteras y hostales. Apretó más fuerte el cuerpo aún caliente de su hija. No quería retenerla porque Camino tenía que irse, pero no estaba dispuesta a ofrecerla. Creyó escuchar la música que provenía de la invisible cajita. Las notas danzaban en el aire, y Gloria, emocionada, llegó a entenderlas, a participar de los acordes que habían unido a su hija con José. Entendió, sin saber cómo no lo había hecho antes, la forma en la que Camino se abrazaba al alma de su padre. Su corazón estaba construido por cosas pequeñas: preguntas para Nuria guardadas en la mesilla, el vestido rojo que baila al verla, ángeles de peluche, corazones de tinta, bolígrafos de colores, confeti, pompas de chicle. Gloria comprendió los zapatos sobrenaturales de la Pingüi, las piedrecitas clavadas en las rodillas de Camino, las gafas que los doctores mordían siempre por la patilla izquierda, la bata abierta de Bernaola, el peso de la mochila, los sofás de las salas de espera, las revistas atrasadas. Camino era una luz que iluminaba pescadillas hervidas, pluscuamperfectos, tardes de domingo y relojes parados. Camino era la ilusión. Volvió a ver el vuelo del vestido, los cordones blancos de las zapatillas rojas. Sintió la ansiedad de las princesas cerca de la medianoche, cuando están a punto de sonar las campanadas. Todo adquiría sentido. Ella también quería situarse frente al escaparate para probarse un vestido. Ella también había estado hecha de promesas. Sintió, como si estuviera sucediendo, el primer beso que le había dado José, en la parada de autobuses, el dolor de las cartas ocultas en joyeros, la ansiedad de las llamadas sin respuesta de los amantes, sus corazones rotos a bordo de trenes nocturnos. Comprendió a Mr. Meebles, a sus columpios imposibles y su sorprendente chistera verde. Por vez primera, como una revelación con la que ya no soñaba, Gloria supo interpretar el baile de Camino frente a Garabato. Su hija había sido un helado. Todo adquiría sentido. Gloria vislumbró duchas de agua fría, culpas, objetos que le habían hablado desde siempre sin que ella los hubiera entendido: los braquets de Bego, el botón de Bernaola, las magdalenas del club, la Montblanc de Don Miguel Ángel, el cuento de *Cenicienta*, los pasteles de nata. Imaginó Viena. Sintió como propia la soledad de su hija tras la puerta de los ascensores. Las flores de la Capilla se habían secado. Los balones rebotaban en los charcos. Camino se iba con Jesús. José corría tras un autobús. El laberinto de pasillos en el que siempre había vivido se desdibujó y se transformó en una línea recta. No existía el dolor. Olía a bosque y a cuento. Olía a ausencia, a camisas planchadas. Todo era simple. Abrazó aún más fuerte a Camino, como si los días de colores también comenzaran para ella y como si al fin estuviera viviendo el primer día verde de su vida.

Fin

Agradecimientos

La misma semana del estreno de *Camino* recibí una llamada en mi casa. Era de una mujer que imaginé sobrepasaba los cincuenta años. Preguntó muy seria por Don Javier Fesser, director de la película en cuestión, y al decirle que la persona a la que buscaba era precisamente con quien estaba hablando enmudeció. Durante ese incómodo silencio yo, en un alarde de inexcusable falta de generosidad, pensé que llamaba para regañarme, para decirme lo equivocado que estaba y para comunicarme el daño que sin duda le habría causado mi historia. Tal era mi obsesión en una semana en la que tuve que escuchar barbaridades del calibre de que yo había hecho una película contra todos los católicos o de que me había aprovechado del dolor ajeno para mi beneficio, que me preparé tontamente para lo peor. Nada más lejos de la realidad.

Ana María llamaba desde Pamplona, y en un estado de emocionante nerviosismo me contó una historia que empezó así: «*Mi marido y yo teníamos una hija.*»

Hace ya tres años de aquello pero lo recuerdo de manera tan nítida que me voy a atrever a reconstruir su relato palabra por palabra, frase tras frase y silencio tras silencio. Una historia que me hizo llorar de la emoción.

«Se llamaba Ana también, como yo, y fuimos muy, muy felices con ella. Lo compartíamos todo, nos contábamos todo y su padre

siempre andaba jugando con ella. Era una niña preciosa, un sol, la alegría de la casa. Cuando cumplió la edad para empezar el bachillerato, tuvimos que buscar un colegio porque en el pueblo donde vivimos ya no podía seguir estudiando y nosotros, que no somos muy pudientes pero todo esfuerzo nos parecía poco para nuestra única hija, nos dejamos asesorar y nos hablaron de un colegio en Pamplona que decían era de los mejores. Un colegio del Opus Dei. Aunque era muy caro para nosotros, nos pareció que merecía la pena y decidimos llevarla allí. Tampoco nos pareció mal que fuese un colegio religioso aunque mi marido y yo, si bien creyentes, no éramos muy de ir a misa y todo eso. Se integró muy bien y parecía muy a gusto. Poco a poco se fue apuntando a muchas actividades, entró en el equipo de baloncesto y se juntaba con unas amigas de un curso superior que le enseñaron a tocar la guitarra. Esas actividades extraescolares cada vez le requerían más tiempo y en el segundo año rara era la tarde o el fin de semana que no estaba liada con una u otra cosa. Muchas veces tenía excursiones y se marchaba de viernes a domingo. El caso es que la veíamos contenta pero cada vez más ausente, más alejada. Cada vez nos contaba menos de su vida. Cada vez compartía menos con nosotros lo que pensaba, lo que hacía y con quién iba. Imaginamos que esa distancia tendría sin duda mucho que ver con su adolescencia. Pero su alejamiento y su cada vez más fría relación con nosotros nos ponía muy tristes. Sentíamos como que nos rechazaba. Al cumplir los diecisiete se volvió hermética, nos miraba por encima del hombro y hasta parecía que se avergonzaba de nosotros. Y un día, el de su dieciocho cumpleaños, nos comunicó que se marchaba. ¿Adónde, hija? Dijo que ya lo había decidido, que se había comprometido con el Opus Dei, que nosotros no lo íbamos a entender y que por favor no tratásemos de convencerla de lo contrario. Pero ¿por qué te vas? ¿No estás a gusto aquí? Nosotros te queremos muchísimo, eres todo lo que tenemos. Sólo dijo que ya le habían advertido de que le diríamos eso. Pero ¿quién, hija? ¿Quién te ha advertido? ¿De qué? ¿Qué pasa? ¿Te hemos hecho algo? Y se fue. Ese mismo día. Hace ya seis años. La hemos visto en alguna ocasión, alguna vez nos ha visitado, siempre con prisa y, eso sí, nunca ha dejado de pedirnos dinero para pagar sus costosos estudios en la Universidad de Navarra. Y nosotros nos quedamos hundidos, deshechos. Hemos querido muchas veces hablar con ella, hemos ido a su casa, pero nunca ha sido posible verla, siempre hay alguien que nos comenta que está muy ocupada. Siempre es gente muy amable que nos acaba diciendo que ya es mayor y que la dejemos vivir con libertad, que ella ha elegido, que quién es nadie para meterse en su camino... Bueno, nunca entendimos nada. Llevamos todo este tiempo repitiéndonos cada día la pregunta: ¿Qué le hemos hecho? ¿En qué le hemos fallado?... ¿Por qué no nos quiere?»

Recuerdo muy bien que, tras pronunciar esta última pregunta, precedida de una pausa larga, Ana María rompió a llorar. Y recuerdo que me pidió perdón por eso, avergonzada por no poder contener sus lágrimas. Y recuerdo que yo no pude contestarle porque llevaba ya un buen rato tragándome las mías. Y prosiguió como pudo. No era fácil entender sus palabras, entrecortadas por el llanto.

«Mi marido está destrozado, su niña, imagínese... No levanta cabeza. Y yo tengo una depresión de la que no salgo. He visto ya a tres psicólogos y me han recetado de todo, y preguntamos a todo el mundo tratando de encontrar la respuesta: ¿Qué hemos hecho mal? ¿Qué hemos hecho mal? ¿En qué hemos ofendido a Ana María?... Bueno, el caso es que hoy, después de comer, hemos ido los dos al cine y hemos visto su película que, por cierto, señor Fesser, nuestra hija en su última visita nos prohibió ver. Como se lo digo. Nos dijo que verla era pecado mortal. Y qué bien que no le hicimos ni caso. Porque por primera vez en seis años, alguien nos ha dado una pista de qué es lo que le ha podido pasar a nuestra hija. Y por primera vez hemos pensado que quizás nosotros no tenemos culpa ninguna y que ella tampoco la tiene. Y hemos salido los dos del cine y nos hemos abrazado y hemos pensado, por primera vez, que nuestra Ana María sí que nos quiere. Como la hermana de la

niña de su película que se ve que adora a su padre pero que no se lo puede decir. Y mi marido me ha dicho: hay que buscar a este señor y darle las gracias porque por fin alguien nos ha explicado, aunque sea un poquito, qué es lo que le ha pasado a la niña. Y por eso le llamo. Para decirle que le estamos muy agradecidos y que gracias a usted a lo mejor esta noche voy a conciliar el sueño por primera vez en muchos años. Gracias, señor Fesser.»

Cuando yo logré recomponerme para darle las gracias a ella, Ana María ya había colgado. Esa llamada, las más de cien cartas recibidas en los meses posteriores de otras tantas Ana Marías en cuya vida se había producido la misma pérdida, siguiendo inquietantemente un idéntico patrón, y los innumerables testimonios de ex numerarias y ex numerarios agradeciendo de corazón tan justo y fiel reflejo de la soledad y el sinsentido que todos ellos habían vivido durante su pertenencia al Opus Dei, han sido inequívocamente el motor de esta novela. Y por eso se la dedico a todas y todos ellos. A todas las «Nurias» y a todos sus padres y madres a los que sin duda aman y adoran mucho más que al «Padre» de sotana negra que en el Opus Dei les han querido colocar.

Y también le dedico estos dos años de fascinante trabajo a mis padres y a su preciosa fe inquebrantable, a mi amiga Victoria Molins, a Ana Azanza, a Pedro Pérez, a Agustina López de los Mozos, a Luis Manso y, por supuesto, a Piluca, a Claudia, a Ana y a Javi, en quienes pienso de manera instantánea cada vez que hablo del amor. Y a mi amigo del alma Claro García que, queriendo contagiarme su visión ácida de la existencia durante veinticuatro meses (con sus noches) de trabajo mano a mano, finalmente ha sido él quien se ha llevado puesto mi sentido trágico de la vida. Y con cierto humor. Ojalá me haya quedado yo con un pellizquín de su inmenso talento literario.

Y a A. Ella sabe por qué.

JAVIER FESSER

Al amor de Pilar. A la paciencia de Clarito, a quien tantas tardes de fútbol, de cine y de Play le robé. A Esther y a Martín, que se han ocupado de lo importante para que yo pudiera centrarme en lo urgente. Ahí han estado también mis amigas de siempre: Mati, Marisa, Concha, Merche, Lola, Natalie y Marijuán. Tampoco han faltado mis eternos colegas: Germán, Enrique, Fontela, Pepe, Canito, Ray, Luis, Miguel.

Agradezco a Puri Plaza su continua y amable ayuda. A nuestra editora Ana D'Atri, que tanto nos ha enseñado, debo agradecerle su estímulo constante y su comprensión. Me sigue fascinando su asombrosa capacidad para leer entre líneas.

Y gracias a mi amigo Javier Fesser, con quien he compartido más de lo que está escrito. Y a Camino, claro, nuestra niña de siempre.

CLARO GARCÍA

Impreso en
CAYFOSA
Santa Perpètua de Mogoda
(Barcelona)

7 sensible

7 disminuida

9